DE ZOMER AAN HET MEER

Van Erica James verschenen:

Een dierbare tijd
Verborgen talent
Oude vriendschap
Zussen voor altijd
Italiaans voor beginners
Schaduwleven
De kleine dingen
Een nieuw begin
Beloofd is beloofd
Kind van haar vader
Een huis vol vrienden
De zomer aan het meer
De bloemenjaren
De thuiskomst
Een onverwachte wending
Zomerliefde
Het grote huis
Zwaluwzomer
Brieven van vroeger

ERICA JAMES

De zomer aan het meer

De Fontein

Eerste druk april 2014
Zesde druk oktober 2022

Oorspronkelijke titel *Summer at the Lake*
First published in Great Britain in 2014 by Orion Books

Vertaling Ans van der Graaff
Omslagontwerp Wil Immink Design
Omslagillustratie i love images / Getty Images
Opmaak binnenwerk V3-Services, Baarn
ISBN 978 90 261 6655 6
ISBN e-book 978 90 325 1470 9
NUR 302

www.uitgeverijdefontein.nl

Alle personen in dit boek zijn door de auteur bedacht. Enige gelijkenis met bestaande – overleden of nog in leven zijnde – personen berust op puur toeval.

Dit boek is voor Edward en Ally, Samuel en Rebecca,
en een heel bijzonder jongetje, mijn prachtige kleinzoon.

Schrijft u het verhaal van twee gelukkige geliefden,
Situeer het dan aan de oevers van het Comomeer.

Franz Liszt

1

Het was een vergissing geweest de envelop te openen.

Dat had ze nooit moeten doen. Had ze hem nou maar laten liggen tot ze terugkwam van haar werk, of was de postbode nou maar later geweest, dan was haar dag niet verpest. Nu gingen haar gedachten echter voortdurend naar de kerstkaart van Seb, met een blozende Kerstman op zijn kop in een sneeuwbank.

De deftige kaart die erbij ingestoken zat, had haar echter pas echt geschokt. In mooi gekalligrafeerde letters in goudreliëf werd ze verzocht om 10 juli, de volgende zomer, vrij te houden voor het huwelijk van Imogen Alicia Morgan en Sebastian Hughes.

Achterop stond een slordig handgeschreven berichtje van Seb: *Floriana, ik hoop echt dat je komt, het zou heel veel voor me betekenen.* Eronder had hij een e-mailadres geschreven dat ze niet herkende.

Zou het echt zo veel voor Seb betekenen als ze erbij was? Floriana kon het maar moeilijk geloven. Twee jaar lang had ze niets van hem gehoord. Niet één sms'je, e-mail of telefoontje. En nu, als een donderslag bij heldere hemel, deze aankondiging. Een aankondiging die aanvoelde als een klap in haar gezicht. En daarna nog eentje, hard. En net toen ze erin was geslaagd het uit haar hoofd te zetten – *pets!* – weer een klap.

Ze draaide van de High af richting Radcliffe Square, waar ze eerder aan een enthousiaste groep Amerikaanse toeristen had uitgelegd dat de Radcliffe Camera Engelands mooiste voorbeeld van een ronde bibliotheek was, en haastte zich in de bittere kou verder door Catte Street, langs de Bodleian Library aan haar linkerkant en de Bridge of Sighs rechts. Op deze plek waarschuwde ze de mensen altijd dat ze moesten uitkijken voor naderende fietsers; ze was de tel kwijtgeraakt maar een groot aantal toeristen was ternauwernood aan een flinke smak ontsnapt omdat ze stil bleven staan om de brug te bewonderen en te fotograferen.

Voor Floriana waren geen twee dagen hetzelfde; dat was een van de dingen die ze zo leuk vond aan haar werk als erkende Blue Badge-gids in Oxford. Gisteren had ze een groep uitermate goed geïnformeerde fans meegenomen op een rondleiding met *Inspector Morse* en *Lewis* als onderwerp. Sommigen van hen hadden hun uiterste best gedaan haar op fouten te betrappen. Omdat ze echter gezegend was met een uitstekend geheugen – Seb noemde dat altijd haar duistere superkracht – moesten ze van goeden huize komen om haar in de val te laten lopen.

Vandaag had ze gedaan wat Dreaming Spires Tours hun 'klassieke universiteits- en stadsrondleiding' noemde, met als hoogtepunt een vieruurtje in het Randolph Hotel. Daar was de groep Amerikanen door een bus opgehaald en naar Woodstock gebracht, waar ze de nacht zouden doorbrengen. Morgen stond voor hen een bezoek aan het Blenheim Palace op het programma, waar ze konden genieten van bisschopswijn en kerstliederen. Toen Floriana afscheid van hen had genomen – en hun discreet in haar hand gedrukte fooien had aangenomen – was ze om de een of andere vage reden graag met de vrolijke, onbezorgde groep in de bus gestapt en ervandoor gegaan, al was het maar naar Woodstock. Alles liever dan naar huis gaan en zich bezighouden met Sebs kaart, een kaart die de sluimerende, vernederende pijn had gewekt van haar liefde voor iemand die buiten haar bereik was.

Maar haar huis in North Oxford was precies waarheen ze nu onderweg was. Ze meed Broad Street en de drukte bij de bushaltes op St Giles' en nam de route via Parks Road die veel rustiger was. Meestal fietste ze naar huis, maar vanmorgen had ze, boven op de schok bij het openen van Sebs kaart, ontdekt dat haar fiets een lekke band had.

De band plakken was weer een taak voor op de groeiende lijst van dingen die ze nog moest doen. Dat waren voornamelijk dingen die ze steeds uitstelde omdat ze de moeite niet kon nemen ze af te handelen. Zoals het verwisselen van de twee halogeenlampjes in de keuken die het al een maand niet deden, of het regelen van een klusjesman om de gebarsten ruit in de badkamer te vervangen. De dakgoot moest ook worden schoongemaakt en de kraan in de badkamer drupte. Ergens dacht ze dat als ze wachtte tot alles wat fout kón gaan ook fout wás gegaan, ze er iemand bij zou kunnen halen om het allemaal in één keer op te lossen.

'In 's hemelsnaam, Floriana,' zou haar zus zeggen, 'hou op alles voor je uit te schuiven!' Ongetwijfeld zou Ann eraan toevoegen dat het allemaal simpele klusjes waren die iedereen met maar een beetje verstand zelf kon doen, dus waarom stroopte ze niet gewoon haar mouwen op en begon eraan?

Ann was vier jaar ouder dan Floriana en stelde nooit iets uit; ze was super als het erom ging dingen af te handelen. Ze was wat de wereld als een echte volwassene zou beschouwen: echtgenote, moeder, huishoudelijk deskundige, Hitler op haar werk. Ze was buitengewoon verstandig, leidde een bijzonder georganiseerd en onberispelijk leven en liet nooit een gelegenheid voorbijgaan om Floriana het gevoel te geven dat die het op de een of andere manier verprutst had, ook als dat niet het geval was. Iedere opmerking van haar had, zo leek het, als enige bedoeling Floriana het gevoel te geven dat ze onbekwaam en tot op het roekeloze af onverantwoordelijk was. En hoewel het klopte dat haar impulsieve aard haar een paar keer bijna in de problemen had gebracht, was ze – dat moest gezegd worden – altijd nog aan echt groot onheil ontsnapt.

Het opmerkelijkst was de keer toen ze, tijdens het eerste jaar van haar studie hier in Oxford, een nacht in een politiecel had doorgebracht. Ze had gedacht dat ze erin was geslaagd het stil te houden voor haar ouders, maar toen was er thuis een brief voor haar gekomen met de woorden *Thames Valley Police* op de envelop. Ann had zich helemaal uitgeleefd en een belachelijke heisa gemaakt over de vraag waarom Floriana brieven van de politie kreeg.

'Het is maar één brief,' had Floriana teruggekaatst, 'waar ik graag aan toe wil voegen dat het jouw zaken niet zijn.'

Die arme mam en pap waren helemaal over hun toeren geweest toen Floriana bekende dat een 'geintje' een beetje uit de hand was gelopen. 'Het komt toch zeker niet in de krant, of wel?' had mam met een lichte trilling in haar stem gevraagd.

'Natuurlijk niet, mam,' had Floriana haar, met haar vingers over elkaar, gerustgesteld. 'Vergeleken met een misdrijf is dit van weinig belang en het zal dan ook niemand interesseren.'

'En je zult niet worden weggestuurd?'

'Nee, mam. De school zal me heus niet wegsturen.' Weer had ze haar vingers stevig over elkaar geklemd.

Gelukkig was zowel zij als Seb – haar medeplichtige – er met slechts een waarschuwing van afgekomen. De directeur van Floriana's college had gezegd 'Je hebt mij vast niet nodig om je op je onjuiste gedrag te wijzen', en was vervolgens toch uitgebreid ingegaan op de dwaasheid van hun dronken streek: op een muur klimmen om in het gebouw erachter te kunnen kijken – een gebouw waar, en dat wisten ze niet, onderzoek op dieren werd gedaan, wat het misschien wel tot een van de meest kwetsbare en best bewaakte gebouwen in heel Oxford maakte. Zodra ze boven op de muur zaten, sprongen er beveiligingslampen aan en klonk er een oorverdovend sirenegeloei. Voor ze de kans kregen eraf te klimmen, verscheen er een politiewagen en werden ze naar het politiebureau gebracht. De volgende morgen, nadat hun kamers waren doorzocht en hun laptops en mobiele telefoons grondig waren gecontroleerd op banden met welke dierenrechtenbeweging dan ook, kregen ze te horen dat ze niet zouden worden vervolgd en konden ze beschaamd en gelouterd vertrekken.

Floriana was nu eenendertig, maar Ann zou niet aarzelen om het incident weer ter sprake te brengen als voorbeeld van haar eigenzinnige neiging om altijd het onjuiste te doen. Maar ach, vergeleken bij Ann leek iedereen roekeloos en onverantwoordelijk.

En het was Ann zonder de letter 'e'. Giselle Anne Day had hun moeder hun namen nooit vergeven... namen waarmee ze zouden opvallen. Zodra ze oud genoeg was en toen ze genoeg had van de pesterijen op school, had ze erop gestaan Ann te worden genoemd en had ze haar tweede voornaam verkort tot de eenvoud van slechts drie letters, alsof die onnodige 'e' om meer problemen vroeg.

Floriana, daarentegen, had haar naam altijd erg mooi gevonden en was nooit in de verleiding gekomen die af te korten tot Flora of zelfs, god verhoede, Flo. Ze maakte korte metten met iedereen die dat probeerde. De enige uitzondering op de regel was Seb geweest, die haar Florrie noemde.

Het was nu donker en terwijl ze aan het eind van Parks Road doorliep naar Banbury Road dacht ze weer aan Sebs handgeschreven berichtje. Hij had *Floriana* geschreven, niet *Florrie* en dat benadrukte maar weer hoe ontzettend ver ze uit elkaar waren gegroeid. Zelfs het feit dat hij de kaart naar haar oude adres had gestuurd, vanwaar die was doorgestuurd naar haar nieuwe woning, onderstreepte de kloof tussen hen.

Maar hoe schokkend het besef ook was dat Seb echt met de o-zo-mooie-o-zo-volmaakte Imogen ging trouwen, de *Save the date*-kaart was wel een handreiking. Tenzij... tenzij Imogen erachter zat. Wat nou als zij had voorgesteld Floriana uit te nodigen zodat Imogen kon opscheppen dat zij had gewonnen en dat Floriana had verloren?

Ze sloeg links af naar de rust en stilte van North Parade Avenue, zwaaide naar Joe achter de toonbank van Buddy Joe's en vroeg zich af of ze soms paranoïde was. Er waren twee jaren verstreken, dus de uitnodiging zou toch wel oprecht en met het juiste motief verstuurd zijn?

Aan het eind van de weg sloeg ze rechts af en omdat ze bijna thuis was, stak ze haar hand in haar tas om haar sleutels te pakken.

Maar wat nou als Seb dit achter Imogens rug om had gedaan? Wat als hij het verleden wilde laten rusten en weer vrienden wilde zijn met Floriana? Hoe zou Imogen daarover denken?

Belangrijker nog, wilde Floriana hun vriendschap wel nieuw leven inblazen en het risico lopen opnieuw te worden gekwetst?

Nee, dacht ze resoluut, dat kon ze niet laten gebeuren, en al net zo resoluut stapte ze de weg op om over te steken naar Church Close, waar ze woonde.

Vreemd, dacht ze een poosje later – zij het zonder bewust besef van het verstrijken van de tijd – waarom lag ze op dit harde, ruwe oppervlak, met haar gezicht er pijnlijk tegenaan gedrukt? En waarom voelde ze zich zo loodzwaar en tegelijk alsof ze zweefde? Wat een raar gevoel was dat.

2

Adam Strong trommelde met zijn vingers op het stuur. Het was een vreselijke week geweest, maar die eindigde in elk geval met iets positiefs. De aankoop van het huis aan Latimer Street waarvoor hij drie weken geleden de contracten had getekend was vandaag afgerond. Hij had zojuist de sleutels opgehaald bij de makelaar en was nu op weg naar het huis.

Dat zou hij althans zijn als hij niet vastzat in het verkeer. Hij had misschien beter tot morgen kunnen wachten voor hij ernaar ging kijken, als het niet donker was en het geen spitsuur was. Hij moest echter bezig blijven om te voorkomen dat hij ging zitten piekeren.

De verkeerslichten verderop sprongen eindelijk op groen en terwijl hij langzaam vooruitreed, bedacht hij dat de toevoeging van een nieuw project aan zijn woningbestand hem wel zou afleiden van Jesse.

Zeven dagen geleden – afgelopen zaterdag – had Jesse hem medegedeeld dat ze zich geen toekomst voor hen als stel kon voorstellen, dat ze hem nog slechts als een broer zag. Hoe kon zij nou weten hoe dat voelde als ze alleen twee zussen had? *Verdomme zeg, een broer!* Had ze het gevoel gehad dat ze seks had met een broer wanneer ze samen in bed lagen?

Ze waren bijna twee jaar samen geweest en hij had deze mededeling absoluut niet zien aankomen. Oké, hij had erg lange dagen gemaakt, dus misschien was hij wat verstrooid en niet zo erg op zijn hoede geweest, maar dat werkte twee kanten op: zij was degene die de afgelopen elf maanden voortdurend weg was geweest, door het land rijdend als medisch vertegenwoordiger, en niet te vergeten al die feestjes en conferenties van farmaceutische bedrijven waar ze altijd heen ging.

Ze had ontkend dat ze een ander had – dat was zijn eerste vraag geweest – maar hij wist niet of hij dat moest geloven. Misschien dacht ze zijn gevoelens te sparen door tegen hem te liegen. Hij durfde bijna te wedden dat er iemand anders in het spel was, een of andere kerel die ze tijdens haar reizen had ontmoet. 'Ik verzeker je,' had ze gezegd, 'dat er niemand anders is.'

'Waarom maak je het dan uit tussen ons?' had hij verbijsterd gevraagd, erg zijn best doend de golf van pijnlijke emotie die hem dreigde te overspoelen in bedwang te houden. 'Wat er dan ook niet goed zit tussen ons, laten we er iets aan doen.'

Met tranen in haar ogen had ze haar hoofd geschud. 'Adam, dit is niet iets wat je kunt opknappen zoals de huizen die je koopt en doorverkoopt.'

Hij was gekwetst geweest door de beschuldiging; alsof hij het allemaal zo simplistisch zag. 'Je doet net of ik een emotioneel gehandicapte halvegare ben,' had hij gezegd. En hij wist zeker dat hij dat niet was. Hij wist dat er in elke relatie problemen waren en compromissen moesten worden gesloten. Wat dat betreft was hij heus geen beginneling.

Ergens was hij echter de mist in gegaan en had hij de signalen dat Jesse niet gelukkig was over het hoofd gezien. Hij dacht terug aan haar verjaardag een paar weken geleden toen hij haar had meegenomen naar Cliveden House voor een overnachting. Ze leek het allemaal erg leuk te vinden, vooral de sauna die ze er hadden en de Mulberry-handtas waarmee hij haar voor het diner had verrast.

Had ze toen al geweten dat ze op het punt stond hem te dumpen? Doordat de vraag, die hem de afgelopen week al veel te vaak had geplaagd, hem afleidde, nam hij de bocht naar Banbury Road te snel en zat hij plotseling vlak achter de auto voor hem. Nog een paar centimeter en hij zou hem geraakt hebben.

Hij hield nu afstand en reed langzaam. Hij nam aan dat Jesse inderdaad al een poosje van plan was geweest bij hem weg te gaan. Terugdenkend aan haar verjaardag herinnerde hij zich dat ze er tijdens hun liefdesspel die avond niet helemaal met haar gedachten bij had geleken, alsof ze alleen voor de vorm meedeed. Hij had toen gedacht dat ze misschien moe was, omdat ze bijna de hele week onderweg was geweest.

Ze was sinds afgelopen weekend bij een vriendin, maar kwam morgen – zaterdag – terug om haar spullen op te halen. Hij had gezegd dat hij er dan niet zou zijn, maar eigenlijk wilde hij toch thuisblijven en haar proberen over te halen de afgelopen twee jaar niet zomaar weg te gooien.

En hoe zat het met alle plannen die ze hadden gemaakt? Nog maar veertien dagen geleden hadden ze besproken hoe ze de kerstdagen moesten indelen zonder een van beide ouderparen voor het hoofd te stoten. Bovendien hadden ze voor maart een vakantie naar Saint Lucia geboekt.

Hoe had hij er zo vreselijk naast kunnen zitten? Vermoedelijk omdat het in de menselijke aard zit te rationaliseren en onszelf voor de gek te houden, waardoor we alleen zien wat we willen zien.

Wetend dat hij de neiging had tot overanalyseren, onderbrak hij die gedachtegang. Hij had die week al genoeg in kringetjes ronddraaid in een poging Jesse en wat er tussen hen mis was gegaan te doorgronden.

Hij draaide North Parade Avenue in, waar de etalages mooi aangekleed waren met kerstverlichting. Het was een deel van Oxford dat hij zelf erg leuk vond en hij wist dat het een goede zet was geweest hier iets te kopen. Het merendeel van de panden in de wijk was eigendom van de universiteit, maar Latimer Street was een van de weinige straten waar voornamelijk woonhuizen stonden. Het huis dat hij had gekocht – nummer 6 – was een compacte victoriaanse villa in gele en rode steen met vier slaapkamers. Hij zou het helemaal moeten strippen en de bedrading, het leidingwerk, alles moeten vervangen, maar als hij ermee klaar was, zou het een juweeltje zijn. Hij wist nog niet of hij het aan zijn bestand van huurwoningen zou toevoegen of het meteen zou doorverkopen. De tijd zou het leren.

Het was idioot om er in het donker naar te gaan kijken, maar al sinds hij zijn eerste pand had gekocht, was het een ritueel van hem om er zodra hij de sleutels had gekregen heen te gaan en het als zijn eigendom op te eisen. Hij zou de zaklamp uit de kofferbak van zijn auto pakken, door alle kamers lopen en de plannen die hij voor het huis in petto had nog eens overdenken.

Zijn eerste pand had hij gekocht toen hij twintig was en daar had hij een absurd bedrag voor van de bank geleend. Dat was nog in de tijd dat de banken leningaanvragen niet snel genoeg konden goedkeuren. De woning was een bouwval geweest, een klein huis met twee kamers beneden en twee boven, dat hij, al doende lerend en er feitelijk in kamperend, in zes maanden had opgeknapt. Daarna had hij het tot grote verbazing van zijn ouders met een redelijke winst verkocht. Ze hadden vol ontzetting gereageerd toen hij in zijn tweede jaar was gestopt met zijn studie en nogal zelfingenomen had verkondigd dat hij projectontwikkelaar wilde worden. Hij had net zo goed kunnen zeggen dat hij drugsdealer wilde worden. Zelf was hij blij geweest de universiteit te kunnen verlaten. Omdat hij licht dyslectisch was, had hij het soms als behoorlijk zwaar ervaren.

Nu was hij zevenendertig en ondanks het inmiddels indrukwekkende bestand aan woningen die hij had gekocht en nu verhuurde, betwijfelde hij ten zeerste of zijn vader de hoop al had opgegeven dat hij op een dag een echte baan zou vinden, zoals zijn broer Giles, die voor een gerenommeerde bank in de Londense City werkte. Hoewel 'gerenommeerd' tegenwoordig, nu banken als net zo'n grote bedreiging voor het menselijk voortbestaan werden gezien als kernwapens, misschien niet het juiste woord was.

'We hebben al genoeg overpresteerders in de familie,' had Adam tegen zijn ouders gezegd toen die blijk gaven van hun teleurstelling over zijn beroepskeuze. 'Ik breng de familie op mijn bijzondere en unieke manier weer terug tot een normaal niveau,' had hij geschertst. Waarop zijn moeder had gezegd dat hij nog niet te oud of te groot was voor een draai om zijn oren, en had gevraagd wat hij met 'normaal' bedoelde.

Bij de kruising met Winchester Road sloeg hij rechts af en hij accelereerde net weer toen er een verblindende gloed van groot licht in zijn achteruitkijkspiegel verscheen. Hij wist dat hij niets verkeerd deed, maar hield toch iets in. Hij was twee maanden geleden op de M4 door een ongemarkeerde politieauto aangehouden voor te hard rijden en verkeerde nog steeds in het vroege stadium van flitslichtparanoia; hij was bang dat elk voertuig dat achter hem reed een politieauto was die hem besloop. Tot zijn opluchting stoof de auto achter hem vandaan en haalde hem onnodig hard in. Adam schudde zijn hoofd, maakte een ts-geluid en vroeg zich af waar de politie was als er iemand echt de wet overtrad.

Zijn opluchting maakte echter al snel plaats voor een natuurlijke reactie van alertheid. Het was iets wat hij van zijn rijinstructeur had geleerd en nooit was vergeten: goede, intuïtieve chauffeurs beseffen het onbewust wanneer er op enkele seconden afstand gevaar dreigt en zijn te allen tijde volkomen alert op idiote acties van anderen, omdat juist het onverwachte je dood kan betekenen. Er gebeurde verderop inderdaad iets onverwachts: de chauffeur die hem had ingehaald, had zijn rem ingetrapt en zwenkte wild heen en weer alvorens er op hoge snelheid vandoor te gaan.

En op dat moment zag Adam in het licht van de straatlantaarn een oudere vrouw die zich haastte naar de onmiskenbare vorm van een lichaam dat op de straat lag.

3

Esmé Silcox woonde al zestig jaar in North Oxford en had in die tijd heel wat veranderingen en werkelijk allerlei soorten mensen meegemaakt. Ze klikte haar handtas dicht en trok haar geitenleren handschoenen aan en daarna hield Joe de deur voor haar open. Dat deed hij altijd als het niet te druk was in de winkel en het was een gebaar dat ze niet alleen waardeerde, maar dat haar ook aan vroeger tijden deed denken.

Als je Joe zag, zou je zulke ouderwetse beleefdheid niet verwachten. Met zijn geschoren hoofd, talloze piercings en vreemde tatoeages zag hij er echt uit als iemand voor wie je de straat zou oversteken als je hem tegenkwam. Esmé wist echter wel beter: je kon niet in een stad als Oxford wonen zonder te leren dat je een boek nooit moest beoordelen op het omslag.

'Doe voorzichtig aan,' zei Joe, die boven haar uittorende, met zijn fluweelzachte stem. 'Het is nu donker buiten. En vergeet niet dat we met plezier uw bestelling via de telefoon opnemen en bij u thuis komen bezorgen wanneer u maar wilt. Geef maar gewoon een belletje, meer hoeft u er niet voor te doen.'

Als hij niet zo oprecht zorgzaam had geklonken had ze het misschien als neerbuigend ervaren. 'Dank je,' zei ze, 'dat is heel vriendelijk van je. Ik houd je aanbod in gedachten.'

Buiten in de koude avondlucht ging ze met haar boodschappentas in de ene hand en haar handtas aan haar andere arm, met kwieke, vastberaden tred op pad. Voor haar gevoel was het althans een kwieke, vastberaden tred, maar aangezien ze tweeëntachtig was, lag het voor de hand dat ze een enigszins optimistische kijk had op de snelheid waarmee ze zich voortbewoog.

Voorbij de winkels en restaurants, op het kruispunt met Winchester Road ging ze rechtsaf, wachtte tot er een reeks auto's voorbij was en stak toen over. Toen ze het trottoir aan de overkant had bereikt, lette ze goed op dat ze in het donker haar voeten niet verkeerd neerzette. Vorig jaar om deze tijd was haar enige nog levende goede vriendin even warme broodjes gaan halen voor bij de thee en was toen uitgegleden op het gladde trottoir. Die arme Margaret was tot haar schande door een ambulance naar het ziekenhuis gebracht met een gebroken heup en elleboog. Tegen de tijd dat ze weer fit genoeg werd geacht om te worden ontslagen, had ze al haar vertrouwen verloren en was het hard bergafwaarts gegaan. Nog voor Pasen was ze gestorven. Het gebeurde voortdurend: een onbeduidend ongeluk en dat was het dan.

Als het de komende weken echt guur weer zou worden, zou ze Joe's aanbod wellicht aannemen en haar boodschappen thuis laten bezorgen. De vorige eigenaar van de winkel was nooit zo attent geweest. Integendeel zelfs. Hij was een vreselijke, onbeschofte en slechtgehumeurde man geweest. Hij had er geen been in gezien ruzie te maken met zijn klanten en iedereen af te snauwen, vooral studenten, die zo vermetel waren alles aan te raken. Afgelopen zomer had hij geprobeerd Esmé te benadelen. Hij had haar ervan beschuldigd te liegen, had gezegd dat ze hem tien pond had gegeven in plaats van een briefje van twintig, zoals ze heel goed wist dat ze had gedaan. De gemene man had gezegd dat ze kierewiet was en niet wist wat ze deed. Toen ze dreigde de politie te bellen, krabbelde hij terug en gaf hij haar het juiste bedrag aan wisselgeld. Een maand later, begin september, stond de winkel plotseling zonder waarschuwing leeg en hing er een bord met *Te huur*.

Joe en Buddy kwamen in oktober met aantrekkelijke rieten manden vol verse producten: brood, eieren, verse groenten en fruit en een heerlijke lijn in taart, gebakjes en cake. Ze hadden allerlei soorten biologische en fairtradeproducten en ook ham, kaas, salami en olijven. Onlangs hadden ze vers klaargemaakte sandwiches en baguettes geïntroduceerd. De dagspecials stonden steeds op een bord achter de toonbank geschreven. En nu overwogen ze zelfgemaakte soep te gaan verkopen, zo had Joe Esmé net verteld. Ze hoopte dat hun enthousiasme en ondernemingslust rijkelijk beloond zouden worden met een gestage stroom klandizie. Ze hadden in elk geval alles wat zij nodig had.

Ze was zich er erg van bewust dat haar wereld steeds kleiner werd naarmate zij ouder werd. Inmiddels was die zelfs gekrompen tot dit kleine deel van Oxford tussen Banbury Road en Woodstock Road. Uiteindelijk, vermoedde ze, zou die krimpen tot Trinity House en vervolgens mogelijk zelfs tot één kamer. Leven in miniatuur, dacht ze met een zuinig glimlachje.

Ze ging tegenwoordig zelden ver weg. Zo nu en dan verlangde ze er plotseling naar de bus naar het centrum te nemen, of een taxi te pakken om naar een toneelstuk in het Playhouse of een concert in St Mary's Church te gaan, maar over het algemeen was ze er heel tevreden mee alleen thuis naar de radio te luisteren en te lezen. Haar favoriete plekje was voor het raam in de salon. Daarvandaan had ze uitzicht op de straat en keek ze naar het komen en gaan van de mensen die bij haar in de buurt woonden. Meestal leken ze vreselijke haast te hebben en weinig of geen tijd om de mensen in hun omgeving te leren kennen. Ze leefden, net als zij, allemaal op hun eigen kleine eilandje.

Lang geleden had ze haar naaste buren gekend, maar een snelle opeenvolging van nieuwkomers en steeds veranderende gezichten hadden tot een muur van anonimiteit geleid. Met het diamanten jubileum van de koningin was er een halfslachtige poging tot een straatfeest gedaan, maar Esmé was niet gegaan. Verscholen achter de vitrage had ze door het raam gekeken en de mensen geobserveerd die wat onbeholpen stonden te praten met glazen wijn of bier in hun hand. Ze was bang geweest dat een goedbedoelende ziel misschien uit medelijden zou aankloppen en haar zou dwingen deel te nemen; arm oudje, had ze zich voorgesteld dat ze tegen elkaar zeiden, we moesten haar maar uitnodigen. Er was echter niemand gekomen. Ze had zich daarover zowel opgelucht als vreemd teleurgesteld gevoeld.

Ze kon zich niet herinneren wie het was, maar iemand had ooit gezegd dat het verleden geen tijd is, maar een plaats. Dat was waar. Voor haar was het verleden een plaats die veel meer leefde dan het heden; een plaats vol herinneringen... Aan het beklimmen van Magdalen Tower om de zon te zien opkomen op 1 mei, aan picknicks bij de rivier waarbij ze Pimm's dronken en zich te goed deden aan aardbeien, aan wandelingen door het hertenpark en de botanische tuinen, aan feestjes waar ze tot diep in de nacht praatte met enthousiaste jonge mannen en vrouwen die dachten dat ze de wereld zouden gaan veranderen. Ze zag hen nog voor zich, hun ogen stralend van de vurige overtuiging dat zij alle antwoorden hadden.

Ze had al lang geleden geleerd dat er geen antwoorden waren, alleen vragen.

Terwijl ze in het donker langs de weg liep, dacht ze aan het huis naast dat van haar: het had elf maanden leeggestaan. De eigenaar, die in Londen had gewoond en het aan telkens andere huurders had verhuurd, was gestorven en pas nu het testament was afgewikkeld kon het huis worden verkocht. Esmé wist dat allemaal omdat ze op een middag in de tuin was geweest en het gesprek had gehoord dat aan de andere kant van de tuinmuur plaatsvond tussen de makelaar en wie het ook was die hij rondleidde. Waarschijnlijk zou degene die het kocht het opknappen en er appartementen van maken.

Ze bleef even staan om haar zware boodschappentas van haar linkerarm over te brengen naar haar rechterarm en hoorde achter zich een auto. Ze keek over haar schouder, werd even verblind door de felle koplampen en deed onwillekeurig een stap bij de straat vandaan toen de auto met grote snelheid en met brullende motor voorbijreed. Nog geen seconde later hoorde ze een geluid dat haar hardop naar adem deed happen.

Met bonkend hart versnelde ze haar pas.

4

Floriana had het vreemde gevoel dat er iets niet klopte.

Nog vreemder was dat een man die ze niet kende vroeg hoe ze heette. Wat deed het er echter toe hoe ze heette, hoe heette híj? Wie was hij en waarom vroeg hij of ze wist waar ze was? Natuurlijk wist waar ze was, ze was... ze was... Wacht even, waar was ze eigenlijk?

Ze was aan het werk, dat was het! Ze zat in het Randolph voor een vieruurtje met haar opgewekte groep Amerikanen. Maar waar waren die dan? O verdorie, ze was toch zeker niemand kwijtgeraakt? Dat was altijd een nachtmerrie, iemand die van de groep afdwaalde. Heus, hoe vaak ze al niet iemand was kwijtgeraakt omdat hij snel even naar het toilet was gegaan zonder het haar te vertellen. Ze wilde haar hoofd omdraaien om naar haar groep te kijken en merkte dat ze dat niet kon. Ze kon alleen maar een man zien.

Hij moest de man zijn die haar had gevraagd hoe ze heette. Hij had een interessant gezicht, een beetje hoofs met een lange, rechte nobele neus, een breed voorhoofd en een gladde kaak en kin. Nu ze erover nadacht, stond hij wel heel dicht bij haar, maar misschien was dat omdat het donker was en hij haar alleen van zo korte afstand kon zien. Hij leek haar ook vanuit een heel vreemde hoek aan te kijken. Of zat ze zelf in een rare hoek? Ze probeerde van houding te veranderen, maar stopte toen er iets pijn deed. Ze probeerde te bepalen waar het pijn deed, maar slaagde daar niet in.

Wie hij ook was, ze moest hem nageven dat hij volhardend was, want hij bleef maar vragen hoe ze heette. Om hem de mond snoeren zei ze: 'Floriana. En hoe heet u?'

'Ik heet Adam,' zei hij. 'Er is een ambulance onderweg, die kan er zo zijn.'

'Een ambulance,' zei ze hem na, haar nieuwsgierigheid geprikkeld. Ze probeerde opnieuw tevergeefs om zich heen te kijken. 'Waarom?'

'Je kunt waarschijnlijk beter niet bewegen,' zei hij. 'Probeer maar stil te blijven liggen. Wat is je achternaam, Floriana?'

Wow, probeerde hij haar nou te versieren? 'Day,' zei ze. 'Ik heet Floriana Day.'

Ze hoorde nog een stem. Een vrouwenstem, zacht en verfijnd en met een duidelijk toon van gezag. 'Vraag haar waar ze woont. Vraag haar of we iemand moeten bellen die naar haar toe kan komen.'

Zich afvragend over wie de vrouw het had, deed Floriana haar ogen dicht en probeerde ze te bedenken wie van haar groep ze in het Randolph Hotel kwijt was geraakt.

Maar ze was niemand kwijt, wel dan? Belangrijker nog, ze was helemaal niet in het Randolph. Ze was... ze was op weg naar huis, dat was het! En ze was van streek. Maar waarom?

Ze worstelde zich door de mist van verwarring heen. Het had iets met Seb te maken. Hij... hij had haar een kerstkaart gestuurd. Nu wist ze het weer. Imogen en hij gingen trouwen.

Alsof die was opgewekt door de herinnering sloeg er een golf van pijn door haar heen en ze voelde zich plotseling misselijk en duizelig. Ze begon te bibberen en te klappertanden.

Ze schrok toen ze voelde dat iemand haar aanraakte. Ze deed haar ogen open en realiseerde zich dat de man die naar haar naam had gevraagd haar nu toedekte met een deken. Nee, geen deken, een jas. Een zachte wollen jas die lekker rook. Dat was aardig van hem. 'Wat is er met me aan de hand? Wat heb ik gedaan en waar ben ik?'

'Je bent in Latimer Street en je bent aangereden door een auto,' antwoordde hij.

'O,' zei ze. 'Dat klinkt niet goed. Ben ik ernstig gewond?'

'Dat weten we niet.'

'Doe eens een gok.'

'De ambulanceverpleegkundigen zullen er wel meer over kunnen zeggen.'

Floriana dacht daarover na en probeerde tegelijk het zelf uit te vissen. Dat lukte echter niet. Ze wist alleen dat ze zich nog nooit van haar leven zo moe en suf had gevoeld, alsof ze aan de rand van een droom stond. Wat ook duidelijk was, was dat ze ergens in haar lijf gigantisch veel pijn had. Als ze nou maar kon gaan slapen, zou de pijn misschien weg zijn wanneer ze wakker werd. Ze deed haar ogen dicht en voelde zich meteen wegzakken. Ze was terug in het Randolph, wees haar groep de Morse Bar en ging hen voor naar de salon voor het vieruurtje. Ze lachten en babbelden onder elkaar, maar een van de vrouwen zei: 'Houd haar aan de praat, laat haar niet in slaap vallen. Het is belangrijk dat ze wakker blijft.'

Het was echter niet een van de Amerikaanse vrouwen in de groep die dat zei. Het was de vrouw die al eerder had gesproken, de vrouw met de karakteristieke stem.

'Floriana,' zei de man, 'kun je me horen? Toe, vertel me eens over je dag. Wat heb je vandaag gedaan?'

'Ik wil alleen maar slapen,' mompelde ze, met haar ogen nog steeds dicht.

'Dat weet ik, maar doe me een plezier. Vertel me over je werk. Of ben je student?'

Met grote inspanning opende ze haar ogen en ze merkte dat ze recht in de zijne keek. 'Ik ben gids.'

'Dat lijkt me een interessante baan. Ik neem aan dat je allerlei soorten mensen ontmoet, of niet?'

'Hou je me aan de praat omdat je bang bent dat ik dood zal gaan? Dat doen ze in films toch ook, nietwaar?'

'Je gaat niet dood.'

'Dat is fijn om te weten. Ben je dokter?'

'Ik vrees van niet.'

'Dus je weet het eigenlijk niet, of wel? Hoe zei je ook weer dat je heette?'

'Ik heet Adam.'

'Nou, Adam, ik denk zo dat ik wel oké moet zijn als ik met jou praat, of niet? Of... of verbeeld ik me dit gesprek?'

'Nee, je praat echt met me.'

'Maar als ik me nou verbeeld dat jij dat zegt?'

Hij legde die jas iets anders over haar heen. 'Een interessante discussierichting en helaas een aanname die ik niet zomaar voor je kan ontkrachten. Je zult me gewoon op mijn woord moeten geloven.'

Zijn stem klonk mooi, kalmerend.. 'Mijn hoofd doet pijn,' zei ze plotseling toen ze zich realiseerde dat het merendeel van de pijn die ze voelde daarvandaan kwam.

'Des te meer reden om stil te blijven liggen,' zei hij.

'Vraag of we iemand voor haar kunnen bellen.'

Dat was de welbespraakte vrouw weer. Deze keer klonk haar stem nog dringender.

'Wie is je bazige vriendin?' vroeg Floriana. 'Ik geloof niet dat ik haar tegen me zou willen innemen.'

'Ik heb geen idee wie ze is; we hebben elkaar net pas ontmoet. Maar ik denk dat het misschien eerder ontsteltenis en bezorgdheid dan bazigheid is waar ze blijk van geeft. Ah, daar komt de ambulance aan.'

Toen ze het geluid van de sirene snel dichterbij hoorde komen en de opluchting in de stem van de man opmerkte, zei ze: 'Ik heb nog nooit in een ambulance gelegen.'

Het was feitelijk een politiewagen die als eerste arriveerde, kort daarop gevolgd door een ambulance. Toen de twee ambulanceverpleegkundigen haar na een kort onderzoek voorzichtig op een brancard legden, ving Floriana een glimp op van de vrouw die bevelen had staan geven. Ze wist het in haar versufte toestand niet zeker, maar ze had het idee dat ze haar vaker had gezien.

De ambulance was vertrokken en het handjevol toeschouwers dat door de sirenes en blauwe zwaailichten de straat op was gelokt, was teruggekeerd naar huis nadat hun namen en contactgegevens door de politieagent waren genoteerd. Omdat ze verder niets nuttigs hadden gezien, had de politieagent het meeste belangstelling voor Adam en de oudere vrouw. Nadat hun getuigenverklaringen waren opgenomen, onderzocht de agent de weg op zoek naar iets wat als bewijs kon gelden.

Pas nu, nadat hij zijn jas weer had aangetrokken en het vuil dat door het op de grond knielen op zijn broek was gekomen eraf had geveegd, keek Adam voor het eerst goed naar de oude vrouw naast hem. Ze was klein – ze kwam niet eens tot aan zijn schouder – en was netjes gekleed in een zwarte mantel, waarvan de mouwen waren afgezet met bont. Haar witte haar werd deels bedekt door een verbazingwekkend stijlvolle zwarte baret met aan de ene kant een broche in de vorm van een panter erop gespeld. Om haar hals droeg ze een rood met zwarte zijden sjaal en in haar in leer gestoken handen droeg ze een boodschappentas en een handtas die eruitzag alsof die ooit deel had uitgemaakt van een krokodil. Ze mocht dan wel oud en frêle lijken, Adam had toch sterk het vermoeden dat ze een kern van staal in haar oudedameslijf had.

'Het voelt niet juist dat dat arme meisje helemaal alleen is,' zei ze, naar hem opkijkend.

'Ik vermoed dat de verpleegkundigen of het personeel in het ziekenhuis wel contact zullen opnemen met haar familie of een vriendin.'

De vrouw fronste weifelend haar voorhoofd. 'Ik heb haar eerder gezien. En nooit samen met iemand anders. Denkt u dat een van ons met de ambulance mee had moeten gaan?'

'Ik kan me voorstellen dat een vreemde die in de weg loopt wel het laatste is waar ze behoefte aan heeft.'

'En als ze het nou niet doen?'

'Wat niet doen?'

'Als niemand nou haar familie of vriendinnen belt? Of als ze niemand heeft?'

Adam knoopte zijn jas dicht en zei: 'Ik denk dat we onder de omstandigheden hebben gedaan wat we konden.'

Hij wist dat het zwakjes klonk, maar het was toch waar, niet dan? Ze waren getuige geweest van een ongeluk, hadden een ambulance gebeld, gewacht tot die er was en het toen aan de experts overgelaten. Wat konden ze verder nog doen?

'Ze zag er zo jong en kwetsbaar uit,' zei de oude dame. 'Ik hoop echt dat alles goed komt met haar. Ik geloof niet dat ik zal kunnen slapen voordat ik weet dat ze niet al te ernstig gewond is. Maakt u zich helemaal geen zorgen om haar? Het is schandalig dat die automobilist niet is gestopt. Ik wou dat ik eraan had gedacht zijn kenteken te noteren.'

Oké, dit werd heel snel zo'n surrealistische avond waarvan je denkt dat hij jou nooit zal overkomen. Hij zat nu op de afdeling Spoedeisende Hulp van het John Radcliffe, hield zich volgens de instructie van den domme en liet het praten over aan zijn oudere metgezel: juffrouw Silcox.

Binnen enkele minuten na hun komst had ze de vrouw achter de balie er moeiteloos van overtuigd dat ze mevrouw Silcox was, de grootmoeder van Floriana Day, waarmee ze eventuele problemen omzeilde omdat een ziekenhuis gewoonlijk alleen familieleden informatie verstrekte over de patiënten. Hij was er vrij zeker van dat een dergelijk voorwendsel in dit geval niet nodig was, maar wie was hij om haar gedachtegang in twijfel te trekken? Hij moest haar echter nageven dat ze een uitgekookte ouwe tante was. Uitgekookt genoeg om een beroep op zijn geweten te doen en hem over te halen met haar hierheen te rijden.

Het was niet zo dat het aangereden meisje hem niets kon schelen, hij wilde er gewoon niet van beschuldigd worden dat hij zich met dingen bemoeide die hem niets aangingen. De kans was groot dat zelfs het meisje het vreemd zou vinden dat ze hier waren. Naar alle waarschijnlijkheid was er al een vriendin of een familielid – of zelfs een vriend – op weg hierheen en dan zou het er heel raar uitzien als ze moesten uitleggen wat zij hier deden. Bovendien had hij een hekel aan ziekenhuizen. Hij had een hekel aan de geur, aan de geluiden en bovenal aan de dreiging van de dood die eromheen hing. Hoe eerder hij hier weg kon, hoe beter.

'Zal ik kijken of ik iets te drinken voor ons kan vinden?' vroeg hij, omdat hij iets nuttigs wilde doen.

'Een kopje thee zou heel welkom zijn,' zei juffrouw Silcox. 'Een scheutje melk en geen suiker. Dank u.'

Hij wilde net op zoek gaan naar een automaat toen er een verpleegkundige verscheen. 'Als u met me mee zou willen komen, dan breng ik u naar uw kleindochter,' zei de verpleegster tegen juffrouw Silcox. 'Ik vrees dat ze nog steeds een beetje suf is, maar ze lijkt u graag te willen zien.'

O-o, dacht Adam.

5

Floriana had te horen gekregen dat ze geluk had gehad.

Zo voelde ze zich echter niet. Ze had vreselijk medelijden met zichzelf, hier helemaal alleen in haar door gordijnen omgeven hoekje, haar kleren bevlekt met bloed en haar lichaam dat aanvoelde alsof het door een autopers was gehaald. Nee, ze voelde zich helemaal niet fortuinlijk.

Ze maakte zich ook zorgen over dat gedoe met die grootmoeder. Ze had niets gezegd toen de verpleegkundige zei dat haar grootmoeder zat te wachten tot ze bij haar mocht, voor het geval er dan medische alarmbellen zouden afgaan en ze niet geschikt zou worden bevonden om te worden ontslagen. De gedachte dat ze de nacht hier op de afdeling zou moeten doorbrengen, vervulde haar van afgrijzen. Ze wilde alleen maar naar huis; in bed kruipen met een warme kruik, een kop thee, een bordje toast met pindakaas en Marmite en dan een hele week slapen.

Het punt was echter dat ze er tamelijk zeker van was dat ze geen grootmoeder had. In elk geval niet een die nog leefde. Als haar geheugen niet helemaal naar de mallemoer was, dan was oma Tricia gestorven toen Floriana nog te jong was om zich haar te kunnen herinneren en oma Betsy veel recenter. Ze wist dat vrij zeker omdat ze zich nog goed herinnerde dat ze naar de begrafenis was geweest en het de verdrietigste dag van haar leven had gevonden.

Dat riep dus de vraag op wie de 'grootmoeder' was die zat te wachten tot ze bij haar mocht.

Of leed ze aan een vorm van geheugenverlies? Waren al haar herinneringen door de war geraakt? Herinnerde ze zich dingen verkeerd? God, wat nou als ze op de een of andere manier terug in de tijd was gegaan en een tijdreizigster was geworden?

Nee, dat was idioot; ze liet haar verbeelding met haar op de loop gaan. Ze kon zich beter concentreren op de heel duidelijk herinnering die ze had van toen ze van haar werk naar huis liep en liep te piekeren over de kaart van Sebastian en het nieuws dat hij de volgende zomer ging trouwen. Dat was absoluut honderd procent waar... ja toch?

Vanaf toen was het allemaal een beetje wazig, zoals ze ook had uitgelegd aan de politieagent die bij haar langs was gekomen toen ze terugkwam nadat er een röntgenfoto van haar hoofd was gemaakt. Ze kon zich nog steeds niet herinneren dat ze door de auto was geraakt, maar de ambulanceverpleegkundigen leken van mening dat die haar slechts geschampt kon hebben. Anders waren haar verwondingen veel ernstiger geweest. Ze kneep haar ogen dicht en probeerde voor zich te zien hoe ze naar huis liep. Ze herinnerde zich dat ze door North Parade liep en naar Joe zwaaide. Daarna stak ze de weg over en... Maar nee, meer was er niet. Hoe ze haar brein ook aanspoorde het zich te herinneren, het lukte gewoon niet, en de inspanning van de pogingen die laatste belangrijke momenten en het feit dat ze een grootmoeder had die springlevend was te doorgronden, gaf haar het gevoel dat haar hoofd zou openbarsten als een meloen die van grote hoogte neerviel.

Ze kromp ineen. Waar kwam dat afschuwelijke beeld vandaan? Met haar ogen open legde ze aarzelend een hand tegen de zijkant van haar hoofd en raakte ze het verband aan waaronder een erg nerveuze arts-assistent genaamd Suzy eeuwen had zitten morrelen om zes hechtingen te plaatsen. Toen had de verpleegster die dicht naast de arts-assistent stond en haar nauwkeurig in de gaten hield, tegen Floriana gezegd dat het een geluk was dat de wond dicht bij de haarlijn zat en het litteken daar uiteindelijk onder zou schuilgaan. Ze had ook verband op haar kin en haar lelijk geschaafde wang. De hemel mocht weten hoe vreselijk dat eruitzag.

Van de andere kant van het gordijn hoorde ze stemmen en voetstappen, daarna werd het gordijn met een plotseling gebaar, als bij een goochelact opengeschoven en ze verwachtte bijna een *Tadaaa!* De verpleegster die een oogje op de arts-assistent had gehouden, verscheen aan het voeteneind van haar bed en zei met een hartelijke glimlach: 'Hier zijn je grootmoeder en een vriend. Ik laat jullie even alleen.'

Floriana keek eerst naar de kleine oude vrouw, daarna naar de lange, tamelijk goed uitziende man naast haar. Haar blik keerde terug naar de vrouw. Ze zag er netjes en keurig verzorgd uit en stond met ouderwetse elegantie kaarsrecht. Ze was echter absoluut niet oma Betsy, die groter en veel ronder was geweest.

'U bent niet mijn grootmoeder,' zei Floriana uiteindelijk.

Ze merkte op dat de man naar adem hapte en bloosde toen ze dat zei, maar de vrouw stapte naar voren. 'Dat klopt helemaal, en het spijt me dat ik je heb misleid, maar ik hoop dat je ons dat zult vergeven. Zie je, we... of beter gezegd ík heb aan de balie een klein leugentje verteld om er zeker van te zijn dat ze ons zouden vertellen waar je lag. Ik was bang dat ze dat niet zouden zeggen als ik de waarheid vertelde. Overigens, mijn naam is Esmé Silcox en ik woon in Latimer Street, niet ver van het kruispunt met Church Close waar je bent aangereden.'

Heel langzaam viel er voor Floriana een stukje van de puzzel op zijn plaats. 'Uw stem,' zei ze, 'ik herinner me uw stem. U was –'

'Dat klopt, we waren op de plaats van het ongeluk. Meneer Strong hier...' en daarbij wees ze naar haar knappe metgezel, 'heeft de ambulance gebeld.'

Floriana richtte haar aandacht op meneer Strong en dacht aan de Meneertje-boekjes waar ze als kind zo dol op was geweest; Meneertje Kietel was haar favoriet geweest. Deze meneer Strong leek erg slecht op zijn gemak, alsof hij overal liever zou zijn dan in de verstikkende hitte van dit kleine, door gordijnen omsloten stukje ziekenhuis. Dat geldt ook voor mij, dacht ze. 'Ja,' zei ze zacht, 'u herinner ik me ook. U praatte tegen me, is het niet? U heette –'

'Adam,' zei hij.

'Meneer Strong was fantastisch,' zei de oude dame. 'Hij was bijzonder ridderlijk en gebruikte zijn jas om je warm te houden.'

Floriana glimlachte dankbaar. Ze herinnerde zich nu niet alleen zijn naam, maar ook hoe rustig en bemoedigend hij had geklonken. 'Dank je. Maar waarom zijn jullie hier?'

'We maakten ons zorgen,' zei de oude dame terwijl ze dichter bij het bed kwam staan. 'We wilden niet dat je alleen zou zijn. Is er iemand onderweg die bij je kan blijven?'

'Eh... eigenlijk niet, nee.'

'Maar heb je wel iemand die kan komen?' vroeg ze.

'Ik heb niemand nodig, het gaat prima met me,' zei Floriana opgewekter dan ze zich voelde. 'Zodra ze klaar zijn met wat er dan ook nog moet gebeuren, ben ik hier weg.'

'Denk je dat dat verstandig is?' vroeg de oude dame, die lang en indringend naar haar verbonden hoofd en gezicht keek.

'Ze hebben röntgenfoto's gemaakt en zo en er is niets gebroken. Ik hoef dus nergens voor hier te blijven.'

'Heb je geen hersenschudding dan? Zullen ze je niet vragen een nacht hier te blijven zodat ze een oogje op je kunnen houden?'

De moed zonk Floriana in de schoenen toen ze haar eigen angsten bevestigd hoorde worden.

'En ik vermoed dat ze niet tevreden zullen zijn als er niet iemand thuis is die voor je kan zorgen. Is er thuis iemand?'

Wat was dit? Waarom nam die oude dame haar een derdegraads verhoor af? En waarom bracht het oprechte antwoord haar bijna in tranen en wenste ze dat ze de enige persoon op aarde bij zich zou willen hebben die niet kon komen? Waarom dacht ze zelfs maar op die manier aan Seb nadat hij de afgelopen twee jaar zo resoluut had geschitterd door afwezigheid? Eén kaartje van hem, en ze was verdorie volslagen in de war!

Boosheid. Dat was beter. Ze kon beter boos zijn op Seb dan hier als een idioot te gaan liggen snotteren. Het was immers zijn schuld dat ze hier lag. Helemaal zijn schuld dat zij de straat op was gelopen en...

Ze onderbrak die gedachtegang en realiseerde zich dat er een zweem van een herinnering naar boven was gekomen. Ze ging erachteraan, maar het verdween weer als kwikzilver.

'Wacht er thuis iemand op je?'

Goeie genade, Miss Marple had haar verhoor weer hervat! 'Het lijkt me dat dat mijn zaken zijn, niet dan?' antwoordde ze op een toon die naar ze hoopte assertiviteit uitdrukte, maar haar vermoedelijk als een tegendraadse tiener deed klinken.

'Je hebt gelijk,' zei meneer Strong – ook wel Adam genoemd – die dichterbij kwam en een hand op de arm van de oude dame legde. 'Kom, mevrouw Silcox,' voegde hij eraan toe, 'ik denk dat we wel hebben gedaan waarvoor we waren gekomen. Het is nu tijd om te gaan.'

'Het is júffrouw Silcox,' corrigeerde de vrouw hem, 'en behandel me alsjeblieft niet als een oud besje dat niets anders te doen heeft dan haar neus in zaken te steken die haar niets aangaan.'

'Laten we dan maar vertrekken voordat iemand die beschuldiging uit, vindt u niet?'

O, dacht Floriana, meneer Strong doet zijn naam eer aan!

Toen ze echter het teleurgestelde gezicht van de oude dame zag, kreeg Floriana medelijden met haar en schaamde ze zich voor haar eigen onbeschoftheid. 'Alstublieft, ik waardeer uw bezorgdheid, echt waar, het was ontzettend aardig van u allebei om te komen.'

'Dank u,' zei juffrouw Silcox, en haar kin ging iets omhoog. 'En om je gerust te stellen, ik ben wel de laatste persoon op aarde die zich met andermans zaken zou willen bemoeien, maar in dit geval achtte ik het niet alleen mijn burgerplicht om hierheen te komen, maar deed ik het ook omdat... omdat ik graag zou denken dat iemand hetzelfde voor mij zou doen.'

Floriana schaamde zich nu pas echt en een snelle blik op meneer Strong maakte haar duidelijk dat hij er net zo over dacht.

'En... hoe gaat het hier?'

Het was de verpleegster weer.

'Prima,' zei Floriana. 'Mag ik alstublieft naar huis?'

De verpleegster glimlachte. 'Dat kwam ik je net vertellen.'

Drie kwartier later was Floriana ontslagen; ze nam dankbaar het aanbod van een lift naar huis van haar barmhartige samaritanen aan.

Ze bedankte hen toen ze voor Church Close 10a stopten, noteerde hun contactgegevens omdat juffrouw Silcox daarop stond en zwaaide hen na nadat ze hun keihard had verzekerd dat het echt goed met haar ging.

Het ging natuurlijk niet goed met haar en waarschijnlijk wisten ze dat wel, maar waren ze zo vriendelijk geweest niet door te drammen. In de keuken zette ze de waterkoker aan en ze wilde net brood in de broodrooster doen toen haar mobieltje ging. Ze keek op het schermpje en zag dat het haar zus was. Floriana was niet in de stemming om met haar te praten, maar ze kon zien dat Ann al verschillende keren eerder had gebeld.

'Eindelijk!' zei Ann. 'Waar zat je? Ik probeer je de hele avond al te pakken te krijgen.'

'Waarom, wat is er aan de hand?'

'Er is niets aan de hand. Ik probeer alleen alles te regelen voor Kerstmis. Je had gezegd dat je me vandaag definitief zou laten weten of je wel of niet kwam.'

Het verwijt in Anns stem dreunde door Floriana's oor en haar hoofd bonsde pijnlijker dan ooit.

'Het spijt me,' zei ze zwakjes, 'ik wilde je bellen, echt waar, maar ik –'

'Tja, dat ben jij ten voeten uit, nietwaar? Je bent altijd van plan iets te doen, maar het komt er nooit van, hè? Heus, ik geef het op! Wat is deze keer je excuus?'

'Ik ben op weg naar huis aangereden door een auto en –'

'Daar moet je geen grapjes over maken,' zei haar zus boos. 'Straks gebeurt het nog echt... dat heet het lot tarten.'

'Het is geen grapje. Ik ben echt aangereden. Ik ben net terug van de Spoedeisende Hulp.'

Het bleef even stil aan de andere kant van de lijn terwijl haar zus waarschijnlijk haar gedachten ordende. 'Waarom heb je me niet gebeld?'

Typisch Ann, niet vragen hoe het met Floriana was, gewoon meteen haar verontwaardiging uiten. 'Wat zou dat voor zin hebben gehad?' antwoordde Floriana. 'Je had me toch niet kunnen komen helpen, je zit veel te ver weg. En bedankt voor je medeleven.'

Het was weer even stil toen Ann zich haar vergissing realiseerde. 'Sorry,' zei ze en het klonk bijna alsof ze het meende. 'Hoe is het dan met je? Je klinkt in elk geval wel oké.'

'Nou, dat ben ik toevallig niet. Ik voel me vreselijk. Ik heb een half dozijn hechtingen in mijn hoofd, een gehavend gezicht en een lijf dat overal zeer doet.'

'Maar niets gebroken? Geen inwendige schade?'

'Nee, godzijdank niet.'

'O, dat is mooi,' zei Ann. 'En de auto die je heeft geraakt, wat doet de politie met de bestuurder?'

'De bestuurder is niet gestopt.'

'Wat? Heb je zijn kenteken kunnen noteren?'

Ann slaagde er zoals altijd weer in Floriana het gevoel te geven dat ze onbekwaam was, alsof ze opzettelijk nalatig was geweest. Ze legde uit dat ze zich van de aanrijding zelf helemaal niets kon herinneren.

'Waren er getuigen?'

Ze vertelde haar zus over haar barmhartige samaritanen en toen zei Ann tot haar afgrijzen: 'Ik zou wel naar je toe komen als ik kon, maar ik kan nu geen vrij nemen van mijn werk. Waarom kom je niet naar ons?'

'Dat is nergens voor nodig,' zei Floriana snel in de wetenschap dat ze het ongeluk moest bagatelliseren, want wie wist wat haar zus anders zou doen. 'Ik ben gewoon wat gekneusd en geschrokken, niets ernstigs. Echt waar.'

'Weet je het zeker?'

'Ja, heel zeker. Een nacht goed slapen en ik ben morgen weer helemaal in orde.' Er ging niets boven een beetje misplaatst optimisme!

De ketel begon te koken en terwijl ze het gas uitzette, hoorde ze haar zus zeggen: 'Het lijkt me beter als we hier niets over tegen pap en mam zeggen. Ze zouden zich alleen maar zorgen gaan maken en het zou vreselijk zijn als je hun vakantie verpestte. Je weet hoe mam is, ze zou meteen terugkomen als ze wist dat je een ongeluk had gehad.'

Hun ouders waren bezig aan een cruise rond de wereld. De vakantie, die al vele jaren in de planning zat, was een cadeau aan henzelf geweest nadat pap eindelijk het familiebedrijf had verkocht en met pensioen was gegaan, dus Floriana wist dat Ann gelijk had; het zou verkeerd zijn de vakantie voor hen te verpesten. Zoals zo vaak was het echter de manier waarop haar zus de opmerking maakte die haar dwarszat.

'Natuurlijk vertel ik het hun niet,' zei ze defensief, 'zo stom ben ik niet. En het spijt me dat ik je tot haast moet manen, maar ik moet nu echt iets gaan eten en dan mijn bed in. Ik ben doodop.'

'Natuurlijk. Ik bel je morgenvroeg om me ervan te verzekeren dat het echt goed met je gaat. O, en denk alsjeblieft over Kerstmis na, want ik moet weten met hoeveel we zijn.'

En ik moet een 24-karaats gouden reden verzinnen waarom ik met de kerst niet naar je toe kan komen, dacht Floriana toen ze het gesprek hadden beëindigd. Ze vreesde dat alleen haar overlijden een plausibel excuus zou zijn om zich niet naar de veeleisende plannen van haar zus te hoeven voegen.

Niet grappig, hield ze zich huiverend voor. Als de timing die avond een fractie anders was geweest, had die auto haar heel goed kunnen doodrijden. Er ging een rilling over haar rug en plotseling drong tot haar door dat de verpleegster in het ziekenhuis gelijk had gehad: ze had echt geluk gehad.

Ook het geluk dat er twee zo behulpzame mensen ter plaatse waren geweest. Ze moest hen morgen maar fatsoenlijk bedanken voor hun hulp. Dat was wel het minste wat ze kon doen.

6

Het was zaterdagochtend in Summertown en Adam was wakker geworden met de pijnlijke herinnering dat Jesse echt weg was. Door de verplichtingen van haar werk was het niet ongebruikelijk geweest dat Jesse van maandag tot vrijdag afwezig was in hun bed, maar op zaterdag- en zondagochtend was ze er altijd wel geweest; dat was een van de constanten in hun relatie geweest.

Om niet bij haar afwezigheid te blijven stilstaan, was hij die ochtend ondanks de ijzige kou al vroeg gaan hardlopen. Nadat hij had gedoucht en zich had aangekleed, was hij naar de winkels gelopen en had hij bij de nieuwe bakker een zak versgebakken croissants gehaald voor zijn ontbijt.

Hij schonk een tweede kop koffie uit de cafetière in en dacht na over de dag die voor hem lag.

Om twaalf uur kwam Jesse haar spullen halen. Zoals gepland zou hij maken dat hij dan weg was. Hij had besloten dat hij zichzelf de pijnlijke ervaring van te moeten toezien hoe zij elk bewijs van haar aanwezigheid uit het huis verwijderde – of pogingen haar op andere gedachten te brengen – zou besparen. Eerlijk gezegd kon hij er niet op vertrouwen dat hij niet iets gênants zou zeggen. Net een week nadat hij officieel was gedumpt, was het voor hem nog te vroeg om normaal te kunnen doen in haar aanwezigheid... of wat in deze situatie dan ook als normaal werd beschouwd.

Vanaf zijn stoel in de serre in victoriaanse stijl die hij zelf had aangebouwd keek hij naar de keuken en naar de lege plek aan de muur boven het in *whitewash* geschilderde dressoir. Een week geleden had daar nog een grote ingelijste foto van Jesse en hem gehangen. Die was gemaakt tijdens de vakantie op de Malediven in januari. Ze zagen er allebei gebruind en gelukkig uit; Jesse strak in vorm in een nauwelijks aanwezige bikini; hij, minder strak, in een zwembroek. Hij had de foto de afgelopen week van de muur gehaald. Hij kon de naar hem nu leek spottende lachjes en de zelfvoldane blikken niet meer aanzien. Hij had ook de rest van de foto's die van hun relatie getuigden bij elkaar gepakt en op het bed in de logeerkamer gelegd. Als Jesse de foto's wilde hebben, kon ze die wat hem betreft meenemen. Hij betwijfelde echter dat ze dat zou doen.

Terwijl hij naar die lege plek aan de muur zat te kijken voelde hij plotseling een hevige aandrang Jesse's groene en kruidenthee, gezondheidsproducten en supplementen – de ginseng, de teunisbloemolie, de ginkgo biloba, het gemalen biologische lijnzaad en de gojibessen – uit de keukenkastjes te verwijderen. Hij wilde het allemaal in een vuilniszak kieperen, samen met haar kookbijbel over *superfood*, en daarna hetzelfde doen in de badkamer, waar hij de plankjes wilde ontdoen van ieder spoor van haar dure schoonheidsproducten. Hij dwong zich echter die aandrang te weerstaan. Hij wilde Jesse geen reden geven hem van kleingeestige wraakzucht te beschuldigen.

Het was dus toch maar beter als hij zichzelf uit de voeten maakte en haar de kans gaf het aan te pakken zoals zij dat wilde. Hij werd liever een lafaard genoemd omdat hij haar ontliep, dan het risico te lopen dat hij tot niet bepaald hoogstaand gedrag verviel waar hij later spijt van zou krijgen. Een man had tenslotte zijn trots.

Toen hij klaar was met ontbijten ruimde hij op en maakte hij de prullenbak in de keuken leeg om elk bewijs van de afhaalmaaltijd van gisteravond te verwijderen. Een gedumpt vriendje dat zich troostte met een afhaalmaaltijd was gewoon te veel een cliché.

Hij was gisteravond op weg naar huis langs het Bengalese restaurant gereden nadat hij eerst was gestopt in Church Close en daarna in Latimer Street, waar tot hun beider verbazing bleek dat juffrouw Silcox naast het huis woonde dat hij net had gekocht. Hoe groot was die kans?

'Ik neem aan dat u er appartementen van zult maken,' had juffrouw Silcox gezegd toen hij was uitgestapt en om de auto heen was gelopen om haar te helpen. Ze had hem al weten te ontfutselen wat hij voor de kost deed.

Niet bereid zijn plannen al bekend te maken, vooral niet omdat ze het nieuws waarschijnlijk morgen voor het ontbijt al aan de hele buurt zou hebben doorverteld, had hij slechts gezegd: 'Ik heb nog niet besloten wat ik ermee ga doen.'

Hij was in het donker met haar het trapje op gelopen naar haar huis en was bij haar gebleven tot ze haar handschoenen had uitgedaan om de sleutels uit haar krokodillenleren handtas te halen. Met de deur open draaide ze zich om en keek ze naar hem op. 'Goedenavond, meneer Strong,' zei ze. 'Ondanks de nogal onfortuinlijke aard van onze ontmoeting, ben ik blij met u te hebben kennisgemaakt. Nogmaals dank dat u uw vrije vrijdagavond hebt opgegeven, vooral omdat ik ervan overtuigd ben dat u andere plannen had. Ik wens u het beste met wat u in gedachten hebt voor hiernaast. Goedenavond.'

Ondanks de definitieve klank van haar woorden had hij geweten dat het niet de laatste zouden zijn die ze met hem uitwisselde. Weer achter het stuur van zijn auto had hij besloten zijn aankoop niet in het donker te gaan inspecteren en was hij naar North Parade gereden. Plannen, had hij gedacht. Nee, hij had geen plannen gehad voor die avond. Gewoon een avondje piekeren voor de televisie.

Vastbesloten zich vanochtend niet aan gepieker over te geven, nam hij snel een besluit: aangezien hij gisteravond de kans was misgelopen zijn nieuwe huis te bekijken, zou hij dat nu gaan doen.

Hij zat in zijn auto met de verwarming aan toen hij nog een besluit nam, eentje waar hij zelf door werd verrast.

Met de gebaksdoos voor de zekerheid op de voorstoel reed hij naar Church Close. Rationeel gedacht wist hij dat hij zich nergens voor hoefde te verontschuldigen, maar hij kon het gevoel niet van zich afzetten dat hij de vorige avond geen al te beste indruk had gemaakt. Als er één ding was waaraan hij een hekel had, dan was het ruzieachtig gedrag of erger nog, een gebrek aan manieren; en hoe meer hij erover nadacht, hoe meer hij ervan overtuigd was dat hij de vorige avond van beide blijk had gegeven. Noem het trots, maar hij voelde zich verplicht om het een en ander recht te zetten bij juffrouw Silcox een Floriana Day.

Wanneer hij aan de laatste dacht, zag hij haar hulpeloos op de grond liggen. Vanonder haar mutsje – dat scheef zat en een van haar ogen gedeeltelijk bedekte – liep bloed over haar gezicht. Zo voorzichtig als hij kon had hij het weggehaald zodat ze beter kon zien en, belangrijker nog, zodat hij kon zien wat voor schade eronder schuilging. Op dat moment was zijn gedrag nog prima geweest, maar later was dat niet bepaald het geval geweest. Hij was waarschijnlijk afstandelijk overgekomen in vergelijking met juffrouw Silcox, die heel uitbundig was geweest in haar bereidheid te helpen. Op dat moment had ze hem een bemoeizuchtig oud dametje geleken dat er een kick van kreeg om bij andermans drama te worden betrokken, en dat hem daarin had meegesleurd.

Haar opmerking dat ze hoopte dat iemand voor haar hetzelfde zou doen als zij bij een ongeval betrokken raakte, had hem reden gegeven daar nog eens over na te denken. Door haar vriendelijke hulp, want dat was het geweest, had hij zijn eigen gedrag onder de microscoop gelegd en zwaar onvoldoende bevonden. Ja, hij had gedaan wat er van hem werd verwacht bij wat de politieagent 'doorrijden-na-aanrijding' had genoemd, maar had dat als niet meer dan zijn plicht beschouwd. Toen hij zijn plicht had gedaan, had hij verder gewild. Maar hoe zou hij zich voelen als bijvoorbeeld zijn vader bij een dergelijk ongeluk betrokken raakte? Zou hij, namens zijn vader, niet het soort hulp op prijs stellen dat juffrouw Silcox zo gewillig had aangeboden?

Hij was dus op een missie om zijn reputatie te verbeteren en als hij heel eerlijk was zijn geweten te sussen. Hij hoopte maar dat de ontvanger van zijn geschenk dit zou weten te waarderen en dat ze niet zoals Jesse constant op dieet was.

Jesse had heftig bestreden dat ze ook maar ooit een dieet volgde. 'Ik let gewoon op wat ik eet,' zei ze dan. En dat betekende geen gebak, behalve bij speciale gelegenheden. Brood met spek was ook verboden. Net als chocola, chips, pizza, worst en aardappelen. Zo ongeveer alles met een caloriegehalte dat hoger lag dan dat van een rijstwafel werd als giftig beschouwd. Natuurlijk kon hij niet ontkennen dat Jesse er spectaculair uitzag door het vele sporten en het 'opletten' op wat ze at.

Hij klopte aan bij Church Close 10a. Het was kwart voor twaalf en hij hoopte dat dat laat genoeg was om haar niet te storen bij het uitslapen en vroeg genoeg om niet met de lunch samen te vallen. Hoewel het voor de hand lag dat de normale zaterdagochtendroutine van de bewoner – als ze die al had – na het ongeluk van gisteravond aan de kant geschoven zou zijn.

Floriana, nog in haar oude roze pyjama met een ruimvallend vest er als kamerjas overheen, legde het boek neer dat ze had proberen te lezen en ging de deur opendoen, waarbij ze oplette dat ze op haar grofgebreide sokken niet uitgleed in de betegelde gang. Ze vroeg zich af of het de wijkagent was, die terugkwam met een vraag die hij eerder was vergeten te stellen. Zijn bezoek was een follow-up geweest, had hij uitgelegd; a: om haar verklaring te controleren en b: om te zien of ze zich iets meer herinnerde dat nuttig zou kunnen zijn. Dat was niet zo. En dat zat haar dwars. Ze vond het vreselijk te weten dat ze tijd, al was het maar een paar seconden of misschien minuten, was kwijtgeraakt.

'O,' zei ze toen ze zag wie het was. Hij zag er anders uit dan ze zich hem herinnerde. Misschien kwam dat doordat hij gisteren een pak en een chique zwarte overjas aan had gehad. Zie je wel, hield ze zichzelf voor, er is niet echt iets mis met je geheugen, je hebt alleen de juiste stimulans nodig. Vandaag was meneer Strong meneer Casual; hij droeg een spijkerbroek met een marineblauw jasje met daaronder een grijze trui en een marineblauwe sjaal losjes om zijn nek.

'Ik hoop niet dat dit een slecht moment is om langs te komen,' zei hij, 'ik wilde gewoon even kijken of alles goed met je was. En ik heb' – hij hield een witte doos omhoog versierd met een rood met groen lint in kerststijl – 'wat gebak meegebracht waardoor je je misschien wat beter gaat voelen. Hoe is het met je?'

Verrast en ontroerd zei ze: 'Alsof ik onder een vrachtwagen ben gelopen, zo ongeveer. Maar toen je over gebak begon, voelde ik me plotseling een heel stuk beter.' Hoewel ze wist dat ze er vreselijk uitzag, voegde ze daaraan toe: 'Wil je binnenkomen?'

Met de doos nog steeds in zijn handen aarzelde hij. 'Ik wil je niet storen.' Zijn blik ging van haar gezicht naar het vest en de pyjama, precies zoals die van de politieagent.

'Als het helpt, wil ik me wel gaan aankleden,' antwoordde ze. Ze was absoluut niet van plan dat te doen, maar ze wilde niet dat hij er meteen weer vandoor ging, ze wilde hem fatsoenlijk bedanken voor wat hij en juffrouw Silcox voor haar hadden gedaan. 'Ik weet niet wat er precies in die doos zit,' vervolgde ze, 'maar als je me ermee alleen laat, bestaat de kans dat ik alles in één keer opeet. Dus alstublieft, meneer Strong, red me van mezelf. Afgezien daarvan bestaat gezien mijn kwetsbare toestand de kans dat ik sterf van de kou als je hier nog langer met me op de stoep blijft staan redetwisten, wat wel erg jammer zou zijn nadat ik gisteravond al zo dicht bij de dood ben gekomen.'

Hij schonk haar een lange zijdelingse glimlach. 'Als je het zo stelt, zou het nogal onbeleefd en onverantwoordelijk van me zijn om toe te staan dat je je zo te buiten gaat. En noem me alsjeblieft Adam.'

'Als jij me dan Floriana noemt,' zei ze terwijl ze de deur dichtdeed. 'Kijk, nu zijn we netjes aan elkaar voorgesteld.'

'Dat hebben we eigenlijk gisteravond al gedaan.'

'Dat klopt, maar ik stel mezelf toch liever voor als ik niet languit op het asfalt lig.'

Ze nam de gebaksdoos van hem over en bood aan iets te drinken klaar te maken.

'Het zou een beter idee zijn als ik dat voor jou deed,' zei hij, 'gezien je kwetsbare toestand.'

'Onder normale omstandigheden zou ik je tegen de vloer werken in plaats van het met een dergelijke belachelijke suggestie eens te zijn, maar eerlijk gezegd heb ik daar vandaag geen puf voor. Net zomin als ik de energie kan opbrengen om naar boven te gaan en me aan te kleden. Denk je dat je je ogen zou kunnen afwenden om ons allebei rode wangen te besparen?'

Hij knikte. 'Vrees niet, mijn ogen zullen voortdurend afgewend zijn.'

Toen dat geregeld was en zijn jas en sjaal waren opgehangen, ging Floriana op een kruk aan de kleine ontbijtbar zitten toekijken terwijl haar barmhartige samaritaan in haar minuscule keuken koffiezette. Alles aan Church Close 10a was minuscuul; het was het kleinste huis in de straat en zag eruit alsof het zijn adem had moeten inhouden om tussen de grotere buren te kunnen worden gepropt. Het huisje had een schuifraam naast de voordeur en een raam erboven en zowel beneden als boven twee vertrekken: beneden een huiskamer en keuken en boven een slaapkamer en badkamer. Het oorspronkelijke metselwerk was jaren geleden bepleisterd en was wit geschilderd. Floriana noemde het haar Speelgoedhuisje.

Haar behulpzame gast schonk kokend water in twee mokken en zei alsof hij haar gedachten had opgepikt: 'Hoelang woon je hier al?'

'Sinds augustus. Hiervoor huurde ik aan Iffley Road.'

Met een vragende blik hield hij het pakje koffiemelk omhoog.

'Alsjeblieft.'

'Het is een leuk huis,' zei hij, naar de betegelde kleine achtertuin kijkend, waar een vogelvoedertafel, een paar oude houten stoelen, een krakkemikkig schuurtje en verder niet veel stond. Haar plan was, als ze daar ooit aan toekwam, een mooie tuinset te kopen en een snoer lampjes op te hangen. 'En in een goede wijk,' vervolgde hij. 'Een heel goede wijk. Huur je het?'

'Nee, het is van mij,' zei ze. 'En herinner ik me nou goed dat je gisteravond in de auto tegen juffrouw Silcox zei dat je een soort projectontwikkelaar bent?'

'Goed onthouden. Dus kom maar op, gooi het er maar uit.'

'Wat moet ik eruit gooien?'

'Dat je vindt dat mensen zoals ik in Oxford het laagste van het laagste zijn, dat ik de gesel van een prachtige stad ben die haar architectonische erfgoed vernielt. En vergeet niet dat ik vast weer zo'n huisjesmelker ben die de armen belazert om mijn met goud gevoerde zakken te vullen.'

'Ben je dat dan?'

'Nee. Ik neem mijn verantwoordelijkheden als huisbaas heel serieus.'

'Poe, wat een opluchting. Ik moet er niet aan denken dat ik in zulk laag gezelschap zou verkeren.'

Hij glimlachte. 'Ik blijk net het huis naast dat van juffrouw Silcox te hebben gekocht... een bizar toeval, vind je niet? Wil je je koffie hier drinken?'

'Nee, de andere kamer is comfortabeler.'

Hij volgde haar met een dienblad met mokken, bordjes en gebak. Nadat ze een mand met breiwerk had verplaatst zette hij het dienblad op de salontafel en wachtte hij tot ze op de bank was gaan zitten alvorens zelf voor de leunstoel rechts van haar te kiezen. In overeenstemming met het formaat van het huis was al het meubilair kleiner dan gemiddeld en de leunstoel, die ze in een tweedehandszaak aan Cowley Road had gekocht en nog maar pas opnieuw had bekleed, was veel te klein voor hem. Ze kon zien dat hij meteen spijt had van zijn keuze.

'De bank is waarschijnlijk beter voor je als je wilt,' zei ze.

'Nee, nee, dit is prima.'

Haar pijnlijke gezicht vertrok in een glimlach om zijn beleefde stoïcisme en ze herinnerde zich hoe kalm en bemoedigend hij de vorige avond was geweest, haar aan de praat had gehouden en haar met zijn jas had toegedekt. Hij was in feite precies het soort persoon dat je bij een ongeval bij je zou willen hebben. Juffrouw Silcox had hem als 'ridderlijk' beschreven en hij had die beschrijving beslist waargemaakt door hierheen te komen.

'Ik ben blij dat je langs bent gekomen,' zei ze nadat ze haar koffiemok had gepakt, 'en niet alleen omdat je geschenken hebt meegebracht, maar ook omdat ik je wilde bedanken voor alles wat je gisteravond hebt gedaan. Ik geloof dat ik mijn dankbaarheid niet zo goed tot uiting hebt gebracht als ik had moeten doen. Het spijt me als ik een wat recalcitrante en ondankbare indruk heb gewekt.'

'Helemaal niet. In feite wilde ik me bij jou verontschuldigen.'

'Echt waar? Waarom dat nou?'

'Voor mijn gedrag in het ziekenhuis; ze halen het slechtste in me naar boven. Toen ik zeven was, heb ik langdurig in een ziekenhuis gelegen en sindsdien blijf ik er liever bij uit de buurt.'

'Ik begrijp wat je bedoelt. Ik kon niet wachten tot ik weg mocht en was doodsbang dat ik er de nacht zou moeten doorbrengen.'

'Ging je daarom mee in de list van juffrouw Silcox dat ze je grootmoeder was?'

'Ja. Ik dacht dat ze me zouden dwingen te blijven als er niet iemand hier was die me kon betuttelen.'

Ze zette voorzichtig de mok aan haar mond en dronk van haar koffie. Gisteravond was de pijn in haar wang relatief lokaal geweest, vandaag had die zich ondanks regelmatige doses paracetamol over haar hele gezicht verspreid. Die paracetamol leek trouwens ook geen effect te hebben op de bonkende hoofdpijn die ze nog steeds had. De zwelling en kneuzing hadden zich ook verspreid en na een onrustige nacht had ze die ochtend tot haar schrik in de spiegel gezien dat ze een blauw oog had. De verpleegkundige had haar al gewaarschuwd dat de kneuzing van de klap tegen haar hoofd zich zou kunnen uitbreiden tot haar oog en nog verder.

Alsof hij haar gedachten kon lezen, vroeg hij: 'Heb je een beetje kunnen slapen?'

'Niet veel.'

'Kan ik iets voor je doen?' vroeg hij. 'Kan ik misschien boodschappen voor je halen? Of is er iets anders wat gedaan moet worden?'

Zonder dat ze het kon verklaren moest ze plotseling bijna huilen. 'Alsjeblieft,' zei ze met haar hand wuivend, 'doe niet zo behulpzaam, anders laat ik je straks niet meer gaan!'

Alsof hij vermoedde dat ze op het punt stond hen allebei in verlegenheid te brengen kwam hij uit de stoel overeind, pakte een bordje en gaf dat aan haar. 'Gebak,' zei hij. 'Marie Antoinette's antwoord op alle kwalen. Welke wil je?'

Geschokt door het feit dat ze bijna haar zelfbeheersing had verloren, slikte Floriana de brok in haar keel weg en mompelde ze: 'Het vruchtengebakje, alsjeblieft.'

Nu het moeilijke moment voorbij was hielp hij zichzelf aan een chocoladesoes. Ze zag dat zijn blik op de schoorsteenmantel bleef rusten, waarop een enkele kerstkaart stond: de kaart van Seb en de oorzaak van haar huidige toestand. 'Wat doe je met Kerstmis?' vroeg hij. 'Blijf je in Oxford?'

'O,' zei ze zo achteloos mogelijk, 'normaal gesproken zou ik naar mijn ouders gaan, maar die zijn momenteel bezig aan een cruise rond de wereld, dus nu probeer ik onder een bezoek aan mijn zus uit te komen.'

'Kunnen jullie niet met elkaar overweg?'

'We kunnen prima met elkaar overweg zolang ik maar niet vergeet dat ik de onhandige, onverantwoordelijke jongere zus ben.'

'Ben je dan zo onhandig en onverantwoordelijk?'

Niet in staat haar mond ver te openen zonder dat haar kaak veel pijn ging doen, knabbelde ze voorzichtig aan de rand van haar gebakje. 'Ik heb zo mijn momenten,' zei ze. 'Kijk nu maar, ik heb meer kneuzingen dan een rottende banaan en dat zou heel goed mijn eigen schuld kunnen zijn.'

Hij keek haar verwonderd aan. 'Volgens mij kun je het jezelf niet kwalijk nemen dat je bent aangereden door een roekeloze bestuurder.'

'Hmm... tja, het probleem is, en mijn geheugen is op dat punt nog steeds niet in orde, maar zoals ik eerder vanochtend de politieagent al vertelde die hier was, is het zeer wel mogelijk dat ik zonder te kijken de straat op ben gestapt. Ik was met mijn gedachten ergens anders. Dat weet ik zeker.'

'Maar dan nog had de automobilist moeten stoppen. En wat ga je doen als je niet naar je zus gaat?'

'Me gedeisd houden.'

'Geen vriendin waar je naartoe kunt?'

'Ik wil ze niet tot last zijn. Het is echt iets om met je familie te vieren, vind je niet? En jij?' vroeg ze, zijn ondervraging beu. Alhoewel, het was meer de richting waarin zijn vragen gingen waar ze genoeg van had. Ze onderschreven immers maar al te duidelijk hoe weinig goede vriendinnen ze had. Alsof dat gisteravond nog niet overduidelijk was gebleken toen ze niemand wilde bellen.

Het punt was dat ze voldoende losse vrienden had, zoals zij het noemde – collega's van het werk en oude studievriendinnen die ze al lang niet meer had gezien omdat ze te ver weg woonden – maar slechts één echt goede vriendin hier in Oxford die ze in geval van nood kon bellen, en dat was Sara. Die was echter vorige week naar Argentinië vertrokken om de decembermaand bij haar familie door te brengen. Vóór Sara was Seb natuurlijk degene geweest tot wie ze zich altijd kon wenden, maar daar was een einde aan gekomen toen Imogen in Sebs leven verscheen en alles verpestte.

'Ik ga naar mijn familie,' zei haar gast, waarmee hij haar gedachten weer van Seb afleidde. 'Wat doe je met je werk? Je zei gisteravond dat je gids bent. Is dat hier in Oxford?'

'Ja, en ik heb al gebeld om te zeggen dat ik mijn twee rondleidingen vandaag niet kan doen. Daarmee laat ik hen in de steek, maar ik hoop dat ik maandag weer in orde ben.'

'Denk je niet dat je jezelf wat meer tijd moet gunnen om te herstellen, in elk geval tot de blauwe plekken een beetje zijn weggetrokken?'

'Je bedoelt tot ik niet meer het risico loop de mensen met mijn afzichtelijke uiterlijk aan het schrikken te maken?'

Hij glimlachte met een plotselinge innemende eerlijkheid. 'Misschien is het geen probleem als je een griezelrondleiding doet.'

'Het komt wel goed,' zei ze vastberaden. 'Ik smeer er wel wat zware make-up overheen, trek een muts ver over mijn oren en doe een das zo hoog voor mijn gezicht dat alleen mijn ogen nog te zien zijn. Dit is trouwens een heerlijk vruchtengebakje. Heel erg bedankt dat je bent gekomen en zo'n voorkomend cadeau hebt meegebracht.'

Hij ging voordat hij vertrok nog veel verder in zijn voorkomendheid. Hij stond erop de mokken en borden af te wassen, de halogeenlampjes in de keuken te vervangen en de radiator in de huiskamer te ontluchten zodat die, zoals hij opmerkte, zou ophouden te borrelen en de kamer efficiënter zou verwarmen. Toen hij bij de voordeur zijn jas en das weer aantrok, zei hij: 'Weet je absoluut zeker dat ik verder niets kan doen?'

'Nou, ik heb nog wel een gebarsten ruit in de badkamer die vervangen moet worden en een kraan die lekt.' Toen ze hem zag aarzelen met zijn jas zei ze: 'Dat was een grapje! Je hebt meer dan genoeg gedaan. Vooruit, je hebt vast wel iets beters te doen. Ga wat plezier maken op je zaterdagmiddag.'

'Om je de waarheid te zeggen, ik ga mijn nieuwe huis inspecteren.'

'Wil je in dat geval nog één ding voor me doen? Wil je juffrouw Silcox bedanken voor haar hulp gisteravond?'

'Komt voor elkaar.'

Hij stak haar zijn hand toe. 'Tot ziens en doe rustig aan. En zoals ik al zei, als ik je ergens mee kan helpen, aarzel dan niet me te bellen. Je hebt mijn kaartje, hè?'

Meneer Strong, dacht ze toen ze hem uitzwaaide, wat een toepasselijke naam. Sterk en uitermate betrouwbaar, en al met al een heel interessante man. Ze had voor zover ze wist nog nooit een projectontwikkelaar ontmoet, maar hij kwam niet overeen met wat ze zich daarvan had voorgesteld.

Ze luisterde naar het geluid van zijn auto die wegreed en bleef zich nog even staan afvragen wat ze nu zou gaan doen. Toen viel haar blik op de kerstkaart van Seb op de haardmantel. Nee, dat niet. Ze voelde zich niet goed genoeg om over een antwoord na te denken. Dat kon wel wachten.

7

Vanaf haar vaste plek voor het raam in de salon van Trinity House en met haar kat Euridice tevreden spinnend op haar schoot, observeerde Esmé het komen en gaan van mensen in Latimer Street. Er was net een auto voorbijgereden met een grote kerstboom onhandig boven op het dak gebonden; het had eruitgezien alsof die er elk moment af kon glijden.

Dat was wat de ouderdom met haar had gedaan: ze was een observator in plaats van een deelnemer geworden. Toch was ze best tevreden met haar plaatsvervangende leven; ze had immers meer dan genoeg herinneringen om haar gezelschap te houden. En ze had er een natuurlijke afkeer van zich met de levens van andere mensen te bemoeien.

Het ongeluk van het meisje gisteravond was echter niet te vermijden geweest, evenmin als haar bemoeienis daarbij. Niets had haar ertoe kunnen brengen daarvoor weg te lopen. Zoals ze de wijkagent die eerder die ochtend was langs geweest had verteld, was het niet meer dan menselijk om iemand die in nood was te helpen.

Voor haar op tafel lag *The Times* van die ochtend, de kruiswoordpuzzel nog maar gedeeltelijk opgelost. Normaal gesproken was ze daar rond deze tijd, voordat ze iets bij elkaar ging zoeken voor de lunch, al wel mee klaar. Nu was ze er echter niet met haar gedachten bij. Ze bleef maar aan Floriana Day denken. Wat een mooie en ongebruikelijke naam, dacht ze terwijl ze afwezig over de kop van de kat krabde en zich afvroeg of het meisje van Italiaanse afkomst was.

'Wat zal ik ermee doen, Euridice? Moet ik juffrouw Floriana Day maar vergeten in de hoop dat het goed met haar gaat, of zal ik haar sterken in haar overtuiging dat ik een bemoeizuchtige oude dame ben?'

Vol vervoering spinnend kneep de kat haar ogen dicht en drukte ze haar kopje tegen Esmés hand.

'Ja, ik dacht al dat je zo zou reageren, maar als ik het zeggen mag, daar schiet ik niet veel mee op.'

Op de met bomen omzoomde weg verscheen een auto voor Trinity House. Esmé boog naar voren en zag hem stoppen voor het huis links naast het hare. De bestuurder was niemand minder dan meneer Strong. Ze zag hem uitstappen en het buurhuis bestuderen. Haar eigen huis was uit ongeveer dezelfde periode, ook van rode en gele bakstenen. Nummer 6 was een bescheiden victoriaanse villa, maar Trinity House was groter en had dus meer details. Met zijn puntige boogramen en een verhoogde voordeur diep in een boogportiek was het een wat verkleinde versie van de woningen in gotische stijl die je in Norham Gardens, aan de oostzijde van Banbury Road kon vinden.

Hij was een goed uitziende man, dacht ze terwijl meneer Strong vanaf de stoep de buitenkant van zijn huis kritisch opnam. Zelfverzekerd, maar beslist niet arrogant. Een beetje gesloten misschien, maar beter dát dan een praatzieke onbenul. Ze had gisteravond de afwezigheid van een trouwring opgemerkt en hoewel ze zich er heel goed van bewust was dat mensen tegenwoordig niet noodzakelijkerwijs met hun levenspartner trouwden of zelfs een ring droegen om blijk te geven van hun gehuwde status, was het haar niet ontgaan dat meneer Strong niemand had gebeld om te zeggen dat hij later thuis zou komen. Daaruit had ze de conclusie getrokken dat hij zeer waarschijnlijk alleen woonde.

Net als Floriana Day. Dat was ook de reden dat Esmé zo bezorgd om haar was. Ze kon het idee maar niet van zich afzetten dat het arme meisje niemand had tot wie ze zich kon wenden en hoewel ze zelf niet zo snel last had van zelfmedelijden, wist ze hoe het was om alleen en niet fit te zijn en hoe kwetsbaar je je daardoor voelde.

Buiten op straat was de aandacht van meneer Strong afgeleid, hij keek nu naar Trinity House, en hoewel ze achter de vitrage verscholen zat, deinsde Esmé snel terug van het raam omdat ze niet wilde dat zijn mening over haar nog verder zou dalen en ze niet wilde worden afgedaan als een gewone gluurder.

Euridice sprong door de verstoring van haar schoot en landde geschrokken miauwend op de vloer. Ze schudde zichzelf, rekte zich toen uit en keek vervolgens Esmé aan alsof ze wilde zeggen: 'En nu?'

Als antwoord werd er energiek op de voordeur geklopt.

'Het lijkt erop dat we bezoek hebben,' zei Esmé, die met een snelle blik in de spiegel boven de haard haar haren naar achteren streek. 'En de persoon in aanmerking genomen, moeten we ons allebei maar van onze beste kant laten zien, vind je ook niet?'

De kat miauwde opnieuw en kroop snel weg achter een leunstoel. Ze was altijd op haar hoede voor bezoek.

Opnieuw kreeg Adam iets te drinken aangeboden. Deze keer was het thee, die hij beleefd afwees. Hij was niet van plan geweest binnen te komen en had alleen een boodschap willen doorgeven en zichzelf willen verontschuldigen omdat hij de vorige avond wat kortaf was geweest. Maar aangezien de oude vrouw net als Floriana opmerkte dat het te koud was om aan de deur te blijven staan praten, had hij erin toegestemd een paar minuten binnen te komen.

Voordat hij de gang met de sierlijke kroonlijsten, lambrisering en verbleekte loper op de tegelvloer binnen stapte, had hij half en half een duistere wereld van Miss Havisham- en Miss Doily-kitsch met een vleugje eau-de-mottenbal en schimmelige ouderdom verwacht. Hij had er niet verder naast kunnen zitten. De royaal geproportioneerde kamer met het hoge plafond waar juffrouw Silcox hem binnen leidde – zover hij kon zien zonder spinnenwebben – was mooi ingericht met glimmend geboende antieke meubels, porseleinen stukken, planken vol boeken en een opmerkelijke hoeveelheid schilderijen. Tere aquarellen hingen naast grote olieverfdoeken en hij zag ook acrylverfschilderijen hangen die hem experimenteel voorkwamen. Er hingen landschappen, stillevens en portretten, sommige goed, sommige buitengewoon goed. Met name een groot schilderij trok zijn aandacht; het was van een bijzonder aantrekkelijk blond meisje in de gevlekte schaduw van een boom. Ze had een boek in haar handen, maar keek daar niet naar; ze keek recht naar degene die het schilderij had gemaakt.

'U bent een kunstliefhebber, zie ik,' merkte hij op toen hij was uitgenodigd in een comfortabele leren leunstoel te gaan zitten, terwijl Esmé zelf een wat rechtere stoel had gekozen. 'Of hebt u ze geschilderd?'

'Sluit het een het ander uit?' vroeg ze met opgetrokken wenkbrauwen.

Hij bood meteen zijn verontschuldigingen aan. 'Sorry, dat was een onhandige opmerking.'

'De schilder was mijn vader,' zei ze. 'Ik ben slechts de bewaarder. En vertel me nu hoe het met Floriana is. Hoe gaat het werkelijk met haar? En denkt u dat we haar nog ergens mee kunnen helpen?'

Hij vertelde haar wat hij tijdens zijn bezoek te weten was gekomen en besloot met: 'Ik weet zeker dat ze het leuk zou vinden als u langskwam.' Hij wist niet of dit echt waar was, maar meende dat het geen kwaad zou kunnen. Floriana leek geen overdaad aan hulp beschikbaar te hebben en juffrouw Silcox scheen oprecht graag te willen helpen, dus waarom zou hij haar niet aanmoedigen?

Nu hij de oude dame onder minder ingrijpende omstandigheden opnieuw had ontmoet, stelde Adam zijn mening over haar snel bij. Ze was niet zoals hij eerder had gedacht een behulpzame bemoeial, maar een intelligente vrouw die hem intrigeerde, net als haar huis. Met de zwakke middagzon die een waterig licht door de serene kamer verspreidde, voelde hij zich tijdens het gesprek met haar vreemd op zijn gemak en hij hoopte eigenlijk dat er vaker zulke momenten zouden plaatsvinden in de periode dat hij het buurhuis opknapte.

'Heus waar?' vroeg juffrouw Silcox. 'Denkt u niet dat juffrouw Day het bemoeizuchtig zal vinden?'

Hij wilde net antwoord geven toen een kleine, mooie gemberkleurige kat voorzichtig achter de stoel van juffrouw Silcox uit kwam kijken. Ze bleef Adam standvastig aankijken en trippelde toen langzaam en met kleine pasjes over het tapijt naar hem toe, bleef even bij zijn voeten staan, sprong toen gracieus op zijn knie en keek hem zonder met de ogen te knipperen aan. Hij bleef volmaakt stil zitten en keek terug en alsof de kat daarmee tevreden was, maakte ze het zich gemakkelijk op zijn schoot en begon ze te spinnen.

'Hemeltje,' zei juffrouw Silcox, 'dat heb ik haar nog nooit bij iemand anders zien doen. Ze bewijst u een grote eer. Meestal is ze vreselijk timide.'

Adam ontspande zich nog verder in de zachte stoel en aaide de kat. 'Hoe heet ze?'

'Euridice.'

'En is er ook een Orfeo?'

Hij zag even iets van verbazing op het gezicht van de oude dame, gevolgd door een nauwelijks waarneembaar tevreden knikje, alsof hij een test had doorstaan. 'Nee,' zei ze, 'we zijn maar met ons tweetjes. En u, meneer Strong, hebt u een partner?'

Hij besloot eerlijk te zijn. 'Tot afgelopen zaterdag had ik dat wel.'

'O, hemeltje. Mag ik vragen wat er afgelopen zaterdag is gebeurd?'

'Mijn vriendin kwam tot de conclusie dat ik meer een broer voor haar was.'

'Aha, ik begrijp het,' zei ze na een betekenisvolle stilte. 'De vonk was voor haar gedoofd, dat gebeurt. U denkt er misschien nu nog niet zo over, maar ik adviseer u moed te houden, want er zijn ergere manieren waarop een relatie kan stuklopen. Was u al lang samen?'

'Lang genoeg om mij het idee te geven dat we wellicht ons leven samen zouden slijten.' Toen hij het had gezegd dacht hij aan Orfeo's liefde voor Euridice en de beroemde aria – 'Wat is leven?' – uit Glucks opera, die zijn twaalf jaar geleden gestorven moeder, een enthousiaste zangeres en operakenner, een van de allermooiste aria's had genoemd die ooit waren geschreven. Hij hoorde het muziekstuk niet vaak, maar moest dan altijd aan haar denken.

Of het nu kwam door de onverwachte herinnering aan zijn moeder of door het praten over Jesse die hem had verlaten, of misschien een combinatie van beide, hij werd plotseling overvallen door verdriet. Hij verzette zich ertegen en concentreerde zich op de spinnende kat die hij zat te aaien.

'Het spijt me,' zei juffrouw Silcox zacht. 'U zult er wel ondersteboven van zijn. Maar is het echt hopeloos? Is er geen kans dat u haar terug kunt winnen?'

Hij slikte en keek op zijn horloge. 'Ze is nu bij mij thuis om haar' – zijn stem brak – 'om haar spullen weg te halen. En ik heb absoluut geen idee waarom ik u dit vertel.'

'Nou, ik ben blij dat u dat hebt gedaan,' zei juffrouw Silcox kwiek. 'Het is niet goed om zulke dingen op te kroppen. Je kunt het er beter uitgooien.'

Ze kwam langzaam uit haar stoel overeind, ging voor hem staan en sloeg haar handen in elkaar. 'Zou u samen met mij de lunch willen gebruiken, meneer Strong, zodat u wanneer u voldoende gesterkt bent hiernaast kunt gaan doen wat u van plan was te doen?'

Hij pakte Euridice voorzichtig op van zijn schoot, zette haar op de grond en stond zelf ook op. 'Dat wil ik wel, als u me Adam noemt,' zei hij.

Ze glimlachte. 'Dan moet jij mij Esmé noemen.'

8

De zondag begon grijs en koud.

Door haar slaapkamerraam keek Esmé naar de door de vorst witte tuin. Op een kale boomtak fladderde de bazige merel die zichzelf tot alleenheerser van de ommuurde tuin had uitgeroepen een keer met zijn vleugels om daarna omlaag te zweven naar de grond onder de hulststruik en tussen de verdorde bladeren naar afgevallen bessen te pikken. Een roodborstje keek vanaf de rand van het stenen vogelbadje naar de merel en vloog, alsof het zijn kansen inschatte, naar de hulststruik om te zien wat het daar kon vinden. De merel wilde daar echter niets van hebben en joeg het roodborstje meteen weg door er met zijn snavel naar te pikken.

Esmé maakte een tss-geluid. 'Wat gemeen. Dit koude weer brengt echt de dictator in die verdraaide vogel naar boven.'

Naast haar op de kaptafel likte Euridice aan haar poot, duwde er zachtjes mee achter haar oor en geeuwde toen alsof het barbaarse gedrag in de tuin ver beneden haar waardigheid was.

Het ontbijt was altijd hetzelfde voor Esmé: thee en een plakje toast met marmelade gevolgd door wat vers fruit, afhankelijk van wat er verkrijgbaar was. Als ze geen vers fruit had, nam ze fruit uit blik; ze was vooral dol op ananas uit blik. Vandaag pakte ze twee clementines van de schaal op het dressoir en ging in een van de windsorstoelen met armleuning aan tafel zitten met Bachs sonate in g-mineur op Radio 3.

Tijdens de lunch met Adam gisteren had ze hem verteld dat ze door het langdurig alleen wonen echt een gewoontedier was geworden. Hij had geantwoord dat hij de ene dag nooit wist wat hij de volgende zou gaan doen en dat hij genoot van het onvoorspelbare karakter van zijn werk. Wat moest haar wereld hier in Trinity House vreemd op hem overkomen. Natuurlijk was het niet altijd zo geweest, maar zoals ze hem had uitgelegd past men zich met het klimmen der jaren geleidelijk aan, leert men een bescheidener leven te leiden en is men zelfs dankbaar voor de soelaas die dat brengt.

Toen ze had ontbeten en opgeruimd ging ze terug naar boven om zich aan te kleden. Ze bedacht dat ze weliswaar genoot van de plezierige rust van haar routine, maar de verstoring daarvan sinds de gebeurtenis op vrijdagavond bepaald niet onaangenaam vond. Dat zou echter wel weer voorbijgaan en alles zou al snel weer hetzelfde zijn.

Ze opende de grootste van de twee mahoniehouten kleerkasten in haar slaapkamer en dacht na over wat ze voor haar uitstapje zou aantrekken.

Zoals Adam had voorgesteld zou ze bij Floriana op bezoek gaan, maar nu het zover was, vroeg ze zich plotseling af of haar bezoekje wel goed ontvangen zou worden. Adam, een zeer eerlijke en oprechte man, had daar echter niet aan getwijfeld en dus moest ze proberen haar bezorgdheid opzij te zetten en op zijn oordeel te vertrouwen. En op de geschenken die ze mee zou nemen: een pot met een kamercyclaam en een klein doosje chocoladetruffels die ze gisteren bij Buddy Joe's had gekocht nadat Adam was vertrokken. Die offergaven zouden toch wel bewijzen dat haar bedoelingen goed waren?

Tegen de tijd dat ze was aangekleed en haar make-up had aangebracht was haar bezorgdheid echter alleen maar groter geworden. Wat nu als Floriana niet thuis was? De gedachte dat haar korte tripje vergeefs zou zijn, dat ze naar Trinity House terug zou moeten keren met haar geschenken, kwelde haar zo plotseling dat ze de moed verloor en zich afvroeg of ze de hele onderneming niet moest vergeten. Waarom niet hier blijven en zoals gebruikelijk naar de radio luisteren, lezen en misschien de provisiekast opruimen, wat ze eigenlijk al veel eerder had moeten doen? Waarom het risico nemen de kou in te gaan, vooral nu de trottoirs waarschijnlijk nog met een verraderlijke laag rijp bedekt waren die er gewoon op wachtte een dwaze oude vrouw die beter zou moeten weten en binnen zou moeten blijven, te grazen te nemen?

Floriana had zichzelf ferm toegesproken toen ze die ochtend wakker werd. Ze zou niet de hele dag in haar pyjama rondlopen en medelijden met zichzelf hebben. Ook zou ze een heel belangrijk telefoontje niet meer uitstellen.

Ze sleepte zich uit bed, vastbesloten haar zus te vertellen dat ze al plannen had voor de kerst. Ze zou tegen Ann zeggen dat ze naar een vriendin ging, niet alleen voor de kerst maar ook voor Nieuwjaar. Ze was niet van plan zich te laten dwingen de feestdagen bij haar zus door te brengen.

Het zou nog niet zo erg zijn als het alleen om Ann en haar echtgenoot Paul en hun twee kinderen ging, maar de hele Brown-clan zou aanwezig zijn: de ouders van Paul plus een of andere oom en Pauls ultragevoelige broer Robert. Ann had het belachelijke idee dat Robert perfect was voor Floriana, dat het idioot van haar was niet te beseffen hoe graag Robert haar mocht. Ze vond ook dat Floriana op haar leeftijd een gegeven paard niet in de bek moest kijken.

Pap en mam zeurden er nooit over dat ze nog alleen was, maar Ann was daar op een ongezonde manier op gefixeerd en je kon er altijd van op aan dat zij wel wist waarom haar jongere zus niet in staat was een fatsoenlijke man te vinden. Het had met veel dingen te maken, maar vooral met haar 'belachelijke kledingkeuze', zoals Ann het stelde. 'Je bent geen student meer,' zei ze vaak met overdreven verbijstering over de meest recente eigenzinnige outfit die Floriana bij elkaar had gezocht. 'Het wordt tijd dat je volwassen wordt en je settelt,' was een ander refrein.

Voor Floriana impliceerde dat 'je settelen' met een partner en dat wilde ze niet. De trieste waarheid was dat ze de afgelopen twee jaar in het besef had geleefd dat als ze Seb niet kon hebben, ze niemand wilde.

De zwager van haar zus wilde ze zeer zeker niet. Robert was eind dertig – bijna vijftig – en was letselschadeadvocaat en omdat Ann gisteren aan de telefoon had bekend dat ze het met Robert over haar ongeluk had gehad, kon ze zich nu al voorstellen wat het hoofdonderwerp van gesprek zou zijn als zij de kerst met de Brown-clan zou doorbrengen.

Toen ze was aangekleed liep ze langzaam de trap af; haar hoofd deed nog steeds pijn en als ze te snel bewoog werd ze duizelig. De zwelling in haar gezicht was iets afgenomen, maar de verkleuring werd steeds erger. Noem me maar *freak-face*, dacht ze toen ze de onderste tree bereikte en ineenkromp toen een scherpe pijn door haar heupen en rug schoot. Ze begon zich zorgen te maken dat ze morgen niet fit genoeg zou zijn om te gaan werken. Ze hoopte van wel, want ze had er een hekel aan mensen teleur te stellen. Bovendien had ze het geld nodig. Het leek haar echter niet bepaald verstandig om in haar huidige toestand in de kou door de straten van Oxford te dwalen.

Terwijl ze ontbijt voor zichzelf maakte, herinnerde ze zich Adams waarschuwende woorden en vriendelijkheid van gisteren. De vriendelijkheid van vreemden was veel beter te verteren, dacht ze. Vaak was goedheid van dichter bij huis moeilijker te aanvaarden, vooral omdat hij nogal eens met veel voorwaarden gepaard ging.

Haar zus had gisteren haar belofte gestand gedaan en opgebeld om te vragen hoe het met haar ging, maar haar belangrijkste zorg, afgezien van haar gezeur over Kerstmis, was dat Floriana onder geen beding haar ouders iets over het ongeluk mocht vertellen. Floriana had het gevoel dat ze als een ondeugend kind werd gewaarschuwd, nee, de les gelezen, en had er al spijt van dat ze iets tegen Ann had gezegd.

Gewoonlijk was de kerst geen probleem omdat mam het allemaal regelde en ze allemaal naar haar en pap toe gingen. Anns behoefte de baas te spelen werd dan in bedwang gehouden. Maar dit jaar zaten pap en mam op eerste kerstdag ergens tussen Borneo en Vietnam, op weg naar Ho Chi Minhstad. Mam had er haar twijfels bij gehad of ze wel in december moesten gaan – zij was er helemaal voor geweest een ander reisplan in een andere tijd van het jaar te kiezen – maar pap had in een onverwachte aanval van onverzettelijkheid zijn poot stijf gehouden, de cruise gewoon geboekt en gezegd dat Ann en Floriana oud genoeg waren om zelf iets te regelen. En dat was natuurlijk ook zo. Floriana had het meteen helemaal gepland; ze zou de kerstdagen met Sara doorbrengen. Sara's familie in Argentinië had er echter op gestaan dat ze heel december naar hen toe kwam.

Plannen, dacht Floriana toen ze voorzichtig – haar kaak was nog steeds erg gevoelig – op een zachte beboterde boterham kauwde, had het wel zin ze te maken? Voordat Sebs kaart was gekomen, was ze van plan geweest een deel van het weekend te besteden aan het uitzoeken van enkele van de opbergdozen op haar kleerkast, die daar tijdelijk waren neergezet toen ze hierheen was verhuisd en er nog onaangeroerd stonden. Gisteren had ze er echter niet aan moeten denken op een stoel te kruipen en ze van de kast te halen. Misschien kon ze straks, nadat ze haar zus had gebeld, de energie opbrengen om aan de klus te beginnen.

Toen ze klaar was met ontbijten werd er aangeklopt.

Floriana leidde haar onverwachte bezoeker snel uit de kou naar binnen.

'Normaal zou ik er niet over peinzen onaangekondigd langs te komen,' zei juffrouw Silcox, 'vooral niet op zondag.' Haar wangen zagen roze van de kou, haar ogen waren waterig en haar woorden tuimelden ademloos over haar lippen. Ze klonk heel anders dan Floriana zich haar herinnerde, helemaal niet als de gezaghebbende vrouw die bevelen uitdeelde.

'Ik zou het vreselijk vinden als ik met mijn bezoek tegen de etiquette zondig,' vervolgde haar gast, 'maar ik wilde me er persoonlijk van overtuigen dat het werkelijk beter met je gaat.'

'Zien is geloven,' zei Floriana met een glimlach, voor zover haar pijnlijke gezicht dat toeliet, 'dus hoop ik maar dat u nu gerustgesteld bent. Ik heb zelfs mijn zelfmedelijden aan de kant gezet en me vandaag weer officieel bij het menselijk ras vervoegd. Gisteren ben ik vreselijk lui geweest en heb ik niets uitgevoerd. Laat me uw jas aannemen.'

Ze hing de jas op aan het haakje in de gang en ging haar gast voor naar de huiskamer. 'Ik neem aan dat Adam mijn boodschap gisteren aan u heeft overgebracht?'

'O, ja, het was heel vriendelijk van je, hem te vragen me te bedanken,' zei juffrouw Silcox, die de doek verwijderde van het mandje dat ze vasthield. 'Werkelijk heel attent. Ik heb deze voor je meegebracht, een kleinigheidje om je op te vrolijken. Maar ik ben heel blij te zien dat je nu al opmerkelijk kwiek bent, in aanmerking genomen wat je is overkomen.'

'O,' riep Floriana, 'wat lief, maar heus, ik voel me gewoon een bedrieger. Eerst Adam die me gebakjes komt brengen en nu komt u met bloemen en chocolade; ik moet me vaker ondersteboven laten rijden.'

'Dat is misschien een beetje te drastisch, lieve kind. Waar wil je de cyclaam hebben?'

Floriana pakte de pot van haar gast aan en keek de kleine kamer rond. 'Hier op de vensterbank lijkt me perfect, denkt u ook niet?'

'Je zult wel iets moeten zoeken om eronder te zetten, anders wordt het een rommeltje.'

'Geen probleem, ik pak wel een schoteltje terwijl ik iets te drinken voor ons klaarmaak. Wat wilt u graag, koffie of thee? Of zullen we omdat het zo koud is onszelf verwennen met warme chocolademelk en een van die heerlijke truffels die u hebt meegebracht?'

Toen ze wat later rustig zaten te drinken bedacht Floriana hoe blij ze was dat de oudere, kleine vrouw naar haar toe was gekomen. Hoe meer stukjes informatie ze de oude dame ontfutselde – ze woonde haar hele volwassen leven al in Oxford, had als bibliothecaresse in de Queen's Library en daarna als archivaris in de Bodleian Library gewerkt en was nooit getrouwd geweest – hoe meer Floriana wilde weten. Ze realiseerde zich ook dat ze juffrouw Silcox herkende, dat ze haar vaker had gezien sinds ze naar Church Close was verhuisd, zeer waarschijnlijk bij de winkels in North Parade.

Juffrouw Silcox zat beheerst en volkomen op haar gemak in de stoel waar haar gast van gisteren allesbehalve comfortabel had gezeten. Ze droeg een mooi marineblauw tweedelig pakje met een crèmekleurige zijden blouse, hield haar in nylons gestoken benen bij de knieën en enkels netjes bij elkaar en erg damesachtig iets opzij gebogen. Haar lakleren pumps met hakken van vijf centimeter waren van dezelfde kleur blauw als haar pakje, net als haar handtas en handschoenen. Haar elegant opgestoken zilverkleurige haar was verbazingwekkend dik en vol voor een vrouw van haar leeftijd, die Floriana op eind zeventig schatte. Haar ogen waren blauw en alert, misten waarschijnlijk niets en waren door fijne lijntjes omringd.

Ze moet in haar jeugd een heel aantrekkelijke vrouw zijn geweest, dacht Floriana, die gefascineerd was door de oude dame. Ze keek toe terwijl ze de hoeken van haar parelmoerroze gestifte lippen depte met het papieren servet uit het pakje dat Floriana uit de lade in de keuken had opgevist. Adam was niet met een dergelijke behandeling beloond, hij had zelfs geen stukje keukenrol gekregen, maar dat juffrouw Silcox hier was, was bijna alsof je de koningin op visite had. Wat had haar bezield, dat ze haar koninklijke gast zo'n grote oude mok had gegeven? Het leek wel een emmer in de kleine elegante handen van juffrouw Silcox – handen die ongetwijfeld meer gewend waren aan delicate theekopjes van duur, deftig porselein.

'Denk alsjeblieft niet dat we over je zaten te roddelen,' zei juffrouw Silcox toen ze Floriana over de grote mok heen aankeek, 'maar Adam vertelde me dat je scheen te denken dat het ongeluk jouw fout was. Dat geloof je toch zeker niet? Die auto reed immers veel te hard.'

'Ik vrees dat het tot op zekere hoogte wel mijn schuld is,' antwoordde Floriana. 'Ik kan me nog steeds niet het moment herinneren dat de auto me raakte, maar ik herinner me wel dat ik de straat op stapte zonder te kijken. Ik voel me nogal stom over de hele zaak en eerlijk gezegd heb ik een beetje medelijden met bestuurder.'

De zilverkleurige wenkbrauwen van de oude dame schoten omhoog. 'Maar hij is niet gestopt,' zei ze duidelijk verbijsterd. 'Hij had je wel voor dood kunnen achterlaten.'

'Dat weet ik, maar het punt is dat hij het niet met voorbedachten rade deed en ik kan me heel goed voorstellen dat hij, of zij trouwens, in paniek raakte en ervandoor ging.'

'Dat is heel grootmoedig van je, maar vind je niet dat de bestuurder een lesje zou moeten leren, al is het alleen maar om te voorkomen dat hij, of zij, zoiets nog een keer doet?'

Floriana dacht daarover na, nam een truffel tussen haar duim en wijsvinger en doopte die in haar warme chocolademelk. 'Daar ben ik het in principe mee eens,' zei ze, 'maar hoe weten we of de bestuurder niet het hele weekend al rondloopt met vreselijke spijt en schuldgevoelens? Zou het rechtvaardig zijn hem naar de gevangenis te sturen en te straffen voor een ongeluk dat hij niet heeft veroorzaakt? Ik weet niet of ik dat wel op mijn geweten zou willen hebben als ik wist dat het deels mijn schuld is, dat ik gewoon veilig thuis zou zijn gekomen als ik niet met mijn gedachten ergens anders was geweest. En weet u, als de timing iets anders was geweest, had ik ook voor Adams auto kunnen stappen.'

Juffrouw Silcox tuitte haar lippen. 'Een bewonderenswaardige benadering, waarvoor ik je prijs. We leven in een tijd waarin maar al te veel mensen weigeren verantwoording af te leggen over hun eigen daden en in plaats daarvan in allerijl anderen de schuld geven van hun fouten. Toch zou ik een hogere pet op hebben gehad van de bestuurder als die de moed had gehad om te stoppen en je te helpen. En áls Adam je had aangereden, zou hij zeer zeker gestopt zijn. Ik ken hem nauwelijks, maar ik ben ervan overtuigd dat hij een zeer rechtschapen mens is.'

Floriana stak de warm en zacht geworden truffel in haar mond en liet hem op haar tong smelten. Uiteindelijk zei ze: 'We kunnen nooit zeker weten hoe iemand zal reageren wanneer die voor een moreel dilemma wordt geplaatst, of wel dan? En we maken allemaal fouten. Hebt u nooit iets gedaan waar u onmiddellijk spijt van had?'

Nog terwijl ze zichzelf de vraag hoorde stellen, vroeg Floriana zich plotseling geïrriteerd af of ze niet aan iets heel anders dacht.

Aan Seb.

Aan haar en Seb.

Ze werd rood van ergernis omdat ze bijna haar gevoelens had verraden en Seb nooit ver uit haar gedachten was. Omdat ze niet op het onderwerp wilde doorgaan bood ze juffrouw Silcox nog een truffel aan.

'Nee, dank je,' zei de oude dame, 'ze zijn voor jou. En ja, ik heb veel dingen gedaan waar ik spijt van heb gehad, maar evenveel waarvan ik nooit spijt heb gehad, al zou dat voor sommige dingen misschien wel moeten.'

In de stilte die volgde keek juffrouw Silcox om zich heen, terwijl Floriana iets anders probeerde te bedenken om over te praten. Bij het inrichten van de kamer had Floriana een nostalgische stijl in gedachten gehad, maar zelfs zij moest toegeven dat het er vooral rommelig uitzag.

Ze zag de scherpe blik van haar gast over de volle boekenplanken aan weerszijden van de open haard, de afgedankte televisie van haar ouders, de mand met breiwerk op de vloer – ze was een paar vingerloze handschoenen voor haar nichtje aan het breien –, de eenzame kerstkaart op de haardmantel, de krakkemikkige lamp, de kaarsen en het sjofele beige vloerkleed met donkere randen gaan, dat de vorige eigenaar had laten liggen en dat Floriana nog wilde vervangen. Weer een klus voor op haar takenlijstje, dat met de dag langer leek te worden. Als het aantal beschikbare uren in een dag nou ook maar eens flink toenam. Ze wist niet in wat voor soort huis juffrouw Silcox woonde, maar ze vermoedde dat het heel wat voornamer was dan haar dierbare Speelgoedhuisje.

'Mag ik je wat vragen?' vroeg juffrouw Silcox toen haar onderzoek was afgerond en ze haar lege mok met grote zorg op de tafel had teruggezet. 'Het is nogal persoonlijk, dus zeg alsjeblieft dat ik me met mijn eigen zaken moet bemoeien als ik te ver ga.'

Floriana knikte en trok haar voeten onder zich op de bank, benieuwd om te horen wat de vrouw als te persoonlijk beschouwde. Misschien was ze van plan haar wat interieurtips te geven.

'Net na de aanrijding,' zei juffrouw Silcox, 'toen Adam om een ambulance belde en jij niet helemaal compos mentis was, bleef je iets telkens weer zeggen.'

'O ja? Wat dan?'

'Ik ben er niet honderd procent zeker van, maar ik denk dat het een naam was. Zegt de naam Seb je iets?'

9

Floriana zag Sebastian Hughes voor het eerst toen ze veertien was en haar vader tijdens de lange zomervakantie in de winkel hielp.

Day & Zoon was al een familiebedrijf sinds Floriana's overgrootvader in 1872 een kleine winkel in ijzerwaren, behang en schilderbenodigdheden had geopend. Tegen de tijd dat haar vader het overnam was niet alleen het dorp Stanhurst in Kent uitgegroeid tot een kleine stad, maar was de winkel ook uitgebreid met de twee naastgelegen panden en bestond het aanbod uit een ruime selectie aan doe-het-zelfartikelen en algemene huishoudelijke artikelen, waaronder een uitgebreide collectie keukengerei en tuinmeubilair. Maar vorig jaar had haar vader nadat hij diverse keren door een grote supermarktketen was benaderd, schoorvoetend een bod op de winkel geaccepteerd, zodat die kon worden omgebouwd tot een forse buurtwinkel. Het was geen lichtvaardige beslissing voor hem geweest en het was niet verbazingwekkend dat die niet met algemene bijval werd ontvangen.

Vroeger hadden Floriana en haar zus zodra ze daar oud genoeg voor waren op zaterdag en in de vakanties in de winkel gewerkt en toen Floriana op die bewuste drukke middag de schappen met ongediertebestrijdingsmiddelen aan het vullen was, zag ze een jongen van ongeveer dezelfde leeftijd als zij die op een andere plank iets aan het zoeken was. Omdat ze hem nooit eerder had gezien, nam ze even de tijd om hem goed te bekijken. Zoals de meeste tieners had hij een wijde spijkerbroek aan en waar die aan de achterkant op de grond hing waren de pijpen gerafeld en versleten. Hij droeg een zwart T-shirt, met op de voorkant een schedel met een kroon van prikkeldraad. Zijn haar was dik en ruig alsof hij het al dagen niet had geborsteld. Hij zag er op een eigenzinnige manier helemaal niet slecht uit, dacht ze.

Ze zag hem een muizenval van de plank pakken en moest glimlachen toen hij de metalen veer omhoogtrok en experimenteel zijn vinger op de plek stak waar de muis aan zijn eind zou komen. Ze wachtte op de onvermijdelijke gil, maar die kwam niet. Hij trok zijn vinger terug, liet de veer terugzakken en stopte de muizenval toen nonchalant in zijn zak.

Er vonden voortdurend kleine diefstallen plaats in de winkel, maar Floriana had het nog nooit iemand pal voor haar neus zien doen. Ze keek geschokt om zich heen op zoek naar een van de medewerkers die fulltime in dienst waren, maar er was niemand in de buurt. Vastbesloten hem er niet mee weg te laten komen, stopte ze met wat ze aan het doen was en liep ze hem achterna toen hij op zijn gemak naar de deur slenterde.

Buiten op straat tikte ze hem op zijn schouder. 'Volgens mij ben je iets vergeten, denk je ook niet?' zei ze op de hooghartige toon die haar zus gebruikte wanneer ze haar op haar nummer zette.

Hij draaide zich zo snel om dat ze dacht dat hij haar zou slaan en zou weglopen. Hij schonk haar echter alleen een onbeholpen glimlach en zei: 'Verdorie, je kunt me zeker niet laten gaan, of wel? Ik bedoel, het is maar een muizenval. Vijfenzeventig cent aan hout en een beetje metaal zal toch echt niet zo veel uitmaken, wel dan?'

'Natuurlijk maakt het iets uit!' zei ze verontwaardigd.

Hij haalde zijn schouders op. 'Wat kan het jou schelen, je werkt hier immers alleen maar?'

'Dit is mijn vaders winkel,' zei ze, 'en dat betekent dat het me heel veel kan schelen.' Ze stak haar hand uit. 'Dus hou op jezelf wijs te maken dat je Robin Hood of Dick Turpin bent en geef me die muizenval terug.'

Hij keek vorsend omlaag naar haar geopende handpalm, waardoor ze zich plotseling heel dwaas voelde. 'Kijk eens hier,' zei hij, wijzend met een vinger, 'die lijn hier duidt erop dat je een sterk karakter hebt en je niet gemakkelijk door anderen laat manipuleren.'

Woedend trok ze haar hand weg. 'Verander niet van onderwerp. Geef me gewoon die muizenval terug of...' haar stem stierf weg en ze aarzelde. Wat moest ze nou doen?

'Of wat?' vroeg hij. Hij klonk niet alsof hij haar uitdaagde, maar eerder alsof hij probeerde te helpen. Waardoor ze zich nog veel idioter voelde.

‘Of ik bel de politie!’ flapte ze eruit, wetend dat haar gezicht nu dezelfde kleur had als de rode poloshirts die het personeel van Day & Zoon droeg. Jeetje, ze deed niet alleen maar haar dominante zus na, ze wérd haar zus!

Hij deed een stap naar achteren en keek haar aan. ‘Sodeju, je meent het echt, hè? Je zou echt de politie bellen voor zo’n rottig stukje hout en een veer.’

‘Het is je eigen schuld dat je in deze situatie zit,’ zei ze, terwijl haar verontwaardiging doofde als een nachtkaars. ‘Ik geef je alleen maar de kans om te doen wat juist is.’

‘En jij doet zeker altijd wat juist is?’ vroeg hij met een spottende blik in zijn ogen.

De verontwaardiging was terug. Maar alleen omdat hij zo dicht bij de waarheid zat, omdat Floriana bij een simpele keus vaker wel dan niet de keuze maakte die haar in de problemen kon brengen. Zij zag het als teken van eigenheid; ze wilde geen schaap zijn, niet opgaan in de menigte. Haar leraren zagen dat echter anders en noemden haar koppig en tegendraads. Ze was een keer naar het hoofd gestuurd omdat ze brutaal was tegen een leraar, iets wat ze heftig ontkende; ze had alleen maar zijn spelling gecorrigeerd. Ik bedoel, kom op nou, een leraar Engels die niet kon spellen?

‘Juist,’ zei ze kordaat en ze pakte de jongen bij zijn arm. ‘Jij gaat met mij mee.’

Hij verroerde zich echter niet. Omdat hij veel groter was dan zij, was de kans nihil dat ze hem mee terug de winkel in zou kunnen trekken. Tot haar groeiende ergernis begon hij te lachen. ‘Wat is dit, een burgeraanhouding?’

Boos omdat hij haar uitlachte liet ze hem los. ‘O, barst dan!’ zei ze en ze wilde maar dat ze zich er niet mee had bemoeid. Waarom was ze niet in een ander deel van de winkel aan het werk geweest toen hij binnenkwam om iets te jatten?

Er verstreek een moment waarin ze geen van beiden leken te weten wat ze moesten zeggen. Uiteindelijk verbrak hij de stilte. ‘Het spijt me,’ zei hij. ‘Hier, neem maar terug als het zo belangrijk voor je is.’ Hij duwde haar de muizenval in de hand.

‘Je zou ook gewoon kunnen betalen,’ zei ze, ‘zoals je zelf al zei, is vijfenzeventig cent immers helemaal niet zo veel.’

'Wel als je geen geld hebt.'

Zijn antwoord verbaasde haar. Vanaf het moment dat hij zijn mond had opengedaan, had hij geklonken en eruitgezien als iemand die geld genoeg heeft, al was het misschien niet in zijn eigen zak, dan toch wel in die van zijn ouders.

'Waar heb jij een muizenval voor nodig?' vroeg ze toen hij bij haar vandaan liep.

Hij draaide zijn hoofd om en keek haar aan alsof ze achterlijk was. 'Waar hebben mensen een muizenval voor nodig? Om muizen te vangen natuurlijk.'

Ze keek hem na toen hij wegliep. Hij had een lange, soepele gang en wekte vaag een ontspannen indruk.

Toen ze twee dagen later een klant had gewezen waar hij de producten kon vinden om kalkaanslag te verwijderen, voelde ze iemand op haar schouder tikken.

Hij was het.

'Hallo,' zei hij, 'ik wil graag een muizenval, alsjeblieft. En voordat je verwaand tegen me gaat lopen doen, kan ik je vertellen dat ik vandaag in de fortuinlijke positie verkeer je vijfenzeventig cent van de soevereine munt te kunnen aanbieden. Lang leve de koningin!'

Ondanks de pijnlijke herinnering die ze aan zijn vorige bezoek had en hoe gemeen ze zich de rest van die dag ook had gevoeld, moest ze glimlachen.

Toen de transactie was voltooid vroeg hij: 'Hoe laat ben je klaar? Of houd je vader je de hele nacht hier om schappen bij te vullen?'

Tegen het einde van de schoolvakantie waren ze niet alleen vrienden, maar vond Floriana's vader het ook goed dat hij 's zaterdags in de winkel kwam werken.

Seb en zijn moeder waren na haar echtscheiding naar Stanhurst verhuisd en hij beschreef hun situatie als een leven in verborgen armoede. Het was een uitdrukking die Floriana inmiddels kende als een typische Seb-opmerking, in die zin dat die geladen leek met voldoende overdrijving en ironie om komisch te lijken, maar in feite loochende hoe moeilijk ze het in werkelijkheid hadden. Ze was zich gaan realiseren dat het een verdedigingsmechanisme was.

Hij had zich verontschuldigd voor zijn poging een muizenval te stelen en had uitgelegd dat zijn moeder en hij nog geen vierentwintig uur in hun huis waren toen ze ontdekten dat ze gezelschap hadden. Omdat zijn moeder telkens als een muis zijn kopje uit een kast of lade stak hysterisch begon te gillen en ze bij de bank ernstig in het rood stond, had Seb het heft zelf in handen genomen. En hij had gefaald. 'Ik ben duidelijk niet geschikt voor de misdaad,' had hij gekscherend gezegd, waarna hij er serieuzer aan toevoegde: 'net zomin als mijn moeder geschikt is voor het huwelijk en het moederschap.'

Dit was zijn moeders tweede huwelijk dat in een echtscheiding eindigde. De vader van Seb – echtgenoot nummer een – was al lang geleden hertrouwd en droeg slechts lukraak bij aan het welzijn van zijn zoon, waarbij het geld voornamelijk opging aan het schoolgeld voor de particuliere school waarop hij zat. Echtgenoot nummer twee was niet geneigd voor een kind te zorgen dat niet van hem was. 'Ik kan het hem niet kwalijk nemen,' zei Seb over de man. 'Waarom zou hij ook, alleen omdat hij met mijn moeder is getrouwd?'

Hoewel Seb net zo oud was als Floriana, leek hij ouder en veel wereldser en geslepener. Hij beweerde dat hij van cynisme doordrenkt was en dat de mensen daardoor dachten dat hij slimmer was dan hij in feite was. 'Ik zit zogezegd op een steile leercurve,' zei hij op een dag toen ze vroeg hoe hij het toch altijd voor elkaar kreeg zo positief en pragmatisch te klinken.

'Sinds wanneer?'

'Sinds mijn geboorte.'

Over zijn moeder zei hij nuchter: 'Het is jammer, maar ze is er niet bepaald goed in getrouwd te zijn. Het probleem is dat ze er ook niet erg goed in is alleen te zijn.'

Het duurde niet lang voordat Floriana zich realiseerde dat Seb zijn handen vol had aan de zorg voor zijn moeder, die in Floriana's ogen een luie, zelfzuchtige vrouw was die eens moest ophouden te zeuren dat haar leven zo oneerlijk was. Soms ging ze zo op in haar eigen ellende dat ze de hele dag in bed bleef zonder ook maar even stil te staan bij Seb, die zichzelf maar moest zien te redden. Hij bekritiseerde haar niet en klaagde nooit; hij accepteerde de situatie gewoon zoals die was.

Het deed hem zelfs niets toen zijn vader, zes maanden nadat ze naar Stanhurst waren verhuisd, schreef om te zeggen dat hij zich het schoolgeld voor Seb niet meer kon veroorloven. Aan het begin van het volgende trimester stapte hij over naar de scholengemeenschap waar Floriana op zat en waar ook haar zus leerling was geweest – een modelleerling, zoals haar maar al te vaak werd verteld. Floriana liet toen min of meer haar vrienden vallen; Seb en zij werden onafscheidelijk en werden de Bende van Twee genoemd.

Floriana's moeder was dol op Seb, benoemde hem tot erelid van het gezin en zei dat hij altijd welkom was. Buiten Floriana's medeweten om stopte ze regelmatig stiekem voedsel in zijn tas om mee naar huis te nemen. Floriana ontdekte dat doordat ze haar moeder op heterdaad betrapte toen die op een zondagmiddag waarop ze samen zaten ze leren voor hun examens, aan Sebs tas zat te morrelen. Haar moeder maakte Floriana duidelijk dat ze niets mocht zeggen en bekende dat ze dit al maanden deed. 'Hij heeft zijn trots, Floriana,' zei haar moeder, 'dus zeg er niets van tegen hem.'

Mam was niet de enige die voor Seb viel; dat gold ook voor een behoorlijk percentage van de meisjes op school, die hij echter op afstand wist te houden zonder iemand van streek te maken of te beledigen. Tegen Floriana zei hij dat hij al genoeg op zijn bordje had zonder ook nog eens aan de eisen van een behoeftige vriendin te moeten voldoen.

'Niet alle vrouwen zijn zo behoeftig als je moeder,' had Floriana hem berispt.

Zijn houding ten opzichte van meisjes veranderde toen ze naar de universiteit gingen.

Ze hadden niet gepland naar dezelfde universiteit te gaan, laat staan naar Oxford. Omdat ze altijd de weg van de minste weerstand koos, had Floriana daar niet over nagedacht, maar haar leraar geschiedenis drong erop aan dat ze het probeerde. 'Ik weet dat je een hekel hebt aan hard werken,' had hij gezegd, 'en dat je het tot dusver hebt gered dankzij je bijna fotografische geheugen, maar Oxford zal je de stimulans geven die je nodig hebt. Wat heb je te verliezen?'

Kostbare tijd terwijl ik me voorbereid op de stress van het hele gedoe, had Floriana heimelijk gedacht. Toen Seb echter zei dat hij zich zou aanmelden – puur voor de lol – ontwaakte er een competitiegeest in haar waarvan ze nooit had geweten dat ze die bezat en voor ze het wist waren Seb en zij samen met vier anderen uit hun klas op weg naar Oxford voor een tweedaags bezoek en een reeks gesprekken.

Tijdens de treinreis terug naar huis met gigantische katers na een nacht die Seb een 'kennismaking met het studentenleven' had genoemd, had Floriana geweten dat ze het vreselijk zou vinden als ze geen plek aangeboden zou krijgen. Ze was verliefd geworden op Oxford. Ze vond alles eraan geweldig: de groene gazons en met klimop begroeide muren, de architectuur, het ethos, de traditie en het besef dat het een tijd en plaats in de geschiedenis had. Ze had nog nooit iets zo graag gewild. Naast Seb in de trein had ze haar handschoenen uitgetrokken en hem gevraagd haar handpalm te lezen. 'Vertel me wat er staat,' zei ze. 'Ga ik naar Oxford?'

Hij had haar hand in de zijne genomen en die als een echte waarzegger peinzend bestudeerd. 'Zeker, Florrie, jij gaat, geen twijfel mogelijk.'

Ze giechelde. 'En jij?'

Hij had zijn eigen hand opgestoken en ook die even bestudeerd. 'Er staat dat ik ga waar mijn beste vriendin gaat. Meer nog, er staat dat we op een dag samen zullen reizen.'

De rest van de treinreis naar huis hadden ze geslapen, Floriana met haar hoofd tegen zijn schouder, zijn arm om haar heen. Iedereen die hen zag, zou hebben aangenomen dat ze een stelletje waren. De mensen, inclusief haar zus, begrepen maar niet dat ze gewoon heel goede vrienden waren. Hoe kon het ook anders, zei Seb vaak, aangezien Floriana en haar ouders zo'n beetje zijn surrogaatfamilie waren geworden? Het zou heel raar zijn als ze meer zouden zijn dan vrienden. Hij was net een broer voor haar. Dus nee, er was nooit sprake van ook maar enige seksuele intimiteit tussen hen.

Net zoals het niet waar was dat Seb een handpalm kon lezen. Behalve dat hij een paar rudimentaire dingen wist over handleeskunde was het volgens zijn eigen zeggen gewoon een van zijn trucjes om de mensen wijs te maken dat hij iets was wat hij niet was. Niettemin was het een luchthartige grap geweest waar ze vaak op teruggrepen als ze ergens zekerheid over wilden hebben. Of als ze de dromen wilden bevestigen die ze voor zichzelf koesterden.

In dit geval had hij het bij het juiste eind; in oktober van dat jaar ging Floriana aan St Anne's College geschiedenis studeren. Seb zei op zijn typisch relaxte manier dat hij drie jaar op Keble zou gaan rondhangen om te kijken of hij iets van literatuur kon oppikken.

Weg van huis en bevrijd van de verantwoordelijkheid van de zorg voor zijn moeder, stortte Seb zich op het studentenleven... vooral op de sociale aspecten daarvan. Hij haalde verloren tijd in, zei hij en terwijl hij zich door een hele reeks vriendinnetjes heen werkte, kreeg Floriana een relatie met een rugbyspelende chemicus uit Merton, die John heette. Die duurde bijna tot het eind van dat eerste herfsttrimester, maar hij maakte het uit toen hij zich realiseerde dat Floriana hun relatie tot in de intieme details met Seb besprak.

'Waarom ook niet?' had Floriana gezegd. 'We vertellen elkaar alles.'

'Maar sommige dingen zijn privé,' had John gereageerd.

Haar volgende vriend was een medestudent geschiedenis, maar die verbrak hun relatie na de escapade die erin resulteerde dat Seb en zij een nacht in een politiecel doorbrachten. Ze vermoedde dat hij niet gecorrumpeerd wilde worden door associatie.

Hoewel Seb en zij heel hechte vrienden waren, had zijn vriendschap niets bezitterigs of exclusiefs en vonden ze het allebei prima dat de ander een eigen leven leidde. Meer dan eens bedacht Floriana dat ze zich geen langdurige relatie kon voorstellen als die niet op dezelfde leest geschoeid was.

Intussen wisselde Seb met alarmerende snelheid van vriendinnetjes; elke keer dat Floriana hem zag, had hij een ander. Ze had het idee dat het hem alleen maar om de seks ging, hoe vrijblijvender hoe beter. Terwijl de weken, maanden en trimesters verstreken, zag ze een roekeloosheid in zijn gedrag die haar zorgen baarde.

10

Het was zondagavond en hoewel hij het had verwacht, werd Adam toch verrast door het rinkelen van zijn mobiele telefoon.

Hij maande zichzelf niet te snel op te nemen. Hij moest niet te gretig lijken en kon het beter cool spelen. Cool, maar niet kil. Beslist niet kil. Cool, maar niet wanhopig.

Was hij wanhopig?

Ja hoor, hij was wanhopig. Hij had gisteren de hele avond zitten bedenken hoezeer hij Jesse miste en hoe vreselijk hij de lege plekken vond die ze overal in huis had achtergelaten: de lege kasten, de kale planken. En vandaag had hij de hele ochtend en middag gespannen op dit telefoontje zitten wachten en was hij bewust niet meer dan een paar meter bij zijn mobieltje vandaan gegaan zodat hij het zeker zou horen als het overging. Hij kon echter niet blijven wachten, en natuurlijk begon het te rinkelen zodra hij het de rug toekeerde om wat te gaan werken.

Het was natuurlijk mogelijk dat het niet Jesse was.

Of als ze het wel was, zou ze misschien niet zeggen waar hij op hoopte; dat ze zich had bedacht, dat het inpakken van haar spullen haar aan het denken had gezet.

In vredesnaam, neem gewoon op!

Hij reikte over de ontbijtbar heen naar de telefoon, die achter zijn laptop lag en zag een foto van Jesse op het kleine verlichte scherm.

'Hoi, Jesse,' zei hij, hopend dat hij overkwam alsof hij blij was van haar te horen, maar niet zo blij dat ze dacht dat hij haar niet miste.

'Adam,' zei ze.

Niet echt overdreven vrolijk, besloot hij, maar ook weer niet al te neerslachtig. Tot dusver ging het goed. Ze hadden in totaal drie woorden gewisseld en alles lag nog open.

Hij wachtte tot ze weer iets zou zeggen... zij was immers degene die met hem wilde praten. Toen hij gisteren was teruggekomen van Latimer Street, had hij een briefje van haar op het aanrecht gevonden. Het waren gewoon een paar regels geweest om te zeggen dat ze hoopte dat hij het niet erg vond dat ze iets te drinken had gepakt en dat ze de volgende dag zou bellen omdat ze iets met hem wilde bespreken. Verteerd door nieuwsgierigheid – en hoop – was hij in de verleiding geweest haar meteen te bellen, maar dat had hij niet gedaan.

Toen ze verder niets zei, zei hij: 'Is het gelukt gisteren? Heb je alles gevonden wat je zocht?'

'Ja, dank je.'

Er viel weer een stilte. Hij stond op het punt die met een of andere onnozele opmerking te vullen toen ze zei: 'Dit is niet gemakkelijk, hè? Ik had niet gedacht dat het zo zou zijn.'

Verdorie, dacht hij, je zou het eens van mijn kant moeten proberen! Hij merkte echter een zwakke plek in haar verdediging op, misschien zelfs iets van de spijt waarop hij had gehoopt en hij zei: 'Zou het gemakkelijker zijn als we dit gesprek persoonlijk voerden?'

'Nee,' zei ze snel. Te snel. 'Nee, ik denk het niet,' voegde ze eraan toe.

'Weet je het zeker?' zei hij. 'Ik zal je niet onder druk zetten. We kunnen gewoon even praten. Je kunt zeggen wat je wilt zeggen en ik zal luisteren. Misschien een kop koffie erbij, of een etentje.' Hij kneep in zijn mobieltje en kromp ineen. Te opdringerig! Veel te opdringerig. Hij verwachtte een felle reactie.

'Het is... het is heel lief van je dat je dat voorstelt, want ik zou graag willen dat we vrienden kunnen zijn en zonder wrok met elkaar kunnen praten.'

Zijn hoop zakte in. 'Vrienden,' zei hij. 'Wilde je daarom met me praten? Om te vragen of we vrienden kunnen zijn?'

'Ja,' zei ze. 'Als jij denkt dat dat kan.'

Er welden pijn en boosheid in hem op. En teleurstelling. 'Je bedoelt of ik bij je kan zijn zonder te wensen dat alles weer was zoals vroeger? Maar wacht even, toen zag je me als een broer. Ik begrijp het niet goed, wil je nou een vriend of een broer?'

'Adam, maakt dit alsjeblieft niet nog moeilijker dan het al is.'

Met de telefoon tegen zijn oor gedrukt draaide hij om zijn as en dwong hij zichzelf kalm te blijven. Met sarcasme zou hij niet verder komen. Hij sloot zijn ogen en vanuit het niets zag hij zichzelf in het huis van Esmé Silcox. De zon scheen door het raam van de grote elegante salon en Euridice zat op zijn schoot te spinnen. De woorden van de oude dame weerklonken in zijn hoofd: *Is er geen kans dat u haar terug kunt winnen?*

Hij schraapte zijn keel. 'Ik had mezelf voorgenomen niet boos te worden,' zei hij, 'maar ik mis je, Jesse, en ik wou dat je hier was. Ik blijf maar denken aan de mooie tijden die we hebben gehad. En de mooie tijden die we in de toekomst nog zouden kunnen hebben.'

'Ik mis jou ook,' zei ze. 'Ik mis dat je altijd zo geruststellend kon zijn en me een beter gevoel kon geven over –'

'Kom dan naar huis,' onderbrak hij haar omdat hij het niet kon laten. 'Laten we vergeten dat deze vreselijke week ooit heeft plaatsgevonden. Vertel me gewoon hoe ik het beter kan doen en ik doe het. Ik... ik hou van je.'

Het bleef lang stil. Zo lang dat hij zich afvroeg of de verbinding was verbroken.

'Ben je daar nog, Jesse?'

'Ja, ik ben er nog.' Hij hoorde haar diep inademen, vreesde het ergste, een keiharde afwijzing, en besloot in het diepe te springen.

'Luister eens,' zei hij, besluitend het advies te volgen dat juffrouw Silcox hem had gegeven, 'waarom stellen we een definitieve beslissing niet even uit, nu we misschien geen van beiden echt helder denken? Waarom schorten we het niet gewoon even op en nemen we de tijd om erover na te denken?'

'Bedoel je dat je wilt dat we een onderbreking inlassen?'

Hij probeerde het wat luchtiger te brengen. 'Ik weet dat het klinkt als iets uit een Amerikaanse soapserie, maar ja, dat bedoel ik. Als dat zou helpen, als het ons allebei de ruimte zou geven om na te denken en uit te zoeken wat we echt willen.'

Opnieuw hoorde hij slechts stilte. 'Wat denk je?' vroeg hij. 'Zou het helpen?'

11

Floriana ging pas op dinsdag weer werken.

Het kantoor van Dreaming Spires Tours stond aan de High, vlak bij St Mary's Church. De erkerramen met halfronde ruiten zagen er feestelijk uit en waren naar Floriana's mening smaakvol versierd – dat had ze namelijk vorige week zelf gedaan – in precies de juiste hoeveelheid ouderwetse kerstsfeer.

Omdat het net negen uur was geweest en ze pas om halftien open gingen, was het nog te vroeg voor klanten, maar haar baas Tony was al aanwezig. Hij keek op van de bespreekbalie, die hij aan het opruimen was, toen ze binnenkwam en deed geen enkele poging zijn ontsteltenis te verbergen. 'Floriana, lieverd, je ziet er verschrikkelijk uit!'

'Dank je, dat wilde ik nou net horen.'

Hij zette zijn bril af, liet die aan de ketting rond zijn nek hangen en kwam achter de balie vandaan. 'Ik had geen idee dat je er zo slecht aan toe was. Ik dacht dat je veeleer geschrokken was dan dat er echt sprake was van lichamelijke schade. Arm ding. Waarom heb je niet gezegd dat het zo erg was?'

Teleurgesteld dat haar pogingen het letsel te verbergen – een ver omlaaggetrokken muts, strategisch aangebrachte make-up en haar haren los zodat die gedeeltelijk over de ene kant van haar gezicht vielen – verre van succesvol waren, zei ze opgewekt: 'Het gaat prima met me. Echt waar. Alleen wat kneuzingen.'

Hij schudde zijn hoofd. 'Maar je wang ziet eruit alsof iemand er een kaasrasp overheen heeft gehaald.'

Ze kromp ineen bij die beschrijving. Ze had de vorige dag genoeg gehad van het verband op haar wang en had het voorzichtig verwijderd, bedenkend dat de wond sneller zou genezen als die niet was toegedekt, precies zoals haar moeder vroeger altijd zei wanneer ze als kind haar knieën kapot had gevallen: zorg dat er lucht bij kan.

‘Ik moet werken, Tony,’ zei ze. ‘Ik kan niet nog langer thuis blijven rondhangen, dat heb ik al genoeg gedaan.’

‘Weet je het zeker? Ik zou Damian kunnen bellen en vragen of hij kan invallen. Je staat geboekt voor de Potter-rondleiding, nietwaar? Die zou hij zonder al te veel problemen moeten kunnen overnemen. En dan kun jij me de rest van de dag op kantoor helpen; dat is vast veel gemakkelijker voor je.’

Iedereen bij Dreaming Spires Tours wist dat Tony verkikkerd was op Damian en bewust door de vingers zag dat hij geen gediplomeerd gids was. Damian was een acteur die zijn beroemdheid dankte aan een rol als figurant in een aflevering van *Inspector Morse* – ‘Death is now my neighbour’ – waarin hij een wetenschapper had gespeeld die het plein voor het Brasenose College overstak. Dat was in 1997 geweest, maar tjonge, hij zorgde wel dat niemand het vergat. Hij was ook vluchtig te zien geweest in een paar afleveringen van *Midsomer Murders*. Tussen de acteerklussen door – en dat kwam heel vaak voor – bood hij zijn diensten aan Tony aan. Hoewel zijn kennis als gids zwaar ontoereikend was, hetgeen hem gelukkig belette de diepgaandere rondleidingen te doen, waren toeristen die helemaal niets van Oxford wisten en dus gemakkelijk voor de gek te houden waren, dol op hem, vooral wanneer hij hun vertelde dat hij op de set had gestaan met John Thaw en Kevin Whately.

Persoonlijk vond Floriana hem maar een opschepper die de spot dreef met al het zware werk dat zij en alle andere gediplomeerde gidsen verzetten – de vele uren studie voor de examens die ze moesten afleggen en de regelmatige workshops die ze moesten volgen om bij te blijven.

Wat haar echter het meest dwarszat was dat Damian háár loon zou ontvangen voor het rondleiden van haar groep van vanochtend. ‘Maar, Tony,’ zei ze, wetend dat hij niet wilde dat Dreaming Spires Tours inferieure service verweten werd, ‘je weet dat Damian dol is op het geluid van zijn eigen stem en gewoon van alles loopt te verzinnen. Dat is niet bepaald goed voor onze reputatie, wel dan?’

‘O, zo slecht is hij niet,’ zei Tony, ‘en zijn praatje gaat er goed in. De meeste klanten weten niet dat hij improviseert en willen alleen maar een goed verhaal om aan de mensen thuis te vertellen.’

Hoewel dat tot op zekere hoogte klopte, was Floriana toch niet van plan een amateur haar show te laten stelen. 'Ik kan mijn groep best aan,' zei ze, 'en als ik mijn professor Anderling-hoed opzet en een Zweinstein-das om mijn hals heb, zullen ze de kneuzingen nauwelijks zien.'

Tony zette zijn bril op om haar beter te bekijken. Hij zag er sceptisch uit. 'Vooruit dan. Maar,' zei hij met opgestoken vinger, 'niet overdrijven.'

Opgelucht nu ze Tony ervan had overtuigd dat ze fit genoeg was om te werken liep ze door naar het achterkantoor. Nu hoefde ze alleen zichzelf er nog van te overtuigen dat ze de dag zou kunnen doorkomen zonder in elkaar te zakken of een paniekaanval te krijgen.

Ze was van haar stuk gebracht doordat ze al voordat de dag zelfs goed en wel begonnen was, uitgeput was. Ze voelde zich ook nerveus, hol van binnen en bibberig. Misschien had ze de bus moeten nemen in plaats van te komen lopen, maar ze had gedacht dat de wandeling haar goed zou doen en haar zou helpen weer op gang te komen. Ze had dat echter volkomen verkeerd beoordeeld, want elke keer als er een auto te dicht bij haar was gekomen, had ze een gênante angstkreet geslaakt en was ze met bonkend hart en letterlijk bevende handen opzij gesprongen. Op een gegeven moment had ze gevreesd dat ze een paniekaanval zou krijgen en ze was vreselijk opgelucht geweest toen ze Radcliffe Square bereikte en aan het verkeer kon ontsnappen.

Het zag ernaar uit dat Esmé Silcox toch gelijk had gehad toen ze zei dat Floriana beter nog een dag langer thuis kon blijven, zo niet de hele week, voordat ze weer aan het werk ging. 'Niemand zal van je verwachten dat je terugkomt voordat je helemaal bent hersteld,' had de oude dame gezegd.

Het probleem was, zoals Floriana haar had uitgelegd, dat je als freelancer betaald werd per rondleiding. Hoe meer ze deed, hoe meer geld ze kreeg. Behalve rondleidingen draaide ze ook diensten op kantoor als Tony extra hulp nodig had. Dat vond ze best leuk, maar wat ze echt graag deed was bezig zijn als gids. Ze genoot van de interactie met een groep, waarbij ze zichzelf deels als onderwijzer en deels als entertainer zag. Alleen niet het soort entertainment dat Damian Webb voorstond.

Zij was de enige van de gidsen die haar rondleidingen verkleed uitvoerde. Aanvankelijk was Tony daar niet zo voor geweest. Ironisch genoeg, gezien zijn voorliefde voor de overdrijvingen van de theatrale Damian, was hij bang geweest dat het een verkeerde indruk zou wekken, dat ze niet serieus zouden worden genomen. Floriana had echter doorgezet en Tony kreeg te horen dat de mensen altijd erg genoten van haar rondleidingen, zowel vanwege de inhoud als stijl, die ze luchtig en aantrekkelijk hield, maar wel gebaseerd op harde feiten. Ze was bovendien een vertrouwd gezicht geworden in Oxford terwijl ze haar groepen door de straten en universiteiten leidde, wat niet niks was in een stad vol excentrieke gezichten, zowel menselijk als architectonisch bezien.

Ze opende de kast waar ze haar 'rekwisieten' bewaarde en vond een envelop met haar naam erop. Het was een kerstkaart van Sandra, een van de andere gidsen die gespecialiseerd was in tuinrondleidingen en gebrandschilderd glas. Die herinnerde Floriana eraan dat ze zelf maar eens kaarten moest gaan kopen en schrijven. Ook was er nog de kwestie van Sebs onbeantwoorde kaart die ze moest afhandelen.

Ondanks het feit dat ze een paar dagen thuis had gezeten, had ze zich er niet toe kunnen brengen hem te antwoorden.

Ze had overigens wel aan Seb gedacht. Ze had eerlijk gezegd veel te veel aan hem gedacht. Voor een deel was Esmé Silcox daar verantwoordelijk voor.

Het had Floriana geschokt toen Esmé haar vertelde dat ze net na het ongeluk Sebs naam had gemompeld. Floriana had geopperd dat ze hem misschien de schuld had gegeven.

'O nee, dat zou ik niet denken,' had de oude dame gezegd. 'Je sprak zijn naam heel weemoedig uit, alsof je wilde dat hij bij je was.'

Dat was te veel geweest voor Floriana en nadat ze naar de keuken was gegaan om haar pijnlijke gezicht in een handvol tissues te verbergen, was ze teruggekeerd naar de bank en had ze Esmé precies verteld wie Seb was.

'Ach, arm kind,' had de oude dame gezegd toen ze was uitgesproken. 'Wat kan het leven toch wreed zijn.'

'Het is mijn eigen schuld,' had Floriana gezegd. 'Ik stel altijd alles uit. Dat komt vast op mijn grafsteen te staan: HIER RUST FLORIANA

DAY, DE GROOTSTE TREUZELAARSTER DIE ER BESTAAT. Ik realiseerde me alleen pas dat ik van Seb hield toen het te laat was.'

'Heb je nooit verteld wat je voor hem voelde?'

'Pas toen het eindelijk tot me doordrong dat hij verliefd was geworden op iemand anders.'

'Hou je nog steeds van hem?'

'Dat weet ik eerlijk gezegd niet. Ik dacht dat ik over hem heen was, maar toen kwam dit.' Ze was naar de haardmantel gelopen om de kerstkaart en de huwelijksaankondiging die erin zat te pakken. Ze had beide aan Esmé gegeven en gezegd: 'Daar liep ik aan te denken toen ik vrijdagavond de straat op liep.'

'Ga je naar de bruiloft?' vroeg Esmé nadat ze de kaarten had gelezen en aan haar terug had gegeven.

'Ook dat weet ik eerlijk gezegd niet. Ik weet niet of ik mezelf de pijn wil aandoen.'

'Waarom denk je dat hij zo specifiek heeft geschreven dat hij je erbij wil hebben op zijn trouwdag?'

'Het is natuurlijk een handreiking, dat snap ik wel. Ik ben niet zo stom om te denken dat hij me uit boosaardigheid uitnodigt.'

De oude dame had geglimlacht. 'Ach, je hoeft nu ook nog helemaal geen definitieve beslissing te nemen. Dit is immers alleen een aankondiging die je vraagt de dag vrij te houden. Heb je enig idee waar het huwelijk zal plaatsvinden?'

'Geen flauw idee,' had ze gezegd. 'Ik vermoed dat het niet in dit land zal zijn; iedereen lijkt tegenwoordig maar in het buitenland te willen trouwen. Een kaart als deze is een waarschuwing aan de genodigden dat ze er tijd en geld voor moeten reserveren. En als dat het geval is, als die vreselijke Imogen haar zinnen heeft gezet op een extravagant exotische plek, dan is dit hele dilemma hypothetisch omdat ik het me toch niet kan veroorloven.'

'Maar in de tussentijd kun je die handreiking toch gewoon aanvaarden, of niet? Wat is het ergste wat er kan gebeuren als je dat doet?'

Nu ze zich het gesprek herinnerde, bedacht Floriana hoe heerlijk simpel de scherpzinnige Esmé het had laten klinken. Voor een buitenstaander zag het er waarschijnlijk ook heel simpel uit. Ze hoefde Seb alleen maar een kaartje te sturen om te zeggen dat ze de dag zou vrijhouden, daarmee zat ze nergens aan vast. En hoe moeilijk kon het nou zijn om dat te doen?

Het moeilijke zat 'm niet zozeer in het schrijven van de woorden, maar in wat daar het gevolg van kon zijn. Wat als Seb contact met haar opnam? Wat als hij hun vriendschap nieuw leven wilde inblazen? Zou dat ooit mogelijk zijn met Imogen op de achtergrond?

De kaart maakte wel duidelijk dat Seb haar had vergeven. De hamvraag was echter of Floriana Seb kon vergeven dat hij verliefd was geworden op Imogen.

Toen hij een parkeerkaartje had gekocht en achter de voorruit had gelegd deed Adam zijn auto op slot en stak hij de weg over. Hij had nog drie kwartier tot zijn afspraak met zijn accountant, wat hem de tijd bood om bij Blackwell's naar binnen te lopen voor het boek van Haruki Murakami dat hij zijn broer voor de kerst wilde geven. En God beware hem, misschien zou hij zelfs even op de planken met zelfhulpboeken gaan kijken, waar hij er ongetwijfeld diverse zou vinden met titels als *Hoe overleef ik een onderbreking in onze relatie?* en *Hoe win ik mijn vriendin terug?*

Nadat hij Jesse zover had weten te krijgen dat ze tijdens een onderbreking van een maand nog eens over hun relatie nadacht, was hij aanvankelijk heel optimistisch geweest, maar nu werd zijn hoop overschaduwd door twijfel en bezorgdheid.

Hoe dacht hij haar in vredesnaam terug te winnen als hij haar niet kon zien? Wat werd hij geacht de komende vier weken te doen? En wat betekende 'een onderbreking' precies? Stond het Jesse vrij met andere mannen af te spreken? Werden ze allebei verondersteld met anderen uit te gaan als een soort test, om te zien of er niet iemand was die beter was?

Die gedachte maakte hem gek. Die halfbakken overeenkomst – door hem zelf bedacht – was nog maar achtenveertig uur oud en hij was er al helemaal niet zo zeker meer van of het wel een goed idee was geweest. Hij was gewend proactief te zijn, dingen te laten gebeuren, dingen te regelen, maar nu stond hij misschien wel voor het eerst in zijn volwassen leven machteloos. Hij kon niets anders doen dan wachten tot Jesse had besloten wat ze wilde.

In de tussentijd hing hij in het luchtledige. Hij vroeg zich ongewild af of hij niet beter af was geweest toen hij nog dacht dat het definitief voorbij was. Hoop was leuk. Valse hoop was iets heel anders.

Toen hij zijn aankoop had gedaan hield hij de deur open voor een moeder met een kind in een wandelwagen en stapte daarna de stoep op.

Het was een koude, vochtige en sombere dag, en na de warmte van de winkel voelde het buiten zelfs nog kouder en vochtiger aan. Hij knoopte zijn jas hoog dicht en merkte aan de andere kant van de weg een groep toeristen op voor de trap van het Sheldonian Theatre. In alle jaren dat hij in Oxford woonde had hij al heel wat toeristen achter een gids aan door Oxford zien lopen, maar hij had eigenlijk nooit eerder bij hen stilgestaan, behalve dat hij het hem ergerde als ze in de weg liepen. Nu hij Floriana Day had ontmoet, wierp hij een iets meer dan terloopse blik op de groep aan de overkant. En toen glimlachte hij, hoe moeilijk de afgelopen achtenveertig uur ook voor hem waren geweest, om het grote toeval.

Hij stak de weg over om beter te kijken, maar bleef zorgvuldig op afstand omdat hij haar niet wilde afleiden, want hij zag wel hoe aandachtig de groep naar haar luisterde; ze hingen aan haar lippen. Hij kon het hun niet kwalijk nemen want zoals ze daar met haar handen stond te gebaren zag ze er buitengewoon bezield uit. De zwarte cape, de sjaal en de heksenhoed die ze droeg gaven haar levendigheid een extra dimensie. Wat zag ze er grappig onconventioneel uit.

Ze leidde de groep net de trap naar het Sheldonian op toen ze hem opmerkte. Ze moest net als hij nog een keer extra kijken, maar toen glimlachte en zwaaide ze.

Omdat hij meende dat het onbeleefd zou zijn dat niet te doen, stapte hij op haar af. 'Leuke hoed,' zei hij.

'Professor Anderling,' legde ze uit. 'Ik doe een Potter-rondleiding.'

'Klinkt leuk. Hoe is het met je?' Van dichtbij vond hij haar er niet veel beter uitzien dan de vorige keer, al kwam dat misschien doordat ze het verband van haar gezicht had verwijderd. Het zag er vreselijk uit.

Ze keek over haar schouder naar de groep die verder afdwaalde. Sommigen maakten foto's, anderen bestudeerden hun plattegrond en de rest bleef haar in de gaten houden, alsof ze bang waren dat ze hen in de steek zou laten. 'Het gaat goed,' zei ze, 'druk bezig, zoals je ziet.'

'Sorry, ik wilde je niet storen. Ik laat je maar met rust.'

'Het was leuk je weer te zien,' zei ze.

'Dat vind ik ook.' Hij draaide zich om en wilde al weglopen toen hij iets bedacht. 'Je wilt zeker niet...' Hij brak af. Het was een idiote impuls waarmee hij haar onder druk zou zetten. Dus nee. Hij kon het beter niet vragen.

'Wat?' vroeg ze.

Hij schudde zijn hoofd. 'Nee, laat maar. Het was niets.'

'O, doe dat nou niet. Ik zal me de rest van de dag lopen afvragen wat je had willen vragen.'

Hij aarzelde. Ach, waarom ook niet! 'Ik wilde je vragen of je me ergens advies over zou kunnen geven. Misschien bij de lunch. Als je vandaag tenminste tijd hebt. Als je überhaupt lunchpauze hebt.'

'Ik ben om halftwee klaar als dat je uitkomt.'

'Dat zou geweldig zijn.'

'Nu moet ik echt gaan.' Ze liep weg.

'Waar spreken we af?' riep hij haar na.

'In de Vaults in St Mary's. Ze hebben heerlijke soep. En hun gebak is bijna net zo goed als wat jij zaterdag had meegebracht. Tot straks!'

'Ik had je eigenlijk van tevoren moeten waarschuwen dat advies geven niet mijn sterkste kant is,' zei Floriana toen ze aan een tafeltje zaten nadat ze in de rij hadden gestaan om te bestellen. Ze hadden allebei gekozen voor hartige lasagne in plaats van de soep. Floriana was blij dat ze kon gaan zitten. Ze was uitgeput en verheugde zich erop naar huis te gaan en te kunnen gaan rusten.

'Maar ik heb wel belangstelling voor wat je denkt,' zei Adam terwijl hij haar een van de papieren servetjes gaf.

'Vooruit dan maar, vertel me dan maar waarmee je denkt dat ik je kan helpen.'

Hij nam een hap lasagne, kauwde, nam een slok van zijn bronwater en zei: 'Heb jij ooit een onderbreking in een relatie meegemaakt?'

Ze schudde haar hoofd. 'Nee.'

'Weet jij wat de basisregels daarvoor zijn?'

'Nee. Sorry.'

'Juist,' zei hij peinzend. 'Dat was kort maar krachtig.'

Floriana zag hoe teleurgesteld hij was. Ze wou dat ze meer voor hem kon doen en zei: 'Als je me eens vertelde waarom je dat wilt weten?' Ze wist van haar praatje met Esmé dat Adam en zijn vriendin kortgeleden uit elkaar waren gegaan, maar ze kon niet toegeven dat ze van Jesse op de hoogte was zonder hem te laten merken dat ze het achter zijn rug over hem hadden gehad.

'Mijn eerste reactie is te zeggen dat je Jesse los moet laten,' zei ze toen hij alles had uitgelegd, 'en jezelf voor te houden dat er niets zo erg is als vast te blijven houden aan iets wat je niet kunt krijgen.'

Zijn gezicht betrok.

'Maar,' vervolgde ze snel, 'wat ik in feite wil zeggen, is dat je als je van Jesse houdt alles moet doen om haar terug te winnen. Als dat betekent dat je haar een maand of zelfs langer de tijd moet gunnen om na te denken, dan zij dat maar zo. Als je het geduld kunt opbrengen en echt gelooft dat ze het waard is, houd dan vol. Wat heb je te verliezen?'

'Je klinkt zo overtuigd,' zei hij.

'Geloof me, ik kan wel een boek schrijven over de kans die ik heb laten lopen. Ik weet precies wat je kunt verliezen.' En omdat hij tegen haar zo openhartig was geweest en het haar zo vreselijk belangrijk leek dat hij niet dezelfde fout maakte als zij, vertelde ze hem waarom ze zo goed wist waar ze het over had.

Toen ze klaar was met het oprakelen van de smeulende resten van haar geschiedenis met Seb en zich plotseling geneerde, zei ze: 'Ik weet dat de ontvangst van die uitnodiging alles weer bij me boven brengt, maar ik heb vreemd genoeg al tijden met niemand over hem gepraat en nu zit ik jou hier alles te vertellen terwijl ik je nauwelijks ken, precies zoals ik zondag bij Esmé heb gedaan.'

‘Dat geldt ook voor mij,’ zei Adam. ‘Ik heb haar zaterdag over Jesse verteld toen ik bij haar langsging, dus misschien is ze een soort orakel.’

‘Ja, dat of een heks,’ zei Floriana lachend.

Er gleed een lome glimlach over zijn gezicht dat, zo had ze opgemerkt, maar al te vaak naar ernst neigde. ‘Over heksen gesproken,’ zei hij, ‘het stelt me teleur dat je je professor Anderling-hoed niet ophebt voor de lunch. Daar had ik me echt op verheugd.’

‘Wat een goedkope uitspraak,’ zei ze. ‘Nog meer van dat soort praatjes en ik zal mijn mening over je moeten herzien.’

12

Het huis zag eruit alsof iemand het had opgepakt en er hard mee had geschud, het toen voor de zekerheid ondersteboven had gezet en nog een keer had geschud.

Het was nog minder dan een week tot Kerstmis en met Adams hulp had Floriana al het meubilair uit de huiskamer gehaald en in de keuken en de gang gepropt. Ze stond nu de stoffige kale vloerplanken te vegen voordat het nieuwe tapijt kwam en Adam legde het oud tapijt bij de voordeur om te worden meegenomen.

Floriana had Adam, die een indrukwekkend legertje mensen tot zijn beschikking had dat bijna alles binnen een paar uur tijd kon leveren of repareren, tot de nuttigste man op de planeet bestempeld. Vorige week had hij niet alleen haar lekke band geplakt, maar ook geregeld dat een van zijn handige helpers de kapotte ruit in haar badkamer kwam vervangen. Ze wist niet goed wat het gangbare tarief voor een dergelijke klus was, maar de rekening was zo laag dat ze vermoedde dat Adam korting had bedongen.

Datzelfde gold voor het tapijt van vandaag. 'Het is het einde van een rol,' had hij luchtig uitgelegd toen ze zich erover verbaasde hoe goedkoop het was. 'Gewoon een restantje dat ik weg had gelegd om ooit nog eens te gebruiken.' Hij sprak als een man die een heleboel restanten tapijt had liggen. Hij had laatst een proefstukje meegebracht om te kijken of ze het mooi vond en het was precies wat ze in gedachte had: een lichte tint beigegrijs.

Dat was geweest nadat ze een hoek van het oude tapijt had losgetrokken en bij het zien van de toestand van de houten vloerplanken eronder had besloten dat het het gemakkelijkst en goedkoopst was om het gevlekte oude tapijt te vervangen door een nieuw. Ze had Adam om advies gevraagd omdat hij een expert leek te zijn op het gebied van alles wat met huizen te maken had, en hij had gezegd dat hij wel iemand kende die de planken waarschijnlijk heel netjes zou kunnen schuren en lakken, maar de geschatte kosten hadden Floriana het koude zweet doen uitbreken. Zelfs rekening houdend met de extra kosten om dit goedkope tapijt op zondagmiddag te laten leggen, was het nog steeds een heel stuk goedkoper.

In de weken sinds ze hem had leren kennen, was het Floriana duidelijk geworden dat Adam heel andere bedragen ter beschikking had dan zij, maar hij liep daar niet mee te koop. 'Bewonderenswaardig bescheiden,' had Esmé hem met een voor haar typerende scherpzinnige opmerking beschreven. Ze waren het er beiden over eens dat hij zich niet zomaar in de kaart liet kijken, waardoor het soms moeilijk te bepalen was wat hij dacht. Maar als ze mocht kiezen, had Floriana liever iemand om zich heen die zwijgzaam en oprecht was dan een opzichtige schreeuwlelijk. Wat hij aan praatjes miste, maakte hij ruimschoots goed met zorgzaamheid en betrouwbaarheid.

Buiten stopte een wit busje achter de auto van Adam. Enkele tellen later deed een gedrongen man met de omvang van een olympisch gewichtheffer de achterklep van het busje open terwijl hij met Adam stond te praten. Samen droegen ze de rollen tapijt en ondertapijt het huis binnen.

In wat een mum van tijd leek stond al het meubilair terug op zijn plek en was het smerige oude tapijt achter in het busje op weg naar de vuilnisbelt. Klus geklaard.

'Heel erg bedankt, Adam,' zei Floriana, opgetogen rondkijkend in haar opgeknapte huiskamer. 'Je verricht wonderen. Kun je ook over water lopen?'

'Dus je bent er blij mee?'

'Ik ben dolblij! En als we niet bij Esmé werden verwacht, zou ik het komende uur als een gestoorde hond op het tapijt heen en weer gaan liggen rollen!'

Hij trok een wenkbrauw op. 'Ga je gang, laat je door mij niet tegenhouden.'

'Toch maar niet,' zei ze glimlachend. 'Misschien wacht ik maar tot ik vanavond alleen thuis ben.'

Tegen de tijd dat ze hadden opgeruimd en Floriana een of ander ensemble van idioot veel laagjes had aangetrokken, dat eruitzag alsof ze niet had geweten wat ze moest aandoen en dus maar had besloten alles aan te trekken, met een paar lompe laarzen erbij, viel de eerste sneeuw van die winter uit de donkere lucht omlaag. De hemel had er de hele dag al dreigend grauw uitgezien en de temperatuur was gestaag gedaald.

Ze waren op weg naar Trinity House om bij Esmé op de thee te gaan; het was voor het eerst sinds de avond van Floriana's ongeluk dat ze alle drie samen zouden zijn. Ze waren beiden afzonderlijk bij de oude dame geweest: Adam omdat hij vaak in zijn nieuwe huis naast het hare was en Floriana omdat ze gefascineerd was door de oude dame en haar beter wilde leren kennen.

'Ze heeft gewoon iets,' had Floriana tegen Adam gezegd. 'Ze is heel raadselachtig en net als ik denk dat ik haar doorheb, zegt ze weer iets waardoor blijkt dat dat niet zo is. Het zou me helemaal niet verbazen als ze in de Koude Oorlog spion was geweest en die baan als bibliothecaris een dekmantel was!'

Dat soort lukrake uitspraken waren bij Floriana vrij normaal, zo was Adam zich gaan realiseren; ze waren net zo flamboyant als haar vreemde kledingstijl, die haar doelloze en impulsieve persoonlijkheid prima weerspiegelde.

Anderzijds was er misschien wel helemaal niets doelloos en impulsiefs aan haar verschijning; misschien was ze wel uren bezig om er zo uit te zien. Wat wist hij immers van mode? Toch had hij onder Jesse's leiding de gelikte en stijlvolle look die zij zich had aangemeten wel leren waarderen. Een van de eerste dingen die ze had gedaan toen ze iets met elkaar kregen was zijn garderobe moderniseren. Ze had zijn niet bepaald indrukwekkende selectie kledingstukken bekeken en was na veel tss-geluiden en hoofdschudden met hem gaan winkelen.

'Het is raar,' zei Floriana nu ze bij het kruispunt van Church Close en Latimer Street stonden te wachten tot een auto waarvan de ruitenwissers continu heen en weer gingen om te voorkomen dat de neervallende sneeuw op de voorruit bleef liggen, gepasseerd was, 'maar altijd als ik bij Esmé in Trinity House ben, heb ik het gevoel in een parallelle wereld te zijn, een interessantere wereld. Ik denk dat dat een van de redenen is dat ik zo graag bij haar ben.'

‘Ik weet wat je bedoelt,’ zei Adam. ‘Ik heb besloten dat het al die interessante schilderijen zijn die ze heeft, die creëren een heel eigen sfeer.’

‘Ja!’ riep ze opgetogen en ze draaide zich zo snel naar hem om dat de pompon aan het eind van een lange kwast aan haar muts – een veelkleurige muts met oorflappen die er handgebreid uitzag – rondzwiepte en tegen haar neus sloeg. Ze sloeg hem met een in een want gestoken hand weg en zei: ‘Je hebt helemaal gelijk. Ik weet dat het bizar klinkt, maar ik denk steeds dat elk van die schilderijen een verhaal over haar leven vertelt, je weet wel, zoals een fotoalbum.’

‘Zo precies had ik er nog niet over nagedacht, maar het is een leuk idee. Heb je haar er al naar gevraagd?’

Haar ogen twinkelden ondeugend. ‘Daar werk ik nog aan.’

Daar twijfelde Adam geen moment aan. Ook dat was een van de trekjes van Floriana: een instinct voor het verzamelen van informatie. Volgens haar eigen zeggen was ze een verzamelaar van nuttige en minder nuttige feitjes en hij was er zelf getuige van geweest dat ze die bij wijze van spreken uit het niets kon oproepen. ‘Zo zitten mijn hersenen gewoon in elkaar,’ had ze hem verteld toen ze op zijn verzoek een voorbeeld te geven van wat ze bedoelde, een hele reeks spreekwoorden van over de hele wereld opratelde, waaronder een Russische die hij erg leuk vond. Het was een spreekwoord dat zei dat als je met iemand in gevecht was, dat niet het moment was om je haren te kammen. ‘Mijn hersenen verzamelen gewoon willekeurig data,’ had ze met een schouderophalen gezegd, ‘of ik dat nou wil of niet.’

Hij vermoedde dat ze daarom zo genoot van haar werk als gids; ze kon gemakkelijk feiten opnemen en zich die moeiteloos herinneren. Hij zelf zou nooit de nodige informatie kunnen onthouden.

Esmé was al drie dagen bezig met de voorbereidingen voor deze middag. Nadat ze had besloten dat de eetkamer de beste plaats was voor haar *tea-party*, had ze haar hulp gevraagd daar iets meer aan te doen dan er alleen even een plumeau doorheen halen. Krysta kwam eens per week bij haar en sprak evenveel Engels als Esmé

Pools sprak. Clean Sweep – het bureau waarmee Esmé contact had opgenomen toen de hulp die ze jaren had gehad ging verhuizen – had Krysta drie maanden geleden naar haar toe gestuurd. Het enige wat de vrouw enigszins vloeiend kon uitspreken was 'hallo,' en 'ik nu klaar, tot ziens'.

Toen de eetkamer grondig was afgestoft en geboend, had Esmé haar mooiste tafelkleed tevoorschijn gehaald om erachter te komen dat het zo lang in de la had gelegen dat het gewassen en gestreken moest worden om het presentabel te maken. Toen dat was gedaan had ze eens in de doos met de tafeldecoraties gekeken die ze al heel lang niet had gebruikt, maar ze had besloten dat die inmiddels te sjofel waren, en daarom was ze naar de kunstgalerie in North Parade gegaan, waar ze een kleine selectie aan kerstversieringen verkochten. Ze had gekozen voor een kerststukje met dennenappels en kaarsen met appel- en kaneelgeur, samen met een kerstster van Buddy Joe's en papieren servetten met rode en groene guirlandes erop.

Buddy Joe's had haar ook voorzien van de middelen om een menu samen te stellen van kalkoen-champignonpasteitjes, blini's met gerookte zalm en in bacon gerolde cocktailworstjes met een cranberrysausje. Als toetje had ze vruchtengebakjes en chocoladecake. Om te drinken had ze bisschopswijn op een heel laag vuurtje staan en een beperkte selectie sterkedrank voor als dat nodig mocht zijn.

Nu de kaarsjes waren aangestoken, de lampen brandden en de gashaard zacht sissend de ruimte verwarmde, controleerde ze de tafel om zich ervan te verzekeren dat ze niets was vergeten.

Haar werkelijke zorg was niet of ze iets vergeten was, maar veeleer de vraag of zo'n formele *tea-party* in de ogen van haar jonge gasten niet vreemd en ouderwets zou lijken. Ze was hopeloos uit vorm als het om het ontvangen van bezoek ging. Ze moest zelfs bekennen dat ze zich niet kon herinneren wanneer ze voor het laatst iemand op de thee had uitgenodigd.

Jaren en jaren geleden gingen haar vader en zij graag theedrinken in het Randolph, en later was ze met haar vriendinnen – Margaret, Dorothy en Nina – graag naar het Old Parsonage gegaan, dat veel gezelliger was. Haar vader en die vriendinnen leefden echter niet meer. Er restten haar alleen nog herinneringen, waarvan sommige nog slechts heel vaag waren en andere zo scherp dat het leek alsof de gebeurtenissen pas gisteren hadden plaatsgevonden.

Ze keek naar het schilderij boven de haard en bestudeerde het jonge meisje dat naar haar terugkeek. De uitdrukking van het meisje had een bedachtzame intensiteit die niemand die de tijd nam het portret goed te bekijken, ontging. Esmé had echter altijd gemeend dat het de subtiele mengeling van onschuld en vrijpostigheid was die het schilderij zo boeiend maakte. Ze had het gezicht nooit mooi of knap gevonden – de kin was te uitgesproken, de jukbeenderen te scherp afgetekend en de haarlijn te laag – maar het was een interessant gezicht en naar haar mening was dat veel belangrijker.

Ze was tweeëntachtig en bezat dit schilderij van haarzelf al sinds haar vader het had voltooid en het haar voor haar achttiende verjaardag cadeau had gedaan. Het grappige was dat ze er soms volkomen objectief naar kon kijken en het gevoel kon hebben dat ze dat meisje nauwelijks kende.

Het schilderij aan de muur ertegenover, een zelfportret van haar vader, was een heel ander verhaal. Als ze naar zijn gezicht keek, gedeeltelijk overschaduwd door de hoed die hij ophad, verdwenen de tussenliggende jaren en hoorde ze zijn zachte stem net zo duidelijk alsof hij bij haar in de kamer stond.

Naast zijn zelfportret hing een klein schilderij; een portret van Esmé toen ze tien jaar oud was. Gekleed in een effen blauwe katoenen jurk, een witte blouse en sokken die afzakten, zat ze op een laag houten krukje, haar schouders opgetrokken, haar wangen blozend en naar haar vader toegekeerd op een manier die suggereerde dat hij haar ergens bij had gestoord. Het was een van haar favoriete schilderijen en liet zien hoeveel ze op haar vader en niet op haar moeder leek; iets waar ze altijd dankbaar voor was geweest.

Esmé herinnerde zichzelf eraan dat haar gasten weldra zouden arriveren en richtte haar aandacht weer op de tafel om te kijken of er geen bordje ontbrak of geen stuk bestek schuin lag.

'Wat denk je?' vroeg ze aan Euridice, die bij de tuindeur naar de sneeuw zat te kijken. 'Is het zo goed?'

De kat draaide langzaam haar kop om en knipperde met haar ogen.

'Ik zal dat maar als een bevestiging beschouwen en er het beste van hopen,' zei Esmé. 'En kom nu met me mee, want ik laat je hier niet alleen met al dat verleidelijke eten op tafel.'

De kat liep gehoorzaam achter haar aan de eetkamer uit.

Toen ze de deur opendeed voor haar gasten werd Esmé tot haar grote genoegen begroet met een kort door Floriana gezongen refrein van 'Wij zijn de twee koningen, wij komen van 't Oosten', terwijl Adam er wat ongemakkelijk bij stond te kijken.

'We komen natuurlijk niet van zo heel ver,' zei Floriana buiten adem, haar gezicht roze van de kou, toen ze in de gang stonden om mutsen, jassen, handschoenen en sjaals uit te trekken, 'maar we hebben wel geschenken bij ons. Je moet ze echter wel bewaren tot Kerstmis en niet eerder uitpakken. Wil je dat we onze schoenen uittrekken?'

'Hemeltje, nee! Tenzij je daar zelf een brandend verlangen toe voelt. Kom met me naar de keuken om op te warmen en vertel me hoe het met jullie is.'

'Ik vermoed dat Adam zal moeten gaan zitten om uit te rusten,' zei Floriana met een opgewekte lach. 'Ik heb hem hard laten werken. Ik ben nu de trotse eigenares van een prachtig nieuw huiskamertapijt, wat best een mijlpaal is; ik heb nog nooit eerder een nieuw tapijt gehad. Ik kan niet zeggen hoe volwassen ik me nu voel.'

Esmé glimlachte vol genegenheid naar haar en daarna naar Adam, die zich waarschijnlijk afvroeg of hij ook nog een keer iets zou mogen zeggen. 'In dat geval,' zei ze, 'vind ik dat we het glas moeten heffen om die belangrijke mijlpaal te vieren.'

Niet voor het eerst bedacht Esmé hoe anders deze stralende, babbelende Floriana was dan het meisje dat ze bij de aanrijding had leren kennen. Haar gezicht droeg nog steeds lichte tekenen van de kneuzing en het zou lang duren voor het litteken van de hechtingen was vervaagd, maar sindsdien was haar ware persoonlijkheid naar voren gekomen. Ze was heerlijk onstuitbaar, een fantastische bundel energie en enthousiasme en Esmé genoot elke keer van de tijd die ze met haar doorbracht.

Niet alleen haar levendige aard was naar voren gekomen sinds ze van het ongeluk was hersteld; het viel ook niet te ontkennen dat ze erg knap was. Haar vader zou haar met plezier geschilderd hebben; hij zou de sprankelende vitaliteit in die grote bruine ogen met lange wimpers, haar fijne spitse kin en haar rechte neusje uitstekend hebben neergezet. Ze had een zeldzaam gezicht, vond Esmé, een gezicht dat niet tot een gemene of onaangename uitdrukking in staat leek.

Alle twijfels die Esmé eerder had gevoeld – dat haar gasten haar *tea-party* misschien niet leuk zouden vinden – verdwenen meteen toen ze met hun glazen bisschopswijn doorliepen naar de eetkamer.

'Wat prachtig!' riep Floriana toen ze de gedekte tafel zag. 'Maar je had voor ons niet zo veel moeite hoeven te doen.'

'Nou, aangezien ik dat wel heb gedaan, moeten we er maar het beste van maken. Ik weet dat het tegenwoordig niet politiek correct is om zoiets te zeggen, maar ik voel me een revolutionair, dus Adam, zou jij aan het hoofd van de tafel willen gaan zitten? En Floriana, jij tegenover mij. Kijk eens aan, dat is perfect. En als Euridice je lastigvalt, duw je haar maar gewoon opzij. Aha, Adam, ik zie dat ze al recht op jou af loopt.'

'Het is al goed,' zei hij toen Euridice naast zijn stoel ging zitten en vol toewijding naar hem opkeek. 'Ik vind het niet erg.'

'Ik wou dat ik wist waarom ze nooit naar mij toe komt,' zei Floriana.

Esmé schonk haar een speelse blik. 'Ik denk dat ze Adam zo graag mag omdat hij zo'n rustig en kalmerend aura heeft.'

Floriana lachte. 'Bedoel je dat ik te luidruchtig ben naar haar smaak?'

'Levendig is het woord dat ik zou gebruiken, beste meid; je straalt gewoon energie uit. Vind jij dat ook niet, Adam?'

Adam hief zijn handen. 'Ik zeg niets.'

'Altijd de bedachtzame diplomaat,' zei Esmé terwijl ze de schalen met voedsel doorgaf. 'Vertel me nu maar eens over jullie plannen voor de kerst.'

Floriana kreunde. 'Adam, ga jij maar eerst, ik moet wat eten voor ik het kan opbrengen de hel te beschrijven die mijn kerstfeest *chez* Brown zal zijn.'

Esmé knipoogde naar Adam. 'Ik geloof dat je toestemming hebt gekregen om te spreken. Als ik jou was zou ik die kans grijpen nu het kan.'

Hij pakte een blini met gerookte zalm en zei: 'Het wordt de standaardfamiliekerst voor mij, thuis in Thame. Mijn broer komt ook.'

'En kunnen jullie goed met elkaar overweg?'

'Ja, dat kunnen we zeker.'

'Is hij getrouwd?'

'Nee, hij heeft een nog beroerdere staat van dienst wat vrouwen betreft dan ik.'

Esmé zei: 'Dit is een kerst-party, geen jammer-party, dus dat soort dingen willen we niet horen, Adam. Ik voorspel je dat er in het nieuwe jaar het een en ander voor je zal veranderen, en wel ten goede.'

Floriana lachte hartelijk. 'Zie je wel, Adam, we hadden gelijk, ze is een heks!'

'Ik denk dat je toch zult moeten toegeven dat jij degene was die tot die conclusie kwam,' zei hij met gefronste wenkbrauwen.

'O, dat is niet erg galant van je!'

Geamuseerd zei Esmé: 'Mijn lieve kind, wat brengt je in vredesnaam op het idee dat ik bovennatuurlijke krachten zou hebben?'

'Omdat je over een geheimzinnig vermogen beschikt ons informatie te ontfutselen zonder iets over jezelf te onthullen.'

'Hemeltje, ik had geen idee dat ik het onderwerp van zulke fantastische speculaties was! Ik voel me gevleid, maar ik verzeker jullie dat ik niets anders ben dan een ongevaarlijke oude vrouw die te veel vragen stelt. Iemand nog een worstje?'

'Zie je wel!' riep Floriana. 'Zo doe je dat, je leidt ons af door zelf vragen te gaan stellen!'

'Dan zal ik daar nu onmiddellijk mee ophouden en antwoord geven op ongeacht welke vraag je ook stelt. Wie wil er als eerste?'

Adam keek naar Floriana en maakte een welsprekend gebaar van 'ga je gang'.

‘Nou,’ zei Floriana naar het schilderij boven de haard kijkend, ‘ben jij dat?’

‘Dat ben ik inderdaad.’

‘En?’

‘En wat?’

‘Vertel ons wat meer. Wanneer is het geschilderd? Hoe oud was je en wie heeft het gemaakt? Was het je vader?’

13

Het schilderij vertegenwoordigde een keerpunt in Esmés leven. Ook voor haar vader.

Vijf maanden voor de achttiende verjaardag van Esmé was haar moeder onverwachts overleden aan een hartinfarct. De meeste mensen hadden gedacht dat ze eeuwig zou leven, al was het maar om de mensen om haar heen te treiteren.

Violet Silcox – geboren Bradbury – was geen gelukkig mens geweest. Als enige dochter van een ingenieur uit Nottinghamshire die zijn fortuin had gemaakt met mijnbouwmachines was ze opgegroeid in de overtuiging dat ze een grote schoonheid was en dat de wereld aan haar voeten lag. In werkelijkheid was ze dat echter helemaal niet en ondanks de ambitieuze bedoelingen van haar ouders dat ze een man zou trouwen uit een familie die nog rijker en machtiger was dan die van hen, slaagde ze er niet in ook maar enige aandacht te trekken. Toen verscheen echter William Silcox ten tonele, een zachtaardige, rustige man die als octrooiadvocaat voor haar vader werkte, een man die haar beide ouders vertrouwden en graag mochten. Hij was vier jaar jonger dan Violet en had geen schijn van kans toen zij op tweeëndertigjarige leeftijd besloot dat hij de man was met wie ze wilde trouwen – het was híj of de schande een oude vrijster te worden. Hij had niets van de rijkdom en macht die haar ouders voor hun dochter hadden gewenst, maar wel zagen ze in hem een presentabele en goed opgeleide man die hun als plooibare schoonzoon geen problemen zou bezorgen en die in elk geval Violet gelukkig kon maken en hun kleinkinderen kon schenken.

William kon Violet echter niet gelukkig maken. Dat kon niemand. Vooral Esmé niet toen die werd geboren, twee jaar nadat haar ouders waren getrouwd en in Hillside waren gaan wonen, een ongastvrij victoriaans huis zo'n vijf kilometer van waar Violet in Abbey Vale was opgegroeid.

Violet had – wetend hoeveel plezier dat haar vader zou doen – heel graag een zoontje gewild en was er zo van overtuigd dat ze een jongen zou baren dat ze het weigerde te geloven toen haar werd verteld dat ze een schattig meisje het leven had geschonken. 'Maar dat kan niet!' had ze hysterisch tegen de vroedvrouw en de dokter geroepen op de autoritaire toon waarmee ze van jongs af aan iedereen behandelde die ze als van lagere sociale status beschouwde. Ze besefte niet hoe belachelijk ze zich gedroeg en trok zich er niets van aan dat de kokkin en het dienstmeisje beneden elk woord konden horen en dat al snel in het dorp zouden rondvertellen, en dat de echo's daarvan de oren van Esmé zouden bereiken toen die oud genoeg was om te begrijpen wat de mensen over de gang van zaken in Hillside zeiden en dat ze de spot dreven met haar moeder.

Toen in 1939 de oorlog uitbrak, was Esmé acht jaar en oud genoeg om de implicaties daarvan te begrijpen: dat haar vader misschien zou moeten gaan vechten en nooit meer terug zou komen. Haar vader werd echter ongeschikt geacht – een erfenis van zijn jeugd die hij wegens tuberculose gedeeltelijk had doorgebracht in een sanatorium.

De meeste vrouwen zouden opgelucht zijn dat hun echtgenoot geen risico hoefde te lopen aan het front, maar thuis een bijdrage aan de oorlog kon leveren, maar niet Violet. Zij wilde getrouwd zijn met een held, het liefst nog met een dode held, zoals ze een keer nukkig tegen William had gezegd toen die alweer laat thuiskwam van zijn werk. Bradbury Mining Tools produceerde nu machinerieën voor de oorlog en de fabrieken draaiden vierentwintig uur per dag door, want ze moesten alle zeilen bijzetten. 'Wat doe jij daar nou voor belangrijks?' had ze geroepen. 'Je bent maar een advocaat!'

Zoals het moederschap een bittere teleurstelling voor Violet was gebleken, zo was ook het huwelijk niet wat ze ervan had verwacht. Ze had zich misschien meer een huwelijk voorgesteld zoals dat van haar ouders. Haar vader, die ze boven alles vereerde, was een lange machtige man die zich deed gelden als een charismatische heer des huizes en zijn vrouw en dochter altijd alles gaf waar ze om vroegen. De kwaliteiten die Violet ooit in haar verloofde had bewonderd –

vriendelijkheid, zachtaardigheid en een artistieke inslag – zag ze in haar echtgenoot als tekenen van zwakte.

Nog groter was de schande toen Violets aanbeden vader er tegen het einde van de oorlog van werd beschuldigd dat hij van de oorlog profiteerde. De beschuldigingen werden niet ronduit uitgesproken, niet meteen, maar nadat William zich uit het bedrijf had teruggetrokken en aanvankelijk weigerde te zeggen waarom deden de geruchten en roddels steeds sneller de ronde en het duurde niet lang voor iedereen de familie links liet liggen. Violet hield haar echtgenoot ervoor verantwoordelijk dat hij in zijn eentje de mensen tegen hen had opgezet. William verdedigde zijn acties door te zeggen dat hij simpelweg niet langer voor haar vader kon blijven werken toen hij wist wat er aan de hand was. 'Dus iemand maakt één klein foutje en jij kunt hem niet vergeven?' voer ze tegen hem uit.

'Ik moet met mijn geweten kunnen leven,' zei hij.

Al op jonge leeftijd luisterde Esmé de gesprekken tussen haar ouders af, al hoefde ze dat niet bepaald stiekem te doen, want vaker wel dan niet was haar moeders neerbuigende toon voor iedereen luid en duidelijk te horen.

Toen de oorlog ten einde liep, was ook het huwelijk feitelijk voorbij. De vader van Esmé wilde scheiden, maar kon dat vanwege Esmé niet over zijn hart verkrijgen. Bovendien had Violet hem gewaarschuwd dat ze nooit zou instemmen met iets wat nog meer schande over de familie zou brengen. Ze dreigde ook dat William Esmé nooit meer zou mogen zien als bij haar wegging. Kennelijk was een huwelijk in naam voor Violet nog beter dan helemaal geen huwelijk.

In die impasse bracht de vader van Esmé steeds meer tijd door bij het bedrijf waarvoor hij nu werkte en zag Esmé hem alleen maar in het weekend. Maar die tijd met hem samen was haar heel dierbaar, en hem ook. Zo afstandelijk als ze allebei tegen Violet waren, die nooit meer dan tijdelijke belangstelling voor het welzijn van Esmé toonde en haar alleen maar bekritiseerde en corrigeerde, zo hecht waren ze met elkaar. De enige om wie Violet iets gaf was zijzelf en ze begon die eigenliefde letterlijk te voeden door bergen, vooral zoet, voedsel op te schrokken, waardoor ze in alarmerend tempo zwaarder werd.

Toen Violets moeder stierf aan een beroerte en zes maanden later haar vader omkwam bij een schietongeluk – sommigen zeiden dat het zelfmoord was vanwege de geruchten die nog steeds de ronde deden – vond ze aansluiting bij een nieuwe vriendenkring en raakte ze geobsedeerd door de geestenwereld. In wanhopige pogingen contact te leggen met haar dode vader en moeder hield ze thuis regelmatig seances. Haar geestestoestand ging duidelijk achteruit en haar stemmingswisselingen werden heviger.

Op een avond kwam Esmés vader thuis van zijn werk en had ze alle schilderijen uit zijn atelier in de tuin aan flarden gesneden. Hij zei echter geen woord. Esmé wist dat dat haar moeder woedend maakte, die dan ook vals tegen hem zei dat hij niet mans genoeg was om te reageren of tegen haar in opstand te komen.

Ze had hem al vaak afgedaan als een derderangs amateur zonder talent en originaliteit en de vernieling was voortgekomen uit een groeiende minachting en jaloezie. Zonder enig berouw voor wat ze had gedaan, vertelde ze hem dat zijn stijl zo walgelijk sentimenteel was dat ze er kippenvel van kreeg en dat ze hem een dienst had bewezen door de wereld te verlossen van die misselijkmakende troep. Zijn enige reactie was de vraag wat voor moeder de schilderijen van haar eigen dochter kapot kon maken.

Een verwarde moeder kon dat, maar niemand in het huishouden was dapper genoeg om dat te zeggen.

Esmés vader ging pas een aantal maanden na het plotselinge overlijden van Violet weer schilderen. Het eerste schilderij dat hij maakte was het portret dat hij Esmé voor haar achttiende verjaardag gaf. Nadat hij het haar had laten zien, zei hij dat hij met haar wilde praten.

Hij nodigde haar uit met hem de tuin in te lopen en met haar arm door de zijne gehaakt zei hij: 'We hebben het nooit over geld gehad, maar zoals je weet is je moeder er ondanks de adviezen die ze heeft gehad, nooit aan toegekomen een testament op te laten maken. Daardoor erf ik alles. En daarmee bedoel ik dat wíj alles erven. Maar dat had je zelf vast ook al bedacht.'

Esmé had geknikt, niet goed wetend waar dit gesprek toe zou leiden.

'Nu de wettelijke kant van de zaken is geregeld, wil ik je voorstellen om dit afschuwelijke huis en alles wat erbij hoort te verlaten en naar een plek te verhuizen die we zelf hebben gekozen, een plek waar we opnieuw kunnen beginnen en gelukkig kunnen zijn.'

Ze had geglimlacht. 'Dat klinkt geweldig. Maar waarom krijg ik het gevoel dat dat niet het enige is wat je me wilt vertellen?'

Hij had haar glimlach beantwoord en ze had gedacht hoe fantastisch het was hem weer vaker te zien glimlachen nu ze bevrijd waren van de tirannie van haar moeder. 'Dat heb je heel goed opgemerkt,' zei hij, 'maar ik had eigenlijk ook niet anders verwacht. Hoe zou je het vinden je vertrek naar Oxford uit te stellen en met mij op avontuur te gaan?'

Het was al heel lang Esmés grote droom om naar Oxford te gaan en Engels te studeren, maar ze vertrouwde haar vader en zei: 'Wat voor avontuur?'

14

'Nee! Je kunt nu niet stoppen; je moet ons vertellen wat er daarna gebeurde. Wat was het avontuur?'

Zelf verbaasd dat ze zo gedetailleerd had verteld, reikte Esmé naar haar vergeten bisschopswijn, die nu koud was. 'Lieve hemel, jullie willen toch zeker niet nog langer naar mijn geklets luisteren?'

'Jawel! Jawel!' riep Floriana enthousiast. 'Hè, Adam?'

Adam knikte instemmend. 'Maar alleen als je dat zelf wilt,' zei hij. 'Misschien moeten we je eerst de kans geven iets te eten, want in tegenstelling tot ons heb je nog nauwelijks iets aangeraakt.'

'Goed idee,' zei Floriana die snel het bordje blini's met gerookte zalm pakte en het Esmé voorhield. 'Je kunt niet vertellen op een lege maag.'

Esmé lachte. 'Goed dan,' stemde ze in, 'maar terwijl ik eet, moet jij me vertellen waarom je nu toch naar je zus gaat voor het kerstfeest terwijl je eerder zei dat je daar onderuit hoopte te kunnen komen.'

Floriana ademde uit in een lange vermoeide zucht. 'Zoals gewoonlijk was het mijn eigen schuld en had ik eerder in actie moeten komen, maar pap en mam belden me nadat ze van mijn zus hadden gehoord dat ik haar uitnodiging had afgewezen en vroegen me met wie ik kerst zou vieren. Ik heb nooit tegen hen kunnen liegen, in elk geval niet overtuigend, dus uiteindelijk heb ik de handdoek maar in de ring gegooid en ermee ingestemd toch naar mijn zus te gaan.'

'En waarom denk je dat dat zo vreselijk zal zijn?' vroeg Esmé.

'Omdat ik zonder pap en mam om Ann in te tomen eindeloos zal worden gecommandeerd en ze me er steeds aan zal herinneren dat het tijd is dat ik volwassen word en een fatsoenlijke baan zoek. Dat niet alleen, Ann zal ook proberen me aan de broer van haar echtgenoot te koppelen – best een aardige man als je voor het ultravolwassen type valt – maar voor mij absoluut niet de juiste.'

Niet zonder sympathie voor Floriana zei Esmé: 'Waarom vindt je zus je werk als gids in Oxford geen fatsoenlijke baan?'

'Naar haar mening heb ik mijn opleiding verspild aan iets waarvoor ik me onvoldoende hoef in te spannen en wat geen echte vooruitzichten biedt.'

'En wat doet zij dan waardoor ze zich zo superieur voelt?' vroeg Adam.

'Ze werkt op de afdeling Personeelszaken van een grote verzekeringsmaatschappij en natuurlijk loopt haar huishouden met twee kinderen op rolletjes. Alles loopt op rolletjes in haar wereld. Ik heb het over een vrouw die haar theedoeken strijkt!'

'Wat? Strijk jij je theedoeken niet?' vroeg Adam met een stalen gezicht terwijl hij Esmé de schaal met pasteitjes aangaf. 'Ik dacht dat iedereen dat deed.'

Floriana lachte en nam ook een pasteitje nadat Esmé er een had gepakt. 'Misschien in Summertown.'

'Denk je dat je zus jaloers op je is?' opperde Esmé. 'Vanuit haar gezichtspunt moet jouw leven heerlijk onbekommerd en spontaan lijken in vergelijking met het hare.'

Floriana lachte weer. 'Jaloers op mij? Ann zou nog liever tyfus oplopen dan mijn leven leiden. Nee, ze vindt het gewoon heerlijk alles aan me af te keuren; dat hoort erbij als je de oudste zus bent, neem ik aan.'

'Wat jammer, maar aangezien het de taak van de jongeren is te overdrijven, ben ik geneigd een deel van wat je zegt met een korreltje zout te nemen, omdat ik weiger te geloven dat je familie niet trots op je is.'

'O, pap en mam vinden het prima wat ik doe,' zei Floriana, 'maar ik weet zeker dat zij net als Ann hadden verwacht dat ik meer zou bereiken. Het komt door Oxford; dat doet de verwachtingen tot een absurde hoogte stijgen. In Anns ogen zou ik op z'n minst moeten hebben wat zij heeft: een man, twee kinderen, een groot vrijstaand huis met vier slaapkamers, twee auto's op de oprit, blablabla.'

'En beschouw je dat als iets wat je op een dag ook zou willen?'

'Toe nou, Esmé, kijk mij nou. Zie ik eruit als iemand die een dergelijke leefwijze nastreeft? Ik ben tevreden met mijn leven zoals het is, vriendelijk bedankt. Oké, wat meer geld in mijn beurs zou leuk zijn, maar ik mag niet klagen met een baan waar ik dol op ben en mijn eigen huisje. Wat ik overigens aan mijn grootmoeder te danken heb. Van het geld dat ze me naliet toen ze overleed heb ik de aanbetaling gedaan; zonder dat cadeautje van haar had ik het niet kunnen kopen. Ann heeft precies hetzelfde gekregen en heeft het geïnvesteerd om er het school- en studiegeld van haar kinderen van te betalen. Zie je, alweer andere prioriteiten,' voegde ze er met een schouderophalen aan toe.

Esmé wilde net nog iets vragen toen ze gerinkel bij Adam vandaan hoorde komen.

'Sorry,' zei hij, en zijn hand ging naar zijn broekzak.

Esmé had zelf nog nooit een mobieltje gebruikt, maar ze was er goed genoeg mee bekend om te weten dat als zo'n ding belde of zoemde, dat onmiddellijk aandacht vereiste, ongeacht de situatie.

'Neem alsjeblieft op,' zei ze, opmerkend dat Adams gezichtsuitdrukking volkomen was veranderd toen hij naar het schermpje van zijn telefoon keek.

'Ik neem hem wel even in de gang als jullie het niet erg vinden,' zei hij toen het ding bleef rinkelen.

Toen hij de deur achter zich dicht had gedaan, boog Floriana zich over de tafel heen. 'Ik wed dat het Jesse is,' fluisterde ze.

'Verwachtte hij dat ze contact zou opnemen?' vroeg Esmé al net zo zacht.

'Hij verwacht al een telefoontje van haar sinds hij haar een kerstkaart heeft gestuurd. Hij heeft ook een cadeautje voor haar gekocht.'

Omdat ze wist hoe gesloten Adam kon zijn vroeg Esmé: 'Hoe weet je dat?'

'Hij heeft het me verteld. Hij wilde weten of ik vond dat hij juist had gehandeld of niet.'

'Ik hoop maar dat ze hem niet aan het lijntje houdt. Ik zou het vreselijk vinden hem onnodig pijn te zien lijden.'

'Ik ook. Maar zoals mijn moeder, een grote fan van happy endings als eerste zou zeggen, werkte een onderbreking voor prins William en Kate ook. Wat,' zei ze glimlachend, 'mijn theorie ondersteunt dat uitstel niet altijd verkeerd hoeft te zijn.'

Esmé veegde de schilfers van het pasteitje van haar vingers, depte toen haar mond met haar servet en zei: 'Betekent dat dat je nog steeds de kaart van Seb niet hebt beantwoord?'

'Laten we zeggen dat het werk in uitvoering is. En wat doe jij eigenlijk met de kerstdagen? Breng je ze samen met iemand anders door?'

'Ik breng de kerst rustig hier thuis door met Euridice, zoals altijd,' zei Esmé, die opmerkte hoe handig Floriana haar aandacht van Seb en zijn kaart had afgeleid. 'Hemeltje,' riep ze toen, 'ik realiseer me net dat die slimme kat achter Adam aan de kamer uit is gelopen. Ze lijkt echt verzot op hem.'

Op dat moment ging de deur open en kwam Adam terug met Euridice op zijn hielen. 'Sorry daarvoor,' zei hij, zijn gezicht opgeklaard door wat naar Esmé aannam goed nieuws moest zijn.

'Was dat Jesse?' vroeg Floriana toen hij zijn plaats aan de tafel weer had ingenomen.

'Ja,' zei hij met een verbaasde blik. 'Hoe wist je dat?'

'O, gewoon een gokje. Wat wilde ze?'

'Ze wil me morgenavond zien om kerstcadeaus uit te wisselen. Ik weet niet wat me meer verbaast, dat ze iets voor me heeft gekocht of dat ze me wil zien.'

Esmé wilde hem manen er niet te veel achter te zoeken, vooral omdat mensen zich met Kerstmis vaak hypocriet gedroegen en deden wat er van hen werd verwacht in plaats van wat ze eigenlijk wilden doen. Ze hield haar gedachten echter voor zich en zei: 'Zal ik dan nu maar thee gaan zetten?'

Het was donker en het sneeuwde hard toen ze Trinity House verlieten en op weg gingen naar Church Close. De sneeuw op de weg was kapotgereden door auto's, maar op de stoep had nog niemand gelopen en de maagdelijke sneeuw flonkerde in het licht van de straatlantaarns.

'Hier,' zei Adam, en hij bood Floriana zijn arm nadat ze voor de tweede keer bijna was gevallen. 'Laten we niet het risico lopen dat je je hoofd opnieuw stoot nu het net genezen is.'

'Dank je,' zei ze, en ze haakte dankbaar haar arm door de zijne en giechelde.

'Wat is er zo grappig?'

'Dat jij je naam eer aandoet, meneer Strong.'

'Ik kan ook gemakkelijk meneer Gemeen worden, je op de grond duwen en handenvol sneeuw in je nek stoppen.'

'Ach, dat zou je nooit doen, daar ben je veel te aardig voor.'

'Reken daar maar niet op. Vergeet niet dat ik projectontwikkelaar ben, wat inhoudt dat ik meedogenloos ben tot op het bot en alleen maar in mijn eigen belang handel.'

'Nee, dat ben je niet, je bent een van de zorgzaamste mensen die ik ken.'

Hij kreunde. 'Wat lekkere hapjes en een paar glazen bisschopswijn en je gaat meteen emotioneel lopen doen.'

'Geneer je je voor me?'

'Verschrikkelijk.'

'Godzijdank, ik was al bang dat ik het verleerd was.' Het amuseerde Floriana altijd weer dat Adam zo'n gemakkelijk doelwit voor plagerijtjes was. Hij was veel te serieus voor zijn eigen bestwil en moest nodig een beetje opvrolijken.

Ze liepen zwijgend verder. De droge sneeuw knerpte onder hun voeten. Een auto kwam met een slakkengangetje voorbij en toen de rode achterlichten in de verte verdwenen, zei Floriana: 'Als ik niet naar mijn zus ging met Kerstmis zou ik Esmé uitnodigen naar mij toe te komen. Het voelt niet juist dat ze helemaal alleen is.'

'Hoe weet je dat ze alleen zal zijn?'

'Dat heb ik haar gevraagd toen je aan de telefoon was. Ze zei dat ze alleen thuis zou zijn met Euridice.'

'Hmm... je hebt gelijk. Dat voelt niet juist.'

'Het is duidelijk dat ze geen druk sociaal leven meer heeft, maar ik had gedacht dat ze toch wel minstens één familielid of vriendin had om die dag mee door te brengen.' Floriana zweeg even. 'Wanneer kom jij terug uit Thame?'

'Waarschijnlijk de avond van tweede kerstdag. Waarom?'

Ze had een idee. 'Waarom regelen we niet iets voor Esmé wanneer we allebei terug in Oxford zijn? We zouden haar kunnen uitnodigen voor de lunch, of misschien een dinertje? Ik ben geen geweldige kok, maar ik wil het best proberen. Ik zou zelfs een poging kunnen doen een kalkoen te braden. Dat heb ik nog nooit gedaan, maar hoe moeilijk kan het zijn? Het is toch net een groot uitgevallen kip, of niet?' Plotseling enthousiast voor haar idee zei ze: 'Ik wilde de moeite niet nemen, maar dit zou een goede reden zijn om een kerstboom te kopen en wat versieringen op te hangen. Wat denk jij?'

'Ik denk dat je al hebt besloten en ik doe graag mee. Ik durf er ook wel een gokje op te wagen dat je uit bent op het vervolg van het verhaal dat Esmé ons vertelde.'

Floriana lachte. 'En als jouw mobieltje niet was afgegaan, zou ik Esmé aan de praat hebben gehouden en zouden we al precies weten hoe het verhaal verderging.'

Ze draaiden Church Close in en aangezien dat doodliep en er nog geen verkeer was geweest – er was zelfs geen auto van een bewoner in of uit gereden – werden ze verrast met een haast magisch winterlandschap. Of Adam nou gelijk had en ze emotioneler was door de bisschopswijn en de hapjes of niet, de aanblik vervulde Floriana van een kinderlijke vreugde en ontzag.

'Je bent welkom om je nog even te warmen en iets te drinken voor je naar huis gaat,' zei ze toen ze bezig waren Adams auto sneeuwvrij te maken.

'Dank je, maar ik vrees dat de auto weer helemaal onder zal zitten als ik nog even mee naar binnen ga.'

Hij had gelijk; het sneeuwde zo hard dat ze zelf al op sneeuwpoppen begonnen te lijken. Maar toen ze Adam over de motorkap van zijn auto observeerde, viel het haar op hoe ongelooflijk serieus hij keek terwijl hij systematisch de voorruit vrijmaakte. Er kwam een ondeugend idee bij haar boven.

Doe het niet, waarschuwde de verstandige volwassene in haar.

Het ondeugende kind in haar luisterde echter niet... het ondeugende kind had het te druk met het bijeenrapen van een handvol sneeuw en dat op hem te richten.

Hij dook weg, maar niet snel genoeg en de sneeuwbal raakte zijn schouder. 'Waar was dat voor?' vroeg hij.

'Nergens voor, behalve voor de lol. Je weet toch wel wat lol maken is, Adam?'

Hij keek haar aan en heel even was ze bang dat ze te ver was gegaan. Toen schepte hij echter een hoopje sneeuw van het dak van de auto en kneedde dat in vorm. 'Je beschuldigt me er toch zeker niet van dat ik saai ben, of wel?'

'Ja, zeker wel!' Ze liet zich achter de auto op haar knieën vallen en het projectiel schoot over haar heen. Er dwarrelde alleen wat losse sneeuw op haar neer. 'En je gooit nog waardeloos ook!' zei ze lachend.

'O ja? Dat zullen we weleens zien!'

Zoals dat gebruikelijk was bij sneeuwballengevechten, ging het erom wie de beste was. Floriana scoorde als eerste recht in zijn gezicht, en bijna direct daarna deed Adam hetzelfde bij haar. Hun geschreeuw en gelach galmden door de stille straat en toen er vlakbij een hond begon te blaffen, besloten ze dat ze de rust in de buurt voldoende hadden verstoord en sloten ze wapenstilstand.

Ze schudde de sneeuw uit haar haren en leunde hijgend van plezier tegen de auto, haar gezicht en handen tintelend van de kou. Adam stond naast haar de ergste sneeuw van zijn broek en jas te vegen. 'Dank je,' zei hij onregelmatig ademhalend en met glimmende ogen.

'Waarvoor?'

'Dat je ervoor hebt gezorgd dat ik me als een kind gedroeg. Het is lang geleden dat ik zo'n plezier heb gehad.'

Ze glimlachte. 'Het is lang geleden dat ik iemand heb gehad om een sneeuwballengevecht mee te houden. Ik ben echt niet meer in vorm.' Ze dacht aan de sneeuwballengevechten-tot-de-dood die Seb en zij hadden gevoerd.

'Potverdorie,' mompelde Adam, 'in dat geval zou ik je niet graag meemaken als je op wedstrijdniveau bent. Vooruit,' voegde hij eraan toe, 'ga maar gauw naar binnen zodat je kunt opdrogen, dan ga ik ervandoor.'

Ze duwde zich van de auto weg. 'Rij voorzichtig, oké?' zei ze toen hij het portier opende.

'Doe ik.'

'Hé,' zei ze, plotseling aan het telefoontje van Jesse denkend, 'succes morgenavond. Ik hoop dat het goed gaat, maar verwacht er niet te veel van. Laat het gewoon over je heen komen.'

Hij knikte. 'De boodschap is luid en duidelijk overgekomen. Ik mag haar niet onder druk zetten.'

'Jezelf ook niet.'

Hij deed het portier dicht en ze zag hem de ruitenwissers en de verwarming aanzetten. Vervolgens opende hij het zijraampje. 'Ik bel je nog over je idee voor Esmé,' zei hij, 'zodat we kunnen afspreken welke dag we het doen. Oké?'

'Uitstekend.'

Ze keek hem na toen hij langzaam wegreed en toen ze even later in de gang haar natte spullen had uitgetrokken, liep ze op haar sokken de huiskamer binnen. Bij het zien van haar mooie nieuwe tapijt en de transformatie die het voor haar kamer betekende, wilde ze maar dat ze eraan had gedacht Adam nog een keer te bedanken voor zijn hulp.

Hij was een van de goeien. Wat Jesse ook voor probleem met hem had, ze kon maar beter orde op zaken stellen, want mannen als Adam lagen niet voor het oprapen.

15

Het land bevond zich in de klauwen van een arctische winterdip, wat krantentaal was voor vierentwintig uur sneeuw.

Adam maakte zich er zorgen over dat het weer Jesse ervan zou weerhouden naar hem toe te komen. Hij had zijn egoïstische behoefte haar te zien opzijgezet en haar een sms'je gestuurd om haar de mogelijkheid te bieden het uit te stellen tot het weer was verbeterd, maar ze had geantwoord dat ze alleen vanavond tijd had omdat haar agenda helemaal vol zat tot aan kerstavond.

Terwijl hij wachtte op haar komst, wist Adam niet of hij zich nu bemoedigd moest voelen omdat ze hem per se vanavond wilde zien en bereid was daarvoor het weer te trotseren, of ontmoedigd omdat ze had gezegd dat ze alleen vanavond kon, alsof hij maar een van de vele afspraken in haar drukke agenda was.

Hij stelde zich natuurlijk te veel van de avond voor, maar hij kon moeilijk anders. Hij meende dat alles ervan afhing hoe het vanavond verliep; of beter gezegd, hoe hij het deed. Hij voelde zich net een gevangene die in aanmerking kwam voor voorwaardelijke invrijheidstelling!

Floriana had hem die middag ge-sms't om hem nogmaals succes te wensen en om hem te bedanken voor het tapijt, waar ze overigens nog niet over heen en weer had gerold.

Hij had half verwacht dat ze het soort meisje zou zijn dat haar berichtjes kruidde met *lol* en *lmao* en de alomtegenwoordige smileys of pruilgezichtjes, maar was blij dat hij het mis had. Hij was oprecht van mening dat dat strikt iets voor tieners was en dat niemand van boven de twintig het recht had straattaal te gebruiken of berichtjes vol afkortingen te sturen. Met zijn dyslexie waren die laatste buitengewoon irritant. Hij had er een grondige hekel aan en vond dat er niets erger was dan iemand van zijn leeftijd die zich als een schoolkind probeerde te gedragen.

Ergens in zijn achterhoofd voelde hij de groeiende bezorgdheid dat het de eerste tekenen waren dat hij op weg was een knorrige oude man te worden. Wat had Floriana gisteren ook weer gezegd? 'Je weet toch wel wat lol maken is, Adam?' En daarna had hij haar bekend dat hij was vergeten hoe leuk een sneeuwballengevecht ook weer was. Zijn broer en hij hadden vroeger marathongevechten gehouden in de sneeuw. Omdat ze allebei per se wilden winnen, gingen ze door tot ze alle sneeuw hadden opgebruikt of een van hen tweeën zich pijn had gedaan.

Hij vroeg zich af wanneer Giles voor het laatst een sneeuwbal had gegooid. Hij voelde een plotselinge aandrang zijn broer te bellen en het hem te vragen. Maar dat zou idioot zijn. Bovendien had hij geen tijd. Jesse kon elk moment hier zijn. Ze was tien minuten te laat, maar dat was begrijpelijk; de straten waren gevaarlijk na de sneeuw van gisteren en vandaag. Het ware gevaar school echter in de nog steeds lage temperatuur, waardoor wat op de grond lag nu verraderlijk glad bevroren was. De temperatuur was die nacht tot min tien gedaald; zo koud was het deze winter nog niet geweest.

Voor hij die ochtend naar zijn werk ging, had Adam de stoep voor zijn huis in Summertown sneeuwvrij gemaakt en toen hij een uur geleden terug was gekomen, had hij gezien dat zijn buren hetzelfde hadden gedaan, waardoor de rand van de stoep er nu uitzag als iets waar fans van heuveltje-skiën wel van zouden genieten.

Hij dacht aan Latimer Street en hoopte maar dat Esmé zich niet naar buiten had gewaagd. Als hij tijd had gehad zou hij even langs zijn gereden om te kijken of alles in orde was. Hij had ook kunnen bellen, maar vermoedde dat haar reactie een automatisch 'alles is in orde, maak je over mij geen zorgen' geweest zou zijn. En misschien was het verkeerd om aan te nemen dat Esmé zijn hulp zou verwelkomen. Het was altijd mogelijk dat ze het als bemoeienis zou ervaren. Ze had zich immers uitstekend weten te redden voordat ze elkaar hadden ontmoet. Hij herinnerde zich hoe vreselijk onafhankelijk zijn grootouders waren geweest totdat ze een voor een overleden. Ze waren echter gestorven in hun eigen huis en in de overtuiging dat ze alles op hun eigen manier deden. Hij zou het dus best begrijpen als Esmé verontwaardigd reageerde als hij dacht dat ze niet voor zichzelf kon zorgen. Niemand wil het gevoel hebben dat hij zwak is.

Adam wierp één blik op Jesse en wist dat dit een van de moeilijkste avonden van zijn leven zou worden.

Na alle tijd en moeite die hij zich had getroost om zijn emoties te bedwingen en zijn hoop te temperen schokte het hem, zo gemakkelijk als alleen al haar aanblik een eind maakte aan die vastberadenheid, en het verdriet om haar afwezigheid tot één hevige pijnscheut samenbalde.

'Je ziet er geweldig uit,' wist hij uit te brengen toen hij haar jas ophing en naar het smaragdgroene topje en de strakke jeans met zwarte enkellaarsjes keek die hij niet herkende, met hakken zo hoog dat ze er bijna zo lang mee was als hij. Alles aan haar zag er fris en glimmend nieuw uit. En verwarrend anders. Ze rook zelfs anders.

'Je hebt je haar laten knippen,' zei hij, zijn best doend de teleurstelling uit zijn stem te weren.

'Ja,' antwoordde ze, en ze zwierde haar nu halflange haar wat verlegen naar achteren. 'Ik vond dat het tijd werd de boel een beetje op te schudden, en het een en ander drastisch te veranderen.'

Je meent het, dacht hij. Hij was altijd dol geweest op haar lange sluike haar; het was het eerste geweest dat hem aan haar was opgevallen toen ze elkaar op een bruiloft ontmoetten. Hij had met de bruidegom gestudeerd en zij was een nicht van de bruid. Tijdens de receptie na de ceremonie hadden ze plaatsen naast elkaar toegewezen gekregen. Ze hadden vanaf het begin ontspannen kunnen praten en er was sprake geweest van een wederzijdse vlotte en spontane aantrekkingskracht.

Nu hij haar zag, rouwde hij niet alleen om het verlies van dat zijdezachte taillelange donkere haar, maar ook om het ontbreken van de ontspannen dialoog tussen hen. Hoe had het zover kunnen komen? Waar kwam dit afschuwelijke onbehagen vandaan?

'Ga je gang,' zei hij, haar de weg naar binnen wijzend alsof ze voor het eerst hier was, 'ik heb net een fles wijn opengetrokken.'

'Ik heb liever iets fris, alsjeblieft. Ik moet nog rijden.'

'Juist, natuurlijk.' *Verdomme!* Hij had al een paar dagen geen boodschappen gedaan en was er vrij zeker van dat hij niets geschikts in huis had. 'Eh, ik zal eens kijken wat er is.'

Een snelle blik in de keuken bevestigde dat hij afgezien van kraanwater niets had zonder alcohol erin. 'Wat zeg je van koffie?' opperde hij.

'Decafé?'

Verdorie, het werd steeds erger. 'Thee?' vroeg hij wanhopig.

Ze glimlachte en haalde iets wat eruitzag als een dikke vierkante portefeuille uit haar handtas – niet de Mulberry die hij voor haar verjaardag had gekocht. Was die al naar het verleden verwezen? Toen ze de portefeuille openritste, zag hij dat die openviel als een accordeon waarin elk compartiment een theezakje bevatte. Ook dat was iets nieuws. Ze gaf hem een zakje, dat rozenbottelthee bleek te bevatten.

Hevig gegeneerd zette hij de waterkoker aan. Hij schonk het water over het theezakje in een mok met een theelepeltje en gaf dat toen aan haar. Daarna schonk hij voor zichzelf een groot, medicinaal glas wijn in om hem te helpen ontspannen zodat hij als een normaal mens met haar kon praten.

Jesse gooide het theezakje in de groene bak onder het aanrecht, liep naar de andere kant van de ontbijtbar en trok een kruk naar achteren. Adam herkende daarin een duidelijke boodschap dat ze niet van plan was de grens naar de zithoek over te steken en het zich gemakkelijk te maken op de leren bank. De keuze voor de barkruk maakte duidelijk dat ze het zakelijk wilde houden.

Hij leunde daarom zelf tegen het aanrecht en hief zijn glas. 'Fijne kerst,' zei hij, maar hij slaagde er niet in enige vrolijkheid in zijn stem te laten doorklinken.

'Fijne kerst,' mompelde ze. 'Heb je je familie over ons verteld?'

Hij schudde zijn hoofd. Afgezien van Floriana en Esmé had hij niemand iets verteld. Hij had het veilig geacht hen in te lichten omdat ze geen deel uitmaakten van zijn onmiddellijke vriendenkring. 'Nog niet,' zei hij. 'Ik wilde dat niet over de telefoon doen.' In werkelijkheid wilde hij het er met niemand over hebben die hen als stel had gekend. Hij zag op tegen de sympathie. Of erger nog, het banale 'geen hand vol, maar een land vol,' dat hij van diverse van zijn vrienden te horen zou krijgen. Waarschijnlijk zouden enkele wederzijdse vrienden het nieuws echter snel genoeg verspreiden.

'Wil dat zeggen dat je vader en Joyce er nog steeds van uitgaan dat ik met Kerstmis met je meekom?' vroeg Jesse.

Toen hij knikte zei ze: 'O, Adam, dat is niet eerlijk tegenover hen. En ook niet tegenover mij.'

'Dat zal wel niet,' zei hij, niet goed wetend waarom het tegenover haar niet eerlijk zou zijn. Hij nam een roekeloos grote slok van zijn wijn, zag haar voorzichtig van haar thee drinken en bedacht dat het niet eens bij hem was opgekomen zijn familie over de breuk met Jesse te vertellen. Dat was het mooie aan zijn familie: ze deelden of vroegen zelden dingen van emotionele aard. Dat soort kwesties werd terzijde geschoven in ruil voor aannames. Dus ja, er werd aangenomen dat Jesse zoals begin december afgesproken met hem mee zou komen.

'Als je de situatie hebt uitgelegd,' zei Jesse, 'wil je hun dan mijn beste wensen overbrengen, alsjeblieft?'

'Dat zal ik doen,' zei hij. 'En hetzelfde voor jouw ouders.'

In de aanhoudende stilte die volgde, zei hij het eerste wat hem te binnen schoot: 'Ik zal je cadeautje gaan pakken.'

Het was bijna een opluchting om de claustrofobische sfeer van de keuken te verlaten en naar boven te vluchten om het cadeautje te halen dat hij ingepakt op hun bed had laten liggen.

Zijn bed.

Nee, hún bed, corrigeerde hij zichzelf. Zolang hij nog een druppel optimisme in zijn lijf had, was het hun bed.

Hij hoopte maar dat Jesse niet zou vinden dat hij te veel had uitgegeven en zijn cadeau zou zien als een extravagante poging haar terug te winnen. Na uren op internet te hebben gespeurd, had hij de keus teruggebracht tot een emaillen armband van Hermès en een paar leren handschoenen van Gucci. Uiteindelijk had hij gekozen voor de armband en een flesje van haar favoriete Prada-parfum, die hij samen had ingepakt zodat het niet te opschepperig of te gul zou lijken. Hij had haar altijd geplaagd dat ze een ongezonde belangstelling had voor alles met een designerlabel eraan en zij had dan geantwoord dat dat haar enige – en redelijk ongevaarlijke – onhebbelijkheid was. De afschriften van haar creditcard vertelden echter een ander verhaal en hij was er aan het begin van hun relatie van geschrokken hoeveel schulden ze had. Wat hem nog meer had verbaasd was hoe openlijk ze sprak over wat ze had uitgegeven en wat ze aan schuld had. 'Ik vermoed dat jij meer schulden bij je bank hebt dan ik bij Visa en American Express,' had ze met een nonchalant schouderophalen gezegd.

'Maar dat is anders,' had hij gezegd. 'Dat is een zakelijke lening en dat heb ik volledig onder controle.'

Glimlachend had ze gezegd: 'Wie zegt dat ik mijn lening niet onder controle heb?'

Dat was echter niet het geval geweest en zes maanden later had hij het merendeel ervan afbetaald en een spreadsheet voor haar opgesteld opdat ze beter met haar geld zou leren omgaan.

Weer beneden ademde hij diep in, stapte de keuken binnen en legde het ingepakte cadeautje op de ontbijtbar. 'Pas openmaken met Kerstmis,' zei hij luchtig.

Voor haar lag een veel kleiner pakje. 'Jij idem dito,' zei ze, en ze schoof het naar hem toe. Het waren in elk geval geen sokken, dacht hij. Afgaand op de vorm gokte hij op een cd.

Toen zag hij dat haar mok leeg was. Die kon ze toch niet helemaal hebben leeggedronken terwijl hij boven was? Zo lang had dat niet geduurd. Diep vanbinnen gloeide verbittering op. Ze had haar thee waarschijnlijk in de spoelbak gegoten zodat ze die niet hoefde op te drinken en haar bezoek zo kort mogelijk kon houden. Was het zo erg om hier bij hem te zijn?

Misschien wel, want op het moment vond hij zichzelf ook niet zo leuk. Hij was zichzelf niet. Hij was gespannen, zocht constant naar woorden en alles wat hij zei voelde verkeerd en geforceerd.

'Je zult wel dorst hebben gehad,' zei hij, naar de lege mok kijkend.

Zonder hem aan te kijken zei ze: 'Ja, dat klopt.'

'Wil je er nog een?' Dat was gemeen. En hij kreeg dan ook wat hij verdiende.

Ze liet zich van de kruk glijden en liep met de mok naar het aanrecht. 'Nee, dank je,' zei ze. Ze keek op haar horloge. 'Ik moet gaan.'

Het hart zonk hem in de schoenen. 'Nee, ga nou niet zo snel al weg,' zei hij, 'laten we samen iets eten. Misschien kan ik iets halen, of kunnen we uit eten gaan.'

'Het spijt me,' zei ze en ze zag er zelfs uit alsof ze het meende, 'ik kan niet blijven, ik heb met een paar vriendinnen afgesproken in de stad.'

'Vriendínnen?' zei hij, maar hij had er meteen spijt van.

'Jackie en Amanda van het werk,' zei ze enigszins tartend. 'We gaan samen eten. Ik heb geen afspraakje met een man als je dat soms dacht.'

Als hij zo doorging, zou dat niet lang meer duren, dacht hij ellendig. 'Sorry,' zei hij. 'Sorry voor...' Hij gooide zijn handen omhoog en wendde zich af. 'Sorry voor alles. Ik schijn volstrekt niet met deze situatie te kunnen omgaan. Het lijkt wel of ik alles verkeerd doe en zeg.'

Ze kwam naar hem toe. 'Je hebt deze onderbreking zelf voorgesteld,' zei ze zacht.

Plotseling bang dat ze hem ter plekke definitief aan de kant zou zetten, dwong hij zichzelf tot een glimlach. 'Ik zal het uiteindelijk wel leren. En ik ben blij dat je bent gekomen. Het was fijn je weer te zien, ook al was het dan maar even.'

Ze beantwoordde zijn glimlach, zij het met een triestheid die hij onverdraaglijk vond, pakte toen haar tas en haar cadeau en liep om hem heen naar de gang.

Hij volgde haar, hielp haar in haar jas en deed toen een stap achteruit, niet zeker of een kus op haar wang in strijd zou zijn met de regels volgens welke zij dit spel speelde. 'Nou dan,' zei hij met pijnlijke opgewektheid en klinkend als een bezorgde ouder van een tienerdochter die een avondje uitgaat, 'veel plezier in de stad. Doe Jackie en Amanda de groeten van me.'

En alsof ze zijn geforceerde vrolijkheid niet kon verdragen boog ze zich naar hem toe en kuste ze hem licht op zijn wang. 'Tot ziens, Adam. Het beste.'

Haar nabijheid, de tederheid van haar stem, de pittige nieuwe geur die ze ophad, het vertrouwde blauw van haar ogen, het was allemaal te veel voor hem en hij overbrugde de afstand tussen hen en kuste haar op haar mond.

Heel even dacht hij dat hij daarmee het juiste deed. De zachte warmte van haar lippen overtuigde hem ervan dat hij vanaf het moment dat ze arriveerde alleen maar dit had hoeven doen: één kus en ze zou bij hem terugkomen en hun leven zou weer net zo zijn als voorheen.

Het was echter voorbij voordat het goed en wel begonnen was, want haar lippen hadden nauwelijks op de zijne gereageerd – en hij wist zeker dat ze dat hadden gedaan – of ze duwde hem weg. 'Nee,' zei ze, 'niet doen alsjeblieft, Adam, dat is niet het antwoord. Het zal alles alleen maar ingewikkelder maken.'

'Nee, dat is niet waar,' zei hij, zijn hand naar haar uitstekend. 'Het maakt het juist eenvoudiger.'

Ze keek hem aan met iets wat hij alleen maar geschokte minachting kon noemen.

Zijn gezicht brandend van schaamte stapte hij achteruit en keek hij toe terwijl ze de deur opende.

'Ik had niet moeten komen,' zei ze. 'Dat was een vergissing.'

Later, toen hij de fles wijn had leeggedronken, was begonnen aan een tweede en als een echte man op de bank lag en de wereld bestuurde met de afstandsbediening, wist hij dat hij het verprutst had bij Jesse. Elke keer als hij dacht aan wat hij had gezegd – dat elkaar zoenen het eenvoudiger zou maken – wilde hij zijn tong wel uitrukken en kapotstampen, want eerlijk gezegd had hij helemaal niets aan dat ding als het van die onzin bleef spuien.

Nog nooit in de hele geschiedenis van domme uitspraken was hij zo verschrikkelijk diep gezonken. En hij zou de herinnering aan die gênante uitspraak nooit meer van zich af kunnen schudden.

Hij had zichzelf echt met roem overladen, hè?

16

Het was kerstavond en de reis naar Kent had nog nooit zo eindeloos geleken, of zo vol mogelijkheden om ertussenuit te knijpen. Telkens als de volle trein op een station stopte, kwam Floriana in de verleiding haar spullen te pakken en uit te stappen. Het idee dat ze dat dan zou moeten uitleggen aan haar ouders, om van Ann nog maar te zwijgen, had de verleiding echter op afstand gehouden.

Voordat ze in Oxford op de trein was gestapt, was ze bij Esmé langsgegaan om haar fijne kerstdagen te wensen. In ruil daarvoor had ze een peptalk ontvangen van de oude dame, die er bij haar op aandrong dat ze wat positiever naar de komende dagen moest kijken en in gedachten moest houden dat haar zus misschien haar aanwezigheid op prijs stelde als tegenwicht voor de familie van haar echtgenoot. 'Het is best mogelijk,' had Esmé gezegd, 'dat Ann zich bij hen in de minderheid voelt en jou er ter ondersteuning bij wil hebben.' Het was een leuk idee, maar Floriana had daar sinds haar aankomst nog geen bewijs van gezien.

Ze had nog een reden gehad om bij Trinity House langs te gaan; om Esmé de uitnodiging te brengen voor een lunch met Adam en haar wanneer ze allebei terug waren in Oxford. Ze had Esmé ook gevraagd of die iets van Adam had gehoord over Jesse, maar ze wist nog minder dan Floriana zelf.

Floriana had hem de dag na Jesse's bezoek ge-sms't en had – behalve dat hij instemde met de datum die ze voor hun samenzijn met Esmé had voorgesteld – alleen van hem gehoord dat het niet goed was gegaan. Hij had niet uitgeweid en ze had het zelf te druk gehad met haar werk en kerstinkopen op het laatste moment om hem te bellen.

En hier was ze nu, kerstavond *chez* Brown, amper drie kilometer van Stanhurst, waar haar zus en zij waren opgegroeid en waar ze anders altijd Kerstmis vierden. Voor het eerst sinds ze aan hun reis waren begonnen, miste Floriana haar ouders: zonder hen leek het niet echt Kerstmis.

Ze stond aan het aanrecht in de keuken aardappels te schillen voor de lunch van de volgende dag terwijl Anns schoonmoeder achter haar bleef doorzeuren over de vreselijke toestand van de wegen. Gillian Brown vroeg zich af waar de strooiwagens waren. En waarom de buren niet gezamenlijk de straat sneeuwvrij hadden gemaakt. Die was zo glad als een schaatsbaan. Levensgevaarlijk.

'Paul en ik hebben ons best gedaan om ons deel van de weg vrij te maken,' zei Ann terwijl ze een koelkast opentrok die bijna zo groot was als Floriana's hele keuken, 'maar niet alle buren lijken van even goede wil te zijn.'

'De gemeenschapszin is niet meer wat die geweest is,' verklaarde Gillian overdreven verontwaardigd. 'Jullie, jongelui weten niet hoe je moet samenwerken zoals onze generatie.' De vrouw was niet veel ouder dan pap en mam, maar had een irritante manier van praten die de indruk wekte dat ze een oorlogsveteraan was die met haar blote handen de overlevenden van de *blitz* had uitgegraven. De enige oorlog die ze echter ooit had meegemaakt was een confrontatie binnen haar lokale koor toen een nieuwe vrouw had geprobeerd haar als eerste sopraan te verdrijven. Gillian had echter haar én de koorleider verdreven toen uitkwam dat de twee hun partners bedrogen en met elkaar naar bed gingen. Gillian kreeg er nooit genoeg van het verhaal over de succesvol afgeslagen coup te vertellen.

Pas halverwege de berg aardappelen die geschild moest worden, zag Floriana haar zus worstelen met de belangrijkste gast van het diner van de volgende dag: een kalkoen van bijna komisch formaat, die ze nu uit de koelkast had gesjord en met een bons in de braadslede op het aanrecht had laten vallen. Hij leek groot genoeg om de hele aartsluie buurt te voeden, laat staan de Brown-clan. En waarom waren er alleen vrouwen in de keuken aan het werk? Waarom hielp niemand van de mannen al die verdraaide aardappelen te schillen? Waarom mochten zij met de kinderen in de huiskamer op de Xbox spelen? Wat voor voorbeeld was dat nou voor haar neefje en nichtje; dat koken alleen vrouwenwerk was?

Met zijn zeven jaar was Thomas er nu al opmerkelijk goed in zijn vijf jaar oude zusje Clare te commanderen. Eerder vandaag nog, toen Floriana op de bank zat voor te lezen, had Thomas haar onderbroken en zijn zusje gevraagd zijn slippers uit zijn slaapkamer te halen. Clare had haar duim uit haar mond getrokken waar die gewoonlijk zat en wilde zich gehoorzaam van Floriana's schoot laten glijden, maar Floriana had haar tegengehouden.

'Haal ze zelf maar, luilak,' had ze gezegd, terwijl ze Thomas een por met haar elleboog gaf.

'Maar ze vindt het fijn om dingen voor me te doen,' had hij, verbaasd over haar inmenging, gezegd.

'Ja, en ik vind het fijn om luie neefjes te slaan die hun kleine zusje commanderen.'

Het deed haar sterk denken aan de tijd dat Ann en zij klein waren en Floriana constant door haar zus werd gecommandeerd.

Ze had net weer een aardappel geschild, toen Gillan achter haar vroeg of het geen tijd werd dat de kinderen naar bed gingen.

'Misschien wil jij dat voor me regelen?' zei Ann, die haar rechterarm helemaal in de kalkoen stak.

'Ik dacht dat ik de sokken van de kinderen zou doen.'

'Dat heb ik al gedaan,' zei Ann terwijl ze haar arm met een afschuwelijk zuigend geluid uit de kalkoen trok en bijna als een vroedvrouw de grote zak met de organen van het naakte beest omhooghield.

Floriana zag een kans om verder onder het aardappelschillen uit te komen en zei: 'Ik zal de kinderen wel in bed stoppen als je wilt.'

'Nee,' zei Ann resoluut, 'de aardappels zijn belangrijker. Je hebt er nog niet veel gedaan, is het wel?'

'Hé, ik doe het zo snel als ik kan,' antwoordde ze. 'Nu snap ik waarom je per se wilde dat ik kwam,' mompelde ze zacht. 'Je had een slaaf nodig.'

'Wat zei je?' vroeg haar zus.

'Niks.'

Een halfuur later en nog steeds kwaad omdat Ann de sokken van de kinderen al had gevuld, ging Gillian – vastbesloten de voortdurende machtsstrijd niet te verliezen – naar boven om de kleine cadeautjes te halen die ze met alle geweld wilde toevoegen.

De kinderen waren nog steeds niet klaar om naar bed te gaan – er klonk een hoop gegil vanuit de huiskamer – maar de aardappels waren klaar en Floriana wilde net een wodka-tonic vragen als verdiende beloning toen haar zus een grote zak spruitjes voor haar neerkwakte.

'Dat is zeker een grapje,' zei Floriana toen Ann van de koelkast terugkwam met een al even grote zak wortelen en een maar iets kleinere zak pastinaken.

'Zie ik eruit of ik mijn grapjassengezicht opheb?' vroeg ze.

'Ik wist niet dat je dat had,' beet Floriana haar toe. Het kon haar niets meer schelen dat ze opstandig klonk.

'Toe maar, hoor, mopper maar zo veel als je wilt als het werk daardoor eerder gedaan is.'

'Zo gaat het bij pap en mam nooit,' morde Floriana, die bedacht dat een lunch met kalkoen voor Esmé misschien toch niet zo'n goed idee was als daar zo veel werk bij kwam kijken. Anderzijds zouden ze maar met z'n drieën zijn.

'Dat is omdat mam de tijd heeft om al het werk te doen voordat wij komen,' zei Ann. 'Terwijl ik mijn werk heb,' voegde ze er vol eigendunk aan toe.

'Mam heeft ook altijd gewerkt.'

'Haar huidige liefdadigheidswerk van twee middagjes per week is niet te vergelijken met de uren die ik maak.'

Floriana wilde net zeggen dat hun moeder heel wat meer deed dan haar twee dagdelen in de winkel van Cancer Research toen een stem bij de keukendeur zei: 'Kan ik misschien ergens mee helpen?'

Aha, het was meneer zelf, Robert Brown – Anns idee van een droomvent voor Floriana – in een misplaatste blauw-groene Schots geruite broek. Een blijk van ontstellend slechte smaak, als je het haar vroeg. Een volwassen man die bij zijn volle verstand was zou zich niet in iets dergelijks moeten willen vertonen, maar om de een of andere reden dacht Robert kennelijk dat het een uitermate geschikte dracht was om de geboorte van Jezus Christus te vieren, en dat in combinatie met een geel-blauw gestreept rugbyshirt. Hij zwoer dat hij niet kleurenblind was, maar Floriana, die toch ook niet afkerig was van vreemde kleren- en kleurencombinaties, had daar haar twijfels over.

‘Nee hoor, je kunt hier niets doen, alles is onder controle,’ zei Ann, die opgewekt als een volmaakte huisvrouw uit de jaren vijftig haar Cath Kidston-schort rechttrok.

Wat? wilde Floriana naar haar zus roepen terwijl ze het groentemes vastpakte. *Niets te doen, ben je gek geworden? Dit lijkt verdomme de keuken van Downton Abbey wel.*

‘Als ik je eens een handje hielp met die spruiten?’ zei Robert met een sympathieke glimlach.

‘Uitstekend idee,’ zei Floriana snel, voordat haar zus de kans kreeg zijn aanbod af te slaan.

Hij bleek net zo behendig te zijn met een mes in zijn ene en een spruitje in zijn andere hand als in zijn speurtocht naar details over Floriana’s ongeluk. Hij was er eerder tijdens de korte rit vanaf het station al over begonnen – hij had aangeboden haar op te halen – maar nu leek hij pas echt ter zake te komen. Hij nam haar een waar kruisverhoor af, onder andere over forensisch onderzoek op de plaats delict. Het klonk allemaal nogal overdreven voor een dergelijk onbeduidend ongeluk, vooral omdat ze er zelf mede schuld aan droeg. Dat laatste had ze natuurlijk niet gezegd. Ze ging echt niet toegeven dat ze niet had opgelet, want dan zou ze waarschijnlijk haar zus moeten vertellen dat Seb ging trouwen. Zijn naam kon maar beter niet ter sprake komen.

‘Ik weet helemaal niets over forensisch onderzoek,’ zei ze in antwoord op Roberts vraag. ‘Ik was niet bepaald op m’n alertst toen ik daar op straat lag.’

‘En de twee getuigen dan over wie je het had?’

‘Wat is er met hen?’

‘Zij hebben vermoedelijk toch wel een betrouwbare verklaring afgelegd over wat ze hebben gezien en gehoord? Is hun sinds hun eerste verklaring gevraagd of ze zich nog iets anders herinnerden?’

‘Ze hebben alle informatie verstrekt waar ze op dat moment over beschikten,’ zei ze vermoeid, ‘maar we hebben het er sindsdien niet meer over gehad.’

De ondervraging ging maar door. De ene vraag na de andere.

‘Heb je foto’s gemaakt van je verwondingen?’ vroeg hij nadat hij had geconcludeerd dat de politie waarschijnlijk belangrijk bewijs over het hoofd had gezien dat tot de aanhouding van de bestuurder had kunnen leiden, zoals flinters autolak op haar kleren of op de grond.

'Ik kan in alle eerlijkheid zeggen dat mijn iPhone tevoorschijn halen om een paar kiekjes van mijn kneuzingen en schaafwonden te maken wel het laatste was waar ik op dat moment aan dacht,' zei ze. 'Maar de volgende keer zal ik die tip zeker in gedachten houden.' Ze kromp ineen om haar geïrriteerde toon. Dat had Robert niet verdiend; het was gewoon zijn manier om behulpzaam te zijn. Het was alleen zo moeilijk om adviezen aan te nemen van een man die zich kleedde als Bruintje Beer. Hoe eerder hij de vrouw van zijn dromen vond hoe beter, dacht ze. Met een beetje geluk zou die iets aan zijn gevoel voor stijl kunnen doen.

Ze reikten allebei tegelijk naar een spruitje en keken elkaar aan toen hun handen elkaar raakten in de zak. Die arme Robert sprong bijna op bij het contact en werd vuurrood. Hij had niet harder kunnen schrikken als ze hem met een taser had gepord.

'Vertel eens, Floriana,' stelde ze zich voor dat iemand haar vroeg, 'wanneer beseften jullie dat jullie van elkaar hielden?'

En... start de band met gelach. 'O, het was liefde bij de eerste spruit.'

17

Eerste kerstdag, een heldere, frisse ochtend. Adam werd vroeg wakker en besloot vol vastberaden zelfdiscipline zijn stemming en denkwijze ook op te frissen.

Hij zou eigenlijk een gigantische kater moeten hebben nadat hij nog tot laat met zijn broer had zitten drinken, maar tot zijn verbazing had hij die niet. Hij had net gedoucht en stond nu in een handdoek gewikkeld voor het raam van de slaapkamer uit zijn jeugd naar de besneeuwde tuin te kijken. Dit was het huis van zijn familie al sinds hij zes jaar oud was. Hij herinnerde zich nog dat Giles en hij op de dag dat ze hierheen waren verhuisd door de tuin en de boomgaard rondrenden, vol ontzag over de grootte daarvan: zo veel plekjes om je te verstoppen, zo veel plekken om hutten te bouwen en zo veel bomen om in te klimmen. En uit te vallen, wat ze met achteloze en opgewekte regelmaat deden. Gelukkig leken ze altijd goed terecht te komen in plaats van botten te breken.

Dat wilde zeggen, tot Adam zeven was. Hij was hoger geklommen dan ooit tevoren en in een ogenblik van trots en triomf omdat hij verder was gegaan dan zijn broer, gleed hij van de tak, om vervolgens met angstaanjagende snelheid uit de boom te vallen. Een gebroken bovenbeen veroordeelde hem tot twee maanden ziekenhuis voor een tractiebehandeling. Dat was beslist de ellendigste periode van zijn jeugd geweest, en het had een bijna ziekelijke afkeer van ziekenhuizen bij hem teweeggebracht.

Het was tegenwoordig bijna *de rigueur* om over een verpeste jeugd te praten, maar hij kon aan de zijne niets verkeerds ontdekken. Behalve dat hij door zijn eigen onhandigheid uit die boom was gevallen, had hij een fantastische jeugd gehad. Zijn ouders hadden er nooit enige blijk van gegeven dat ze niet gelukkig getrouwd zouden zijn en Giles en hij hadden nooit gebrek gehad aan liefde of aanmoediging.

De dood van hun moeder twaalf jaar geleden was een vernietigende klap voor hen geweest die even onverwacht als onbegrijpelijk was. Terwijl ze altijd volstrekt gezond had geleken, werd er na een reeks slopende hoofdpijnaanvallen een inoperabele hersentumor vastgesteld. Ze overleed binnen zes weken na de diagnose en kwijnde letterlijk onder hun ogen weg; het leven sijpelde uit haar weg terwijl ze in het ziekenhuisbed telkens weer wegzakte in een door medicijnen opgewekte slaap.

Twee jaar later hertrouwde hun vader. Joyce was een oude vriendin van de familie wier echtgenoot vijf jaar daarvoor onverwachts was overleden. Ze had met ma op school gezeten en was een ideale partner. Niemand was dan ook echt verbaasd door hun aankondiging dat ze in het huwelijksbootje wilden stappen. Niet in staat zelf kinderen te krijgen had Joyce haar moederinstinct aangewend om een leuke en liefdevolle eretante voor Adam en zijn broer te worden, en nu was ze hun stiefmoeder, en een heel goede bovendien.

Joyce was gisteren de eerste die Adam na zijn aankomst vroeg waar Jesse was.

Uiteraard was het verkeerd dat hij niet van tevoren had gezegd dat hij alleen zou komen, maar hij had het echt niet over de telefoon kunnen vertellen. Hij kon niet eens aan Jesse denken na de vernederende puinhoop die hij er maandagavond van had gemaakt. De blik in haar ogen nadat hij haar had gekust stond nog pijnlijk in zijn geheugen gegrift.

Dus had hij het, laf als hij was, veel eenvoudiger en volkomen voor zich sprekend gevonden om gewoon alleen te verschijnen. Joyce en zijn vader waren allebei de mening toegedaan dat iets niet over was voor het echt over was en vonden dat hij maar moest volhouden tot Jesse wist wat ze wilde.

Zijn broer had gereageerd door een groot glas whisky voor hem in te schenken en te zeggen: 'Kom op, Adam, wees een vent.'

Tijdens het avondeten ging iedereen het onderwerp netjes uit de weg, waarschijnlijk omdat pa en Joyce vonden dat ze alles al hadden gezegd wat erover te zeggen viel, maar veel later die avond vroeg Giles naar meer details en begonnen pa's karaffen behoorlijk leeg te raken.

'Ik weet dat je niet op mijn advies zit te wachten, maar volgens mij heb je maar één optie.'

'Ik luister.'

'Vergeet Jesse en ga door met je leven.'

Adam hief zijn glas naar zijn broer. 'Is dat het beste advies dat je te bieden hebt? Jij, de briljante man die aan Cambridge dubbel cum laude is geslaagd voor filosofie, politiek en economie? Onbetaalbaar.'

'Oké, ik zou je een hoop filosofische argumenten kunnen geven om je teleurstelling te verlichten, maar diep in je hart weet je net zo goed als ik dat dit de meeste realistische optie is.'

En dat, dacht Adam terwijl hij zich aankleedde en de rest van het huishouden rond hoorde lopen, zou hij gewoon moeten accepteren. Er was geen andere optie. Ja, hij kon vasthouden aan de afspraak over een onderbreking die hij met Jesse had gemaakt, maar had dat zin?

Hij dacht van niet, want telkens als hij terugdacht aan de minachtende blik van Jesse nadat hij haar had gekust, kon hij zich niet voorstellen dat ze ooit nog naar hem zou kijken zoals vroeger. Dat vreselijke moment zou voor altijd tussen hen in staan. Was het daarom niet beter het heft in handen te nemen en zelf definitief een punt achter de relatie te zetten?

'Wees een vent!' had Giles gezegd. Dat waren misschien wel de verstandigste woorden die zijn broer ooit had gesproken.

Het was lang geleden dat Esmé cadeautjes had gehad om open te maken. Het laatste wat ze had gekregen was van Margaret geweest: een cd met vespers van Monteverdi. Het waren grappige dingen, cadeautjes. Je kon heel goed zonder ze, maar als je er onverwachts eentje kreeg, was het des te leuker om het uit te pakken.

Met grote beheersing had Esmé gewacht met het openen van de cadeautjes van Floriana en Adam tot ze haar lunch van met salie en uien gevulde gebraden kip, gebakken aardappeltjes en erwtjes met wat kant-en-klare jus en een dot cranberrysaus uit een potje had genuttigd. Omdat ze toen al te vol zat voor het kerstpuddinkje dat ze bij Buddy Joe's had gekocht, had ze besloten dat tot later te bewaren.

Nu ze echter met een glaasje port in de salon zat, waar de gashaard zachtjes meesiste met de kerstliedjes van het Christ Church College in de cd-speler en met Euridice aan haar voeten, was het moment eindelijk aangebroken.

Ze nam een slokje van haar port en pakte toen het eerste van de twee mooi ingepakte cadeautjes. Het was van Adam en had de vorm van een boek. Toe ze het rood-gouden papier eraf had gehaald knikte ze goedkeurend. 'Wat een attent cadeau van je nieuwe beste vriend,' zei ze, en ze liet Euridice zien wat het was: het *Cryptisch Kruiswoordpuzzelboek* van *The Times*.

Esmé had het inpakpapier voorzichtig verwijderd en net zo voorzichtig opgevouwen en legde het nu naast haar op het tafeltje om het in haar misschien-ooit-nog-eens-handig-laatje te leggen. Toen nam ze nog een slokje port en pakte ze het cadeautje van Floriana.

'Wat denk je dat dit is?' vroeg ze de kat terwijl ze voorzichtig in het zachte, bobbelige pakket kneep. 'Ik zie hier geen aanwijzingen,' zei ze. 'Ja, ik weet wat je denkt, Euridice: in hemelsnaam, malle oude vrouw, schiet op en maak het open!'

Hoe dwaas het ook mocht zijn, Esmé wilde van het moment genieten, want als de cadeautjes eenmaal waren uitgepakt, was de pret voorbij. Als kind was ze ook al zo geweest. Ze had het plezier en de verwachting van het uitpakken altijd gerekt, vooral als het iets was wat ze van haar vader had gekregen. En al was ze nog zo blij met datgene wat ze had gekregen, er was altijd een gevoel van anticlimax als er niets meer viel uit te pakken. Het was natuurlijk een aangeboren vorm van hebzucht, eentje die haar moeder maar al te snel de kop had ingedrukt door extravagante cadeaus of veel cadeautjes te verbieden. Esmé was soms bang geweest dat haar moeder helemaal een eind zou maken aan Kerstmis en verjaardagen en die angst had haar verlangen het proces te verlengen alleen maar versterkt.

Ze twijfelde er niet aan dat er mensen waren die zouden zeggen dat haar vader een zwakke en incapabele man was geweest; hij had in elk geval niet het halsstarrige karakter dat haar moeder van haar eigen vader had geërfd. Zijn kracht lag echter niet in het weerstand bieden aan zijn vrouw, maar veeleer – omwille van Esmé – in zijn vermogen getrouwd te blijven met een vrouw die hem openlijk verachtte en belachelijk maakte, hem nooit liet vergeten dat zij degene was met het geld en die de macht die dat haar gaf misbruikte met een onnodig wrede, geestdriftige wraakzucht, waarvoor een mindere man het op een lopen zou hebben gezet, hoeveel hij ook van zijn enig kind hield.

Esmé richtte haar aandacht weer op het pakje op haar schoot. Ze trok aan de strik van het zijdeachtige rode lint dat Floriana rond het pakje had gebonden en verwijderde – met dezelfde zorg als bij Adams cadeautje – het inpakpapier, samen met een laag bubbeltjesplastic. Ze glimlachte verrukt om wat Floriana haar had gegeven: een porseleinen theekopje en schoteltje in Chinese stijl, mooi versierd met bloemen, vlinders en een ijsvogel. Aan het oor van het kopje zat een kaartje dat met een kartelschaar was uitgeknipt. Wat erop stond was, om het passend te maken, zo klein geschreven dat Esmé er haar leesbril voor moest opzetten.

Gelukkig kerstfeest, Esmé – het is gewenst dat je deze kop en schotel meebrengt, de volgende keer dat je bij me op bezoek komt.

In het kopje zat een kleine grijze gebreide muis met een stuk breigaren als staart. Daar hing ook een kaartje aan, eveneens uitgeknipt met een kartelschaar: *Gelukkig kerstfeest, Euridice!* Op de achterkant van het kaartje was geschreven: *Handgemaakt door Floriana.*

Esmé was erg ontroerd dat twee mensen die ze nog maar zo kort kende zo veel moeite voor haar hadden gedaan. Met een brok in haar keel van emotie besefte ze dat hun vriendelijkheid benadrukte hoe verraderlijk de eenzaamheid van de oude dag haar had beslopen, en hoe doods die was.

Ze liet Euridice de muis zien en merkte toen dat er een belletje in het speeltje zat.

'Kijk eens,' zei ze, 'deze is voor jou van Floriana. Ik wil dat je ophoudt haar te negeren; hoor je me?' Ze zwaaide met de gebreide muis en bij het geluid van het belletje rekte de kat zich op haar achterpoten uit om het te onderzoeken. Esmé hield de gebreide muis bij de staart vast en de kat sloeg er met een van haar poten naar. Toen ze het speeltje op de grond liet vallen, sprong Euridice er meteen bovenop. Toen pakte ze de muis in haar bek en nam die mee naar het haardkleedje om naar het speeltje te slaan en het om te draaien alsof ze het bestudeerde.

'Nee maar,' zei Esmé terwijl ze het theekopje tegen het licht hield om het te bewonderen, 'wat een leuke en gulle nieuwe vrienden hebben we gevonden.'

Ze moest nog één ding openen: de envelop die Floriana gisteren was komen afgeven. Esmé had hem ook meteen kunnen openen, maar ze had hem voor vandaag willen bewaren... nog iets om van te genieten. Ze had aangenomen dat er een kerstkaart in zat, en was dan ook erg verrast toen ze zag dat het een uitnodiging was, geschreven in een handschrift dat ze nu herkende als dat van Floriana en in een directe, vloeiende en heel expressieve stijl, precies zoals het meisje zelf was.

Juffrouw Esmé Silcox,
U wordt vriendelijk verzocht om
Adam en Floriana te vergezellen
tijdens een lunch op Church Close 10a
op 28 december om 12.30 uur.
RSVP zsm.

Op de achterkant van de kaart stond Floriana's telefoonnummer. Nadat ze haar leesbril had afgezet en nog een slokje port had genomen, vroeg Esmé zich af wanneer ze voor het laatst zo van een eerste kerstdag had genoten.

Een poosje later zette ze haar nu lege portglaasje op de tafel naast haar, gaf ze toe aan een aangename loomheid en deed ze haar ogen dicht.

18

De laatste week van mei namen ze de trein van Venetië naar Milaan, waar ze maar een nacht bleven.

Het naoorlogse Italië gonsde van de schokkende verhalen over wat het land tijdens de oorlog had moeten verduren en hoewel het irrationeel was, had Esmé noch haar vader zin om in een stad te blijven hangen waar pas vijf jaar geleden op het Piazzale Loreto de lijken van Mussolini en zijn minnares aan pianosnaren waren opgehangen en vervolgens bespogen en beschoten. Dus stapten ze na een rondleiding door de *duomo*, en geholpen door een witkiel, op het drukke station in de trein naar Como. Daar aangekomen, namen ze met de kaartjes die ze aan de waterkant hadden gekocht hun plaatsen in op de stoomboot. Signora Bassani had aangeboden iemand te sturen om hen in Como op te halen, maar de vader van Esmé had een telegram gestuurd om te zeggen dat ze met plezier zelf iets zouden regelen.

Ze waren al meer dan zeven weken onderweg en de duur van hun verblijf in elke plaats lieten ze afhangen van hun interesse en het weer. Ze waren hun rondreis begonnen in Pisa, gevolgd door Siena, de Amalfikust, Rome, Florence en Venetië en hoewel elke dag voldoende had gebracht om te ontdekken en van te genieten, verheugde Esmé zich op de komende maanden aan het meer, waar ze de rest van de zomer zouden doorbrengen. Het zou een periode zijn om tot rust te komen na de weken vol bezienswaardigheden.

Ze hadden het spook van haar kinderjaren achtergelaten in Nottingham en genoten van het avontuur waarop haar vader haar had willen meenemen, een rondreis door Europa. Sommigen zouden het misschien harteloos vinden dat ze zo gelukkig waren terwijl haar moeder nog maar een jaar dood was, maar zoals Esmé het zag, waren ze eindelijk vrij, en zij was in elk geval van plan volop te genieten van deze fantastische gelegenheid. Zo nu en dan betrapte ze zich erop dat ze zich afvroeg wat haar moeder ervan zou vinden dat ze als een stelletje onbezorgde zwervers door Italië reisden, maar die gedachte was slechts vluchtig en ging al snel weer verloren in de bedwelmende drukte van bezienswaardigheden die ze wilden bekijken, treinen die ze wilden halen en mensen die ze wilden ontmoeten.

Overal ontmoetten ze nieuwe en interessante mensen. In Siena waren ze bevriend geraakt met een fantastisch Belgisch stel met buitengewoon beleefde kinderen en in Rome was er een Engelse weduwe – Elizabeth St John – die op en top een vrolijke excentrieke aristocrate had geleken, tot ze hun vertelde dat dat beslist niet het geval was.

'Ik behoor zelfs niet tot de laagste gelederen van de aristocratie,' had ze hun op een middag tijdens een kaartspelletje verteld toen een fikse regenbui hun geplande uitstapje naar Tivoli en de tuinen van Villa d'Este onmogelijk maakte. Het was allemaal toneel, had ze uitgelegd, bedoeld om indruk te maken op de eigenaar van het kleine hotel waar ze verbleven. 'Het gaat bijna angstaanjagend goed,' bekende ze. 'De hint dat ik *iemand* ben die incognito reist en geen gedoe wil, zorgt ervoor dat ik altijd de beste service krijg. De Amerikaanse toeristen vinden het ook fantastisch. In ruil voor een gin-fizz vertel ik hun mijn fascinerende verhalen over toen ik Edward en Wallis Simpson heb ontmoet. O, ze vinden het fantastisch!'

'En hebt u die ontmoet?' had Esmé gretig gevraagd, met een naiviteit die ze meteen betreurde.

'Dat dacht ik niet!'

Esmé had het jammer gevonden dat ze afscheid van haar moesten nemen toen haar vader en zij doorreisden naar Florence. Maar niet zo jammer, vermoedde ze, als Elizabeth St John het vond om William te zien vertrekken. 'Daar ben ik goed weggekomen, als je het mij vraagt,' had haar vader later gezegd toen hij zich had hersteld van Elizabeths afscheidsomhelzing waarbij ze hem dicht tegen haar grote boezem had gedrukt.

Enkele ogenblikken voor hun vertrek, terwijl haar vader bezig was met de bagage en de treinkaartjes controleerde, had Elizabeth Esmé twee adviezen gegeven. 'Ten eerste,' had ze gefluisterd, 'moet je dapper zijn en jezelf op zo veel mogelijk nieuwe ervaringen storten nu je in Italië bent. En ten tweede, en dat is het beste advies dat ik je kan geven, moet je verliefd worden! Je kunt niet terug naar huis zonder minstens één keer hartstocht te hebben ervaren!'

In Florence hadden ze in een charmant hotel vlak bij het Piazza Santa Maria Novella verbleven. La Residenza Santa Maria stond op een ideale locatie voor bezoek aan de belangrijkste bezienswaardigheden: de Uffizi-galerie, Giotto's klokkentoren, de Ponte Vecchio en natuurlijk de basiliek van Santa Maria del Fiore en de kerk van Santa Maria.

Ze gingen al snel over tot een aangename routine waarbij ze 's ochtends samen bezienswaardigheden bekeken. Na de lunch besteedde haar vader dan de middag aan het schetsen of schilderen van de diverse mooie plekjes van de stad, terwijl Esmé Italiaans probeerde te leren. Als ze genoeg had van werkwoorden en grammatica ging ze wandelen.

Betoverd door alles wat ze zag, en niet eens zo vreemd aangezien ze *A Room With a View* van E.M. Forster aan het lezen was, ging Esmé gewillig mee in het advies van Elizabeth dat ze verliefd moest worden en stelde ze zichzelf voor in de rol van Lucy Honeychurch. Mocht ze niet verliefd worden, dan zou het in elk geval mooi zijn om toch de romantiek te ervaren.

Wat zou het volmaakt zijn om hier voor het eerst te worden gekust, dacht ze blij toen ze op een middag even stilstond voor de *duomo*, waar een knap, jong en vreselijk charmant stel gearmd voorbij slenterde, het meisje in een marineblauwe jurk met een witte ceintuur in de taille en de man in een grijze broek met een wit T-shirt, de mouwen tot zijn ellebogen opgerold en een jasje los over zijn schouder.

Er was die dag echter geen sprake van romantiek voor haar; alleen een interessant gesprek met professor Banes – een gepensioneerde Amerikaanse geschiedenisprofessor die ze herkende als medegast van La Residenza Santa Maria. Ze had de gedrongen man met zijn roze gezicht tijdens het diner op hun eerste avond in het hotel aan een tafeltje aan de andere kant van de eetzaal zien zitten.

Toen hij haar de deuren van de doopkapel zag bewonderen, tikte hij tegen zijn hoed, zei hij haar gedag en informeerde naar haar vader. 'Sta me dan toe, aangezien je alleen bent, de rest van de dag je gids te zijn,' zei hij, en hij drukte een netjes opgevouwen zakdoek tegen zijn glimmende roze gezicht. 'Wat weet je al over deze prachtige jongens?' vroeg hij terwijl hij met zijn wandelstok met zilveren punt naar de deuren wees.

Ze vertelde hem wat er in haar reisgids stond: dat ze waren gemaakt door Ghiberti en Pisano, tijdens de oorlog voor de veiligheid waren verwijderd en later in 1946 waren teruggeplaatst.

'Inderdaad, je hebt helemaal gelijk,' antwoordde de professor. 'Alleen zijn deze deuren, die naar het oosten zijn gericht, van Ghiberti. Michelangelo zei dat ze mooi genoeg waren om als deuren naar het paradijs te dienen.' Vervolgens legde de professor uit dat men, toen het veilig geacht werd ze terug te brengen naar Florence, ze in de was wilde zetten, maar dat men zich pas toen realiseerde dat ze niet van brons waren gemaakt, maar van goud. 'Stel je hun verbazing voor,' zei hij, naar de deuren gebarend. 'Zullen we ons in het "paradijs" wagen en het wat nader bekijken?'

Professor Banes stelde Esmé en haar vader voor aan een groot aantal van zijn collega's in Florence. Hij noemde hen gekscherend relikwieën van de Britse kolonie die, net als Ghiberti's deuren, naar deze mooie stad waren teruggekeerd zodra de oorlog voorbij was en nu de oude gloriedagen van voor de oorlog probeerden te herbeleven. Ze spraken over Florence met een kritische en bezitterige genegenheid, alsof de stad een dwars kind was dat behoefte had aan hun corrigerende hand.

'Ziet u,' zei een eigenzinnige man die de betreurenswaardige gewoonte had elk gesprek te willen domineren en irritant met zijn pijp naar Esmé zat te zwaaien, 'dat is het probleem met Italië, en met name Florence. Schoonheid en geschiedenis zijn door die verdraaide communisten ingelijfd; ze herkennen een trekpleister als ze er een zien en maken zonder enige wroeging misbruik van welgestelde buitenlanders zoals wij.'

Hoewel ze het beslist niet eens was met de communisten, begreep Esmé wel de basis van hun ideologie. Belangrijker echter was dat ze het niet prettig vond dat deze zelfingenomen man meende haar zo belerend toe te moeten spreken, en ze kon het dan ook niet nalaten te reageren. 'Is het niet eerder zo dat de afname van de toeristenindustrie in steden als Florence ertoe heeft geleid dat meer mensen zonder werk zijn geraakt en dat daardoor het communisme aantrekkelijker voor hen lijkt?'

De man had zijn hoofd achterovergegooid en onaangenaam neerbuigend gelachen, een lach die de hele salon vulde waar ze voor een aperitiefje bijeen waren gekomen. 'Silcox, ouwe kerel, ik zie dat je een marxist als dochter hebt! Ik zou maar oppassen met haar.'

'Ik ben het helemaal met Esmé eens,' zei haar vader kalm, zijn gesprek met een verkoper in antiquarische boeken uit Kensington onderbrekend. 'Hoe kunnen wij immers werkelijk begrijpen wat een Italiaan denkt als hem het ene moment wordt bevolen tegen de Amerikanen en de Engelsen te vechten en hij het volgende moment aan hun zijde moet vechten?'

'Precies,' stemde professor Banes met hem in. 'Het is toch geen wonder dat het zo'n chaos is als ze binnen tien roerige jaren eerst een dictator, daarna een koning en vervolgens een republiek moeten respecteren?'

Een vrouw met een intens verveelde blik leverde met laconieke stem een bijdrage aan het debat. 'Ach, laten we wel wezen,' zei ze met een hooghartig gebaar van haar uitstekend gemanicuurde hand, 'Italianen zijn geboren anarchisten. En kan er nu alsjeblieft iemand een nieuwe Americano voor me klaarmaken?'

Ze lieten La Residenza Santa Maria, de prachtige zonsondergangen boven de Arno en de Ponte Vecchio, de fresco's van Giotto, de fonteinen, de heuvels van Fiesole en de geleerde vrienden van professor Banes achter zich en trokken verder naar Venetië, waar ze een al even kosmopolitische menigte ontmoetten.

Esmés eerste kennismaking met de prachtige stad was toen haar vader en zij het station – de Venezia Santa Lucia – uit stapten en het Canal Grande pal voor hen lag. Tijdens de treinreis vanuit Florence had ze in haar Baedeker-reisgids gelezen wat ze kon verwachten, maar die voorbereiding was vergeefs geweest. Ze tuurde in stomme verbazing naar het kanaal terwijl haar vader naar de boot uitkeek. Terwijl Esmé nog steeds verbijsterd om zich heen keek, werden ze met een motorsloep, die tussen de *vaporetti* en gondels door slingerde, naar hun hotel gebracht.

Als verrassing had haar vader voor de eerste vier dagen van hun verblijf kamers gereserveerd in Hotel Danieli. Dit lag naast het paleis van de doge en de Ponte dei Sospiri en haar kamer bood uitzicht op de lagune en het eiland San Giorgio; rechts was het Canal Grande en de prachtige basiliek van Santa Maria della Salute. Het was werkelijk een betoverend uitzicht.

Hier zou ze vast verliefd worden, dacht ze smachtend.

De volgende ochtend werd ze vroeg wakker door klokgelui in de stad. Gretig om de dag te begroeten haastte ze zich naar het raam, gooide het open en nam de bedwelmende sfeer in zich op. Omdat ze elke aanblik, elk geluid en elke geur wilde ervaren, had ze zich snel aangekleed en was ze zonder haar vader in de andere kamer te storen stilletjes naar buiten gegaan om in haar eentje op ontdekkingstocht te gaan. Ze was nog maar tot het Piazza San Marco gekomen toen ze stil bleef staan. Toen ze het grote plein voor zich zag liggen, dat met uitzondering van de duiven verlaten was, bleef ze met haar rug naar de basiliek als betoverd staan.

Nog slechts een paar maanden voor haar negentiende verjaardag voelde ze zich behoorlijk volwassen, maar het kind in haar – het kind dat haar moeder altijd onder de duim had gehouden – wilde worden losgelaten en impulsief tussen de duiven doorrennen. En omdat het nog geen zes uur was en er niemand te zien was, besloot ze dat ze ongestraft kon doen wat ze wilde. Dus rende ze met uitgestrekte armen naar de vogels toe, die tot haar buitensporige tevredenheid met luid vleugelgeklapper allemaal tegelijk in paniek wegvlogen.

Hardop lachend en met haar ogen dicht, draaide ze rond en rond als een dansende derwisj. Met haar ogen weer open rende ze daarna in de richting waaruit ze was gekomen om hard tegen een van de knapste mannen aan te botsen die ze ooit had gezien.

'*Buongiorno*,' zei hij glimlachend.

Met dieprode wangen van schaamte en niet in staat iets samenhangends uit te brengen kon ze hem alleen maar vreselijk onbeholpen aanstaren.

Weg was de wereldwijze jonge vrouw die ze sinds haar komst naar Italië dacht te zijn geworden.

'Komt u uit Engeland?' zei hij, eerder een constatering dan een vraag.

Ze knikte en hervond eindelijk haar spraak en het vertrouwen om in het Italiaans te zeggen: '*Sì, signore, sono inglese.*'

Zijn glimlach werd breder en toonde twee rijen witte tanden in het gebruinde gezicht, een esthetisch prachtig gezicht, zoals dat van een standbeeld uit de renaissance. '*Brava, parla italiano?*' zei hij.

'*Un po*',' wist ze uit te brengen terwijl ze bedacht dat zijn ogen letterlijk zo blauw waren als de Adriatische Zee en dat hij niet veel ouder kon zijn dan zij.

Wellicht vermoedend dat haar Italiaanse vocabulaire daarmee was uitgeput zei hij: 'Maak je graag duiven bang? Is dat een spelletje voor je?'

Ze schudde haar hoofd. 'Ik heb nooit eerder zoiets gedaan, ik had alleen plotseling vreselijk zin om gek te doen.'

'Goed! Ik denk dat het heel goed is om af en toe gek te doen. Te veel mensen zijn te serieus. En trouwens, de duiven lopen vreselijk naast hun schonen en het is goed dat ze af en toe worden weggejaagd.'

'Schoenen,' corrigeerde ze hem, maar ze had er meteen spijt van. 'Neem me niet kwalijk,' zei ze, 'dat was niet netjes van me.'

'Nee, nee. De beste manier om het te leren is de juiste woorden en juiste uitspraak te horen te krijgen. Ik wil heel graag *l'inglese corretto* spreken. Ben je alleen in Venetië?'

'Ik ben hier met mijn vader.'

'Hoelang?'

'Een paar weken, daarna gaan we naar het Comomeer.'

'*Bello*. Weten jullie al waar je aan het meer gaat logeren?'

Ze schudde weer haar hoofd en zag dat de duiven waren teruggekeerd naar de piazza en haar en de charmante jongeman met zijn o zo blauwe ogen en zijn gitzwarte haren helemaal hadden omsingeld. 'We hebben nog niets geboekt,' zei ze. 'We nemen elke dag zoals hij komt.'

Ze vertelde verder dat deze reis naar Italië voor haar vader een kans was om zijn liefde voor het schilderen te verkennen. 'Hij zal zichzelf nooit meer dan een amateur noemen,' zei ze, 'maar, en misschien ben ik wel bevooroordeeld, ik geloof dat hij echt talent heeft.'

'Mag ik dan een voorstel doen?'

'Graag.'

'Ik heb een tante die een bescheiden hotel aan de oever van het meer runt. Het is niet een van de grootse etablissementen, maar het is comfortabel en erg rustig. De uitzichten zullen je niet teleurstellen en zullen perfect zijn voor je vader. En voor jou ook,' voegde hij eraan toe met een glimlach die haar hart sneller deed kloppen en haar benen zo slap maakte als gekookte spaghetti.

Hij stak haar zijn hand toe, stelde zich voor als Marco Bassani en legde uit dat hij in het eerste jaar van het seminarie zat en voor priester leerde.

Haar hart stopte bijna met kloppen.

Overal langs het meer zette de stoomboot mensen af en pikte andere mensen op. Esmé stond naast haar vader op de voorsteven van de boot en keek met toenemende opwinding naar het landschap dat ze passeerden. Mooie dorpjes tegen de lagere hellingen van de heuvels genesteld, kleine huisjes en villa's als paleizen langs de oever, weelderige tuinen vol azalia's en oleanders in volle bloei streelden het oog met oranjerode, beigegele, roze en witte bloemen die allemaal fel contrasteerden met de donkergroene cipressen die er, lang en trots als schildwachten die dienst hadden, achter stonden.

Het was echt zo mooi als Marco had verteld. Hier was hij opgegroeid, geadopteerd door zijn tante – signora Giulia Bassani – nadat zijn ouders waren overleden toen hij nog klein was. Ze kon zich moeilijk voorstellen dat hij deze prachtige plek kon verlaten om nota bene priester te worden.

Esmé probeerde er niet te veel aan te denken, maar vond het toch wel zonde dat Marco zijn leven aan de Kerk zou wijden. Naarmate haar vader en zij Marco beter hadden leren kennen tijdens hun verblijf in Venetië, dat ze met een week hadden verlengd, was ze zich echter wel bewust geworden van de oprechtheid van zijn geloof en zijn vertrouwen dat hij de juiste weg had gekozen.

'We worden in het leven allemaal geroepen iets bijzonders te doen,' had hij tegen haar gezegd, 'en als we in ons hart weten wat dat is, moeten we dat doen, want dan is het geen verplichting maar een genoegen.'

Esmé had zijn gezelschap veel interessanter en boeiender gevonden dan dat van de meeste diplomaten, industriëlen en zogenaamde intellectuelen die ze in Venetië hadden ontmoet en waar ze genoeg van had gekregen. Marco was echt een frisse wind geweest.

Haar vader stootte haar aan en wees naar een lichtgele villa met donkergroene luiken. 'Volgens de aanwijzingen is dat Hotel Margherita,' zei hij. 'Bij de volgende halte moeten we er af.'

Terwijl de boot vaart minderde en dichter naar de oever voer, schermde Esmé haar ogen af tegen de zon om naar de aanzienlijke villa en het terrein eromheen te kijken dat geleidelijk afliep naar de waterkant. Villa Margherita was gebouwd op een klip, met niets anders eromheen, waardoor het op een privé-eilandje leek te staan.

Dit zou de rest van de zomer hun thuis zijn, dacht Esmé gelukkig.

Esmé werd wakker van de telefoon. Ze had zo diep geslapen dat ze even tijd nodig had om zich te oriënteren, zich weer op het heden te richten en zich uit de krachtige greep van het verleden te bevrijden waaraan ze zich in haar slaap had overgegeven.

Tegen de tijd dat ze echter in het halfduister de gang had bereikt en daar de lampen aandeed, stopte het rinkelen.

'Wie kan dat geweest zijn?' zei ze tegen Euridice, die haar gevolgd was. 'Niemand belt ons ooit op eerste kerstdag.'

Ze was op weg naar de keuken om de ketel op te zetten en een pot thee te maken toen de telefoon weer begon te rinkelen.

'Hallo,' zei ze behoedzaam, vermoedend dat het een vreemde was die het verkeerde nummer had gekozen.

'Esmé, ben jij dat?'

'Jawel,' zei ze, nog steeds behoedzaam omdat ze de stem aan de andere kant van de lijn niet herkende. Ze weet haar verwarde toestand aan haar brein, dat in Italië was achtergebleven.

'Je spreekt met Floriana. Ik wilde je gewoon gelukkig kerstfeest wensen.'

Ze kreeg een brok in haar keel bij de woorden van het meisje, zoals ze ook had gekregen toen ze haar cadeautjes uitpakte en zich zo ontroerd voelde door de attentheid van haar twee jonge vrienden.

'Esmé? Ben je daar nog?'

'Ja,' zei ze schor.

'Is alles goed met je?'

'Ja, prima,' zei ze, zich met moeite vermannend. 'Alleen een beetje suf, ik zat te slapen.'

'O, het spijt me dat ik je gestoord heb.'

'Mijn lieve kind, je hoeft je niet te verontschuldigen, ik vind het heerlijk om iets van je te horen. Ik ben erg ontroerd dat je aan me denkt en heel erg bedankt voor mijn prachtige cadeau en voor de muis van Euridice. Je hebt ons erg verwend. Heb jij een fijne kerst?'

Er klonk een langgerekt en overdreven gekreun. 'Dat vertel ik je wel wanneer ik terug ben. Trouwens, ben je die dag vrij om met ons te lunchen?'

'Ik zou het voor geen geld van de wereld willen missen.'

'Fantastisch.'

Toen ze later met een kopje thee en een vruchtengebakje aan tafel zat en de laatste gedachten aan het verleden van zich had afgeschud, richtte Esmé haar aandacht op het heden en met name op haar nieuwe vrienden, Floriana en Adam.

Ze wist dat ze op de zaken vooruitliep, maar hoe verschillend van karakter ze ook waren, ze zag duidelijk een heel plezierige wisselwerking tussen die twee. Die was merkbaar in de gemakkelijke manier waarop ze met elkaar omgingen. Naar haar mening logenstrafte dat het feit dat ze elkaar nog maar zo kort kenden.

Esmé had nooit eerder voor koppelaarster gespeeld, maar kwam sterk in de verleiding dat bij deze twee te doen. Ze zou echter heel voorzichtig te werk moeten gaan, want Adam had waarschijnlijk nog een lange weg te gaan voordat hij over Jesse heen was, en alleen de hemel wist wat Floriana precies voor die Sebastian voelde.

19

Oxford was sinds het begin van het nieuwe jaar in een grauwe, koude lucht gewikkeld en vandaag ging de stad schuil onder een ijskoude mist die je het gevoel gaf van de rest van de wereld afgesneden te zijn.

Januari was de rustigste maand van het jaar voor Floriana – het was niet zo vreemd dat de mensen geen zin hadden in een rondleiding als het zo vreselijk koud was – en daarom hielp ze mee op kantoor, omdat dit ook de tijd van het jaar was waarin ze overstelpt werden met boekingen voor als het seizoen rond Pasen weer begon. Vanochtend had een vermetel Russisch echtpaar uit Moskou, de heer en mevrouw Zhukova, echter om een rondleiding van drie uur door de stad gevraagd. Gekleed in dikke wollen overjassen en met bontmutsen op hadden ze niet geklaagd over de snijdend koude wind die Floriana's handen en voeten gevoelloos maakte en de tranen in haar ogen deed verschijnen als die in haar gezicht sloeg. Misschien voelde dit voor hen als een milde lentedag.

Dreaming Spires Tours had maar één Russisch sprekende gids – Martina, die helaas ziek was – maar gelukkig beheersten de Zhukova's het Engels meer dan voldoende en kon Floriana probleemloos met hen praten. Het had haar alleen wat moeite gekost om meneer Zhukova – een zwaargebouwde man die constant stond te knikken terwijl hij naar haar luisterde – uit te leggen dat de universiteitsgebouwen echt niet te koop waren.

Hij had haar ijskoud aangekeken toen ze dat op het voorplein van het Christ Church College herhaalde nadat hij haar uitleg over de door Christopher Wren ontworpen Tom Tower en de zeven ton zware klok daarin, die bekendstond als de Great Tom, had onderbroken. 'Niet waar,' had hij gezegd, energiek met zijn hoofd schuddend. 'Alles te koop voor juiste prijs.'

Het andere probleem dat ze had gehad, was dat de telefoon van meneer Zhukova constant rinkelde. Hij had nu ook weer een gesprek. Hij praatte hard in het Russisch, knikte daarbij constant en met een ondoorgrondelijke blik. Terwijl hij zijn gesprek vervolgde en Floriana bibberde van de kou, de ijzige lucht inademde die zelfs haar longen gevoelloos maakte en een beleefd gesprek probeerde te voeren met zijn vrouw, leidde ze hen langzaam terug naar de High, waar ze de rondleiding voor het kantoor waren begonnen en waar de chauffeur van het echtpaar stond te wachten om hen terug te brengen naar Londen. Floriana had meer dan eens gedacht dat dit uitstapje naar Oxford voor het stel in feite een expeditie was om iets te kopen en dat ze nu teleurgesteld weggingen. Haar fantasie ging met haar op de loop toen ze in gedachten meneer Zhukova die avond met een stelletje steenrijke makkers in een chique bar in Mayfair zag zitten, zichzelf troostend met wodka en plannen makend voor zijn volgende poging: Cambridge.

Esmé moest altijd lachen om wat ze Floriana's vruchtbare geest noemde.

'Noem je dat zo?' had Adam op zijn gebruikelijke komische manier gezegd. 'Dus niet gewoon kierewiet?' Hij had die opmerking in het weekend gemaakt toen hij Floriana en Esmé had uitgenodigd om zijn nieuwe huis te komen bekijken. Sinds hij het had gekocht waren er bouwvakkers bezig geweest om wat vorige eigenaren als verbeteringen hadden beschouwd ongedaan te maken. Hij wilde de woning terugbrengen in zijn originele victoriaanse staat, had hij uitgelegd.

'Compleet met dienstmeisjes en knechtjes, zeker?' had Floriana gegekscheerd. 'Mag ik dan de chagrijnig kijkende huishoudster zijn? Ik kan heel streng zijn als ik dat wil.'

'Ik had jou eigenlijk in gedachten als het gekke mens op zolder,' had hij met een spottend opgetrokken wenkbrauw gezegd.

'Pas maar op, jochie,' had ze lachend geantwoord. 'Bij de eerstvolgende sneeuwbui neem ik je te grazen.'

Omdat de woning niet verwarmd was, waren ze er niet lang gebleven en hadden ze snel de warmte van Trinity House opgezocht, waar Esmé hen op thee en warme broodjes had getrakteerd.

Na wat voorzichtige vragen van Esmé had Adam toegegeven dat hij de onderbreking van een maand in zijn relatie met Jesse had afgebroken en er zelf een punt achter had gezet. 'En alsjeblieft, ik wil er niets meer over horen,' had hij met een waarschuwend opgestoken hand gezegd. 'En al helemaal geen gemeenplaatsen.'

'Zoals je wilt,' had Esmé gezegd terwijl ze een blik met Floriana wisselde.

Het was de eerste keer geweest dat ze weer allemaal bij elkaar waren sinds de lunch die Floriana voor hen had klaargemaakt. Tot haar verbazing hadden zich geen rampen voorgedaan en was haar eerste poging een kalkoen klaar te maken tot een succes bestempeld. En Adam had zoals gewoonlijk weer voor een meevaller gezorgd en niet alleen de wijn voor bij het eten meegebracht maar ook de tafel en stoelen... iets waar zij in haar enthousiasme om de lunch te organiseren helemaal niet bij had stilgestaan. Hij had aangeboden dat ze de meubels mocht houden, maar zoals ze hem had duidelijk gemaakt had ze gewoon de ruimte niet om ze te laten staan.

Voor het kantoor aan de High stond Floriana op het punt te doen wat ze op zo'n moment altijd deed – de klant bedanken dat hij voor Dreaming Spires Tours had gekozen – toen meneer Zhukova plotseling verontrustend dicht bij haar kwam staan en iets kleins en hards in haar hand duwde. Een idioot moment lang dacht ze dat het een wapen was.

'Voor u, juffrouw Day,' zei hij bruusk. 'U hebt betere jas nodig om u warm te houden en fatsoenlijke bontmuts; dat rare gebreide ding van u alleen geschikt voor Engelse theepot.'

Pas toen de Zhukova's weer achter in hun zwarte Mercedes zaten en ze hen had uitgezwaaid keek Floriana wat ze in haar hand had. Geschokt constateerde ze dat het een rol bankbiljetten was, en zo te zien een behoorlijk bedrag. Verbijsterd over de gulle fooi stopte ze het geld snel in haar jaszak, daarna draaide ze zich om en duwde ze de deur van het kantoor open.

En daar wachtte haar de volgende verrassing van die dag.

'Toen ik niets van je hoorde, wist ik dat er maar één ding op zat: ik moest naar Oxford komen en dit persoonlijk doen.'

'En wat wil je dan precies persoonlijk doen?' vroeg Floriana om tijd te winnen. Ze was akelig gespannen, had moeite om helder te denken en zelfs moeite om stil te zitten nu ze was gedwongen bij Quods met hem te gaan lunchen. Hoe kon hij haar dit aandoen? Hoe kon hij zomaar vanuit het niets hier opduiken?

Tegenover haar zat de oorzaak van haar ellende haar enerverend recht aan te kijken. Het was meer dan twee jaar geleden dat ze Seb voor het laatst had gezien en hij zag er heel anders uit. Verdwenen was de kenmerkende ruige haardos van vroeger waardoor hij er altijd een beetje sjofel had uitgezien. Zijn haar was nu kortgeknipt en dat gaf hem iets vreemd kwetsbaars. Anderzijds had Seb onder de uiterlijke schijn van zelfvertrouwen en grootspraak altijd al iets kwetsbaars gehad.

'Ik wil weten dat je erbij zult zijn op mijn trouwdag,' zei hij.

Ze schonk hem een gespannen lachje. 'Ben je daarvoor helemaal uit Londen hierheen gekomen?'

'Oxford is niet bepaald de andere kant van de wereld.'

'Maar je hebt een dag vrij genomen van je werk en er maar gewoon op gegokt dat ik hier zou zijn. Ik had wel overal kunnen zijn.'

Hij haalde zijn schouders op. 'Niet echt. Ik heb gisteren je kantoor gebeld om te vragen of je vandaag moest werken en heb gewoon op je zitten wachten.'

'Niemand op kantoor zou zulke persoonlijke informatie doorgeven,' zei ze. Maar toen herinnerde ze zich dat Damian Webb gisteren had gewerkt. Als je hem op de juiste manier aanpakte, zou hij waarschijnlijk zelfs haar bankrekeningnummer doorgeven als hij dat wist!

'Ik deed alsof ik een potentiële klant was en zei dat je me persoonlijk was aanbevolen,' zei Seb. Hij glimlachte. 'Je herinnert je vast nog wel hoe overtuigend ik kan zijn.' Toen verdween de glimlach echter en werd zijn uitdrukking serieus. Ze wist dat het onbeholpen, beleefde vraag- en antwoordspel voorbij was en hij tot de kern van de zaak ging doordringen. 'Vind je niet dat deze onzin nu wel lang genoeg heeft geduurd?' zei hij nuchter.

Plotseling geïrriteerd ging Floriana rechtop zitten. Dit was de tweede keer in een halfuur tijd dat er zo denigrerend tegen haar werd gesproken: eerst meneer Zhukova en nu Seb. 'Noem jij dat zo?' zei ze terwijl een wirwar van emoties en herinneringen door haar hoofd tolde... boze woorden... beschuldigingen... uitgesproken liefde... geweigerde liefde... volstrekte vernedering... een verloren vriendschap.

Zonder haar vraag te beantwoorden zei Seb: 'Waarom heb je mijn kaart niet beantwoord? En zeg alsjeblieft niet "welke kaart", want dat is niet alleen een belediging voor míjn intelligentie, maar ook voor de jouwe.'

Ze slikte en keek om zich heen op zoek naar de serveerster. Hoelang duurde het nou helemaal om een kop koffie te zetten en een biertje te tappen? Seb had tequilla voorgesteld omwille van vroeger, maar dat had ze geweigerd. Ze was echt niet van plan alcohol te gaan drinken terwijl ze al haar verstandelijke vermogens nodig had om deze kwelling te doorstaan. 'Ik ben er gewoon nog niet aan toegekomen te antwoorden,' zei ze neutraal. 'Ik had het druk met de voorbereidingen voor Kerstmis.'

Hij schudde triest zijn hoofd. 'Je bent een vreselijk slechte leugenaar, Florrie.'

'Noem me geen Florrie,' snauwde ze.

De gekwelde blik in zijn ogen was zo acuut dat ze hem evengoed een klap in zijn gezicht had kunnen geven. Er viel een drukkende stilte.

'Het spijt me,' zei hij ten slotte. 'Ik heb van een hoop dingen spijt, maar vooral van wat er tussen ons is gebeurd. Ik dacht altijd dat wij onoverwinnelijk waren, dat er nooit iets tussen ons zou kunnen komen. Dat geloof ik nog steeds.' Hij keek over haar schouder. 'Ah, eindelijk, ons drinken, waarvan ik weet dat je er gespannen op zat te wachten in de hoop dat het enige afleiding zou brengen.'

Ze knarsetandde.

'Niet knarsetanden,' zei hij toen de serveerster weer weg was, 'als de wind draait vallen ze eruit. Of er overkomt je iets anders afschuwelijks.'

'Er overkomt jou iets afschuwelijks als je je mond niet houdt,' zei ze, en ze pakte haar kopje op en nam een slok. Vervelend genoeg was de koffie niet zo warm als ze had gewild.

Zijn mondhoeken gingen in een voorzichtige glimlach omhoog. 'Dat lijkt er meer op, dat is de Florrie – ik bedoel de Floriana – die ik ken en waar ik dol op ben. Kom op, laten we al die... al dat gedoe achter ons laten. Laten we weer vrienden zijn.'

Typisch Seb, dacht ze. Je kon er van op aan dat hij de allergrootste hartverscheurende gebeurtenis in haar leven zou afdoen als 'gedoe'.

'Ik wil best smeken als het nodig is,' zei hij toen ze geen antwoord gaf.

Er klonk een tederheid in zijn stem door die haar hart sneller deed kloppen en ze voelde de zorgvuldig en met veel moeite opgetrokken verdedigingsmuur geslecht worden. 'Weet je wel zeker dat je een oude vriendin als ik nodig hebt?' vroeg ze.

'Wat je me feitelijk vraagt is of Imogen het erg zou vinden als wij weer vrienden worden, nietwaar?'

'En zou ze dat erg vinden?'

'Ze weet dat je mijn oudste vriendin bent en dat ik je de afgelopen twee jaar heb gemist. Ze heeft heel duidelijk gezegd dat wat er eerder speelde iets van het verleden is en ze –'

'Ze wat?' vroeg Floriana meteen toen hij aarzelde. Ze kende Seb goed genoeg om te weten dat hij niet zonder reden aarzelde.

'Ze heeft je vergeven.'

Floriana moest haar uiterste best doen om niet te zeggen: 'Wat verdomd grootmoedig van haar!' Ze hief haar kopje zodat ze er bijna achter schuilging en goot de rest van de lauwwarme koffie in één teug achterover.

Toen ze het kopje neerzette zag ze Sebs donkere peinzende ogen op haar gericht. O, wat herinnerde ze zich die ogen goed, de diepe intensiteit ervan, de amberkleurige vlekjes die haar altijd gefascineerd hadden en die zijn ogen letterlijk konden doen schitteren. Ooit had hij een lichtgelovig meisje op school wijsgemaakt dat de vlekjes waren ontstaan doordat hij als baby naar de zon had liggen staren.

Als tiener had ze met de objectiviteit van een goede vriendin Seb altijd knap gevonden, maar als je haar toen had gevraagd hem te beschrijven zou ze dat niet gekund hebben, want hoe vertrouwd zijn gelaatstrekken haar ook waren, ze waren tegelijk zo goed als onzichtbaar voor haar, net als de gezichten van haar zus en haar ouders. Maar nu ze hier tegenover hem aan een tafeltje zat, de mooie, scherp gedefinieerde gelaatstrekken en de gave huid weer zag die hem er eeuwig jong deed uitzien, en ze weer ondervond dat hij haar zonder met zijn ogen te knipperen kon blijven aankijken en haar het gevoel geven dat hij haar gedachten las, herinnerde haar dat op pijnlijke wijze aan het moment dat ze zich had gerealiseerd dat ze geen vriendschap meer voor hem voelde maar liefde. Dat besef was zo plotseling en zo hevig tot haar doorgedrongen dat het haar wereld op zijn kop zette. Toen was de dag aangebroken dat ze het niet meer voor zich kon houden en zich gedwongen voelde hem te vertellen dat ze van hem hield. Het was echter een ramp geweest, de grootste vergissing van haar leven.

Nu zat ze volkomen onverwachts dicht genoeg bij hem om over de tafel heen te buigen en hem te kussen, precies zoals ze de laatste keer dat ze hem sprak had willen doen. Het was toen echter niet tot een kus gekomen, alleen tot een vreselijke ruzie en de schokkende suggestie van Seb dat het misschien beter zou zijn als ze elkaar nooit meer zagen.

Nu ze terugdacht aan die dag voelde ze haar keel samentrekken van verdriet en zou ze het liefst zo ver mogelijk weglopen. Ze dacht niet dat ze ooit de pijn zou kunnen vergeten van de verbanning uit de wereld die ze samen hadden gedeeld, en dat allemaal alleen maar omdat ze de waarheid had gesproken. Hij had die waarheid echter niet willen horen, laat staan geloven.

'En jij?' vroeg hij nu, haar zonder met zijn ogen te knipperen strak aankijkend. 'Heb je me vergeven dat ik verliefd ben geworden op Imogen?'

Een antwoord werd haar bespaard doordat hun lunch werd gebracht: pompoenravioli voor haar en een biefstuk met frietjes voor Seb. De verstoring van hun gesprek gaf haar de kans van onderwerp te veranderen toen de serveerster weer weg was.

'Waar gaan jullie trouwen?' vroeg ze opgewekt.

Ze wist zeker dat hij besefte dat ze zijn vraag weigerde te beantwoorden en wat dat betekende. Of hij besloot er later op terug te komen of het helemaal maar te vergeten wist ze niet, maar hij zei: 'Aan het Comomeer.'

Haar eerste gedachte was: o, wat toevallig! Die zondag had Esmé, toen ze in Trinity House aan de thee met warme broodjes zaten Floriana en Adam verteld over de reis naar Italië met haar vader toen ze jong was, en over de zomer die ze hadden doorgebracht aan het Comomeer. Maar zoals Esmé altijd deed wanneer ze hun iets vertelde, had ze haar verhaal net op een spannend punt afgebroken.

Floriana's tweede gedachte was er echter een van opluchting. Dit was een ijzersterk excuus om niet te hoeven toekijken wanneer Seb met Imogen trouwde. Ze kon zich de reis onmogelijk veroorloven, dus was ze uit de puree. *Drie hoeraatjes voor het feit dat ik maar een eenvoudige, krap bij kas zittende gids ben!* Ze kikkerde er meteen van op en zei: 'Een vreselijk chique bruiloft, dat had ik kunnen verwachten.' Wat ze eigenlijk bedoelde was dat ze dat van Imogen had kunnen verwachten. Vergeleken bij de klasse en welgestelde achtergrond van het meisje leek Floriana uitschot.

'Zo chic ook weer niet,' zei Seb. 'Het wordt vrij ingetogen. Maar driehonderd goede vrienden en familie.'

'Driehonderd!'

Hij glimlachte. 'Geintje. Er komen zo'n zeventig of tachtig gasten.'

'Dat is nog steeds een behoorlijk feest.'

'Je komt toch wel, hè?'

'Seb, je wilt er geen gepeupel zoals mij bij hebben. Ik zal alleen maar vreselijk dronken worden en je teleurstellen.'

Hij fronste zijn wenkbrauwen. 'Sinds wanneer ben jij gepeupel?'

Sinds jij iets met Imogen en haar superrijke familie kreeg, dacht ze. 'Nou, we bewegen ons tegenwoordig niet echt in dezelfde kringen, wel dan?' zei ze. 'Jij, de eersteklas directeur van een reclamebureau die in het succesvolle dure Belsize Park woont, en ik, die in een achterbuurt in Oxford zit.'

'Dat is overdreven,' zei hij kortaf.

'Je weet wat ik bedoel.'

Ze keek toe terwijl hij peinzend op een stuk biefstuk kauwde en daarna zijn bier pakte. 'Het gaat toch niet om geld, is het wel?' zei hij, en hij zette zijn glas neer.

'Dat, mijn vriend, bewijst maar weer eens dat je geen idee hebt; het draait allemaal om de poen. Dat is altijd zo als je niet veel hebt. Die friet ziet er lekker uit.'

Hij schoof het zout en de peper opzij zodat ze erbij kon. 'Ga je gang,' zei hij.

Ze deed dat en bood hem in ruil wat van haar ravioli aan.

Hij schepte met zijn vork een stuk op. 'Hmm... niet slecht.'

En alsof ze op de een of andere manier het rotsachtige terrein en de gevaarlijke afgrond van de afgelopen twee jaar achter zich hadden gelaten en zich nu op veiliger terrein bevonden, begonnen ze nu echt bij te kletsen. Ze vertelde hem dat haar ouders de zaak hadden verkocht en een wereldreis aan het maken waren. 'Ze zijn al sinds eind november weg en komen volgende week terug.'

'En de kerstdagen, wat heb je in hun afwezigheid gedaan?'

Ze dacht terug aan de keer dat hij met zijn moeder de kerst bij hen had doorgebracht en dat zijn moeder schandalig dronken was geworden en ze haar in de logeerkamer in bed hadden gestopt waarna zij beneden cadeautjes hadden uitgepakt, en vertelde hem hoe het bij Ann was geweest. Ze was helemaal verdiept in haar verhaal over het helse kerstfeest en toen ze haar hand door haar haren haalde, zag hij het litteken, dat nog behoorlijk rood zag.

'Hoe kom je daaraan?' vroeg hij. 'Zo te zien was het nogal pijnlijk.'

Dus vertelde ze hem over de aanrijding. 'Ik houd jou daar onverdeeld verantwoordelijk voor,' zei ze. 'Als jij me die verdraaide uitnodiging niet had gestuurd, was ik nooit overhoop gereden.'

'Anderzijds zouden we nu niet zitten lunchen als ik je die verdraaide uitnodiging niet had gestuurd. God, wat is het fijn je weer te zien. Ik heb je gemist.'

Toen ze niet reageerde zei hij: 'Dit is het moment waarop jij hoort te zeggen dat je mij ook hebt gemist. Dat is toch zo, of niet?'

Omdat ze haar stem niet vertrouwde knikte ze.

Er viel een onbehaaglijke stilte waarin ze zich op hun eten concentreerden. 'Wil je me iets beloven?' zei hij uiteindelijk.

'Dat ligt eraan wat het is.'

'Zeg alsjeblieft niet dat je niet naar mijn bruiloft zult komen omdat je het je niet kunt veroorloven.'

Ze legde haar mes en vork neer. 'Seb, de waarheid is dat ik er het geld niet voor heb. Zo'n beetje alles wat ik verdien gaat naar de hypotheek. Reisjes naar het buitenland zijn een luxe die ik me niet kan veroorloven.'

Alsof het niet tot hem doordrong wat ze net had gezegd, zei hij: 'Dus je hebt iets gekocht?'

Ze vertelde hem dat haar grootmoeder was overleden en haar voldoende geld had nagelaten om een aanbetaling te doen. 'Ik besloot het geld verstandig te investeren door het in een huis te steken. Ik woon nu in North Oxford.'

'Goed gedaan.'

'Hé, ik vroeg niet om een schouderklopje.'

Hij rolde met zijn ogen. 'Hou dan je mond en luister naar mijn voorstel.'

Ze luisterde, en schudde haar hoofd toen hij was uitgesproken. 'Nee. Absoluut geen sprake van.'

'Ik wist wel dat je het vervelend zou vinden en nee zou zeggen.'

'Dan had je er dus geen woorden aan hoeven verspillen.'

Hij leunde over de tafel heen, zijn wenkbrauwen naar elkaar toe getrokken, de amberkleurige vlekjes glinsterend in zijn ogen. 'Luister, Imogen hoeft het niet te weten als je je daar soms zorgen over maakt.'

Ze deinsde met een ruk achteruit. 'O, dat is geweldig, Seb, je huwelijk al beginnen met een geheim! En een geheim over mij nog wel, dat is helemaal een geniaal idee!'

'Oké, oké, ik vertel het Imogen wel als jij je daar beter bij voelt. Maar ik ben je wat verschuldigd, Florrie. Jij en je ouders zijn altijd heel goed voor me geweest. En vergeet niet hoe ik destijds hier in Oxford was. Het grootste deel van de tijd zat ik vreselijk in de knoei. Jij hebt me van mezelf gered.'

20

Adam deed niets liever dan wat rondrijden. Het was een goede manier om in de gaten te houden wat er op huizengebied speelde. Op de hoogte blijven, noemde hij het.

Na de lunch had hij – het papierwerk, de nagel aan zijn doodskist, beu – tegen Denise gezegd dat hij over een paar uur terug zou zijn. Denise was al bijna tien jaar zijn assistente bij Strong Property Solutions en was zijn manier van werken wel gewend. Hij had er in feite een hekel aan binnen te zitten. Hij was veel liever onderweg en handelde telefoontjes mobiel af dan dat hij achter een bureau zat. Het beviel hen allebei goed als hij het kantoor uit ging, want niet alleen kon hij erop vertrouwen dat Denise in zijn afwezigheid de boel soepel zou laten draaien, hij vermoedde dat zij er ook de voorkeur aan gaf dat hij het aan haar overliet. Veel mensen namen aan dat zij de baas was en hij zat daar helemaal niet mee.

Zijn eerste bestemming was Headington geweest, waar een huurder een probleem met de centrale verwarming had gemeld. Omdat al zijn onderhoudsmonteurs bezig waren, had hij er geen moeite mee om zelf langs te gaan. Het bleek een klein probleem met een klep in de droogkast te zijn, dat Adam zelf kon oplossen.

Nu reed hij door de smalle straten van Osney. Op precies deze manier had hij zijn eerste huis gevonden. Het was een natte, sombere dag geweest en hij had een vervallen hoekwoning van een rij gezien, waar de goot op sommige plaatsen loshing, een raam op de eerste verdieping was dichtgetimmerd en het schilderwerk het enige leek wat de raamkozijnen nog overeind hield. Met het idee dat hij niets te verliezen had, had hij aangeklopt en de oude bewoner uitgelegd dat hij belangstelling had om een dergelijk huis te kopen. Gelukkig overwoog de man al het te verkopen. De dagen daarna kwamen ze tot overeenstemming over de prijs en werd de zaak beklonken. Omdat er geen makelaarskosten hoefden te worden betaald, kon Adam gewoon een goede en eerlijke prijs betalen waar beide partijen blij mee waren. Zes maanden later verkocht hij het huis – grondig gemoderniseerd en voorzien van nieuwe bedrading en nieuw leidingwerk – voor twee keer het bedrag dat hij had betaald.

Dat huis betekende nog steeds veel voor Adam; daar was het voor hem allemaal begonnen. Hij had sindsdien tientallen woningen aangekocht en gaandeweg een hoop geleerd, waaronder praktische vaardigheden en fundamentele *do's-and-don'ts* voor bij het investeren in gebouwen, die hij kon terugbrengen tot twee eenvoudige gulden regels: het geld verdien je bij de aankoop, niet bij de verkoop, en haastig gekocht is lang berouwd.

Hoewel hij er nog steeds van genoot als hij iets leuks vond en dat kon opknappen, had hij nergens zo veel plezier aan beleefd als aan die eerste aankoop.

Tot nu toe.

Het huis aan Latimer Street was meer voor hem gaan betekenen dan zomaar een nieuwe aanwinst om op te knappen en door te verkopen of te verhuren. Hij was er ongewild aan gehecht geraakt. Daarom en omdat hij had besloten een nieuwe start te maken in het nieuwe jaar, dacht hij er nu over zijn huis in Summertown te verhuren en naar Latimer Street te verhuizen. Gewoonlijk nam hij beslissingen over huizen op basis van een objectieve beoordeling, maar in dit geval was het puur een emotionele keus. Waarschijnlijk was hij er zo aan gehecht geraakt omdat het hem verbond met twee nieuwe vriendinnen wier gezelschap hij erg waardeerde, ook al waren ze heel verschillend. Sinds hij Esmé en Floriana had leren kennen, hadden ze vaak voorkomen dat hij over Jesse ging zitten piekeren en daarvoor was hij hen dankbaar.

Hij draaide East Street in en stopte voor zijn allereerste aankoop, die uitkeek over de Theems. Hij keek naar het goed onderhouden huis – de zachtgeel geschilderde pleisterlaag, witte voordeur en witte raamkozijnen – en dacht terug aan hoe hij op een matras op de kale vloer in de slaapkamer aan de achterkant had geslapen terwijl hij er aan het werk was.

Terugdenkend aan de bevrediging die hij uit die ervaring had gehaald, zag hij zichzelf plotseling hetzelfde doen in Latimer Street. Het idee sprak hem meteen aan en hij wist dat zijn besluit was genomen: de verhuizing zou het nieuwe begin zijn dat hij nodig had.

Op nieuwjaarsdag had hij het advies van zijn broer opgevolgd en een punt achter de relatie met Jesse gezet. De opluchting in haar stem toen hij haar belde om te zeggen dat het volgens hem geen zin had hier nog langer mee door te gaan, had hem precies verteld wat hij moest weten: ze was nooit van plan geweest bij hem terug te komen. Het was niet waarop hij voor Kerstmis had gehoopt, maar hij zag nu wel in dat de schok en teleurstelling – en een flinke knauw voor zijn trots – hem blind hadden gemaakt voor het overduidelijke: dat hun relatie was doodgebloed.

Genoeg was genoeg. Het was tijd voor hem om verder te gaan. Op verschillende manieren. Zijn huis in Summertown bevatte te veel herinneringen die met Jesse verbonden waren en Latimer Street zou hem niet alleen een nieuwe start bieden maar, belangrijker nog, het nieuwe huis zou iets tastbaars zijn waar hij zijn energie in kon steken, zowel fysiek als creatief. Hij zou de tijd nemen om het huis te restaureren, iets wat hij met liefde zou doen.

Achter hem claxonneerde een auto; hij stak zijn hand op naar de bestuurder en reed terug naar zijn kantoor in Summertown. Niet in staat weerstand te bieden aan de impuls van een symbolisch gebaar reed hij echter eerst even naar Latimer Street en zijn nieuwe huis.

Ja, dacht hij toen hij naar het aantrekkelijke victoriaanse huis met erkers aan de voorzijde keek, het zou hier goed wonen zijn. Zijn blik gleed naar Trinity House, waar hij Euridice vanachter het raam naar hem zag kijken. In weer een impuls schakelde hij de motor uit. Omdat ze buren werden, leek het hem juist Esmé als eerste over zijn beslissing in te lichten.

Een uur later, toen het al donker begon te worden, stapte hij het kantoor binnen en vroeg hij Denise of er nog iets was wat hij dringend moest afhandelen.

'Het zal je misschien verbazen, maar de wereld is zonder jou gewoon blijven doordraaien,' zei ze terwijl ze de bovenste la van de dossierkast naast haar bureau opentrok om een dossier op te bergen. Daarna keek ze hem indringend aan. 'Je ziet er wel erg tevreden uit, wat heb je uitgespookt?'

'Ach, je weet hoe dat gaat,' zei hij zorgeloos, 'van alles.'

'Ik word bijna bang van je, zo vrolijk als je bent.'

Hij gebaarde vaag in de richting van haar volle bureau. 'Heb je niets te doen?'

'Genoeg,' zei ze, 'maar ik maak me zorgen. Je hebt er in tijden niet zo blij uitgezien.'

'Je bedoelt, sinds het moment dat Jesse me dumpte?'

Hij zag de verbazing op haar gezicht en dat was geen wonder. Hoewel ze elkaar al heel lang kenden, had hij Denise specifiek gevraagd niet met hem over Jesse te praten. Hij had altijd vermoed dat ze Jesse niet zo erg mocht, dus elk advies van haar zou daardoor getekend zijn. Hij bracht op kantoor slechts zelden zijn privéleven ter sprake, maar in de dagen voor kerst had Denise hem – toen ze hem vroeg wat hij met de feestdagen van plan was – ontfutseld dat Jesse en hij een pauze in hun relatie hadden ingelast.

'Ja,' zei ze, 'dat is precies wat ik dacht. Zijn jullie weer bij elkaar?'

'Nee en dat zal ook niet meer gebeuren. Heb je het dossier Roper voor me? Ik moet met de afdeling planologie praten.'

Ze schonk hem een blik die hij al lang kende. Een blik die inhield: *ik laat je nu met rust, maar je bent nog niet van me af* en omdat hij zo goedgemutst was, zei hij: 'Ik heb besloten te verhuizen.' En vervolgens vertelde hij haar waarom.

21

Het was donker toen Floriana naar huis fietste en om de ellende compleet te maken was het ook nog gaan regenen. Het ergerde haar dat ze droog thuis zou zijn gekomen als ze niet op kantoor was gebleven om te helpen en met Tony het idee te bespreken om naast de *Morse*- en *Lewis*-rondleidingen ook *Endeavour* toe te voegen.

Het verkeer denderde langs haar heen en ijskoude druppels regen prikten in haar gezicht toen ze verwoed door St Giles' Street fietste en links van haar de Eagle and Child passeerde waar, zoals ze haar groepen altijd vertelde, C.S. Lewis en Tolkien vaak samen hadden gezeten. Ze bedacht dat ze haar gedachten er goed bij moest houden. De vorige keer dat ze iets van Seb had gehoord was ze aangereden.

Het was veel te zacht uitgedrukt om te zeggen dat zijn onverwachte verschijning haar volkomen had verrast; de ontmoeting had allerlei gevoelens opgeroepen. Ze probeerde zichzelf er wanhopig van te overtuigen dat ze blij was dat Seb haar zo had overvallen, blij dat hij naar Oxford was gekomen met een hereniging tussen hen als enige doel.

Ze voelde zich echter helemaal niet blij. Hoe kon ze ook, als de woorden van Seb constant door haar hoofd maalden?

Imogen heeft je vergeven. Imogen heeft je vergeven. Imogen heeft je vergeven. Imogen heeft je vergeven.

Als hij dat niet had gezegd tijdens hun lunch had Floriana misschien blij kunnen zijn. Ze hoorde immers blij te zijn voor Seb omdat hij ging trouwen met de vrouw van wie hij hield. En blij dat hij Floriana terug wilde in zijn leven. Zo ging dat met vriendschap; als je om iemand gaf, wilde je dat hij gelukkig was. Had ze niet altijd gezegd dat het geluk van Seb net zo belangrijk voor haar was als het hare? Dus waarom kon ze, zelfs als ze zichzelf dwong volstrekt objectief te accepteren dat Seb haar nooit als meer dan een vriendin zou zien, niet blij voor hem zijn? Waarom voelde ze, hoewel ze die emotie de ruimte probeerde te geven, alleen maar verdriet én de vreselijke zekerheid dat hij een afschuwelijke fout beging door met Imogen te trouwen?

Je zou haar reactie gemakkelijk kunnen afdoen als jaloezie, maar tot Imogen hadden de meisjes die in Oxford en later in Londen door de klapdeuren van Sebs liefdesleven kwamen en gingen Floriana nooit dwarsgezeten. Ze had hem er altijd mee voor de gek gehouden, zoals Seb haar altijd plaagde met de sukkels met wie ze iets had gehad.

Een paar van haar vriendjes waren zo verstandig geweest zich neer te leggen bij het feit dat ze nooit tegen Seb op zouden kunnen. De laatste, een docent aan de talenopleiding aan Banbury Road, had eerder dan zijzelf in de gaten gehad dat ze verliefd was op Seb. Zonder enige wrok had hij haar daarmee geconfronteerd.

'Het is niet eerlijk tegenover jou of je vriendjes om te blijven doen alsof je niet van hem houdt,' had Jules gezegd.

Ze had aanvankelijk geprotesteerd en gezegd dat Jules zich vergiste of misschien jaloers was op haar hechte vriendschap met Seb.

'Er is er in deze relatie maar één die zich vergist,' had hij gezegd, 'en dat ben ik niet, Floriana.' Hij had haar het beste gewenst en een poosje later had ze gehoord dat hij iets met een van zijn voormalige studentes, een knap Spaans meisje, had.

Achteraf bezien was Jules waarschijnlijk toch jaloers geweest op Seb; dat lag voor de hand. Diverse meisjes met wie Seb het langer dan een maand had volgehouden, waren immers ook niet bepaald te spreken geweest over de aanwezigheid van Floriana in zijn leven.

Ze had echter vanaf het begin geweten dat er bij Imogen iets anders was, en niet alleen omdat ze zo verbijsterend aantrekkelijk was en uit een heel andere wereld stamde dan die van hen. Nee, het was Sebs eigen gedrag dat bij Floriana de verdenking had opgeroepen dat dit meisje weleens een blijvertje zou kunnen zijn.

Hij had Imogen meegebracht naar Oxford om samen de dag met Floriana door te brengen en vanaf het moment dat hij zijn nieuwe vriendin voorstelde, merkte ze een vreemde mengeling van trots en nervositeit bij hem op. Later drong het tot Floriana door dat hij haar goedkeuring zocht; iets waar hij eerder nooit behoefte aan had gehad.

Kort daarna brak ze met Jules, werd de ware hevigheid van haar gevoelens voor Seb duidelijk en bekende Floriana zichzelf eindelijk dat ze van hem hield. Dat besef maakte haar echter niet gelukkig. Het enige wat ze voor zich zag was ellende. Eindeloze ellende, omdat ze zou moeten doen alsof er niets was veranderd tussen hen; en ellende bij de gedachte dat ze voor altijd alleen maar die goeie ouwe Floriana zou zijn – Sebs oudste en beste vriendin, met wie hij altijd lol kon maken.

Gedurende de weken en maanden die volgden, wachtte ze tot haar gevoelens naar hun vroegere staat zouden terugkeren, maar dat deden ze niet. Ze wachtte ook tot Seb genoeg zou krijgen van Imogen, maar die hoop was vergeefs. Hij bleef maar over haar praten als ze elkaar aan de telefoon hadden of elkaar zagen, wat steeds minder vaak gebeurde. Het draaide allemaal om Seb en Imogen; ze waren een behoorlijk huiselijk stelletje geworden en daarbij was geen ruimte meer voor een oude vriendin.

En al die tijd dat zij bijna bezweek onder de gruwelijkste gevoelens van jaloezie jegens Imogen, raakte Floriana er steeds meer van overtuigd dat Imogen niet de juiste vrouw was voor Seb. Ze vergde te veel onderhoud. Ze was te frivool. Te veel met zichzelf bezig. Gewoon helemaal verkeerd. Bovendien was wel duidelijk dat ze een hekel aan Floriana had.

Eén keer, toen ze gedrieën op een zondag in Richmond bij elkaar waren gekomen voor de lunch en terwijl Seb aan de bar hun eten stond te bestellen, had Imogen met luchthartige, lacherige stem en met haar perfect gevormde wenkbrauwen opgetrokken, gezegd dat Seb toch maar geluk had met een vriendin als Floriana. 'Je bent net een schoothondje zoals je altijd voor hem klaarstaat, nietwaar?'

Floriana was zo verbijsterd geweest door de onvriendelijkheid van die opmerking dat ze geen geschikt antwoord kon bedenken. Ook een paar minuten later wist ze niet wat ze moest zeggen, toen Seb terugkwam van de bar, Imogen haar arm door de zijne haakte en zei: 'Hemeltje, ik snap niet hoe die arme Floriana het met ons uithoudt, we lijken wel een saai oud getrouwd stel, vind je niet?'

Toen had echter het lot, of zo leek het althans, ingegrepen en Floriana het perfecte handvat gegeven om Seb ervan te overtuigen dat Imogen niet was zoals hij dacht dat ze was. Dat had echter een volkomen averechtse uitwerking en Floriana werd er onder andere van beschuldigd een leugenaar te zijn.

Eerder die middag, aan het einde van hun lunch bij Quods, had Seb Floriana gevraagd de rest van de middag vrij te nemen zodat ze nog wat konden bijkletsen, maar ze had gezegd dat Tony haar op kantoor nodig had. Zijn teleurstelling was maar al te duidelijk geweest.

'Als je me had gewaarschuwd dat je kwam, had ik misschien met iemand anders kunnen ruilen,' had ze gezegd toen de serveerster hun rekening kwam brengen.

'Als ik je had gewaarschuwd, had je me misschien niet willen zien en dat risico wilde ik niet lopen. En omdat je zo zat te mekkeren dat je een pauper bent, kun je je geld wegstoppen, want ik betaal.'

Ze had geprobeerd de rekening weg te grissen, zodat ze die konden delen, maar hij was haar te snel af geweest.

'Mijn reactievermogen is altijd al beter geweest dan het jouwe,' had hij lachend gezegd. 'Herinner je je al die maffe mepspelletjes nog die we altijd deden? Ik weet nog dat je bij één gelegenheid met veel te veel enthousiasme op mijn hand sloeg. Als ik diep nadenk, kan ik de pijn nog steeds voelen.'

'Je zult het wel verdiend hebben,' zei ze luchtig. 'Als het niet was omdat je vaak van me won, dan wel ergens anders voor.'

Toen de rekening betaald was, had hij zijn portemonnee weggestopt en haar in haar jas geholpen. Het was niets anders dan een vriendelijk en attent gebaar, maar het voelde veel te intiem aan en ze kreeg de neiging bij hem weg te springen. Hij moest haar spanning hebben aangevoeld en hebben besloten de koe bij de horens te pakken door haar, toen ze buiten in de kou stonden, plotseling in een stevige omhelzing te nemen. 'Voel je alsjeblieft niet ongemakkelijk bij me, Florrie,' had hij gezegd.

Ze was hulpeloos en zwijgend blijven staan, had dieper in zijn omhelzing weg willen zinken, maar zich tegelijk ook los willen rukken en de straat over willen rennen naar de veiligheid van het kantoor. Met opgeheven kin had ze met haar ogen geknipperd en haar nog resterende kracht aangeboord om te bewijzen dat ze zich helemaal niet ongemakkelijk voelde bij hem.

Hij had op zijn beurt naar achteren geleund en haar zo strak aangekeken dat ze het gevoel had dat ze zich nergens kon verstoppen. Hij ademde diep in en zei: 'Wat er ook voor misverstanden tussen ons hebben bestaan, laten we ze gewoon vergeten. Laten we elkaar beloven dat er nooit meer iets tussen ons in zal komen te staan. Jij bent meer familie van me dan wie dan ook. Je bent alles wat ik heb.'

Zijn afscheidswoorden waren bedoeld geweest om haar de belofte te ontlokken dat ze zijn aanbod zou aannemen en naar de bruiloft zou komen.

Met in gedachten haar vingers achter haar rug gekruist had ze de bevestiging gemompeld die hij wilde horen, al had ze geen idee gehad hoe ze zich aan die afspraak moest houden. Ze zou een manier moeten zien te vinden om de schade te herstellen die was toegebracht door zijn blindheid voor haar gevoelens en door haar eigen verblindende afkeer van de vrouw die alles voor hem betekende. Ze besloot dat ook dit iets was wat erom vroeg te worden uitgesteld, weer een probleem dat ze wel zou aanpakken wanneer het zover was.

Ze liet het lawaai van het verkeer achter zich, draaide North Parade in, stopte even bij Buddy Joe's voor wat pasta en pestosaus voor haar avondeten en fietste daarna door naar Latimer Street, waar ze weer stopte, deze keer om bij Esmé langs te gaan.

Floriana had tot haar teleurstelling gisteren een e-mail van haar vriendin Sarah gehad waarin ze schreef dat ze toch niet zou terugkomen naar Oxford; ze had in Buenos Aires een baan aangeboden gekregen als grafisch ontwerper. Uit een eerdere e-mail had Floriana duidelijk opgemaakt dat haar vriendin het fijn vond weer daar te zijn, dus het nieuws dat ze zou blijven had geen grote schok hoeven zijn, maar dat was het wel. Bovendien voelde Floriana zich er ongewoon alleen en eenzaam door.

Omdat ze niemand anders in vertrouwen kon nemen, had Floriana vanaf het moment dat ze van haar werk vertrok, geweten dat ze langs zou gaan bij haar oude nieuwe vriendin om haar over de gebeurtenissen van die middag te vertellen. Ze zag Esmé als een veilige toehoorder die Seb niet kende en daarom volstrekt objectief haar mening zou geven.

Maar in feite hield ze zichzelf daarmee weer voor de gek. Ze zat helemaal niet te wachten op een objectieve mening; ze wilde iemand die het met haar eens was en zorgde dat ze zich beter voelde. Als ze nu recht naar huis ging zou dat alleen maar tot een avond vol gepieker leiden die erop zou uitdraaien dat ze zichzelf in een deken van schijnheilig martelaarschap wikkelde. Ze wist uit ervaring dat dat ook niets was. Esmé zou haar echter zeker weten op te vrolijken.

Esmé begroette haar met haar gebruikelijke hartelijkheid, die altijd doorspekt leek met een zekere opgetogen verwachting, alsof ze had verwacht dat Floriana elk moment bij haar aan de deur zou staan.

'Adam was daarstraks hier,' zei ze nog voordat Floriana haar jas uit had getrokken. 'Hij kwam me het fantastische nieuws vertellen dat hij het huis hiernaast niet gaat verhuren maar er zelf in gaat wonen.'

'Zei hij ook waardoor hij van gedachten is veranderd?' vroeg Floriana, die opmerkte hoe geanimeerd Esmé haar het nieuws vertelde, waardoor zij zich alleen maar nog ellendiger voelde. Esmé zou er duidelijk plezier van hebben dat ze Adam als haar buurman had. Zoals Floriana maar al te goed wist, was het heel handig hem in de buurt te hebben.

'Nee, maar dat lijkt me voor de hand liggend, nietwaar?' zei Esmé. 'Hij maakt een nieuwe start.'

'Bestaat dat dan?'

Esmés uitdrukking veranderde meteen en met haar hoofd een beetje schuin – waardoor ze Floriana aan een nieuwsgierig vogeltje deed denken – keek de oude dame haar met haar blauwgrijze ogen scherp aan. 'Hmm... ik geloof dat je maar binnen bij het vuur moet komen zitten en me vertellen hoe het komt dat je zoiets onkarakteristiek sombers zegt.'

'Welnu,' zei Esmé. 'Ofwel je gaat naar Sebs bruiloft of je gaat er niet heen, dat is een keuze die sinds je in december de aankondiging ontving niet is veranderd. Wat wel is veranderd is dat je nu weet dat Seb de kaart niet zomaar uit beleefdheid heeft gestuurd. Maar ik neem aan dat je dat diep in je hart al wel wist.'

Haar jonge vriendin zat in de grote leunstoel, met haar kousenvoeten onder haar getrokken en knikte terwijl Euridice op het haardkleedje zat te spelen met de muis die Floriana voor haar had gemaakt. 'Maar vergeet niet dat de locatie van de huwelijkssluiting een belangrijke factor is in het besluitvormingsproces,' zei ze. 'Ik kan het me niet veroorloven naar het Comomeer te reizen en ik weiger absoluut Sebs aanbod om voor mij te betalen aan te nemen.'

'Ik ben het met je eens dat dat je in een ongemakkelijke positie zou brengen. Maar ben je zelfs niet een klein beetje nieuwsgierig? Het is er erg mooi, weet je.'

Er verscheen een frons op het gezicht van het meisje, maar die verdween weer toen ze zei: 'Ik zou liever meer horen over de tijd dat jij daar was. Vooruit, vertel me er alles over. Ben je daar verliefd geworden? Heb je er de hartstocht ervaren?'

Esmé glimlachte om Floriana's gewiekste verandering van onderwerp en overduidelijke fascinatie voor haar verleden. Het was een amusant spel voor haar geworden om het meisje te plagen met flarden van haar leven, vaak onderbroken doordat ze naar een relevant schilderij wees en uitlegde hoe en waar haar vader ertoe was gekomen dat te schilderen: dat was ik in Siena... en dat was op de Ponte Vecchio in Florence... en o, dat was in Venetië op de dag dat we Maria Callas van een aperitief zagen genieten in het Palazzo Gritti. Er waren nog veel schilderijen waarover ze iets moest vertellen, maar het schilderij waar Floriana niets van wist en dat haar het meest van allemaal zou intrigeren, hing boven in de slaapkamer van Esmé.

'Goed dan,' zei ze, bedenkend dat Floriana wel iets kon gebruiken om haar af te leiden van die vreselijke Seb die zomaar uit het niets was opgedoken om haar nog verder te kwellen. Duidelijk een jongeman die gewend was van twee walletjes te eten. 'Ik zal een paar grote gin-tonics voor ons klaarmaken en daarna zal ik je over mijn zomer aan het meer vertellen. Wat zeg je daarvan?'

22

Esmé was helemaal verliefd geworden op het rustig gelegen Hotel Margherita.

Na het rumoer van al die drukke steden was het hemels om hier in de betoverende oase van rust te genieten van het koor van vogelgezang in de magnoliabomen. Het was laat in de ochtend en afgezien van een vink die af en toe tussen de takken achter haar vandaan kwam, zat ze alleen in de vlekkerige schaduw van het met wijnranken overgroeide terras.

Direct onder de met rozen begroeide balustrade van het terras stonden grote bossen lavendel die een frisscherpe geur afgaven. Daarachter stond een fontein en lag een groot, goed verzorgd gazon dat langzaam afliep naar de roodbloeiende oleanders en twee statige cipressen die naar het porseleinblauw van de zomerlucht reikten. Tussen de cipressen bevonden zich een prachtige poort en stenen traptreden die naar het water, het boothuis en een steiger leidden. Niet ver van de oever en alleen bedoeld voor hotelgasten lag een vlot waar je naartoe kon zwemmen om op te zonnebaden.

Rechts van haar, aan de andere kant van de gevlochten beukenhaag was Alberto de tuinman met zijn traditionele *zoccoli* – houten klompen – aan de lage buxushaag aan het knippen die een kruidentuin omsloot. Daar voorbij lag een groentetuin omringd door fruitbomen die Alberto samen met zijn jonge kleinzoon ook bijhield. Elke morgen kwam Elena de kokkin met twee manden naar buiten – eentje voor kruiden en eentje voor groenten – om te plukken wat ze nodig had voor de lunch en later in de middag kwam ze terug om te verzamelen wat ze nodig had om het avondeten klaar te maken voor de gasten die ervoor kozen hier te eten in plaats van in een van de nabijgelegen bistro's.

Het was half juni en Hotel Margherita was nu bijna drie weken het thuis van Esmé en haar vader en de dagen waren in dit rustige paradijs een voor een voorbijgegleden. Ze hadden zich niet zoals tevoren weggehaast om bezienswaardigheden te gaan bekijken, maar hun reisgidsen opzijgelegd en het voorbeeld van Lucy Honeychurch in *A Room With a View* gevolgd; in plaats van informatie te vergaren, was Esmé gewoon gelukkig.

Zoals Marco Bassani had voorspeld, hadden de omgeving en de aard van het licht Esmés vader echt geïnspireerd; hij waande zich in de hemel! Nooit eerder had Esmé hem zo ontspannen of zo vrij gezien. Hij was een ander mens, een man die niet langer zijn talent voor schilderen hoefde te verbergen voor een vrouw die zijn gave had onderdrukt door hem voortdurend te ondermijnen en vernederen.

Een paar dagen geleden hadden de Kelly-Webbs – een Amerikaans stel uit Baltimore op huwelijksreis – haar vader tijdens de lunch gesmeekt hun een van zijn schilderijen van het meer te verkopen als herinnering aan hun heerlijke tijd hier. William was teruggeschrokken voor een eventuele financiële transactie, maar Esmé had hem aangemoedigd het geld aan te nemen, niet omdat ze het nodig hadden, maar om hem ervan te overtuigen dat hij een bonafide kunstenaar was die zijn werk kon verkopen, puur om de reden dat mensen het bewonderden en waardeerden.

Het enthousiasme van de Kelly-Webbs verspreidde zich al snel door het kleine hotel en sindsdien hadden ook andere gasten William om een schilderij gevraagd om mee naar huis te nemen.

Vanochtend na het ontbijt was William met zijn tas met verf, penselen, een blok aquarelpapier en een speciaal door Elena samengestelde picknicklunch op pad gegaan om het meer te verkennen in een houten zeilbootje. Alberto's kleinzoon Cesare, een jongen van twaalf, had hem gisteren laten zien hoe hij met het bootje moest zeilen. Esmé hoopte dat haar vader eraan gedacht had zijn hoed mee te nemen. Ze hoopte ook dat hij had begrepen wat Cesare hem had verteld, want de jongen sprak net als Alberto en Elena een zwaar, onverstaanbaar plaatselijk dialect.

Terwijl ze bedacht dat ze eigenlijk de energie zou moeten oproepen om te gaan wandelen hoorde Esmé voetstappen dichterbij komen.

Het was signora Giulia Bassani.

Signora Bassani was een knappe vrouw met donkere ogen en zware wimpers. Ze was altijd onberispelijk gekleed en had een trotse rechte houding. Haar gedrag had vaak iets bruusks waardoor Esmé zich aanvankelijk ongemakkelijk bij haar had gevoeld, maar ze was zich al snel gaan realiseren dat achter de koele houding van de vrouw een diep in haar binnenste verborgen verdriet school.

Marco had Esmé en haar vader uitgelegd dat zijn tante tijdens de oorlog weduwe was geworden, slechts enkele maanden voordat Italië zich bij de geallieerden had aangesloten tegen Duitsland. De inspanning van het draaiende houden van het familiebedrijf in die moeilijke tijden was te veel geweest voor Alessio Bassani, die een hartinfarct had gekregen. Hij was daar nog van aan het herstellen toen de fabriek in Como door brand werd verwoest en alles verloren ging. Hij stierf niet lang daarna.

De familie Bassani had diverse eeuwen lang een voortrekkersrol vervuld in de zijdefabricage in Como. Alessio Bassani en zijn broer Romano – de vader van Marco – hadden het bedrijf overgenomen van hun eigen vader, maar toen hij acht jaar oud was waren de ouders van Marco omgekomen bij een auto-ongeluk. Hij werd daarna grootgebracht door zijn oom en tante, die een zoon hadden die een paar jaar ouder was. Alessio Bassani zette het bedrijf alleen voort, maar zonder zijn broer – die kennelijk de scherpzinnigste van hen tweeën was geweest – begon alles hem te ontglippen. Toen brak de oorlog uit.

Esmé had de meer persoonlijke details over de familie Bassani niet van Marco gehoord, maar van een Engels echtpaar dat in het hotel verbleef. Gerald en Josephine Montford kwamen al sinds ruim voor de oorlog naar het meer, en naar Hotel Margherita sinds dat vier jaar geleden was geopend, en noemden zichzelf graag deel van het meubilair, bijna familie als je hen mocht geloven. 'U zult niet geloven wat voor veranderingen we hier aan het meer hebben gezien!' was iets wat ze heel vaak zeiden. Als nieuwelingen in het hotel waren Esmé en haar vader er direct na aankomst uitgepikt, niet alleen als geïnteresseerde toehoorders, maar ook om onder de microscoop van de Montfords te worden gelegd om te zien of ze het waard waren om aandacht aan te besteden.

Esmé keek naar signora Giulia Bassani en had het gevoel dat ze eigenlijk te veel wist over de onfortuinlijke vrouw wier omstandigheden zo drastisch waren veranderd ten gevolge van de oorlog en de dood van haar man. Het moest veel van haar trots hebben gevergd om het familiehuis te veranderen in een hotel om de eindjes aan elkaar te kunnen knopen. Van de vrouw des huizes was ze nu gereduceerd tot iemand die vreemden op hun wenken moest bedienen. Toeristen die in de kamers sliepen die voorheen door diverse generaties van de familie Bassani waren gebruikt.

'*Buongiorno*, signorina Esmé, wilde u vandaag niet met uw vader mee?' De vrouw sprak uitstekend Engels, maar was altijd uitermate beleefd.

Esmé glimlachte beleefd. 'Nee, ik wilde hier maar eens een dagje rustig lezen.' Ze wees naar het boek op de tafel voor haar: *De betovering van april*.

'U leest veel,' zei signora Bassani. 'Elke keer dat ik u zie, hebt u een boek in uw handen. Ik vrees dat u zich wel zult vervelen in Hotel Margherita.'

'Hemeltje nee!' riep Esmé uit. 'Hoe kan ik me hier nou vervelen?'

'U bent zo veel jonger dan de andere gasten, er is niemand van uw eigen leeftijd om mee te praten.'

Die conclusie trokken de mensen vaak, maar Esmé was zo gewend aan haar eigen gezelschap en dat van haar vader dat ze eigenlijk geen mensen van haar eigen leeftijd nodig had. 'Maakt u zich alstublieft geen zorgen om me,' zei ze, 'ik ben zo gelukkig als ik maar zijn kan.'

Maar later, toen Esmé na haar wandeling op het terras plaatsnam voor de lunch kwam signora Bassani opnieuw naar haar toe. Deze keer was de vrouw niet alleen.

'Signorina, mag ik u mijn zoon Angelo voorstellen? Hij is voor het weekend thuis uit Milaan en als het u schikt, vraag ik me af of hij u tijdens de lunch gezelschap zou mogen houden. Misschien zou u hem kunnen helpen zijn Engels te verbeteren; zoals veel jongelui van zijn leeftijd is hij lui en weigert hij naar behoren te studeren.'

Esmé knikte even en keek naar de buitengewoon knappe man naast signora Bassani, die dezelfde trotse houding had als zijn moeder. Zijn dikke zwarte haar was met haarcrème in model gebracht en glansde vettig. En zijn donkere, intelligente ogen, brede voorhoofd en aristocratische arendsneus gaven hem een air van hooghartige zelfverzekerdheid.

Het ontging Esmé niet dat in de fractie van een seconde die ze nodig had gehad om hem op te nemen, hij hetzelfde met haar had gedaan.

Hij stak zijn hand uit, schonk haar een verbazingwekkend warme glimlach en zei: 'Alstublieft niet luisteren naar mijn mamma, ik ben de perfecte student, het probleem is dat ik nog niet de perfecte leraar heb.'

Esmé schudde hem de hand en dacht onwillekeurig dat er weliswaar enige fysieke gelijkenis tussen hem en zijn neef Marco bestond, maar dat hij een heel ander soort man was.

Dit werd bevestigd tijdens de lunch.

Zelfverzekerd en bruisend van energie onderhield hij haar met verhalen over zijn werk in Milaan als onlangs afgestudeerd *avvocato* – advocaat – die hij nu en dan onderbrak om te informeren of haar *pesce persico* – de lokale vis uit het meer – naar haar wens was klaargemaakt, of om haar waterglas bij te vullen. Hij was een uitbundige tafelgenoot, die niet alleen haar maar ook de gasten om hen heen, onder wie de Kelly-Webbs die terug waren van een uitstapje naar Tremezzo en een Canadees echtpaar dat gisteravond uit Turijn was aangekomen, wist te vermaken. Wild gesticulerend en met vol humor glinsterende ogen gaf hij een erg amusante imitatie ten beste van Elena die tegen Alberto tekeerging omdat hij de vloer van haar heilige tempel, de keuken, had vies gemaakt.

Hij was een geboren imitator en een inspirerend verteller, zelfs in een taal die niet de zijne was, wat Esmé heel uitzonderlijk vond voor iemand die maar vier jaar ouder was dan zij. Ze vermoedde echter dat hij na de dood van zijn vader snel volwassen had moeten worden en zich ouder en wereldser had moeten gaan gedragen.

'Ik geloof dat wij moeten Marco bedanken omdat hij jou en je vader heeft overgehaald hier te logeren,' zei hij terwijl hij een sigaret opstak en het schaaltje rijpe bessen terzijde schoof dat de jonge serveerster Maria had gebracht. De andere gasten waren weggegaan en ze zaten nog maar met z'n tweeën op het terras. 'Mijn neef is het goede en vrome lid van de familie. Triest genoeg ben ik...' zei hij met overdreven opgetrokken schouders, ‘ik ben, hoe zeg je dat, het zwarte schip.’

‘Zwarte schaap,’ zei ze vriendelijk omdat ze niet pedant wilde klinken.

Hij sloeg met zijn hand op tafel en lachte. ‘Aha, ja, dat is groot verschil, schip en schaap; heel moeilijke taal heb jij.’

Esmé durfde zich nauwelijks voor te stellen waarom hij zichzelf het zwarte schaap van de familie noemde. Ze keek toe terwijl hij een lang, krullend lint van rook de lucht in blies. ‘Volgens mij ben je veel te bescheiden,’ zei ze, ‘je spreekt bijzonder goed Engels en dat is nadelig voor mijn studie Italiaans.’

Verbaasd trok hij een van zijn wenkbrauwen op. ‘Wat is nadelig?’

‘Sorry, ongunstig dan.’

Omdat hij nog steeds verbaasd keek, zei ze: ‘Wat ik bedoel is dat ik jouw taal niet kan leren als jij zo vloeiend Engels met me blijft praten.’

Zijn uitdrukking veranderde nu in wat ze alleen maar kon beschrijven als een wolfachtige grijns. Een hongerige wolf ook nog! ‘Jij wilt leren?’ vroeg hij.

‘*Sì*,’ antwoordde ze plotseling verlegen.

‘*Perfetto! Allora*, als je niet bezet bent, begint je eerste les deze middag. Maar dan zeggen we wel tegen mijn mamma dat jij mij het Engels leert. Ja?’

‘*Va bene*,’ antwoordde ze met een samenzweerderig knikje, bedenkend dat ze waarschijnlijk heel wat meer van deze charmante, inspirerende man zou kunnen leren dan alleen een taal.

23

De volgende dag, kort nadat Angelo met zijn moeder was teruggekomen van de mis, nodigde hij Esmé uit met hem de stoomboot naar Bellagio aan de overkant van het meer te nemen, waar hij iets moest afhandelen. Als hij daarmee klaar was, zou hij haar meenemen naar Hotel Grand Bretagne, dat ze volgens hem beslist mooi zou vinden.

Esmé en haar vader hadden zich erop verheugd samen naar Bellagio te gaan en ze zag de teleurstelling op zijn gezicht bij het voorstel van Angelo. Ze zag ook behoedzaamheid in zijn blik. Maar toen signora Bassani hem verzekerde dat Angelo goed voor Esmé zou zorgen, ging hij ermee akkoord.

'Ik denk dat jouw vader niet goedkeurt dat jij de dag met mij doorbrengt,' zei Angelo nu de stoomboot met luid geknars en gerammel van machinerieën, gevolgd door een plotselinge bons die ervoor zorgde dat hij zijn hand uitstak om te voorkomen dat ze vooroverviel, van de aanlegplaats vertrok.

'Hij is gewoon beschermend,' antwoordde ze, zich ervan bewust dat Angelo zijn hand niet wegnam toen het gevaar was geweken. 'Hij is immers mijn vader, het is zijn taak om op mij te passen.'

Daarop draaide Angelo zich om en schonk hij haar zijn absurd wolfachtige grijns. 'Mijn mamma doet ook haar taak en zegt dat ik me als volmaakte Engelse heer moet gedragen. Wat denk je? Zal nog een Engelse heer niet saai voor jou zijn? Wil je niet iets anders? Misschien kan ik de rol van *innamorato* voor jou spelen? Dat is veel leuker, denk jij niet?'

Esmé wilde niet blozen. 'Leuker voor mij of voor jou?' vroeg ze.

Hij gooide zijn hoofd in zijn nek en lachte. Hij lachte veel. Maar afgaand op wat ze de afgelopen vierentwintig uur van hem had gezien, leek hij alles overvloedig te doen. Hij praatte, lachte en rookte onophoudelijk; ze had nog nooit iemand zo veel zien roken als hij. Hij kon ook, alsof er een knop werd omgezet, plotseling bijna somber lijken. Hij was echter voornamelijk bezig met haar te flirten; iets wat hem net zo vlot afging als ademhalen, vermoedde ze.

'Ik denk dat het voor ons allebei leuk zou zijn,' zei hij, en hij legde zijn hand op haar taille op een manier die zowel ongepast als heerlijk spannend was.

Het was verleidelijk voor Esmé te geloven dat ze verliefd zou kunnen worden op deze zelfverzekerde en interessante man. Zou die ervaring haar vakantie in Italië compleet maken, zoals Elizabeth St John haar had toegefluisterd? Nu ze hier met hem op de voorsteven van de boot stond en de wind door haar haren blies en de zon haar wangen streelde, kon ze in elk geval geen reden bedenken om niet van zijn aandacht te genieten.

Als in reactie op haar gedachten verhoogde hij de druk van zijn hand en trok hij haar zachtjes dichter naar zich toe. Met zijn andere hand wees hij naar een spectaculair uitziend palazzo met twee opvallende *campanili* in de verte. 'Voor nu moet ik me concentreren om jou persoonlijke gids te zijn,' zei hij. 'Dat daar is de Villa del Balbianello. Oorspronkelijk een franciscaner klooster, gebouwd voor kardinaal Angelo Maria Durini.'

Toen de boot naderde en ze om de met bomen begroeide klip heen voeren waarop de villa was gebouwd, verwonderde Esmé zich over de prachtige terrastuinen en de mooie loggia. 'Het is prachtig,' zei ze.

'Er is hier veel dat prachtig is,' zei hij, zijn blik naar haar verplaatsend.

Nu bloosde ze wel. Ze ervoer de volle kracht van zijn mannelijkheid en kreeg vlinders in haar buik. Hoe onbekend dat gevoel ook was, het was verre van onplezierig.

Haar vader noemde haar vaak mooi, maar ze had zichzelf nooit zo gezien. Ze was meer geneigd te geloven wat haar moeder over haar had gezegd, dat ze te klein en te mager was, dat het haar aan de juiste vrouwelijke vormen ontbrak die mannen aantrekkelijk vonden en dat haar lange blonde haar te fijn en onhandelbaar was. Wat haar gezicht betrof, dat kwam naar haar mening met geen enkel idee van klassieke schoonheid overeen. 'Schoonheid ligt in het oog van degene die ernaar kijkt,' zei haar vader altijd wanneer ze voor hem poseerde, 'en wat anderen in jou zien is heel anders dan hoe jij jezelf ziet.'

Nadat de boot was gestopt bij het dorp Lenno, voer die door naar Tremezzo en Cadenabbia. Angelo nam opnieuw de rol van reisgids op zich en wees haar het Grand Hotel Tremezzo aan, waar Greta Garbo had verbleven, en de Villa Carlotta, die bekend was om de kleurrijke tuin vol azalea's en rododendrons. Deze villa hadden Esmé en haar vader reeds bezocht; een van de weinige uitstapjes die ze hier hadden gemaakt.

'En daar,' zei Angelo, 'is de kerk speciaal voor jullie Engelse protestanten. Misschien ga je volgende zondag met je vader.' Hij schonk haar een plagerige glimlach. 'Misschien heb je dan iets gedaan waar je vergeving voor moet vragen.'

Ze beet op haar lip, reageerde niet en bleef het uitzicht bewonderen op een naar ze hoopte geraffineerde en ondoorgrondelijke manier.

Na Cadenabbia draaide de boot naar het midden van het meer en zagen ze op de andere oever in een blauwige nevel hun bestemming liggen: Bellagio.

Aan zichzelf overgeleverd terwijl Angelo zijn bespreking had, oriënteerde Esmé zich. Ze prentte zich de locatie van Hotel du Lac aan de waterkant in, waar ze Angelo later zou zien, en ging op ontdekkingstocht.

Bellagio was een beetje een schok in vergelijking met de sereniteit van Hotel Margherita; het was er druk en voelde claustrofobisch aan. Dat kwam ten dele doordat het zo mooi was, waardoor het toeristen van overal rondom het meer aantrok. Het was kleiner dan ze had gedacht en deed haar met zijn wirwar van donkere en smalle steegjes met kinderkopjes aan Venetië denken, alleen waren de straatjes hier allemaal erg steil.

Boven aan een van die smalle straatjes trof Esmé een klein plein aan waar aan de linkerkant, volgens haar reisgids, de romaanse kerk van San Giacomo stond. Een vluchtige blik in het koele interieur leverde niet veel interessants voor haar op en ze besloot terug te gaan naar de waterkant en een plekje te zoeken waar ze iets kouds kon drinken.

Ze had nog niet ver gelopen toen ze een stuk voor haar een vertrouwde gestalte ontwaarde. Te ver weg om Angelo te roepen haastte ze zich om hem in te halen, maar ze werd opgehouden door een ouder echtpaar dat moeite had met de steile helling en verloor hem uit het zicht. Toen ze links afsloeg, zag ze hem echter weer in een smalle steeg.

Hij was echter niet alleen; hij was samen met vier andere mannen. Toegegeven, ze kende Angelo nauwelijks, maar zijn achtergrond kennende leken ze niet het type mannen waarmee Esmé had verwacht hem te zullen zien. Ze zagen er veel te ruw en eenvoudig uit, beslist ongure types. Een van hen opende een canvas plunjezak en gaf een bundel papier aan de man rechts van hem, die begon te bladeren. Het duurde een paar seconden voordat Esmé zich realiseerde dat het een dik pak lirebiljetten was, die hij niet doorbladerde maar telde.

Een instinct dat ze niet in twijfel durfde te trekken vertelde Esmé een stap achteruit te doen, de deuropening van een winkel in. Terwijl ze voorzichtig vanuit haar schuilplaats toekeek, zag ze Angelo het geld aannemen en het in de zachte leren aktetas stoppen die hij had meegenomen op de boot. Ze had aangenomen dat er belangrijke papieren en documenten voor zijn bespreking in zaten. Ze zou nooit hebben gedacht dat zijn bespreking met een stelletje verdacht uitziende bruten zou zijn die best gangsters konden zijn. Toen kwam er een alarmerender gedachte bij haar op; misschien waren het wel leden van de *Cosa Nostra* – de maffia?

In Florence en Rome was veel gesproken over wat er in Sicilië gaande was: over de florerende zwarte markt, de afpersings- en intimidatiepraktijken en de moorden. Maar dat gebeurde toch zeker niet hier in dit pittoreske kleine dorp? En als dat toch zo was, waarom was Angelo daar dan bij betrokken?

Nee, ze moest het mis hebben; ze liet haar fantasie met haar op de loop gaan en trok vast helemaal de verkeerde conclusies.

Later, in de tuin van het Hotel Grand Bretagne, waar Angelo met veel geglimlach en uitgestoken handen werd begroet door een aantal mensen die hem bij naam kenden, werden ze naar een tafeltje gebracht dat uitkeek op het meer.

Er was een feest in volle gang en in de warmte van de middagzon en de geur van pas gemaaid gras dansten stellen van alle leeftijden op het gazon – de mannen in kostuumbroek en hun overhemd met stropdas losjes om de nek en de mouwen tot aan de ellebogen opgerold, de vrouwen elegant gekleed in kleurige zomerjurken die ofwel modieus in de taille bijeen werden gehouden of op maat waren gemaakt voor het vollere figuur van de oudere vrouwen. Ze dansten op de muziek van twee zangers die vergezeld werden door een kleine band met een accordeonspeler.

Esmé wist zeker dat ze het nummer dat ze nu speelden herkende en terwijl ze naar de ritmische manier keek waarop de paren dansten, schoot haar te binnen waar ze het eerder had gehoord; ze had in Rome met haar vader in een *trattoria* gezeten waar de radio aanstond en toen dit nummer erop kwam had iedereen meegezongen. Er waren glazen met grappa tevoorschijn gekomen en hun kelner had uitgelegd dat het een populair Napolitaans lied was dat werd gezongen door het befaamde Trio Lescano.

Ze keerden hun stoelen naar de band. Angelo knikte met zijn hoofd op de maat van de muziek, stak een sigaret op en glimlachte naar Esmé.

Ze probeerde het onbehagen af te schudden dat haar plaagde sinds ze hem samen met die onbetrouwbare types in het steegje had gezien en beantwoordde zijn glimlach. Ze was zich ervan bewust dat Angelo niet de vrolijke, praatzieke man was met wie ze een paar uur geleden naar Bellagio was gekomen; hij was veel somberder en zwijgzamer.

Ze keek naar de dansende paren en was benieuwd of hij haar ten dans zou vragen. Ze hoopte half en half van wel, vooral als hij haar dan zo dicht tegen zich aan zou houden als die paren, maar een ander deel van haar – de Esmé die dankzij haar moeder een leven als dat van een non had geleid – beefde bij die gedachte. Ze had tot dusver alleen op school gedanst, waar haar partners andere meisjes waren geweest.

'Ken je dit nummer?' vroeg Angelo, die een lange sliert rook de lucht in blies.

Ze knikte.

'Vind je het mooi?'

'Ja, heel mooi.' Ze besloot zich voorgoed los te maken van de onvolwassen Esmé van haar jeugd en zei stoutmoedig: 'Zullen we ook gaan dansen?'

Tot haar verbazing en schaamte schonk hij haar een buitengewoon zwaarmoedige blik, alsof ze hem vreselijk teleurstelde. Hij sloeg zijn benen over elkaar, tikte afwezig de as van zijn sigaret, trok de aandacht van de ober en zei tegen haar: 'Liever niet.' Tegen de ober die nu bij hun tafeltje stond zei hij: '*Due martini. Grazie.*'

Toen de ober wegliep zei Esmé, die wel kon huilen van vernedering: 'Ik had misschien graag mijn eigen drankje gekozen; ik ben geen klein kind.'

Angelo's kaak verstrakte en hij drukte zijn sigaret hard uit, al was die nog maar half opgerookt. '*Scusa*, ik vergat mijn manieren, natuurlijk had ik je eerst moeten vragen wat je wilde, want jij bent immers de onafhankelijke en wereldwijze jonge vrouw.' Zijn toon had niet sarcastischer of bijtender gekund.

Te gekwetst om te reageren keek Esmé toe terwijl hij met zijn pakje sigaretten zat te spelen en het tegen de kleine zilveren aansteker legde waar zijn initialen in waren gegraveerd. Het leek een eeuwigheid te duren voor hij weer opkeek en, kennelijk weer wat zorgelozer, zei: 'Het spijt me, maar ik geloof dat jij niet boos bent over de cocktail, of wel? Is het omdat ik niet met je wil dansen?' Hij legde een hand op haar pols en streelde die met een van zijn vingers. 'Is dat het, *tesoro*?'

Tot zover het afschudden van haar kinderlijke zelf! Esmé voelde zich nu nog veel onvolwassener en ongeveer zo wereldwijs als een natte sok.

Toen ze niet antwoordde, keek hij haar heel doelbewust aan, boog naar haar toe, drukte zijn lippen heel licht tegen de hare en verhoogde toen langzaam de druk zoals hij dat eerder op de boot met zijn hand op haar taille had gedaan.

Haar eerste kus, dacht ze, terwijl ze vastgesmolten aan zijn warme mond de bittere smaak van tabak in zijn adem proefde. Onthoud dit moment, dacht ze bij zichzelf, onthoud de geur van zijn reukwater, het gevoel van zijn ruwe kin die langs haar mond streek, de stevigheid van zijn lippen. Onthoud het allemaal!

Haar ogen gesloten in verrukking en verbijstering, haar hoofd tollend in een poging zich de ervaring in te printen, miste ze bijna het moment dat Angelo zich terugtrok. De band die aan het volgende nummer begon en daarbij van tempo wisselde, wat tot verrukt gejuich in de tuin leidde, bracht haar met een gênante schok weer bij zinnen.

Wat werd dit een vreemde dag, dacht ze terwijl ze probeerde te bedenken wat ze ervan vond dat Angelo haar had gekust. Ze kreeg echter geen tijd daarover na te denken, want hun drankjes arriveerden en toen de ober weer was vertrokken, hief Angelo zijn glas.

'*A te*, Esmé,' zei hij, 'dat je altijd zo *carina* mag blijven en nooit deze zomer aan het meer zult vergeten.'

'Dat zal ik zeker niet,' zei ze, haar glas tegen het zijne tikkend, haar kalmte bijna herwonnen. Ze nam een versterkend slokje van de cocktail en genoot van de koele droge smaak en de warmte die zich daarna door haar keel verspreidde. 'Net zo goed als die ik in Venetië heb gedronken,' verklaarde ze in een poging Angelo te laten merken dat ze niet zo naïef of onervaren was als hij dacht. 'Hoe ging je bespreking?' vroeg ze.

'*Bene*,' zei hij luchtig, terwijl zijn hand weer met zijn pakje sigaretten begon te spelen.

'Geen problemen dus?'

Hij schudde zijn hoofd en nam nog een slok van zijn Martini. '*Tutto a posto*. Alles is in orde.'

Terwijl de muziek speelde en de mensen met steeds meer zorgeloos plezier dansten, herinnerde Esmé zich de aktetas van Angelo die nu dicht bij zijn stoel stond en plotseling begreep ze waarom hij niet met haar wilde dansen: hij kon de aktetas natuurlijk niet zomaar laten staan als die vol met geld zat, of wel dan?

Bij dat besef verbeterde haar stemming onmiddellijk en ze berispte zichzelf omdat ze van het ergste was uitgegaan, dat hij haar opzettelijk en wreed had afgewezen. 'Misschien kunnen we een andere keer samen gaan dansen?' zei ze.

Hij glimlachte breeduit. ‘*Sì*, dat zou ik leuk vinden. Ik ben vandaag alleen niet zo in de stemming om te dansen.’

‘Dat is al goed,’ zei ze opgewekt. ‘Ik begrijp het helemaal.’ En onbedoeld liet ze haar blik omlaag gaan naar waar zijn aktetas stond. Hij duwde die daarop nog wat verder onder de tafel tot die helemaal uit het zicht was.

24

De week daarna was Angelo afwezig, maar bepaald niet uit Esmés gedachten.

Haar vader had daar kennelijk een vermoeden van en toen ze ontspannen op het terras zaten, keek hij op van het boek dat hij aan het lezen was en herhaalde hij de vraag die hij haar gisteravond ook al had gesteld, een vraag waarvan ze had gehoopt dat ze die naar zijn tevredenheid had beantwoord. Kennelijk was ze daar niet in geslaagd.

'Je weet toch wel absoluut zeker dat je je niet verveelt, hè?' zei hij. 'Je bent alleen zo stil sinds Angelo maandag terug is gegaan naar Milaan. Ik neem aan dat het hier gezelliger voor je was met hem in de buurt. Hij is een... een heel fascinerende jongeman.'

Naar Alberto kijkend die aan de andere kant van het terras de uitgebloeide rozen verwijderde en zich er maar al te goed van bewust dat haar vader zijn woorden met grote zorg had gekozen zei ze: 'Ik heb het uitstekend naar mijn zin, je hoeft je echt geen zorgen om me te maken.'

'Maar dat doe ik wel, Esmé, jouw geluk is van het allergrootste belang voor mij.'

'Het jouwe ook voor mij,' zei ze, en ze keek van Alberto naar haar vader. 'Wat zullen we vandaag gaan doen?' vroeg ze, van onderwerp veranderend.

Hij dronk het laatste restje van zijn sterke zwarte koffie, die hij sinds zijn komst naar Italië lekker was gaan vinden. 'Wat wil jij graag doen?'

'Wil je gaan schilderen? Je moet nog steeds het portret van de Kelly-Webbs afmaken.'

Het paar op huwelijksreis was zo blij met het schilderij van het meer dat William hun had verkocht, dat ze hem hadden gesmeekt nog een schilderij te maken, dit keer eentje van hen beiden met Hotel Margherita op de achtergrond. 'Dat zal een aandenken aan ons worden voor onze kleinkinderen,' hadden ze gekscherend gezegd.

'Ik vroeg wat jíj wilde gaan doen,' zei haar vader. 'Wat de Kelly-Webbs betreft, die hebben hun verblijf met nog een week verlengd, dus het heeft geen haast. Wat ik eigenlijk wel zou willen doen is jou schilderen.'

'Alweer?'

Hij glimlachte en de lijntjes bij de ogen in zijn gebruinde gezicht – ontstaan doordat hij zijn ogen tijdens het schilderen tot spleetjes kneep tegen de zon – werden dieper. 'Je verandert met de dag en ik wil deze laatste verandering in je vastleggen.'

Zonder te vragen wat voor verandering hij dan in haar zag zei ze: 'Laten we dat dan vandaag maar doen. Morgen willen we naar Varenna en vandaag zijn alle anderen weg en hebben we de boel min of meer voor onszelf.' Zelfs Angelo's moeder Giulia Bassani was die ochtend al vroeg weggegaan. Dat had ze zolang als Esmé en haar vader hier waren niet eerder gedaan.

Nadat ze een mooiere jurk had aangetrokken, ging Esmé op het plekje in de bladerrijke schaduw van de kastanjeboom zitten die haar vader had gekozen als de ideale locatie voor het schilderij. Ze maakte het zich gemakkelijk en keek vol genegenheid toe hoe hij de ezel klaarzette en zorgvuldig zijn penselen en verf op het houten tafeltje rechts van hem legde.

Toen ze met haar handen in haar schoot klaar zat, bedacht Esmé hoe gezegend ze was dat ze met haar vader op deze prachtige plek mocht zijn. Zou het heel erg zijn als ze blij was dat haar moeder was overleden? Het was geen gedachte die ze ooit hardop zou uitspreken, maar één ding wist ze met absolute zekerheid: als haar moeder nog had geleefd, zou ze nu niet op deze betoverende plek zijn. Ook zouden haar vader en zij niet zo hecht zijn geworden en op elkaar ingespeeld zijn geraakt als ze nu waren.

Ze sloot haar ogen en liet haar gedachten naar Angelo dwalen. Gisteren tijdens het avondeten had Giulia Bassani verteld dat hij had gebeld om te zeggen dat hij dit weekend niet zoals gehoopt terug kon komen naar het meer. Esmé had haar best gedaan haar teleurstelling te verbergen en had zich later in bed getroost met de gedachte dat Angelo vast en zeker volgende week zou komen. Daarna waren er allerlei romantische mogelijkheden en scenario's voor zijn volgende bezoek door haar hoofd gegaan.

'Ik had eigenlijk gehoopt je klaarwakker te kunnen schilderen, Esmé.'

Ze trok haar ogen open. 'Sorry,' zei ze, 'ik was heel ver weg.'

Haar vader trok een wenkbrauw op. 'Ik kan me niet voorstellen waar.'

Minuten verstreken waarin Esmé de aanwijzingen van haar vader opvolgde en haar hoofd zo hield dat het licht dat door de takken en bladeren van de bomen werd gefilterd precies op de juiste plek viel. Ze vond het nooit erg om voor haar vader te poseren; ze genoot van dat rustige samenzijn. Het bood haar bovendien de kans schaamteloos over Angelo te dagdromen. Toch had ze gemengde gevoelens over hem, die gekleurd waren door hun uitstapje naar Bellagio en het voorval tussen hem en de sinistere mannen in het steegje waar ze getuige van was geweest. Ze had het tegen niemand verteld, want wat viel er te zeggen, behalve dat er een geheimzinnige geldtransactie had plaatsgevonden? Het ging haar immers niets aan wat Angelo uitvoerde?

'Je hebt je hoofd bewogen,' zei haar vader toen hij een poosje aan het schilderen was. 'Iets meer naar rechts, alsjeblieft. Dat is beter. Je zit aan Angelo te denken, nietwaar?'

'Ik dacht aan mijn uitstapje naar Bellagio met hem,' zei ze deels eerlijk. 'Wij moeten daar nog een keer samen naartoe,' voegde ze eraan toe. 'Je zult het beslist leuk vinden.'

'Daar ben ik van overtuigd.' Hij pauzeerde even, wendde zijn blik van het doek af, veegde zijn penseel af aan een doekje en keek haar toen recht aan. 'Wil je me iets beloven?'

'Ik zal mijn best doen. Wat is het?'

'Ik weet dat Angelo een grote indruk op je heeft gemaakt, maar laat hem je alsjeblieft niet te veel veranderen.'

'Als ik verander, vader,' zei ze, haar woorden zorgvuldig kiezend, 'dan is dat omdat ik volwassen word.'

'Daar ben ik me van bewust, maar doe het alsjeblieft niet te snel.'

'Je bedoelt dat ik voorzichtig moet zijn met Angelo?'

Met gefronst voorhoofd en getuite lippen zocht hij een tube verf uit zijn doos en zei: 'Ja, ik denk dat dat verstandig zou zijn.'

'Je mag hem niet zo, is het wel?'

'Laten we het erop houden dat ik hem heel wat beter zou willen leren kennen voor ik hem volledig vertrouw, vooral met iemand die me zo dierbaar is als mijn dochter.'

Esmé wilde haar vader net vragen waarom hij er zo over dacht toen haar aandacht werd afgeleid doordat er iemand het terras op kwam. De gestalte kwam haar vaag bekend voor, maar dat was toch zeker een vergissing? De protesten van haar vader negerend draaide ze haar hoofd om beter te kunnen kijken en ze zag dat ze toch gelijk had. 'Het is Elizabeth St John!' riep ze uit. 'Kijk daar, op het terras.'

'Lieve hemel, je hebt gelijk.'

'Liefje, dit is zo opwindend! Ik herinnerde me dat je had gezegd dat jullie hoopten naar het meer te kunnen, maar ik had geen idee waar jullie van plan waren te logeren. Het lot heeft ons echter weer samengebracht. Wat geweldig!'

'Het is leuk u weer te zien, mevrouw St John,' zei Esmé welgemeend. Hun vrolijke vriendin uit Rome had iets heerlijk verfrissends en innemends. Niettemin, en vrezend dat de stem van de vrouw tot aan de andere kant van het meer te horen zou zijn, was ze blij dat er momenteel geen andere gasten aanwezig waren die ze zou kunnen storen. Afgezien van Elena in de keuken, de serveerster Maria die voor de lunch een tafel voor drie had gedekt, en Alberto en zijn kleinzoon Cesare die de spullen van de vrouw naar haar kamer had gebracht, was het hotel nog steeds verlaten.

De vrouw pakte Esmé bij haar hand en zei: 'Ik heb al eerder gezegd dat je me Elizabeth moet noemen. Ik wil geen formaliteit tussen ons. Waar is je vader gebleven? Zo'n lieve man. Hij ziet er goed uit; het meer doet hem duidelijk goed. Wat is hij bruin geworden!'

Esmé glimlachte en zag al voor zich hoe haar vader Elizabeth de komende dagen op afstand probeerde te houden. 'Hij is zijn schilderspullen aan het opruimen. Hij kan elk moment terugkomen voor de lunch. Hoelang ben je van plan te blijven?' vroeg ze.

'Hemel! Ik ben nog maar net hier en je probeert nu al van me af te komen!'

Esmé lachte. 'Helemaal niet. Ik vind het heerlijk dat je hier bij ons bent.'

'Dat lijkt er meer op. En vertel me nu alles. Hoe was Florence en wat vond je van Venetië? En hoe zit het met de andere gasten hier? Zeg alsjeblieft dat ze leuker zijn dan dat saaie stelletje in Rome. Lieve goedheid, ik kan weer zo'n groep missen als kiespijn! En ben je al verliefd geworden op een knappe adonis? Ik hoop van wel.'

Toen ze haar vader door de openslaande tuindeuren naar buiten zag komen, zei Esmé: 'Er is wel iemand, maar daar vertel ik je later over.'

Ze pakte opnieuw Esmés hand vast, drukte hem deze keer tegen haar zachte boezem en zei: 'Wat geweldig spannend, liefje, ik kan nauwelijks wachten!'

Elizabeth St John was die dag niet de enige onverwachte gast in Hotel Margherita.

Ze had zich die avond verkleed en was op weg naar beneden voor het diner met haar vader en Elizabeth toen ze stemmen hoorde. Een daarvan was die van Giulia Bassani. Ze sprak zo snel in het Italiaans dat Esmé moeite had het te begrijpen. Toen ze echter het laatste stuk van de trap naar de betegelde gang af kwam, sloeg haar hart een slag over.

Wat zag hij er anders uit dan de vorige keer dat ze hem had gezien. De transformatie was schokkend. Met opgetrokken schouders, een bleek en vermagerd gezicht en donkere schaduwen onder zijn ogen zag hij er angstaanjagend slecht uit. Hij hoestte met een zakdoek tegen zijn mond gedrukt en alsof die inspanning hem te veel was zakte hij op de dichtstbijzijnde stoel in elkaar. Giulia Bassani stond meteen naast hem. Esmé wilde graag weten wat er met hem aan de hand was, maar had het gevoel dat ze zou storen en wist niet wat ze moest doen. Toen hief hij echter zijn hoofd op en zag hij haar.

En opnieuw sloeg haar hart een slag over toen haar blik die van Marco Bassani ontmoette.

25

Het was vroeg in de middag en de dokter uit Menaggio – een persoonlijke vriend van de familie Bassani – was net geweest.

Het was zijn derde bezoek aan Marco sinds die vier dagen geleden met zijn tante uit Venetië was aangekomen. De diagnose was chronische bronchitis en hij had instructies gegeven dat de patiënt in bed moest blijven in een goed geventileerde kamer, dat hij regelmatig stoom moest inhaleren, er kompressen op zijn borst moesten worden aangebracht en hij drie keer per dag medicijnen moest innemen tegen de hoest. Er was een licht dieet geadviseerd en Marco zou pas naar buiten mogen wanneer *dottor* Romano daar toestemming voor gaf.

Het lichte dieet stond Elena de kokkin helemaal niet aan. Ze was van mening dat dokters niets wisten en dat Marco op krachten gebracht moest worden met hartige schotels van bonen, polenta en pasta. Met tranen in haar ogen, veel kruistekens en het steeds uitroepen van *Grazie al cielo!* had ze Esmé gisteren in de kruidentuin verteld dat ze Marco al kende sinds hij nog een kleine jongen was en hem bijna had zien doodgaan aan kinkhoest. Sindsdien had hij last van zwakke longen en zij twijfelde elke dag aan de wijsheid van zijn keuze het meer te verlaten. De lucht was hier immers veel schoner dan in Rome, waar hij op het seminarie zat. En wat betreft het pastorale werk in het weeshuis in Venetië, waarvan iedereen wist dat de lucht er vergeven was van vuiligheid, was ze van mening dat dat wel de laatste plaats op aarde was waar hij hoorde te zijn! Om zijn herstel te bevorderen ging Elena nu twee keer per dag naar de kerk om te bidden en kaarsen voor hem aan te steken.

Een uur na het bezoek van *dottor* Romano hing de zwoele lucht vol zware rookgrijze wolken en al snel vielen de eerste dikke regendruppels. Alberto had hen bij het ontbijt gewaarschuwd dat het meer vandaag niet zo *allegro* zou zijn. Zijn voorspelling luidde dat een verkoelende wind vanuit Colico, ten noorden van het meer, een weersverandering met zich mee zou brengen. Om de een of andere reden weet Alberto allerlei dingen aan Colico.

Binnen de kortste keren nadat de eerste druppels waren gevallen, klonk er gedonder in de verte, gingen de hemelsluizen open en haastten de gasten zich snel naar binnen. Toen ze in de salon door het door de regen gegeselde raam naar buiten stond te kijken, was het meer ruwer dan Esmé het ooit had gezien; er zaten zelfs witte schuimkoppen op de golven. De bergen aan de overkant gingen helemaal schuil achter de stortbui.

Geen acht slaand op Alberto's advies van die morgen hadden Esmés vader en Elizabeth samen met de Kelly-Webbs de stoomboot naar Bellagio genomen. Esmé hoopte maar dat ze geen al te zware terugreis zouden hebben. Ze was van plan geweest met hen mee te gaan, maar was vanochtend wakker geworden met hoofdpijn. Ook een voorbode van de storm, dacht ze nu.

Esmé was alleen in de elegante salon met zijn sierlijke kroonlijsten, een kroonluchter van Venetiaans glas, verbleekte tapijten en grote olieverfschilderijen van vorige generaties van de familie Bassani, en vroeg zich af wat ze zou gaan doen. Voor het eerst tijdens hun verblijf in Hotel Margherita wist ze niet hoe ze zichzelf bezig moest houden.

Ze hoorde het gehaaste getik van hakken op de marmeren vloer, draaide zich om en zag Giulia Bassani de kamer binnen komen. Het moesten een paar zorgelijke dagen voor haar zijn geweest. Ze had over de ziekte van haar neef vernomen door een telefoontje van het weeshuis. Ze had toen geregeld dat iemand vanaf daar Marco met de trein vergezelde naar Milaan, waar zij hem had opgewacht en meegenomen naar huis.

'Hoe is het met Marco?' vroeg Esmé.

Zijn tante schudde haar hoofd. 'Niet beter, vrees ik. *Dottor* Romano zegt dat het lang zal duren voor hij terug kan keren naar zijn plichten. Hij denkt ook dat het klimaat hier aan het meer beter is voor Marco. In de zomer kan het erg heet zijn in Venetië; de lucht stinkt dan en is buitengewoon ongezond voor iemand met zwakke longen zoals hij.'

Daarover waren Elena en de dokter het in elk geval eens, dacht Esmé. 'Ik heb geen verpleegervaring,' zei ze, 'maar kan ik misschien iets doen om te helpen?'

Giulia glimlachte vermoeid. 'Dat is erg vriendelijk, maar er is echt niets wat u...' haar stem stierf weg. En alsof ze zich had bedacht zei ze toen: 'U zou misschien toch kunnen helpen, maar wellicht vindt u het ongepast, vooral nu uw vader niet hier is.'

'Wat het ook is, ik weet zeker dat mijn vader het niet erg zou vinden. Hij zou willen dat ik me nuttig maak als dat kan. Wat wilt u dat ik doe?'

'Zou u Marco vanmiddag gezelschap willen houden? Hij klaagt dat hij zich verveelt, maar ik heb het jammer genoeg te druk om bij hem te gaan zitten en er is niemand anders. Misschien zou u hem kunnen voorlezen.'

'Natuurlijk doe ik dat,' zei Esmé, blij dat ze iets zinvols te doen had.

Op de stoel naast zijn bed zat Esmé, zoals zijn tante had voorgesteld, Marco voor te lezen. Dat deed ze enigszins verlegen en nerveus.

Toen haar vader en zij in Venetië tijd met Marco doorbrachten, was ze erin geslaagd de reactie die ze bij hun eerste ontmoeting had ervaren de kop in te drukken en hem puur als een vriend te beschouwen. Haar reactie op hem de avond van zijn aankomst hier – het moment dat ze elkaar in de ogen keken – strookte echter helemaal niet met wat ze voor waar had aangenomen. Tot haar grote consternatie had ze moeten toegeven dat ze gevoelens voor Marco had die volstrekt niet gepast waren, gezien het leven waarvoor hij had gekozen.

'Je hebt een prachtige heldere stem,' mompelde hij.

Ze keek op van het boek dat ze hem aan het voorlezen was: *A Room With a View*.

'Volgens mij voel je je zo ziek dat je het net zo leuk zou vinden als er een papegaai tegen je krijste.'

Er verscheen een zwakke glimlach op zijn gekwelde gezicht. 'Dat denk ik niet.'

Ze las verder, maar toen ze stopte om de bladzijde om te slaan zei hij: 'Denk je dat we Lucy Honeychurch en Miss Bartlett even kunnen laten voor wat ze zijn?'

'Natuurlijk.' Ze sloeg het boek dicht, teleurgesteld dat ze hem zo snel al verveelde. 'Het spijt me, was dat te saai voor je?'

'Nee, nee, het spijt mij, ik zie dat ik je beledigd heb.'

'Helemaal niet. Ik zou kunnen proberen iets in het Italiaans te lezen, als je wilt.'

'Ik wil liever wat met je praten als...' wat hij had willen zeggen bleef steken in zijn keel toen zijn borst omhoogkwam en hij hoestte. Zijn borst reutelde hoorbaar toen hij weer hoestte en niet meer leek te kunnen stoppen. Met zijn hand voor zijn mond en zweetdruppels op zijn verhitte gezicht schudde en schokte zijn hele lichaam terwijl hij probeerde op adem te komen.

Geschrokken sprong Esmé overeind alsof dat hem op de een of andere manier zou kunnen helpen. Ze had nog nooit iemand zo ziek meegemaakt, en doodsbang dat hij voor haar ogen zou doodgaan zei ze: 'Ik zal je tante gaan zoeken!'

Hij schudde met een grimas zijn hoofd en wees naar een stapeltje frisgewassen zakdoeken op het nachtkastje. Ze gaf hem er snel een aan, maar stootte daarbij bijna zijn waterglas om. Wat was ze een vreselijke verpleegster!

Met de zakdoek tegen zijn mond gedrukt hoestte hij nog een paar keer hevig en zakte toen doodmoe achterover in de kussens, zijn verhitte gezicht glimmend van het zweet. Toen zijn hand openviel en hij de zakdoek losliet, zag Esmé tot haar schrik dat er bloed in zat.

Hij lag nu weer volkomen stil en ze keek naar het enige aan hem dat bewoog: zijn ogen die rusteloos achter zijn gesloten oogleden heen en weer gingen. Ze besefte dat ze haar adem inhield, ademde langzaam uit en ging zitten.

Ze durfde zich nauwelijks te verroeren uit angst hem te storen en bleef enkele minuten volkomen stil naar de regen zitten luisteren die op de maat van haar hartslag tegen het raam kletterde, en naar het onweer boven hen. Al die tijd hield ze hem ingespannen in de gaten en bestudeerde ze zijn gezicht, dat weliswaar een vage gelijkenis vertoonde met dat van Angelo, maar toch heel anders was. Het was alsof je een schilderij van Caravaggio vergeleek met een meesterwerk van Raphael.

Nu ze de twee neven met elkaar vergeleek, besefte Esmé dat de aantrekkingskracht van Angelo lag aan zijn ruige en gemelijke arrogantie en zijn onvoorspelbare karakter. Ze had Elizabeth alles verteld over Angelo en hoe die haar had gekust.

Elizabeth had hem meteen het soort man genoemd dat ze in haar leven al vele malen had ontmoet. 'Ik garandeer je dat hij maar al te goed weet wat voor effect hij op een knap jong meisje als jij heeft. Mijn advies is dat je geniet van zijn vleierij en dat je, als je verliefd op hem wordt, moet beseffen dat dit tijdelijk en volstrekt eenzijdig zal zijn; dat is altijd zo bij een man die verliefd is op zijn eigen spiegelbeeld. En neem maar van mij aan,' had ze er met een volle lach aan toegevoegd, 'dat dat voor bijna alle Italiaanse mannen geldt!'

Van Angelo zou Esmé dat meteen geloven, maar Marco was toch zeker wel anders?

Terwijl ze naar het in zijn slaap moeizame rijzen en dalen van zijn borst keek, wenste ze dat ze haar vaders talent voor tekenen en schilderen had. Ze zou graag hebben vastgelegd hoe vredig Marco eruitzag. Maar wat was dat nou voor idee, om een man te tekenen die zo vreselijk ziek was?

Esmé boog voorover, daarbij haar best doend geen geluid te maken waardoor hij wakker zou kunnen worden, nam voorzichtig de met bloed bevlekte zakdoek tussen haar duim en wijsvinger en liet hem in een rieten mandje onder het bed vallen waarin ze meer gebruikte zakdoeken zag liggen.

Voor de zekerheid sloop ze stilletjes de kamer uit en naar de dichtstbijzijnde badkamer om haar handen te wassen. Toen ze terugkwam was hij nog steeds diep in slaap. Ze ging weer op haar stoel zitten en boog zo ver naar voren dat ze zijn lange zwarte wimpers bijna kon tellen. Ze bedacht dat hij een heel zachtaardig gezicht had. Eigenlijk zou híj Angelo moeten heten, dacht ze glimlachend.

Ze dacht terug aan haar eerste ontmoeting met hem op het Piazza San Marco en herinnerde zich hoe ze zich had geschaamd omdat ze bij zoiets kinderachtigs was betrapt. Ze herinnerde zich ook haar eerste reactie op hem, hoe knap ze hem had gevonden, hoe blauw zijn ogen waren en hoe vreselijk teleurgesteld ze was geweest toen hij vertelde dat hij in opleiding was voor priester.

Met een weemoedige zucht vroeg ze zich af hoe het mogelijk was dat hij niet verliefd wilde worden, wilde trouwen en kinderen krijgen.

Omdat het die avond nog steeds regende, werd het diner geserveerd in de eetkamer. Zoals inmiddels de gewoonte was kwamen Elizabeth en de Kelly-Webbs voor het avondeten bij Esmé en haar vader aan tafel zitten.

'En wat voorspelt onze weerman Alberto voor morgen?' vroeg Elizabeth aan Maria toen het jonge meisje schalen cannellinibonensoep met ham op de tafel zette.

Toen ze Maria verward zag kijken, zei Esmé: '*Il tempo per domani, bello o brutto*?'

Het meisje trok een gezicht en wees naar de druipende ramen. 'Regen. Meer regen.'

'O hemeltje, dat is helemaal niet wat ik wilde horen,' zei Elizabeth toen Maria zich terug naar de keuken haastte. Nu alle gasten ervoor hadden gekozen vanavond in het hotel te eten, liepen Elena en zij de benen onder hun lijf vandaan. 'Ik had eigenlijk gehoopt dat je me morgen zou vergezellen naar de Villa Carlotta, William. Ik wil heel graag het *Amore e Psiche*-standbeeld zien; ik heb gehoord dat het erg mooi is en bovendien buitengewoon sensueel.'

'Dat klopt,' zei Helene Kelly-Webb, 'al is het natuurlijk niet Canova's origineel, want dat staat in het Louvre.'

'Ik denk, lieverd, dat je zult merken dat het in de Hermitage in Sint-Petersburg staat,' corrigeerde haar echtgenoot haar vriendelijk en met een bijzonder tedere blik. Hij was een heel zachtaardige en liefdevolle echtgenoot.

'Ja, natuurlijk is dat zo,' zei Helene, met haar hand fladderend. 'Wat ben ik toch een gans. Dat maakt maar weer eens duidelijk dat mijn brein maar een beperkte hoeveelheid informatie kan opnemen.'

'Dat geldt voor ons allemaal,' zei Esmés vader diplomatiek.

'Hemel, ik ben de grootste gans van allemaal!' riep Elizabeth uit met een gulle lach die haar borsten deed schudden en de andere gasten naar hun tafel deed kijken. Zich niet bewust van hun blikken of zich er misschien niets van aantrekkend zei ze: 'Hoe stel je dan voor dat we ons morgen vermaken, William?'

Esmé verbeet een giechelbui, hield haar hoofd omlaag en concentreerde zich op haar soep.

‘Valt er iets grappigs te zien tussen de cannellinibonen?’ vroeg haar vader.

‘Nee,’ zei ze, haar blik op haar lepel gericht. Ze wist dat ze hardop zou beginnen te lachen als ze hem nu aankeek, wat erg onbeschoft zou zijn en ze wilde Elizabeth onder geen beding kwetsen. Maar het was vreselijk grappig hoe hardnekkig de vrouw zich aan haar vader vastklampte.

‘En jij, Esmé?’ vroeg Elizabeth. ‘Ben jij van plan morgen weer voor de arme neef van de signora te zorgen?’

Nu keek Esmé wel naar haar vader. Toen hij en de anderen drijfnat en naar een bad verlangend waren teruggekeerd uit Bellagio, had hij verbazingwekkend verontrust gereageerd op het nieuws dat ze bijna de hele middag alleen met Marco in zijn slaapkamer was geweest. ‘Ik verbaas me over Giulia’s gevoel voor wat gepast is,’ had hij gezegd.

Esmé had zowel zichzelf als Giulia Bassani verdedigd door te zeggen: ‘Ze maakte zich er zorgen over of jij het wel zou goedkeuren en ik zei dat je liever zou hebben dat ik me nuttig maakte dan dat ik niets zat te doen.’

‘Het gaat niet om wat Marco zou doen,’ had hij geantwoord. ‘Ik vertrouw hem volkomen, maar wat me wel zorgen baart is wat anderen zullen zeggen.’

‘We leven in 1950, niet in 1900!’ had ze vinnig gezegd. En daarna rustiger: ‘En bovendien, wat kunnen ons die mensen schelen? Wanneer we hier weggaan, zien we ze nooit meer terug. Ik dacht dat we al die saaie ouderwetse mores in Engeland hadden achtergelaten.’

‘En wat denk je, vader,’ zei ze nu, ‘zou je dat goedvinden?’

Hij had zijn soep op, pakte zijn wijnglas en nam er een slok uit. ‘En als je nou ziek wordt doordat je zo veel tijd bij Marco doorbrengt?’

‘Ik ben gezond en fit. Ik betwijfel of hij me ergens mee zal besmetten.’

‘Ach, laat haar toch, William,’ zei Elizabeth. ‘Wie weet voelt ze zich hierdoor straks wel geroepen een opleiding tot verpleegster te volgen.’

‘Of dokter,’ zei Esmé, blij dat er iemand aan haar kant stond.

‘We zullen zien,’ zei haar vader.

Vanaf de andere kant van de tafel knipoogde Elizabeth naar Esmé. Die vermoedde wel wat de vrouw dacht: als zijn dochter niet in de buurt was, was William vrij om tijd met haar door te brengen.

26

Bijna drie weken nadat Marco was gearriveerd zat hij voor het eerst in de tuin te genieten van de warmte van de julizon op zijn bleke gezicht. Esmé en haar vader hielden hem gezelschap, samen met Elizabeth en Angelo, die de vorige avond laat uit Milaan was aangekomen.

Achter hen op het terras ruimde Maria, die door Elena werd uitgefoeterd omdat ze een bord had gebroken, de lunchtafels af. Esmé had gemerkt dat het meisje de laatste tijd vaker een standje kreeg van de vrouw en zag ook steeds vaker een gemelijke uitdrukking op Maria's knappe gezichtje. Maar als Angelo er was, leefde ze altijd helemaal op.

Elena liep langzaam de paar treden van het terras naar de tuin af en kwam met een dienblad vol drankjes naar de groep toe. Ze mopperde voortdurend dat ze Maria zelfs de simpelste dingen niet kon toevertrouwen. Ze zette het dienblad op de tafel voor hen en begon Marco weer te bemoederen: Had hij het warm genoeg? Had hij het niet te warm? Had hij genoeg gegeten bij de lunch? Wist hij zeker dat hij niet te veel van zichzelf vergde? Toen ze met hem klaar was, wendde ze zich tot Esmé.

Tot ieders plezier was Elena er vast van overtuigd dat het niet alleen aan *Dio* te danken was dat Marco zo goed was hersteld; dat kwam ook door Esmé. Ze beweerde verder dat Esmé door de engelen persoonlijk was gestuurd om hem te verzorgen. Hoe vaak Esmé ook zei dat ze Marco alleen maar had voorgelezen of spelletjes met hem had gedaan toen hij daar weer voldoende energie voor had, Elena weigerde te geloven dat ze niet door God gezegend was met de gave van genezing.

'Als die vrouw doorgaat met haar lofprijzingen, word je straks nog onderwerp van gebed en wordt er een kapel voor je gebouwd,' grapte Elizabeth toen Elena weer weg was. 'Of als het geen echte kapel wordt, dan toch een van die altaartjes langs de weg waar mensen kaarsen aansteken en bloemen achterlaten.'

Angelo schudde zijn hoofd en blies een lange sliert rook uit. 'Dat zal niet genoeg zijn voor Elena. Ze zal niet rusten voordat ze Esmé heeft meegenomen naar het Vaticaan om door de *Papa* persoonlijk heilig verklaard te worden.'

'Ach, hou toch op allemaal,' zei Esmé met rode wangen. Ze vond het vreselijk het middelpunt van de belangstelling te zijn.

Naast haar zei Marco: 'Ik vind dat je je medicijn van lof maar moet slikken zoals de brave patiënt die je zei dat ik moest zijn.'

'Begin jij niet alsjeblieft ook nog,' zei ze.

Haar vader lachte. 'Marco, ik vrees dat je je de moeite kunt besparen, want ze is nu vastbesloten onbeleefd te zijn. Kijk maar hoe koppig ze haar kin houdt, dat wil zeggen dat ze nu alleen nog naar zichzelf luistert.'

'Ik ben het er niet mee eens,' zei Angelo, 'dat is niet de kin van een koppig persoon, het is de kin van een heilige!'

'Goeie genade!' riep Esmé. 'Willen jullie allemaal ophouden en me met rust laten?'

'Maar je bezorgt ons zo veel plezier,' zei Angelo knipogend.

'Dan ga ik wel zwemmen.'

Angelo stond op van zijn stoel en zei: 'In dat geval heb ik ook zin om te gaan zwemmen.'

Ze zwommen naar het vlot en nadat Angelo haar erop had geholpen, gingen ze in de warme zon liggen. Het water klotste zachtjes tegen het hout onder hen. Omdat ze regelmatig twee keer per dag ging zwemmen, zwom Esmé niet alleen als een vis, maar had haar bleke huid ook een onmiskenbare gouden gloed gekregen, iets wat haar telkens weer verbaasde als ze in de spiegel keek. Hallo, mijn nieuwe zelf, dacht ze dan met een blije glimlach.

Maar zoals altijd wanneer ze alleen was met Angelo, voelde Esmé zich weer heel erg haar oude zelf: vreselijk onbeholpen en onhandig.

Het was heel anders als ze bij Marco was; zijn aanwezigheid had niets dreigends of intimiderends en hoe meer tijd ze tijdens zijn herstelperiode in zijn gezelschap had doorgebracht, luisterend naar zijn verhalen over zijn ouders toen hij nog klein was en naar zijn plannen voor de toekomst, hoe zekerder ze zich in zijn gezelschap had gevoeld. Bij hem kon ze zich ontspannen en helemaal zichzelf zijn.

Bij Angelo daarentegen voelde ze altijd de behoefte zichzelf te bewijzen; zelfs zo erg dat ze iemand probeerde te zijn die ze niet was. Tijdens zijn bezoek aan het meer vorig weekend had hij erop gestaan haar mee uit rijden te nemen in zijn nieuwe auto, een Fiat Topolino. Het was niet de romantische rit langs het meer geweest die ze had verwacht. In plaats daarvan had hij haar meegenomen naar Dongo om haar te laten zien waar Mussolini, gekleed in het uniform van een Duitse soldaat, samen met zijn minnares Clara Petacci gevangen was genomen. Hij vertelde haar over de verdwenen vaten goud en belangrijke oorlogsdocumenten die volgens de vaste overtuiging van de plaatselijke bevolking ergens op de bodem van het meer lagen. Het goud waar hij op doelde waren trouwringen geweest die de dorpelingen – zo arm dat ze niets anders hadden om weg te geven – hadden geschonken om een bijdrage te leveren aan de oorlog en die waren verzameld door soldaten die door de dorpen trokken. 'Jullie Winston Churchill was vorig jaar nog hier om naar die documenten te zoeken,' had Angelo gezegd. 'Het was een onofficiële reis; de mensen was verteld dat hij hier was om te schilderen, net als je vader, maar iedereen hier kent de waarheid, dat hij en de Britse regering brieven wilden vinden die met Il Duce waren uitgewisseld.'

Esmé had geen idee of het waar was, maar was bedroefd geweest door de gedachte aan al die arme mannen en vrouwen die hun dierbare trouwringen overhandigden, en had Angelo gevraagd of hij dacht dat het goud ooit gevonden zou worden.

'Wie weet,' zei hij met een achteloos schouderophalen, 'misschien is het al lang gevonden en gestolen.' Daarna was hij via dezelfde weg teruggereden en nog gestopt om haar de plek in Mezzegra te laten zien waar Mussolini en zijn minnares waren doodgeschoten.

Het was een macaber uitstapje geweest en Esmé had zich afgevraagd of het weer een van de tests was waaraan hij haar zo graag onderwierp, zoals ook de kus in de auto voordat ze terug waren bij Hotel Margherita een test had geleken. Ze had het toegelaten, maar toen zijn handen haar lichaam begonnen te verkennen had ze, na een korte aarzeling waarin ze zich gedreven door nieuwsgierigheid en lichte opwinding had afgevraagd hoe het zou zijn, zijn handen weggeduwd. Hij had er niets over gezegd. Hij had alleen geglimlacht en een sigaret opgestoken en was toen doorgereden, wat bij haar de indruk wekte dat zijn daden voor hem niet meer waren dan een plichtmatige oefening. Daardoor had zij – en dat sierde haar bepaald niet – de rest van de dag zitten pruilen als een kind.

Bij Marco voelde ze zich nooit zo. Met hem was het samenzijn veel ongecompliceerder; ze hoefde nooit bang te zijn dat hij iets onfatsoenlijks zou zeggen of doen. Toch waren er beslist momenten, vooral toen zijn gezondheid verbeterde en hun gesprekken steeds geanimeerder werden, dat ze vergat dat hij een priester in opleiding was en hem zag als ieder ander mens. Ze had dat een keer tegen hem gezegd en hij had gelachen en gezegd dat hij dat ook het liefste had. Hij wilde niet de rest van zijn leven worden behandeld als een curiositeit, zei hij; dat was niet waar het bij zijn roeping om draaide.

Ze bewonderde hem om het feit dat hij zo zeker wist wat hij de rest van zijn leven wilde doen en had gezegd dat ze wilde dat zij daar net zo'n helder beeld van had. 'Dat komt op een dag vanzelf,' verzekerde hij haar. 'Je kunt beter wachten dan je op iets storten wat niet juist voor je is. Ik moest wachten tot ik klaar was met mijn studie aan de universiteit voordat ik echt wist wat ik wilde doen.'

'Je bent erg stil vandaag, *amore*,' onderbrak Angelo Esmés gedachten.

'Ik ben vaak stil,' zei ze, hopend dat ze eerder raadselachtig klonk dan gewoon saai.

'Ja, maar vandaag lijk je veel te serieus.' Hij streek met een vinger over haar arm. 'Maak ik je niet meer aan het lachen?'

'Je hebt niets gezegd waar ik om kon lachen,' zei ze.

Hij streelde weer over haar arm; zijn vingers gleden langzaam van haar schouder naar haar vingertoppen. Ze kneep haar ogen dicht en huiverde onwillekeurig. Een huivering waarvan ze wist dat die Angelo niet zou ontgaan. Onder haar voelde ze het vlot licht schommelen toen hij van houding veranderde en daarna voelde ze zijn warme lippen op haar schouder, dezelfde route volgend als zijn hand zojuist. Toen draaide ze, alsof haar lijf een eigen wil had, zich om en keek ze in Angelo's gezicht vlak boven het hare.

'Ik heb geduld genoeg met je gehad,' zei hij bruusk, zijn donkere ogen schitterend, 'ik ga je nu kussen zoals ik weet dat je wilt worden gekust.' Hij duwde zijn mond onverwacht hard op de hare en kuste haar vol, diep en langdurig, waarbij zijn tong haar mond nog verder open dwong.

Ze sloeg haar armen om zijn brede en gespierde rug en bracht toen haar handen omhoog naar de onderkant van zijn nek. In respons kuste hij haar nog hartstochtelijker en pinde hij haar op het vlot vast. Hij pakte een van haar benen vast, liet zijn hand over haar dijbeen naar boven glijden en duwde haar benen uit elkaar.

Ze voelde echter niets. Ze wilde wel – waarom had ze zich anders omgedraaid – maar het enige wat ze voelde was het besef van wat Angelo met haar deed. Het was alsof ze uit haar lichaam was getreden, alsof ze slechts toekeek bij wat ze deden. Wat mankeerde haar? Waarom was ze zo passief, waarom kon ze er niet van genieten? Was ze frigide; was dat het? Ze had meisjes op school horen praten over het probleem dat sommige vrouwen hadden en hun grappen en gelach hadden gesuggereerd dat het niet iets was wat je graag zou toegeven.

Angelo week plotseling bij haar vandaan. Een afschuwelijk ogenblik lang was hij zo stil en keek hij haar zo minachtend aan dat ze haar adem inhield, bang voor wat hij zou kunnen zeggen of doen.

'Verveel ik je?'

'Nee!'

'Wat dan? Waarom lig je er dan bij alsof je slaapt?'

Ze kon niets uitbrengen.

'Je hebt nog veel te leren, Esmé,' zei hij, en hij wendde zich van haar af en ging zitten met zijn handpalm plat op het vlot alsof hij zich wilde afzetten. 'Je moet mannen niet zo plagen, het ene moment gloeiend heet en het volgende koud.'

'Ik plaagde je niet,' zei ze zacht, gekwetst door zijn woorden. 'Het spijt me... ik dacht dat ik het wilde... ik bedoel, ik heb het geprobeerd, maar...' Haar stem stierf weg. 'Het spijt me,' zei ze opnieuw.

'Verlangen is geen bewuste beslissing,' snauwde hij. 'Het is een van de meest natuurlijke en spontane dingen die een man en een vrouw kunnen ervaren.'

Ze ging zitten en probeerde hem tot bedaren te brengen. 'Je hebt gelijk,' zei ze, 'ik heb nog veel te leren.'

Hij klemde zijn kaken op elkaar en hield zijn ogen gericht op een punt ergens ver weg aan de andere kant van het meer. 'Alleen niet met mij,' zei hij ten slotte.

'Misschien niet,' mompelde ze, zich plotseling realiserend dat ze zojuist iets heel belangrijks had geleerd: ze zou nooit van iemand als Angelo kunnen houden. 'Ik weet zeker dat ik voor jou niet meer dan een verzetje ben,' zei ze luchtig. Hij zou immers niet gaan beweren dat haar afwijzing zijn hart had gebroken, wel dan? Het was vast niet meer dan een voorbijgaande deuk in zijn ijdelheid.

Hij draaide zijn hoofd naar haar om en toen het leek of ze vuur in zijn ogen zag flikkeren, vroeg ze zich af of ze misschien te luchthartig was geweest en zijn gevoelens had onderschat.

'Misschien,' zei hij langzaam, 'heb je geen belangstelling meer voor me omdat je in iemand anders geïnteresseerd bent? Marco, bijvoorbeeld?'

Dus dat was het! Hij was jaloers op haar vriendschap met zijn neef. Wat kleinzielig van hem. Ze had genoeg van zijn beschuldigingen en zou ze niet langer aanhoren! Ze sprong overeind. 'Als je dergelijke onzin gaat uitkramen, ga ik terug.'

Bliksemsnel kwam hij ook overeind, waardoor het vlot wild onder hen schommelde. En met een beweging die haar verraste pakte hij haar kin tussen zijn duim en wijsvinger en trok die naar hem omhoog. 'Kijk me aan en zweer dat het niet mijn vrome neef Marco is voor wie je nu meer belangstelling hebt. En lieg niet tegen me, ik heb gezien hoe je je bij hem gedraagt.'

Van woede vervuld keek ze Angelo aan en duwde ze zijn handen weg. 'Arrogant zwijn! Waag het niet me ooit nog eens op die manier aan te raken of zo tegen me te praten.' Ze stapte langs hem heen, dook in het water en zwom terug naar de oever, haar armen en benen aangedreven door woedende verontwaardiging en het vreselijke en vernederende besef dat Angelo gelijk had. Om het allemaal nog erger te maken stond Marco boven aan de stenen trap op haar neer te kijken toen ze de aanlegsteiger bereikte.

'Is alles in orde, Esmé?' vroeg hij, zijn gezicht getekend door bezorgdheid.

'Nee!' riep ze huilerig en ze pakte de handdoek die ze op de trap had laten liggen, rende langs hem heen en botste bijna tegen Alberto aan die met een kruiwagen over het gazon liep. 'Het is niet in orde!'

Een halfuur later werd er op haar slaapkamerdeur geklopt. Ze lag op bed, haar badpak verruild voor een jurk, haar haren nog nat en in een handdoek gewikkeld. Ze negeerde wie het dan ook was die haar lastig kwam vallen. Ze schaamde zich vreselijk en kon nu met niemand praten.

Er werd opnieuw geklopt.

En nog een keer.

'Esmé, ik ben het, Marco. Vertel me wat er is. Voel je je niet lekker?'

Ze onderdrukte een geschrokken kreet. Niet Marco. Iedereen behalve hij! 'Ga alsjeblieft weg,' zei ze.

'Nee, *cara*, niet voordat ik weet wat er met je aan de hand is.'

'Er is niets aan de hand.'

'Kom dan naar de deur en bewijs het me.'

Onwillig stond ze op van het bed en opende ze de deur.

Zijn knappe gezicht in een frons getrokken keek Marco haar bezorgd aan. 'Je hebt gehuild, *poverina*. Waarom?'

Met haar lippen stijf op elkaar geklemd schudde ze haar hoofd.

'Mag ik binnenkomen, zodat we ongestoord kunnen praten?

Ze aarzelde. Met hem alleen zijn na wat Angelo had gezegd... nee, dat kon ze niet doen.

'Alsjeblieft,' drong hij aan. 'Ik maak me zorgen om je.'

Tegen beter weten in gaf ze toe.

Hij deed de deur achter zich dicht, stapte naar het raam dat over de tuin en het meer uitkeek en draaide zich naar haar om. 'Ik denk dat je hebt gehuild om iets wat mijn neef heeft gezegd. Of misschien iets wat hij heeft gedaan. Wil je me vertellen wat het is? Heeft hij je pijn gedaan? Ik zag jullie op het vlot,' voegde hij eraan toe zonder haar aan te kijken. 'Ik zag je het water in duiken. Je leek erg boos.'

Ze slikte, nog beschaamder. Hoeveel had Marco precies gezien? Hoe had ze kunnen toelaten dat Angelo haar op die manier kuste terwijl ze al die tijd nog geen fractie voor hem had gevoeld van wat ze voor die lieve Marco voelde? Waarom had ze een man aangemoedigd die van haar onbehagen leek te genieten, vooral wanneer hijzelf daar de oorzaak van was? Wat een kinderachtig en bedrieglijk spel had ze gespeeld. 'Ik kan het je niet vertellen,' zei ze. 'Ik schaam me te veel.'

Marco stapte bij het raam vandaan en kwam naar haar toe. 'Ik had gelijk, Angelo heeft je iets gedaan!'

'Nee! Het lag aan mij. Het was mijn schuld.'

'Esmé, je bent op veel gebieden vreselijk pienter, maar je bent jong en ik ken mijn neef; hij kan erg overtuigend zijn en heeft een zekere reputatie op dit gebied. Als hij je iets heeft laten doen waar je spijt van hebt, is dat niet jouw schuld.'

Ontzet over wat Marco misschien dacht dat er gebeurd was, zei ze: 'Het is niet zo erg als je denkt. Hij heeft me alleen ergens van beschuldigd en hoewel ik het tegenover hem heb ontkend, weet ik dat het waar is.'

'Mijn neef heeft het recht niet je ergens van te beschuldigen.'

'Misschien wel als het waar is.'

Hij kwam dichterbij en legde zijn handen op haar schouders. 'Zoals altijd vind ik dat je te mild bent. Maar ik vind het idee dat je van streek bent verschrikkelijk. Kan ik iets doen om je op te vrolijken?'

'Dank je, nee.'

Hij zuchtte en leek zichtbaar in elkaar te zakken. 'Ik ga nu even rusten,' zei hij, en hij bracht zijn hand naar zijn voorhoofd en duwde de haren weg die voor zijn ogen waren gevallen. 'Ik ben moe, maar misschien wil je straks voor het avondeten een wandelingetje met me maken?'

Marco versliep zich uiteindelijk en verscheen pas laat voor het diner. Aangezien Esmés vader en Elizabeth toen al hadden afgesproken na het eten een spelletje bridge te spelen met een stel uit Bath, was Esmé vrij om met Marco op het terras te gaan zitten.

Ze schaamde zich nog steeds verschrikkelijk voor haar eerdere gedrag met Angelo, maar haar voornaamste zorg was nu het evenwicht te hervinden in haar gevoelens voor Marco. Ja, ze was verliefd op hem – dat kon ze nu in elk geval zichzelf wel toegeven – maar omdat het met hem nooit iets kon worden, wilde ze van zijn gezelschap blijven genieten zoals ze had gedaan voordat Angelo het zo smerig had doen klinken.

Tot haar grote opluchting was Angelo die avond nergens te bekennen. Marco had haar net verteld dat hij naar een klant in Como was.

'Hij heeft veel klanten hier rondom het meer, nietwaar?' zei Esmé.

'Ja,' zei Marco eenvoudigweg.

'Wat zijn het voor klanten?'

'De gebruikelijke.'

'Zijn het mensen van de maffia?'

Marco keek haar verschrikt aan. 'Waarom vraag je dat?'

Ze haalde haar schouders op. 'Ik zag dat iemand hem een paar weken geleden toen we in Bellagio waren iets gaf wat een hele hoop geld leek te zijn. De mannen die het hem gaven zagen er niet al te vriendelijk uit.'

Ernstig kijkend boog Marco zich naar haar toe. 'Je mag daar nooit met iemand over praten. Dat heb je toch nog niet gedaan, of wel?'

'Nee. Dus het is de maffia?'

Hij schudde zijn hoofd. 'De mannen waren waarschijnlijk *spalloni*. Je hebt misschien wel over hen gehoord. Het zijn smokkelaars.'

Esmé had vaag iets gehoord over het smokkelen en had zelfs af en toe de boot van de Guardia Finanza op het meer zien patrouilleren. 'Is Angelo daarbij betrokken?'

Marco knikte. 'Er zijn veel mensen bij betrokken. Het is een manier van leven.'

'Maar het is illegaal. Angelo kan daarvoor in de gevangenis terechtkomen, of niet?'

Hij legde een vinger tegen zijn lippen om aan te geven dat ze zachter moest praten. 'Wat is illegaal, Esmé?' vroeg hij zacht. 'Is het niet minstens zo illegaal dat er zo veel armoede in ons land is dat mannen en vrouwen gedwongen zijn dergelijke manieren te vinden om te overleven? Het ware misdrijf is dat gewone mensen moeten accepteren dat ons dierbare land zo slecht wordt bestuurd. De bureaucratie is het grootste misdrijf, niet de hongerige mensen die alleen maar manieren zoeken om hun gezin te eten te geven. Vond je het eerst niet oneerlijk dat Alberto's kleinzoon Cesare op zijn elfde van school moest om geld te helpen verdienen voor zijn familie? Gebeurt dat in Engeland ook? Nee! Maar hier wordt veel kinderen op te jonge leeftijd een opleiding ontzegd. Dat is verkeerd!'

Ze had Marco nooit eerder zo hartstochtelijk horen spreken. 'Er lijkt me hier niet zo veel armoede te zijn, in elk geval niet dat ik heb gemerkt,' zei ze.

'Ik kan je op korte wandelafstand plaatsen laten zien waar je alle bewijs kunt vinden dat nodig is om je van het bestaan ervan te overtuigen. Hier in Hotel Margherita wordt er veel aan gedaan om te voorkomen dat de gasten het zien. We moeten zorgen dat de gasten hier gelukkig zijn, zodat ze terugkomen naar het meer en hun welvaart meebrengen.'

Piekerend over wat hij had gezegd en zich schuldig voelend om het bevoorrechte leven dat ze leidde zei Esmé: 'Wat doet Angelo precies?'

'Hij is wat je een tussenpersoon noemt. Hij helpt bij de transacties en zorgt dat het geld op de juiste plaats terechtkomt.'

'Weet zijn moeder ervan?'

'Waarschijnlijk wel.'

'Maar niemand praat erover?'

Marco knikte. 'Ik zie dat je geschokt bent. Maar alsjeblieft, oordeel niet over degenen die zulke dingen doen tenzij je bereid bent in hun schoenen te gaan staan en hun strijd om het bestaan zelf te ervaren.'

'Ik zou er niet over peinzen iemand te veroordelen,' zei ze.

'Neem me niet kwalijk,' zei hij snel, 'ik kan aan je gezicht zien dat ik je beledigd heb. Vergeef me, alsjeblieft.'

'Er valt niets te vergeven,' zei ze. 'Maar waarom doet Angelo het als hij zo'n goede baan als advocaat in Milaan heeft? Waarom dat risico nemen?'

'Hij houdt van het avontuur. De opwinding. Hij wil graag deel uitmaken van iets wat groter is dan hijzelf. Hij heeft een rebelse aard; dit is zijn manier om daaraan tegemoet te komen. Hij vindt het vreselijk de hele dag op kantoor te zitten, hij zou zich veel liever als een echte *spallone* in de bergen verschuilen en zijn leven riskeren door de zware dozen whisky en sigaretten op zijn eigen rug te dragen.'

'Is wat ze doen gevaarlijk?'

Marco knikte. 'Heel gevaarlijk. Maar denk erom, je mag er met niemand over praten. Beloof je me dat?'

'Ik beloof het.'

Terwijl ze naar de inktzwarte avondhemel staarde waarin de sterren flonkerden als de zuiverste diamanten, bedacht Esmé dat ze deze zomer wel heel veel leerde. Maar ze bedacht bovenal hoe vredig het voelde hier samen met Marco te zitten.

Kon dat maar altijd doorgaan.

27

Het had een verrassing moeten zijn, maar Elena had het gisteren per ongeluk verraden toen Marco in de keuken een glas water pakte. Ze had hem gesmeekt, zo vertrouwde hij later aan Esmé toe, om niemand en vooral niet zijn tante te laten merken dat hij wist dat er die avond een feestje voor hem zou zijn.

Nu, op wat de warmste dag van de zomer was geweest, en met iedereen op het terras verzameld voor het diner – vrienden, familie en hotelgasten waren uitgenodigd – was aan Elena de eer om Marco zijn verjaardagstaart te geven. Nadat ze die zorgvuldig op tafel had neergezet, kuste Marco haar en bedankte hij haar omdat ze zo'n goede *nonna* voor hem was. Hij had Elena geen groter plezier kunnen doen dan haar zijn grootmoeder te noemen. Ze had de tranen uit haar ogen geveegd, haar schort rechtgetrokken, hem liefdevol aangekeken en haar hand tegen zijn wang gedrukt. Daarna had Marco zich tot zijn tante Giulia gewend om haar te bedanken dat ze het feest had georganiseerd.

'*E un piacere*,' zei ze, en ze kuste hem met een blik vol genegenheid.

Terwijl Elena de taart aansneed om die onder de gasten te verdelen, boog Elizabeth dichter naar Esmé toe. 'Ik zweer het je, als ik dertig jaar jonger was, zou ik mijn uiterste best doen om die goddelijke jongeman ervan te overtuigen dat hij geen priester moest worden.' Ze lachte. 'Ja, ik weet wat je denkt, alleen al bij de gedachte daaraan zou hij hard naar het dichtstbijzijnde klooster rennen!'

Esmé glimlachte. 'Dat dacht ik helemaal niet.'

'Mag ik vragen wat je dan wel dacht? Dat het doodzonde is dat zo'n aantrekkelijke man als hij geestelijke wordt?'

'Ik vind het mooi en nobel wat hij doet,' zei Esmé resoluut in de hoop dat Elizabeth niet op het onderwerp door zou gaan. De vrouw had al vaak geprobeerd haar tot een gesprek over Marco te verleiden, maar Esmé had altijd nog een manier gevonden om dat te ontwijken of haar af te leiden, gewoonlijk door over Angelo te beginnen. Elizabeth vond hem uitstekend gezelschap maar een verwend moederskindje, dat als kind vaker een pak slaag had moeten krijgen. In dit geval was er gelukkig afleiding voorhanden in de persoon van Maria die hun bordjes met taart kwam brengen. Esmé bedankte het meisje, maar omdat ze niet eens een knikje als reactie kreeg, had ze opnieuw de indruk dat Maria haar niet mocht. Ze vermoedde dat het iets met Angelo te maken had.

Toen Maria terug was gegaan naar Elena om taart voor andere gasten te halen zei Elizabeth: 'Denk je dat je vader ooit zal hertrouwen?'

Hoe blij ze ook was met de verandering van onderwerp, de vraag verbaasde Esmé wel. 'Ik zou denken dat alleen hijzelf daar antwoord op kan geven,' zei ze. 'Maar hij is nog maar zo kort weduwnaar dat ik betwijfel of hij daar al over heeft nagedacht.'

'Het was geen gelukkig huwelijk, is het wel?' vroeg Elizabeth door. 'Dat maak ik op uit het beetje dat hij me heeft verteld.'

'Nee,' zei Esmé op haar hoede. Sinds ze aan het meer waren, dacht ze nog zelden aan het leven dat haar vader en zij achter zich hadden gelaten. Ze waren eind mei gearriveerd en het was nu augustus en het idee dit idyllische paradijs – ook al had Marco haar duidelijk gemaakt dat die idylle maar oppervlakkig was – te verlaten en terug te keren naar Engeland vervulde haar van ontzetting. Toch zouden ze weg moeten, dat wist ze, net zoals de Kelly-Webbs een paar weken geleden met tegenzin waren teruggekeerd naar Baltimore.

'Ah, William!' riep Elizabeth. 'Daar ben je, we hadden het net over je, nietwaar Esmé?'

'Niets dan goeds, hoop ik?' zei haar vader glimlachend. Hij zag er die avond buitengewoon goed uit in een crèmekleurig linnen pak dat netjes geperst was en met een nieuw zijden sjaaltje boven de open hals van zijn witte overhemd.

'Helaas niet,' zei Elizabeth. 'We zaten schandalig over je te roddelen.'

Hij lachte. 'Ik neem aan dat ik daarom vroeg.'

'Waar zat je?' vroeg Esmé. 'Je was er niet bij toen Elena Marco zijn verjaardagstaart gaf.'

'Ik heb binnen even met Angelo gepraat.'
'Is hij hier? Ik dacht dat hij pas morgen zou komen.'
'Hij is een paar minuten geleden aangekomen.'
'Waar hadden jullie het over?'
'O, niets bijzonders.'
Esmé hoorde aan de overdreven nonchalance in zijn stem dat haar vader loog. Maar waarom? Wat kon hij Angelo te vertellen hebben gehad dat hij niet met haar kon delen? Tenzij het over haar ging?
Er waren twee weken verstreken sinds Esmé Angelo voor het laatst had gezien en de vernederende scène op het vlot stond nog steeds in haar geheugen gegrift alsof het pas gisteren was gebeurd. Ze wilde maar dat ze die dag niet was gaan zwemmen, dat Angelo nooit de kans had gehad met haar alleen te zijn. Ze wilde ook dat ze anders op zijn beschuldiging had gereageerd. Nu zou haar boosheid hem er alleen maar van hebben overtuigd dat hij gelijk had. Ze zag ertegen op hem weer te zien. Stel je voor dat hij zou besluiten dat het leuk was haar nog wat te plagen. Zou hij echt zo gemeen zijn? Hij was een volwassen man die was afgewezen door een jong meisje; dat was hij toch zeker al lang weer vergeten?
'Signora en signorina, hoe is de taart? Vinden jullie hem lekker?'
Het was Marco, die er gekleed in een mooie grijze broek en een overhemd dat precies paste bij het blauw van zijn ogen knapper uitzag dan ooit, zo vond Esmé. Hij zag er weer net zo goed, zo niet beter, uit als toen ze hem voor het eerst in Venetië ontmoette. Zijn gezicht straalde nu vitaliteit uit.
'Hij is *buonissimo*,' antwoordde Elizabeth voor hen beiden. 'Gefeliciteerd met je verjaardag, Marco. Mogen al je verjaardagen zo leuk zijn!'
Glimlachend gaf hij Esmés vader een bordje met taart. 'Signor Silcox, voor u, ik zag dat u nog niets had.'
William nam het bordje aan en feliciteerde hem met zijn verjaardag.
'Ik hoorde dat we nog muziek krijgen en dat er gedanst gaat worden,' zei Elizabeth.
Marco knikte. '*Sì*, dat is waar, ik hoop het genoegen te mogen smaken met u te dansen, signora.'

'Natuurlijk mag je met me dansen, jongeman, en het genoegen zal helemaal mijnerzijds zijn. Ik zal de rest van mijn leven gratis kunnen eten als ik dat verhaal vertel.'

Hij lachte en wendde zich tot Esmé. 'En u, signorina Esmé, wilt u met me dansen op mijn verjaardag?'

'Natuurlijk wil ze dat,' zei Elizabeth opgewekt.

Niet Marco kwam echter als eerste naar Esmé toe toen de muziek klonk en het dansen begon, maar Angelo.

'Wat zie je er mooi uit vanavond,' zei hij nadat hij haar geen kans had gegeven om zijn verzoek af te wijzen. Hij pakte haar met de ene hand stevig bij haar middel, hield haar rechterhand in zijn linker geklemd en zwierde krachtig met haar over het terras waarvan de tafels en stoelen waren verwijderd. Terugdenkend aan hoe graag ze aan de andere kant van het meer bij Hotel Grand Bretagne met hem had willen dansen, vond ze het ironisch dat ze dat nu helemaal niet meer wilde. *Pas op met wat je wenst* – het was echt waar.

'Praat je niet met me, Esmé?' vroeg hij toen ze niet de moeite nam op zijn compliment te reageren.

'Ik concentreer me op de muziek,' zei ze.

'Nee, nee, dat is niet wat je moet doen. Je moet je ontspannen en door mij laten leiden. Zo leer je het, door de man te volgen.'

Vermoedend dat hij het niet alleen maar over dansen had zei ze: 'Je gaat ervan uit dat ik het *wíl* leren.'

Hij lachte en gaf haar een kneepje in haar middel. 'Wat zul je verdrietig zijn als Marco, je *innamorato*, volgende week weggaat. Dat is de reden dat mijn moeder vanavond zo'n mooi feest voor hem organiseert. Het is erg vriendelijk dat ze dat doet, nietwaar?'

Dit was nieuw voor Esmé en hoewel het haar verontrustte, wist ze haar stem in bedwang te houden. 'Marco is niet mijn *innamorato* en ik heb liever dat je niet op die manier over hem praat.'

'Houd jezelf gerust voor de gek, Esmé, maar alsjeblieft, probeer niet mij voor de gek te houden. Niet als ik weet dat Marco net zo naar jou verlangt als jij naar hem.' Hij knipoogde naar haar. 'Verboden liefde is de lekkerste vrucht, nietwaar?'

Walgend probeerde ze zich uit zijn greep te bevrijden, maar hij hield haar alleen maar nog steviger vast en trok haar tegen zijn lichaam aan, dat warm en klam aanvoelde door de zwoele warmte van de avond.

'Nee,' zei hij lachend, 'deze dans is nog niet voorbij. En waarom wil je als een dwaas schoolmeisje weglopen terwijl ik alleen maar de waarheid vertel? Ben je bang voor de waarheid?'

'Je doet me pijn,' zei ze, 'laat me alsjeblieft los.'

Hij hield haar wat minder stevig vast, maar ze kon nog steeds niet ontsnappen. 'Kom op,' zei hij, 'geniet van de muziek. Wilde jij immers niet met mij dansen toen we samen in Bellagio waren? Ik herinner me nog heel goed de teleurstelling op je gezicht toen ik nee zei. Nu kijk je alsof je nog liever met een slang zou dansen. Ben ik jou zo onaangenaam geworden?'

'Op het moment wel, ja,' zei ze met haar tanden op elkaar geklemd.

'En dat is omdat ik je vertel dat Marco hetzelfde voelt als jij voor hem? Waarom is dat zo erg? Waarom maakt dat je niet blij?'

'Omdat je een gemeen spel speelt, allemaal omdat je op het vlot je zin niet kreeg. Je bent niets anders dan een arrogante en narcistische slechte verliezer.'

Hij gooide zijn hoofd in zijn nek, lachte smalend en draaide haar rond en rond tot ze duizelig werd en de lampen op het terras vervaagden. Toen hij haar tot stilstand bracht en in zijn armen hield en het terras niet langer ronddraaide, zag ze Maria naar hen kijken. Esmé geloofde niet dat ze ooit zo veel haat op iemands gezicht had gezien als op dat moment.

'Dus ik ben de slechte verliezer, hè?' zei Angelo, die haar tegen zijn borst trok zodat zijn adem heet in haar gezicht sloeg. 'Terwijl jij, mijn kleine Esmé, een schaamteloze leugenaar bent omdat je niet wilt toegeven dat je van mijn neef houdt. In plaats daarvan daag je mij uit door me te kussen. Niet ik speelde een gemeen spel, maar jij! Je kon Marco niet krijgen, dus je behielp je maar met mij. Ik was maar een plaatsvervanger voor wat je echt wilde. Heb je ooit zoiets onvriendelijks gehoord?'

'Dat is niet waar!' riep ze. 'Ik heb niet met je geflirt. Jij kuste mij en –'

'En wat?' onderbrak hij haar. 'Wat deed jij? Je kuste me terug. Dat kun je niet ontkennen.'

'Ik was nieuwsgierig,' zei ze. 'Was dat dan zo verkeerd?'
'Wel als je je voorstelde dat het mijn neef was die je kuste!'
'Alsjeblieft,' smeekte ze, bezorgd om zich heen kijkend. Ze zag haar vader met Elizabeth dansen en naar haar kijken, net als Marco die met een opgetogen Elena danste, haar hoofd achterover en een stralende glimlach van geluk op haar gerimpelde gezicht. 'Praat wat zachter, anders horen de anderen je.'
Hij schonk haar een onheilspellende blik die haar bang maakte en haar deed beseffen dat hij iets roekeloos en gevaarlijks over zich had. Het was precies zoals Marco had gezegd; hij had een rebelse aard waardoor hij met opzet het gevaar opzocht, in welke vorm dan ook.
'Denk je dat het me iets kan schelen als ze het horen?' snauwde hij. 'Zou het niet beter zijn als iedereen wist dat ik ben gebruikt en dat Marco niet de heilige is voor wie ze hem aanzien? Mijn hele leven al moet ik aanhoren hoe fantastisch Marco is. Iedereen houdt van hem. Iedereen denkt dat hij volmaakt is. Maar dat is hij niet!'
'Dus daar gaat het om? Je bent jaloers op je neef en je wilt hem kwetsen, is dat het?'
'Jaloers? Ik? Wat heeft hij nou om jaloers op te zijn? Ik wil gewoon eerlijkheid. Ik wil niet dat de mensen denken dat ik de slechterik van de familie ben en hij de goede. Heeft hij je geen slechte dingen over mij verteld?'
'Je zou er niet verder naast kunnen zitten. En als je denkt dat hij dat zou doen, dan ken je hem niet.'
'O, natuurlijk, jij hebt hem pas ontmoet en je kent hem al beter dan ik!'
Verbijsterd over de verbittering van de man en geschokt dat ze zijn karakter zo verkeerd had ingeschat zei ze: 'Mijn vader had gelijk wat jou betreft. Hij waarschuwde me dat ik voor je moest oppassen en hij had gelijk.'
'Ja, je vader mag me niet, dat weten we allebei. Hij heeft eerder vanavond met me gepraat. Hij maakte me heel duidelijk dat ik je niet van streek mocht maken en dat ik je met rust moest laten.'
'En toch heb je me van streek gemaakt.'
Hij glimlachte spottend en toen stopte tot haar grote opluchting de muziek en liet hij haar los.

Ze kon niet snel genoeg bij hem weg komen en zonder er echt bij na te denken waar ze heen ging, liet ze de vrolijkheid van het feest achter zich en glipte ze de donkere rust van de tuin in.

Ze rende het gazon over, liep de sierlijke poort door en de trap af naar het meer en ging op de onderste trede zitten. Ze koos met opzet een plekje achter een grote stenen kruik en hoopte dat die haar aan het zicht onttrok.

Met haar handen tegen haar gezicht gedrukt luisterde ze naar de muziek op het terras en keek ze naar het donkere oppervlak van het water en de twinkelende lichtjes van Lezzeno in de verte. Boven haar scheen een zilverkleurige maan zo helder dat hij schoongeboend leek. Er stond geen zuchtje wind en de stroperig warme lucht was vol gonzende en fladderende insecten. Ergens niet zo heel ver weg luidde zacht een kerkklok.

Ze zuchtte. Wat had ze er een puinhoop van gemaakt, en het ergste was nog dat het haar eigen schuld was. Angelo had gelijk; ze had hem inderdaad gebruikt. Scherpzinnig als hij was had hij het eerder in de gaten gehad dan zij. O, ze was niets anders dan een dom kind. Tranen van zelfmedelijden vulden haar ogen en rolden over haar wangen.

'Esmé, ben je daar?'

Ze schrok op toen ze Marco's stem in de duisternis achter zich hoorde en probeerde nog verder achter de kruik weg te kruipen.

'Esmé?'

Ze hield haar adem in en hoopte dat hij terug naar het feest zou gaan.

Dat deed hij echter niet. Met nog steeds ingehouden adem en bonkend hart luisterde ze naar zijn voetstappen op de stenen treden. En toen stond hij op haar neer te kijken. 'Waarom verstop je je hier?'

Toen ze geen antwoord gaf – ze kon niet spreken omdat haar keel helemaal dichtzat – kwam hij naast haar zitten. 'Waarom huil je?' vroeg hij. 'Waardoor ben je zo verdrietig?'

Ze schudde haar hoofd. 'Nergens door,' wist ze uit te brengen.

Hij haalde een zakdoek uit zijn broekzak, maar in plaats van die aan haar te geven drukte hij het opgevouwen witte linnen tegen haar wangen. 'Zo, dat is beter. En vertel me nu maar wat er aan de hand is.'

'Ik kan het je niet vertellen.'

'Dat zei je ook al toen Angelo je op het vlot van streek had gemaakt. En nu zeg je het weer nadat Angelo met je heeft gedanst.'

Ze schudde haar hoofd. 'Het komt niet door hem; het ligt aan mij. Ik ben heel dom geweest.'

'Vertel me dan wat voor doms je hebt gedaan, dan zal ik beslissen of het de moeite waard is erom te huilen.'

'Vraag je me nu bij je te biechten als bij een priester?'

Hij nam haar hand in de zijne. 'Nee, *mia cara*, ik vraag je met me te praten als met een vriend. We zijn toch vrienden, of niet?'

Ze slikte. 'Ja,' zei ze zacht en opnieuw rolden de tranen over haar wangen.

Teder drukte hij de zakdoek tegen haar ogen. 'Ik moet wel een heel belabberde vriend zijn als ik je zo aan het huilen maak.'

'Doe alsjeblieft niet zo lief, daar kan ik niet tegen. Niet nu ik me zo slecht heb gedragen.'

'Wie zegt dat je je slecht heb gedragen? Mijn neef?'

'Nee, ik. Ik weet dat het zo is. Ik dacht dat ik zo verstandig en volwassen was, maar in werkelijkheid ben ik hopeloos naïef.'

'We zijn allemaal naïef en we maken allemaal fouten. Ik heb er zelf ook genoeg gemaakt. Zo is het bijvoorbeeld wellicht een vergissing van me dat ik hier bij je ben komen zitten.'

Ze keek hem aan. 'Waarom?'

'Omdat ik je al sinds ik je in Venetië voor het eerst zag heel graag wil kussen.'

Ze slikte. 'Echt waar?'

'Ja. Ik zal nooit vergeten hoe ik je daar op dat plein zo vrolijk zag ronddraaien in je rode rok. Ik dacht dat alleen iemand die volmaakt gelukkig was haar vreugde zo vrijelijk en zo eenvoudig kon uiten.'

Ze glimlachte toen ze eraan terugdacht.

'Sindsdien denk ik elke dag aan je. En vraag ik me af hoe het zou zijn om je te kussen.'

'Maar dat kun je niet doen, hè?'

'Het zou wel kunnen.'

'Maar dat mag je niet.'

'Eén kus zou niet zo erg zijn. Het is immers mijn verjaardag.'

'Maar dan ben ik er verantwoordelijk voor dat je naar de hel gaat, of... of iets veel ergers. Dat je wordt geëxcommuniceerd voordat je zelfs maar bent... gecommuniceerd,' zei ze, zoekend naar de juiste woorden en jammerlijk falend.

Hij glimlachte en nam haar hand weer in de zijne. 'Eén kus betekent niet dat ik voor eeuwig gedoemd zal zijn. En ik ben nog lang niet zover dat ik mijn geloften kan afleggen, dus wil ik het risico best nemen. Eén kus en dan moet je met me komen dansen. Wil je dat voor me doen?'

Ze keek naar zijn gezicht, zo dicht bij het hare, zijn gave olijfkleurige huid, zijn nu donkerblauwe ogen en de intense uitdrukking erin die haar betoverde en haar naar hem toetrok als een kaars in een donkere kamer. Ondanks de fascinerende kracht van zijn blik lag daarin niets om bang voor te zijn en ze wist plotseling dat hij haar niet zou dwingen iets te doen wat ze niet wilde. Dit was zuiver haar beslissing.

28

Het was een zachte, tedere kus en ze had nog nooit zoiets ervaren. Er kwam geen spanning bij kijken, geen angst dat ze iets verkeerds deed of dat er met haar gespeeld werd, zoals bij Angelo wel het geval was geweest.

Met Marco bestond de wereld niet meer; er was niets anders dan zij tweeën en zijn zachte warme mond op de hare. Ze zou hem eeuwig kunnen blijven kussen en dan nog door willen gaan. Niets, absoluut niets, zou ooit met dit hemelse moment kunnen wedijveren.

'Gefeliciteerd met je verjaardag,' mompelde ze toen ze eindelijk uiteenweken en ze hem bedwelmd en enigszins buiten adem aankeek.

'Ik zal deze verjaardag nooit vergeten,' zei hij plechtig. 'Ik zal me dit altijd blijven herinneren.'

Er klonk zoiets onontkoombaars en vastberadens in zijn stem door dat Esmés hart een slag miste.

'Ik ook,' zei ze.

'Ik vertrek volgende week naar Venetië,' zei hij mat en naar het meer turend.

'Weet je zeker dat je weer gezond genoeg bent om terug te gaan?'

Hij draaide zich half naar haar om. 'Ja, ik ben meer dan gezond genoeg. Ook al vindt Elena misschien van niet,' voegde hij er glimlachend aan toe.

'Ik zal je missen als je weg bent,' zei ze. 'Het zal hier niet hetzelfde zijn zonder jou.'

'Ik zal jou ook missen.'

'Denk je dat je misschien een paar dagen terug kunt komen voordat mijn vader en ik weer naar Engeland vertrekken?'

'Het kan zijn dat het niet mogelijk is, maar als dat wel zo is, dan kom ik. Dat beloof ik.'

Ze zaten een paar minuten hand in hand en in kameraadschappelijk zwijgen naar een kleine boot op het meer te kijken, die met in het donker twinkelende lampen voorbijtufte.

'Wil je iets voor me doen?' vroeg Esmé toen de boot was gepasseerd en ze alleen nog het geluid van kleine golven hoorden die een paar meter vanwaar ze zaten tegen de oever klotsten. 'Wil je je door mijn vader laten schilderen, alstublieft? Ik wil heel graag iets speciaals hebben om me je te blijven herinneren.'

Hij kneep in haar hand en zei ernstig: 'En wat zal ik dan hebben om me jou te blijven herinneren?'

'Gezien de omstandigheden zou het misschien beter zijn als je me vergeet.'

'Wat ben je al snel vergeten wat ik een paar minuten geleden nog zei, dat ik me dit moment voor altijd zal blijven herinneren.'

'Als dat waar is heb je niets nodig dat je aan mij herinnert,' zei ze luchtig.

'Toch zou ik graag iets hebben. Een klein aandenken dat ik voor altijd zal bewaren.'

Ze dacht plotseling ergens aan en glimlachte. 'Ik weet al iets.'

'Wat dan?'

'Het zal een verrassing voor je zijn, maar ik beloof je dat het je altijd aan mij zal doen denken.'

'Dan zal ik het beslist koesteren.'

Ze waren weer tot rust gekomen en hij zei: '*Allora*, we moesten maar teruggegaan naar de anderen voordat ze ons missen. En je gaat met me dansen, hè?'

'Weet je zeker dat je niet liever met Elizabeth wilt dansen?'

Hij lachte. 'Dat genoegen wacht me ook nog.'

Ze waren een klein stukje de stenen treden opgelopen toen Esmé het onmiskenbare en vertrouwde geluid van een aansteker hoorde, gevolgd door de al even vertrouwde geur van sigarettenrook. Met haar hart in haar keel zag ze een gestalte geluidloos vanachter een van de grote cipressen tevoorschijn komen; het rode puntje van een sigaret gloeide in het donker. Het was Angelo en zijn gezicht was een duistere mengeling van kwaadaardigheid en grimmige tevredenheid. Hij draaide zich zonder iets te zeggen om en liep door de tuin terug.

Marco was ofwel een uitstekend acteur of het kon hem werkelijk niets schelen wat zijn neef dacht, maar hij zei in elk geval geen woord. Esmé vroeg zich echter de rest van de avond bezorgd af hoeveel Angelo precies van hun gesprek had gehoord. En belangrijker nog, wat hij had gezien.

29

Vol koortsachtige gedachten en haar lijf rusteloos en klam sliep Esmé die nacht nauwelijks en toen het eerste stralende zonlicht de vroege ochtend aankondigde, duwde ze de kluwen beddengoed van zich af en ging ze bij het raam zitten. Ze had het raam en de luiken helemaal open gelaten in de hoop op een verkoelende bries, maar er had geen zuchtje wind naar binnen geblazen terwijl zij zowel geestelijk als lichamelijk lag te draaien en woelen. Ze voelde nu al dat het weer een verstikkend warme dag zou worden.

Met haar ellebogen op de vensterbank leunde ze uit het raam en tuurde ze melancholiek naar het meer en de bergen erachter die in een zacht oranje schijnsel gehuld waren. Het was een magisch tafereel en het was geen wonder dat haar vader vaak op dit vroege uur opstond om het eerste daglicht vast te leggen.

Ze had gisteravond geen kans gehad het hem te vragen, maar Esmé was van plan haar vader aan het ontbijt te vragen Marco te schilderen voordat hij volgende week vertrok. Ze twijfelde er niet aan dat hij de reden achter haar verzoek zou weten en dat hij het misschien onverstandig zou vinden naar Engeland terug te keren met zo'n aangrijpend aandenken, maar ze moest het gewoon hebben. Op dit moment was niets belangrijker voor haar dan dat.

Tijdens hun verblijf in Italië had ze al heel wat foto's gemaakt met de Brownie-boxcamera die haar vader haar had gegeven. Ze had ook een aantal foto's van Marco gemaakt toen ze in Venetië waren, maar een schilderij van hem zou veel leuker zijn. Ze wist dat haar vader over de vaardigheid beschikte om meer dan een gewone tweedimensionale afbeelding te maken, dat hij Marco's karakter zou kunnen neerzetten – zijn zachte en vriendelijke aard – want dat was waar ze verliefd op was geworden.

Haar hoofd vertelde haar dat het verkeerd was geweest om Marco de vorige avond in de tuin te kussen, maar haar hart dacht daar anders over. Dat dilemma had haar wakker gehouden. Haar verstand vertelde haar dat het niet zozeer om goed of fout ging, maar om realiteit en eerlijkheid, en omdat Marco zo eerlijk was geweest, had ze tegenover hem ook alleen maar oprecht willen zijn.

De Kelly-Webbs hadden gewild dat Esmés vader een schilderij van hen maakte om op een dag aan hun toekomstige kleinkinderen te laten zien. 'Om ze te bewijzen dat we ooit jong en knap zijn geweest!' hadden ze gezegd.

Esmé kon dat nu wel begrijpen. Ze had geen idee hoe het zou voelen om oud te zijn, maar wanneer die tijd aanbrak wilde ze terug kunnen kijken en zich Marco Bassani precies zo herinneren als hij was. Ze wilde dat hij, en deze zomer, voor altijd bewaard zouden blijven.

Toen ze stemmen hoorde en het geluid van voetstappen op grind leunde ze wat verder uit het raam. Het was Angelo, die zijn moeder gedag zei; hij ging terug naar Milaan. Esmé voelde zich opgelucht. Nu ze geen gevaar liep hem tegen het lijf te lopen, besloot ze vroeg te gaan zwemmen.

Later, toen ze had gedoucht en een zomerjurkje had aangetrokken, ging ze op zoek naar haar vader om samen met hem te ontbijten op het terras, waar alle sporen van het feest van de vorige avond waren opgeruimd. Enigszins ongerust begroette ze haar vader, ervan overtuigd dat iedereen naar haar keek – een paranoïde vrees dat iedereen had gehoord dat ze Marco had gekust.

'Geen Elizabeth?' vroeg ze, worstelend met haar schuldige geweten en trachtend opgewekt te klinken.

'Nog niet. Ik vermoed dat ze wat langer zal blijven liggen; ze was gisteravond behoorlijk aangeschoten en zou weleens hoofdpijn kunnen hebben. Hoe voel jij je?'

Esmé schudde haar servet uit. 'Ik heb bijna de hele nacht wakker gelegen.'

'Ja,' zei hij zacht, 'ik had al zo'n vermoeden. Thee? Of heb je liever koffie? Ik heb nog niets te eten besteld, ik heb op jou gewacht.'

'Thee is prima. Wacht, laat mij het maar doen.' Ze reikte over de tafel heen, nam de theepot van haar vader over en vulde haar kopje.

Maria verscheen aan een tafeltje en Esmé werd bijna bang toen ze haar gezicht zag, waarop een onaangenaam spottende uitdrukking te zien was. Had Angelo het meisje iets verteld? Of had ook zij gisteravond in de schaduwen staan mokken en gezien dat zij Marco kuste?

Ze bestelden hun ontbijt en toen ze alleen waren vroeg Esmé aan haar vader waarom hij had gedacht dat ze die nacht wakker zou liggen.

'Ik zou kunnen liegen en suggereren dat je wakker werd gehouden door een teveel aan prikkels,' antwoordde hij, 'maar omdat ik liever eerlijk wil zijn, zou ik eerder zeggen dat ik je nog nooit zo heb zien stralen als toen je gisteravond met Marco danste. Ik betwijfel of ik de enige was die het zag.'

'O hemel. En ik neem aan dat iedereen vindt dat ik een slechte invloed op hem heb. Is dat ook wat jij denkt?'

'Esmé, hoe ter wereld kom je op dat idee?'

'Omdat we gisteravond niet alleen maar hebben gedanst, we... we hebben ook gekust.' Ze was niet van plan geweest dat toe te geven, maar nu ze het eruit had geflapt was ze blij; het voelde goed om de woorden hardop te zeggen en ze niet alleen maar verwijtend door haar hoofd te horen weerkaatsen.

Ze zag dat haar vader peinzend zijn kopje liet zakken.

'Ik kan niet zeggen dat het me vreselijk verbaast,' zei hij zacht.

'Was mijn gedrag dan zo voor de hand liggend?'

Hij fronste zijn wenkbrauwen. 'Waarom gaat het alleen over jou, Esmé? Speelt Marco er dan geen rol in?'

'Je klinkt boos.'

'Ik ben boos omdat jij het gevoel hebt dat alleen jij verantwoordelijk bent voor de situatie waarin Marco en jij jullie bevinden. Jullie zijn twee jonge mensen die zich vanaf de eerste dag al tot elkaar aangetrokken voelen.'

'Je hebt het al die tijd geweten, is het niet?'

Hij glimlachte. 'Ik zou wel niet goed bij mijn hoofd moeten zijn om dat niet te raden.'

'Wilde je daarom niet dat ik met hem alleen was toen hij zo ziek was?'

'Ja, ik maakte me zorgen of het wel gepast was dat jullie tweeën met elkaar alleen waren, wat daaruit zou kunnen voortkomen en wat voor gevolgen en consequenties dat voor jou zou hebben.'

'Het gevolg is dat ik me vreselijk ellendig voel,' zei ze somber.

Hij stak een hand naar haar uit. 'Je moet je niet ellendig voelen. Dat sta ik niet toe. Ik wil dat je wat je hier hebt meegemaakt koestert. Er zal onvermijdelijk een eind aan komen, maar de herinnering zal je bijblijven zolang jij dat wilt.'

'Je klinkt alsof je er uitgebreid over hebt nagedacht.'

'Ik denk uitgebreid na over alles wat met jou te maken heeft. Daarom heb ik Angelo gisteravond gezegd dat hij je met rust moest laten. Dat had ik meteen moeten doen, maar ik wilde niet al te tactloos lijken en bovendien vrees ik dat je sommige levenslessen alleen door schade en schande kunt leren.'

Vervuld van liefde voor haar vader stond ze op uit haar stoel en omhelsde ze hem. 'Ik heb jou niet verdiend,' zei ze, 'je bent te goed voor me.'

Hij omhelsde haar ook. 'Onzin, ik wil gewoon dat je gelukkig bent.'

Toen ze weer was gaan zitten en nadat Maria toast en gekookte eieren had gebracht, vertelde Esmé dat ze graag wilde dat hij een portret van Marco schilderde.

'Dat wilde ik zelf al voorstellen,' zei hij.

Esmé tikte tegen de kop van haar ei en zij: 'Je bent ongelooflijk, weet je dat? Je begrijpt me zo goed.'

'Helemaal niet ongelooflijk. Ik probeer gewoon de vreselijke jaren van je jeugd goed te maken.'

'Dat hoef je niet te doen. Het was niet jouw schuld. Bovendien was niet alles eraan slecht.'

'Toch had ik vaker tegen je moeder in moeten gaan. Daar heb ik nog het meest spijt van.'

'Ook een levensles die je met vallen en opstaan hebt geleerd,' zei ze. Er gingen enkele minuten voorbij. Toen vroeg Esmé, die de punt van een stukje beboterde toast in haar eierdooier doopte, om de stemming te verbeteren: 'En hoe zit het met Elizabeth en jou? Wat ga je met haar doen?'

Haar vader lachte. 'Goede vraag.'

'Ze is behoorlijk gek op je.'

'Bedoel je dat je haar als stiefmoeder zou willen hebben?'

'Ze zou wel wat plezier en gelach in je leven brengen wanneer ik op de universiteit zit.'

'En me hoorndol maken op de koop toe!'
'O, zo erg is ze niet. Ze heeft een goed hart.'
'Ze is stapelgek op een heel charmante en excentrieke manier, maar ik ben van plan als vrijgezel en relatief onbeschadigd terug te keren naar Engeland. En nu,' vervolgde hij, snel van onderwerp veranderend, 'dat schilderij van Marco: olieverf of aquarel, en waar wil je dat ik hem schilder?'
'Olieverf,' zei ze beslist. 'Op de stenen trap die naar het meer leidt.'

Ze realiseerden zich al snel dat, aangezien de stenen trap bijna de hele dag in de volle zon lag, Marco daar met dit hete weer onmogelijk lang kon zitten. Hij werd dus in de schaduw van de majestueuze ceder op een witgeschilderde rieten stoel gezet met een boek in zijn handen. Hij zat alleen niet te lezen, maar met Esmé te praten die op een stoel rechts van hem zat.
Het schilderen van het portret kostte drie dagen, en al die tijd liet William het aan niemand zien. Als Elizabeth of een van de andere gasten zelfs maar dichterbij leek te komen om er een blik op te werpen, dekte hij het schilderij meteen toe met een grote doek.
Elena werd de eer gegund om het portret als eerste te zien en verraste hen allemaal door meteen in tranen uit te barsten. Ze vluchtte met haar schort tegen haar gezicht gedrukt terug naar de keuken.
Enkele seconden later kwam Giulia naar buiten om te zien wat de ontsteltenis bij haar kokkin had veroorzaakt en ook haar reactie – al was die minder dramatisch – was beslist het observeren waard. Ze was duidelijk geroerd door het portret. 'William,' mompelde ze, 'wat een buitengewoon goede gelijkenis; je hebt hem perfect verbeeld. Bravo! En hoewel je dat onmogelijk kon weten, heb je op de een of andere manier ook de gelijkenis met zijn vader getroffen.'
Esmé stond bijna te trappelen van ongeduld omdat ze het schilderij zo graag zelf wilde zien. 'Laat kijken, laat kijken!' riep ze opgetogen. 'Het is niet eerlijk dat iedereen het eerder te zien krijgt dan ik!'
Lachend nodigde haar vader Esmé en Marco uit samen te komen kijken.

'Mijn tante heeft gelijk,' zei Marco langzaam, 'ik lijk inderdaad op mijn vader. Tenminste, zoals ik me hem herinner.'

Hij draaide zich om en schudde William de hand. 'Dank u, signore. Mocht u ooit genoeg krijgen van het schilderij, dan zal ik het met plezier een goed thuis geven.'

Esmé noch haar vader zei iets, maar ze wisten allebei dat dat nooit zou gebeuren.

De volgende morgen werd Esmé tot haar grote ergernis wakker met vreselijke hoofdpijn en misselijkheid. Het verpestte het plan om met haar vader, Elizabeth en een paar andere gasten het meer over te steken naar Lezzeno om daar de grot te gaan bekijken. Alberto had hun met groot genoegen verteld dat Lezzeno ooit een bastion van hekserij en talloze akelige gebeurtenissen was geweest. Weer een van zijn verhalen rondom een tragische liefdesgeschiedenis.

'*Troppo solo ieri*' – te veel zon gisteren – was Elena's diagnose toen Esmé niet naar beneden kwam voor het ontbijt. Elena kwam daarom hoogstpersoonlijk met een dienblad met thee en een versgebakken broodje met jam naar boven en stond erop dat Esmé dat probeerde.

Ze slaagde erin de thee op te drinken en ging daarna weer slapen. Toen ze wakker werd was het erg stil in het hotel. Op de klok op haar nachtkastje zag ze dat het halfeen was. Ze voelde zich schuldig dat ze zo lang had geslapen en kwam voorzichtig overeind om te zien hoe ze zich nu voelde. Tot haar opluchting was ze niet meer misselijk en was de bonkende pijn in haar hoofd verdwenen.

Toen ze een zacht klopje op de deur hoorde nam ze aan dat het Elena of Maria was die het dienblad terug kwam halen. '*Sì*,' antwoordde ze.

Het was echter geen van beiden, maar Marco met een nieuw dienblad. 'Hoe voel je je?' vroeg hij, en hij kwam de kamer binnen en deed de deur achter zich dicht. Hij keek haar angstvallig niet recht aan. 'Voel je je goed genoeg voor een glas limonade? Of heb je misschien liever thee? Ik heb allebei meegebracht.'

Ze trok haastig het beddengoed netjes over zich heen terwijl hij het dienblad op de poef aan het voeteneind van het bed zette. 'Ik voel me veel beter, dank je. Wat is het stil.'

'Iedereen is weg. Mijn tante ook. Ze is naar de bank in Como. Alleen Maria, Elena en ik zijn hier. Elena zei dat ik je wat te drinken moest brengen. Dit is trouwens niet de limonade die ze normaal maakt, maar haar speciale versie volgens haar moeders recept. Maar omdat ik weet dat je daar dol op bent, dacht ik dat thee misschien beter was. Je kunt dus kiezen.'

'In dat geval wil ik graag een kop thee als voorbereiding op Elena's speciale limonade.'

Hij schonk een kop voor haar in en gaf die aan haar. 'Wil je dat ik nu wegga?' vroeg hij, een stukje van het bed af staand, zijn handen achter zijn rug over elkaar.

Haar verstand vertelde haar dat hij niet hoorde te blijven, maar ze kon deze kans met hem alleen te zijn niet laten schieten. 'Misschien kun je een poosje bij me blijven,' antwoordde ze, hopend dat ze de stem van haar verstand tot bedaren zou kunnen brengen.

Hij trok een stoel bij en ging zo snel zitten dat ze zich afvroeg of hij bang was dat ze van gedachte zou veranderen. 'Wil je dat ik, om goed te maken wat je hebt gedaan toen ik ziek was, je een poosje voorlees?'

'Nee, praat liever met me. Vertel me... vertel me hoe ik moet omgaan met het feit dat ik je nooit meer zal zien.'

'Je zult je prima redden zonder mij, Esmé,' zei hij ernstig. 'Je zult teruggaan naar Engeland, vele malen verliefd worden en dan de man ontmoeten die helemaal volmaakt voor je is. En je zult kinderen krijgen: een schattig blond meisje en een ondeugende jongen met donker haar. Ze zullen allebei net als jij blauwe ogen hebben.'

'Hoe kun je dat zo zeker weten?'

'Omdat ik daarvoor zal bidden. Dat is de toekomst die ik je toewens, Esmé, die van een gelukkige echtgenote en moeder in Engeland. Op een dag zul je terugkeren naar het meer en je man en kinderen meebrengen om hun te laten zien waar je ooit hebt gelogeerd. En je zult hun vertellen dat je hier een goede vriend had die heel veel van je hield. En wie weet, zien we elkaar ooit nog eens terug.'

Het kopje dat hij haar had gegeven, rammelde op het schoteltje en ze begon zo te beven dat ze het op het nachtkastje moest zetten. 'Ik geloof niet dat ik nog iets over die toekomst wil horen,' zei ze, haar tranen wegknipperend. 'Ik weet dat we elkaar pas een paar maanden kennen, maar ik zal nooit voor iemand anders kunnen voelen wat ik voor jou voel.'

'Niet huilen,' zei hij, en hij pakte haar hand vast. 'Ik moet hier vertrekken in de wetenschap dat ik jou niet verdrietig heb gemaakt. Dat moet je me beloven.'

'Dat kan ik niet! Waarom wil je dan ook priester worden?' riep ze met bevende stem uit. 'Je zou kunnen worden wat je maar wilt!'

'Dat weet ik, maar dit is waarvoor ik heb gekozen, en wat mij heeft uitgekozen. Luister, *mia cara*, liefde gaat altijd gepaard met opoffering. Wanneer we ervoor kiezen van iemand te houden, zal dat ons altijd iets kosten. Onthoud dat. Onthoud ook dat ware liefde eeuwig duurt; je zult mijn liefde voor jou altijd in je hart meedragen.'

'Maar je nooit meer zien, is een te groot offer, ' weeklaagde ze. 'Mag je van God niet van gedachte veranderen?' vroeg ze.

'Natuurlijk mag ik dat.'

'Maar dit is wat je meer dan wat ook wilt doen, is het niet?'

'Sinds ik die keuze heb gemaakt heb ik daar nooit aan getwijfeld, niet...' Hij aarzelde en zijn blik ging naar haar gezicht. 'Niet totdat ik jou ontmoette.' Hij glimlachte, zijn blauwe ogen zacht en vol tederheid. 'Maar ik ben blij dat ik de verleiding heb ervaren; dat zal me tot een betere priester maken.'

Ze keek hem vol ongeloof aan. 'Maar er moeten toch wel eerder meisjes zijn geweest die je leuk vond en die... je in verleiding hebben gebracht?'

Hij schudde zijn hoofd. 'Er is nooit iemand geweest zoals jij, Esmé. Je bent uniek. Vergeet dat nooit.'

Zijn woorden waren te veel voor haar en ze begon te huilen; ze had het gevoel dat er voor haar een einde aan de wereld kwam. Hij nam haar in zijn armen. Ze huilde en huilde ontroostbaar tegen zijn schouder. Hij suste haar en aaide over haar rug; eerst snel, zijn handen vertroostend warm en zeker en daarna langzamer tot het een zwoele liefkozing was.

'Huil alsjeblieft niet,' mompelde hij met zijn lippen tegen haar nek. 'Ik kan het niet verdragen me je zo te herinneren. Je hebt geen idee hoe pijnlijk het voor me is te weten dat ik je zo veel pijn doe.'

Ze ademde diep in, worstelde om zelfbeheersing en langzaam maar zeker droogden haar tranen op en werd ze stil.

'Dat is beter,' zei hij zacht, terwijl zijn handen nog steeds in langzame cirkels over haar rug en schouders streken.

Toen ze zeker wist dat ze niet weer zou gaan huilen, ging ze rechter zitten en wendde ze haar hoofd van hem af. Ze wilde zich net verontschuldigen voor de scène die ze had veroorzaakt en voor het feit dat ze er zo vreselijk uitzag toen hij haar hand naar zijn lippen bracht en de vingertoppen kuste.

'Je hebt zo'n edelmoedige ziel, *cara*; dat is wat je zo begaan maakt met anderen. Verlies dat nooit. Al was het maar omdat je die nodig hebt om me te vergeven dat ik je zo'n pijn doe. *Ti amo tanto*.'

'Ik hou ook van jou,' zei ze.

Ze sloot haar ogen toen hij haar gezicht streelde. Zijn aanraking was licht en teder en bracht haar in vervoering. Bevend van vreugde en nog iets wat ze niet kon benoemen, voelde ze een golf van liefde voor hem. Toen ze haar ogen opende en in zijn gevoelige gezicht keek zag ze daarin een blik van zuivere aanbidding. Maar plotseling veranderde zijn uitdrukking en zag ze een nieuwe emotie op zijn gezicht; een emotie die veel dieper ging dan aanbidding. Toen voelde ze de vonk overspringen. Hij drukte zijn lippen op de hare en kuste haar hartstochtelijk.

Ze beantwoordde zijn kus met een triest en hevig verlangen en voelde de spanning in hem toen zijn handen liefkozend en onderzoekend over haar heen begonnen te bewegen. Haar lichaam en geest ondergedompeld in een plezierige warmte trok ze hem dichter naar zich toe en leunde met hem achterover in de kussens.

Zijn ademhaling werd sneller en ze voelde het bonzen van zijn hart door de dunne stof van zijn overhemd. Met bevende handen knoopte hij de voorkant van haar nachthemd open.

Ze huiverde onder zijn aanraking, overweldigd door de aanzwellende gevoelens die hij bij haar losmaakte. Ze keek toe terwijl hij zijn overhemd uittrok en op de vloer gooide, en toen ze met haar handen over zijn gladde borst streek, keek hij haar bijna verlegen aan.

'*Ti amo*,' zei hij weer en toen ging hij naast haar liggen.

30

'Seb heeft me uitgenodigd voor zijn bruiloft,' flapte Floriana eruit.

Het was wel het laatste wat ze had willen zeggen en terwijl ze zich voorstelde dat een grote tekenfilmhand haar mond dichtsloeg, wierp haar zus haar een klassieke blik toe, de blik die zei: *O, in vredesnaam, waarom moet alles altijd om jou draaien?*

Deze ene keer had Ann gelijk; dit was niet de plaats of het moment om over Seb te praten. Deze avond draaide om hun ouders die ze welkom thuis heetten na hun vakantie van drie maanden, waarbij pap de kans kreeg de vakantie-dvd te laten zien die hij van hun reis had samengesteld en mam moest bijkomen van de schok die de aanpassing aan het normale leven met zich meebracht. Aan boord van het cruiseschip werd alles voor hen gedaan, maar nu moest ze weer met de keuken en de wasmachine leren omgaan, terwijl pap in de logeerkamer een gigantisch aantal uren de film had zitten bewerken die hij tijdens de cruise had gemaakt.

Floriana was echter nauwelijks gearriveerd en nog bezig haar muts af en haar jas uit te doen toen mam vol afgrijzen naar het litteken op haar hoofd had gewezen en had willen weten wat er was gebeurd. Floriana had het zo kort mogelijk uitgelegd, maar mam had ontzet gereageerd.

'Maar waarom heb je ons niet verteld dat je een ongeluk hebt gehad?' had ze geroepen terwijl ze Floriana meetrok naar de huiskamer waar het licht beter was en ze haar beter kon bekijken. Het had waarschijnlijk op het puntje van haar tong gelegen om te zeggen dat het nog niet te laat was om er wat arnica op te smeren. Arnica en een lekkere kop thee waren mams wapens tegen alle vervelende dingen waarmee het leven haar kon confronteren.

'Het was nauwelijks een ongeluk te noemen,' had Floriana gezegd, angstvallig elk oogcontact met haar zus vermijdend, die haar waarschijnlijk een blik schonk van: *wat had ik nou gezegd over mam en pap niet bezorgd maken*?

Mam had haar verhoor pas gestaakt toen ze Floriana een volledige bekentenis had ontfutseld en het nieuws over Seb eruit kwam.

'Dus hij gaat trouwen?' zei pap in de plotselinge en veelbetekenende stilte die mam had laten vallen. Sinds er een einde aan hun vriendschap was gekomen wilde Floriana niet – en ze zag nu wel in dat dat een beetje overdreven was geweest – dat Sebs naam werd uitgesproken in haar bijzijn, en haar ouders hadden die wens steeds gerespecteerd. Wat ze zeiden was echter niet hetzelfde als wat ze dachten. Floriana wist, want dat had mam zich vorig jaar laten ontglippen, dat ze Seb een kaart hadden gestuurd voor zijn verjaardag. Ze hadden echter niets van hem terug gehoord.

'Dat is een verrassing,' vervolgde pap slecht op zijn gemak, en hij deed een perfecte imitatie van een man die een heel hete aardappel in zijn handen heeft gekregen en hem van de ene in de andere hand overgooit in de hoop hem bij iemand anders kwijt te kunnen. 'Ik had hem niet als het type ingeschat om te trouwen.'

'Wie gaat er trouwen?' vroeg Clare, opkijkend van het spelletje dat Thomas op zijn Nintendo zat te spelen en waarbij zij over zijn schouder mocht meekijken zolang ze haar duim niet in haar mond stak en dat vreselijke zuigende geluid maakte waar hij zo'n hekel aan had. 'Mag ik bruidsmeisje zijn?'

'Nee, dat mag je niet,' snauwde Ann. 'Het is gewoon een rare oude vriend van tante Floriana.'

Beduusd door de felle toon van haar moeder vergat Clare de regel van haar broer. Ze stak haar duim in haar mond en zoog er zo hard op dat ze er een verstopte afvoer mee open had kunnen krijgen.

'Ie-ieuw,' zei Thomas terwijl hij zijn elleboog tegen haar borst stootte. 'Wat is dat smerig.'

'Haal je duim uit je mond!' beet Ann haar toe. 'Hoe vaak moet ik je nog zeggen dat je geen baby meer bent?'

Duimzuigen was sinds het nieuwe jaar verboden *chez* Brown, maar Clare's verslaving nam nog niet af. Haar gezicht verfrommelde en met haar duim in haar mond mompelde ze dat ze geen baby was.

'Ja, dat ben je wel!' spotte Thomas. 'Je bent de smerigste baby op de hele wereld!'

Het verfrommelde gezicht vertrok nog verder en Clare begon te jengelen en tegelijk Thomas op zijn hoofd te slaan, waarmee ze – mocht dat al nodig zijn – bewees dat ze sterker was dan welke baby dan ook.

'Ma-am!' riep Thomas, en hij gaf zijn zus weer een gemene por met zijn elleboog. 'Zeg dat ze ophoudt!'

Het volume van Clare's gehuil had het niveau van een brandweeralarm bereikt en haar broer gaf haar een harde duw, waardoor ze achterover op de salontafel viel en de schaal met knabbels die mam had klaargezet voor bij paps dvd door de lucht vloog.

'Verdomme, kunnen jullie tweeën je niet eens twee seconden gedragen, ik probeer een e-mail te versturen.'

'Paul,' beschimpte Ann haar echtgenoot, 'zo praat je niet tegen de kinderen! En ik dacht dat je die BlackBerry vandaag uit zou laten?'

'Dit is belangrijk.'

'Zoals gewoonlijk!'

'Het is al goed, iedereen,' zei mam met een kalmte die volstrekt niet strookte met de snelheid waarmee ze zichzelf op de vloer had gestort om het mengsel van popcorn, olijven en chips op te rapen voordat het in het tapijt werd getrapt. Een Bijzondere Bijstandseenheid had niet sneller kunnen reageren..

'Kijk nou wat je hebt gedaan,' zei Ann.

'Hoezo is het mijn schuld?' vroeg Floriana vol ongeloof. Stomme vraag. Natuurlijk was het haar schuld. Dat was het in Anns ogen altijd.

Haar zus keek haar kwaad aan. 'Als jij niet over Sebs bruiloft was begonnen, was dit niet gebeurd. Blijf daar niet staan, ga een doekje halen! Of beter nog, haal keukenrol en een stoffer en blik!'

Toen het tumult voorbij was en het tapijt gered, zat Floriana met haar vader in de keuken. Ze genoten stiekem van een versterkend glas van paps zelfgemaakte pruimenlikeur terwijl ze wachtten tot het water kookte.

'Ik neem aan dat het nieuws over Sebs aanstaande huwelijk een verrassing voor je was?' vroeg haar vader boven het lawaai van de waterkoker uit, die klonk als een jumbojet net voor het opstijgen.

Ze knikte.

'Ga je erheen?'

'Ik weet het niet. Hij kwam een paar weken geleden naar Oxford om me onder druk te zetten.'

'Dus hij wil echt graag dat je komt?'

Ze schokschouderde, niet in staat te antwoorden.

Haar vader schonk hun allebei nog wat van de likeur in en zei: 'Vooruit, drink op voordat je moeder het ziet en ik op mijn donder krijg. Ik sta op een strikt dieet: niet meer dan één glas alcohol per dag.' Hij klopte op zijn buik. 'Ik ben zes kilo aangekomen.'

Floriana lachte. 'Je ziet er prima uit. Misschien zelfs beter. Je was eerst graatmager.'

Hij glimlachte. 'Zou je het zo vreselijk vinden naar Sebs bruiloft te gaan? Ik heb geen idee wat er tussen jullie is voorgevallen, maar lijkt het je niet een mooie kans de hand die hij je reikt vast te pakken? Jullie waren zo hecht met elkaar, het is jammer als een vriendschap verloren gaat, vooral een die zo belangrijk voor jullie beiden was.'

Ze schudde haar hoofd. Ze vond het jammer voor haar vader. Hij was erg op Seb gesteld geweest en had zichzelf heimelijk een beetje als een vaderfiguur voor hem beschouwd. 'Ze trouwen aan het Comomeer,' zei ze, 'wat inhoudt dat ik er niet heen kan.'

'Waarom niet?'

'Poen, pap.'

Het water kookte en hij zette een pot van mams favoriete Earl Grey-thee. Daarna vulde hij de waterkoker weer om koffie te zetten voor Paul en cafeïnevrije thee voor Ann. 'We kunnen altijd helpen, dat weet je.'

'Zodat Ann me voor de voeten kan gooien dat ik niet op eigen benen kan staan?'

'Ze hoeft het niet te weten.'

Floriana dronk haar glas leeg. 'Nu klink je net als Seb.' Ze vertelde hem over Sebs vreselijke idee de reis voor haar te betalen.

'Hemel, dat is inderdaad vreselijk van hem. Hoe durft hij je zoiets aan te bieden.'

'Doe niet zo flauw, pap, je weet wat ik bedoel. Ik kan zijn liefdadigheid niet aannemen.'

‘Dat is het niet. Het lijkt mij veeleer een vriendelijk gebaar. Zoals ik al zei, moet het veel voor hem betekenen dat je erbij bent. Wie weet, heeft hij nu helemaal geen vrienden die zo belangrijk voor hem zijn.’

Het was niet voor het eerst dat Floriana dat hoorde; Esmé had ook zoiets gezegd en toen ze laatst met Adam had gegeten, had hij hetzelfde opgemerkt.

‘Weet je zeker dat je het geld niet als excuus gebruikt?’ vroeg haar vader terwijl hij in de kast naar Anns doosje cafeïnevrije theezakjes zocht. ‘Je hebt tegenwoordig verbazingwekkend goedkope vluchten.’

‘Het is een probleem, maar niet onoverkomelijk,’ bekende ze. Tijdens het etentje met Adam was hij met zijn telefoon online gegaan om haar te laten zien wat ze aan onkosten voor de vlucht zou kunnen verwachten. Ze had gezegd dat alle goedkope aanbiedingen weg zouden zijn tegen de tijd dat zij een beslissing had genomen.

‘Des te meer reden om nu te boeken,’ had Adam geantwoord.

‘Het gaat dus niet alleen om het geld,’ zei haar vader, ‘en je hebt me dit niet zien doen,’ voegde hij eraan toe toen hij het zoeken opgaf en een theezakje met een fatale dosis cafeïne in Anns mok hing. ‘Wat weerhoudt je er dan echt van te gaan?’

‘Denken jullie dat die koffie en thee nog voor Pasen klaar kunnen zijn?’ vroeg Ann, die haar hoofd om de keukendeur stak.

‘Het komt er zo aan,’ zei pap, die snel de mok met het theezakje dat, als je haar mocht geloven, haar de hele nacht wakker zou houden, aan Anns oog onttrok.

Wat Floriana betrof zou dat haar terechte straf zijn, gezien de manier waarop Ann daarstraks tegen haar had gesproken. Heus, haar zus was tegenwoordig zo humeurig als de pest. Wat had ze toch? Afgezien van het voor de hand liggende natuurlijk: twee ruziënde kinderen en een man die hard op weg was een saaie ouwe brompot te worden. Mam, die altijd klaarstond om iedereen te verdedigen, zei dat Paul te hard werkte, dat hij altijd aan de telefoon was, of een of ander dringend probleem van kantoor moest aanpakken. Floriana vermoedde stiekem dat Paul expres zorgde dat hij het zo druk had, om aan de constante stortvloed van Anns regeltjes te ontsnappen.

Floriana had Clare op haar schoot toen ze naar de dvd met de fantastische wereldreis van pap en mam zaten te kijken en dacht aan Esmés fantastische reis naar Italië toen ze jong was.

Het was inmiddels twee weken geleden dat Floriana opgetogen naar het verhaal van haar oudere vriendin had zitten luisteren. Wat zou haar eigen levensverhaal daarbij vergeleken vreselijk saai klinken.

'Kijk!' riep Clare, die een natte, gerimpelde duim uit haar mond trok en naar de televisie wees waarop een zwembad, een rij ligstoelen en een jacuzzi te zien waren. 'Oma zit in een bubbelbad!'

'Inderdaad,' zei Floriana. 'Hé, lekker in de jacuzzi, mam, en is dat nou een glas champagne in je hand?'

'Dat is het zeker. En voor je het vraagt, mijn gezicht is roze van de zon. Niet van de champagne.'

Floriana lachte. 'Natuurlijk, mam, de hemel verhoede dat we iets anders zouden denken. En wie is die gigantisch grote kerel die bij je zit?'

'Dat is Jim Romano, een officier van justitie uit Chicago. We aten vaak samen met hem en zijn vrouw. Ze noemde hem Big Jim.'

'Dat geloof ik best,' zei Floriana lachend.

'Waarom zit hij met jou in bad, oma?' vroeg Clare.

'Sst!' siste Ann vanaf de bank, waar Paul naast haar heimelijk met zijn BlackBerry bezig was.

'Dat vertel ik je straks wel,' fluisterde Floriana haar nichtje in het oor terwijl Big Jim op de televisie in een brede grijns zijn tanden liet zien.

Waarschijnlijk was het de associatie van een Italiaans klinkende naam waardoor Floriana's gedachten van de cruise van haar ouders terugkeerden naar Esmés tijd in Italië. Tot haar teleurstelling had Esmé haar verhaal op een cruciaal punt met een gemompelde verontschuldiging afgebroken en had ze gezegd dat ze te moe was om verder te vertellen. Floriana was kort daarna vertrokken en had de oude dame de volgende dag gebeld om te vragen of alles in orde was.

'Het gaat prima, liefje,' had Esmé gezegd, 'ik lijd alleen aan een overdaad aan nostalgie.'

Hoewel ze heel benieuwd was naar het vervolg van Esmés verhaal had Floriana haar geluk niet op de proef willen stellen, al speculeerde ze er wel over, besprak ze het met Adam en concludeerde ze dat Marco werkelijk de liefde van Esmés leven moest zijn geweest en dat die daarom nooit was getrouwd.

Nu ze haar moeder – nu in avondkleding en met weer een glas champagne in haar hand – voor de camera zag poseren en naar haar vaders liefdevolle en amuserende commentaar luisterde, dacht Floriana aan hún romantische verhaal. Ze hadden elkaar als tieners op school ontmoet, hadden een poosje verkering gehad en het uitgemaakt, tot pap een paar jaar later zoals hij het noemde weer mams zwaartekrachtveld in werd getrokken, waarmee het bekeken was. Er was voor hem niemand anders meer op aarde: mam was de grote liefde van zijn leven.

Floriana moest onwillekeurig aan Seb denken. Was hij haar grote liefde? Hij was nooit echt haar vriendje geweest, maar ze had beslist nooit voor iemand hetzelfde gevoeld als voor hem. Zou dat ooit gebeuren? Was er een tweede kans voor haar, een tweede Seb?

Of was ze voorbestemd om alleen oud te worden, net als Esmé? En zou dat zo verschrikkelijk zijn? Floriana had de dreigende blikken gezien die Ann en Paul wisselden toen hij haar bleef tarten door zijn BlackBerry te gebruiken en dacht dat de ongehuwde staat misschien zo gek nog niet was.

Steve had hem verzekerd dat het geinig zou zijn. Wat de vraag opriep wat Steve tegenwoordig in vredesnaam geinig noemde? Een wortelkanaalbehandeling?

Nog niet zo lang geleden zou Steve er niet over gepeinsd hebben in een zaak als deze iets te gaan drinken, maar of hij nu een vroege midlifecrisis had of niet, hij was nu een trots lid van de nieuwste loungebar in George Street, een zaak die zich richtte op de 'elite van de *party crowd*'. Ze gingen nota bene prat op een 'eerlijk deurbeleid' om er zeker van te zijn dat gelijkgestemden veilig met de elite konden omgaan. Wat een flauwekul, dacht Adam toen hij naar de verzamelde groep in pak gestoken alfamannetjes en naar de meisjes keek die te hard hun best deden met hun valse wimpers en torenhoge hakken.

'Juist,' had Steve gezegd toen Adam hem telefonisch over Jesse had verteld, 'je gaat niet meer bij je cd's van Adèle zitten janken, we brengen je weer in feestmodus en gaan stappen!'

Adam voelde zich allesbehalve in feestmodus toen hij probeerde met de twee meisjes te praten die al aan hen klitten sinds ze binnen waren gekomen.

'We hebben die twee in onze zak,' had Steve met een knipoog gezegd. 'We hebben een stelletje Kardashians gevonden, geloof mij maar! Pak die stoelen daar terwijl ik iets te drinken haal. Jij mag kiezen welke van de meisjes je wilt. Maar denk erom, alleen voor deze ene keer.'

Drinken halen was nog een hele prestatie; de mensen stonden vijf rijen dik om de bar heen en Steve was al een eeuwigheid weg, zodat Adam alleen met de meisjes moest praten.

Uit het beetje dat hij te weten was gekomen, maakte hij op dat ze gewoon hun tijd uitzaten tot er iets beters voorbijkwam. Kennelijk speelde een of andere soapacteur momenteel in een toneelstuk in het Playhouse en ging het gerucht dat hij graag in deze club kwam. Misschien hoopten ze hem aan de haak te kunnen slaan?

Een van de meisjes probeerde boven het lawaai van de muziek uit, die het gebouw op zijn grondvesten deed schudden, iets tegen Adam te zeggen. Hij hield zijn hand bij zijn oor om aan te geven dat ze het nog eens moest herhalen. Hij ving de woorden *Take me out* op, of hij dat zaterdag had gezien? Met een grijns van geveinsde belangstelling om zijn mond en het gevoel dat hij een dove, verwarde oude oom was die ze naar de mond praatte, zei hij: 'Nee, sorry, dat moet ik gemist hebben.' Hij wist in elk geval welk programma ze bedoelde. Hij had er een keer per ongeluk een stukje van gezien toen hij zat te wachten terwijl Jesse haar haren droogde voordat ze uitgingen. De twee meisjes leken hem ideale deelneemsters voor het programma.

Toen die richting in het gesprek dood bleek te lopen, probeerden de meisjes iets anders. Schreeuwend vroegen ze hem of hij de deejay van vanavond kende. Was hij goed? Ze hadden gehoord dat rhythm-and-blues zijn ding was. Adam kreunde in stilte. De ouder wordende dove oom was veranderd in een verbijsterde grootvader die in de zak van zijn vest naar een Werther's Original zocht.

Zijn oren dreunden van het lawaai en zijn vervelingsdrempel was al ruim overschreden, dus deed hij het enige wat hij kon doen: hij pakte zijn mobiele telefoon en deed alsof die overging. 'Sorry,' zei hij, met zijn telefoon naar de twee meisjes en daarna naar Steve zwaaiend, die eindelijk contact had gelegd met een jonge knul achter de bar en in gebarentaal met hem communiceerde.

Hij pakte zijn jas, liep snel de trap op, ontweek binnenkomende klanten en dook de straat op. Buiten op het trottoir wurmde hij zich tussen de horde rokers en de potige kerel in een slecht passend pak en met een oormicrofoontje in FBI-stijl door, die de wacht hield bij de belachelijke rode loper. Het was zijn taak te zorgen dat het 'eerlijk deurbeleid' werd gehandhaafd.

Uit de buurt van het lawaai ademde Adam de koele avondlucht in. Wat deed hij hier in vredesnaam? Dit was niets voor hem. Dat was het nooit geweest. Zelfs toen hij in de twintig was, was hij al te oud geweest voor een dergelijke bar. Langzaam reed een auto voorbij met een ik-moet-iets-bewijzen-uitlaat en met hoor-mij-nou-muziek uit alle vier de geopende raampjes. Het was de laatste nagel aan de doodskist van zijn zaterdagavond en zonder nog achterom te kijken liep hij weg, bedenkend dat hij na slechts één telefoontje van een vriend die hij al eeuwen niet had gezien – *bam!* – had toegestemd in een avond in de hel. Alsjeblieft, zeg! Was hij zo wanhopig bezig geweest weer een sociaal leven op te bouwen?

Hij dacht terug aan een week geleden, toen Floriana en hij bij de Trout in Wolvercote waren gaan eten. Het was dankzij *Morse* en *Lewis* wel een beetje een toeristenval geworden, maar het was toch een veilige keus geweest in een krankzinnige wereld vol elitaire blabla. Hij herinnerde zich glimlachend hoe overdonderd Floriana en hij waren geweest toen ze Thom Yorke en zijn gezin zagen, die samen zaten te eten. Ze waren net als ieder ander gezin dat een rustig avondje uit was; niemand viel hen lastig. In de auto terug naar huis had Floriana een verbijsterend goede vertolking van 'I'm a creep' gegeven. Meegesleept door haar enthousiasme had hij meegedaan toen ze verderging met 'Karma police', zij het niet per se met de juiste woorden of de juiste zuiverheid.

In een opwelling stuurde hij Floriana een sms'je. Hij wist dat ze zou antwoorden als ze kon. Belangrijker nog, ze zou iets zeggen om hem op te vrolijken. Dat deed ze meestal. *Hoop dat jouw zaterdagavond beter is dan de mijne*, schreef hij.

Tien seconden later ging zijn telefoon. 'Ik overtroef uw beroerde zaterdagavond, meneer Strong, met een krijsend neefje en nichtje en een zus die het tegen VS kan opnemen als het gaat om het koeioneren van de wereld.'

'U komt niet eens in de buurt, juffrouw Day,' zei hij, blij van haar te horen. 'Ik zat opgesloten in een club met twee meisjes die de Verenigde Staten niet eens kunnen aanwijzen op de kaart.'

'Maar zijn ze wel leuk?'

'Nee.'

'Zelfs geen beetje?'

'Je luistert niet, is het wel? Ik heb zwaar behoefte aan immunisering tegen het stomheidsvirus, dus zeg in godsnaam iets intelligents om me te redden. Geef me een van die verbazingwekkend obscure feitjes van je.'

Het bleef heel even stil en toen zei ze: 'Wist je dat Mozart een tamme spreeuw had die de muziek nadeed die Mozart op de piano speelde?'

'Is dat zo?'

'Jazeker. Mozart had de vogel drie jaar als huisdier en toen de spreeuw doodging, schreef hij er een gedicht over en organiseerde hij ter ere ervan een buitensporig diner.'

'Wat bijzonder.'

'Nog bijzonderder was dat de vogel iets deed wat niemand begreep; hoewel hij perfect kon nadoen wat Mozart speelde, was er één muziekstuk dat een noot bevatte die in G grote terts hoorde te zijn, maar de vogel zong die altijd in G met kruis.'

'Dat is nog eens een indrukwekkende spreeuw. Bijna net zo indrukwekkend als jij.'

'O, dank je. Voel je je al wat beter?'

'Oneindig veel beter.'

'Ga in dat geval terug naar binnen, meneer Strong. U hebt een taak te vervullen.'

'Wat voor taak?'

'Indruk maken op die twee stukken. Laat ze maar eens wat zien op de dansvloer.'

'Geen sprake van. Ik heb er genoeg van, ik ga naar huis.'

'Watje!'

'Jij ook welterusten!'

Opgewekt glimlachend versnelde hij zijn pas. Even later sloeg hij links af naar St Giles' Street, waar hij zijn auto had geparkeerd.

Toen hij het portier opende, dacht hij weer aan Steve. Hij stuurde hem snel een sms'je: *Sorry, probleem dat ik met spoed moet afhandelen, spreek je morgen.* Daarna reed hij neuriënd terug naar Summertown.

Hij stapte net zijn huis binnen toen hij zich realiseerde wat hij had zitten neuriën: de ouverture van *Le nozze di Figaro*, de bruiloft van Figaro. Hij vroeg zich af of de spreeuw dat kon zingen. En of Floriana en de gonzende database die haar brein was ooit zouden ophouden hem te verbazen?

31

Het was een prachtige ochtend in maart. De zachtblauwe hemel was helder en bekoorlijk en vanuit haar bed kon Esmé de narcissen beneden in de tuin zien die het echte begin van de lente aankondigden en het stokje overnamen van de helleborussen en sneeuwklokjes die eerder de komst ervan hadden aangekondigd.

Op strikt doktersvoorschrift – voorschriften die grensden aan het draconische – moest ze voorlopig het bed houden en ze voelde zich ellendig, maar de aanblik van die simpele gele bloemen fleurde haar immens op. Ze hield van narcissen; het waren zulke dappere, eenvoudige bloemen met volmaakte trompetvormige kelken die een optimistisch liedje zongen na de lange donkere maanden van de winter. Op veel manieren een nederige bloem die vriendschap symboliseerde, iets wat Esmé zeer was gaan waarderen sinds Adam en Floriana in haar leven waren gekomen. Het was niet zo, dat ze niet sociaal was geweest voordat ze hen ontmoette, maar gewoon dat er een eind aan haar eerdere vriendschappen was gekomen toen haar vriendinnen een voor een overleden waren. Ze kende Adam en Floriana nog maar goed drie maanden, maar was erg op hen gesteld geraakt; ze zou het vreselijk vinden als ze hun gezelschap nu verloor.

Bij haar op het bed zat Euridice met haar poten de sprei te kneden om een comfortabel plekje voor zichzelf te maken. Voor de kat lag de speelgoedmuis die Floriana voor haar had gemaakt. Ze was er zo aan gehecht dat ze hem vaak in haar bek meedroeg; het was net een kitten voor haar. 'Je verschuilt je hier, hè?' zei Esmé met een stem die nauwelijks meer was dan een schor gefluister. 'Je bent bang om alleen te zijn met Krysta.'

De kat had haar draai gevonden en keek naar Esmé, maar kromp ineen toen ze de stofzuiger hoorde die op de overloop werd aangezet en tegen alles aan stootte dat in de weg zat: plinten, tafels, stoelpoten en een kleine kat als die de vergissing zou begaan de formidabele Krysta in de weg te lopen.

Esmé deed haar ogen dicht en leunde vermoeid achterover, waarbij ze zich dankbaar in de zachte kussens liet zakken. Ze vond het vreselijk aan haar bed gekluisterd te zijn, maar de angst dat haar gezondheid zou verslechteren en ze naar het ziekenhuis zou moeten, zoals de dokter had gedreigd, zorgde er wel voor dat ze precies deed wat hij haar had opgedragen. Ze wilde namelijk herstellen van wat was begonnen als een irritante luchtweginfectie, maar tot haar ongenoegen was overgegaan in een longontsteking. Ze had rust, warmte, veel drinken en regelmatige voedzame maaltijden voorgeschreven gekregen. Die lieve Adam en Floriana hielden een uitstekend oogje in het zeil, probeerden haar afleiding te bezorgen en haar op te monteren. Hoe kon ze hun die vriendelijkheid ooit vergoeden?

Adam woonde nu naast haar, hoewel kamperen misschien een beter woord was om te beschrijven hoe eenvoudig hij leefde tussen de rommel en de chaos van de renovatie. Hoe druk hij het echter ook had, hij had toch de tijd gevonden om een televisie en een kleine geluidsinstallatie met radio en cd-speler in haar slaapkamer te installeren, die hij volgens eigen zeggen over had. De televisie was de grootste openbaring voor haar, niet alleen omdat ze het altijd schandalig decadent had gevonden om er eentje in de slaapkamer te hebben, maar omdat ze al jaren helemaal geen televisie meer had.

'Maar ik heb geen abonnement,' had ze tegen Adam gezegd.

'Maak je daar maar niet druk over,' had hij haar gerustgesteld, 'dat regel ik wel voor je.'

Nadat ze erop had gestaan Adam te betalen om dat te regelen, hoopte ze dat hij het inderdaad had gedaan, omdat ze anders misschien niet naar het ziekenhuis maar naar de gevangenis zou worden afgevoerd!

Het was lief van hem dat hij haar iets gaf om de verveling op afstand te houden en sinds ze weer de energie had om lang genoeg wakker te blijven, keek ze overdag naar enkele programma's die bij haar de indruk wekten dat iedereen tegenwoordig geobsedeerd was door het kopen en verkopen van huizen en antiek. En als ze daar niet mee bezig waren, dan waren ze aan het koken.

Het geraas van de stofzuiger buiten haar slaapkamer stopte en even later klonken er stemmen. Esmé deed haar ogen open en herkende de stem van Floriana. Er leek beneden even een discussie gaande te zijn en daarna haastten lichte voetstappen zich de trap op. Toen er op haar slaapkamerdeur werd geklopt zei Esmé zwakjes: 'Als jij dat bent, Floriana, kom dan maar binnen.'

'En als ik het niet ben,' vroeg het meisje terwijl ze binnenkwam, 'wat moet ik dan doen?'

'Dat beslis ik later wel,' zei Esmé glimlachend toen Euridice naar de rand van het bed kwam om gedag te zeggen. Ze wees het meisje niet meer af zoals in het begin, maar Adam was nog steeds haar favoriet, haar grote vriend.

'Hoe is het vandaag met je?' vroeg Floriana terwijl ze haar jas uittrok en over de rugleuning van de stoel naast het bed hing. 'Voel je je wat beter?'

'Een klein beetje.'

'Beetje bij beetje, dus.' Ze ging zitten en meteen sprong Euridice op haar schoot. 'Ik heb wat kippensoep van Buddy Joe's voor je meegebracht,' zei ze. 'Wanneer je klaar bent om te lunchen zal ik die opwarmen. O, en je krijgt de groeten van Buddy en Joe en ze willen weten of ze iets voor je kunnen bezorgen.'

'O hemeltje, jullie zijn allemaal zo lief; ik heb het gevoel dat ik iedereen last bezorg. Hoor jij niet op je werk te zijn?'

'Daar ga ik hierna heen; Tony heeft een groep kinderen voor me klaarstaan.'

'Wat is het vandaag, de Potter-rondleiding?'

'Niet speciaal, deze rondleiding is voor misdeelde kinderen. Om ze iets inspirerends te laten meemaken. Ze krijgen een rondleiding door het Brasenose College, we kijken snel even bij het Ashmolean Museum naar binnen en eindigen dan in Christ Church voor de avonddienst.'

'Dat heb ik al een hele tijd niet meer gedaan,' zei Esmé weemoedig. 'Ik ging altijd graag naar Christ Church voor de avonddienst; dat was naar mijn mening altijd de beste.'

'Als je je weer goed genoeg voelt kunnen we een keer samen gaan als je wilt. Beter nog, we charteren Adam, dan kan hij ons er in zijn blitse nieuwe Mercedes naartoe rijden.'

Omdat ze zich niet kon voorstellen dat ze de kracht of energie had om de trap af te gaan, laat staan de stad door naar Christ

Church, zei Esmé: 'Hij heeft er niets van gezegd dat hij een nieuwe auto heeft gekocht.'

Floriana glimlachte en rolde met haar ogen. 'Je weet hoe hij is, je moet echt alles uit hem trekken.'

En daar ben jij precies de juiste persoon voor, dacht Esmé half glimlachend.

'Komt de dokter vandaag langs?' vroeg Floriana terwijl ze Euridice aaide, die begon te spinnen.

'Ik vrees van wel. Ik heb nog nooit iemand met zulke koude handen ontmoet.'

Lachend boog Floriana voorover naar haar tas op de vloer. 'Ik heb nog iets voor je meegebracht,' zei ze. 'Het is niet per se een cadeautje, maar iets waarvan Adam en ik dachten dat het handig en misschien zelfs leuk voor je zou zijn.'

'Dat hadden jullie echt niet moeten doen, jullie hebben me al veel te veel verwend.'

'Wind je niet zo op, het is maar een mobiele telefoon. Het is een oude prepaid die ik nog thuis had liggen. Ik heb er tegoed opgezet en als je je goed genoeg voelt zal ik je even een spoedcursus geven in het gebruik ervan, als je wilt.'

Esmé keek weifelend naar het mobieltje. 'Maar ik heb hier toch al een telefoon,' zei ze, naar het toestel op haar nachtkastje wijzend.

'Dat klopt. Maar dit mobieltje biedt het gemak dat je contact met Adam of mij kunt opnemen via een sms-berichtje wanneer we niet in staat zijn een telefoontje te beantwoorden.'

'Maar ik kan nu toch ook een bericht inspreken op jullie telefoon.'

'Ja, maar zo kunnen we jou ook sms'en.'

'Wil je dat dan?'

Floriana lachte. 'Waarom probeer je het niet even? De meeste mensen denken aanvankelijk dat ze niets aan een mobieltje zullen hebben, maar ontdekken al snel het gemak en de lol ervan. Hier, ik zal je laten zien hoe je een sms'je verstuurt. We zullen Adam er een sturen, goed?'

'Ik wil hem niet lastigvallen,' zei Esmé wat ongerust.

'Geloof me, hij zal het heerlijk vinden iets van je te horen. En als we dat gedaan hebben, ga ik je soep opwarmen voor de lunch.'

Tot Esmés grote verbazing slaagde ze er niet alleen in Floriana's geduldige instructies op te volgen, maar begon binnen enkele seconden het mobieltje in haar hand te trillen en verscheen er een bericht op het scherm. 'Kijk!' zei ze opgetogen terwijl ze haar leesbril weer opzette. 'Is het van Adam?'

'Raak het icoontje voor BERICHTEN maar aan, dan zul je het zien. Dat ja. Wat staat er?'

'*Hoi, Esmé, ik zie dat Floriana je heeft overgehaald het mobieltje te gebruiken. Goed gedaan!*'

Ze voelde zich absurd opgetogen en zei: 'Hoe moet ik hem antwoorden?'

'Zie je wel, één sms'je en je bent al verslaafd!'

Floriana's instructies opvolgend tikte Esmé nauwgezet een antwoord in: *Wacht op dokter Death met zijn koude handen.* Daarna klikte ze op VERZENDEN.

Ze schrokken allebei van een luide klop op de deur.

Het was Krysta, even ernstig als altijd. 'Ik klaar. Ik ga nu.'

'Dank je wel, Krysta,' zei Esmé, 'tot volgende week.'

Toen de voordeur beneden dichtviel, zei Floriana: 'Ze is een beetje angstaanjagend, vind je niet?'

'Ze is een harde werker, al is ze een beetje bruusk. O, wat is dit?' Esmé hield het trillende mobieltje voor Floriana omhoog.

'Het lijkt me weer een berichtje van Adam.'

Esmé klikte net als tevoren op het BERICHTEN-icoontje. 'Ik geloof dat het meer is dan een berichtje.'

Floriana zette Euridice op de grond, boog voorover om het beter te kunnen zien en zei: 'Hij heeft je een foto gestuurd. Klik hierop, dan zie je hem in een groter formaat.'

'O, wat leuk, het is een foto van hem aan een bureau. Dat zal zijn kantoor wel zijn.'

'En wat schrijft hij?'

'*Welkom in het technologisch tijdperk*,' las Esmé. '*Volgende halte, het internet!* Nou,' zei ze met een vermoeid hoofdschudden, 'ik kan je beloven dat dat zeker niet gaat gebeuren.'

'Daar zou ik niet op rekenen,' zei Floriana glimlachend. 'Nu laat ik je alleen om Adam zelf te antwoorden en ik ga je lunch klaarmaken. Moet Euridice gevoerd worden?'

'Nee, dat heeft Adam vanmorgen al gedaan voor hij naar zijn werk ging.'

'Wat een poezelig beestje ben je toch,' zei Floriana tegen de kat, 'je hebt Adam helemaal om je vinger gewonden, is het niet?'

Beneden in de keuken deed ze de soep in een pan, pakte het sinaasappelsap en het volkorenbrood dat ze gisteren had gekocht, besmeerde een snee met boter en zette alles op een dienblad om mee naar boven te nemen.

Esmé was al bijna twee weken ziek, maar vandaag was Floriana ervan overtuigd dat het duidelijk beter met haar ging; de oude dame had iets meer kleur op haar wangen.

Adam had als eerste beseft hoe slecht Esmé eraan toe was. Hij was op een ochtend langsgegaan, maar ze deed de deur niet open en toen hij zag dat er geen licht brandde toen hij 's avonds terug was van zijn werk, had hij haar gebeld. Toen ze de telefoon naast haar bed opnam, vertrouwde ze hem toe dat ze zich niet erg goed voelde. Dat bleek veel te zwak uitgedrukt.

Op dat moment was Operatie Esmé van start gegaan en hadden Floriana en Adam het op zich genomen het Medisch Centrum aan Woodstock Road te bellen om een huisbezoek aan te vragen. Het had weinig gescheeld of Esmé had in het ziekenhuis opgenomen moeten worden, maar tot haar grote opluchting had de dokter gezegd dat ze thuis mocht blijven op voorwaarde dat er goed voor haar gezorgd werd.

Terwijl ze met het dienblad naar boven liep dacht Floriana aan de eerste keer, twee weken geleden, dat ze Esmés slaapkamer binnen was gestapt. Eenmaal hersteld van de schok toen ze zag dat haar oude vriendin er zo frêle en ziek uitzag, had ze de schilderijen aan de muren opgemerkt en met name eentje die recht tegenover het bed hing, een portret van een jongeman die in de schaduw van een boom op een witte rieten stoel zat met een boek op zijn schoot. Dat moest Marco Bassani zijn.

Elke dag dat ze Esmé bezocht, deed Floriana haar best niet te opvallend naar het schilderij te kijken. In elk geval niet wanneer Esmé wakker was. Een paar keer had Floriana wanneer de oude dame in slaap was gevallen van de gelegenheid gebruikgemaakt om het schilderij uitgebreid te bestuderen. Ze wilde heel graag weten hoe het Esmé en Marco al die jaren geleden aan het meer verder was vergaan. Esmé had sindsdien geen woord meer over het onderwerp gezegd en zeker zolang ze zo ziek was, was Floriana niet van plan erover te beginnen.

Maar telkens als ze het portret zag, dacht ze hetzelfde. W*aar bent u nu, signor Marco Bassani?*

Ze was net boven aan de trap toen ze haar mobiele telefoon, die ze in haar tas in Esmés kamer had laten liggen, hoorde rinkelen; ze ging wat sneller lopen om op tijd te kunnen opnemen.

Esmés hoofd hing schuin en haar ogen waren dicht en ze leek in slaap te zijn gevallen. Floriana zette het dienblad op de ladekast en pakte haar tas, waarin haar mobieltje nog steeds rinkelde.

'Hallo,' zei ze behoedzaam omdat ze het nummer op het schermpje niet herkende.

'Ben jij dat, Floriana? Ik ben het, Seb. Is dit een goed moment om even te praten?'

Seb, geen enkel moment is goed om met jou te praten, dacht ze vol plotselinge nerveuze energie. 'Niet echt,' zei ze, zich omdraaiend naar Esmé die inmiddels wel wakker geworden zou zijn, dacht ze. De oude dame had zich echter niet verroerd.

Plotseling bezorgd en bedenkend dat ze er alarmerend stil bij lag zei Floriana: 'Esmé?'

'Wat zei je?'

'Sorry, ik had het niet tegen jou, Seb. Luister eens, dit is geen goed moment, kan ik je later terugbellen?'

'Zeg maar wanneer het wel uitkomt, dan bel ik je wel.'

'Ik kan beter jou bellen.'

Het bleef even stil. 'Maar doe je dat dan ook?'

'Ja,' zei ze snel.

Toen verbrak ze zonder nog een woord te zeggen de verbinding en liep ze naar het bed.

'Esmé?' herhaalde ze.

Het moment deed haar denken aan die vreselijke dag toen mam Floriana, die in de weekends thuis was, een kop thee had gegeven om naar oma Betsy te brengen, die bij pap en mam woonde sinds ze een herseninfarct had gehad. Toen Floriana echter de slaapkamer van haar grootmoeder binnen was gegaan, had ze haar niet wakker kunnen krijgen. Ze was dood.

De opkomende paniek verdringend boog Floriana zich over het bed van Esmé.

'Tijd voor de lunch,' zei ze, haar stem vreselijk luid in de stille kamer. Laat haar alsjeblieft niet dood zijn, smeekte ze ongeacht welke bovenaardse machten er maar naar haar wilden luisteren.

32

Esmé schrok wakker toen ze haar naam hoorde. Nog gedesoriënteerd door de diepe slaap, kostte het haar even om niet zozeer te bepalen waar ze was, maar wie er zo bezorgd naar haar stond te kijken.

'Het spijt me,' zei ze slaperig terwijl ze rechtop ging zitten en door haar ogen wreef, 'ik moet zijn ingedut.'

'Dat is niet erg,' zei Floriana opgewekt, de bezorgdheid uit haar blik verdwenen. 'Ik heb de lunch voor je klaar.'

'Lunch, is het al zo laat? Is Krysta er al?'

'Ze is alweer weg,' zei Floriana.

'Echt waar?' Esmé draaide zich verbaasd naar de klok op het nachtkastje, maar werd afgeleid door een onbekend voorwerp op de sprei. Ze pakte het op en langzaam begon het haar te dagen; Floriana had haar de mobiele telefoon gegeven. Toen herinnerde ze zich hun gesprek en Krysta's bezoek ook weer en nu haar hoofd weer helemaal helder was, voelde ze zich plotseling dwaas. 'O, hemeltje, je denkt vast dat ik een getikt oud mens word dat niet weet welke dag van de week het is.'

'Absoluut niet,' antwoordde Floriana, die het dienblad voorzichtig op haar schoot zette. 'Er is niets mis mee als je af en toe indut wanneer je ziek bent. Misschien had ik je moeten laten slapen.'

'O, nee, niet nadat je al die moeite hebt gedaan om iets te eten voor me te maken. Bovendien kan ik wel slapen als je weg bent. Hmm... die soep ruikt heerlijk. Dank je wel dat je zo veel voor me doet.'

'Het is geen moeite,' zei Floriana, die weer op haar stoel ging zitten. 'Vergeet niet je antibiotica in te nemen; ze zijn misschien onder het bord gerold.'

Toen ze de tabletten had gevonden die dokter Death haar had voorgeschreven, slikte Esmé ze met wat sinaasappelsap door. Ze kneep daarbij even haar ogen dicht en voelde meteen weer de aantrekkingskracht van de droom waarin ze zo diep ondergedompeld was geweest. Ze was met haar vader in Christ Church geweest voor de avonddienst en ze hadden het deel van de dienst bereikt dat haar altijd ontroerd had: het Magnificat. Ze opende haar ogen en terwijl ze in de kom soep roerde bedacht ze dat het verleden voortdurend haar hoofd binnen kroop sinds ze aan bed gekluisterd was, en haar als een weergalmende echo steeds herinnerde aan alles wat ze had verloren.

Haar ziekte had haar te sentimenteel gemaakt; normaal had ze daar niet zo'n last van. Toch drong zich herhaaldelijk de gedachte aan haar op dat de weegschaal van het leven alles woog in termen van verlies en winst. Zo had ze nooit eerder gedacht, ze had altijd het pragmatische standpunt aangehangen dat je ter wereld kwam met niets en dat je als je niet langer een morgen was gegund de wereld op dezelfde manier verliet, met niets.

Ze keek van de kom op, naar Marco die vanaf het schilderij aan de muur tegenover het bed naar haar keek – het schilderij dat zowel een troost als een kwelling was geweest.

'Laat je soep niet koud worden,' zei Floriana zacht.

Esmé glimlachte vol genegenheid naar haar jonge vriendin; het amuseerde haar hoezeer het lieve meisje haar best deed niet naar het portret te kijken. 'Het verbaast me dat je, voor iemand die zo nieuwsgierig van aard is nog nooit naar dat schilderij hebt gevraagd,' zei ze.

Zonder dat haar werd verteld welk schilderij Esmé bedoelde, gleed Floriana's blik ernaartoe. 'Ik heb tactvol gewacht tot jij me erover zou vertellen. Is dit het portret dat je vader van Marco heeft gemaakt?'

'Inderdaad.'

'Hij was best knap, hè?'

Met een lachje dat haar borst deed reutelen zei Esmé: 'Ja, nogal.'

'Heb je foto's van hem?'

'Ik ben bang van niet. Enkele jaren geleden lekte het dak en alle dozen met spullen die ik op zolder had staan waren verpest.'

'O, wat jammer! Dus dit schilderij is alles wat je hebt?'

'En mijn herinneringen,' zei Esmé. 'En om je te bewijzen dat ik nog prima bij mijn verstand ben en je niet bang hoeft te zijn dat ik seniel aan het worden ben, kan ik je zeggen dat ik me duidelijk herinner dat je zei dat je vanmiddag een groep kinderen moest rondleiden en inspireren.'

Floriana keek op haar horloge. 'Ik heb nog tien minuten voor ik weg moet. Net genoeg tijd om een kop thee voor je te maken en wat water voor je klaar te zetten. Ik kom later vanmiddag op weg naar huis weer bij je langs.'

'Heb je de sleutel?'

'Ja, maak je geen zorgen. Je hoeft niet de deur voor me open te doen.'

'Je bent een engel, echt waar. Wanneer ik beter ben, zal ik iets moeten verzinnen om je voor je vriendelijkheid te bedanken. Jou en Adam.'

Hard fietsend omdat ze wist dat ze laat was, passeerde Floriana het Keble College. Door de associatie met Seb dacht ze weer aan zijn telefoontje. Ze had nu geen tijd om hem te bellen, dat zou ze later doen.

Hij had ongetwijfeld gebeld om haar nog een keer onder druk te zetten en haar over te halen naar zijn bruiloft te komen. Vorige week had hij ook al gebeld en gezegd dat hij absoluut geen nee zou accepteren. 'Je bent toch zeker niet bang om te komen?' had hij haar gevraagd. Hoewel hij daarmee belachelijk dicht bij de waarheid had gezeten, was het zijn gekscherende manier geweest om haar uit te dagen te antwoorden dat ze nergens bang voor was.

'Natuurlijk ben ik bang,' had ze zich er echter met een grapje vanaf gemaakt. 'Ik ben doodsbang om jou helemaal opgetut te zien met een hoge hoed waardoor je er als een idioot uitziet.'

'Je hebt me wel in slechtere staat gezien,' had hij gezegd.

Dat was waar.

Het zou gemakkelijk zijn te zeggen dat het voor Seb allemaal was fout gelopen tijdens hun laatste studiejaar, met name tijdens de weken voorafgaand aan de eindexamens, maar zijn problemen waren er eigenlijk al jaren. De druk van de eindexamens had de zaak echter wel op de spits gedreven.

Haar talmende aard getrouw was Floriana er erg goed in werk tot het laatste moment uit te stellen. Ze was daarin echter maar een amateur in vergelijking met Seb, wiens achteloze houding ten opzichte van het volgen van colleges en het inleveren van verhandelingen, de kunst van het tot het uiterste gaan tot een nieuw niveau had verheven.

'Niks aan de hand,' zei hij vaak, 'ik kan die verhandeling zelfs in mijn slaap schrijven.' Het werd een sport voor hem om te zien hoe ver hij bij de docenten kon gaan. Hoewel het misschien eerder de sport was om te zien wat hij zelf kon.

Toen realiseerde Floriana zich echter dat het geen spelletje meer voor hem was en dat wat hij deed hem gevaarlijk dicht bij de rand bracht.

Tegenwoordig hoorde je vaak dat studenten zogenaamde 'smart drugs', zoals Modafinil en Ritalin gebruikten om hen door een drukke periode heen te helpen. Je had ook nog mkat, dat kennelijk absurd eenvoudig via internet te krijgen was en als volstrekt veilig werd beschouwd door veel studenten die beweerden dat het lang niet zo sterk was als cocaïne of ecstasy. Seb gebruikte destijds speed om wakker te blijven zolang dat nodig was om een verhandeling op het allerlaatste moment af te maken. Er was niets mis met wat hij deed, verzekerde hij toen Floriana per ongeluk een kop koffie omstootte in zijn kamer en bij het opruimen van de troep een klein doosje pillen vond. 'Wat zijn dit?' had ze gevraagd.

'Antihistaminen,' had hij gezegd terwijl hij het doosje nonchalant van haar overnam en in zijn zak liet glijden.

Er volgde een lange, met spanning geladen stilte, die werd verbroken door Floriana. 'Waar ben je allergisch voor, Seb, voor de waarheid?'

'Kijk niet zo naar me. Ik ben alleen niet helemaal in vorm, dat is alles. Als ik iets nodig had om te slapen, zou je dat geen probleem vinden. Ik doe alleen het tegenovergestelde.'

Woedend had ze hem een idioot genoemd. 'Ik dacht echt dat jij verstandiger was.'

'Hé, we kunnen niet allemaal zo moeiteloos briljant zijn als jij! Sommigen van ons moeten keihard werken. En nu we het erover hebben, volgens mij ben jij de enige student in heel Oxford die niets gebruikt om de scherpe kantjes eraf te halen.'

'O, ja, natuurlijk, weer het oude liedje... als iedereen het doet, zal het wel in orde zijn. Wat gebruik je nog meer?'

'Niks mee te maken!'

'Je bent mijn beste vriend, Seb; ik heb alles te maken met jou en wat jij uitspookt.'

'Laat me met rust, wil je?' had hij geschreeuwd, iets wat hij tegen haar nog nooit had gedaan. 'Je klinkt als een zeer slechte imitatie van mijn waardeloze moeder!'

Van alle beledigingen die hij naar haar toe had kunnen gooien – en in de wetenschap dat hij zijn moeder verachtte – was het voor Floriana te veel om met zijn moeder te worden vergeleken en ze was dan ook zwijgend de kamer uit gelopen en had de deur zachtjes achter zich dichtgedaan. Hij zou in elk geval niet kunnen zeggen dat ze net als zijn moeder schreeuwend en met deuren smijtend wegliep wanneer ze een woordenstrijd verloor. Niet dat ze in dit geval verloor, want er viel niets te verliezen: zij had gelijk, hij had ongelijk. Einde discussie. Bij bepaalde dingen in het leven bestond er voor haar geen grijs gebied. Wat drugs betrof had je alleen zwart of wit.

Ze zag hem pas een week later weer, toen hij bij het portiershokje van haar college op haar zat te wachten. De zon was nog niet op en ze was op weg naar de jaarlijkse 1 meiviering op Magdalen Bridge.

'Je was toch zeker niet van plan zonder mij te gaan, is het wel?' zei hij, zich van de muur afduwend toen hij haar zag. Voor hun ruzie waren ze van plan geweest samen te gaan, net als de afgelopen twee jaar. Deze keer had ze min of meer afgesproken met een groep van het St Anne's College.

Zonder er nog een woord aan vuil te maken, haakte Seb zijn arm door de hare en liepen ze de poort uit en Woodstock Road op. De route volgend waarlangs hij net was gekomen liepen ze door de St Giles' Church heen en staken ze Banbury Road over. Ze passeerden de achterkant van het Keble College Chapel toen hij weer sprak. 'Het spijt me,' zei hij. 'Wees alsjeblieft niet meer boos op me. Je bent alles wat ik heb.'

'Het spijt mij ook. Ik had je niet de les moeten lezen. Ik ben nou eenmaal bang voor drugs. Dat is mijn standaardmodus. Je weet wat voor saai provinciaaltje ik ben.'

'Ik weet het. Daarom had ik het je niet verteld. Maar het is geen groot probleem, ik heb gewoon iets nodig wat me op de been houdt. Ik doe het alleen als ik het anders niet red. Ik ben niet zoals jij; ik beschik niet over jouw nauwgezetheid. Of jouw hersens. Als ik gezegend was met een bijna fotografisch geheugen zoals het jouwe, zou ik die extra hulp niet nodig hebben.'

'Ik heb je al eerder verteld,' zei ze, 'dat een goed geheugen alleen maar betekent dat ik kan ophoesten wat ik heb gelezen. Daar is niks intelligents aan.'

'Ja, nou, geef er niet te veel op af, want ik zou heel blij zijn met dat vermogen.'

Ze liepen zwijgend verder. Voor hen gaf een energieke groep 1 meivierders een luidruchtige vertolking van 'Bohemian Rhapsody' ten beste, die eerder aan *Wayne's World* dan aan Queen te danken was. Na een poosje zei Floriana: 'Seb, wil je me iets beloven?'

'Als het binnen mijn macht ligt, natuurlijk.'

'Je zorgt toch wel dat het niet uit de hand loopt, hè? Wat je ook gebruikt, beloof me dat het alleen voor nu is, dat het iets van korte duur is.'

'Natuurlijk is het dat. Kom, laten we het er niet meer over hebben. Ik ben de gedachte aan examens en verhandelingen helemaal beu. Ik zou er alles voor overhebben als ik morgen wakker werd en het allemaal achter de rug was.'

Opnieuw liepen ze zwijgend verder en toen ze Magdalen Bridge bereikten, begon de paarse lucht lichter te worden en verspreidde zich een gevoel van verwachting door de verzamelde menigte, van wie de meesten waarschijnlijk de hele nacht al hadden feestgevierd op de ontelbare party's die er waren georganiseerd. Vorig jaar hadden Floriana en Seb de mei-party's op hun respectievelijke colleges geboycot en ervoor gekozen hun eigen ding te doen, wat inhield dat ze de hele nacht kitscherige horrorfilms uit de jaren zestig en zeventig hadden gekeken.

De zon was nu op en wierp een rozige gloed van ochtendlicht over de grote toren van het Magdalen College, en toen de klokken begonnen te luiden en de koorzangers het Hymnus Eucharisticus begonnen te zingen, werd Floriana overspoeld door een golf van intense emotie. Ze wist dat het niet hoorde om dat toe te geven, maar ze was dol op alle pracht en praal van Oxford. De stad was doordrenkt van ceremoniële traditie en heimelijk vond ze het heerlijk daar deel van uit te maken. Ze vond het vooral een fijn idee dat zij op haar eigen kleine manier haar eigen onbelangrijke voetstap in de tijd achterliet.

Toen bijna iedereen achter de morrisdansers aan naar Radcliffe Square verdween, liep Seb naar een rustig plekje op de brug. Hij leunde met zijn ellebogen op de stenen balustrade en boog eroverheen alsof zijn blik was gevangen door iets in het water. Hij hing zo ver voorover dat Floriana dichterbij kwam en instinctief haar hand naar hem uitstak.

'Ik vraag me af wat er met me zou gebeuren als ik eraf sprong,' zei hij somber.

Geschrokken van zijn toon liet ze haar hand op zijn arm liggen. 'Je zou ofwel doodgaan of je nek breken,' zei ze. 'Je bent Superman niet,' voegde ze er op luchtiger toon aan toe.

'Ik meen het serieus,' zei hij.

'Ik ook.' Door de jaren heen waren er al te veel studenten die dronken waren of dachten dat ze onoverwinnelijk waren, verongelukt doordat ze in het ondiepe water van de Cherwell waren gesprongen. De lijst was akelig lang.

Alsof ze niet had gesproken zei hij: 'Wat zou er met me gebeuren als ik sprong en mijn nek brak? Wie zou er iets om geven?'

'Ik zou er iets om geven,' zei ze fel, elke poging opgevend om de stemming luchtiger te maken en tegelijk aan zijn arm rukkend om hem terug te trekken. 'Ik zou er meer om geven dan ik je kan zeggen.'

'Je zou de enige zijn.'

Ze wist wat hij bedoelde, dat hij feitelijk geen familie had. Noch zijn vader noch zijn moeder toonde tegenwoordig meer dan terloopse belangstelling voor hem. Schuldgeld, zoals Seb de maandelijkse stortingen op zijn bankrekening noemde, was de enige vorm van contact met zijn vader. Jarenlang was zelfs dat er niet geweest, maar of zijn financiële situatie nou was verbeterd of dat zijn geweten hem parten was gaan spelen, de man had eindelijk iets fatsoenlijks voor zijn zoon gedaan.

Wat Sebs moeder betrof, zij nam alleen contact op om te jammeren dat ze helemaal alleen was en dat het niemand iets kon schelen, of om te verkondigen dat ze zojuist de liefde van haar leven had ontmoet... het steeds terugkerende egocentrische getouwtrek.

'Mijn ouders zouden het zich aantrekken als jou iets overkwam,' zei Floriana, 'zelfs mijn vreselijke zus zou het erg vinden. God, kun je je voorstellen dat ze in het ziekenhuis bij je op bezoek komt en dat je niet aan haar kunt ontsnappen? Dat is volgens mij pas echt het ergste wat je kan overkomen!'

'Soms,' zei hij, ook nu alsof hij in zijn eigen wereldje zat en haar niet had gehoord, 'wou ik dat het allemaal voorbij was.'

'Wat? Oxford?'

'Nee. Alles. Ik wou dat alles voorbij was.'

Toen draaide hij zich naar haar om en keek hij haar aan. Hij keek haar echt aan, en ze kreeg het ijskoud door wat ze zag. Er lag een vreselijke duistere leegte in zijn ogen; zijn pupillen waren zo groot dat de amberkleurige vlekjes nauwelijks zichtbaar waren. Er viel een steen van afgrijzen in haar maag neer. Dit was niet iemand die deed alsof om aandacht te krijgen, dit was echt. Seb was zeer waarschijnlijk depressief. Dat effect had Oxford op sommige mensen. Het was de druk. Hoe had hij dat voor haar verborgen gehouden? Waarom had ze niet beseft dat hij zich zo voelde? Was het het effect van de pillen die hij gebruikte? Gebruikte hij meer dan een beetje om hem te helpen zijn verhandelingen op tijd af te krijgen?

Net toen ze iets wilde zeggen schopte hij tegen de stenen balustrade van de brug. 'Laten we gaan,' zei hij alsof hij zich plotseling verveelde. 'Ik zou een moord doen voor een ontbijt en een heel grote bloody mary.'

Toen ze aan hun traditionele 1 mei-ontbijt zaten, keek Seb in het eethuisje om zich heen naar de andere studenten en schudde toen met een blik vol walging zijn hoofd. 'Ik pas hier niet tussen,' zei hij, 'ik ben niet zoals deze mensen. Ik ben een buitenstaander.'

'Zo voelen de meesten van ons zich,' antwoordde ze, wetend dat hij de studenten bedoelde die een heel andere achtergrond hadden dan zij, degenen die direct na hun geboorte door de koninklijke hofleverancier Nobs & Toffs in het nieuw waren gestoken.

'Nee, dat is niet waar. Jij voelt je niet zo, wel dan? Niet echt. Jij past hier wel.'

Omdat ze het gevoel had dat hij haar van iets vreselijks beschuldigde zei ze: 'Jij ook. Je hebt hier een hoop vrienden. Meer dan ik.

Je bent altijd met hen op stap. En dan heb ik het nog niet eens over je liefdesleven-op-topsnelheid!'

Hij blies zijn wangen op en ademde uit. 'Dat is allemaal gespeeld,' zei hij. 'Ik doe gewoon wat ik moet doen om het bij te benen, zodat het lijkt dat ik erbij hoor. Wat ik nog het ergst vind is de wetenschap dat ik zo hard mijn best doe me te conformeren omdat ik helemaal niets origineels te bieden heb. Terwijl jij, Florrie, uniek bent; je gaat je eigen weg omdat je voldoende zelfvertrouwen hebt om je niets aan te trekken van wat anderen denken. Jij gelooft in jezelf. Ik ben net als je zus, Ann-zonder-e; ik wil erbij horen.'

'Seb,' zei ze volkomen verbijsterd, 'hoe kun je dat nou zeggen? Je hebt er nooit iets van laten merken dat je er zo over dacht. Waar komt dit vandaan?'

Hij duwde hard met een stuk geroosterd brood in de dooier van zijn ei. 'Misschien wist ik mezelf eerst beter voor de gek te houden. Nu zie ik de realiteit onder ogen en weet ik wat voor zielig figuur ik eigenlijk ben.'

'Je hebt in de verste verte niets zieligs,' zei ze angstig. 'Dat heb je nooit gehad. En voor mij ben je veel origineler dan ikzelf. Ik heb altijd naar je opgekeken en ben vreselijk trots dat ik je vriendin mag zijn.'

Hij trok een grimas. 'Dat moet je dan maar niet doen. Geloof me, dat moet je echt niet doen.'

Ze kauwde op een stukje bacon, maar merkte dat ze het met een flinke slok van haar bloody mary moest wegspoelen. De ontdekking dat haar beste vriend zo vreselijk ongelukkig was had haar de eetlust benomen. 'Ik dacht altijd dat we zo goed met elkaar overweg konden omdat we hetzelfde zijn,' zei ze.

Hij schudde zijn hoofd. 'In sommige dingen, ja, maar een groot belangrijk verschil tussen ons op dit moment is dat jij het jammer zult vinden hier weg te gaan en ik niet. Ik kan niet wachten tot ik weg kan.'

Hij had gelijk: ze zou de dag dat ze hier wegging vreselijk vinden. Ze had al over manieren lopen nadenken om in Oxford te kunnen blijven, maar tot dusver niets gevonden. Het was typerend voor haar dat ze de toekomst opschortte. Ze was niet zo'n grote plannenmaker; ze liet de dingen gewoon maar in haar schoot vallen.

Betekende dat ook dat ze de boel te veel op z'n beloop liet? Had ze haar vriendschap met Seb op z'n beloop gelaten en daardoor niet gemerkt hoe depressief hij was?

Ze keek hem over de tafel aan en zei: 'Wanneer is het veranderd, Seb? Wanneer is je wereld zo duister geworden? Waarom heb ik dat gemist? We vertelden elkaar altijd alles. Nu lijkt het of ik je niet meer ken.'

Ze zei dat allemaal echter niet. Ze kreeg de kans niet. Seb goot zijn bloody mary achterover, bestelde meteen een nieuwe en stond erop dat ze hem opvrolijkte door ermee in te stemmen met hem te gaan backpacken op de Griekse eilanden, iets waar ze het al eerder over hadden gehad maar waar ze nooit aan toe waren gekomen.

Opgelucht dat zijn stemming meteen verbeterde speelde ze het spel met hem mee en besloot ze nu niet verder aan te dringen; dat kon wel wachten tot een andere keer. Waarom zou ze hem nu nog dieper de put in duwen?

Pas later realiseerde ze zich dat het laf van haar was geweest er niet op aan te dringen haar te vertellen wat er aan de hand was. Het was weer een voorbeeld van haar uitstelgedrag.

Nu ze erop terugkeek was het bijna een wonder dat Seb niet alleen geslaagd was, maar dat hij bovendien in leven was gebleven.

Hun gezichtjes beschenen door de zachte gloed van de lampen, zat de groep schoolkinderen gefascineerd in de koorbanken in Christ Church Cathedral. Ze waren de rondleiding vol grootmoedige lef begonnen op Radcliffe Square, sommigen met een houding van: wat kan mij het schelen, maar oké, laat maar eens zien wat je hebt!

Ze had het eerder gezien en was er altijd van overtuigd dat ze daar verandering in zou kunnen brengen. Het hoogtepunt van de rondleiding was altijd Christ Church College. In volledig professor Anderling-tenue had Floriana hun de kruisgangen en pleinen laten zien die in de films van Harry Potter te zien waren, alsmede de plek waar de professor Harry voor het eerst had begroet toen hij met de andere eerstejaarsleerlingen op Zweinstein arriveerde. Daarna had ze hen meegenomen naar de grote eetzaal die in de filmstudio was nagebouwd.

Terwijl ze naar de eerbiedige uitdrukking keek op de gezichten van de kinderen, die naar het koor luisterden, dacht Floriana aan Esmé en de opluchting die ze had gevoeld toen de oude dame zich bewoog. Haar opluchting was zo groot geweest dat ze Esmé bijna had omhelsd, maar dan had ze moeten uitleggen waarom ze dat deed en het was misschien niet zo fijngevoelig om toe te geven dat ze doodsbang was geweest dat Esmé was overleden.

Nadat de kinderen met hun onderwijzers weer in de bus waren gestapt en ze hen had uitgezwaaid ging Floriana terug naar kantoor om voor Tony wat papierwerk af te handelen en daarna ging ze naar huis.

Opnieuw dacht ze terwijl ze tussen het verkeer door fietste dat ze Seb nog moest bellen. Omdat ze wist dat ze voorlopig nog niet thuis zou zijn – ze ging eerst nog naar Esmé om samen met haar te eten – stapte ze in Parks Road af, zette ze haar fiets op slot en aan het hek vast en liep ze het park in.

Nu niet meer uitstellen, hield ze zichzelf voor terwijl ze het pad volgde naar het gedeelte waar Seb en zij vaak hadden zitten lunchen en brood naar de eenden hadden gegooid.

De droevige herinneringen aan Sebs laatste trimester hier hadden haar tot een belangrijk besluit gebracht. Twee keer was ze hem bijna kwijtgeraakt en nu kreeg ze een kans hem terug in haar leven te halen. Misschien werd het tussen hen niet zoals ze had gewild, maar hem weer als vriend hebben zou beter zijn dan niets.

Ze had ooit beloofd dat ze hem nooit in de steek zou laten, dat ze er altijd voor hem zou zijn, en nu zou ze die belofte waarmaken. Ze zou op de een of andere manier het geld bij elkaar zien te krijgen, naar het Comomeer gaan om Seb te zien trouwen met de vrouw van wie hij hield en ze zou blij voor hem zijn. Wat was tenslotte het alternatief?

Op het bankje waar ze zo vaak samen hadden gezeten pakte Floriana haar mobiele telefoon. Doe het nu, maande ze zichzelf. Niet meer op de lange baan schuiven. Vertel hem dat je er voor hem zult zijn.

33

'Wat jij nodig hebt is iemand die je vergezelt, een introducé. Dat zou het minder moeilijk voor je maken, denk je niet?'

In de week die was verstreken sinds Floriana Esmé en Adam had verteld dat ze had besloten naar Sebs bruiloft te gaan, was het niet bij haar opgekomen iemand mee te nemen. Wie zou ze trouwens mee moeten vragen?

In antwoord op haar neutrale reactie verhief Esmé haar stem tot boven het lawaai van de föhn. 'Je weet toch wie de perfecte keus zou zijn om met je mee te gaan, of niet?' zei ze.

Floriana schakelde de föhn uit en keek Esmé in de spiegel van de kaptafel aan. 'Wie?'

'Adam natuurlijk. Hij zou de ideale begeleider voor je zijn. Niet alleen zou hij een geruststellende schouder zijn om op te leunen mocht het moeilijk voor je worden, hij zou ook fantastisch gezelschap zijn. Waarom vraag je hem niet?'

Floriana stootte een korte lach uit. 'Zijn die antibiotica je naar het hoofd gestegen?'

Esmé maakte een tss-geluid. 'Waarom zeg je dat nou? Ik vind het een heel verstandige suggestie.'

'Ja, heel verstandig als Adam zo gek zou zijn dat hij een weekend in Italië wil doorbrengen met een hoop mensen die hij nooit eerder heeft gezien, en dan ook nog als mijn partner.'

'Wie zegt dat hij moet doen alsof hij je partner is? Kan hij niet gewoon zijn wat hij is, een vriend?'

Blij dat Adam in de keuken was en er geen risico was dat hij hen zou horen, antwoordde Floriana: 'Maar de mensen zullen aannemen dat hij mijn partner is. Dat zou hij vreselijk vinden. Het zou ontzettend gênant zijn.'

'Wat een onzin! Hij zou er trots op zijn met je mee te mogen. Sterker nog, jullie zouden het als een korte vakantie kunnen zien. De hemel weet dat jullie wel wat lol in je leven kunnen gebruiken.

Het is almaar werken, werken, werken bij jullie beiden; jullie gaan maar door. Je moet van het leven genieten.' De oude dame zweeg even terwijl ze een paar paarlen oorclips in deed. 'Waarom vraag je het hem niet, liefje? Ik weet zeker dat het veel leuker voor je zou zijn met hem naast je. Hij zou je veel morele steun kunnen bieden.'

Op de overloop, achter de op een kier staande deur, wachtte Adam op wat Floriana zou zeggen. Het enige wat hij echter hoorde was het geluid van de föhn die weer werd aangezet.

Bedenkend dat ze zich wellicht zouden afvragen hoeveel hij had gehoord, besloot hij nog niet te gaan vertellen dat het eten bijna klaar was; dat kon over een paar minuten ook wel. Met Euridice naast zich liep hij stilletjes terug naar beneden en naar de keuken.

Hij haalde de kip uit de oven om die te laten rusten, dekte hem af met folie en zette een pan water op. Toen het water kookte, deed hij er diepvrieserwtjes in, zette het vuur lager en liep naar boven om te zeggen dat het eten over tien minuten zou worden opgediend.

Hij had in de weken dat Esmé ziek was geweest genoten van de routine die Floriana en hij hadden ontwikkeld. Het was oorspronkelijk de bedoeling geweest dat ze de werkdruk en de bezoekjes zouden verdelen, maar vanwege hun werk was het onvermijdelijk geweest dat ze veel avonden samen in Trinity House doorbrachten. Nadat ze hadden gegeten en als Esmé zich daar goed genoeg voor voelde, kaartten ze of pakten ze het scrabblebord. Het lag voor de hand dat scrabble niet echt zijn spelletje was omdat hij voortdurend woorden verkeerd spelde, maar met een gezicht dat gemaakt was om te pokeren – zo plaagde Floriana hem – ging het kaarten hem veel beter af. Toen hij op een avond de kaarten schudde en deelde voor een spelletje rummy bedacht hij dat hij die week met Jesse op vakantie zou zijn gegaan naar Saint Lucia. De reis was al lang geannuleerd en hoewel het hem verbaasde, kon hij in alle eerlijkheid zeggen dat hij tegenwoordig nog maar zelden aan Jesse dacht. Hij vroeg zich af wat ze van zijn bizarre nieuwe sociale leven zou zeggen.

Het was een irritante uitdrukking, maar hij was werkelijk in het ondenkbare geslaagd: hij had zijn leven weer opgepakt. Precies zoals hij had gehoopt had de verhuizing naar hiernaast geholpen. Hij was gelukkig in Latimer Street, ook al was het huis een ruïne en zou het dat nog wel enkele maanden zijn. Omdat hij zo veel tijd hier bij Esmé en Floriana doorbracht moest de geplande renovatie nog van start gaan, maar dat deed er niet toe, hij had geen haast.

Boven stond de deur van Esmés slaapkamer nog steeds op een kier, maar de föhn hoorde hij niet meer. Hij klopte luid aan. 'Dames,' zei hij op statige toon, 'u wordt verzocht u naar de eetkamer te begeven.'

Hij hoorde Esmé lachen. Toen zei ze: 'Je zou een fantastische butler zijn, Adam, maar wat je ook doet, kom niet binnen; we zijn niet afdoende gekleed!'

'Ik zou niet durven.' Glimlachend voegde hij eraan toe: 'Wenst mevrouw hulp met de trap?'

'Ik denk dat het wel zal lukken,' klonk Floriana's stem en daarna een ruisend geluid.

Hij haastte zich terug naar beneden en controleerde of het warm genoeg was in de eetkamer. Als hij mocht afgaan op Euridice die uitgestrekt op het kleedje voor de gashaard lag, dan was het inderdaad warm genoeg. Vanochtend had dokter Pardoe – of dokter Death, zoals Esmé hem noemde – verklaard dat zijn patiënte goed herstelde en om dat te vieren had Floriana aangeboden Esmé te helpen zich 'chic te kleden' en haar haren te doen voor het avondeten.

In de keuken serveerde Adam de maaltijd in voorverwarmde schalen en tegen de tijd dat hij alles naar de eetkamer had gebracht, waren Floriana en Esmé boven aan de trap verschenen. Hij wachtte beneden op hen en bekeek hun gestage vordering. Esmé mocht dan goed hersteld zijn, nu ze met een hand op de leuning en de andere stevig in die van Floriana de trap af kwam, zag ze er toch duidelijk minder robuust uit – voor zover iemand van in de tachtig er al robuust uit kon zien. Desondanks was het duidelijk dat de twee zich de moeite hadden getroost zich voor het diner te kleden, en hij schaamde zich bijna voor zijn spijkerbroek en oude trui.

Hoe mooi Esmé er ook uitzag in een houtskoolkleurige jurk met een soort lila sjaal over haar schouders gedrapeerd, Floriana was degene die zijn aandacht trok. Ze droeg niet langer de zwarte legging, wijde trui en korte zwart-paars gestreepte rok van daarstraks en was bijna onherkenbaar veranderd. Ze zag er... Hij was helemaal van zijn stuk gebracht. Er schoot hem meteen een woord te binnen, maar dat wilde hij eigenlijk niet gebruiken. Hij kon er echter niet omheen, Floriana zag er hot uit.

Toen ze de onderste tree hadden bereikt, neeg Adam zijn hoofd naar Esmé. 'Het diner is geserveerd, en mag ik zeggen dat mevrouw er vanavond fantastisch uitziet.'

'Dat mag je zeker, Adam, en ik ben je heel dankbaar voor het compliment, maar ik denk dat we allebei wel weten dat Floriana me grandioos overschaduwt. Vind je haar er niet betoverend uitzien?'

Betoverend was een prima beschrijving, dacht hij, zijn best doend niet naar de diepe halslijn te kijken van de zilvergrijze zijden jurk die Floriana's vormen streelde en net onder de knie eindigde. Hij was zo gewend haar in outfits van diverse laagjes met een legging of dikke maillot te zien, dat hij pas nu verbijsterd constateerde dat ze een prachtig figuur had. En fantastische benen. Wie had dat gedacht!

Voor hij een reactie kon bedenken zei Floriana: 'Mevrouw hier stond erop dat ik voor deze bijzondere gelegenheid mijn gebruikelijke kledij zou verruilen voor iets leuks uit haar kledingkast.' Ze lachte haar verfrissend onbewuste lach. 'Ik was ervan overtuigd dat niets me zou passen. Maar hé, ik heb me in dit nauwsluitende ding weten te persen.'

'En zoals ik wel een paar keer heb gezegd, was ik toen groter dan nu,' zei Esmé. 'Ik ben gekrompen met het ouder worden.'

Nog steeds lachend hief Floriana een elegant gewelfde voet in een vetersandaal met een hak van tien centimeter. 'Wat vind je van deze schatjes, Adam? Het zijn originele avondschoenen uit de jaren zestig. Schitterend, vind je niet?'

Hij slikte. Wat kunnen mij die schoenen schelen, jíj ziet er schitterend uit, wilde hij zeggen, maar iets weerhield hem daarvan. Het was de vraag die hij boven per ongeluk had gehoord en het feit dat hij Floriana's antwoord daarop niet wist. Hoe zag ze hem eigenlijk? Ze had gezegd dat het ontzettend gênant zou zijn als hij voor haar partner werd aangezien. Bedoelde ze ontzettend gênant voor hem of voor haar?

'Ik vind dat ik mezelf buitengewoon gelukkig mag prijzen dat ik met twee zulke prachtig geklede dames mag eten,' zei hij diplomatiek. 'Maar,' vervolgde hij, terugvallend in de rol die hij had aangenomen, 'als eenvoudige chef-kok annex kelner voor deze avond, wil ik er graag op aandringen dat u zich naar de eetkamer begeeft voordat het diner koud wordt.'

Floriana en Esmé lachten allebei toen ze hem voorgingen. Achter hen zag Adam dat de jurk die Floriana's lichaam op precies de juiste plaatsen strak omhulde, een lage rug had. Met haar haren opgestoken waren haar lange hals en bleke schouders helemaal bloot. Hij wist dat het uitermate oppervlakkig van hem was, maar nu hij haar in deze jurk zag, bekeek hij Floriana in een heel ander licht. Iedere man zou dat doen, dat wist hij zeker.

Esmé had vreselijk genoten, maar nu begon haar energie op te raken. Hoe graag ze ook de avond zou voortzetten met haar twee heerlijke jonge vrienden die zich de afgelopen weken zo veel moeite voor haar hadden getroost, ze wist dat ze terug naar bed moest.

Maar voor ze dat deed, wilde ze iets belangrijks doen. Ze wilde een mededeling doen die hen beiden zou verrassen. Ze hoopte maar dat ze ermee zouden instemmen, niet alleen omwille van haar, maar ook voor henzelf, want als er twee mensen waren die uitstekend bij elkaar pasten, waren zij het wel. Ze wilde maar dat ze dat zelf inzagen. En ze verlangde ernaar dingen in de kiem te smoren voordat ze er te zeer van overtuigd raakten dat ze alleen maar vrienden konden zijn. Had Floriana dat met Seb immers al niet meegemaakt?

Toen ze zich boven aan het omkleden waren en Esmé haar aan het verstand probeerde te brengen dat Adam een ideale begeleider zou zijn – en nog heel wat meer als je het haar vroeg – had Floriana gezegd dat Adam haar eeuwen geleden eens een foto van Jesse had laten zien die, zo beweerde ze, categorisch bewees dat een vriendinnetje van Adam eruit moest zien als een supermodel.

'Daarom kunnen we het zo goed met elkaar vinden,' had Floriana het gesprek vervolgd, 'er is geen sprake van dubbelzinnigheid. Bij mij kan hij zich ontspannen. Dus houd maar op met je koppelpogingen,' had ze er lachend aan toegevoegd. 'We vinden het prima dat we vrienden zijn.'

Esmé had echter gezien hoe Adam naar Floriana keek toen ze voor het eten de trap af kwamen. Zijn reactie had haar alles verteld wat ze moest weten en had bevestigd dat ze gelijk had gehad door Floriana ertoe te manipuleren iets sensationeels aan te trekken waardoor Adam de schellen van de ogen zouden vallen. Het amuseerde Esmé dat Adam, die zich normaal nooit in de kaart liet kijken, er in dit geval niet in was geslaagd zijn gevoelens te verbergen; hij was werkelijk sprakeloos geweest toen hij Floriana zag. De vraag was of Floriana zijn reactie had opgemerkt. Misschien niet, want ze was zich absoluut niet bewust van haar eigen aantrekkingskracht.

Esmé had Floriana al heel lang eens gekleed willen zien in iets wat haar meer flatteerde. De uitnodiging aan het meisje om eens in haar kledingkasten te neuzen, die vol hingen met oude kleren waar ze geen afstand van had kunnen doen – ze waren als oude vrienden voor haar – was dus volmaakt geweest om Floriana tot een verkleedpartij te verleiden. De lieve meid was net een kind in een snoepwinkel geweest en had verrukt uitgeroepen dat ze nog nooit zulke mooie kleren had gezien. 'Wow, wat een vintagehemel!' bleef ze maar roepen.

Blij dat Floriana het mooi vond en profiterend van de aangeboren neiging van het meisje tot het theatrale, had Esmé haar naar een jurk geleid waarvan ze wist dat die een spectaculaire transformatie teweeg zou brengen. Ze had gelijk gehad. Van lelijk eendje tot prachtige zwaan was een te simplistische analogie, want Floriana was niet lelijk en zelfs niet gewoontjes. Ze was een heel mooie meid, en Esmé moest alleen haar denkrichting zien te veranderen, ervoor zorgen dat Floriana zichzelf anders ging zien.

Nu zat Esmé met een spinnende Euridice op haar schoot toe te kijken terwijl haar twee jonge vrienden de tafel afruimden. Ze hadden erop gestaan dat zij niets zou doen, behalve eten. Wat waren ze goed voor haar en wat waren ze gul met hun tijd en vriendschap. Ze zouden bijna de kinderen kunnen zijn die ze nooit had gehad, dacht ze verdrietig. Of beter misschien, de kleinkinderen die ze nooit had gehad. Toen ze terugkwamen uit de keuken bereidde Esmé zich voor op haar mededeling. Het idee was volledig uitgewerkt bij haar opgekomen toen ze eerder hadden geproost op het herstel van haar gezondheid. Daarvoor was het slechts een vaag gemurmel in haar hoofd geweest over een onuitvoerbare suggestie. Maar toen was het plotseling een duidelijk plan, en voor de uitvoering was alleen maar een simpel verzoek nodig. Ze had geen idee hoe Floriana en Adam zouden reageren; ze vroeg veel van hen en wist dat ze het plan moest laten varen als ze nee zeiden. Ze wilde echter heel graag dat ze ja zeiden, want zonder hun hulp kon ze het niet.

Marco's portret had het idee in eerste instantie in haar hoofd geplant. Door de vele uren die ze elke dag naar zijn gezicht had liggen kijken en doordat Floriana's nieuwsgierigheid steeds meer herinneringen aan het verleden had boven gebracht, was het net of de golven die op de oever van het Comomeer klotsten haar toefluisterden dat ze terug moest komen. *Ritorna... Ritorna... Kom terug... Kom terug...*

Zou ze het kunnen? Zouden haar lieve vrienden haar helpen?

34

Aan zijn verwoed op en neer gaande knie zag Floriana dat Seb zenuwachtig was. De spanning die hij uitstraalde was volstrekt niet in overeenstemming met de rust en pracht van hun omgeving.

Het was een prachtige zomerdag in juni en ze zaten op hun oude bankje in het park, dezelfde bank vanwaar ze hem enkele maanden geleden had gebeld om te zeggen dat ze had besloten al haar spaargeld te gaan verkwisten om naar zijn trouwdag te komen en dat hij maar beter dankbaar kon zijn!

Hij had haar gespeelde recalcitrante houding op dezelfde manier beantwoord. 'Ja, nou, Florrie, als het je niet ontrieft.' Die uitwisseling betekende dat het weer was zoals vanouds; ze konden zich nu allebei ontspannen. Kortgezegd was de uitnodiging voor zijn huwelijk zijn manier geweest om zich bij haar te verontschuldigen voor wat er tussen hen was voorgevallen en haar mededeling dat ze zou komen was haar manier om sorry te zeggen. Later had hij ge-sms't dat ze zijn dag goed had gemaakt. Waarbij zij terug had geschreven: *Dan moet het wel een vreselijke dag zijn geweest.*

Je hebt geen idee! had hij geantwoord.

Hoe verleidelijk het ook was geweest hem uit te nodigen haar in vertrouwen te nemen, een stemmetje in haar hoofd had haar verteld dat niet te doen. Als hij een slechte dag had gehad, was het Imogens taak naar hem te luisteren en sympathie te tonen.

Vandaag had Floriana een groep kunstliefhebbers uit Chipping Norton gehad die de prerafaëlitische rondleiding hadden geboekt. Het was een van haar lievelingsrondleidingen en omvatte de collectie schilderijen in het Ashmolean Museum, het gebrandschilderde glas in het Harris Manchester College, de muurschilderingen in de Oxford Union Society en de wandtapijten in het Exeter College, en uiteraard de Keble College Chapel om Holman Hunts *The light of the world* te gaan zien. Ze stond bij het Keble College te wachten tot een paar achterblijvers van haar groep klaar waren met het fotograferen van het voorplein en mee de kapel in konden toen ze haar mobieltje in haar zak voelde trillen.

Tot haar verbazing was het Seb. Ze had net aan hem staan denken, maar ze kon dan ook geen voet in het Keble College zetten zonder aan hem te denken. 'Je raadt nooit waar ik ben,' had ze op gedempte toon gezegd terwijl ze iets bij haar groep vandaan stapte, waarvan de meesten met elkaar stonden te praten.

'Hmm... laat ik eens een gokje wagen. Ik denk dat je een meter of vijf bij de ingang van mijn oude collegekapel staat.'

'Hoe weet jij, verdo...' Ze brak haar zin af en keek om zich heen. Daar bij de hoofdingang kwam een vertrouwde gestalte achter een groep gigantische roeiers vandaan. Hij stak zijn hand naar haar op.

'Verrassing!' zei zijn stem in haar oor. 'Ziedaar,' vervolgde hij op theatraal lage toon, 'ik sta bij de deur en klop aan. Als iemand mijn stem hoort en de deur opent, zal ik naar hem toe komen en met hem dineren en hij met mij. Hoe doe ik het?'

'Perfect. Dat verbaast me trouwens, want je had een hekel aan dat schilderij. Je deed het, net als de hele prerafaëlitische beweging, af als niet meer dan flauwe onzin.'

'Terwijl jij altijd wel op dat soort dingen gesteld was.'

'Je bedoelt dat ik er meer voor openstond. Wat brengt je in vredesnaam hier?'

'Als je straks vrij bent, zal ik het je vertellen.'

Ze zag dat de achterblijvers zich weer bij de groep hadden gevoegd en zei: 'Ik ben rond halfzes klaar.'

'Laten we in het park afspreken. De gebruikelijke plek. Ik breng wel brood mee voor de eenden.'

Floriana gooide nu een handvol broodkruimels naar de goed doorvoede gulzige eenden om hen heen en dacht aan Sebs verklaring voor zijn komst hierheen. Aangezien Imogen voor haar vrijgezellenweekend naar Parijs was, was Seb helemaal alleen. Hij beweerde dat hij in een impuls naar Oxford was gereden in de hoop Floriana te zien. In een andere impuls had hij besloten naar zijn oude college te gaan om een paar geesten te ruste te leggen, en toen had hij haar gezien. Toeval, volgens hem.

De pragmaticus in haar zei dat een simpel telefoontje zou hebben volstaan om bevestigd te krijgen dat ze inderdaad in de buurt was en met hem kon afspreken. Typisch Seb, hij kon nooit iets op de gemakkelijke manier doen. Hij deed altijd alles op het laatste moment en liet dingen aan het toeval over.

Nadat hun een trio joggers was gepasseerd zei hij: 'Kom op, vertel me eens wat over de kerel die je meebrengt naar mijn trouwdag. Wie is hij? Zeker zo'n wetenschapper met een scherp verstand en beroerd modegevoel die denkt dat dat zijn persoonlijkheid bepaalt.'

Floriana gooide nog een handvol broodkruimels naar de eenden, waarvan er eentje naar haar schoen pikte. 'Weet je wat? Ik blijf hier gewoon zitten, zodat jij die beledigende toon nog een beetje kunt perfectioneren.'

Hij lachte. 'Ik heb gelijk, of niet? Ik heb de spijker precies op de kop geslagen. Nou ja, ik vermoed dat het logisch is dat jij iemand van dat slag zou treffen.' Hij spreidde zijn armen. 'Dit is immers jouw wereld.'

Ze ontweek de arm die bijna haar kaak raakte en zei: 'Hij is niet mijn vriendje, hij is een vriend.'

'Aha! Je distantieert je nu al van hem. Schaam je, Florrie. Je hoort voor je kerel op te komen. Of zoals het liedje zegt, je kerel bij te staan.'

'Seb.'

'Ja?'

'Houd je mond of ik stuur die moordzuchtige eenden op je af.'

'Doodgepikt... dat klinkt in elk geval leuker dan doodgezeurd.'

'Ik zeurde niet!' zei ze verontwaardigd.

'Ik bedoelde jou niet.'

'Wie be...' Floriana slikte de vraag in omdat ze voelde dat ze zich onbedoeld in een gevarenzone begaf.

Zijn knie, die even tot rust was gekomen, begon weer te wiebelen, zo hard dat de beweging in het bankje doortrilde. 'Vooruit,' zei hij, 'zeg maar wat je wilde zeggen.'

Nee, ze zou dat spelletje niet meespelen. Ze gooide het laatste brood naar de eenden en stond op. 'Laten we gaan,' zei ze.

'Waarheen?' vroeg hij toen hij ook was opgestaan. 'Jouw huis?'

'Als je belooft je te gedragen.'

'Ik zal zelfs mijn schoenen bij de deur uitdoen,' zei hij. 'Ik ben goed afgericht. Imogen heeft in elk geval grondig werk geleverd door me te temmen. Ik doe tegenwoordig zelfs de wc-bril omlaag.' Hij hield net iets te lang oogcontact met haar.

Floriana vermoedde weer een val en zei: 'Waar zei je dat je auto stond?'

'Leuk,' zei hij toen hij in de huiskamer om zich heen keek. 'Het past echt bij jou.'

'Betekent dat goedkoop en kunstzinnig?'

'Anders zou het niet bij je passen. Maar serieus, het is leuk; het spreekt me wel aan. Het voelt gezellig, als een echt thuis.'

'Dank je. Iets drinken?'

'Wat heb je in de aanbieding?'

'Niet veel, vrees ik.' Ze stapte onder de boog door naar de keuken. 'Ik verwachtte geen gezelschap.'

'Zelfs je "vriend" niet?'

Ze negeerde hem en de nadruk waarmee hij het woord 'vriend' uitsprak en keek in de koelkast. 'Ik heb twee flesjes bier en wat witte wijn.' De wijn had ze gekregen van Adam als bedankje omdat ze hem had geholpen de wildernis te temmen die zijn tuin had verzwolgen. Esmé had ook geholpen door aanwijzingen te geven voor wat kon worden uitgegraven en wat het waard was te behouden.

Seb was haar de keuken in gevolgd en stond nu naast haar in de koelkast te kijken. 'Een fles Cloudy Bay, toe maar; daar lust ik wel wat van. Je smaak in wijn is duidelijk verbeterd. Heeft je "vriend" je in de wereld van de fatsoenlijke wijn geïntroduceerd? Is hij een elitaire wijnkenner uit North Oxford?'

Hevig geïrriteerd schonk ze Seb een kille blik. 'Zo iemand is Adam helemaal niet.'

'Halleluja! Eindelijk heeft de mysterieuze man een naam!'

'Je beseft toch zeker wel dat je heel vervelend begint te worden met je sarcasme en voortdurend snedige opmerkingen? Wat is er toch met je aan de hand?'

Hij was zo fatsoenlijk om een verzoenend gezicht op te zetten. 'Sorry. Als jij nou eens de wijn inschenkt terwijl ik even je toilet gebruik, dan mag je daarna beslissen wat er met me aan de hand is.'

Terwijl ze Seb boven rond hoorde lopen vroeg Floriana zich af hoe hij op het nieuws zou reageren dat haar reis naar het Comomeer niet alleen om hem en zijn huwelijk draaide. Het was iets veel groters en waarschijnlijk veel interessanters geworden.

Toen Esmé Floriana en Adam had gevraagd haar te vergezellen naar het Comomeer, en erbij zei dat het het verstandigste was als ze de reis lieten samenvallen met Sebs trouwdag en dat zij alle kosten zou betalen – daar viel niet over te onderhandelen – was Floriana sprakeloos geweest, en dat overkwam haar niet vaak. Ook Adam was stomverbaasd geweest, nog stiller dan gewoonlijk.

'Het is goed om te weten dat ik zelfs op mijn leeftijd nog mensen kan verrassen,' had Esmé glimlachend gezegd. 'Ik weet dat het als een doldwaze onderneming klinkt, maar geloof me alsjeblieft, ik heb ze ook na mijn ziekte nog allemaal op een rijtje en ik meen het heel serieus.'

Daarna waren diverse dagen van discussies gevolgd, vooral tussen Floriana en Adam, die een lijstje opstelden van redenen waarom dit een belachelijk idee was en ze het zelfs geen minuut moesten overwegen. Het was de verantwoordelijkheid die hun angst aanjoeg. Als Esmé nou weer ziek werd? Als het allemaal te veel voor haar zou blijken te zijn? Floriana besprak het zelfs met haar ouders, die zeiden dat het fantastisch klonk en dat ze het als een kans moest zien, een avontuur. Tegen die tijd kon Floriana het onweerstaanbare romantische idee om Esmés verblijf aan het meer van al die jaren geleden te herbeleven niet meer uit haar gedachten zetten. 'Het is haar zwanenzang,' zei ze tegen Adam nadat ze bij Tony op kantoor had nagevraagd of ze vrij kon nemen, 'hoe kunnen we het over ons hart verkrijgen haar dat te weigeren? En denk je eens in... als we Marco eens konden opsporen?'

'Ja, wat dan?' was Adams niet erg enthousiaste reactie geweest.

'O, doe nou niet zo, het zou hartstikke leuk zijn. En puur uit eigenbelang: het zou me afleiden van Sebs trouwdag.'

Ondanks de twijfels die hij bleef uiten gaf Adam uiteindelijk toe. 'Ik doe dit tegen beter weten in,' zei hij, 'en omdat jullie niet alleen geen van beiden kunnen autorijden en dus een chauffeur nodig hebben, maar belangrijker nog, omdat ik vind dat er een volwassene met verantwoordelijkheidsgevoel met jullie mee moet gaan!'

'En niemand is beter geschikt voor die taak dan jij,' had Floriana hem geplaagd.

Esmé was verrukt geweest toen Floriana haar het goede nieuws kwam vertellen. Ze had als een opgetogen kind in haar handen geklapt. 'O, wat geweldig! En nu, lieve kind, hoef je niet meer bang te zijn dat je zonder begeleiding naar Sebs bruiloft moet, want je kunt Adam meenemen.'

'Misschien verbaast het je, maar het deed me niet zo veel dat ik alleen moest.'

'Nou, ik maakte me wel zorgen; ik vond het een vreselijk idee dat je helemaal alleen zou zijn. Zo is het veel beter; nu heb je een leuke knappe man om mee te pronken.'

Floriana had Esmé lachend gewaarschuwd dat ze maar moest oppassen dat Adam haar niet over hem hoorde praten alsof hij een feestvriendje was. 'Anders gaat hij straks helemaal niet meer mee!'

Een paar dagen na dat gesprek bekende Floriana zichzelf dat Esmé gelijk had: het zou veel leuker zijn om Adam bij haar te hebben wanneer ze moest toezien dat Seb met Imogen trouwde. Dus had ze haar moed bij elkaar geraapt en Adam – erbij zeggend dat ze het zou begrijpen als hij het liever niet deed – gevraagd of hij haar introducé wilde zijn. Tot haar verbazing had hij toegestemd.

'Oké, waarom niet?' had hij gezegd. 'Zolang je je maar niet voor me geneert.'

Dat was een heel vreemde opmerking uit zijn mond en een die haar nog steeds verbaasde. Waarom dacht hij dat ze zich voor hem zou generen? Andersom kon ze nog wel begrijpen.

Nadat Seb naar beneden was gekomen en zich nogmaals had verontschuldigd voor het feit dat hij zich als een idioot had gedragen, en nadat Floriana had geluisterd naar wat hij haar te zeggen had, schudde ze haar hoofd.

'In vredesnaam, Seb, je lijdt aan een klassiek geval van pre-bruiloftzenuwen. Dat is volstrekt normaal. Alle stellen hebben dat.'

'Ik hoop dat je gelijk hebt, want ik begin het idee te krijgen dat ik een vreselijke vergissing bega. Ze is... ze is veranderd.'

'Natuurlijk is Imogen veranderd! Ze moet jullie trouwdag organiseren en dat verandert haar per definitie in Bridezilla.'

'Dat snap ik, maar ik dan? Waarom word ik helemaal niet bij de voorbereidingen betrokken? Het is geen geintje, Florrie, het lijkt wel of ik niet besta. Haar ouders en zij praten over niets anders dan de bruiloft. Als ze zich niet druk maken over de fotograaf of de bloemen, dan wel over de tafelschikking. Of dat ze de Italianen de oorlog zullen verklaren als die op de grote dag niet voor goed weer zorgen. En dan de kosten; er wordt een obsceen bedrag aan uitgegeven.' Hij wreef over zijn ongeschoren kin. 'En ze hebben niet alleen de bruiloft gekaapt, maar alles... ook onze relatie. Ze maken constant plannen voor ons. Vakanties, Kerstmis, zelfs wat voor auto we moeten kopen. En natuurlijk is alles wat ze zeggen walgelijk extravagant. Als ik tegen Imogen zeg dat we ons wat haar vader net heeft aanbevolen niet kunnen veroorloven, zegt ze dat ik me niet druk moet maken en dat haar ouders het dan wel voor ons kopen.'

Verbaasd Seb op die manier over geld te horen praten zei ze: 'Maar ik dacht dat je onthutsend veel geld verdiende?'

Drie jaar daarvoor had Seb een moordbaan gevonden bij een prestigieus reclamebureau en binnen enkele weken was hij hun grote lieveling nadat hij een advertentiecampagne voor een bedrijf in mobiele telefonie had bedacht die een gigantisch succes was geworden op YouTube; het succes hadden zijn salaris en zijn creatieve reputatie de stratosfeer in gejaagd.

Hij wuifde haar opmerking ongeduldig weg. 'Dat is ook zo, maar ik leef niet graag op te grote voet. Niemand is immuun voor een financiële meltdown. En daar gaan we op af als Imogen zo doorgaat, want ik weiger absoluut bij haar ouders in de schuld te staan.'

Wat dat betrof kon Floriana hem geen ongelijk geven. 'Oké, maar het probleem van het geld even terzijde, je bent echt niet de eerste bruidegom die zich vlak voor zijn huwelijk een reserveonderdeel voelt; dat hoort erbij. Je zou jezelf een reusachtige dienst bewijzen als je het maar gewoon aan Imogen en haar ouders overliet. Bovendien willen haar ouders dit graag doen voor hun enige dochter, ze willen haar een volmaakte dag geven.'

Seb blies fronsend zijn adem uit. 'Hoezo ben jij zo'n expert?'

'Herinner je je Anns trouwdag niet meer? De aanloopperiode veroorzaakte bijna een armageddon.'

Hij begon plotseling te glimlachen... voor het eerst sinds ze elkaar in het park hadden ontmoet. 'God, ja, de trouwdag van je zus, wat een dag. Ik was je introducé, hè?'

'En je werd vreselijk dronken. Tot grote afschuw van mijn zus probeerde je af te tikken tijdens haar en Pauls eerste dans.'

'Zo dronken kan ik niet zijn geweest, want ik herinner me nog heel goed hoe ze keek. Ik dacht dat ze me tegen de vlakte zou slaan.'

'Dat zou ze hebben gedaan als ze niet bang was geweest dat het haar make-up zou verpesten. Wat maar weer bewijst dat iedere bruid in een monster verandert. Accepteer nou maar gewoon dat Imogen tot aan de grote dag emotioneel in de knoop zal zitten en buitengewoon sikkeneurig zal zijn. Je moet nog precies vier weken zien door te komen en dan wordt je leven weer net zo hemels als hiervoor.'

De glimlach verdween van zijn gezicht. 'Het probleem is dat ik me niet kan herinneren dat het ooit hemels was. We hebben wel gelachen, dat moet wel, maar ik heb echt geen flauw idee wanneer of waarom.'

Het waarschuwende stemmetje was terug, vergezeld van een luide claxon, en adviseerde uiterste voorzichtigheid. 'Seb,' zei Floriana behoedzaam, 'heb je geen vrienden in Londen met wie je hierover kunt praten?'

Hij schudde zijn hoofd. 'Dat zijn allemaal gemeenschappelijke vrienden. Als ik zelfs maar één negatief woord tegen iemand van hen zou zeggen, zou Imogen het binnen de kortste keren weten.'

'En je getuige dan? Dat is toch zeker wel iemand met wie je een goede band hebt en die je in vertrouwen kunt nemen?'

Hij dronk zijn glas leeg, zette het op de armleuning van de bank en keek ernaar alsof hij Floriana een hint wilde geven om het weer te vullen.

Zijn rit terug naar Londen in gedachten deed ze dat niet. 'Nou?' drong ze aan.

'Dit gaat hier wel erg vreemd klinken, maar ik heb mijn getuige zelf niet kunnen kiezen. Imogen stond erop dat haar broer dat klusje kreeg. Hij heeft zo'n achttien maanden geleden een ongeluk gehad en daarbij allebei zijn benen verloren, maar heeft sindsdien met protheses leren lopen en Imogen dacht dat het geweldig zou zijn als hem de eer werd gegund mijn getuige te zijn, en daarmee was het geregeld,' zei hij terwijl hij zijn schouders ophaalde.

Seb had gelijk, het klonk inderdaad vreemd dat hij zijn eigen getuige niet had kunnen kiezen, maar dat hield Floriana voor zich. 'Ik begrijp wel dat Imogen dat wilde, maar had je niet kunnen voorstellen dat hij ceremoniemeester zou zijn, zodat jij kon kiezen wie je echt wilde hebben. Heb je dat niet geprobeerd?'

'Jawel. Maar ze hield haar poot stijf. Ik bedoel, tot op zekere hoogte begrijp ik wel dat degene die ik wilde niet echt conventioneel was, maar wat dan nog?'

'Wie wilde je dan, dat dat zo onconventioneel was?'

Zijn knie begon weer te wiebelen. 'Jou.'

Floriana verslikte zich in een mond vol wijn. 'Meen je dat nou?' zei ze toen ze zich hersteld had.

'Waarom zou ik jou niet kiezen, gezien het feit dat je al eeuwen mijn beste vriendin bent? Je kent me beter dan wie dan ook.'

'Omdat iedereen wel snapt dat Imogen door het lint zou gaan. Geen wonder dat ze zo moeilijk doet!'

'Ik zie niet in waarom.'

Ben je de vreselijke dag vergeten waarop ik je vertelde dat ik van je hield, wilde Floriana zeggen, maar ze kon de woorden niet hardop uitspreken. In plaats daarvan zei ze: 'Doe niet zo stompzinnig, Seb.'

'Ik weet wat je denkt,' zei hij.

'Als dat echt zo is, heb je mij niet nodig om je te vertellen wat voor idioot je bent.'

'Maar dat is toch allemaal voorbij,' zei hij met een irritant bagatelliserend gebaar van zijn hand. Hij schoot plotseling naar voren in zijn stoel en merkte niet dat hij met zijn elleboog zijn lege glas op de grond had gestoten. 'Dat was toch gewoon maar iets wat je in het vuur van het moment riep? Bovendien heb je die gevoelens nu toch niet meer voor me, of wel?'

'Je hebt je glas omgestoten,' mompelde ze, niet wetend wat ze moest antwoorden. Was het mogelijk dat Seb dacht dat de twee jaar van stilzwijgen tussen hen het gevolg waren van een onbetekenende ruzie? Of was het zijn manier om zichzelf ervan te overtuigen dat ze zomaar konden doorgaan waar ze waren opgehouden?

Hij bukte om het glas op te rapen en pakte de fles van de tafel. 'Dit is ook mijn grote dag, niet alleen die van Imogen; ik begrijp niet waarom ze mijn wensen niet kan respecteren. Of in elk geval één heel belangrijke wens.'

'Je zeurt als een verwend kind,' zei Floriana zachtaardig. 'Is het niet genoeg voor je te weten dat ik er zal zijn om mijn tong naar je uit te steken als je als gelukkig getrouwd man door het gangpad loopt?'

Toen hij niets zei, alleen zijn wijnglas naar zijn mond bracht en een slok nam, zei ze, opnieuw denkend aan zijn rit terug naar Londen: 'Wat zeg je van iets te eten?'

'Wat had je in gedachten?'

'Ik kan zelf iets brouwen of we kunnen wat gaan halen. Er zit een fantastisch Bengalees restaurant aan North Parade.'

Hij glimlachte. 'Laten we gezien de belabberde inhoud van je koelkast maar iets halen.'

Ze gingen te voet op pad. Het was niet ver. Het was een heerlijke zomeravond en de lucht had de zoete geur van versgemaaid gras. Het geluid van vogelgezang klonk samen met het aanhoudende gonzen van een kleine grasmaaier.

Ze draaiden Latimer Street in en toen ze langs Trinity House kwamen keek Floriana zoals altijd of ze Esmé voor het raam van de salon zag zitten. Ze zat er niet; ze was waarschijnlijk in de keuken eten aan het klaarmaken.

Voor Adams huis stond een container – die kwamen en gingen regelmatig – maar de plek waar hij zijn zilverkleurige Mercedes altijd parkeerde was leeg; hij bracht de dag bij zijn familie door om de zeventigste verjaardag van zijn stiefmoeder te vieren.

'Nou, kom op,' zei Seb terwijl hij net als vroeger zijn arm door de hare haakte, 'verlos me uit mijn lijden en vertel me alles over de kerel die je meebrengt naar mijn bruiloft. Je doet tot dusver irritant geheimzinnig. Daarom denk ik dat je ofwel iets te verbergen hebt of dat je me met opzet plaagt. Welke van de twee is het?'

'Ik doe geen van beide. Hij heet Adam en hij woont daar, net achter je.'

Seb keek achterom. 'Aha, dus hij woont in de buurt, wat gezellig.'

'Je klinkt nog steeds jaloers,' zei ze. 'Het lijkt wel of je helemaal niet wilt dat ik iemand meebreng.'

'Ik denk wel dat dat klopt; ik wil je niet delen, dat heb ik nooit gewild.'

'Echt waar?'

'Doe niet zo verbaasd. Het zit in de menselijke aard om een beste vriend of vriendin helemaal voor jezelf te willen houden.'

'Je was hier in Oxford nooit jaloers.'

'Wie zegt dat?'

'Dat kun je niet geweest zijn; je hebt daar nooit iets van laten merken.'

'Ik...' Het gerinkel van zijn mobiele telefoon weerhield Seb ervan verder te gaan.

'Het is Imogen,' zei hij en hij trok zijn arm uit de hare los terwijl hij op het schermpje van zijn telefoon keek. 'Ik kan maar beter even met haar praten. Vind je dat goed?'

'Natuurlijk,' zei Floriana die wat vooruit liep om hem enige privacy te geven.

'Hé, Imo,' zei hij opgewekt – te opgewekt, dacht Floriana – 'hoe is het? Heb je het naar je zin?'

Omdat ze niet méér wilde horen, versnelde Floriana haar pas terwijl Seb inhield, waarschijnlijk om zijn aanstaande zijn volledige aandacht te schenken.

Toen hij het gesprek had beëindigd haalde hij Floriana net voor het restaurant in.

Ze bedacht opeens iets. 'Weet Imogen dat je in Oxford bent?' vroeg ze.

Zijn gezicht sprak boekdelen. 'Nee, dat weet ze niet.'

'En welke gedachte steekt daar precies achter?'

'Ik wil haar niet nog meer reden geven zich zorgen te maken.'

'Dus je hebt tegen haar gelogen?'

'Ik heb alleen iets niet verteld.'

Floriana schudde haar hoofd en duwde de deur open. 'Dat lijkt me niet juist binnen een relatie, Seb.'

'Verpest het nou niet,' zei hij met een hand op haar arm. 'Ik geniet ervan hier bij jou te zijn. Het geeft me perspectief.'

Floriana vroeg zich af wat voor perspectief precies. Ze werd een beetje misselijk van angst voor wat Imogen zou zeggen of doen als ze ooit over zijn bezoek aan haar te weten kwam.

35

Tot dusver ging het goed. Nog een halfuur en ze zouden bij Villa Sofia moeten zijn.

Verbaasd en opgelucht dat de reis zo gemakkelijk was verlopen concentreerde Adam zich op de smalle kronkelende weg die parallel lag aan het meer. Achter in de gehuurde auto zat Esmé met haar handen gevouwen op haar schoot peinzend door het open raam naar het uitzicht te kijken. Naast hem keek ook Floriana naar het gladde wateroppervlak rechts van hen. Hun eerdere uitbundigheid tijdens de vlucht naar Milaan was verdwenen en ze waren allebei tegelijk in stilte vervallen, allebei peinzend, vermoedde hij, over hun gevoelens ten aanzien van hun komst hierheen.

Toen Esmé hem en Floriana om hulp had gevraagd om hierheen te komen, was zijn eerste reactie geweest het idee – uiteraard beleefd – van de hand te wijzen. Hij had gedacht dat het niet meer dan een voorbijgaande gril zou zijn en al snel zou worden afgedaan als een plezierige dagdroom. Hij was er, wetende hoe ontzettend trots en onafhankelijk Floriana kon zijn als het om geld ging, ook van overtuigd geweest dat een gebrek aan eigen fondsen voor haar een reden zou zijn om het plan af te wijzen. In plaats van Esmés aanbod om alles te financieren verontwaardigd te weigeren, en nadat ze had nagevraagd of ze midden in het toeristenseizoen een weekje vrij kon nemen, was Floriana overstag gegaan en had ze Esmé gesteund in haar verlangen een reis naar het verleden te maken. Sterker nog, ze had er bij hem op aangedrongen zijn gezond verstand aan de kant te zetten.

'O, Adam,' had ze gezegd, 'jij lost altijd alles voor ons op, je moet erin toestemmen te helpen, want je bent onze mister Fixer; niemand kan dingen zo goed regelen als jij! Zeg alsjeblieft dat je het doet. Alsjeblieft, alsjeblieft.'

Hij had kunnen weten dat Floriana zo zou reageren, want hij had haar al vaker zien omslaan van uitstelgedrag naar acute dadendrang. Ze mocht dan graag dingen op de lange baan schuiven maar, tjonge, als ze zich eenmaal iets in het hoofd had gehaald was ze een van de meest vastberaden mensen die hij kende. Haar impulsieve gedrag werkte echter gevaarlijk aanstekelijk en voor hij het wist, werd hij meegesleurd in haar enthousiasme en verheugde hij zich op een week in de zon.

Veel van Floriana's enthousiasme was gebaseerd op het hopeloos idealistische idee dat ze op de een of andere manier Esmés eerste grote liefde zouden vinden en haar na zestig jaar met hem zouden herenigen.

'Maar als we dat nou eens voor elkaar konden krijgen?' had Floriana tegengesproken toen hij zijn twijfels daarover uitsprak. 'Toe nou, Adam,' had ze gezegd, 'ik weet hoe analytisch je bent, maar zelfs een romantisch gehandicapte man als jij ziet toch zeker wel hoe fantastisch het voor Esmé en Marco zou zijn als ze elkaar na al die jaren zouden weerzien.'

Romantisch gehandicapt? Het had hem gestoken, en dat deed het nog steeds, dat Floriana zo'n lage dunk van hem had.

Hij wierp weer een blik in de achteruitkijkspiegel om naar Esmé te kijken. Ze zat er nog precies hetzelfde bij, haar handen gevouwen in haar schoot als een gehoorzaam kind dat wachtte tot het feest begon.

Hij had Esmé bij hun eerste ontmoeting volkomen verkeerd beoordeeld en moest toegeven dat hij het opnieuw mis had gehad toen hij de vastberadenheid van de oude dame om iets gedaan te krijgen onderschatte.

Met onverzettelijke ijzeren wilskracht had ze erop gestaan dat alle kosten van de reis door haar zouden worden betaald. 'Ik wil van jullie beiden geen woord horen over geld,' had ze gezegd. 'In ruil voor jullie hulp zijn jullie voor de duur van de reis mijn gasten. Nee, Adam, ik wil er niets meer over horen!'

De eerste belangrijke beslissing die ze hadden moeten nemen, was waar ze zouden logeren. Een snelle zoektocht op internet maakte duidelijk dat Hotel Margherita niet meer bestond, wat Adams pessimistische kijk op het vinden van de familie Bassani bevestigde. Ze dachten net na over andere hotels toen de broer van Adam voor een meevaller zorgde: vrienden van hem hadden een villa aan het meer en zouden hun slechts een vriendenprijsje rekenen voor een verblijf van een week.

'Mister Fixer doet het weer!' had Floriana lachend gezegd. 'Is er ook iets wat je niet kunt regelen dankzij de mensen die je kent?'

'Stil, kind,' had Esmé gezegd met een strenge blik naar Floriana. 'Adam, we zijn je heel dankbaar dat je zo veel behulpzame mensen kent.'

Hun vluchten werden geboekt en met wat haastig papierwerk werd een nieuw paspoort geregeld voor Esmé, wier vorige al meer dan tien jaar was verlopen. Een reisverzekering, iets waar Adam op stond, bleek voor Esmé wat problematisch vanwege haar leeftijd en het feit dat ze pas ziek was geweest, maar uiteindelijk kwam het toch in orde.

Daarna moesten ze iemand vinden om voor Euridice te zorgen. Buddy en Joe wierpen zich meteen op en beloofden twee keer per dag naar Trinity House te gaan om ervoor te zorgen dat de kat te eten en te drinken had.

Toen het praktische deel van de reis geregeld was, liet Adam het aan Esmé en Floriana over om zich druk te maken over hun kleren voor de reis. Heimelijk hoopte hij de zilvergrijze zijden jurk terug te zien die Floriana op de avond van Esmés mededeling over het Comomeer had gedragen.

Hij bevond zich sinds die avond in een lastig parket; hij werd verscheurd door zijn in toenemende mate – bij tijd en wijle zelfs alarmerend – veranderende gevoelens voor Floriana en zijn pogingen weerstand te bieden aan de aantrekkingskracht die hij voelde. Hij waarschuwde zichzelf dat hij zo kort na de breuk met Jesse nog niet aan een nieuwe relatie zou moeten denken; hij kon zijn emoties niet vertrouwen.

Dan was er ook nog de zorgwekkende kwestie dat hij werkelijk geen idee had hoe Floriana zou reageren als hij er zelfs maar op zinspeelde dat ze meer zouden kunnen zijn dan vrienden. Zover hij wist zag ze hem niet bepaald als een potentieel vriendje. Romantisch gehandicapt, had ze hem genoemd. En analytisch. Naar zijn ideeën bevestigden die kenmerken dat ze hem weliswaar graag mocht als vriend, een goede vriend, maar hem te saai vond om meer te kunnen zijn.

Hij had nooit eerder de mogelijkheid overwogen dat hij saai gevonden zou worden en het baarde hem zorgen. Waar hij zich echter nog meer zorgen om maakte, was dat hij iets zou doen wat zijn vriendschap met Floriana op het spel zou zetten. Hij zou het vreselijk vinden die kwijt te raken, vooral omdat die zo'n belangrijke rol had gespeeld in zijn hervonden geluk na de breuk met Jesse.

Sinds de 'avond van de zijden jurk', zoals hij die nu noemde, was hij allerlei dingen aan Floriana gaan ontdekken die hij niet eerder had gezien, zoals de veelzeggende manier waarop haar mondhoeken bewogen wanneer ze op het punt stond hem ergens mee te plagen. En dan de manier waarop haar ogen iets groter werden voordat ze lachte. Ze had een fantastische, spontane en ongedwongen lach, die hem helemaal leek te omhullen. Hij vond het ook mooi te zien hoe ze met Esmé omging, respectvol en nooit bevoogdend. Zou Jesse zo gemakkelijk vriendschap hebben gesloten met een oude dame en haar beperkte vakantiedagen hebben opgegeven om haar naar Italië te vergezellen?

Fout! Hij mocht Floriana niet met Jesse vergelijken. Er was geen vergelijking mogelijk; daar waren ze veel te verschillend voor. Misschien werd de aantrekkingskracht deels bepaald doordat Floriana zo volstrekt uniek was en geen andere trends volgde dan de hare.

Maar dat alles terzijde was er nog een belangrijk punt om te overwegen: wat voelde Floriana voor Seb? Hij was echt niet van plan tweede viool te gaan spelen bij iemand op wie ze misschien nog steeds verliefd was. Misschien had hij het mis en behoorden haar gevoelens voor Seb inmiddels tot het verleden, maar omdat ze zelden wat over hem vertelde, wist Adam niet hoe het er echt voorstond.

Hij was zich er heel goed van bewust dat het feit dat hij alles zo wegredeneerde alleen maar bevestigde wat Floriana over hem dacht: dat hij overdreven analytisch was en ongeveer zo impulsief als een dodelijk vermoeide luiaard.

Zijn nauwgezette aard getrouw had hij tijdens de vlucht de kaart bestudeerd en nu zag hij, nadat hij de namen van de dorpen waar ze tot dusver doorheen waren gekomen – Cernobbio, Moltrasio, Laglio, Brienno, Argegno – had herkend, een bord voor Colonno. Dat hield volgens het navigatiesysteem in dat ze nog maar ongeveer een kwartier van Villa Sofia verwijderd waren. Gedwongen in te houden voor een auto met caravan met Nederlands kenteken voor hen, keek hij in de achteruitkijkspiegel. 'Komt het je al bekend voor, Esmé?'

Ze glimlachte. 'Sommige dingen wel, maar het is veel meer volgebouwd dan ik me herinner.'

'Dat is onvermijdelijk, denk ik. De projectontwikkeling lijkt trouwens niet slecht uitgevoerd.'

Lachend verbrak Floriana haar stilzwijgen. 'Wacht maar af, Esmé, voor de week om is heeft Adam hier een leuk project opgeduikeld!'

'Daar heb ik helemaal niet aan gedacht,' zei hij onschuldig, hoewel dat natuurlijk wel het geval was. Hij was de afgelopen weken vrij vaak bezig geweest online naar huizen rondom het Comomeer te kijken. Kijken kon geen kwaad, was zijn motto.

'O, dit herken ik!' riep Esmé plotseling uit, terwijl ze door het open raam naar buiten wees. 'Dat is Isola Comacina. Mijn vader en ik zijn er een keer heen gevaren om te lunchen. Het was een fantastisch restaurant; het was toen nog niet zo lang open. De eigenaar was een buitengewoon levendige heer.'

Ook daar had Adam online iets over gelezen. 'Het is nog grotendeels hetzelfde,' zei hij. 'Sterker nog, het menu is sinds de opening helemaal niet veranderd. Dat is een van de dingen waar ze trots op zijn.'

'Misschien kunnen we er een keer heen?' zei Floriana gretig. 'Als het niet te duur is,' voegde ze eraan toe.

Na die laatste opmerking klonk er een luid 'tss' van de achterbank.

Nog steeds achter de Nederlandse caravan rijdend, hield Adam in toen hij een Duitse touringcar tegemoet zag komen op de buitengewoon smalle weg. Er leek niet genoeg ruimte en hoewel hij zo ver mogelijk naar rechts ging, kwam de bus zo dichtbij dat Adam instinctief zijn adem inhield, alsof hij zo meer ruimte probeerde te maken. Een stukje verder werd de weg breder en na nog een bocht slaakte Esmé een kreet.

'Dat is het! Dat is Hotel Margherita! Daarginds op de klip.'

Ze vingen er echter niet meer dan een vluchtige blik van op omdat de weg scherp wegdraaide van het indrukwekkende hek en een bescheiden bord met de woorden VILLA MARGHERITA. Dat bevestigde wat ze online hadden ontdekt, dat het hotel ergens in de jaren zeventig was gesloten en dat de villa nu weer als privéwoning werd gebruikt, zoals vóór de tijd dat de familie Bassani in financiële problemen was gekomen.

Tijdens het laatste deel van de reis las Floriana de routeaanwijzingen voor die ze hadden gekregen; ze hadden advies gehad de instructies van het navigatiesysteem te negeren, omdat die niet bepaald behulpzaam waren. Nadat ze de hoofdweg hadden verlaten bij het kruispunt waaraan een kleine supermarkt en een bar stonden, beklommen ze nu gestaag de heuvel, uitkijkend naar een afslag naar rechts die gemakkelijk over het hoofd gezien kon worden.

'Daar!' riep Floriana opgetogen, wijzend naar een smalle opening in een ruige haag, die was gemarkeerd met een betonnen paaltje.

Het keienstraatje leidde hen naar een open poort en een zandpad vol kuilen dat langs een olijfboomgaard liep.

En eindelijk stond daar, in de stralende zon tussen een groepje andere stenen gebouwen, Villa Sofia. Het gebouw was donkerroze, telde drie verdiepingen met daarop een laag terracottadak en twee stoere schoorstenen. Elk raam op de eerste en tweede verdieping had zijn eigen balkon met een decoratieve smeedijzeren balustrade. De begane grond ging deels schuil achter een grote pergola die was overgroeid door een snelle klimplant. Voor de villa lag een rechthoekig zwembad met aan één kant een aantal ligstoelen.

Vol blije verwachting keek Floriana naar de slaperig ogende villa met de gesloten pauwblauwe luiken. Toen ze het autoportier opende en uitstapte werd ze begroet door de hitte van de namiddag en luid zingende cicaden en ze bedacht dat alles aan de villa er volmaakt uitzag, nog beter dan op de foto's die de eigenaren Adam hadden gestuurd.

Ze opende het achterportier en hielp Esmé uitstappen. 'Wat denk je ervan?' vroeg ze. 'Kan het ermee door?'

'Het lijkt me fantastisch,' antwoordde Esmé terwijl ze naar hun thuis voor de komende week keek. 'Adam, je hebt jezelf overtroffen. Bravo!'

'Laten we hopen dat het interieur overeenkomt met het exterieur,' zei hij. 'Heb je hulp nodig bij de trap?'

'Nee, nee, het zal wel lukken, dank je.'

Omdat ze eerst op ontdekkingstocht wilden, lieten ze de bagage nog in de auto en gingen ze op zoek naar de sleutel die onder een pot met rode geraniums op het terras zou liggen. Ze vonden hem gemakkelijk, maar haastten zich niet om de deur te gaan openen omdat ze werden afgeleid door het vanaf hun hoge positie spectaculair panoramisch uitzicht op het meer. Zover het oog reikte lag het meer daar vredig als een slapende kat in de verblindende zon. Aan de andere kant rezen weelderig groene bergen majesteitelijk uit het water op.

'Het zou niet volmaakter kunnen,' zei Esmé zacht en met een melancholieke blik. 'Het is net zo betoverend als ik het me herinner. Heel erg bedankt, jullie allebei, dat jullie dit mogelijk maken.'

Bij het horen van de emotie in Esmés stem sloeg Floriana een arm om haar heen. Ze wilde net iets zeggen toen een gedrongen oudere vrouw vanaf de zijkant van de villa naar hen toe kwam.

Ze droeg een gebloemde jurk, had een hoofd vol weelderig zwart haar – gezien de leeftijd van de vrouw kon dat alleen maar geverfd zijn – en begroette hen met een hartelijke en uitnodigende glimlach.

'*Buongiorno! Buongiorno!*' klonk haar opgewekte stem terwijl ze hun een grote plastic kom vol eieren en tomaten voorhield. '*Sì, sì,*' drong ze aan toen Floriana twijfelde of ze de kom moest aanpakken.

Dit moest Renata zijn, de buurvrouw bij wie ze in geval van problemen terecht konden. Het werd al snel duidelijk dat Renata een praatgrage vrouw was. Het probleem was dat haar stortvloed aan woorden bijna helemaal in het Italiaans was met zo nu en dan een of twee Engelse woorden ertussendoor. De toegevoegde handgebaren hielpen echter wel en omdat ze wat tijd had besteed aan het doorlezen van *Italiaans leren in dertig dagen*, meende Floriana te begrijpen dat Renata's broer Domenico de volgende dag langs zou komen om naar het zwembad te kijken en de tuin te sproeien.

Esmé verbaasde hen echter door in vlot Italiaans te antwoorden, wat haar een extra brede glimlach van Renata opleverde, vergezeld van de woorden: '*Piacere, signora. Piacere.*'

'Je bent een stiekemerd,' zei Floriana toen Renata weg was. 'Je hebt nooit verteld dat je zo goed Italiaans sprak.'

'Ach, maar een paar woorden,' zei Esmé luchtig. 'Grappig dat het allemaal zo terugkomt.'

'Het leek mij meer dan een paar woorden,' zei Adam.

'Wat heb je ons nog meer niet verteld?' vroeg Floriana.

Esmé antwoordde door voor te stellen dat ze de bagage zouden gaan pakken.

36

Esmé werd vroeg wakker, maar duidelijk niet zo vroeg als Adam.

Toen ze uit haar geopende slaapkamerraam keek, zag ze hem blootsvoets en telefonerend langs het zwembad heen en weer lopen. In een korte broek en T-shirt en met een zonnebril op zag hij eruit als een man op vakantie, maar het telefoontje vertelde een ander verhaal. Esmé wist dat zijn bedrijf in feite betekende dat hij nooit echt vrij was, maar ze wilde maar dat hij zichzelf wat tijd gunde om te ontspannen. Tijdens het avondeten gisteravond in een restaurant in de buurt en onder de felle lampen van Floriana's verhoor had hij toegegeven dat hij nog nooit een vakantie had genomen waarin hij niet regelmatig contact had met het kantoor. Esmé vroeg zich af of hij zich wel zou kunnen redden zonder mobiele telefoon en laptop. Niet dat ze er zelfs maar over piekerde dat tegen hem te zeggen. Ze was maar al te dankbaar dat hij hier was, dat Floriana en hij deze reis voor haar mogelijk hadden gemaakt.

Al die jaren na het verblijf met haar vader in Hotel Margherita, had Esmé nooit terug gewild naar het meer. Iemand anders zou dat misschien wel gedaan hebben, al was het maar om een punt achter het verleden te zetten, maar zij had het standpunt ingenomen dat het verleden voorbij was en dat er niets bij te winnen viel door ernaar terug te keren om oude wonden open te rijten die je beter onaangeroerd kon laten.

En toch was ze nu hier. En ze had het zelf gewild. Wat er ook uitkwam, ze kon daar alleen zichzelf voor verantwoordelijk stellen.

Hoewel ze haar hele volwassen leven met het portret van Marco aan de muur tegenover haar bed had geslapen, waren er dagen waarop de vertrouwdheid ervan betekende dat het haar nauwelijks opviel; het maakte gewoon deel uit van haar leven. Het schilderij had door de jaren heen vele emoties opgeroepen, maar haar nooit eerder op het idee gebracht terug te keren naar Italië. Maar toen was Floriana gekomen met haar uitnodiging om een huwelijkssluiting aan het Comomeer bij te wonen. Daardoor was het verleden beetje bij beetje weer ontwaakt en had het haar gepord. Eerst zachtjes, daarna wat harder, tot het niet meer te negeren viel. *Ga terug voor het te laat is*, klonk de zachte stem van haar vader in haar hoofd.

Haar vader had tijdens zijn leven en toen hij stierf van te veel dingen spijt gehad. De dagen voor hun vertrek, toen Esmé op het laatste moment nog overvallen werd door twijfels over de wijsheid van deze reis, had ze zichzelf voorgehouden dat ze niet wilde sterven zoals haar vader, met een spijtbetuiging op haar lippen. Ze moest dit doen, nu of nooit.

Floriana, dat lieve kind, liep over van duizelingwekkende verwachtingen voor het bezoek, terwijl Esmé er al tevreden mee was op haar schreden terug te keren en op een plek te verblijven die haar zo veel plezier en tegelijk zo veel verdriet had gebracht. Het was zeer onwaarschijnlijk dat ze Marco zouden ontmoeten en zelfs als hij nog steeds een band had met het meer en opgespoord zou kunnen worden, zou hij Esmé dan willen zien? Zou hij zich haar zelfs maar herinneren?

Het lag meer voor de hand dat hij dood was, zoals al haar andere vrienden.

Toch wist ze zeker dat hij niet dood was. Ze zou het hebben gevoeld als hij deze wereld had verlaten. Ze kon zich hem echter niet voorstellen als een oude man, zijn knappe gezicht verweerd door de jaren, zijn prachtige blauwe ogen verbleekt, zijn huid slap en uitgezakt, zijn gewrichten krakend en pijnlijk van de reuma.

Ze keerde het raam en Adam, die bij het zwembad nog steeds in zijn mobieltje liep te praten, de rug toe en keek naar de slaapkamer waarvan Floriana per se had gewild dat zij die nam toen ze gisteren hun bagage uit de auto naar binnen brachten. Het was de grootste slaapkamer met eigen badkamer; eenvoudig ingericht met een groot tweepersoonsbed, een kaptafel, een kledingkast en een leunstoel aan de kant van de openslaande deur naar het balkon. Ze kon zichzelf hier al zien zitten, zich tevreden overgevend aan haar herinneringen.

Toen ze gewassen en opgefrist de badkamer uit kwam, keek ze weer door de balkondeur en zag ze Floriana met twee uitpuilende boodschappentassen het steile pad naar de villa op komen lopen. Ze moest naar de kleine supermarkt onder aan de heuvel zijn geweest.

'Morgen!' begroette Floriana haar opgewekt toen Esmé de keuken binnen kwam. Ze stond fruit te snijden en Adam schepte koffie in zo'n onhandige koffiepot die je op de kookplaat moest zetten.

'Het ontbijt is in de maak. We hebben croissants, brood, perziken, peren en abrikozen. Hoe heb je geslapen?'

'Buitengewoon goed, dank je. Jullie zijn erg ijverig al zo vroeg in de ochtend. Hoe laat ben je opgestaan? Het was vast nog heel vroeg.'

'Iets over zes,' zei Adam. 'Wat wil je drinken? Thee, koffie of mangosap?'

'Mango, wat exotisch!'

'Sorry, ik heb me vergist,' zei Floriana, die een gezicht trok. 'Ik heb niet goed gekeken en dacht dat het sinaasappelsap was.'

'Nou, ik wil nu graag een kop thee. Maar dat kan ik zelf wel zetten.'

'Geen sprake van! Adam, neem Esmé mee naar buiten en installeer haar lekker op het terras.'

'Je hoort wat de dame zegt,' zei Adam met opgetrokken wenkbrauwen. 'Laten we maar gehoorzamen, want ze is in een dominante bui. Belangrijker nog, ze heeft een gevaarlijk scherp mes in haar hand.'

Esmé liet zich door Adam naar buiten leiden, waar een tafel op het terras in de schaduw van de begroeide pergola was gedekt voor het ontbijt. 'Ik wil niet ondankbaar lijken, maar ik hoop echt dat jullie me niet de hele tijd dat we hier zijn gaan lopen commanderen,' zei ze toen Adam en Floriana alles voor het ontbijt naar buiten hadden gebracht en ze aan tafel zaten. 'Ik wil niet dat jullie me op mijn wenken bedienen.'

'Dit is onze manier om je te bedanken voor de kans om met jou hier te zijn,' zei Floriana. 'O, en trouwens, ik heb een sms'je gehad van Joe om te zeggen dat je je geen zorgen hoeft te maken over Euridice; ze maakt het prima. Hij is gisteravond bij haar wezen kijken en gaat vanochtend weer.'

'Ik vind het nog steeds vervelend dat ik haar thuis heb gelaten,' zei Esmé. Ze had het heel moeilijk gevonden haar dierbare kat achter te laten, maar het had niet anders gekund. Ze zette haar bezorgdheid uit haar hoofd en nam wat plakjes perzik van het mooie fruitbordje dat Floriana had klaargemaakt. 'Wat zijn jullie plannen voor vandaag?' vroeg ze, al positiever. 'Wat hebben jullie besloten?'

'We hadden gedacht het voor de middag rustig aan te doen,' zei Adam, 'zodat we allemaal een beetje op adem kunnen komen.'

'En met allemaal bedoel je mij, zeker?' merkte Esmé op.

'Helemaal niet,' zei Floriana, 'ik heb wel zin in een ontspannen ochtend aan het zwembad. We dachten dat we daarna een leuk plekje konden zoeken om te lunchen en vervolgens bij Villa Margherita konden langsgaan. Wat denk je, ben je er klaar voor om het te proberen?'

Het leek haar volstrekt kansloos dat ze zomaar vanuit het niets konden opduiken en de eigenaar overhalen hen binnen te laten kijken, maar zoals Adam en Floriana hadden gezegd toen ze het er eerder over hadden, wat hadden ze te verliezen? Konden ze echt helemaal hierheen komen en het dan niet eens proberen?

Later die ochtend leunde Esmé, gesust door de warmte en het onvermoeibare gezoem van de cicaden in de bomen, achterover in haar stoel in de schaduw van de pergola en luisterde ze met haar ogen dicht naar Adam en Floriana – Floriana's stem licht en geanimeerd, die van Adam laag en weloverwogen.

Ze lagen in het zwembad op een paar luchtbedden die Floriana in een grote houten kist aan het andere uiteinde van het terras had gevonden, samen met een strandbal en een enorme opblaasbare hamer. Ze had ook wat batjes en een Swingball gevonden, die ze meteen op het gazon had klaargezet om vervolgens Adam uit te dagen voor een spelletje. Esmé had hem zien aarzelen; hij zat weer op die verdraaide laptop te kijken. Waag het niet te weigeren, had Esmé gedacht, laat die computer maar eens even met rust en amuseer je! Tot haar opluchting had hij zijn T-shirt uitgetrokken en een van de batjes gepakt. 'Mijn lievelingsspel als kind,' had hij gezegd. 'Ik was districtskampioen.'

'Ha! Ik was landskampioen,' had Floriana lachend geantwoord.

Ze hadden met enorme rivaliteit gespeeld en een hoop lawaai gemaakt en zich aan het eind allebei tot winnaar uitgeroepen. Het deed Esmé goed dat ze zo'n plezier hadden.

Nu ze in het zwembad lagen af te koelen en hun stemmen geleidelijk afzwakten in het achtergrondkoor van de cicaden, en loom als ze was van de zware, verleidelijke rozengeur, dreven Esmés gedachten van haar weg als ballonnen die door de lucht zeilen. Even later zeilde ze zelf ook, maar niet in de lucht; ze zat op een kleine zeilboot met een in de zachte bries wapperend zeil. En daar was Marco. Hij stond aan de oever van het meer en zwaaide naar haar. Ze probeerde naar hem toe te zeilen, maar de wind nam toe, trok aan het zeil en voerde het bootje van de oever weg. Marco riep haar, maar hoe ze het ook probeerde, ze kon de boot niet naar hem toe sturen; de wind nam haar steeds verder en verder mee weg tot ze midden op het meer was en hem niet meer kon zien. Bang ging ze staan en het bootje begon meteen onder haar te schommelen en sloeg toen om. Ze voelde dat ze viel, dieper en dieper het donkere, koude water in. En toen zag ze het, op de bodem van het meer, verstrikt in een massa fonteinkruid: een melkwitte baby, de bleke armpjes naar haar uitgestrekt.

Ze schrok met pijnlijk bonkend hart wakker. Ze knipperde met haar ogen tegen het zonlicht en zag de contouren van een man boven haar uittorenen. Tot haar afgrijzen hield hij iets in zijn handen dat eruitzag als een baby in een doek. Ze slaakte een geschrokken kreet en haar hart ging nog sneller kloppen.

'*Mi perdoni*,' zei de man, 'ik ben Domenico. Ik hier om naar zwembad te kijken en bloemen te sproeien.'

Met nog steeds bonkend hart en droge mond kwam Esmé uit haar stoel overeind. Ze realiseerde zich nu dat hij de broer van Renata was en dat hij in werkelijkheid een bundel vasthield die in krantenpapier was gewikkeld. 'O, alstublieft, vergeef me,' zei ze, nog te duf om Italiaans te spreken, 'ik lag te slapen.'

Bij het zwembad kwam Adam uit het water.

'Het is Domenico,' zei ze, 'hij komt het zwembad controleren.'

'Ah, ja,' zei Adam en hij pakte een handdoek en kwam naar hen toe.

Floriana klom ook uit het zwembad.

'Als nu niet goed, ik kom later,' zei de man met een sympathieke glimlach. Hij leek ongeveer zeventig jaar oud, was notenbruin en pezig en had vol dik grijs haar; zijn haakneus was prominent en zijn ogen zo zwart als kooltjes.

'Nee, nee, blijf en doe wat u moet doen,' zei Esmé, die nog steeds van slag was door haar droom, maar haar kalmte voelde terugkeren. 'Wilt u iets drinken?' vroeg ze, zich haar manieren herinnerend.

Hij schudde zijn hoofd. 'Nee, dank u, signora. Maar ik breng u dit. Uit mijn tuin. Ik kweek zelf.' Hij gaf haar de bundel.

Verrast door het gewicht legde Esmé alles op tafel. Ze opende de kranten en riep uit: '*Che bello!* Wat ontzettend aardig van u.'

'Wat is het?' vroeg Floriana, die dichterbij kwam.

'Allerlei lekkers,' zei Esmé. 'Courgettes, radijsjes, bieten, sla en tomaten.' Ze wendde zich tot Domenico. '*Grazie mille*,' zei ze. '*Lei è molto gentile*.'

De man keek haar stralend aan en onthulde een rij verbazingwekkend witte en gelijkmatige tanden. '*Fa niente*, signora,' antwoordde hij, '*è un piacere*.'

'Nou, ik zou zeggen dat je een bewonderaar hebt,' fluisterde Floriana toen Domenico aan de zijkant van het huis was verdwenen, waar zich de tuinslang en de buitenkraan bevonden. 'En nog een toyboy ook.'

Esmé berispte haar. 'Gedraag je, jongedame, of ik neem je onder handen.'

Floriana liep lachend weg en liet zich naast Adam, die alweer iets op zijn laptop aan het doen was op een ligstoel vallen.

'En doe wat zonnebrand op je rug en schouders,' riep Esmé haar na, 'je wordt al roze.' En als Adam niet aanbiedt het te doen, word ik heel boos op hem, dacht ze terwijl ze Domenico's gulle geschenk naar binnen bracht.

Terwijl hij een e-mail van Denise op kantoor beantwoordde, zag Adam vanuit zijn ooghoek Floriana pogingen doen om zonnebrand op haar rug aan te brengen. Vooruit, zei hij tegen zichzelf, bied aan haar te helpen, dat is de normaalste zaak van de wereld. Wat is het probleem? Durf je haar opeens niet meer aan te raken?

Idioot genoeg was alles aan zijn gevoelens voor Floriana een belachelijk groot probleem aan het worden. Daarnet met haar zwemmen – haar in het water zien duiken en aan de andere kant boven zien komen, haar haren los op haar rug, glanzend als een otter – was zowel een groot genoegen als een kwelling geweest. Hoe gemakkelijk zou het zijn om zijn zelfbeheersing te verliezen en iets te doen waar hij spijt van zou krijgen!

Hij moest zich steeds vaker voorhouden dat hij geen vergelijkingen mocht maken, maar dat was gewoon onmogelijk. Floriana zag er in een bikini niet alleen net zo goed uit als Jesse – in feite zelfs beter, omdat ze meer rondingen had – ze was ook nog eens veel leuker. Jesse was dol geweest op strandvakanties, maar dan vooral op de ligstoel; zwemmen had haar niet aangetrokken, want ze had er een hekel aan als haar gezicht en haar haren nat werden. Floriana daarentegen was in het water net zo in haar element als tijdens hun spelletje Swingball.

Zich er onaangenaam van bewust dat ze zich nog steeds in allerlei bochten wrong om met het zonnebrandmiddel het midden van haar rug te bereiken, dwong hij zichzelf te zeggen: 'Je schouder raakt nog uit de kom als je zo doorgaat. Als ik het eens voor je deed?'

'Het is al goed,' zei ze, 'je kunt geen vette handen gebruiken als je probeert te werken.'

Hij aarzelde. Was dat een beleefde manier om 'raak me aan en ik doe je wat' te zeggen?

Nee, nou deed hij paranoïde. 'Het is geen moeite,' zei hij. 'Maar Esmé heeft gelijk, je wordt al een beetje roze.'

'Echt waar?' Ze draaide zich om teneinde beter naar haar schouder te kijken.

Hij zette zijn laptop weg en stak zijn hand uit voor de tube zonnebrandcrème.

Hij had haar nog amper aangeraakt toen ze hem liet schrikken door een diepe zucht te slaken. 'Het is hier prachtig, vind je niet?' zei ze. 'Misschien wil ik wel nooit meer weg. Ik begrijp heel goed dat Esmé hier verliefd is geworden. Wat moet het romantisch voor haar zijn geweest, vooral als je bedenkt hoe jong ze was.'

'Zo romantisch was het niet,' zei hij terwijl zijn handen langzaam over haar door de zon verwarmde huid gleden; een bleke huid die niet vaak aan de zon was blootgesteld, dacht hij. 'Ze gingen immers uit elkaar voordat ze elkaar goed en wel kenden.'

'Dat wil niet zeggen dat het niet romantisch was zolang ze samen waren.'

'Geef eens een definitie van romantisch,' zei hij.

Ze lachte. 'Dat is alsof je me vraagt een definitie te geven van intelligentie. Dat is strikt gesproken niet mogelijk omdat er geen empirisch onomstotelijke test is.'

'Oké dan, wat is naar jouw mening romantischer: een gelukkig einde of een tragisch einde?'

'Hmm... goede vraag. Maar als je denkt dat ik Romeo en Julia ga citeren als het ultieme romantische paar, dan heb je het mis. Ik heb altijd gevonden dat ze niet bij elkaar pasten.'

'Houd je haar eens iets meer omhoog,' zei hij omdat hij niet bij die laatste opmerking wilde stilstaan. Ze deed wat hij vroeg en het vergde al zijn wilskracht om haar niet in haar nek te kussen. Een klein kusje maar. En daarna misschien een op haar linkerschouder, en dan haar rechter- en...

'O kijk,' zei ze, zijn gedachtegang onderbrekend, waardoor hij zich realiseerde dat zijn handen niet meer bewogen en dat hij gevaarlijk dicht over haar heen gebogen zat. 'Esmé staat met Domenico te praten. Wat een stiekemerd is ze geweest, om ons niet te laten merken dat ze zo goed Italiaans spreekt. Er is nog zo veel dat ze ons niet heeft verteld. We weten bijvoorbeeld niet zeker of Marco en zij met elkaar naar bed zijn geweest.'

'Ik denk dat we dat wel voor vaststaand kunnen aannemen,' zei Adam. 'Waar we geen idee van hebben is wat er daarna gebeurd is. We nemen maar aan dat Marco is vertrokken om priester te worden terwijl Esmé en haar vader terugkeerden naar Engeland en naar Oxford verhuisden.'

'Wat kan er anders gebeurd zijn?'

'Dat,' zei Adam, 'is nou net de grote vraag. Zo, klaar.'

Hij gaf Floriana de tube terug en ging even afkoelen in het zwembad. En niet omdat hij het zo warm had.

37

Floriana maakte zich zorgen dat de warmte te veel zou zijn voor Esmé. Het was niets voor haar om zo stil en teruggetrokken te zijn. Hoewel het ook heel begrijpelijk zou zijn als ze door de spanning zo in gedachten verzonken was.

Ze reden over de weg langs het meer naar Hotel Margherita, of Villa Margherita zoals het nu heette. Op de achterbank observeerde Floriana Esmé. Ze merkte op hoe stil en gespannen ze uit het raampje zat te staren. Tijdens de lunch, die ze bij de villa hadden genuttigd omdat ze dankzij Domenico en zijn zus Renata een koelkast vol eten hadden, had Esmé alleen maar verteld dat ze met Domenico over de familie Bassani had gesproken. De naam zei hem kennelijk niets, maar hij was dan ook pas twintig jaar geleden na de dood van zijn vrouw aan het meer komen wonen. Hij had beloofd wat rond te vragen. Floriana hoopte van ganser harte dat hij een aanwijzing voor hen zou vinden. Het zou geweldig zijn om te weten te komen hoe het Esmés eerste liefde was vergaan.

Floriana was zo bezig met het geluk van haar oude vriendin dat ze sinds hun aankomst gistermiddag nauwelijks bij dat van haarzelf had stilgestaan. De gedachte aan het huwelijk van Seb en Imogen zou haar eigenlijk met afgrijzen moeten vervullen, maar dat was niet zo. Dat was vooral te danken aan de wetenschap dat ze Adam aan haar zijde zou hebben. Hij zou ervoor zorgen dat ze de dag zou doorkomen met haar waardigheid volkomen intact. Geen geschreeuw van *Daar had ik moeten staan!* Geen overdaad aan drank waardoor ze zichzelf te schande maakte. En geen gesnotter. Absoluut geen gesnotter. Ze zou een toonbeeld van nuchterheid en zelfbeheersing zijn, een nobel en lichtend voorbeeld van onbaatzuchtige welwillendheid. Dat was tenminste het plan.

Terwijl ze het passerende landschap van dorpjes langs het meer bewonderde moest ze toegeven dat ze zich erop verheugde met Adam als haar introducé te pronken. Imogen zou beslist niet verwachten dat ze met zo'n knappe man verscheen die duidelijk boven haar niveau was. Ze dacht waarschijnlijk dat een hobbit met haar op zijn tenen meer bij Floriana paste! Bij die gedachte ontglipte haar een lachje.

'Valt er iets te lachen?' vroeg Adam, die haar via de achteruitkijkspiegel aankeek.

'Vraag maar niets. Het heeft met hobbits en harige voeten te maken.'

'Natuurlijk,' zei hij glimlachend, 'is dat niet altijd het geval?'

Een poosje later draaide hij van de hoofdweg af en stopte hij voor het gesloten smeedijzeren hek van hun bestemming. Hij leunde uit zijn open raampje om op de knop voor de intercom te drukken toen er aan de andere kant van het dubbele hek een auto verscheen. Hij reed iets achteruit en de beide vleugels van het hek zwaaiden langzaam open. De andere auto kwam langszij en de bestuurder liet zijn raampje zakken en keek hen vragend aan.

Ze hadden eerder al besloten dat Floriana zou proberen hen bij Villa Margherita naar binnen te praten, dat ze – in Adams woorden – met haar overborrelende enthousiasme en kleurrijke fantasie hun zaak beter zou kunnen bepleiten dan wie dan ook. Dus stapte ze uit de auto, onthield ze zich van pogingen het beperkte aantal Italiaanse woorden en zinnen te gebruiken dat ze kende en vroeg ze de man of hij Engels sprak.

'Natuurlijk,' antwoordde hij op een toon die impliceerde dat ze gek was als ze dacht dat hij dat niet kon. 'Waar kan ik u mee helpen?' Hij sprak indrukwekkend vlekkeloos Engels.

Ervan uitgaand dat hij de eigenaar was begon ze de reden van hun bezoek uit te leggen, waarbij ze op het juiste moment naar Esmé wees, die de vreemdeling als op afspraak een van haar charmantste en meest koninklijke glimlachjes schonk, en eindigde toen met een smeekbede waarin ze hoopte zo veel gevoel te hebben gestoken dat alleen de meest harteloze ziel zou weigeren hen binnen rond te leiden.

'Ik begrijp het,' zei hij toen ze haar verzoek had afgerond, 'maar het spijt me zeer u te moeten vertellen dat de eigenaar er niet is.'

Floriana's hart zonk haar in de schoenen. Al die moeite en hij was niet eens de eigenaar!

'Maar,' vervolgde hij met een beginnende glimlach op zijn gezicht, 'er is wel een mogelijkheid om de villa te bekijken. Het pand staat te koop en ik ben de makelaar die het verkoopt. Dus als u nu zou zeggen dat u belangstelling hebt het te kopen, zou ik u persoonlijk kunnen rondleiden.'

Floriana had hem wel kunnen zoenen! Ze draaide zich opgetogen naar Esmé en Adam om. 'O ja, we hebben zeer beslist belangstelling om de villa te kopen, nietwaar?' Tegen de man zei ze: 'Zouden we het pand nu kunnen bekijken?'

Hij keek op zijn horloge. 'Ik was op weg naar mijn kantoor in Menaggio en kwam alleen even de post ophalen, maar –'

'We kunnen ook terugkomen op een moment dat u beter schikt,' zei Esmé vanuit de auto. 'Zou morgen beter uitkomen?'

Nog steeds op zijn horloge kijkend alsof hij moeite had te zien hoe laat het was, nam hij met een knikje een beslissing. 'Nee, nu is beter. Het telefoontje dat ik nog moet plegen kan wel even wachten. Volgt u mij maar.'

Toen beide auto's geparkeerd stonden stelde de makelaar – een lange hoekige man met zwart krulhaar en een onberispelijk getrimde baard – zich voor als Giovanni Zazzaroni en nam hij hen mee naar de hoofdingang die uitkeek over het meer. Toen ze daar op het grindpad stond en over het hellende gazon omlaag keek, had Esmé het gevoel alsof ze terug was gegaan in de tijd. Er was weinig veranderd, zo leek het althans.

Achter haar stond Adam met de makelaar te praten over woningprijzen en over hoe stabiel de markt in dit deel van Italië was. Naast haar nam Floriana zwijgend het uitzicht in zich op.

'Is het zoals je het je herinnerde?' vroeg ze uiteindelijk.

'Het is nog precies hetzelfde. Ik heb het gevoel dat ik elk moment mijn vader met zijn schildersezel in een schaduwrijk hoekje kan zien zitten, en daar' – ze wees voorbij de stenen fontein die niet aan stond – 'zullen de Kelly-Webbs hand in hand staan, en dan haast Elizabeth zich over het terras heen om een of andere roddel te vertellen, en als ik goed luister hoor ik Elena in de groentetuin Alberto uitfoeteren voor een of ander gruwelijk misdrijf.'

'En Angelo en Marco, zijn die er ook?'

Esmé slikte en haar blik ging over het gazon heen naar de stenen trap tussen de twee magnifieke cipressen. 'Ja,' zei ze simpelweg zonder verder uit te weiden.

Adam kwam dichterbij. 'Hij gaat het huis voor ons opendoen.'

Ze draaide zich om en zag de makelaar een grote bos sleutels uit de leren tas halen die over zijn schouder hing.

'Houd hem aan de praat zodat ik wat foto's kan maken,' fluisterde Floriana tegen Adam.

'O, ik geloof niet dat we dat moeten doen,' zei Esmé bezorgd, 'dat lijkt me onbeschoft, laten we niet vergeten dat dit iemands woning is.'

'Ik beloof je dat ik discreet zal zijn,' zei Floriana, 'en bovendien zijn de foto's niet voor openbaar gebruik, ze zijn alleen voor jou.'

In huis was het duidelijk koeler en Esmé kreeg kippenvel op haar armen toen ze in de hal met de geboende vloer en de schilderijen in zware vergulde lijsten stond. De deuren die op de hal uitkwamen waren allemaal gesloten, wat nog bijdroeg aan de duisternis. Recht voor haar was de brede trap en ze herinnerde zich weer dat ze daar bovenaan had gestaan en Marco met zijn tante Giulia had zien thuiskomen uit Venetië.

Ze wendde zich tot de makelaar. 'Wie is de huidige eigenaar? Mag u ons dat vertellen?'

'Dat zijn twee zussen uit Milaan. Uw vriendin,' zei hij, naar Floriana wijzend, 'zei eerder al dat toen u hier in 1950 verbleef het huis een hotel was. Een zekere signora Bassani had het in eigendom. Ik heb de naam weleens gehoord, maar ik weet niets van de familie behalve dat het laatste nog levende familielid de woning eind jaren vijftig heeft verkocht. Daarna is het in de jaren zeventig weer verkocht aan een zekere signor Farella uit Milaan. Na zijn dood hebben zijn twee zussen de villa geërfd en nu zijn ze zelf te oud om er nog van te profiteren en willen ze het verkopen. Ze hebben al een aantal van de waardevollere meubelstukken en schilderijen verkocht.'

'Hoeveel vragen ze voor het huis?' vroeg Floriana met een glimlachje. 'Gewoon uit nieuwsgierigheid.'

De makelaar glimlachte terug en Esmé zag hoe hij vanuit een aloud Italiaans instinct Floriana met een snelle blik van zijn snaakse ogen van top tot teen bekeek. 'Het is op de markt voor tien miljoen,' zei hij. 'Dat zijn euro's. Maar,' voegde hij er met een plagerige klank in zijn stem aan toe, 'een bod zou zeker worden overwogen.'

Floriana floot. 'Dat zal ik onthouden.'

'En sta me nu toe dat ik de deuren voor u open zodat u goed rond kunt kijken.' Hij ging hen voor naar wat Esmé zich als de salon herinnerde. Hij opende de luiken en zei, zijn stem galmend in de grote halfgemeubileerde kamer: 'Vergeef me als ik niet in alle kamers de luiken open; dat zou te veel tijd kosten. Ik heb over een uur weer een afspraak.'

'Dat is prima,' zei Esmé, 'ik ben nu al heel dankbaar dat u mij de gelegenheid geeft even rond te kijken.'

Hij verontschuldigde zich toen zijn mobieltje ging en liep naar de hal om het telefoontje aan te nemen. Adam maakte intussen de andere ramen en luiken open. Er dwarrelde stof in het zonlicht dat nu de kamer binnen stroomde en Esmé had opnieuw het gevoel dat ze terug was gegaan in de tijd. Zo sterk zelfs dat haar nekharen overeind gingen staan.

'Het is echt uitzonderlijk,' zei ze huiverend terwijl ze naar de zwarte marmeren haard liep. 'Het meubilair en de inrichting zijn niet veel anders dan ik me herinner, al moet het toch wel veranderd zijn.'

Adam keek naar het sierlijke plafond en de met goud bezette kroonlijsten en zei: 'Misschien wilde de vorige eigenaar... hoe heet hij ook weer?'

'Signor Farella,' zei Floriana, die achter de open deur stond en met haar mobiele telefoon een foto maakte.

'Misschien wilde signor Farella de oorspronkelijke stijl behouden,' vervolgde Adam. 'Hoe oud denk je dat het huis is?'

'Ik geloof dat het omstreeks 1830 is gebouwd.'

'De signora heeft gelijk,' zei Giovanni Zazzaroni, die weer de kamer binnen kwam. De zachte rubberen zolen van zijn schoenen piepten op de marmeren vloer.

Achter hem stopte Floriana snel haar mobiele telefoon weg.

'Mogen we alstublieft de eetkamer zien?' vroeg Esmé met een waarschuwende blik naar Floriana.

'Natuurlijk.'

'Als u wilt kunnen Floriana en ik hier de luiken wel sluiten, dan zien we u daarna boven weer,' zei Adam.

De makelaar knikte dankbaar en Esmé liep met hem mee, vermoedend dat Floriana, alleen achtergebleven met Adam, de gelegenheid te baat zou nemen om nog wat foto's te maken.

De eetkamer was zo mooi als Esmé zich herinnerde. Het prachtige trompe-l'oeileffect van het gewelfde plafond was volmaakt bewaard gebleven. Ze was bang geweest dat het zou zijn overgeschilderd door een of andere afschuwelijk modernistische cultuurbarbaar. Het leek echter heel zorgvuldig te zijn gerestaureerd; het schilderwerk zag er authentiek uit.

'Het is mooi, nietwaar?' merkte de makelaar op nadat hij de laatste ramen en luiken had geopend, waarna de kamer baadde in het zonlicht.

'Dat is het zeker,' zei ze zacht. 'Ik ben blij dat het zo goed onderhouden is.'

'Vertel me eens,' zei hij, 'kende u de familie Bassani goed?'

'Ik...' Ze zweeg even en vroeg zich af hoeveel ze deze vreemdeling zou vertellen. 'Ik kende vooral Marco Bassani, de neef van Giulia Bassani goed. Maar we zijn elkaar uit het oog verloren toen... toen hij zijn priesteropleiding vervolgde. Ik moet toegeven dat ik nieuwsgierig ben naar hoe het hem is vergaan.'

'Wilt u dat ik iemand probeer te vinden die misschien iets weet? Als u me wat namen van mensen geeft die hier destijds werkten, is de kans groot dat ze in de omgeving wonen en u kunnen helpen wat antwoorden te krijgen.'

'Ik kan niet van u verlangen dat u zo veel moeite voor me doet.'

'Het zal me een genoegen zijn,' zei hij. 'Ik vind het leuk als ik iets kan oplossen.'

Ze keek om zich heen naar de wedgwood-blauwe muren en de marmeren vloer. 'Denkt u dat het een probleem zal zijn het huis te verkopen? Het is erg duur.'

Hij glimlachte. 'Ik heb al diverse belangstellenden. De locatie is uitzonderlijk.'

'Ik hoop dat u het aan de juiste persoon verkoopt, iemand die ervan zal houden en het zal koesteren.'

'Ik vrees dat ik dat niet kan garanderen.'

'Wow!' riep Floriana toen Adam en zij de kamer binnen kwamen. 'Wat verbazingwekkend! Signor Zazzaroni, ik denk dat ik misschien toch maar een bod uitbreng.'

'Alstublieft,' zei hij terwijl hij haar weer van top tot teen bekeek, 'noem me Giovanni.' Daarna wierp hij een snelle blik op zijn horloge.

Esmé begreep de hint en zei: 'Er is nog een kamer die ik graag zou willen zien en als ik dan nog heel even in de tuin zou mogen kijken, zullen we daarna vertrekken.'

Boven, terwijl de anderen teruggingen naar de overloop om een kroonluchter te bewonderen – het was een bijzonder goede kopie, zo legde Giovanni uit, van een traditionele achttiende-eeuwse Rezzonico-kroonluchter met handgesneden Murano-bloemen en ornamenten in wit en helder glas – bleef Esmé alleen in de slaapkamer waar ze destijds had geslapen.

De crèmekleurige en zonnig gele inrichting en antieke meubels interesseerden haar niet. Met ogen die vochtig werden wierp ze er slechts een vluchtige blik op. Hetzelfde gold voor het zware hemelbed met kant en franjes. Het verleden, hartverscheurend aangrijpend, was tastbaarder voor haar dan het meubilair en plotseling kwam de herinnering vrij aan iets wat heel diep in haar verborgen had gezeten en werd ze overweldigd door de pijn en het verlangen naar wat ze was kwijtgeraakt.

Haar kind.

Het kind dat ze nooit had vastgehouden.

Het kind dat ze nooit had kunnen koesteren.

Het kind dat Marco en zij in deze kamer hadden verwekt en dat nooit de kans had gekregen te leven.

Ze kneep haar ogen dicht om de herinnering weg te duwen. Het was heel lang geleden dat ze de pijn van wat ze bijna binnen haar bereik had gehad zo acuut had ervaren. Na de afschuwelijke droom van die ochtend was ze hevig geschokt en van streek geweest. Vroeger droomde ze voortdurend over haar arme dode baby, maar met het verstrijken van de tijd werd ze steeds minder vaak door die dromen geplaagd, en uiteindelijk bijna nooit meer.

Ze had geleerd met haar verlies te leven – een dubbel verlies: eerst Marco en daarna de baby – en ze had gezworen nooit verteerd te zullen raken door haar spijtgevoelens en de leegte in haar hart. Ze had meestal weten te voorkomen dat ze wegzakte in de bodemloze put van haar verdriet en had leren accepteren dat hun romance geen stevige basis had gehad, dat die maar zo kort had geduurd dat het niet veel meer dan een droom was. Telkens weer had ze zichzelf ervan overtuigd dat als de realiteit om de hoek was komen kijken, hun liefde nooit tot iets blijvends had kunnen uitgroeien.

Maar het kind was echt geweest. Het kind had blijvend moeten zijn, had nog bij haar moeten zijn.

Ze schrok op van een lichte hand op haar elleboog.

Het was Floriana. 'Het spijt me,' zei het meisje zacht, 'ik wilde je niet laten schrikken. Gaat het?'

Esmé slikte en knipperde snel met haar ogen, waar tranen uit dreigden te rollen. 'Vergeef een dwaze oude vrouw dat ze...' De woorden zaten zo strak in haar keel dat het een strijd was ze uit te spreken. Ze probeerde het opnieuw. 'Dat ze zich laat overmannen door haar emoties.'

Floriana kneep zachtjes in haar arm. 'O, Esmé, er is niets dwaas aan jou.'

Tranen welden op in haar ogen en ze deed diverse pogingen om te slikken. Ze mocht niet huilen. Niet nu. Niet na al die tijd. Ze opende haar handtas en pakte er een zakdoek uit. 'We moesten maar gaan,' zei ze kordaat nadat ze haar neus had gesnoten en zich had hersteld, 'we hebben al te veel van signor Zazzaroni's tijd in beslag genomen.'

Met een blik vol bezorgdheid vroeg Floriana: 'Wil je niet meer in de tuin kijken?'

Esmé schudde haar hoofd. 'Ik denk niet dat we signor Zazzaroni nog meer gelegenheid moeten geven naar je te lonken, liefje, dat heeft die brutale kerel al genoeg gedaan. Als hij nog een keer de kans krijgt je met zijn ogen uit te kleden, zal het me niet verbazen als Adam hem op het gezicht slaat.'

Floriana lachte. 'Echt waar? Ik had helemaal niet in de gaten dat hij zo naar me keek.'

Verbaasd over haar onschuld zei Esmé: 'Dat is jouw probleem, jongedame, je hebt geen idee wat anderen van je vinden.' Toen haakte ze haar arm door die van Floriana en nam ze haar mee naar het raam voor een laatste blik op het meer. In de verte voer een *traghetto* over het meer. Toen die aan de andere kant van de klif uit het zicht verdween, draaide Esmé zich naar Floriana toe.

'Nu ga ik je of je wilt of niet,' zei ze, 'een belangrijk advies geven. Zorg dat je geen leven vol spijt leidt. Wat voor kansen er ook op je weg komen, grijp ze met beide handen aan. En als je deze week ook maar iets leert, dan moet dat zijn dat je met Adam niet dezelfde fout moet maken als met je vriend Seb.'

Met een verbijsterde en geschrokken blik in haar ogen opende Floriana haar mond om iets te zeggen, maar Esmé sprak verder, vastbesloten het meisje eens en voor altijd de ogen te openen. 'Ik wil dat je er heel goed over nadenkt waarom Adam hier is. Je kunt toch niet zo naïef zijn te denken dat hij alleen voor mij is meegegaan.'

38

Esmé ging die avond vroeg naar bed. Ze zei dat ze moe was. Ze was ook moe, erg moe zelfs, maar kon niet slapen. Ze was te rusteloos, net als de villa leek te zijn; de houten beenderen van de oude constructie kraakten luid in de verkoelende duisternis na de hitte van die dag.

Hoe ze ook haar best deed, ze kwam niet tot rust. Haar hoofd tolde, vol van wat ze tijdens het avondeten met Adam en Floriana had gedeeld. Adam had het restaurant geboekt, een mooie zaak in Brienno pal aan het meer, maar het zou beter zijn geweest als ze zonder haar waren gegaan en samen van de romantische sfeer hadden genoten. Ze had voorgesteld hier te blijven, maar daar wilden ze niets van weten.

Nu kenden ze dus het hele verhaal; dat ze de vorige keer dat ze in Hotel Margherita was geweest zwanger naar huis was gegaan, al was ze zich daar toen niet van bewust. Later, toen een dokter in Nottingham haar vermoedens bevestigde, was haar vader de enige geweest die van haar geheim op de hoogte was. Geheimhouding was een kwestie van overleven geworden, een manier om met de schok en het verdriet te kunnen omgaan.

Het ergerde haar altijd weer als ze Engelse mensen op zo'n hooghartige wij-weten-het-beter-toon de vele onfortuinlijke jonge meisjes hoorden veroordelen die zwanger raakten. De arme meisjes werden altijd afgeschilderd als onnozel en bewust achteloos. Nou, zij was ook bewust achteloos geweest – net als Marco – terwijl ook zij zouden zijn ingeschat als het soort mensen dat beter diende te weten. Niettemin waren ze krankzinnig roekeloos geweest en hadden ze meer dan eens hun gezond verstand uitgeschakeld om hun liefde voor elkaar tot uiting te brengen. Eén keer was nog te rechtvaardigen – ze hadden zich laten meeslepen – maar na die eerste keer was Marco 's avonds laat toen iedereen sliep naar haar kamer teruggekeerd. Net als de volgende avond.

Daarna was hij teruggegaan naar Venetië en had ze hem nooit meer gezien.

Eind augustus keerden Esmé en haar vader terug naar Engeland en na een poosje begon ze te vermoeden dat ze zwanger was. In de sombere claustrofobische sfeer van Hillside en bezig met de plannen voor hun verhuizing naar Oxford, waar zij aan het St Hilda's College Engels zou gaan studeren, vertrouwde Esmé haar vader toe dat ze dacht dat ze zwanger was van Marco. Hij was erg boos en gaf niet alleen Marco de schuld, maar ook zichzelf omdat hij haar niet beter had beschermd. Het speet hem dat hij haar zo veel vrijheid had gegeven en hij vond dat hij minder tijd aan het schilderen had moeten besteden en meer aan haar.

'De enige schuldige ben ik,' zei ze tegen hem. Zijn boosheid en schuldgevoel hielden echter aan en hij was stellig van plan Giulia Bassani te schrijven om haar over de situatie in te lichten en duidelijk te maken dat haar neef de verantwoordelijkheid had te doen wat juist was.

Esmé smeekte haar vader de brief niet te schrijven en zei dat Marco's leven op een bepaalde koers was uitgestippeld en dat ze niet van plan was hem iets te laten opgeven waartoe hij zich voorbestemd voelde.

'Maar jouw leven dan?' pleitte haar vader. 'Jouw toekomst is verpest dankzij hem.'

'Gewijzigd maar niet verpest,' zei ze, en ze herhaalde haar beslissing de baby te houden en St Hilda's te laten schieten.

Haar vader gaf toe en de geplande verhuizing, nu uitgesteld tot het volgende jaar, werd nog belangrijker. Ze zouden direct na de geboorte van de baby naar Oxford verhuizen en een nieuwe start maken. In de tussentijd zou Esmé met zijn hulp met opgeheven hoofd de roddels in het dorp waar ze woonden moeten zien te verdragen.

In december van dat jaar ontvingen ze een kerstkaart van Elizabeth uit Londen, waarin ze schreef dat ze van plan was in het voorjaar terug te gaan naar Hotel Margherita, maar voor die tijd graag een keer bij hen langs wilde komen. Of het in februari gelegen kwam? Hoe graag ze Elizabeth ook mochten, ze konden niet in haar bezoek toestemmen; na één blik op Esmé zou ze haar conclusies trekken en de hemel mocht weten aan wie de onverbeterlijke roddelaarster het zou vertellen wanneer ze in de lente terug was aan het meer. Ze scheepten haar af met het excuus dat ze midden in de chaos van een verhuizing zaten. Om een of andere reden, en misschien maar gelukkig, hoorden ze nooit meer iets van haar.

Vier weken voordat de baby zou komen werd Esmé met spoed naar het ziekenhuis gebracht, waar ze een keizersnede onderging. Toen ze bijkwam uit de narcose kreeg ze te horen dat de baby – een meisje – door een afgeknelde navelstreng dood was geboren. Wreed genoeg kreeg ze haar dochtertje nooit te zien. Zelfs geen glimp van haar was haar gegund. Ze wist niet eens wat er met het lijkje was gebeurd. Vierentwintig uur later moest ze na een hevige bloeding opnieuw een spoedoperatie ondergaan en toen ze daarna wakker werd, kreeg ze nog meer verschrikkelijk nieuws: ze zou nooit meer een kind kunnen krijgen.

Nog steeds rouwend om haar dochtertje, dat Esmé heimelijk Grace noemde, verlieten Esmé en haar vader Hillside en verhuisden ze op een warme zomerdag naar Norham Gardens in North Oxford. Ze bouwden vastberaden hun nieuwe leven op en wetende dat druk bezig zijn de beste manier was om over het verlies heen te komen deed Esmé er alles aan om hun nieuwe huis tot een echt thuis te maken, wat Hillside nooit was geweest.

Haar vader had kunnen rentenieren van het geld dat zijn vrouw hem had nagelaten, maar hij kreeg een aanbod om partner te worden op een advocatenkantoor in St Aldate's en nam die kans waar. Hij bleef schilderen en richtte een deel van de bovenverdieping van het huis in als atelier. Hij begon zijn schilderijen zelfs te exposeren, maar omdat het niet in zijn aard lag op te scheppen over zijn kunst probeerde hij niet zijn werk te verkopen, wat hij gemakkelijk had kunnen doen.

Toen een jaar later in St Giles' Street een secretaresseopleiding startte, schreef Esmé zich in en een jaar later ging ze op het Wadham College op het kantoor van de thesaurier werken.

Mettertijd werd hun leven verrijkt met nieuwe vrienden en nieuwe kansen. Er waren ook jonge mannen; mannen met wie Esmé graag naar het theater of uit eten ging, maar met wie ze geen hechte relatie kon opbouwen; ze was bang geworden voor intimiteit.

Toen ze achter in de twintig was ontmoette ze Charles Penstow, een Amerikaanse hoogleraar economie die een jaar verlof had. Hij was twaalf jaar ouder en werd in haar kleine vriendenkring als een goede vangst beschouwd. Hij verraste haar op een avond tijdens het diner door haar te vragen zijn vrouw te worden en met hem naar Boston te gaan, waar hij woonde.

'Maar we kennen elkaar nauwelijks,' had ze verbijsterd gezegd.

'Ik weet alles wat ik moet weten,' had hij geantwoord terwijl hij met zijn wijsvinger op de tafel tikte. 'Je bent een buitengewoon verstandige en nuchtere vrouw, je maakt nergens drukte over. Bovendien los je de kruiswoordpuzzel in *The Times* sneller op dan ik ooit iemand heb zien doen, heb je onberispelijke manieren en kleed je je heel stijlvol.'

Hij stond erop dat ze niet meteen antwoord gaf; ze moest goed over zijn aanzoek nadenken terwijl hij in Australië was om een aantal lezingen te geven en reclame te maken voor een gewichtig boek dat hij onlangs had uitgebracht.

Enigszins verbaasd dacht ze over zijn bijzondere aanzoek na, maar toen sloeg het noodlot toe: haar vader kreeg een ernstige beroerte. Tegen de tijd dat Charles terug was in Oxford had Esmé op basis van het medisch advies dat ze had gekregen de enig mogelijke conclusie getrokken: haar vader zou de rest van zijn leven constante verzorging nodig hebben en zij was degene die hem die moest geven.

Charles nam haar afwijzing op met een gelijkmoedigheid die deed vermoeden dat zijn hart niet bepaald gebroken was. Datzelfde gold voor haar, want ze vond zijn karige lof – ze was als 'verstandig' en 'nuchter' beschreven – niet direct de romantische woorden die een meisje graag hoort van haar toekomstige echtgenoot. Ze waren in elk geval niet te vergelijken met wat Marco tegen haar had gezegd.

Haar vader bracht de rest van zijn leven in een rolstoel door en om het nog erger te maken verloor hij ook zijn gezichtsvermogen. Vaak wenste hij dat hij dood was, dat hij niet de last was die hij voor haar was geworden. 'Ik heb ons beiden tot gevangenschap veroordeeld,' mompelde hij vaak met zijn scheefgetrokken mond. Ze verzorgde hem liefdevol tot aan zijn dood. Ze was toen inmiddels begin veertig en het idee van een huwelijk interesseerde haar niet meer; ze was al te zeer vastgeroest in haar gewoonten. Dus omarmde ze het leven van ongehuwde vrouw en begon ze aan de studie die ze meer dan twintig jaar geleden had willen volgen. Toen ze was afgestudeerd ging ze in de prachtige bibliotheek van het Queen's College werken. Vijf jaar later deed zich de kans voor om in de Bodleian Library te gaan werken en die greep ze aan. Toen de pensioenleeftijd naderde, besloot ze het huis in Norham Gardens te verkopen en iets kleiners te kopen dat ze beter kon bijhouden en verhuisde ze naar Trinity House.

Over het geheel genomen was ze van mening dat ze een betrekkelijk gemakkelijk en bevoorrecht leven had geleid. Ze had nooit financiële zorgen gehad, haar werk was boeiend en bevredigend geweest, ze had een goede vader gehad die van haar hield en had, al was het maar kort, intense liefde gekend. Ze had het recht niet om in zelfmedelijden te zwelgen waaraan ze zich nu had overgegeven. Er waren vrouwen genoeg die een kind verloren. En ook vrouwen genoeg die nooit moeder konden worden.

Morgen zou ze zich omwille van haar lieve vrienden moeten vermannen en het beste maken van haar tijd hier. Geen tranen meer. Maar zelfs terwijl ze die woorden geluidloos articuleerde, huilde haar hart om het kindje dat ze bijna had gehad. En om de man met wie ze het had verwekt.

Het was bijna middernacht en Adam en Floriana zaten in de tuin op de houten schommelbank zachtjes te schommelen. Het was een prachtige nacht, nog verbazingwekkend warm en onnatuurlijk stil. In de verte beneden hen glinsterde het meer in de zilverkleurige lichtstraal die de maan erop wierp en aan de andere kant van het water twinkelden lichtjes als sterren in het duister.

Ze hadden een fles wijn opengetrokken en verkeerden in een peinzende stemming. Ze spraken op gedempte toon over Esmé.

'Ik blijf maar denken aan hoe intens verdrietig ze moet zijn geweest na al die pijn en dat leed op zo jonge leeftijd,' zei Floriana bedroefd. 'Hoe anders had haar leven kunnen zijn.'

'Zo is het leven,' zei Adam, die Floriana's naar de donkere hemel gerichte gezicht observeerde. 'Het is niets dan een lange reeks wat-alsen. Wat als Esmé Marco nooit had ontmoet? Of wat als hij niet voor priester was gaan studeren? Of wat als de baby was blijven leven?'

Floriana keek weer voor zich uit en nipte peinzend van haar wijn. 'Wat is jouw belangrijkste wat-als?' vroeg ze.

Hij dacht over de vraag na, maar besloot een antwoord te vermijden door de rollen om te draaien. 'Dat weet ik niet zeker. En jij? Wat is het jouwe?'

Ze trok haar benen op en trok haar blote voeten onder zich. 'Ik weet niet wat het grootste of belangrijkste wat-als is, maar ik kan me wel afvragen wat er zou zijn gebeurd als ik Sebs uitnodiging niet had ontvangen. Als dat niet zo was, zou ik niet door die auto zijn aangereden en dan zouden Esmé en jij me niet te hulp zijn geschoten, wat inhoudt dat ik dan nu niet met jullie hier zou zijn.'

'Er zijn beslist betere manieren om mensen te leren kennen,' zei hij glimlachend, 'maar ik ben ook blij dat die dingen zijn gebeurd. Mijn leven is veel leuker sinds ik jullie ken.' Met name door jou, zou hij willen zeggen, maar hij kon de woorden niet over zijn lippen krijgen.

'Het mijne ook,' zei ze zacht, hem half aankijkend.

Hij keek gespannen naar haar, naar het gezicht dat hij al bijna net zo goed kende als het zijne. Haar bruine ogen waren nu vochtige poelen van duisternis en riepen hetzelfde verlangen in hem op dat hij had gevoeld toen hij die ochtend haar schouders insmeerde met zonnebrand. Met plotseling droge mond vroeg hij zich af wat er zou gebeuren als hij dapper genoeg was om een hand tegen haar wang te leggen en haar zacht op de mond te kussen. Zou er ooit een beter moment, een romantischer moment zijn dan dit om haar zijn gevoelens duidelijk te maken, om haar te vertellen dat hij veel meer wilde zijn dan een vriend?

Maar hij kon het niet. Het risico was te groot. Als ze hem afwees, was hun vriendschap zo goed als zeker voorbij, hoe hard ze ook deden alsof dat niet zo was. Dus hief hij uit lafheid slechts zijn wijnglas. 'Proost, op wat-alsen,' zei hij.

39

Floriana was al voor de anderen wakker en sloop zo stilletjes mogelijk naar beneden, maakte een mok thee voor zichzelf en ging naar buiten.

De zachte ochtendlucht geurde heerlijk. Die geur kwam van de weelderige fluweelrode rozen voor het terras; lange gebogen takken waren zwaarbeladen met grote bloemen die intens geurden. Ze stapte op blote voeten van het terras af op het verdorde ruige gras, boog voorover naar een lavendelstruik en haalde haar hand door de bloemen. Ze ademde de heerlijke geur in en bedacht dat ze als ze weer thuis was, wat meer werk van haar eigen tuintje moest maken. Het zou heerlijk zijn om het vol te zetten met allerlei geurige bloemen.

Ze wilde nu echter niet aan thuis denken. Ze wilde helemaal opgaan in dit betoverende paradijs waar alles anders, om maar niet te zeggen verwarrend aanvoelde.

En dat was dankzij Esmé en haar opmerking dat Floriana geen idee had wat er pal onder haar neus gebeurde en dat Adam niet alleen maar vanwege Esmé hier was. Wat moest Floriana daar nou mee? Het bracht haar alleen maar vreselijk in de war.

Het was puur giswerk van Esmé dat Adam de onbeschaamde Italiaan op zijn gezicht zou willen slaan omdat hij ongepaste blikken op Floriana wierp, maar het riep wel de vraag bij haar op waarom ze niet had gemerkt dat Giovanni Zazzaroni zo naar haar keek. En als ze dat had gemist, wat had ze dan nog meer niet gezien, vooral als het om Adam ging?

Sinds dat bijzondere gesprek met Esmé in haar oude slaapkamer in Villa Margherita merkte Floriana dat ze Adam, telkens als ze dat ongemerkt kon doen, bestudeerde en naar een teken zocht dat Esmés woorden zou bevestigen. Maar hoe ze ook haar best deed, ze zag niets aan zijn gedrag dat erop wees dat hij haar als meer dan een vriendin beschouwde.

Gisteravond laat op de schommelbank was er wel een moment geweest dat ze plotseling dacht dat hij op het punt stond haar te kussen. Hij had dat echter niet gedaan. Toen ze niet veel later naar bed was gegaan, had ze zich afgevraagd of dat een wat-als-moment was geweest. Zou Esmé het als een gemiste kans beschouwen?

Of was het slechts deze magische plek, die bezoekers wist te betoveren en gedachten in hun hoofd plantte die daar niet hoorden te zijn?

O, Esmé, dacht Floriana met een diepe zucht, je hebt me helemaal in de war gemaakt.

Vierentwintig uur geleden zou het idee dat Adam haar wilde kussen niet eens in haar zijn opgekomen en nu kon ze hem niet meer uit haar hoofd zetten!

Maar waarom zou hij in haar geïnteresseerd zijn? Ze waren zo verschillend als dag en nacht. Bovendien had ze de foto van Jesse met haar fantastische catwalkfiguur en glanzende lange haren gezien; Floriana zou haar nooit kunnen evenaren. Het was jammer dat Esmé de foto niet had gezien, want dan zou ze niet zo gretig de vlammen van de romantiek aanwakkeren; dan zou ze een verloren zaak gewoon opgeven. Want één ding in dit leven was zeker: aantrekkelijke mannen als Adam wilden een even aantrekkelijke vrouw, ze namen geen genoegen met minder.

Ze liep naar het zwembad en ging op de rand zitten met haar voeten in het koele water. Ze nipte van haar thee en kon het niet laten in gedachten nog eens terug te kijken naar het gezellige tafereeltje met Adam op de schommelbank afgelopen nacht. Hoe ze het ook bekeek, ze kon het gevoel niet van zich afzetten dat Adam op het punt had gestaan haar te kussen. Waarom had hij dat dan niet gedaan?

Belangrijker nog, zou zij hem terug hebben gekust? Ja, dat zou ze hebben gedaan en wel om twee redenen. Ten eerste uit nieuwsgierigheid, want laten we wel wezen, wie zou er nou niet door zo'n aantrekkelijke man gekust willen worden? En ten tweede omdat niemand beter wist dan zij dat het ontzettend vernederend was om te worden afgewezen. Als Adam naderhand blijk zou hebben gegeven van spijt of schaamte, zou ze het voorval hebben weggelachen alsof ze voortdurend per ongeluk werd gekust.

Het was jammer dat Seb niet hetzelfde had kunnen doen, dacht ze bedroefd. Als hij met minder afgrijzen had gereageerd toen zij de vergissing had begaan hem te kussen, was hun vriendschap er misschien niet aan onderdoor gegaan.

Niet ver weg, een stukje de heuvel op, luidde een kerkklok – het was zeven uur. De klokken waren hier anders dan in Oxford; ze hadden een zachtere, minder indringende klank.

Met haar hoofd naar achteren gebogen en haar ogen gesloten tegen het felle zonlicht dacht ze aan Oxford en een jonge verdrietige Esmé die daarheen verhuisde om opnieuw te beginnen. Floriana stelde zich de kracht voor die het van Esmé gevergd moest hebben om haar verdriet achter zich te laten en realiseerde zich dat het hartzeer dat ze zelf door Seb had ervaren niets was in vergelijking met wat Esmé had doorgemaakt.

Ze opende haar ogen, ging rechtop zitten en begreep plotseling dat het tijd was om Seb los te laten. Hij was het verleden. Ze moest nu naar de toekomst kijken.

Na het ontbijt en nadat hij contact had gehad met Denise op kantoor, vertelde Adam over zijn voornemen naar Villa Belmonte te gaan, waar Mussolini en zijn minnares waren doodgeschoten. Hij had ontdekt dat Giulino di Mezzegra, de plek van de executie, dicht in de buurt was.

Esmé trok een gezicht toen hij vroeg of ze zin had om mee te gaan. 'Ik laat dat griezelige uitstapje aan me voorbijgaan als je het niet erg vindt,' zei ze. 'Ik ben er al geweest.'

Hij keek naar Floriana in het zwembad. 'Het is waarschijnlijk ook niet jouw smaak, dus voel je niet verplicht mee te gaan,' zei hij.

Esmé legde het boek neer dat ze zat te lezen en keek hem over haar leesbril heen aan. 'Heus, Adam,' zei ze, 'kun je dat arme meisje nog meer het gevoel geven dat ze niet welkom is?'

Hij fronste zijn wenkbrauwen en bedacht dat Esmé vanochtend weer meer zichzelf was. 'Zo bedoelde ik het niet, ik bedoelde alleen dat ik het zou begrijpen als niemand zin had om mee te gaan. Zoals je zei, is het een beetje luguber om de plek te willen zien waar twee mensen geëxecuteerd zijn. Dat is niet ieders smaak.'

'Ik zou best mee willen,' zei Floriana, die naar de rand van het bad kwam zwemmen, 'maar als je liever hebt dat ik hier blijf, Esmé, dan –'

'Ik heb echt geen babysit nodig als je dat soms bedoelt,' onderbrak Esmé haar. 'Ik blijf met plezier alleen hier en spaar mijn krachten voor vanmiddag, als we naar Villa Balbianello gaan. Dus ga maar gauw, jullie twee. Vooruit, wegwezen!'

De hete zon stond al hoog aan de hemel en brandde op hen neer toen ze te voet op pad gingen met een ruw getekende kaart – een kaart die Adam had gevonden in de map met plaatselijke informatie die de eigenaar van de villa had verzameld.

Omdat Floriana gisteren de zon al op haar schouders had gehad, droeg ze nu een wit shirt met lange mouwen bij een korte broek en sandalen. Op haar hoofd droeg ze een grote hoed met brede, slappe rand die Esmé haar per se had willen lenen.

'Ik wil niet dat je een zonnesteek oploopt,' had ze gezegd.

Het nadeel van de hoed was dat Adam Floriana's gezicht niet kon zien, of belangrijker, haar uitdrukking, die hij voortdurend wilde kunnen lezen. Nu meer dan ooit. 'Voelt het niet raar om toerist te zijn en niet zelf de leiding te hebben als gids?' vroeg hij haar.

Hij kromp ineen toen hij besefte dat het een stomme vraag was, alsof ze elkaar net pas kenden en hij een beleefd gesprek probeerde te voeren. Dat hij zich daartoe verlaagde! Hij had het echter zo druk met opletten als hij bij haar was, dat hij zich er ongemakkelijk door voelde en bijna niets meer goed leek te kunnen zeggen. Vooral na gisteravond. Ergens wenste hij maar dat hij gewoon zijn kans had gegrepen en haar had gekust. Dan had hij tenminste geweten waar hij stond. Nu gedroeg hij zich als een idioot en verloor hij al snel de controle over de situatie. En dat zou waarschijnlijk snel erger worden als hij er niets aan deed. Hij kon zo niet doorgaan. Het was belachelijk. Hij had heus wel ervaring; vóór Jesse had hij genoeg vriendinnen gehad. Maar niet een zoals Floriana, hield hij zichzelf voor, ze was een klasse apart. Hij kon in alle eerlijkheid zeggen dat hij nooit eerder iemand zoals zij had gekend of iemand zo had bewonderd als haar. Er waren momenten dat hij wilde zeggen: 'Vooruit, geef me eens een keer het gevoel dat ik maar half zo slim ben als jij!'

'Je hebt geen woord gehoord van wat ik net zei, of wel?'

O verdorie! Wat was er toch met hem aan de hand? Hij kon zijn gedachten zelfs niet meer bij een simpel gesprek houden. 'Sorry,' zei hij, 'wat zei je?'

'Ik zei dat ik er geen moeite mee heb om mijn werk los te laten. Anders dan jij. Ik weet dat je daar net aan liep te denken, nietwaar?'

Hij mompelde een halfslachtige verontschuldiging.

'Hoeveel werktelefoontjes heb je vanochtend precies gepleegd?' vroeg ze.

'Een paar.'

'En hoeveel mailtjes heb je verstuurd?'

Haar vragen waren bijna een echo van wat Denise eerder die ochtend had gezegd toen hij had gebeld om na te vragen of ze de elektricien had gebeld over de gebrekkige bedrading in het huis aan Walton Street.

'Het is misschien een schok voor je, Adam,' had ze gezegd, 'maar ik red me hier prima zonder jou. Ga maar weer van je vakantie genieten en laat mij met rust!'

Hij wees naar de afslag naar rechts die ze volgens de kaart moesten nemen en zei: 'Ik ben geen workaholic of controlfreak, als je dat soms bedoelt. Het zit gewoon in mijn aard om dingen te willen regelen.'

'Dat weet ik,' zei ze. Ze tilde de slappe rand van de hoed op en keek naar hem op, haar mondhoeken trillend in een glimlach. 'Maar je weet wat er hier gebeurt met controlfreaks en dictators, hè?' Ze deed alsof ze een wapen tegen haar slaap zette. '*Paf!*'

Hij lachte en voelde dat hij eindelijk ontspande. 'Eigenlijk geloof ik dat mijn assistente Denise veeleer een dictator is dan ik. Maar bedankt voor de waarschuwing, ik zal op mijn hoede zijn.'

Toen ze het geluid van hun stemmen dichterbij hoorde komen, wilde Esmé wel opspringen van haar stoel en naar Adam en Floriana toe rennen.

De afgelopen dertig minuten had ze hier geduldig op hun terugkeer zitten wachten, popelend om hun haar nieuws te vertellen. Domenico was kort na hun vertrek langsgekomen en had haar de naam en het adres gegeven van iemand die mogelijk wat meer licht zou kunnen werpen op de verblijfplaats van de familie Bassani.

40

Ze hadden hun uitstapje naar Villa Balbianello uitgesteld en waren op weg naar Bellagio.

In Tremezzo stapten ze aan boord van de volle *traghetto* en met een hand beschermend onder Esmés elleboog baande Adam zich – deels Mozes, deels Superman – een pad tussen de dicht opeengepakte toeristen door naar de voorsteven van de veerboot. Er waren geen lege plaatsen, maar gelukkig was een Australische man zo vriendelijk Esmé zijn plaats aan te bieden. Hij raakte meteen in gesprek met Adam, terwijl de vrouw met wie hij samen was met Esmé begon te praten.

Floriana stond een stukje van Adam vandaan en ving af en toe een woord op uit zijn gesprek met de andere man – ze leken het over cricket te hebben. Hield Adam van cricket? Dat was nieuw voor haar. Anderzijds leerde ze deze week een heleboel over hem dat ze nog niet wist.

Deels verscholen achter een paar meisjes met reusachtige rugzakken op hun rug bleef ze naar Adam kijken. Sinds Esmé gistermiddag de knuppel in het hoenderhok had gegooid keek Floriana met andere ogen naar hem en helaas kwam ze steeds weer op hetzelfde uit: ze kon hem niet meer zo zien als voorheen. Zijn aantrekkingskracht, die haar zo vertrouwd was geweest dat ze die als vanzelfsprekend had beschouwd, verraste haar nu telkens weer en deed haar voortdurend opkijken en extra opletten. Op dit moment onderscheidde hij zich van alle andere mannen aan boord doordat hij niet was gekleed als een toerist: in onaantrekkelijke sandalen, een slecht passende korte broek en een T-shirt dat opschepte over een eerdere vakantiebestemming. Hij droeg een strakke spijkerbroek en gympen en het mooie blauw-wit geruite shirt waarvan de mouwen tot zijn ellebogen waren opgerold en waarin je nog de vouwlijnen kon zien van hoe het in zijn koffer had gezeten. Gladgeschoren, zijn lichtbruine haar in de war door de wind en met een Ray-Ban Aviator-zonnebril op zag hij er geweldig uit.

Niet voor het eerst vroeg Floriana zich af of zijn ex-vriendin er ooit spijt van had gehad dat ze een eind aan hun relatie had gemaakt. Te oordelen naar wat Adam had verteld, had Jesse hem gewoon niet meer leuk gevonden. Dat gebeurde. Het was Floriana met enkele vriendjes overkomen. Achteraf gezien was dat omdat ze zichzelf had proberen wijs te maken dat ze net zo leuk waren als Seb; zodra ze accepteerde dat ze dat niet waren, was de aantrekkingskracht die ze in het begin had gevoeld meteen verdwenen.

Nog steeds verscholen achter de meisjes en hun rugzakken – ze had besloten dat ze Duits waren – bleef Floriana Adam heimelijk observeren. Ze dacht terug aan het moment dat ze hem die koude decemberavond had ontmoet en aan de nauwgezette manier waarop hij voor haar had gezorgd terwijl ze op de ambulance wachtten. Ze was nooit vergeten hoe gerustgesteld en veilig ze zich bij hem had gevoeld. Ze had sindsdien ontdekt dat ze zich eigenlijk altijd zo voelde als ze bij hem was.

Het was het tegenovergestelde van hoe ze zich bij Seb had gevoeld. Bij hem had ze altijd het gevoel gehad dat ze gevaarlijk dicht aan de rand van het onbekende stond. Dat was, zo bekende ze zichzelf nu, soms behoorlijk zwaar geweest; alsof ze hem droeg, alsof ze de zware last torste van alles wat hem dwarszat. Ze vermoedde dat ze daar zo aan gewend was geraakt dat het een tweede natuur was geworden. Zelfs onlangs was zij degene geweest tot wie hij zich voor hulp had gewend toen hij zich zorgen maakte over zijn naderende huwelijk.

Dat was immers wat je deed als je om iemand gaf; gewillig de last delen. Maar had Seb ooit hetzelfde voor haar gedaan? Ze had zichzelf dat nooit eerder afgevraagd en het antwoord deed Floriana beseffen hoe eenzijdig hun vriendschap was geweest. Misschien waren sommige relaties voorbestemd zo te zijn. Maar zou een evenwichtige relatie niet veel veiliger en bevredigender aanvoelen? En zou dat met Adam het geval zijn?

Nee! Daar mocht ze niet aan denken.

Ze drong zich langs de twee Duitse meisjes en vond een vrij plekje tegen de reling van de boot. Ze leunde op de reling, tuurde over het meer uit en dacht aan hun wandeling van die morgen, toen ze op zoek waren gegaan naar de plek waar Mussolini en zijn minnares waren geëxecuteerd. Het was geen uitstapje dat snel tot romantische uitspraken zou leiden, maar Adam was precies hetzelfde geweest als anders, wat haar twijfel over wat Esmé had gezegd alleen maar vergrootte.

Nee. Dat was niet helemaal waar. Hij was stiller geweest. Bedachtzamer. Af en toe zelfs een beetje afwezig. Was dat een teken? Of klampte ze zich aan strohalmen vast in een poging wijs te worden uit de koppelpogingen van een oude dame?

Terwijl de wind aan haar haren rukte duwde Floriana haar zonnebril naar achteren, hief haar hoofd op naar de zon en sloot haar ogen. Er was in feite maar één echt belangrijke vraag bij dit alles en dat was de meest fundamentele en voor de hand liggende vraag van allemaal: Wat voelde ze nou eigenlijk voor Adam? Voelde ze zich seksueel tot hem aangetrokken? Ze had het nauwelijks gedacht of ze zag hen samen voor zich en tot haar grote verbazing was zij degene die het initiatief nam en Adam kuste. Maar net zo plotseling zag ze dat het niet Adam was die ze kuste, maar Seb. Ze trok gealarmeerd haar ogen open. Was dat een voorteken, vertelde haar onderbewustzijn haar dat ze niet het risico moest nemen haar vriendschap met Adam te verpesten?

'Het uitzicht is niet verkeerd, hè?'

'Helemaal niet verkeerd,' zei ze slecht op haar gemak toen Adam naast haar opdook. Ze liet snel haar zonnebril zakken en verborg zich er achter, bang dat haar gezicht zou verraden wat ze zojuist had gedacht. Hij plantte zijn ellebogen naast haar op de reling en zijn gebruinde arm raakte haar veel lichtere arm.

'Waar is je nieuwe Australische vriend?' vroeg ze.

'Bij zijn vrouw en volkomen gecharmeerd van Esmé. Het zou me tegenvallen als ze haar tegen de tijd dat we in Bellagio aankomen, niet hebben uitgenodigd in Perth op bezoek te komen.'

Floriana glimlachte. 'Esmé is niet de enige die haar charmes kan laten werken.'

'Wat bedoel je?'

'Ik bedoel dat je het zelf ook niet zo slecht doet. Je kunt goed met mensen overweg.'

'Dat klinkt vreselijk, alsof je me ervan beschuldigt meneer Gladjanus te zijn.'

Haar evenwicht was weer helemaal hersteld en ze gaf een speelse por tegen zijn arm. 'Eerder meneer Overgevoelig!'

'Ik kan het niet winnen van jou, is het wel?'

'Als je dat maar weet! Accepteer nou maar gewoon dat ik mejuffrouw Perfect ben.'

Hij lachte. 'Geloof me, dat heb ik lang geleden al gedaan.'

De boot naderde hun bestemming en terwijl ze naar het silhouet van het mooie plaatsje Bellagio in de verte keek zei Floriana: 'Ik hoop dat de ontmoeting met die vrouw vanmiddag Esmé niet zo van streek zal maken als ons bezoek aan Villa Margherita gisteren. Ik voel me verantwoordelijk.'

'Waarvoor?'

'Voor haar geluk. Als ik die uitnodiging van Seb niet had ontvangen, zouden al die herinneringen misschien niet weer bij haar boven zijn gekomen en zou ze niet uit Oxford zijn weggegaan; dan zou ze volmaakt tevreden thuis zitten met Euridice.'

'We zijn weer terug bij de wat-alsen, is het niet?' zei hij. 'Maar ik geloof echt niet dat ze spijt zal hebben van deze reis, en misschien is het wel aan ons om ervoor te zorgen dat dat niet gebeurt.'

Floriana glimlachte, ontroerd door zijn opmerking, en keek toe terwijl hij met zijn mobiele telefoon een foto maakte van hun bestemming. 'Heeft iemand je ooit verteld dat jij een van de echt goeien bent?'

'Nou en of! Dat hoor ik bijna continu.'

Ze lachte. 'Ik neem dat terug. Je bent niet meer dan een luidruchtige *blagueur*!'

'Wow, een *blagueur*. Haha! Mag ik dat tot ons woord van de dag verklaren?' Toen draaide hij zijn mobieltje om zodat het scherm naar hen wees, hield het op een armlengte afstand en zei: 'Wat vindt mejuffrouw Perfect ervan om met monsieur *Blagueur* te poseren voor een foto?'

Met hun hoofden dicht bij elkaar namen ze een reeks verschillende poses aan, waarna Floriana haar eigen mobieltje pakte en hetzelfde deed.

Vanaf haar plaats naast de vrouw uit Perth wier man zijn plaats aan haar had afgestaan keek Esmé vol genegenheid naar Adam en Floriana. Het ging steeds beter, dacht ze tevreden toen ze naar hun capriolen keek en Floriana's ongeremde lach hoorde terwijl Adam zijn arm losjes om haar heen had geslagen en ze voor de camera poseerden.

Bij die aanblik legde Esmés brein snel een verband met de dag waarop ze met Angelo op de boot was geweest en hij zijn arm om haar heen had geslagen. Die gedachte riep zo'n sterke golf van herinneringen op, dat het pijn deed in haar borst en haar hoofd deed tollen van de details die ze al lang vergeten had moeten zijn.

Hoe onoprecht was Angelo tegen haar geweest en wat een onschuldig wicht was zij geweest in haar pogingen wereldwijs te lijken. Wat moest hij gemakkelijk door het vernislaagje van haar geraffineerdheid en haar wanhopige verlangen als vrouw serieus te worden genomen heen hebben gekeken.

Haar blik gleed weg van Adam en Floriana naar de oever van het meer. Ze tuurde naar een groot gebouw dat gedeeltelijk in de steigers stond. Het duurde even voor ze zich realiseerde wat het was: het was Hotel Grand Bretagne. Adam had haar op internet foto's van het hotel laten zien, waarop te zien was hoe vervallen het was geraakt en hij had haar verteld dat er diverse pogingen waren gedaan het hotel te restaureren, maar zonder succes. Wat jammer dat zo'n mooi gebouw heel zijn waardigheid en glorie had verloren.

Esmé was in het gedrang van mensen die de boot verlieten blij met de ondersteuning van Adams hand. Toen ze de halte achter zich hadden gelaten keek Esmé in de hoofdstraat naar links en naar rechts. Daar aan het einde had je Hotel Metropole en Hotel Suisse en recht voor haar de overdekte promenade en Hotel du Lac met zijn met rode geraniums versierde balkons; links van hen stond Hotel Florence. Het leek allemaal kleurrijker en levendiger dan ze het zich herinnerde, maar misschien was dat omdat er nu veel meer toeristen waren dan toen.

Dankzij Domenico was alles geregeld en zouden ze bij de halte worden afgehaald; ze moesten uitkijken naar een *ragazza*, een jong meisje, in een zilverkleurige Fiat. Er was inderdaad een auto die aan die beschrijving voldeed en ernaast stond een aantrekkelijk meisje met een zonnebril op. Ze kwam naar hen toe zodra ze hen opmerkte. Ze had lang donker haar dat was bijeengebonden in een paardenstaart. 'Signora Silcox?' vroeg ze aan Esmé.

'*Sì*,' antwoordde Esmé, '*sono io*.'

Het meisje schudde hen opgelucht glimlachend de hand en stelde zich voor als Maddalena. 'Alstublieft komen,' zei ze, hen voorgaand naar de auto, 'mijn grootmoeder is heel nieuwsgierig u te ontmoeten.'

Ze reed met halsbrekende snelheid het centrum van Bellagio uit, weg van het meer en de straten vol toeristen. Ze reed steeds verder de heuvel op en nam de haarspeldbochten zo snel dat de wielen van haar kleine auto piepten. Toen draaide ze scherp naar rechts en minderde snelheid om voor een twee verdiepingen tellend huis met een rond rozenbed in de voortuin tot stilstand te komen.

Maddalena ging hen voor naar de voordeur, stapte naar binnen en riep haar grootmoeder. '*Nonna!*'

Esmé hoorde een vage reactie en ze liepen achter het meisje aan een korte gang door. Het was donker en stil in huis en erg koel vergeleken met de zinderende hitte buiten.

Ze hielden halt in een kamer die te vol stond met onhandig meubilair en een grote, zwartgeblakerde stenen open haard. De kamer was beslist niet klein, maar wel donker en benauwend. Het zonlicht werd buiten gehouden door de zware vitrage voor de ramen. Open glazen deuren leidden naar de tuin, maar de vitrage bewoog helemaal niet. Ingelijste foto's aan de muren verhaalden over een groter wordende familie. Boven de haard hing een kruisbeeld waaraan rozenkransen hingen.

Aan de andere kant van de kamer stond een eettafel met zes stoelen en een sierlijke vitrinekast. Links daarvan was een boog. Een gezette vrouw met kort staalgrijs haar kwam onder de boog door, langzaam en stijf naar hen toe lopen.

Esmé keek haar aan en de andere vrouw keek vanachter haar bril al net zo nieuwsgierig terug.

Was dit Maria? Kon deze vrouw echt de jonge, pittige serveerster van Hotel Margherita zijn? Het meisje met de fonkelende ogen en de gave, olijfkleurige huid dat jaloers was geweest omdat Esmé met Angelo danste?

'Je herkent me niet, hè?' zei de andere vrouw, die haar uitgezakte kin trots vooruitstak. 'Maar ja, ik ben Maria.'

'Ik neem aan dat je mij ook niet meer herkent,' antwoordde Esmé. Het verbaasde haar hoe beverig haar stem in deze deprimerende sfeer klonk.

'Dat is waar,' antwoordde Maria, 'maar ik herinner me je naam en hoe je er al die jaren geleden uitzag.' Ze gebaarde hen te gaan zitten en stuurde Maddalena naar de keuken om drinken te halen.

Alsof ze toen pas Adam en Floriana opmerkte keek ze hen indringend aan. 'Zijn dit je kleinkinderen?' vroeg ze.

Esmé legde uit dat ze vrienden waren en dat ze zaterdag naar een bruiloft moesten; dat ze naar het meer waren gekomen voor de bruiloft klonk beter dan dat een dwaze oude vrouw een sentimentele reis naar het verleden wilde maken.

'Je spreekt uitstekend Engels,' complimenteerde Esmé haar, nadat Maria had opgemerkt dat het meer tegenwoordig een populaire plek was voor bruiloften, en dat dat goed was voor de lokale economie.

Maria schudde haar hoofd. 'Nee, nee, dat heb ik gewoon door de jaren heen opgepikt.'

Maddalena kwam terug met het drinken – glazen ijsthee – en ze zei: 'Zoals gewoonlijk mijn grootmoeder is bescheiden. Zij spreekt Engels heel goed en hielp mij met huiswerk toen ik op school zat. Mijn neefjes ook. Zij hielp ons allemaal. Wij zeggen, zij had lerares moeten worden.'

Esmé keek naar de foto's aan de muren en zei: 'Ik zie dat je een grote familie hebt.'

Duidelijk trots zei Maria: 'Ik heb twee zoons en een dochter, zeven kleinkinderen en een achterkleinzoon. En jij?'

'Ik ben nooit getrouwd.'

'Dan is je het verdriet van het verlies van een echtgenoot bespaard gebleven,' antwoordde ze nuchter. 'Mijn man Vittorio is vijf jaar geleden gestorven. We hebben een goed leven gehad samen. Hij was...' Ze aarzelde even, leek naar het juiste woord te zoeken. 'Elektricien,' zei ze ten slotte. 'Hij had zijn eigen zaak.' Dat zei ze nog trotser. 'Ik herinner me je vader; hij was altijd erg beleefd. Hij schilderde graag, is het niet?'

Vergenoegd dat Maria zich haar vader zo goed herinnerde en nadat Maddalena zich had verontschuldigd en had beloofd terug te komen om hen naar de boothalte te brengen, zei Esmé: 'Ik weet niet wat Domenico je heeft verteld, maar ik zou graag willen weten hoe het de familie Bassani is vergaan. Ik weet dat Hotel Margherita jaren geleden is verkocht, maar weet jij wat er met Giulia, Angelo en Marco is gebeurd?'

Maria's uitdrukking verhardde zich en de vochtige ogen achter haar brillenglazen fonkelden. 'De familie Bassani trok niets dan ongeluk aan,' zei ze, haar knokige handen op haar schoot in elkaar geslagen, 'en hun ongeluk breidde zich uit tot iedereen die met hen in aanraking kwam.'

41

In de deprimerende rust van de kamer nam Maria een lange, doelbewuste slok van haar ijsthee. En daarna nog een. De zwaarwichtige stilte leek eeuwig te duren en was zo intens dat Esmé letterlijk haar polsslag voelde terwijl ze wachtte tot de vrouw iets zou zeggen.

'Het ongeluk zat hun in het bloed,' zei Maria uiteindelijk. 'De familie was vervloekt. Eerst kwamen Marco's ouders bij een ongeluk om het leven, daarna pleegde Giulia's man zelfmoord.'

'Ik dacht dat hij aan een hartinfarct was overleden,' zei Esmé. 'Dat de spanning en de druk om het familiebedrijf tijdens de oorlog draaiende te houden hem te veel waren geworden.'

'Dat was wat de familie de mensen wilde doen geloven. Maar heimelijk wisten we allemaal dat hij de brand had aangestoken die de Bassani-fabriek verwoestte; hij deed het voor het verzekeringsgeld. Toen hij vreesde dat hij door de mand was gevallen, hing hij zichzelf op. Hij was een lafaard. Net als zijn zoon, Angelo.' De verbittering in Maria's stem was tastbaar en vanuit haar ooghoek zag Esmé dat Adam en Floriana een blik wisselden.

'Angelo was niet alleen een lafaard,' vervolgde Maria, 'hij was...' Ze aarzelde en boog voorover om haar glas op de tafel te zetten. 'In het Italiaans zeggen we dat hij *furbo* was. Ik geloof dat het "sluw" betekent. Hij kon mensen laten doen wat hij wilde. Ik denk dat je misschien wel weet wat ik bedoel.'

Ze keek Esmé betekenisvol aan en ze wisselden even een blik van gedeeld begrip.

'Ja,' zei Esmé, 'ik kende Angelo niet lang, maar in die korte tijd realiseerde ik me al snel dat hij precies wist hoe hij zijn charme moest aanwenden om te krijgen wat hij wilde. Ik was erg naïef destijds.'

'Ik ook,' antwoordde Maria met een licht schouderophalen. 'Alle vrouwen. Ik weet nog dat ik jaloers op je was. Je was zo mooi met je blonde haar, blauwe ogen en verlegen en bescheiden Engelse aard. Je was net een volmaakt porseleinen poppetje. Ik hoop dat je Angelo niet hebt gegeven wat hij wilde.' Ze wierp Esmé weer een betekenisvolle blik toe.

Waarop Esmé haar hoofd schudde. 'Nee, dat heb ik niet.'

'Mooi, want je zou jezelf hebben gegeven aan een man met het hart van een moordenaar.'

'Een moordenaar? Dat zal toch niet?'

'Ik zeg je dat het waar is!' riep Maria fel en ze liet haar hand hard op de armleuning van haar stoel neerkomen. 'Geloof me, Angelo was geen engel maar een duivel! Hij was schuldig aan de dood van mijn oudste broer. Federico's dood brak het hart van mijn ouders. En het mijne. Mijn familie is het verdriet nooit te boven gekomen.'

'Wat vreselijk,' zei Esmé, die aanvoelde dat wanneer die broer ook was overleden, Maria het verlies nog heel sterk voelde. 'Wat had Angelo gedaan?'

Door de open glazen deuren woei een welkom briesje naar binnen dat de zware vitrage en de lucht in het vertrek in beweging bracht. 'Je wist van de *spalloni* op het meer, nietwaar?' zei Maria. 'De *contrabbando*?'

'De smokkelaars? Ja, er werd me verteld dat het voor velen een manier van leven was, een manier van overleven. Ik weet ook dat Angelo erbij betrokken was.'

Maria lachte kort, wrang. 'Hij speelde dat hij erbij betrokken was. Hij was niets meer dan *un mammone*, een verwend moederskindje, op zoek naar spanning. Zijn eigen leven verveelde hem. Hij wilde het leven van een *spallone* leiden. Hij zag dat als heldhaftig. En dat was het voor degenen wier leven ervan afhankelijk was. Hij was er niet tevreden mee deel uit te maken van de organisatie in Lecco en Milaan die de boel hielp financieren. Dat was zijn rol. Met zijn keurige verschijning en zijn familienaam was hij boven verdenking verheven. Maar hij wilde meer: hij wilde de opwinding voelen als je je in de bergen moest verstoppen voor de grenswachten, als je ze te slim af moest zijn. Voor hem was het niet meer dan een spel, een avontuur. Mijn broers, die de gevaren kenden, die telkens weer hun leven riskeerden, wilden hem niet mee hebben, maar hij haalde hen over. In hun ogen was hij een dwaas, niets dan praatjes en gebakken lucht.'

Ze zweeg om nog een slok van haar ijsthee te nemen, wat Esmé de gelegenheid bood even naar de bank te kijken waar Adam en Floriana zaten. Beiden knikten kort.

'Hij pochte dat hij net zo sterk was als mijn broers,' vervolgde Maria, 'maar dat was hij niet. Dat kon ook niet als hij elke dag in zijn kantoor in Milaan achter zijn bureau zat. Hij deed niet het lichamelijk zware werk waar mijn broers als bouwvakkers aan gewend waren.'

'Wat gebeurde er dan?'

'Wat er gebeurde, staat in mijn hart geëtst,' zei Maria. 'Het verhaal is vele, vele malen verteld in onze familie. Voor ons waren Matteo en Federico echte helden. En voor mij persoonlijk was Federico de broer van wie ik als kind het meest hield. Ik was dol op hem.'

Met bevende hand boog ze zich voorover om haar lege glas op tafel te zetten. Ze schraapte haar keel, leunde stijfjes achterover en keek Esmé strak aan.

'Met tegenzin stemden mijn broers erin toe Angelo een keer mee te nemen als hij precies zou doen wat ze zeiden. Het gemakkelijkste was de grens oversteken naar Zwitserland, maar de reis terug, met de zware *bricolla* op zijn rug, stelt een man werkelijk op de proef. Na al zijn grootspraak kon Angelo zijn zak met *bionde*, zo werden de sigaretten genoemd, niet dragen. Hij was te traag en Federico en Matteo moesten vele malen op hem wachten. Hij was ijdel en zijn trots was gekwetst. Hij werd kwaad en beschuldigde hen ervan dat ze zijn *bricolla* met opzet zwaarder hadden gemaakt dan die van henzelf. Hij was niet meer dan een kind dat gewend was zijn zin te krijgen. Ze hadden hem gewaarschuwd dat het moeilijk zou zijn, dat de zakken wel dertig kilo wogen en zeiden dat hij moest ophouden zich als een klein kind te gedragen en een vent moest zijn, dat het tijd was om volwassen te worden!'

Esmé kon zich goed voorstellen hoe kwaad Angelo daarover was geweest.

'Er waren ook andere mannen bij,' sprak Maria verder. 'Niet alleen Federico en Matteo; ze maakten deel uit van een team dat moest samenwerken. Maar Angelo was er de man niet naar om in een team te werken of te delen. Hij wilde de roem alleen voor zichzelf. Al snel waren Federico en Matteo gedwongen zo veel in te houden dat ze de andere mannen uit het oog verloren; ze waren alleen in het donker. Toen Angelo weer begon te klagen dat zijn *bricolla* zwaarder was dan die van hen, ruilde Federico met hem om te bewijzen dat dat niet zo was. Natuurlijk leek Angelo daardoor alleen nog maar stommer. Matteo was inmiddels woedend, hij begreep het gevaar en zei dat ze zich moesten haasten om de anderen in te halen, maar op dat moment hoorden ze iets en plotseling werd het pad achter hen verlicht door zwaailichten; het was de Zwitserse grenswacht. Federico riep dat ze weg moesten rennen, maar de agenten begonnen te schieten en toen zag Matteo dat Angelo Federico aan de kant duwde om zelf te kunnen ontsnappen. Hij gaf alleen om zichzelf.'

Terwijl ze even zweeg om diep in te ademen keek Maria van Esmé naar een groepje ingelijste zwart-witfoto's aan de muur links van haar. Ze hingen voor Esmé te ver weg om de mensen erop te kunnen onderscheiden, maar ze vermoedde dat het Maria's broers waren.

'Dankzij Angelo,' zei Maria, die Esmé nu weer aankeek, 'werd Federico in het hoofd geschoten en overleed hij meteen, en Matteo werd gevangengenomen en bracht een jaar in de gevangenis door. En dat allemaal omdat ze erin hadden toegestemd Angelo mee te nemen. Het was een beslissing die Matteo de rest van zijn leven heeft berouwd. Als je hem er nu naar zou vragen, zou hij je precies hetzelfde vertellen als ik en daarna zou hij op de naam van Angelo Bassani spugen.' Ze schudde vermoeid haar hoofd, zette haar bril af en wreef door haar ogen. 'Arme Matteo, hij mocht niet naar de begrafenis van zijn eigen broer. Het was vreselijk. Een schande.'

Uit respect voor Maria, omdat ze niet gevoelloos wilde lijken, telde Esmé tot twintig voordat ze vroeg: 'Wat gebeurde er met Angelo? Werd hij gepakt?'

Met haar bril weer op z'n plaats zei Maria: 'Hij ontsnapte. Maar hij ontkwam niet aan zijn straf. Zijn lijk werd een jaar later gevonden.'

'Een ongeluk?'

'Dat zou kunnen. Of misschien goddelijke gerechtigheid. Wie zal het zeggen? Hij had veel vijanden. Hij was mensen in Milaan geld schuldig. Hij gokte en zou schulden hebben gehad.'

'Wanneer is dat allemaal gebeurd?'

'Het was augustus 1955 toen zijn half vergane lichaam werd gevonden. Ik weet dat nog zo goed omdat ik toen getrouwd ben. Ik was eenentwintig.'

Vijf jaar nadat haar vader en zij Hotel Margherita hadden verlaten, dacht Esmé. 'Hoe nam zijn moeder het nieuws van zijn dood op?' vroeg ze.

'Het betekende haar einde. Signora Bassani werd bijna van de ene dag op de andere een oude vrouw en stierf aan...' Maria zwaaide met haar hand door de lucht alsof ze de juiste woorden probeerde te vormen. 'Het was iets wat in haar hersenen groeide. Een gezwel. Ze was geen gemakkelijke vrouw om medelijden mee te hebben; ze was te trots en hield te veel van haar zoon. Haar liefde maakte haar blind; ze kon zijn slechte kanten niet zien.'

'Ik weet niet of dat helemaal waar is,' zei Esmé behoedzaam. 'Angelo was jaloers op zijn neef; hij leek te denken dat zijn moeder Marco hoger achtte dan hem.'

'Dat was typisch Angelo, hij was jaloers op iedereen van wie hij dacht dat die populairder was dan hij.'

Denkend aan de manier waarop Angelo had gereageerd toen hij vermoedde dat Marco en zij een band met elkaar kregen, zei Esmé: 'Het is erg vriendelijk van je dat je dit alles met ons hebt willen delen, vooral omdat het een hoop pijnlijke herinneringen boven moet brengen, maar weet je iets over Marco? Weet je hoe het hem is vergaan ? Is hij priester geworden?'

Maria's uitdrukking veranderde meteen en ze schonk Esmé weer een onaangename betekenisvolle blik. 'Ik dacht wel dat je naar hem zou vragen, want daarvoor ben je echt naar me toe gekomen, nietwaar?'

De directheid van Maria's vraag en het besef dat haar al die jaren geleden weinig was ontgaan, maakten dat Esmés hals en gezicht rood werden.

'Ja,' zei ze.

42

In de stilte die volgde, schrok Floriana op door het rinkelen van haar mobiele telefoon.

'Sorry,' zei ze verontschuldigend en ze zocht in haar tas naar haar telefoon, die bleef rinkelen. Omdat ze hem niet kon vinden en het cruciale moment niet nog verder wilde verpesten, liep ze naar buiten om met degene te praten die haar belde. Als het maar niet weer iemand was die haar verzekeringen of een pensioen wilde aansmeren.

Dat was het niet. Het was erger dan dat. Veel erger.

'Floriana, je spreekt met Imogen.'

'O, hoi, Imogen,' zei ze, trachtend aangename verrassing in haar stem te laten doorklinken in plaats van volslagen paniek vergezeld van zwaailichten en sirenes. Waarom belde Imogen haar? Ze had haar nog nooit gebeld. En dat was 'nooit' in de zin van *NOOIT* in heel grote cursieve hoofdletters, en voor de duidelijkheid ook nog vet. Wat zou ze van haar willen?

'Ik hoop dat je het niet erg vindt dat ik je bel,' zei Imogen, 'ik heb je nummer van Seb gekregen.'

'Helemaal geen probleem,' zei ze, bijna stikkend in de geforceerde opgewektheid. 'Hoe is het met de aanstaande bruid?'

'Ach, je weet wel, druk bezig een miljoen dingen te regelen. We zijn nu aan het meer, we zijn gisteren aangekomen.'

Bij de gedachte dat Imogen zo dichtbij was, werd Floriana bijna misselijk van spanning. En dat was belachelijk. Ze wist al lang dat Seb en Imogen een paar dagen voor de grote dag zouden arriveren, maar sinds Esmé, Adam en zij naar Villa Sofia waren gekomen, was de bruiloft, de feitelijke realiteit ervan, ver weggedrukt in haar rommelige brein, helemaal achterin bij alle andere dingen waar ze niet aan wilde denken. Maar nu stond het plotseling weer bovenaan op haar lijstje van *Dingen die ze liever niet wilde doen*, een lijstje waarop ook *Een telefoongesprek voeren met Imogen* stond.

'Het hotel is super,' vervolgde Imogen monter. 'Mammie en ik zijn de rest van de middag in de schoonheidssalon geboekt, dus Seb kan wat tijd doorbrengen met pappie en Jules.'

'Jules?'

'Mijn broer.'

O ja, de opgedrongen getuige. 'Dat is leuk,' zei Floriana. Wat hebben we het druk, dacht ze onvriendelijk en ze trok een grimas bij de woorden mammie en pappie. En wie noemde een hotel nou super zonder het ironisch te bedoelen. 'Zo te horen heb je alles onder controle.'

'Dat zegt Seb ook steeds. Hij zegt dat ik me veel te druk maak, dat het toch wel goed zal komen zonder dat ik het met een dikke knuppel tot onderdanigheid dwing. Typisch Seb om zoiets te zeggen, vind je niet? Hij heeft geen idee wat er allemaal bij komt kijken.'

Ga niet tussen twee vuren zitten, hield Floriana zichzelf voor. 'Een echte man,' zei ze, net zo monter als Imogen.

'Maar goed,' zei Imogen, plotseling luider. 'Seb vertelde me dat je hier al met vrienden op vakantie bent, maar zou je je een uurtje of zo van hen los kunnen rukken om vanavond wat met me te gaan drinken?'

'Eh –'

'Kom naar het hotel, dan zie ik je om halfzeven in de bar. Je hoeft je niet op te tutten. Ja, mammie, ik kom eraan. Maak je niet druk, de schoonheidssalon wacht wel op ons! Sorry Floriana, zoals ik al zei, een miljoen dingen te doen. Tot straks!'

'Wacht even, waar logeer je? Welk hotel?'

'Grand Hotel Tremezzo. Je kunt het niet missen; het is dat indrukwekkende hotel met een groot zwembad ertegenover. Tot later!'

Floriana stelde zich een onberispelijk gemanicuurde hand voor die naar haar zwaaide toen ze de verbinding verbrak. Ze bleef heel stil staan. Ze verkeerde in shock en rilde ondanks de hitte van de blakerende zon. Wat ze net had gekregen was geen uitnodiging, maar een koninklijk bevel. Prinses Imogen had haar aan het koninklijk hof ontboden. Maar waarom? Iets met haar drinken? Waar sloeg dat nou op? Dat had Imogen toch nog nooit gewild?

De vitrage voor de glazen deuren achter haar schoven opzij en Adam kwam de tuin in. 'Alles in orde?' vroeg hij.

'Ik vertel het je straks,' zei ze. 'Hoe gaat het binnen? Weet Maria iets nuttigs over Marco?'

'Ja en nee. Ze weet veel over jaren geleden, maar niets van de laatste tien jaar of zo.'

'Is hij priester geworden?'

'Ja.'

'Niets zeggen, hij is nu een of andere hoge ome in het Vaticaan en beste maatjes met de paus.' Van slag door het telefoontje van Imogen zag ze er geen been in haar woede op die Marco te richten. Hij ging vroom zijn eigen gang terwijl die arme Esmé jarenlang in stilte had geleden om het verlies van haar baby. Zíjn baby! Ha, wat zou zijn dierbare kerk daarover te zeggen hebben!

Adam keek haar aan, met half dichtgeknepen ogen tegen de zon. 'Het laatste wat Maria heeft gehoord is dat hij als parochiepriester ergens in Turijn werkte.'

'Hmm... nou,' zei ze, terwijl ze haar kalmte probeerde te hervinden, 'misschien is het gezien de omstandigheden wel het beste als we vastlopen. Vooral als je bedenkt dat de familie Bassani overal door ongeluk wordt gevolgd.'

Adam stak zijn handen in zijn broekzakken en duwde met zijn voet tegen een bolletje onkruid tussen de tegels. 'Het lijkt zo jammer nu we al zover zijn gekomen.' Hij keek op. 'Je wilt toch niet zeggen dat je een oude vrouw gelooft die zegt dat de familie vervloekt was?'

Ze schokschouderde. 'Esmé verloor haar baby en de kans op een nieuwe zwangerschap door haar relatie met hen en ik zou niet willen dat haar nog meer vervelends overkomt.'

'Maar dat had bij elke zwangerschap en met elke man als vader kunnen gebeuren. Daar is niets geheimzinnigs aan. Het was gewoon een medisch noodgeval. Medische feiten, juffrouw Day,' voegde hij er met een glimlach aan toe. 'Geen bijgelovige onzin.'

Beseffend dat hij haar niet bepaald opgewekte stemming had opgemerkt en haar probeerde op te vrolijken, deed ze een imitatie van Scarlett O'Hara. 'Nee maar, meneer Strong, ik zou bijna zeggen dat u me op mijn nummer zet.'

Hij lachte en stak in gespeelde overgave zijn handen op. 'Denk je nou echt dat ik dat zou durven?'

Dankbaar dat hij haar aan het lachen had gemaakt en haar had afgeleid van Imogen haakte ze haar arm door de zijne. 'Als je Rhett Butler was, zou je ervan genieten me met mijn neus op mijn zogenaamde onzin te drukken. Kom, laten we weer naar binnen gaan en kijken of Maria zich nog iets anders over Don Marco herinnert dat nuttig zou kunnen zijn.'

Ik heb alle afleiding nodig die ik kan krijgen om te voorkomen dat ik blijf piekeren over de vraag waarom Imogen me wil spreken, dacht ze.

Te oordelen naar wat Floriana van Grand Hotel Tremezzo kon zien deed het zijn naam beslist eer aan; het zag er heel voornaam uit.

Overal waar ze keek, zag ze vijfsterrengrandeur en weelde, van de met klimplanten begroeide buitenkant met spectaculair uitzicht op het meer met Bellagio in de verte tot de glimmende lift vol goud en spiegels, die soepeltjes van de entree op de begane grond omhooggleed naar de uitgestrekte ontvangstruimte met rode en goudkleurige tapijten en voldoende sofa's en leunstoelen om een flinke meubelzaak mee in te richten. Op de website die Adam haar had laten zien, werd het hotel beschreven als een authentiek jugendstilpaleis dat van oudsher veelvuldig werd bezocht door de elite. Dat maakte het natuurlijk volmaakt voor Imogen en haar familie.

Oké, valserik, zo is het wel genoeg, terug in je kooi!

Floriana waarschuwde zichzelf zich te gedragen en voelde zich veel te eenvoudig gekleed in haar goedkope zigeunerrok van Zara en een vestje. Ze waren pas kort voordat ze hier moest zijn teruggekeerd uit Bellagio, waardoor ze geen tijd had gehad om te douchen of haar haren te wassen. Dus hier stond ze, warm en bezweet en zich een vreselijk buitenbeentje voelend.

Omdat ze geen idee had waar de bar was, trok ze de aandacht van een medewerker die gehaast in een crèmekleurig jasje voorbijkwam. Omdat ze wist dat dit soort hotels vaak berucht was om hun hooghartig personeel, was ze opgelucht toen de kelner, nadat ze had uitgelegd dat ze had afgesproken met een gast en half verwachtte naar de achteringang te worden gebracht waar de vuilnisbakken stonden, vriendelijk naar haar glimlachte en aanbood met haar mee te lopen naar de bar.

Imogen was echter nergens te bekennen; de bar was leeg. 'Misschien wilt u liever buiten op het terras wachten?' opperde de vriendelijke kelner in onberispelijk Engels.

'Dank u,' zei ze en ze liep opnieuw achter hem aan.

Het was duidelijk dat de chic hier met drankjes en knabbels voor het diner zat te wachten op de volmaakte zonsondergang. Nadat Floriana had vastgesteld dat Imogen ook niet hier zat, werd ze naar een tafeltje gebracht. Ze bestelde een glas prosecco. De hemel mocht weten wat dat hier kostte, maar daar zou ze zich later wel zorgen over maken. Ze moest nu gewoon iets te drinken hebben.

Terwijl ze daar omringd door al die elegant geklede gasten – allemaal stelletjes – op wachtte, had ze het gevoel dat ze vreselijk de aandacht trok. Ze draaide haar stoel om zodat ze over het meer kon uitkijken en wou maar dat Adam en Esmé bij haar waren.

Zij vonden het ook vreemd dat Imogen haar alleen wilde spreken. Waarom niet samen met Seb?

'Misschien beseft ze inmiddels hoe belangrijk jouw vriendschap met Seb voor hem is en wil ze eventuele misverstanden tussen jullie uit de weg ruimen tijdens een persoonlijk gesprek,' had Esmé op de boot terug van Bellagio geopperd.

'Dat lijkt aannemelijk, denk ik,' had Floriana weifelend gezegd. Esmé kende echter niet het hele verhaal. Dat kende niemand, behalve Floriana en Seb, en Imogen.

De werkelijke basis van haar twijfels was echter de groeiende argwaan dat Imogen wist dat Seb naar Oxford was gekomen toen zij met vriendinnen naar Parijs was en dat ze precies wilde weten wat er toen was gebeurd. Dat zouden de meeste aanstaande bruidjes wel willen weten. Ze had zich er destijds heel ongemakkelijk bij gevoeld dat Seb niet eerlijk was tegen Imogen; doordat hij zijn bezoek aan haar verzweeg, leek het alleen maar erger.

Wat hun ontmoeting nog problematischer maakte, was dat Seb bij haar had overnacht. Ze had dat tegen niemand gezegd, zelfs niet tegen Adam of Esmé; ze had niet gewild dat ze haar op het voor de hand liggende zouden wijzen, namelijk dat ze met vuur had gespeeld door Seb te laten blijven.

En nu was ze doodsbang dat Imogen er lucht van had gekregen en die middag in de schoonheidssalon van het hotel haar nagels had laten aanscherpen als voorbereiding op een confrontatie met Floriana. Ze had bovendien geen idee hoe ze zou moeten reageren. Om de simpele reden dat ze niet wist hoeveel Imogen wist. En of ze überhaupt iets wist. En zo ja, wat zou Seb haar dan verteld hebben? Met dat als grootste zorg had ze geprobeerd Seb te bellen toen ze in Bellagio op de boot stonden te wachten, maar hij had niet opgenomen. Ze had een bericht ingesproken op zijn voicemail – een met zorg verwoord bericht voor het geval Imogen het afluisterde – maar hij had niet teruggebeld. Achteraf gezien zou het verstandig zijn geweest Imogen te bellen en hun afspraak af te zeggen.

Haar wijn werd gebracht en ze stortte zich er al bijna op voordat de kelner goed en wel het schaaltje met olijven en nootjes en de papieren servetten op de tafel had gerangschikt.

Met de twee slokken kalmerende bubbels achter haar kiezen keek ze op haar horloge.

Imogen was nu twintig minuten te laat.

Het was heel verleidelijk om haar glas in één keer leeg te drinken, ervandoor te gaan en te zeggen dat Imogen niet was komen opdagen. Dat was haar echter niet gegund, want ze zag Imogen naar haar toe komen lopen.

Ze zag er zo mogelijk nog mooier uit dan de laatste keer dat Floriana haar had gezien. Ze was volmaakt, van haar van nature blonde haar tot aan de puntjes van haar gelakte teennagels. Ze was eenvoudig gekleed. Ze had duizelingwekkend hooggehakte sandalen aan, een witte jeans en een perzikkleurig topje met blote schouders – zo'n asymmetrisch ding waarbij Floriana altijd de aandrang voelde het recht te trekken, zoals ze dat bij een scheef hangend schilderij zou doen. Te oordelen naar de blikken van de andere gasten straalde Imogens licht zo fel dat er alleen nog maar een diamanten kroon op haar hoofd ontbrak om ervoor te zorgen dat de mensen in verering voor haar zouden buigen. Lieve hemel, als ze er al zo ongelooflijk mooi uitzag als ze even wat ging drinken, hoe verbazingwekkend zou ze er dan op haar trouwdag uitzien?

'Floriana!' riep ze terwijl ze tussen de tafels en openvallende monden door liep. 'Wat fijn om je te zien. Nee, sta maar niet op. Blijf gewoon zitten.' Imogen zorgde ervoor dat Floriana zich nog veel ongemakkelijker voelde door te bukken en een luchtkus naast haar beide wangen te geven. 'Wat zie je er goed uit,' zei ze overdreven. Haar parfum golfde over Floriana heen. 'Je straalt gewoon. Je hebt in de zon gezeten, is het niet?'

Nee, dacht Floriana, mijn huid wordt gewoon gekleurd door angst en schuldgevoel. 'Je ziet er zelf ook niet slecht uit,' slaagde ze erin te zeggen toen Imogen haar optreden eindelijk had beëindigd en haar achterwerk met een maatje nul op de stoel tegenover haar had geparkeerd. 'Je lijkt helemaal niet gestrest door de naderende grote dag. Wat is je geheim?' Een onfortuinlijke woordkeus, dacht ze terwijl haar gezicht nog roder werd en ze tegelijk de grote sprankelende ring aan Imogens vinger opmerkte.

'Drie uur in de meest goddelijke schoonheidssalon,' koerde Imogen, 'dat is mijn geheime wapen om te ontstressen. Ik ben vastbesloten me niet te laten opjutten. Ik ben ook vastbesloten uit de zon te blijven tot onze huwelijksreis. Geen witte strepen op mijn schouders voor de huwelijksfotografen! Maar serieus, je ziet echt een beetje roze. Wat voor zonnebrand gebruik je? Misschien kun je beter een hogere factor nemen.'

Voordat ze kon antwoorden verscheen Floriana's vriendelijke kelner.

'Signora?' zei hij tegen Imogen. 'Wat kan ik u te drinken brengen?'

Floriana vermoedde dat zij vanaf nu zo goed als onzichtbaar voor hem zou zijn.

'Als dat prosecco is wat mijn vriendin drinkt,' zei Imogen met de betoverende glimlach waarmee ze de man zou kunnen verleiden zijn hart uit te rukken en het haar op een dienblaadje te serveren, 'dan neem ik hetzelfde.'

Hij knikte en verdween. Floriana wilde maar dat ze met hem mee kon gaan. O, wat wilde ze graag dat ze met Adam en Esmé van een ontspannen drankje zat te genieten.

In een openluchtbar met uitzicht op het meer tikte Esmé haar glas prosecco zachtjes tegen Adams glas water. Als hun chauffeur voor de avond onthield hij zich van wijn tot ze zouden teruggaan naar Grand Hotel Tremezzo om Floriana op te halen en dan ergens te gaan eten.

‘*Salute*,’ zei ze, ‘en excuses dat je met mij zit opgescheept. Zoals ik eerder in de auto al zei toen we Floriana hadden afgezet, is het jammer dat jij je moet behelpen met het gezelschap van een oude vrouw in plaats van dat van een levendig aantrekkelijk meisje.’

Hij leunde achterover in zijn stoel en strekte zijn benen voor zich uit. ‘Als je je daar beter door voelt beloof ik dat ik mijn best zal doen om me met jou te behelpen. Wat zeg je daarvan?’ Hij schonk haar een heerlijk sardonische blik en schoof het schaaltje met chips dat ze bij hun drankjes hadden gekregen naar haar toe.

Glimlachend pakte ze een paar chips. Blij dat de intense hitte had plaatsgemaakt voor een draaglijker warmte keek ze naar een *traghetto* die op weg naar Bellagio langsvoer. Het pittoreske stadje werd door de laagstaande avondzon in een rozerode gloed gehuld.

Ze dacht aan Maria, die sinds haar huwelijk aan die kant van het meer woonde. Het was een vreemde ontmoeting geweest, die middag. Maria was noch vijandig noch buitengewoon vriendelijk geweest maar wel behulpzaam, en daar was Esmé haar enorm dankbaar voor.

De aard van Angelo’s dood verbaasde haar niet. Hij was al met al het toonbeeld geweest van een man die voortdurend zijn grenzen moest opzoeken om te voelen dat hij leefde, het soort man dat ofwel overleefde op slinksheid en bedrog, of oneervol aan zijn einde kwam. Het leek erop dat zijn morele band met zijn medemens een uitermate dun draadje was geweest. Het tegenovergestelde van zijn neef Marco.

Alsof hij wist waar ze aan dacht zei Adam: ‘Heb je al besloten wat we met betrekking tot Marco gaan doen?’

Tijdens hun boottocht terug uit Bellagio was Esmés aanvankelijke reactie geweest te accepteren dat ze zo ver waren gekomen als ze konden. Was het niet genoeg te weten dat Marco’s wens om priester te worden in vervulling was gegaan? Ze was niet gekomen om hem te ontmoeten, dat zou een volstrekt onrealistische verwachting zijn. Ze had gewoon willen terugkeren naar het verleden, wandelen waar ze eerder had gewandeld, dingen zien die ze eerder had gezien en misschien een nieuw perspectief op dat verleden ontwikkelen.

‘Ik denk echt dat we gedaan hebben wat we konden,’ zei ze in antwoord op Adams vraag, ‘en ik ben heel tevreden met wat we te weten zijn gekomen, al betwijfel ik of Floriana blij zal zijn dat te horen. Ik weet dat het lieve kind een hopeloos romantisch beeld heeft van Marco en mij tijdens een ontroerende hereniging. Ik heb zelf nooit gedacht dat dat zou gebeuren.’

‘In feite,’ zei Adam, die vooroverboog om wat chips te pakken, ‘denkt ze er inmiddels niet meer zo over. Na wat we vandaag hebben gehoord, vooral dat de familie Bassani iedereen ongeluk brengt die met hen in contact komt, wil ze bovenal dat jij niet opnieuw wordt gekwetst.’

Ontroerd door Floriana’s bezorgdheid, ook al was die misplaatst, schudde Esmé haar hoofd. ‘Alsof dat op mijn leeftijd nog mogelijk is.’

‘Maakt leeftijd je dan onkwetsbaar voor emotionele pijn?’ vroeg Adam.

‘Minder gevoelig, misschien. Ervaring maakt je harder.’

Terwijl hij daarover na leek te denken en over het meer uitkeek, besloot Esmé de stoute schoenen aan te trekken. Wie wist wanneer ze weer de kans zou krijgen met hem alleen te praten? ‘Adam,’ zei ze, ‘mag ik je een persoonlijke vraag stellen?’

Hij wendde zijn gezicht naar haar toe. Hij leek nog steeds dezelfde innemende man, maar ze kende hem goed genoeg om te zien dat zijn uitdrukking iets bedachtzaams had gekregen; hij was op zijn hoede. ‘Dat ligt eraan hoe persoonlijk het is,’ antwoordde hij terwijl hij een papieren servetje pakte en langzaam en zorgvuldig zijn handen afveegde.

Ze nam een versterkend slokje van haar prosecco en waagde toen de sprong. ‘Wat vind je precies van Floriana?’

Zijn ogen gingen een fractie verder dicht. ‘Ze is een van de leukste mensen die ik ken.’

‘Ach, kom op, je kunt wel beter.’

‘Ik wist niet dat er een goed of fout antwoord was. Op wat voor antwoord hoop je?’

Ze keek hem strak aan. ‘Volgens mij weet je heel goed wat ik bedoel.’

Hij begon plotseling te lachen. ‘Wat een heerlijk onverzettelijke vrouw ben je toch, Esmé.’

‘Dat mag wel zo zijn, maar ga je mijn vraag nog beantwoorden?’

Hij keek zonder met zijn ogen te knipperen naar haar terug. ‘Goed dan,’ zei hij met een diepe zucht, ‘ik begrijp wel dat de weg van de minste weerstand is dat ik gewoon toegeef, dus vertel ik je wat je wilt weten en daarmee is het dan afgedaan. Ja? Geen ondervragingen meer. Afgesproken?’

‘Geen sprake van!’

Hij legde zijn hoofd in zijn nek en lachte weer. Een stel aan een andere tafel keek naar hen. Hij verschoof zijn stoel en ging dichterbij haar zitten. ‘Oké,’ zei hij, ‘ik zal je vertellen wat je wilt weten en dan kun je mij profijt laten trekken van jouw immense wijsheid.’

43

De tijd verstreek en Floriana wist nog steeds niet waarom ze hier was.

Ze zat nu al bijna een uur naar het geweeklaag van Imogen te luisteren over hoe vermoeiend het was een bruiloft op lange afstand te organiseren via een weddingplanner, en daarna haar gebabbel over de gasten die van uit de hele wereld kwamen overvliegen, van wie velen vrienden en vriendinnen van school en de universiteit waren die Seb nog nooit hadden gezien. Kennelijk snakten ze ernaar hem te keuren. Wat zou Seb zich daarop verheugen, dacht Floriana. En al die tijd wachtte ze tot Imogen het licht van haar verblindende charme zou uitdoen en ter zake zou komen, tot ze over de tafel heen zou buigen en Floriana een litanie van giftige beschuldigingen toe zou bijten.

Of was Sebs aanstaande werkelijk zo hartgrondig aardig? Was ze veranderd? En was Floriana's kijk op Imogen door giftige jaloezie gekleurd tot die grensde aan blindheid? Wat viel er immers niet leuk te vinden aan haar?

Hmm... wat dacht je van te knap?

Of te frivool?

En laten we te bazig en schaamteloos liegen niet vergeten.

O, het had geen zin, Floriana kon echt niet doen alsof dit meisje níét de verkeerde vrouw voor Seb was. Hij had iemand nodig met meer diepte en oprechtheid. Hij had iemand nodig die echt om hem gaf. Iemand die hem tot in het diepst van zijn getroebleerde kern begreep en een anker voor hem zou zijn. Imogen was gewoon niet die persoon; ze was veel te veel met zichzelf bezig. De waarheid was dat ze twee overgevoelige mensen waren die veel onderhoud behoefden en dat hun samenzijn alleen maar kon uitdraaien op een explosieve ramp.

Floriana wilde dat er een eind kwam aan de zinloze poppenkast van een babbeltje van meisjes-onder-elkaar en keek nadrukkelijk op haar horloge.

Het moest gezegd worden, Imogen begreep de hint. 'Ja, natuurlijk,' zei ze, 'ik moet je niet langer ophouden. Maar er is één ding dat ik je wilde vragen.'

Opgelucht dat het eind in zicht was en dat ze dadelijk Adam en Esmé kon bellen om haar te komen halen zei Floriana: 'Prima, ga je gang.'

'Ik wil weten waarom Seb bij jou is blijven slapen het weekend dat ik in Parijs was.'

Daar had je het! Hoe weet je dat dat zo is, dacht Floriana, maar ze klemde haar lippen stevig op elkaar.

'Je begrijpt toch wel hoe het er vanuit mijn perspectief uitziet, of niet?' ging Imogen verder. 'De eerste keer dat ik een weekend zonder hem wegga, gaat hij meteen naar Oxford om jou te zien. Waarom was dat?'

'We zijn vrienden,' zei Floriana die haar uiterste best moest doen om kalm te lijken en over te komen alsof ze niets te verbergen had. 'Dat zijn we al heel lang. Dat weet je.'

Tot dat moment had Imogen volmaakt blijmoedig en onverstoord geleken en geklonken, maar die act begon barsten te vertonen. 'Je kunt hem gewoon niet loslaten, is het wel?' zei ze kwaad.

'Dat is het niet. Ik wist niet dat hij zou komen; hij dook uit het niets op. Je weet hoe hij is, dat soort dingen doet hij altijd, hij vindt het vreselijk om voorspelbaar te zijn.'

'Misschien was hij vroeger zo, maar hij is veranderd.'

'Is dat zo?'

'Ja, dat is zo!' snauwde Imogen. Ze had nu staal in haar stem en in haar ogen. 'Maar volgens mij doe je expres alsof je het niet snapt.'

'Nee, jij bent degene die het niet snapt,' zei Floriana plotseling boos. 'Als je Seb niet kunt vertrouwen, moet je jezelf misschien afvragen waarom dat zo is.'

'Dat heb ik mezelf telkens weer afgevraagd en ik kom altijd bij hetzelfde uit; hoe kan ik hem vertrouwen als jij constant probeert hem van me af te pakken?'

'Ik vrees dat dat meer zegt over jouw onzekerheid dan over iets wat ik ooit heb gedaan. En het is maar dat je het weet, Seb is bij me blijven slapen omdat hij te veel had gedronken en terugrijden naar Londen geen optie was. Hij viel in slaap op de bank en is daar de hele nacht blijven liggen. Er is niets gebeurd. Had je liever gehad dat hij het risico nam zichzelf dood te rijden dan dat hij veilig in Oxford bleef?'

'Ik had liever gehad dat hij in Londen was gebleven, dat hij helemaal niet naar je toe was gegaan.'

Zich afvragend wat Imogen zou zeggen als ze haar vertelde wat Seb haar die dag allemaal had toevertrouwd en hoe ze haar best had gedaan hem ervan te overtuigen dat het niets anders was dan de zenuwen voor de bruiloft, hield Floriana haar mond. Imogen zou er niets van geloven; ze zou haar er alleen maar van beschuldigen dat ze loog en dat ze een wig tussen hen probeerde te drijven.

'Wat ben je van plan, Imogen?' vroeg ze. 'Seb af te zonderen van iedereen die hij heeft gekend voordat jij in zijn leven kwam? Je kon hem niet eens zijn eigen getuige laten kiezen; je moest hem je broer opdringen.'

'Hoe durf je! Hij was blij met Jules. Jules is een goede vriend van hem. Ze zijn heel hecht met elkaar.'

'Ik ben blij dat te horen. Weet Seb dat jij en ik dit gesprek hebben?'

'Nee.'

'Dat dacht ik al. Heeft hij je echt mijn nummer gegeven of heb je dat zelf uit zijn mobieltje gehaald? Ja, net wat ik dacht. Dus wat heb je met hem gedaan terwijl wij dit gezellige tête-à-tête hebben, hem opgesloten in je kamer tot je hem toestemming geeft eruit te komen?'

'Doe niet zo kinderachtig. Hij is met pappie en Jules naar Menaggio om een boot te huren voor morgen.'

'Dat laat nog steeds de vraag open waarom je hem niet hebt verteld dat je met mij hebt afgesproken. Bang hem te laten merken dat je hem niet vertrouwt, is dat het? En even om mijn nieuwsgierigheid te bevredigen, hoe wist je dat hij bij mij in Oxford is geweest? Heeft hij je dat verteld of, en daar durf ik mijn geld wel op in te zetten, viel zijn mobiele telefoon toevallig in je hand toen je terugkwam uit Parijs en dacht je: ach, laat ik zijn sms'jes even controleren om te zien of hij nog iets interessants heeft gedaan terwijl ik weg was?'

Imogen keek haar woedend aan. 'Aangezien jij hem nog steeds probeert in te pikken zou niemand die in mijn schoenen staat anders hebben gehandeld. En het feit dat hij niets over zijn bezoek heeft gezegd maakt dat je alleen maar nog schuldiger lijkt.'

Daar had ze natuurlijk gelijk in en dat was precies waar Floriana bang voor was geweest. 'Hij heeft het waarschijnlijk niet gezegd omdat hij wist dat je van streek zou zijn en te heftig zou reageren,' zei ze op redelijke toon. 'En dat is ook precies wat je doet.'

'En met reden!'

O, Seb, dacht Floriana triest, wat zie je toch in haar? Ze is veel te onzeker en bezitterig voor jou. En waarom heb je die sms'jes niet gewist? Waarschijnlijk omdat hij ze als volstrekt onschuldig beschouwde. Omdat hij nooit had gedacht dat zijn vriendin slinks genoeg zou zijn om ze achter zijn rug om te lezen.

'Dus waar draaide je uitnodiging voor vanavond eigenlijk precies om?' vroeg Floriana. 'Wil je me van jullie bruiloft verbannen omdat je bang bent dat ik een laatste poging zal doen om Seb voor het altaar van je af te pikken?'

Imogen kwam langzaam en elegant overeind. Ze keek op Floriana neer en zei: 'Ik acht jou overal toe in staat.'

'Ik ben blij dat je zo'n hoge dunk van me hebt.'

'Maak er alsjeblieft geen grapje van. Ik zou er alles voor overhebben om te zorgen dat jij zaterdag wegbleef, maar dat zou Seb van streek maken, dus dit is wat ik van je wil.' Ze boog zich voorover tot haar gezicht nog maar een decimeter van dat van Floriana verwijderd was. 'Je kunt naar de bruiloft komen als je belooft dat je hem daarna nooit meer ziet.'

'Waarom zou ik dat doen?'

'Als Sebs geluk je aan het hart gaat, dan doe je wat ik je vraag. Ik wil hem gelukkig maken en dat kan ik niet als jij ons huwelijk ondermijnt. Ik wil dat je voorgoed uit zijn leven verdwijnt. Ik heb een keer eerder geprobeerd hem te doen beseffen dat er in onze relatie geen plaats was voor jou, dat het jij of ik was. Hij heeft toen voor mij gekozen.'

'Heb je hem een ultimatum gesteld?'

'Dat was de enige manier om hem van jou te bevrijden.'

Floriana was verbijsterd, maar het verklaarde heel veel. Nu wist ze waarom Seb haar pogingen zich te verontschuldigen en het weer goed te maken tussen hen had genegeerd. 'Ik begrijp alleen niet waarom je hem vervolgens toestond me voor jullie huwelijk uit te nodigen,' zei ze.

'Stom genoeg dacht ik dat het na al die tijd geen kwaad zou kunnen. Ik had het mis.'

Meer dan jij ooit hebt kunnen denken, dacht Floriana toen ze Imogen nakeek.

44

'Het lijkt me dat het een veelbewogen dag is geweest, en een die ik met plezier zal afsluiten door naar bed te gaan,' zei Esmé.

Adam stond op het terras een fles wijn open te trekken toen Esmé Floriana omhelsde en goedenacht kuste. 'Slaap wel, liefje, en geen gepieker over die vreselijke ontmoeting met Imogen.'

'Maak je geen zorgen,' zei Floriana terwijl ze Esmé ook omhelsde, 'er is meer voor nodig dan een krankzinnige bruid om mijn nachtrust te verstoren.'

Vervolgens kwam Esmé naar Adam toe en klopte hem op zijn schouder. 'Goedenacht en dank je wel dat je zo'n uitstekend restaurant had geboekt voor vanavond. Het was volmaakt.' Ze keek over haar schouder naar Floriana, die naar een rozenstruik was gelopen en zei op gedempte toon: 'Denk alsjeblieft aan mijn advies, wil je?'

Hij trok de kurk uit de fles. 'Slaap lekker, Esmé,' zei hij neutraal. 'Het wordt weer een warme nacht; weet je zeker dat ik de airconditioning in je kamer niet moet aanzetten?'

'Nee, nee, ik slaap wel gewoon met het raam open, dank je.'

Adam keek de oude dame na toen die de villa binnen liep en hoopte maar dat Floriana niet had gehoord wat Esmé tegen hem had gezegd. 'Wat ben je aan het doen, Floriana?' riep hij.

'Wat denk je? Ik verzamel rozenblaadjes.'

Ze zat op haar knieën op het gras inderdaad rozenblaadjes te verzamelen. Ze maakte een kommetje van haar handen, bracht ze naar haar gezicht en ademde diep in.

'Glaasje wijn?' vroeg hij.

'Ja, graag,' antwoordde ze en ze kwam naar hem toe. Ze hield haar handen voor hem op zodat hij aan de blaadjes kon ruiken.

'Lekker,' zei hij.

'Lekker,' bauwde ze hem na. 'Is dat alles wat je te zeggen hebt? Dit is het meest exquise parfum op aarde. Beter dan dit is er niet.'

Hij ging verder met het inschenken van de wijn. 'Het spijt me, ik ben maar een eenvoudige man met een beperkte woordenschat tot zijn beschikking.'

'Wat jammer,' zei ze met een plagende glimlach.

Nee, dacht hij, echt jammer is pas dat ik me niet kan uitdrukken zoals ik echt zou willen, dat ik mijn spraakvermogen kwijtraak als ik met je alleen ben. Esmé had gelijk. Hij moest orde op zaken stellen in deze situatie. En snel. Hij was nog steeds geschokt dat ze zijn gevoelens voor Floriana had geraden; hij was ervan overtuigd geweest dat hij niets had laten merken, dat zijn gedrag niet zichtbaar was veranderd. Volgens Esmé had hij zich verraden door te hard zijn best te doen de aantrekkingskracht te verbergen; ze had het weken geleden al doorgehad. Waar hij zich zorgen over maakte was dat als Esmé het had geraden, dat vast ook voor Floriana zou gelden. Maar waarom had zij er niets mee gedaan? Had ze geen belangstelling?

In antwoord op die twijfels was Esmé heel duidelijk geweest. 'Het is niet aan haar om de eerste stap te zetten, Adam. Een meisje hoort dat niet te doen.'

Toen hij beleefd had opgemerkt dat dat een achterhaalde vorm van etiquette was die bij het hedendaagse daten had afgedaan, had ze zijn opmerking met een overdreven zucht van de hand gewezen. Ze had gezegd dat hij op moest houden smoesjes te verzinnen en actie moest ondernemen. 'Tenzij,' had ze gezegd, 'je nog niet over Jesse heen bent?'

Nu was het zijn beurt om duidelijk te zijn. 'Daar hoef je niet bang voor te zijn,' had hij naar waarheid geantwoord. 'Maar als Floriana nou nog steeds verliefd is op Seb?'

'Neem maar van mij aan dat ze dat niet is.'

'Heb je daar onweerlegbaar bewijs voor?' had hij gevraagd. 'Heeft ze je dat verteld?'

'Nee. Maar ik voel het in mijn botten. Bovendien ben jij degene die haar moet bewijzen dat ze dat niet is. Weet je, heel lang geleden heeft iemand me eens verteld dat het merendeel van de pijn in onze levens voortkomt uit relaties, maar dat hetzelfde geldt voor genezing.'

'Maar ik wil onze vriendschap niet op het spel zetten.'

'Adam, ik neem aan dat je in je werk de hele dag risico's neemt en dat die allemaal naar tevredenheid aflopen. Heb ik gelijk?'

'Over het algemeen genomen, ja. Maar dat zijn allemaal berekende risico's met een grote kans op succes. In mijn privéleven neem ik niet graag risico's, vooral niet als de uitkomst zo negatief kan zijn.'

'Maar denk eens aan het omgekeerde! Wat nou als het heel goed uitvalt? Buitengewoon goed! Kom op, Adam, wie niet waagt, die niet wint.'

Met die woorden nog naklinkend in zijn hoofd en te gespannen om nu rustig naast Floriana te gaan zitten zei hij: 'Zullen we nog even zwemmen om af te koelen?'

'Briljant idee!' zei ze, en ze gooide onverwacht haar handen in de lucht en draaide op haar tenen rond terwijl de rozenblaadjes als roze confetti naar de grond dwarrelden.

Hij lachte. 'Juffrouw Day, bent u misschien een beetje dronken? Want als dat zo is, is zwemmen misschien niet zo'n goed idee.'

'Ik ben broodnuchter,' zei ze terwijl ze tot stilstand kwam en haar prachtige bruine ogen in de zijne keken. 'Bovendien ben jij er toch bij om me te redden?'

'En als ik nou gered moet worden?'

'Dan kun je op me rekenen. Mijn hand op mijn hart en ondanks de glazen *limoncello* die ik na het eten heb gedronken, ik zal zorgen dat je niets overkomt.'

Te laat, dacht hij toen ze naar binnen gingen om zich om te kleden, jij bent me al overkomen.

In het rustige duister van de avond was de onderwaterverlichting van het zwembad zo helder dat het leek of Floriana uit albast was gesneden. O ja, dacht Adam spottend, hij kon heus wel poëtische dingen denken, hij kon ze alleen niet hardop zeggen.

Hij keek toe terwijl ze met langzame vloeiende slagen zwom, haar kin net boven het wateroppervlak, haar lichaam geluidloos door het water glijdend.

'Wat kijk je serieus,' zei ze, 'waar denk je aan?'

'O, dit en dat.'

'Ik hoop dat je het niet erg vindt dat ik het zeg, maar je bent de hele avond al zo serieus.'

'Je zou inmiddels moeten weten dat ik nu eenmaal zo ben.'

Ze kwam voor hem tot stilstand in het diepe gedeelte van het zwembad. Water trappelend en met haar armen naar weerskanten uitgestrekt hief ze haar ogen naar de donkere avondhemel op. 'Als je iemand vertelt dat er honderdduizend miljoen sterren in de Melkweg zijn, dan gelooft hij je, maar vertel iemand dat een bord te heet is om aan te raken, dan zal hij het toch doen, alleen maar om te controleren of het waar is.'

'En wat wil je daarmee zeggen?'

Ze grinnikte, draaide zich op haar rug en dreef van hem weg.

Hij zwom achter haar aan. 'Wat bedoelt u, juffrouw Day?'

Met haar gezicht naar boven gericht, haar haren uitwaaierend in het water zei ze: 'Wat ik bedoel is dat mensen datgene wat ze menen te kunnen betwisten altijd in twijfel zullen trekken. En dat geldt ook voor mij. Ik ben ervan overtuigd dat je iets dwarszit.'

'Er zit me niets dwars,' loog hij.

'Wat is dan het advies dat Esmé je heeft gegeven en waar je aan moet denken?'

Hij voelde zijn gezicht rood worden. 'Dat heb je dus gehoord!'

'Wat? Word ik ineens geacht hardhorend te zijn?'

Hij ademde diep in, dook onder water en zwom terug naar het diepste deel van het bad. Toen hij bovenkwam, het water uit zijn oren schudde en zijn haren naar achteren streek zocht hij naar Floriana, maar hij zag haar nergens. Niet voordat ze achter hem boven water kwam. Zich aan de rand van het zwembad vasthoudend zei ze met een stem als uit een griezelfilm: 'Je kunt weglopen, maar je kunt je niet verstoppen. Wat heeft Esmé je geadviseerd te doen?'

Hij haalde een hand over zijn gezicht, probeerde tijd te winnen. 'Oké,' dwong hij zichzelf te zeggen, 'ik zal het je vertellen. Maar eerlijkheid verdient eerlijkheid. Oké? En ik waarschuw je, dit zou gênant kunnen worden, en dat is precies wat ik wilde vermijden.'

Ze knikte en hij zette door. Het was nu of nooit. 'Ben je nog steeds verliefd op Seb?' vroeg hij. 'Dat moet ik weten, anders heeft het voor mij geen zin om te zeggen wat ik nog meer wil zeggen.'

Hij kon zien dat zijn vraag haar verraste. Zorgwekkender was echter dat hij ook iets in haar gezicht zag dat hem niet bemoedigend voorkwam. Hij worstelde met zijn teleurstelling. 'Oké, ik ga ervan uit dat dat ja betekent,' zei hij. 'Bedankt voor je eerlijkheid. Dat waardeer ik.'

Ze fronste haar wenkbrauwen. 'Maar ik heb niets gezegd.'

'Het is al goed. Je hoeft niets te zeggen.'

'Nee, Adam, je begrijpt het niet. Ik –'

'Je hoeft echt niets meer te zeggen,' zei hij snel omdat hij niet wilde dat zijn gêne nog langer duurde. 'Je hoeft niets uit te leggen. Het is al goed.'

Hij wilde zich van de rand van het zwembad afduwen, toen ze haar hand naar hem uitstak.

'Adam, je hebt het mis. Ik hou niet van Seb. In elk geval niet in de zin die jij bedoelt.'

'Welke zin bedoel ik dan?' vroeg hij.

'Je wilt weten of ik liefde voel voor Seb,' zei ze zacht. 'Dat is niet zo. Ik geef heel veel om hem, maar de gevoelens die ik voor hem had zijn verdwenen. Ik denk dat ik nu vooral medelijden met hem heb. Hij lijkt helemaal niet gelukkig.'

'Wanneer besefte je dat je gevoelens veranderd waren?'

'Dat begon waarschijnlijk toen hij me in juni in Oxford opzocht, toen Imogen een weekend met vriendinnen naar Parijs was. Ik heb jou en Esmé daarstraks verteld dat ik wist dat het een risico was om Seb die nacht te laten blijven, maar denk eens na, als ik van hem had gehouden, ik bedoel, als ik echt van hem had gehouden en me niets van de consequenties had aangetrokken, had ik hem niet op de bank laten slapen; dan zou ik de gelegenheid hebben aangegrepen.'

Hij keek haar aan, maar wist niet wat hij moest zeggen.

'Ik heb niet met hem geslapen,' zei ze resoluut. 'Dat is niet eens bij me opgekomen. En nu ik zo eerlijk tegen jou ben geweest, vind ik dat ik er recht op heb dat jij ook eerlijk bent tegen mij. Waarom wilde je dat weten?'

Hij aarzelde.

Ze bleef hem aankijken zonder de minste beweging in haar ogen of gezicht.

'Je bent een slimme meid,' zei hij zacht, 'ik denk dat je het zelf wel kunt bedenken, niet?'

'Je hebt het mis,' zei ze vaag glimlachend, haar lichaam naar het zijne gebogen, haar ogen die zich in de zijne boorden. 'Ik ben helemaal niet zo slim. Sommige dingen moeten me echt worden uitgelegd.'

Hij kwam dichter naar haar toe. Heel dichtbij. 'Dit is niet het moment om de pias uit te hangen of me voor de gek te houden.'

'Zelfs niet een klein beetje?'

'Ik kan wel iets beters bedenken om je aanzienlijke talent voor in te zetten.'

'Nee maar, meneer Strong, flirt u met me?'

'Dat mag ik hopen, potverdorie. Jij vindt het misschien niet veel, maar ik doe verdomd hard mijn best!'

Ze lachte. 'En met succes, mag ik wel zeggen.'

Hij was nu zo dichtbij dat hij de wimpers rond haar glimmende ogen bijna kon tellen. 'Alsjeblieft,' zei hij, 'ik vraag het vriendelijk, verlos me uit mijn lijden en geef me een teken dat het in orde zou zijn om je te kussen.'

'Wat voor teken zou duidelijk genoeg voor je zijn?'

'Ik neem genoegen met een teken dat aangeeft dat je niet zult bijten.'

Ze lachte weer en hief haar kin zodat haar mond kwellend dicht bij de zijne kwam.

Hij voelde de warmte van haar adem tegen zijn huid.

'Wat zeg je hiervan?' fluisterde ze. Ze streek met haar lippen over de zijne, eerst zijn bovenlip, daarna zijn onderlip. Het was zo erotisch als het maar zijn kon. 'Is dat duidelijk genoeg voor je?' vroeg ze, hem met haar hoofd iets achterover in zijn ogen kijkend.

'Ik weet het niet zeker, maar wat kan het mij schelen, ik neem gewoon het risico.' Hij hield zich met een hand aan de rand van het zwembad vast, legde de andere in haar nek en kuste haar.

Lusteloos en niet in staat te slapen was Esmé opgestaan en naar het open raam gelopen. Toen ze naar het helder verlichte zwembad keek, zag ze Adam en Floriana. Ze stapte snel weer bij het raam weg.

Haar werk zat erop, dacht ze blij. Het enige wat ze nodig hadden gehad was een flinke duw in de juiste richting.

45

Iedereen sliep de volgende ochtend uit.

Floriana was als eerste op en hoorde nog geen enkel teken van activiteit van de anderen. Ze schonk zichzelf in de keuken een glas water in en overwoog of ze de energie had om croissants te gaan halen voor het ontbijt.

Dat was niet het enige waar ze over nadacht. Ze dronk dorstig het water op – ze had gisteravond misschien meer *limoncello* en rode wijn gedronken dan goed voor haar was – liep naar buiten en keek naar het zwembad, waarin het water rimpelloos lag te schitteren in de zon. Hier hebben Adam Strong en Floriana Day elkaar gekust, dacht ze toen ze zich met een blije glimlach een blauwe plaquette voorstelde die voor toekomstige gasten hier melding maakte van dat historische moment.

Ze liep blootsvoets over het verdroogde gras naar de schommelbank waar Adam en zij na het zwemmen nog een hele tijd hadden gezeten. In de gloed van het licht van het zwembad, haar hoofd tegen zijn schouder en zijn arm om haar heen, had ze de balans van hun relatie opnieuw opgemaakt. Grappig dat een enkele kus zo veel kon veranderen. Het zou wat tijd kosten om eraan te wennen.

Het was bijna twee uur toen ze eindelijk, zij met haar hand in de zijne, terug waren gelopen naar de villa om naar bed te gaan. Hij had haar voor haar slaapkamerdeur een laatste keer gekust, zich toen omgedraaid en stilletjes de trap genomen naar zijn eigen kamer op de bovenste verdieping.

Terwijl ze met haar voeten over het droge gras streek, hoopte Floriana dat Adam haar geloofde wat Seb betrof; dat ze niet meer van hem hield zoals ze ooit had gedaan. Haar gevoelens voor hem waren echt veranderd. Het was moeilijk uit te leggen, zelfs aan haarzelf, maar voor het eerst in lange tijd voelde ze zich vrij... Vrij van de zichzelf toegebrachte pijn, veroorzaakt doordat ze van iemand hield die niet van haar hield.

Niettemin was Seb nog steeds heel belangrijk voor haar en als Adam niet kon accepteren dat Seb altijd een rol zou spelen in haar leven, konden ze er beter nu meteen een punt achter zetten. Was het te veel van hem gevraagd – van elke man trouwens – om dat te accepteren?

Ze slaakte een diepe zucht en vroeg zich voor de miljoenste keer af wat Seb in vredesnaam had bezield toen hij Imogen ten huwelijk had gevraagd. Waarom zag hij niet in hoe verkeerd ze voor hem was? En wat zou hij van het gesprek van gisteren tussen zijn bruid en Floriana vinden?

Ze dacht eraan hoe ellendig hij eraan toe was geweest toen hij bij haar in Oxford was gebleven, hoe zijn stemming verslechterde met elk glas wijn dat hij dronk. Telkens als ze eraan dacht hoe melancholisch hij was geweest, moest ze ook weer denken aan die andere keer in zijn leven dat hij door een depressie angstaanjagend diep in de put was geraakt.

Het was in hun laatste trimester als student geweest en enkele weken na de 1 meiviering waarop Seb op de Magdalen Bridge en daarna bij het ontbijt zo troosteloos had gesproken. De bezorgdheid die ze die dag voor hem had gevoeld was afgenomen door zijn absolute overtuiging kort daarna dat alles in orde was, dat hij gewoon een slechte dag had gehad. Misschien was het opluchting geweest die haar had toegestaan hem te geloven, want ze stortte zich meteen op het studeren voor de examens, en op een nieuw vriendje. Achteraf gezien was Angus – een tweedejaars student filosofie, politiek en economie aan het St Peter's College – niet meer geweest dan een amusante afleiding van de druk van het studeren.

De dag van haar laatste examen had Angus buiten het examenlokaal staan wachten om dit op de aloude manier te vieren door eieren en bloem naar haar te gooien. Hij had haar nauwelijks gekust en het eerste ei gegooid toen ze Seb een eind bij de uitgelaten groep op de High vandaan zag staan. Hij zag er vreemd uit en hield een fles champagne in zijn hand. Hij had een halfslachtige baard die hem niet slechter had kunnen staan en die haar eraan herinnerde dat ze hem al een paar weken niet had gezien. Het laatste wat ze van hem had gehoord was dat hij hard aan het studeren was en niet gestoord wilde worden.

'Geen afleiding!' had hij gezegd toen ze had voorgesteld even samen te ontspannen bij een pizza en een biertje. Maar gezien de staat waarin hij nu verkeerde, zo afgetobd en slonzig, was ze bang dat hij haar had ontlopen.

Ze drong door de luidruchtige menigte heen om bij hem te komen. Van dichtbij schrok ze ervan hoe slecht hij eruitzag: zijn wangen waren ingevallen en hij had donkere schaduwen onder zijn doffe ogen; hij was ook afgevallen en zijn haar moest hoognodig gewassen worden. Ze zei het eerste wat in haar opkwam. 'Alles oké?'

'Beter dan ooit. Jij?'

'Opgelucht dat ik klaar ben met mijn examens.'

'Geluksvogel. De mijne beginnen pas over tien dagen.' Hij keek over haar schouder. 'Je liefje daarginds kijkt niet al te blij. Ik hoop niet dat je het erg vindt dat ik het zeg, maar hij lijkt me helemaal niet jouw type, de idiotie straalt van hem af. Correctie, kakkineuze idiotie. Hoe heet hij?'

'Angus.'

'Hoe zit het met hem, voer je een of ander sociaal experiment uit om te zien hoe de andere helft zich van dichtbij gedraagt?'

'Wat is jouw sociaal experiment dan?' vroeg ze, geïrriteerd door zijn kritiek. 'Wil je zien hoeveel chemische troep je lijf kan verdragen voordat het uiteindelijk bezwijkt?'

'Doe nou niet zo. Ik ben hier om mijn verontschuldigingen aan te bieden.'

'Waarvoor?'

'Dat ik net zo'n klootzak ben als je vriendje daar.'

'Noem je dat een verontschuldiging?'

Hij glimlachte, zijn handen diep in zijn zakken gestoken. 'Je kent het oude gezegde, ik kan het niet mooier maken dan het is.'

Ze had gelachen, haar arm door de zijne gehaakt en zonder zich iets van Angus aan te trekken gezegd: 'Laten we weggaan.'

Ze waren naar de rivier gegaan, waar Seb de champagnefles had geopend en zich had verontschuldigd voor zijn afwezigheid de afgelopen paar weken. 'Ik kon niemand onder ogen komen,' zei hij terwijl hij haar de fles doorgaf.

'Zelfs mij niet?'

'Vooral jou niet. Je bent de laatste tijd te kritisch.'

Ze gaf hem de fles terug en zag hem een grote slok nemen. En nog een. 'Vertel me wat er aan de hand is, Seb. Vertel me waarom je er zo vreselijk uitziet. Het gaat om meer dan de examens, of niet? Wat is er gebeurd?'

'Kritisch én opmerkzaam.' Hij nam weer een flinke slok. 'Het komt door mijn vader.'

Ze wachtte verbaasd tot hij zou uitweiden. Behalve dat hij zijn studie betaalde, hield Sebs vader zich helemaal afzijdig van zijn zoon. Het was een situatie die Seb al lang had leren accepteren. Dat dacht hij tenminste. 'Wat is er met hem?' had Floriana gevraagd toen Seb zich achter een muur van stilzwijgen terug leek te trekken.

'Ik deed wat ik altijd heb gezworen niet te zullen doen, ik nam contact met hem op om te kijken of we, je weet wel, een keer iets konden afspreken, elkaar leren kennen, een soort relatie opbouwen.'

Seb had nooit eerder gezegd dat hij de man wilde ontmoeten die zijn moeder en hem in de steek had gelaten voor een andere vrouw met wie hij een nieuw gezin had gesticht.

'Waarom heb je dat gedaan?' vroeg ze terwijl Seb aan het gras zat te plukken. 'Waardoor ben je van gedachten veranderd?'

Hij trok zijn magere schouders op. 'Dat kwam door mam. Herinner je je die kerel nog waar ik je over vertelde, die ze online heeft leren kennen en die in Spanje woont?'

'Ja, dat herinner ik me nog. We maakten er nog grapjes over dat hij waarschijnlijk een gangster zou blijken te zijn die aan de Costa del Crime ondergedoken zat.'

'Wie weet bewijst hij ons gelijk nog eens. Maar goed, mam ging bij hem op bezoek en ziedaar, ze zijn getrouwd. Ze schreef me het blijde nieuws van hun huwelijk een paar weken geleden. Ze wil de hele boel hier verkopen. Ze zei dat als ik een plek zocht voor na de examens ik ofwel naar haar in Spanje kon komen of het bij mijn vader kon proberen.'

Floriana was stomverbaasd, hoewel ze beter had moeten weten. Sebs moeder was immers altijd een van de meest egoïstische mensen geweest die ze kende. Een vrouw die haar moederrol nooit serieus had genomen. Ze had herhaaldelijk tegen Seb gezegd dat hij beter af was zonder haar bemoeienissen.

'Denk je dat het stand zal houden,' vroeg Floriana, 'deze laatste wervelwindromance?'

'Wie weet? Maar we dwalen af. Dit gaat niet over mijn moeder, maar over mijn vader.'

'Sorry. Ga door. Wat zei hij toen je hem vroeg of jullie elkaar konden ontmoeten?'

'Hij zei iets van "Ik neem aan dat we wel iets kunnen regelen", alsof we het over een zaak hadden die nogal discutabel was.'

'Hij was waarschijnlijk verbaasd,' zei Floriana edelmoedig. 'Misschien wachtte hij er al jaren op zoiets te horen en toen het opeens gebeurde, nam je hem de wind uit de zeilen.'

'Leuk geprobeerd, Florrie, maar het enige wat ik vervolgens van hem kreeg waren smoesjes voor elke datum of tijd die ik voorstelde. Hij had het ofwel druk met zijn werk of met reizen, of hij had iets met familie of zijn kinderen.'

Floriana's hart ging naar Seb uit. Wat moest het hem pijn hebben gedaan die eerste stap te zetten en dan zo wreed te worden afgewimpeld. Ze kon zich niet voorstellen hoe het moest voelen om zo door een ouder te worden afgewezen. Door allebei trouwens.

Haar eigen ouders waren veel hartelijker tegen Seb geweest. Ze gaven hem altijd verjaardags- en kerstcadeautjes en pap had hem zelfs rijles gegeven, hoewel hij doodsbang was geweest toen hij had geprobeerd Floriana te leren autorijden – ze was gezakt voor haar rijexamen en had het nooit opnieuw geprobeerd, terwijl Seb de eerste keer geslaagd was.

'Heb je uiteindelijk nog iets met hem kunnen afspreken?' vroeg ze.

'Ja, hij zei dat hij naar Oxford zou komen en me mee uit eten zou nemen.' Hij verviel weer in stilzwijgen, trok een lange grasspriet uit en hield die tegen zijn kin. 'Maar hij kwam niet opdagen. Zelfs geen telefoontje of sms'je om te laten weten dat hij later kwam of het niet zou redden. Ik mailde hem de volgende dag om te vragen waar hij verdomme mee bezig dacht te zijn en het enige wat hij zei was dat er iets tussen was gekomen.'

'O, Seb, wat spijt me dat voor je.'

Hij gooide de grasspriet weg. 'Nee! Geen sympathie. Alles behalve dat. Geef me liever woede. Geef me alles behalve medelijden!'

'Seb, waag het niet mijn sympathie te verwarren met medelijden. Niet als het me zo'n pijn doet je zo te zien.'

'Hoe?' Hij klonk boos en defensief.

'Je ziet er vreselijk uit,' zei ze botweg. 'Alsof je jezelf hebt opgegeven.' Ze vond het vreselijk het toe te geven, maar zoals hij er nu uitzag, met zijn kleren die stonken alsof ze al lange tijd niet waren gewassen, zijn ruige haar dof van het vet en zijn plukkerige baard, kon hij gemakkelijk doorgaan voor een van de vele armoedzaaiers van Oxford.

'Waarom zou ik mezelf niet opgeven? Dat heeft toch iedereen al gedaan.'

'Ik niet!' antwoordde ze fel. 'En dat weet je verdomd goed!'

'Dat zou je niet zeggen. Ik heb verdraaid weinig van je gezien sinds je het met Angus de rugbyer hebt aangelegd.'

Ze gaf hem een speelse trap; het was een gebaar dat de pijn van zijn beschuldiging logenstrafte. Een beschuldiging die niet geheel onterecht was. 'Hij speelt geen rugby, hij roeit,' zei ze, 'en bovendien was jij degene die zei dat je niet gestoord wilde worden. Als je me had willen zien, had je maar hoeven bellen of bij me aankloppen.'

'En je betrappen terwijl je met hem bezig was? Nee, dank je.'

'Dus jezelf in afzondering kwellen was beter?'

'Je kent me, de gekwelde ziel voelt zich prima thuis op mijn schouder, beter dan die van de vrolijke jongen. Je weet dat ik een hekel heb aan valse noten.'

De volgende dag realiseerde Floriana zich dat Seb haar voor de gek had gehouden met een complete kakofonie aan valse noten. De omvang van wat hij voor haar verborgen had gehouden werd duidelijk toen ze door het John Radcliffe Hospital werd gebeld en te horen kreeg dat Seb daar die ochtend was opgenomen en naar haar vroeg.

'Geloof geen woord van wat ze zeggen,' zei hij gemelijk toen ze naast zijn bed ging zitten. 'Het was geen opzet; het liep gewoon wat uit de hand. Als ik mezelf van kant had willen maken, was me dat heus wel gelukt. En kijk in godsnaam niet zo naar me, anders wou ik dat ik het had gedaan!'

'Ik kijk zo naar je omdat je me bang maakt, Seb. Waarom moet bij jou altijd alles zo extreem?'

‘Wil je dan dat ik halve maatregelen neem? Nooit!’

‘Ik wil dat je gelukkig bent. Is dat zo vreselijk?’

‘Geluk ligt buiten mijn bereik.’ Na een hartgrondige geeuw had hij zijn ogen dichtgedaan en was hij in slaap gevallen.

Het ziekenhuispersoneel geloofde Seb ook niet en na controle van het medisch dossier van de huisarts bij wie hij in Oxford stond ingeschreven, bleek dat hij al acht maanden antidepressiva slikte.

Hij werd de volgende dag ontslagen met een afspraak met een psychiater op zak. Floriana bracht hem terug naar het huis dat hij deelde met twee Chinese natuurkundigen, die hem op de vloer van de badkamer hadden gevonden. Floriana bleef bij hem, waakte dag en nacht over Seb en herinnerde hem er toen voorzichtig aan dat hij nog maar twee dagen had tot zijn eindexamens. Hij lachte haar uit en zei dat ze nog gekker was dan hij als ze dacht dat dat hem ook maar een moer kon schelen. Ze smeekte hem er nog eens over na te denken, al was het maar om haar een plezier te doen. ‘Ik zweer je dat dit het enige is wat ik ooit van je zal vragen,’ zei ze. ‘Wat heb je te verliezen door het te proberen? Ik zal je zo goed mogelijk helpen je erop voor te bereiden.’

Tot haar verbazing gaf hij toe en toen zijn examens achter de rug waren, nam ze hem mee naar haar ouders, waar hij tweeënhalve week niets anders deed dan slapen en eten. Toen hij weer boven water kwam, leek hij weer wat meer de oude Seb. Hij bedankte haar omdat ze hem niet had opgegeven, en zij beloofde dat ze dat nooit zou doen, dat ze er altijd voor hem zou zijn.

Floriana had toch de energie gevonden om naar de supermarkt te gaan en klom nu weer de heuvel op met een zak croissants en een pak melk. Ze vroeg zich net af of Seb Imogen ooit had verteld hoe na hij eraan toe was geweest een eind aan zijn leven te maken toen haar telefoon ging. Ze viste hem uit de zak van haar korte broek en zag dat het Seb was. ‘Dat is raar,’ zei ze behoorlijk geschrokken, ‘ik liep net aan je te denken.’

‘O ja? In goede of slechte zin? Nee, geef daar maar geen antwoord op. Ben je vanmiddag vrij?’

‘Het is de dag voor je trouwdag, Seb, het lijkt me nauwelijks gepast dat je –’

'Het is echt belangrijk,' onderbrak hij haar.
'Weet Imogen dat je me belt?'
'Nee.'
'Dan vind ik niet dat we elkaar moeten zien.'
'Florrie, alsjeblieft! Geef me een uur. Meer heb ik niet nodig.'
God sta me bij, dacht ze toen ze ja zei.

46

Esmé was niet blij. Helemaal niet blij. Net nu alles zo mooi voor elkaar kwam, dook die vervelende Seb op om een spaak in het wiel te steken. Zoals gewoonlijk gaf Adam zich niet bloot, maar Esmé zag aan zijn ernstige uitdrukking dat zijn brein stilletjes overuren maakte.

Toen ze Floriana na de lunch vanaf het terras nakeek toen die te voet naar Seb ging, had Esmé er spijt van dat ze haar niet had aangemoedigd Seb hier uit te nodigen, waar ze een oogje op hem had kunnen houden. Afgaande op wat Floriana had gezegd, vreesde Esmé dat hij een zware aanval van koudwatervrees had en op het punt stond zijn huwelijk af te blazen. En tot wie kon hij zich dan beter wenden dan tot de enige persoon op aarde die hem altijd had gesteund? En waar zou dat toe leiden? Het was vreselijk irritant! Waarom kon het pad van de liefde niet gewoon glad zijn? Waarom moest het altijd zo moeilijk zijn?

Om Adam bezig te houden had Esmé hem gevraagd met haar naar Villa Carlotta te gaan. Hij was vreselijk ingetogen terwijl ze de korte afstand langs het meer erheen reden. Esmé zou hem graag willen geruststellen dat hij niets had om zich zorgen over te maken, maar wilde hem geen valse hoop geven. Nog geen vierentwintig uur geleden was ze vast van mening geweest dat Floriana zich van Seb had losgemaakt, maar nu knipte hij één keer met zijn vingers en het meisje rende weer naar hem toe, Esmé – en Adam – onzeker achterlatend.

Nadat hij haar zo dicht mogelijk bij de hoofdingang had afgezet reed Adam door naar het parkeerterrein. Terwijl Esmé op zijn terugkomst wachtte, arriveerden er twee grote groepen toeristen, de ene groep stapte uit een Duitse bus en de andere was een groep Engelsen die vanaf de nabije boothalte de weg over kwamen steken. Wat een contrast was het met de keer dat ze met haar vader hier was geweest. Toen waren er geen grote menigten en omdat er maar een handvol toeristen het huis en de tuin kwamen bekijken, had haar vader toestemming gehad zijn ezel op te zetten en in de rust en stilte van de tuin te schilderen zolang hij wilde.

Aan alle kanten omringd door de luidruchtige menigte, met de hete zon die op haar lijf brandde en haar katoenen blouse die aan haar rug en schouders plakte, voelde Esmé zich plotseling opgesloten. Haar hart begon te bonken en ze werd bevangen door paniek. Naar adem happend en over haar toeren keek ze om zich heen. Ze wilde vluchten, de naar haar opdringende massa lichamen opzij duwen. Wat deed ze hier in deze plakkerige hitte? Waarom zat ze niet lekker in de koele schaduw van haar eigen tuin naar Euridice te kijken die de bazige merel besloop? O, wat miste ze het rustige gezelschap van haar dierbare kat! Dit was een vreselijke vergissing; ze had nooit hierheen moeten komen. En ze had Adam en Floriana dit niet aan moeten doen. Vooral Adam. Wat had haar bezield dat ze zich met hun levens bemoeide? Waarom had ze hen niet met rust gelaten?

Toen zag ze Adam echter en de kalme, moeiteloos sterke manier waarop hij zich een weg door de menigte baande om bij haar te komen, bracht haar ertoe zich te vermannen. Het laatste wat Adam nu nodig had, boven op al het andere, was een dwaze oude vrouw die haar zelfbeheersing verloor.

Gespannen en nerveus heen en weer schuivend op zijn stoel, nu eens met het bandje van zijn horloge en dan weer met de drankenkaart op tafel spelend, zag Seb eruit alsof hij het vreselijk vond hier met haar te zitten. Om de paar seconden keek hij bezorgd de openluchtbar rond op het kleine plein dat uitkeek over het meer; hij was doodsbang dat ze gezien zouden worden. Omdat het niet aan de hoofdweg lag, betwijfelde Floriana echter ten zeerste of een van de bruiloftsgasten hen toevallig zou zien. Ze had over de bar – La Magnolia – gelezen in het gastenboek in de villa en omdat het binnen loopafstand was, was het voor haar de voor de hand liggende keus geweest. Ze had Adam niet willen vragen haar naar Seb toe te brengen, en ze had evenmin gewild dat Seb naar de villa kwam. Met de komst van twee glazen ijskoud Peroni-bier hoopte

Floriana dat Seb zich zou ontspannen en zou uitleggen waarom hij haar met alle geweld moest spreken. Hij leek echter alleen maar nog nerveuzer te worden toen hij grote slokken van zijn bier nam. 'Seb,' zei ze toen ze het niet meer uithield, 'hou in 's hemelsnaam op zo belachelijk stiekem te kijken!'

Hij haalde een hand over zijn voorhoofd, waar het zweet hem uitbrak. 'Sorry, ik kan het niet helpen.'

'Dan had je me misschien niet moeten bellen.'

'Ik moest wel. Dit was het enige moment waarvan ik wist dat ik je zou kunnen zien... Imogen en haar bruidsmeisjes zijn gaan winkelen in Menaggio.'

'Maar je bent doodsbang dat we samen gezien zullen worden. Daardoor voel ik me niet bepaald op mijn gemak bij je.'

Hij nam nog een grote slok van zijn bier.

'Dus kom op, waarom wilde je me per se spreken?' Haar vraag kwam er ongeduldiger uit dan ze had bedoeld, maar hij leek dat niet te merken.

'Er is iets waar ik maar aan moet blijven denken,' zei hij, 'het is...' Hij zweeg, slikte en veegde weer met zijn handrug over zijn voorhoofd.

Floriana keek hem strak aan en haar angst dat hij was gekomen om haar te bekennen dat hij het huwelijk morgen niet kon doorzetten, groeide. Als dat zo was, wat wilde hij dan van haar? De verzekering dat hij er goed aan deed het af te blazen? Of werd zij geacht net als eerder de kalmerende stem van het gezond verstand te zijn en hem te vertellen dat het allemaal goed zou komen, dat iedere bruidegom last had van de zenuwen? In het eerste geval hoefde ze maar een woord te zeggen over haar babbeltje van gisteravond met Imogen en hij had het perfecte excuus om het af te blazen. Dat was Floriana echter niet van plan. Seb moest hier zelf uit zien te komen. Net zoals hij had moeten beseffen dat het een vergissing was om toe te geven aan Imogens ultimatum zijn beste vriendin aan de kant te zetten. De wetenschap dat hij tot een dergelijke beslissing in staat was geweest deed Floriana heel veel pijn. Was ze hem dan zo weinig waard geweest? Of had hij gewoon zo veel van Imogen gehouden dat hij de rede uit het oog was verloren? En hoe zou hij reageren als ze hem vertelde dat ze wist van de keus die hij had gemaakt?

'Er is iets wat ik moet weten,' zei hij zacht. 'Iets belangrijks.' Hij keek haar aan. 'Ik weet dat je Imogen nooit hebt gemogen; je hoeft niet te doen alsof dat wel zo is, maar wat ik moet weten is... is dat omdat je van me hield en jaloers op haar was?'

Floriana wendde zich af en deed alsof ze gefascineerd naar de elegante boot keek die op het meer in het zicht kwam. Die was gemaakt van in hoogglans gelakt hout en blonk als glas in het zonlicht. Toen de boot voorbij was, zei ze, haar woorden met zorg kiezend: 'Het doet er helemaal niet toe wat ik van Imogen vind, of trouwens ook niet wat ik ooit voor jou heb gevoeld. Wat van belang is, is dat jij precies weet wat je voelt voor de vrouw met wie je morgen trouwt.'

'En als ik nou zei dat ik niet weet wat ik voel omdat er tussen ons nog iets onafgemaakt is?'

Ontsteltenis schoot door haar heen en ze zette zich schrap. 'Dan zou ik je de waarheid vertellen: er is niets onafgemaakts meer tussen ons.'

Hij schudde heel langzaam zijn hoofd. 'Je hebt het mis. Tot mijn schaamte heeft het tot nu geduurd voor ik me dat realiseerde.'

Haar reactie bleef bijna steken in haar keel en ze moest de woorden dwingen eruit te komen. 'Seb, doe dit niet. Echt niet. Het is te laat.'

'Te laat waarvoor?'

'Je moet niet alles verpesten.'

Hij stak zijn handen over de tafel heen en legde ze op de hare. 'Hou je nog van me? Ja of nee?'

'Zo simpel is het niet.' Ze probeerde haar hand onder de zijne uit te trekken, maar hij liet dat niet toe.

'Dat zou het wel moeten zijn,' zei hij. 'Je hoeft alleen maar te zeggen dat je nog steeds van me houdt en ik maak een eind aan dat fiasco van morgen. Ik hou van je, Florrie. Waarschijnlijk heb ik dat altijd al gedaan, maar ik herkende mijn gevoelens niet voor wat ze waren, totdat ik je weer zag in Oxford.'

Vanuit het niets ontvlamde er woede in haar en ze rukte haar hand onder de zijne uit. 'Nee! Ik sta niet toe dat je mij als excuus gebruikt om niet met Imogen te hoeven trouwen!'

Hij keek haar vol afschuw aan. 'Ik gebruik je niet.'

'Waarom heb je dit gesprek dan niet met Imogen? Waarom vertel je haar niet dat je niet van haar houdt?'

'Omdat ik een lafaard ben,' zei hij mat. 'Dat ben ik altijd al geweest. Jij bent degene met alle moed. Jij was degene die het lef had eerlijk te zijn en te zeggen dat je van me hield. Als ik een betere man was geweest, had ik me toen anders gedragen. Maar dat heb ik niet gedaan en daar heb ik spijt van. Veel meer dan ik je ooit kan zeggen.'

'Ik wil niets meer horen.'

'Maar ik moet het weten. Ik smeek je, Florrie.'

'Nee, Seb, je moet weten wat er in je eigen hoofd zit voordat je mij iets vraagt. Waarom ter wereld heb je tot nu gewacht? En nu we het er toch over hebben, heb je ooit wel echt van Imogen gehouden?'

'Een tijdlang, ja,' zei hij met een grimas. 'Door haar zag ik mezelf anders. Ik vond het een prettig idee dat ik haar gelukkig kon maken. En ik wilde erbij horen... deel uitmaken van haar familie. Ik dacht dat ik een plek had gevonden die ik thuis kon noemen en daarvoor was ik bereid te veranderen, aan Imogens verwachtingen te voldoen. Ik bleef mezelf voorhouden dat ik dat kon.'

'Wat is er dan veranderd?'

'Jij veranderde alles. Het voelde zo ongecompliceerd om weer in jouw gezelschap te zijn. Bij jou hoefde ik mijn best niet te doen; ik kon mezelf zijn. Bij Imogen... speelde ik dat ik iemand was die zij wilde dat ik was. Ik neem aan dat ik aanvankelijk de uitdaging wel leuk vond, ik vond mezelf opnieuw uit, speelde een rol. Het voelde goed, alsof ik al dat gedoe van vroeger achter me had gelaten. Maar toen ik die dag in januari met jou zat te lunchen, leek het opeens allemaal oppervlakkig en vals.' Hij leunde naar voren. 'Florrie, alleen bij jou voel ik me echt en voelt de wereld echt. Zonder jou is het allemaal valse schijn.'

Het was te veel voor Floriana. Wat kon ze in vredesnaam zeggen? Waarom moest hij dit nu zeggen? Waarom niet tweeënhalf jaar geleden? Waarom had hij haar destijds niet geloofd toen ze hem vertelde wat ze had gezien? Maar nee, hij had haar een leugenaar genoemd, had haar beschuldigd van jaloezie, gezegd dat ze zijn enige kans op geluk wilde verwoesten.

Ze was jaloers geweest, dat klopt, maar ze was er niet op uit geweest zijn geluk te verwoesten. Maar hoe kon je iemand vertellen dat zijn partner hem bedroog zonder hem pijn te doen?

En Imogen had Seb bedrogen; Floriana had haar op heterdaad betrapt. Of het iets eenmaligs was geweest, wist Floriana niet. Dat wist ze nog steeds niet. Maar ze hoopte dat het alleen die ene keer was gebeurd, ze had de gedachte dat Seb voor de gek werd gehouden vreselijk gevonden. Tot op de dag van vandaag verbaasde het haar dat Imogen haar kon aankijken zonder zich te schamen, wetende dat Floriana de waarheid kende. Het verklaarde echter wel waarom ze er zo op gebrand was Floriana kwijt te raken. Wat was het de vorige avond verleidelijk geweest over de tafel heen te buigen en Imogen in het oor te fluisteren wat ze precies had gezien. Maar omwille van Seb, omwille van zijn geluk, had ze zich voorgenomen zich daar nooit toe te zullen verlagen en nooit meer te praten over wat ze met eigen ogen had gezien.

Het was eind november geweest – bijna tweeënhalf jaar geleden – toen ze naar Londen was gegaan voor een tentoonstelling van de Royal Academy en naderhand naar buiten stapte, haar jas dichtknoopte en haar handschoenen aantrok. Ze dacht eerst dat ze zich vergiste.

Het was een van die bizarre momenten waarop je iemand herkent maar meteen denkt: wacht even, dat kan niet. In dit geval vertelde Floriana's verstand haar dat het niet Imogen kon zijn een paar meter van haar vandaan op het trottoir, want de man in de deftige overjas en met de geruite das met wie ze gezellig arm in arm stond, was niet de man die hij hoorde te zijn. Tegelijk herinnerde Floriana zich dat Seb die week weg was voor zijn werk, dus wie voor de duivel was dit?

Het beste was hen te volgen, zo hield ze zich voor; ze moest zeker weten dat ze zich niets verbeeldde. Maar in werkelijkheid, en tot haar schaamte, was het niet meer dan een behoefte zich de verkneukelen, want dit was het bewijs dat ze nodig had om Seb ervan te overtuigen dat hij de relatie met Imogen moest beëindigen.

En op hetzelfde moment, terwijl ze zich voorstelde dat Imogen weg was, nam Floriana zich voor de moed te vinden om Seb te vertellen wat ze voor hem voelde. Dan zou hij zich realiseren dat hij diep vanbinnen hetzelfde voor haar voelde en zouden ze lachen om de absurditeit van de situatie, dat het hun zo lang had gekost om erachter te komen dat ze allebei degene waren naar wie de ander jarenlang had gezocht.

Gewapend met die rotsvaste overtuiging was ze als een ware spion de weg overgestoken en het Ritz Hotel binnen gelopen, waar ze de man met de geruite das aan de receptie om zijn kamersleutel zag vragen. Met de sleutel in zijn hand knuffelde hij Imogen in haar nek, waarop ze giechelde en ze elkaar langdurig kusten om daarna op weg te gaan naar de liften.

Verscholen achter een pilaar keek Floriana met grimmige tevredenheid toe toen ze samen in de lift stapten. *Hebbes!* dacht ze toen de liftdeuren dicht gingen en ze verdwenen. *Imogen Morgan, je ligt eruit!*

Wat had ze het mis gehad.

'Florrie, zeg iets. Vertel me dat ik gelijk heb, dat je nog steeds van me houdt.'

Zich losrukkend van de afschuwelijke herinnering aan wat er was gebeurd toen ze Seb vertelde wat ze had gezien – hoe kwaad hij was geweest, hoe hij haar had weggeduwd toen ze huilde, hem probeerde te kussen en te bewijzen wat ze voor hem voelde – zei Floriana: 'Waarom geloofde je me niet toen ik je vertelde dat Imogen je bedroog? Waarom geloofde je haar verhaal over een ex-collega met wie ze iets had gedronken?'

Hij fronste zijn voorhoofd. 'Omdat... omdat je jaloers was en een wig tussen ons wilde drijven.'

'Dat is wat Imogen wilde dat je dacht. Maar heus, Seb, je moet op een gegeven moment toch wel hebben begrepen dat ze ziekelijk jaloers was op onze vriendschap en vastbesloten was je tegen mij op te zetten? En het ergste is nog dat jij dat toestond. Je hebt geen idee hoeveel pijn dat deed. Ik legde mijn ziel voor je open, vertelde je dat ik van je hield, en wat deed jij? Je beschuldigde me van alles wat Imogen zo gewiekst in je hoofd had gestopt. Daarmee brak je mijn hart.'

'Het spijt me. Ik denk dat ik diep in mijn hart wel wist dat Imogen me bedrogen had, maar dat ik het niet wilde geloven. Ik wilde niet kwijtraken wat ik had, ik had er zo veel in geïnvesteerd.'

'Dus met een leugen leven was gemakkelijker?'

'Ja.' Hij draaide zijn glas bier voor hem op de tafel rond. Rond en rond. 'Je hebt mijn vraag nog niet beantwoord,' zei hij, en hij keek naar haar op. 'Hou je nog van me?'

Floriana keek hem triest aan. 'Je bent te laat, Seb.'

Er verscheen een gekwelde blik in zijn ogen. 'Zeg dat niet.'

'Het is de waarheid.'

'Bedoel je dat een keuze niet kan worden teruggedraaid?'

Toen ze niets zei, zei hij: 'Geef me je hand.'

Ze deed wat hij vroeg.

'Kijk,' zei hij. Hij streek met een vinger over haar handpalm en ondanks de zwoele warmte rilde ze. 'Hier staat dat we voor elkaar zijn voorbestemd. Zie je het niet?'

47

De laatste bruiloft waar Adam naartoe was geweest, was voor hem een kentering in zijn leven geweest; hij had Jesse toen ontmoet. Hij wilde er liever niet aan denken wat het resultaat van de bruiloft van vandaag zou zijn.

Toen Esmé en hij gistermiddag terugkwamen van Villa Carlotta was Floriana nergens te bekennen. Ze kwam pas vroeg in de avond tevoorschijn en hoewel ze hun blikken probeerde te ontwijken was het duidelijk dat ze had gehuild. Ook duidelijk was dat ze niet wilde praten over wat er tussen haar en Seb was voorgevallen.

Ze waren van plan geweest naar Menaggio te gaan voor het diner, maar Floriana had gezegd dat ze hoofdpijn had en dat ze maar zonder haar moesten gaan omdat ze alleen wilde douchen en in bed kruipen. Toen Floriana boven in haar kamer was, zei Esmé dat ze ook te moe was voor een avondje uit en dus had hij aangeboden in een restaurantje in de buurt pizza te gaan halen. Hij was amper weer terug toen de hemel werd opgelicht door een bliksemschicht gevolgd door een zo plotselinge en luide donderklap dat Esmé schrok en het bestek dat ze op de tafel op het terras wilde leggen uit haar handen liet vallen. Een zware regenbui had hen naar binnen gedreven en het onweer had de rest van de avond en een deel van de nacht doorgewoed. Op een gegeven moment was de stroom uitgevallen en toen hij de meterkast had gevonden, de schakelaar had omgezet en de lampen in de huiskamer weer aangingen, had Esmé erop aangedrongen dat hij met Floriana zou gaan praten.

'Nee,' had hij gezegd. 'Als ze wilde praten, zou ze dat wel doen. Ik ga haar niet lastigvallen.'

'Doe niet zo koppig, Adam. Ik weet wat je denkt, dat je durfde te vertrouwen op je gevoelens en dat je nu niet meer weet hoe ze tegen je aankijkt.'

'Alsjeblieft, Esmé,' had hij gesnauwd, niet zeker wetend hoeveel ze wist, omdat hij niet tegen haar had gezegd dat hij Floriana had gekust, 'ik wil er niet over praten!'

Nu de ochtendzon aan een vlekkeloze blauwe hemel stond en het meer en de bergen er fris en schoongeboend uitzagen, had Adam spijt van zijn scherpe woorden tegen Esmé. Ze bedoelde het goed, dat wist hij, maar dit was echt iets waar ze zich buiten moest houden.

Met het aanwezige net ging hij over het oppervlak van het zwembad om de rommel van de onweersbui eruit te vissen. Hij ging methodisch te werk en hield zich daarbij herhaaldelijk voor dat hij geen overhaaste conclusies moest trekken. Vooral niet over waar Floriana nu was.

Op weg naar beneden had hij gezien dat haar slaapkamerdeur op een kier stond. Hopend dat ze wakker was en met hem zou willen praten, had hij aangeklopt en de deur verder opengeduwd, maar haar bed was leeg. Meteen kwam de gedachte bij hem op dat ze die nacht was weggeglipt om bij Seb te zijn. Hij had geweten dat het een idiote en irrationele gedachte was, maar had zich er niet van kunnen weerhouden haar kamer in te kijken om zich ervan te vergewissen dat haar spullen er nog lagen. Ze is naar de supermarkt, had hij zichzelf boos voorgehouden, net als elke morgen.

Toen het zwembad vrij was van takjes en blaadjes, legde hij het net weg. Het was bijna negen uur en Floriana was nog nergens te bekennen. Evenmin als Esmé. Vreemd dat ze zo lang in bed bleef, maar misschien had het onweer haar ook wakker gehouden, net als hem. Hij had zijn zwembroek al aan, trok zijn T-shirt uit, liep naar het diepe gedeelte van het zwembad en dook erin. Hij zwom twee baantjes onder water, kwam boven om adem te halen en deed toen hetzelfde nog een keer. Daarna probeerde hij drie baantjes onder water te zwemmen. En vervolgens vier. Het was een goede manier om zijn frustratie kwijt te raken. Hij wilde alleen maar weten waar hij aan toe was. Was dat soms te veel gevraagd?

Toen hij zijn longen tot het uiterste had gedreven, liet hij zich op zijn rug drijven, zijn ogen gesloten tegen de felle zon. Op een gegeven moment voelde hij dat hij niet alleen was. Hij keek op en zag Floriana aan het ondiepe einde op de rand van het bad zitten, haar voeten in het water bungelend. Hij had haar nog nooit zo ernstig zien kijken. Of zo triest.

'Hallo,' zei hij omzichtig. Op het ligbed achter haar stond een plastic tas van de supermarkt. *Zie je wel*, zei hij tegen zichzelf.

'Sorry van gisteravond,' zei ze zacht. 'Ik moest gewoon alleen zijn. Ben je erg boos op me?'

Hij draaide zich op zijn buik en zwom naar haar toe. 'Heb ik daar reden toe?'

'Ik weet het niet. Ik weet op het moment niets meer.'

Hij stond op. 'Kan ik iets zeggen of doen dat zou kunnen helpen?'

Ze stak haar armen uit. 'Een knuffel zou fijn zijn.'

'Een natte knuffel?'

Ze knikte.

Hij sloeg zijn armen om haar heen, trok haar door de zon verwarmde lichaam tegen zich aan en met haar kleren aan liet ze zich bij hem in het water glijden. Haar mond kwam tot rust tegen de zijne en hij kuste haar. Het had hem gerust moeten stellen, maar dat was niet zo. Haar verdriet was tastbaar en droeg bij aan het zijne.

'Waar is Esmé?' vroeg ze toen ze zich van hem losmaakte.

'Ik weet het niet. Ik heb haar nog niet gezien.'

Ze keek verwonderd op. 'Het is niets voor haar om zo lang te slapen.'

'Datzelfde dacht ik twintig minuten geleden.'

Ze keken allebei omhoog naar Esmés slaapkamer, waar de luiken nog dicht waren na het onweer van de afgelopen nacht, toen Esmé door de open keukendeur naar buiten kwam.

'Je telefoon, Adam,' riep ze naar hem. 'Hij ging over, maar ik vrees dat hij nu gestopt is. Ik was niet snel genoeg bij je.'

Adam kwam uit het zwembad en pakte een handdoek. 'Dat geeft niet,' zei hij. Hij droogde snel even zijn haar en sloeg de handdoek toen om zijn middel. 'Ik bel wel terug, wie het ook was.'

Esmé gaf hem de telefoon en keek naar Floriana, die nu uit het water kwam. 'En hoe is het vanmorgen met jou, jongedame? Heb je goed geslapen? Is de hoofdpijn over?'

Floriana trok aan haar natte vestje en druipende korte broek. 'Ik voel me prima,' zei ze. 'Ik ga me verkleden en dan zal ik ontbijt voor ons klaarmaken.'

'Dat hoeft niet,' zei Esmé kordaat, 'dat doe ik wel. Als je klaar bent, wil ik even met je babbelen.'

Adam twijfelde er geen seconde aan wat Esmé met Floriana wilde bespreken, maar wilde zich er niet in mengen. Eerlijk gezegd geloofde hij niet dat ze iets kon zeggen dat de situatie nog erger kon maken dan die al was. Hij had ook het gevoel dat ze die ochtend in een strijdlustige bui wakker was geworden en niet van plan was iemand gevangen te houden. Dus ging hij naar boven om zich te verkleden en het gemiste telefoontje te beantwoorden; waarschijnlijk was het Denise geweest.

Het bericht op zijn voicemail was echter niet van Denise, maar van de makelaar, Giovanni Zazzaroni, die wilde dat Adam hem terugbelde. Dat deed hij, maar hij kreeg geen reactie en sprak daarom een bericht in.

Floriana voelde zich vreselijk; haar gedachten zaten al net zo in de knoop als haar maag. Ze had sinds lunchtijd de vorige dag niets meer gegeten en geloofde niet dat ze het ontbijt weg zou kunnen krijgen dat Esmé beneden aan het klaarmaken was... of de preek die ze verwachtte. Ze had sterk het gevoel dat Esmé het er niet mee eens was dat ze gisteren naar Seb was gegaan.

De hele avond had ze gevreesd dat haar telefoon zou gaan of dat ze een sms'je van Seb zou krijgen. Of erger nog, dat ze iets zou horen van de familie van Imogen. Het feit dat niemand contact met haar had opgenomen, deed haar vermoeden dat het huwelijk gewoon zou plaatsvinden. Floriana kon het niet geloven. Hoe kon Seb met iemand trouwen van wie hij beweerde niet te houden?

Hoewel er natuurlijk nog steeds tijd was om het af te gelasten, dacht ze terwijl ze haar natte kleren uittrok en onder de douche stapte. Twee uur en drie kwartier om precies te zijn.

Floriana had zich in het verleden heel vaak zorgen om Seb gemaakt, maar nooit zo veel als nu. Hij had haar gisteren gesmeekt hem te redden van wat hij op het punt stond te doen omdat het hem aan de moed ontbrak zichzelf te redden. Maar een paar woorden van haar en hij zou vrij zijn van de gedoemd-te-falen-situatie waarin hij zichzelf had gebracht, zo had hij met haar gemarchandeerd.

Ze had in tranen afscheid van hem genomen, wetend dat ze hem in de steek had gelaten omdat ze niet datgene kon doen waarom hij haar smeekte.

'Hou op me te manipuleren,' had ze geroepen, 'ik kan het niet doen. Ik wil dat niet op mijn geweten hebben.' Daarna had ze hem echt pijn gedaan. 'Ik hou niet van je, Seb. Ik hou niet van de man die je bent geworden. Als je ook maar enig respect voor jezelf had, of voor mij, zou je niet proberen mij tot zondebok te maken. Dat zal ik je nooit vergeven.'

'Zeg dat niet. Ik heb je nodig, Florrie.'

'Maar ik heb jou niet nodig. Ik heb Adam nu in mijn leven.'

Daarmee was ze eindelijk tot hem doorgedrongen en ze kon de omvang van de pijn van zijn geschokte gezicht aflezen.

Toen hij zich had hersteld, zei hij: 'Wil je me één ding beloven, kom je morgen? Als ik weet dat jij er bent, zal ik de moed kunnen opbrengen het door te zetten. Want dan zul je in elk geval weer een hogere dunk van me hebben.'

Er klopte niets van zijn logica. Hoe kon ze een hogere dunk van hem hebben als hij niet alleen zichzelf, maar ook Imogen voor de gek hield? En waarom? Om Imogens gevoelens te sparen? Om haar de schande te besparen voor het altaar in de steek te worden gelaten?

'Als dat is wat je wilt,' had ze geantwoord, 'dan zal ik er zijn.'

'Beloof je dat?'

'Ja, Seb, dat beloof ik. En nu ga ik.'

Ze had hem bij de bar achtergelaten; hij was haar niet achterna gekomen en zij had niet achteromgekeken.

Omdat ze het niet aandurfde meteen terug te gaan naar de villa, waar ze wist dat Esmé en Adam op haar zaten te wachten, was ze gaan wandelen. Snel en verwoed wandelend had ze een pad gevolgd dat langs het meer kronkelde. Soms was het niet meer dan een schaduwrijk smal paadje tussen met klimop begroeide muren die zo dicht bij elkaar stonden dat ze ze bijna tegelijk kon aanraken. Op andere plaatsen voerde het pad haar weg van het meer, de heuvel op, om bij de drukke hoofdweg uit te komen.

Toen de hemel donker begon te worden door de naderende onweerswolken en ze Menaggio bereikte, was ze langs een taxistandplaats gekomen en had ze een lift terug naar Mezzegra gekregen. Eén blik op Adams bezorgde gezicht was genoeg geweest om zich terug te trekken in de rust van haar kamer. Ze wilde niet dat hij haar zo van streek zag, wetend dat het hem op het verkeerde been zou zetten. Maar achteraf was dat precies wat ze had gedaan: ze had hem reden gegeven te geloven dat ze nog steeds van Seb hield.

Toen ze uit de douche was, hoorde ze een luide klop op de deur. 'Mag ik alsjeblieft binnenkomen?'

Toen ze Esmés stem hoorde, raakte Floriana's maag nog meer in de knoop.

48

In de instructies bij de uitnodiging van de bruiloft stond dat de gasten per motorboot naar Villa Balbianello vervoerd zouden worden en het zag ernaar uit dat Floriana en Adam tot de laatste gasten behoorden die bij Lenno het water op gingen.

Toen ze de klif rondden waarop de prachtige villa stond, greep iedereen – ook Adam – naar zijn camera om het spectaculaire uitzicht vast te leggen. Floriana was de uitzondering; het uitzicht interesseerde haar niet. Ze wilde deze dag gewoon zo snel mogelijk achter de rug hebben en hem dan uit haar herinnering wissen.

Toen Adam zijn foto had gemaakt, stopte hij zijn mobieltje weer in zijn jaszak en boog hij dichter naar haar toe. Hij stak zijn hand in de hare. 'Hoe gaat het met je?' vroeg hij kalm.

'Goed, denk ik.'

'Weet je, ik had het daarstraks mis toen ik zei dat je er mooi uitzag; je ziet er fantastisch uit.'

Ze glimlachte dankbaar. 'De jurk is fantastisch.'

'Daar ben ik het niet mee eens, het is de combinatie van jou en de jurk die zo fantastisch is, en dat is het laatste wat ik erover zeg.'

De jurk was Esmés werk. Zoals een hoop dingen, zo begon Floriana zich te realiseren.

Toen de oude dame die ochtend op haar deur had geklopt, was dat niet om haar te ondervragen over Seb, maar om haar de grijze zijden jurk te brengen die ze al eerder had gedragen – een jurk die vele malen mooier was dan de jurk die ze zelf had meegebracht.

'Ik heb hem voor je gestreken,' had Esmé uitgelegd, 'en ik heb dit bijpassende kralentasje ook meegebracht, en de schoenen. Denk je dat je daar vandaag op kunt lopen?'

Floriana had niet geweten of ze de jurk wel aan wilde; ze had geen werk willen maken van haar verschijning – ze wilde eigenlijk zo min mogelijk opvallen – maar omdat ze haar oudere vriendin niet wilde kwetsen, had ze er toch mee ingestemd hem te dragen. Nadat Esmé erop had gestaan dat Floriana iets at, had ze haar geholpen met aankleden en haar haren opgestoken in een chique Grace Kelly-rol, iets wat Floriana zelf nooit had gekund.

Tot slot had Esmé een dubbel snoer fijne parels om haar hals gehangen. 'Zo,' had ze gezegd, 'je ziet er volmaakt uit.'

Floriana had verwacht dat Esmé haar een kruisverhoor zou afnemen over waarom ze gisteravond zo van streek was geweest en was verbaasd toen de oude dame daar helemaal niets over zei. Toen ze haar nieuwsgierigheid niet langer kon bedwingen en naar het uitblijven van een ondervraging informeerde, reageerde Esmé door te vragen of er iets speciaals was waarover ze haar hart wilde luchten. 'Als je iets dwarszit,' zei ze, 'dan kun je altijd met me praten, dat weet je. Zit je iets dwars?'

'Dat weet je best,' had Floriana geantwoord. 'Seb zou deze parodie op een huwelijk niet moeten doorzetten.'

'Het is aan hem daarover te beslissen.'

'Hij vertelde me gisteren dat hij niet van Imogen houdt.'

'Dat mag dan zo zijn, maar het is nog steeds zijn beslissing om te doen wat juist is, wat dat dan ook mag zijn. Jij moet je erbuiten houden.'

'Dat weet ik, maar het punt is...'

Ze hadden geen kans gehad verder te praten, omdat Adam had aangeklopt om te zeggen dat het tijd was om te gaan.

De boot was langzamer gaan varen; ze naderden de aanlegsteiger, die met roze en witte linten en ballonnen was versierd.

'Denk jij wat ik denk?' mompelde Adam.

'Wat?'

'Ken en Barbie.'

Floriana glimlachte.

'Sorry, het is goedkoop van me om grappen te maken over de grote dag van je vriend.'

'Dat geeft niets, ik betwijfel of hij een rol heeft gespeeld bij de voorbereidingen.'

Ze gingen opzij om de anderen voor hen van de boot te laten en liepen vanaf de kleine kade met de smeedijzeren hekken, achter hen aan de stenen traptreden op.

‘Iemand moet het vanmorgen heel druk hebben gehad met opruimen na het onweer van vannacht,’ merkte Floriana op toen ze zich op een licht hellend pad bevonden dat aan weerszijden werd geflankeerd door perfect gemanicuurde gazons waarop niet één verdwaald takje of blaadje te zien was. Majestueuze ceders, cipressen, magnolia’s en dakplatanen boden een welkome schaduw tegen de hete zon die vanuit een kristalheldere blauwe lucht op hen neer scheen.

Vannacht in bed had ze naar de luide donder liggen luisteren en ze had gehoopt dat het onweer de komende vierentwintig uur zo hevig zou doorwoeden dat het huwelijk moest worden afgelast. De weergoden waren Imogen echter goedgezind en schonken haar een volmaakte dag.

Toen het terrein vlak werd en het palazzo in al zijn glorie zichtbaar was, kwam hun over het uitgestrekte gazon muziek tegemoet, vergezeld van het gemurmel van gesprekken en het gelach van gasten. Een strijkkwartet speelde Vivaldi’s *Le quattro stagioni* en in de schaduw van de centrale loggia, die begroeid was met in vorm gesnoeide klimplanten, stonden stoelen klaar. Elke stoel was met roze en witte linten versierd. In de centrale galerij van de loggia was een tent opgezet waar vermoedelijk de lunch zou worden geserveerd. Zoals haar maag tekeerging, dacht Floriana niet dat ze de lunch zou halen. Ze was ziek van bezorgdheid en doodsbang dat Seb iets vreselijk dramatisch zou doen. Of waarschijnlijker, iets volkomen destructiefs.

Terwijl ze naar de chic geklede aanwezigen keek en uiteraard niemand herkende, vroeg Floriana zich af hoeveel van de gasten Seb eigenlijk kende. Zijn ouders zouden er niet zijn; hij had haar in januari verteld dat hij ze niet eens had laten weten dat hij ging trouwen. Hij had zo goed als helemaal met hen gebroken, net zoals hij met haar had gedaan in zijn poging een nieuw leven te beginnen.

Zich ervan bewust dat Adam niet meer naast haar stond, keek Floriana om zich heen. Hij stond tegen de balustrade geleund met zijn rug naar het meer, het ene been over het andere gekruist, zijn handen achter zijn rug. Met zijn hoofd iets naar opzij wekte hij de indruk volkomen ontspannen te zijn, alsof hij zich hier prima thuis voelde. Onberispelijk gekleed in een lichtgrijs pak en wit overhemd dat zijn gebruinde huid goed deed uitkomen, zag hij er opvallend knap uit.

Vervuld van een warme gloed van diepe genegenheid voor deze man uit duizenden herinnerde ze zich de avond twee dagen geleden, toen ze samen op de schommelbank hadden gezeten. Ze herinnerde zich vooral hoe haar lichaam tegen het zijne had gelegen en hoe goed dat voelde. Ze wou dat ze de tijd terug kon draaien en daar weer met hem kon zitten, en zich net zo verfrissend zorgeloos kon voelen.

'Waar stond je aan te denken?' vroeg hij toen ze bij hem aan de balustrade ging staan.

'Dat je een man uit duizenden bent. Waar dacht jij aan?'

'Dat je er verdomd fantastisch uitziet en dat ik een geluksvogel ben dat ik hier met jou mag zijn. Waarop geen antwoord nodig is. Kijk in plaats daarvan maar eens naar dit uitzicht, het is prachtig.'

Ze draaiden zich om naar het meer en ze haakte haar arm door de zijne. 'Dank je wel,' zei ze.

'Waarvoor?'

'Voor alles. Maar vooral voor het feit dat je geregeld hebt dat Esmé terug kon naar hier. Zonder jou zou dat niet gebeurd zijn.'

'Ik had bijbedoelingen; ik wilde tijd met jou doorbrengen.'

Ze glimlachte. 'Daar ben ik bij om.'

Hij schoof zijn zonnebril omhoog en keek haar indringend aan. 'Echt waar?'

Voor ze antwoord kon geven, was Vivaldi's *Le quattro stagioni* ten einde en maakte de abrupte stilte plaats voor verwachtingsvol gemompel. Het was tijd om te gaan zitten; de dienst kon elk moment beginnen.

Ze werden naar stoelen ergens in het midden geleid en terwijl Adam een beleefd gesprek begon met het stel links van hem, scande Floriana, die aan het gangpad zat, de eerste rij stoelen op zoek naar Seb. Hij was nergens te bekennen. Er zat echter wel een blonde, in een elegant lilakleurig tweedelig pakje geklede vrouw met een hoofdversiering met veel veren. De moeder van de bruid, vermoedde Floriana. Zich inspannend om het beter te zien, zag ze haar praten met een vrouw met een iPad in haar handen. De weddingplanner, misschien? Floriana vroeg zich af wat dit feestje zou kosten. Een etablissement als dit was vast niet goedkoop.

Van ergens dichtbij hoorde ze een mobieltje afgaan. O-o, dacht ze, blij dat het niet dat van haar was. De eerste schending van de bruiloftsetiquette was een feit.

Ze voelde een duwtje tegen haar elleboog. 'Is dat de jouwe?' fluisterde Adam.

Ervan overtuigd dat het de telefoon van iemand anders was, opende ze Esmés tasje op haar schoot om te bewijzen dat zij niet de schuldige was. Ze had het mis. Seb had haar ge-sms't: *ben je er?*

O god, hoe haalde hij het in zijn hoofd om haar een paar minuten voordat hij ging trouwen nog te sms'en? Was hij gek geworden? En wat moest ze doen? Negeren of antwoorden?

Voor zijn gemoedsrust besloot ze met slechts één woord te antwoorden: *ja.*

Vervolgens zette ze voor haar eigen gemoedsrust haar telefoon uit.

'Alles in orde?' vroeg Adam toen ze de telefoon terug in haar tas stopte.

Ze knikte. De tijd zal het leren, dacht ze.

Het strijkkwartet was weer begonnen en de enige stoelen die leeg bleven waren die vooraan. De dienst had vijftien minuten geleden al moeten beginnen en met elke minuut die verstreek, groeide Floriana's bezorgdheid. Haar ervaring met bruiloften was minimaal en van de paar waarbij ze aanwezig was geweest kon ze zich niet herinneren of die te laat waren begonnen. De bruiloft die ze zich nog het duidelijkst herinnerde was die van haar zus. Ann had erop gestaan dat die zoals alles in haar leven vlekkeloos zou verlopen en op tijd zou beginnen. Uiteraard was Ann, met Floriana als bruidsmeisje in haar kielzog, exact op het afgesproken uur in de kerk verschenen. Het feit dat Ann bijna een zenuwinzinking had gehad om dat voor elkaar te krijgen was toen niet meer van belang.

'Misschien hebben ze besloten de formaliteiten te laten voor wat ze zijn en zijn ze er samen vandoor gegaan,' fluisterde Adam in haar oor toen er weer vijf minuten waren verstreken en de moeder van de bruid 'geen zorgen elke bruid is laat'-blikken wisselde met de mensen in haar directe nabijheid.

Bij een van de met klimop begroeide pilaren stond de weddingplanner te praten met een gedrongen man met een brede borst in een goed passend pak. Hij zag er niet uit als een gast, hij had eerder iets officieels over zich; misschien was hij degene die Seb en Imogen in de echt zou verbinden.

Er verstreken nog eens vijf minuten. Floriana had een gestaag dreunende hoofdpijn, maar er gingen talloze plausibele en volstrekt onschuldige verklaringen voor het uitstel door haar heen. Toen rimpelde er echter een golf van beroering door de aanwezigen en keek iedereen naar voren.

Floriana veerde op: daar was Seb! Achter hem liep een lange blonde man, waarschijnlijk de getuige en Imogens broer, Jules. Ze liepen allebei naar de moeder van de bruid – Imogens broer liep langzaam en duidelijk mank – en namen toen hun plaatsen in. Seb ging echter pas zitten nadat hij zich had omgedraaid en de verwachtingsvolle gezichten had bekeken die allemaal op hem gericht waren. Floriana wist wat hij deed: hij zocht haar. In de tijd die het hem kostte haar te vinden nam Floriana's ongerustheid toe; hij zag vreselijk grauw. Waarom deed hij dit? Waarom zette hij iets door waar hij zich duidelijk ellendig bij voelde?

Hij glimlachte niet en gaf geen blijk van herkenning toen zijn ogen haar vonden en daarna Adam opmerkten; in plaats daarvan werd zijn uitdrukking zo hard dat ze, toen hij haar de rug toekeerde en ging zitten, bijna kon geloven dat hij háár ervoor verantwoordelijk hield dat hij hier tegen zijn wil was.

Ik kan hier niet naar kijken, dacht ze terwijl iemand achter haar grapte dat hij nog nooit zo'n zenuwachtige bruidegom had gezien.

'Hij ziet eruit alsof hij elk moment kan gaan overgeven,' zei een man.

Adam pakte haar hand vast. Ze probeerde naar hem te glimlachen, maar faalde jammerlijk.

Er viel een pauze in de muziek en toen begon Bachs *Jesus, bleibet meine Freude.* Na een paar akkoorden stonden Seb en zijn getuige op. De laatste keek over zijn schouder naar de komst van zijn zus; Seb bleef voor zich uit kijken.

De eersten die verschenen waren een paar bloemenmeisjes in mooie marshmallowroze jurkjes en met mandjes waaruit ze op hun weg naar voren onhandig roze rozenblaadjes strooiden. Ze leken een jaar of vier en ontlokten de gasten de voorspelbare o's en ah's. Na de twee meisjes kwam de hoofdact: de bruid met haar vader en een gevolg van oudere bruidsmeisjes in hetzelfde zachtroze.

Het viel niet te betwisten dat Imogen met haar slanke figuurtje en ijsblonde haren een verbluffend knappe bruid was; ze zag er prachtig uit. De strapless jurk – wit en van een elegante eenvoud – had een gewelfde halslijn en een lijfje met ruches dat uitliep in een klokrok met sleep en bezet was met pareltjes en sprankelende kristallen; de rug dook in een diepe V tot aan haar taille omlaag. Ze zag er stralend en adembenemend lieflijk uit.

Pas toen Imogen haar plaats naast Seb had bereikt en nadat ze het boeket van roze en witte bloemen aan een van de bruidsmeisjes had gegeven en die hun plaatsen achter haar moeder hadden ingenomen, keek Seb zijn bruid echt aan.

De man die de dienst zou leiden nam het nu over. Hij sprak in het Italiaans en wachtte, zoals hij uitlegde op de juiste momenten terwijl een vertaler de wettelijk vereiste vertaling uitvoerde. Dit was, zo zei hij, opdat de betrokken partijen achteraf niet zouden kunnen zeggen dat het huwelijk niet wettelijk was, omdat ze niet hadden begrepen waar ze mee akkoord gingen.

'Liefde is de macht die het ons mogelijk maakt angst en onzekerheid met moed onder ogen te zien,' sprak de vertaler de bruid en bruidegom toe, 'en het is de uitdaging van het huwelijk om jullie integriteit en individualiteit te behouden terwijl jullie op het punt staan één te worden met elkaar. Dat vraagt om toewijding en grote eerlijkheid.'

O, Seb, dacht Floriana triest, waar zijn jouw integriteit en eerlijkheid in dezen? Ze boog haar hoofd, deed haar ogen dicht en sloot zich af voor de dienst. Ze wilde niets meer horen. Maar wat wilde ze van hem? Dat hij zich in dit late stadium terugtrok omwille van zijn integriteit? Het was vast beter om ermee door te gaan en zich later terug te trekken, wanneer dat Imogen minder zou kwetsen.

En hoe ironisch was het dat Floriana zich druk maakte om Imogens gevoelens?

Ze keek met een ruk op bij een plotseling kneepje in haar hand. Ze keek Adam aan. Met naar elkaar toe getrokken wenkbrauwen vestigde hij haar aandacht op de plek waar Seb nu begon te spreken.

'Het spijt me,' zei hij, en zijn blik ging over de rijen gasten, 'ik weet dat jullie allemaal verdomd ver hebben gereisd om aan deze dag deel te nemen, maar...'

Imogen keek hem ontzet aan, haar gezicht nu net zo wit als haar jurk. Floriana voelde ook de kleur uit haar gezicht wegtrekken en haar hart ging hevig tekeer. Ze greep zich aan Adams hand vast alsof ze bang was dat ze zou vallen.

'Maar het punt is,' vervolgde Seb, 'dat ik zou liegen als ik hier zou verklaren dat ik van Imogen hield zoals ik dat zou moeten doen.'

Imogen hapte naar adem.

Andere mensen hapten ook naar adem.

'Het spijt me, Imogen, maar ik kan dit niet doen.'

'Nee!' riep ze. 'Doe dit niet.'

'Je zult me uiteindelijk dankbaar zijn,' zei hij. 'Waarom zou je met me getrouwd willen zijn als ik verliefd ben op iemand anders?'

Er hing volop *Schadenfreude* in de lucht en de vertaler en de ambtenaar wisselden paniekerige blikken. Imogens ouders kwamen overeind. Haar broer ook. De weddingplanner zag eruit alsof ze er het liefst vandoor zou gaan; dit was vast haar grootste nachtmerrie.

Floriana kwam in de verleiding zelf ook weg te lopen. Toen hoorde ze tot haar afgrijzen Imogen boven het opgetogen en nieuwsgierige geroezemoes uit roepen: 'Het is die verdomde Floriana, hè?' Ze krijste bijna. 'Dit komt door haar! Waar is ze? Waar is dat kreng?'

Sebs schuldbewuste lichaamstaal vertelde Imogen meteen waar ze zat en tot haar grote afschuw werd Floriana het middelpunt van ieders aandacht. *Ik heb niets verkeerds gedaan!* zou ze willen schreeuwen.

Dat had ze echter wel. Ze had nooit hierheen moeten komen.

49

Naast hem zat Floriana van ontzetting aan haar stoel vastgenageld, maar Adam stond, aangevuurd door adrenaline, snel op van de zijne. Als het tot een confrontatie zou komen, zou hij die staand aangaan en toen Imogen op Floriana af stormde, ging hij pal tussen de wrekende bruid en haar prooi staan.

Objectief gezien had de arme meid alle recht om woedend te zijn en vergelding te willen, maar hij was niet van plan Floriana voor dat doel te laten gebruiken. Als Imogen iemand de schuld moest geven, was het die idioot van een man die haar naar dit rampzalige moment had geleid. De man die nu, samen met haar verbijsterde ouders en broer achter haar aan kwam.

'Uit de weg,' beet de afgewezen bruid Adam toe. 'Laat me bij haar.'

'Imogen, alsjeblieft, niet doen. Niet hier.'

Ze draaide zich om naar de man met wie ze op het punt had gestaan te trouwen. 'Niet hier!?' schreeuwde ze, over haar hele lichaam bevend. 'Waar dan wel? Op onze afgezegde huwelijksreis? Of misschien in ons huis in Londen waar jij nooit meer een voet zult zetten?' Ze ademde in, maar nog geen seconde later begon ze weer tegen hem te schreeuwen. 'Hoe durf je me dit aan te doen! Hoe durf je, ten overstaan van al mijn vrienden en familie? Waarom moest je me op deze manier vernederen? Waarom?'

'Lieverd, ik ben het niet graag met hem eens,' zei haar moeder sussend met een beschuldigende blik naar Seb, 'maar alsjeblieft, niet waar iedereen bij is.'

'Ik wil antwoorden,' riep Imogen, 'en ik wil ze nú! Ik wil weten hoe jij,' zei ze, naar Seb wijzend, 'door kon gaan met alle voorbereidingen als je nooit van me hebt gehouden.'

'Ik hield wel van je. Dat moet je geloven.'

'Leugenaar!' Haar stem haperde en ze begon te snikken. 'Je hebt altijd van Floriana gehouden!' Ze probeerde plotseling langs Adam te dringen om bij de persoon te komen die ze als de schuldige beschouwde, maar hij versperde haar de weg.

Ze haalde naar Floriana uit. 'Van haar hou je! Die daar!' Daarna wendde ze zich tot de gasten. 'En het ergste is nog dat ze hem maar niet met rust wilde laten. Dit komt door háár!'

Floriana, die overeind was gekomen, schudde zichtbaar bevend, haar ogen groot en donker, haar gezicht rood verkleurd, haar hoofd. 'Je hebt het mis. We zijn nooit meer geweest dan vrienden. Meer niet. Hij is als een broer voor me.'

Imogens vader kwam dichterbij. 'Imogen, genoeg. Klaar nu. Doe jezelf dit niet aan.' Tegen Seb, en boven het geluid uit van een naar adem happende Imogen die in haar moeders armen instortte, zei hij: 'Ik weet niet wat hier verdomme aan de hand is, maar jij hebt wat uit te leggen. We spreken elkaar later, als Imogen is gekalmeerd. Voor nu lijkt het me beter dat je weggaat en onze familie alleen laat.'

Wellicht aanvoelend dat het nu veilig was en met haar iPad als een beschermend schild voor zich, kwam nu ook de weddingplanner bij hem staan. 'Wat wilt u dat ik doe?' vroeg ze, het groepje gespannen aankijkend.

'Breng iedereen naar de tent,' instrueerde Imogens vader als een man die gewend is het heft in handen te nemen en bevelen te geven. 'Geef ze wat te drinken.'

Zich er kennelijk niet van bewust wat er om haar heen gebeurde – mensen die stoelen naar achteren schoven en met tegenzin het dramatische tafereel verlieten – liet Imogen haar moeder los en probeerde ze zich opnieuw op Floriana te storten. Weer versperde Adam haar succesvol de weg.

'Je bent zeker heel tevreden, hè?' beet ze Floriana toe. 'Je hebt wat je altijd al wilde. Nou, je mag hem houden! Iedereen zei steeds dat ik te goed voor hem was, nu weet ik dat ze gelijk hadden. Jullie twee verdienen elkaar. Ik hoop dat jullie samen vreselijk ongelukkig worden!'

Vanuit zijn ooghoek merkte Adam op dat een van de gasten hen met een mobiele telefoon stond te filmen. Genoeg was genoeg, besloot hij. 'Floriana,' zei hij kordaat, 'ik denk dat we beter kunnen gaan.'

'Ja, waarom gaan jullie niet?' vroeg Imogen kwaad. 'En wie jij ook mag zijn,' zei ze tegen Adam, 'ik hoop dat je geen serieus vriendje bent, want neem maar van mij aan dat je geen schijn van kans maakt die twee uit elkaar te halen; ze zijn onafscheidelijk, aan elkaar vastgegroeid, verdomme.'

Na die laatste schimpscheut liet ze zich door haar ouders en broer wegvoeren en bleven zij gedrieën eenzaam achter op wat naar Adams gevoel de puinhoop van hun hoogsteigen ground zero was.

Terwijl de shock nog steeds door haar heen raasde, haar maag verkrampt en haar wangen vuurrood, haar adem gevangen in haar gespannen borstkas, keek Floriana naar haar oudste en beste vriend met een gevoel dat ze niet had gedacht ooit te zullen ervaren: ze schaamde zich voor Seb.

'Het spijt me, Florrie,' zei hij terwijl hij zijn stropdas lostrok.

'En terecht,' snauwde ze hem woedend toe. 'Je hebt me te kijk gezet als iets wat ik niet ben.'

'Het spijt me,' herhaalde hij. 'Het spijt me heel erg. Alles.'

'Hou op!' riep ze. 'Dat je steeds hetzelfde zegt, maakt het niet opeens weer in orde.'

'Wees alsjeblieft niet kwaad op me.'

Ze gooide boos haar handen in de lucht. 'Ik weet niet wat je verder nog van me verwacht.'

'Het was niet een van mijn meest glorieuze momenten, dat ben ik met je eens.'

'Mijn god, Seb, zelfs naar jouw normen moet dat wel een understatement van monumentale afmetingen zijn! Ik zou zeggen dat wat je net hebt gedaan je een persoonlijk wreedheidsrecord oplevert. Wat ben je nu van plan?'

Hij schokschouderde. Het was de beweging van een volkomen verslagen man en Floriana werd erdoor verrast; mededogen suste haar boosheid.

'Ik heb geen idee,' zei hij. 'Behalve naar huis gaan. Alleen heb ik geen thuis meer. Niet echt.' Hij rukte zijn stropdas af, stopte hem in de zak van zijn jasje en maakte de bovenste knoop van zijn overhemd los. 'Jij moet Adam zijn,' zei hij alsof hij zich nu pas van hem bewust werd. 'Je bent niet wat ik had verwacht.'

'Grappig genoeg ben jij wel precies wat ik had verwacht,' antwoordde Adam kil.

Seb trok een wenkbrauw op. 'Een grote klootzak?'

'Zoiets, ja.'

'Fijn dat je zo eerlijk bent. Daar heb ik respect voor.'

Net toen Floriana dacht dat de situatie zijn hoogtepunt had bereikt, klonk er vertroostende muziek vanuit de tent; net als de musici op de *Titanic* moest het strijkkwartet bevel hebben gekregen te spelen.

'Ik neem aan dat ze doorgaan met de receptie,' zei Seb somber. 'Waarom ook niet? Het is allemaal betaald; de gasten kunnen net zo goed nog een beetje van de dag genieten. En van mijn schande. Dat zal hun nog jarenlang gratis etentjes opleveren.'

'O, in vredesnaam!' beschimpte Floriana hem fel. 'Ga nou geen medelijden met jezelf lopen hebben. Alles behalve dat. Adam, laten we gaan. En Seb, je kunt maar beter met ons meegaan.'

Ze keken haar allebei verbaasd aan.

'Je kunt moeilijk hier blijven, Seb, of wel? Tenzij je honger hebt en daar wilt aanschuiven aan de lunch?'

Eén vreselijk moment lang wist ze niet of hij zou gaan lachen of huilen. Gelukkig deed hij geen van beide; hij knikte alleen en liep langzaam met hen mee.

Ze vroeg zich af wat ze in vredesnaam met hem moest aanvangen. En waarom ze zich toch altijd weer verantwoordelijk voor hem voelde.

Omdat, antwoordde ze zichzelf terwijl ze over het slingerende pad naar de plek liepen waar de boot hen eerder had afgezet, hij deel uitmaakt van mijn leven en dat altijd zo zal blijven.

50

Esmé was haar hele leven al een lichte slaper geweest en het was dan ook niet vreemd dat ze midden in de nacht wakker werd. Die nacht leek Villa Sofia vastberaden te zijn haar slaap te verstoren met het gekraak van de oude constructie in de stilte van de warme, windstille nacht. Ze was wakker geworden door een extra luide krak, gevolgd door een andere, en enkele seconden later had ze een deur open horen gaan.

De verlichte wijzers op haar reiswekker vertelde haar dat het tien over twee was. Ze draaide zich op haar rug en strekte haar armen en benen naar weerszijden uit op zoek naar een koeler plekje in bed. Ze sloot haar ogen en probeerde weer in te slapen, maar haar brein was meteen veel te actief bezig met de gebeurtenissen van die dag, waardoor dat niet lukte.

Ze was Domenico aan het helpen de uitgebloeide rozen in de tuin te verwijderen toen Adam en Floriana veel eerder dan ze hen had verwacht terugkwamen. En ze waren niet alleen. Er volgde een voorstelronde met verontschuldigingen, en het verzoek Seb de nacht hier te laten doorbrengen omdat hij nergens anders heen kon. In elk geval nergens waar de schurk zijn gezicht durfde te vertonen, dacht ze.

Terwijl Floriana hem naar boven bracht, met zijn bagage die ze bij het Grand Hotel Tremezzo hadden opgehaald, lichtte Adam Esmé onbewogen als altijd in over wat er was gebeurd. Dat was precies waar ze bang voor was geweest sinds Floriana er gisteren in had toegestemd Seb te ontmoeten.

Esmé draaide en woelde nog even, maar gaf toen toe aan de behoefte het toilet te bezoeken. Terug in haar slaapkamer bleef ze even bij het open raam staan en ze meende iemand op de schommelbank in de tuin te zien zitten. Haar ogen inspannend in de duisternis zag ze dat het Floriana en Seb waren, hun hoofden dicht bij elkaar. Ze wendde zich af omdat ze verder niets wilde zien.

Maar was het zo verbazend dat ze daar samen zaten? Was het niet te verwachten dat ze alleen wilden zijn zodat Seb zijn hart bij Floriana kon luchten? Tot nu toe was hij zijn kamer niet uitgekomen; hij had kennelijk niemand onder ogen kunnen komen. Floriana had hem eten gebracht, maar was later met een onaangeroerd bord teruggekomen. Meer dan ooit was Esmé ervan overtuigd dat de dynamiek van hun relatie op een van de simpelste wetten was gebaseerd: Floriana was de gever en Seb was de nemer. Als je het haar vroeg was dat geen gezonde situatie.

Toch was Esmé niet zonder sympathie voor Seb. Hij was een jongeman die zich op het allerlaatste moment had gerealiseerd dat hij het vreselijk mis had. Alleen... Joost mocht weten waarom hij Imogen per se op zo'n dramatische wijze had laten zitten. Tenzij het zijn manier was geweest om Floriana te bewijzen waartoe hij omwille van haar in staat was, een groots, publiek gebaar dat de omvang van zijn liefde voor haar moest aantonen; het ultieme vertoon van romantische ruggengraat. Welke vrouw zou zich niet gevleid voelen door een dergelijk gebaar?

Maar wat betekende dat voor die arme Adam? Hoe kon hij in vredesnaam wedijveren met niet alleen de onmetelijk diepe gevoelens die Floriana en Seb deelden, maar ook met de onvermijdelijke aardverschuiving in hun relatie nu Seb zijn gevoelens voor Floriana had uitgesproken? Dat was immers precies wat ze tweeënhalf jaar geleden zo graag had gewild.

Terug in bed deed Esmé haar ogen dicht en probeerde ze haar twijfels over hun komst naar hier buiten te sluiten. Ze had zich nergens mee moeten bemoeien. Als zij Floriana niet had aangemoedigd naar Sebs bruiloft te gaan in een poging overal een streep onder te zetten, zou dit allemaal niet zijn gebeurd. Ze had echter zelfzuchtig toegegeven aan haar behoefte de situatie te manipuleren en daarmee haar eigen verlangen naar afsluiting – het eigenbelang van een negentienjarige – op Floriana overgebracht.

En hoe zat het met die afsluiting? Het enige wat ze had bereikt door hierheen te komen was de bevestiging van wat ze al lang had geweten: dat Angelo voor geen cent deugde. Wat Marco betreft, over hem wist ze eigenlijk niets meer, niets wat de emoties die de afgelopen paar maanden zo hadden opgespeeld weer tot rust zou brengen.

Ze zuchtte diep en probeerde opnieuw een koeler plekje in bed te vinden. Nog een paar dagen en dit zou allemaal voorbij zijn, dacht ze. Dan zou ze weer thuis zijn. Ze kon nauwelijks wachten tot ze weer in haar eigen koele bed zou liggen met Euridice naast haar.

De volgende morgen, voordat de anderen op waren en voor het te warm zou worden, ging Adam hardlopen. Hardlopen was goed om je hoofd leeg te maken, zo hield hij zich voor terwijl hij de heuvel af rende. Onder aan de heuvel wachtte hij tot het verkeer was gepasseerd en sloeg toen links af op de hoofdweg die parallel aan het meer liep. Er was niet echt een trottoir en ondanks het vroege uur raasden er verbazingwekkend veel auto's, vrachtauto's en scooters voorbij. Goed oplettend en regelmatig over zijn schouder kijkend om een oogje op het verkeer achter hem te houden liep hij door. Strikt genomen zou hij aan de andere kant van de smalle straat het verkeer tegemoet moeten lopen, maar daar was helemaal geen trottoir.

Uiteindelijk werd de weg breder en had hij de veiligheid van een breed, met bomen omzoomd trottoir en een indrukwekkend uitzicht op het meer waar aan de andere kant van het kalme water Bellagio te zien was in de rozige vroege ochtendnevel. Hoewel het verleidelijk was te blijven staan en het uitzicht te bewonderen, waren zijn benen nu geprogrammeerd om door te gaan, precies zoals zijn gedachten geprogrammeerd waren niet bij Floriana en Seb stil te staan. Wat er ook mocht gebeuren, had hij zichzelf gisteravond voorgehouden toen hij probeerde in te slapen, als Floriana voorbestemd was met Seb samen te zijn, dan zij dat zo. Bovendien was er geen sprake van verplichtingen tussen Floriana en hem; alleen vriendschap die net iets meer begon te worden. Daar kon hij zich toch zeker gemakkelijk overheen zetten? Daar was alleen een iets andere denkwijze voor nodig. Het was niet hetzelfde als toen Jesse hem verliet. Helemaal niet hetzelfde. Het was teleurstellend, maar niet het eind van de wereld. Als het erop aankwam was heel weinig het eind van de wereld.

Misschien zou het toch nooit iets geworden zijn tussen hen. Wat hadden Floriana en hij immers gemeen? Nee, ze was beter af met Seb. Hij zou zich bereidwillig terugtrekken. Dat was hij aan zijn trots verplicht.

Hij verhoogde zijn snelheid, klemde zijn tanden op elkaar en rende door.

Hij liep voorbij Grand Hotel Tremezzo, waar Seb had gelogeerd, toen de muziek waarnaar hij op zijn iPhone luisterde werd onderbroken door een binnenkomend telefoontje. Hij remde af en stopte, boog voorover om op adem te komen en nam toen op.

Het was Giovanni Zazzaroni. 'Signor Strong, het spijt me dat ik u zo vroeg bel, maar ik moet vandaag de stad uit en ik wilde u niet weer mislopen. Is dit een goed moment om te praten?'

Nog steeds naar adem happend zei Adam: 'Ja, het is prima, maar u zult me moeten excuseren, ik ben aan het hardlopen en ik ben niet zo fit als ik zou moeten zijn.'

De andere man lachte. 'Ik bewonder uw discipline om te gaan sporten tijdens de vakantie en dan ook nog zo vroeg. Bravo!'

'Wat kan ik voor u doen?'

'Nee, de vraag is wat ik voor u kan doen. Ik heb nieuws voor u over de familie Bassani, met name over Marco Bassani.'

Met nog steeds een onregelmatige ademhaling zei Adam: 'Ga door.'

Floriana had Adam weg zien gaan en wachtte gespannen op zijn terugkeer; ze moest met hem praten. Hij was al bijna een uur weg. Hoe ver liep hij wel niet? Naar Zwitserland heen en weer?

De gedachte aan hoe hij zich wellicht voelde maakte haar van streek. En hoe kon ze hem dat kwalijk nemen nadat ze Seb gisteren mee naar hier had genomen? Ze had Seb echter niet in de steek kunnen laten. Ze had hem destijds in Oxford, toen hij had geprobeerd een eind aan zijn leven te maken, de belofte gedaan dat ze hem nooit zou opgeven. En ze was niet van plan die belofte te breken nu hij haar harder nodig had dan ooit.

Zou ze Adam dat kunnen uitleggen? Zou hij begrijpen dat Seb letterlijk niemand anders had bij wie hij terecht kon? Hij was alleen op de wereld. Die nacht in de tuin had hij haar toegegeven dat hij vervreemd was geraakt van de paar vrienden die hij in Londen had omdat Imogen hen niet mocht; ze had gewild dat haar vriendenkring ook zijn vriendenkring was. Dat was helemaal in overeenstemming met haar bezitterige en jaloerse aard: isoleer het voorwerp van je verlangen en houd die persoon helemaal voor jezelf. Dat was een van de redenen dat Imogen er zo op gebrand was geweest zich van Floriana te ontdoen.

Ze hadden voor het eerst objectief en gedetailleerd besproken wat Floriana die dag in Londen had gezien toen ze Imogen naar het Ritz was gevolgd. 'Ik begrijp niet hoe ze dat kon doen als ze van je hield,' had Floriana gezegd.

'Het is mogelijk om van meer dan één persoon tegelijk te houden, neem ik aan,' had Seb gezegd. 'En uit je beschrijving maak ik op dat het een eerder vriendje was met wie je haar zag. Ze probeerde er waarschijnlijk nog achter te komen wat ze voor hem voelde.'

'Dat klinkt opmerkelijk billijk uit jouw mond,' had Floriana opgemerkt.

'Ik ben niet altijd zo bekrompen als jij denkt dat ik ben. Evenmin als ik blind ben voor het besef dat jouw vrienden – Adam en Esmé – er niet blij mee zijn dat ik hier ben.'

'Ze kennen je niet, dat is alles,' had ze gezegd. 'En ze zullen je ook niet leren kennen als je je op je kamer blijft verstoppen.'

'Ik verstop me nu toch niet?' had hij geantwoord, waarna hij bukte om de fles wijn te pakken die ze mee naar buiten hadden genomen om hun glazen te vullen.

'Alleen maar omdat ze er nu niet zijn,' had ze gepareerd. 'Wees geen lafaard, Seb, mensen uit de weg gaan is niet de oplossing.'

'Wat is wel de oplossing?'

'Misschien moet je eens om hulp vragen. Dat lijkt me een goed begin.'

'Daar ben ik niet goed in.'

'Dat weet ik, daarom heb je er zo'n zootje van gemaakt. Maar je zult het toch moeten leren, anders zal ik nooit kunnen ophouden me zorgen om je te maken.'

'Maar ik vind het fijn als je je zorgen om me maakt,' had hij op luchtige toon gezegd. 'Dat geeft me het gevoel dat er van me gehouden wordt.'

'Er wordt van je gehouden, Seb. Dat is altijd al zo geweest. Zelfs toen je me buitensloot.' Daarna had ze hem verteld over haar gesprek met Imogen en dat ze wist van het ultimatum dat ze hem had gesteld.

'Het spijt me dat ik die keuze hebt gemaakt. Het was verkeerd. Zoals zo veel dingen die ik heb gedaan. Maar ik wilde Imogen niet kwijtraken. Ik hield echt van haar.' In de warme, stille duisternis had hij zijn arm om Floriana heen geslagen. 'Wat ik nu zonder enige twijfel weet is dat jij degene bent met wie ik vandaag had moeten trouwen.'

'Nee, dat is niet zo.'

'Ik heb het gruwelijk verkloot, nietwaar?'

'Dat kun je wel zeggen.'

'Je zou de pil in elk geval een beetje voor me kunnen vergulden.'

'Zou je je daardoor echt beter voelen?'

'Nee, maar wel door hier met jou te zitten. Zou het niet geweldig zijn als we hier voor altijd konden blijven zitten en samen oud worden?'

'Ik ben nog niet klaar om oud te worden.'

'Doe niet zo betweterig. Je weet best wat ik bedoel.'

Ja, dacht ze nu, terwijl ze een korte broek en een vestje aantrok om naar de winkel te gaan voor vers brood, ze wist precies wat Seb had bedoeld. Hij wilde gewoon niet terug naar huis om de gevolgen van zijn daden te aanvaarden.

Ze sloop zo stilletjes mogelijk de trap af om Esmé en Seb niet te storen toen ze zich realiseerde dat Esmé al in de keuken was.

'Je bent vroeg op,' zei Floriana.

'Ik kon niet slapen.'

'Ik ook niet.'

'En onze gast?'

Esmés blik was net zo pinnig als haar vraag en Floriana voelde dat ze rood werd. Geschokt dat Esmé dacht dat ze met Seb had geslapen deed ze haar mond open om te antwoorden, maar ze deed hem abrupt weer dicht toen ze Adam door de open keukendeur naar binnen zag komen.

Hijgend en zwetend, zijn T-shirt aan zijn borst en schouders plakkend, zei hij: 'Esmé, misschien kun je beter even gaan zitten.'

51

Aan haar tafeltje in het openluchtrestaurant van Hotel Danieli en luisterend naar het vroege klokgelui nipte Esmé van haar koffie en keek ze naar boten in alle vormen en maten die de lagune doorkruisten. In de verte lag het eiland San Giorgio en rechts van haar markeerden de Basilica Santa Maria della Salute en de Punta della Dogana de ingang van het Canal Grande. Venetië; er was op de hele wereld geen tweede plaats als deze.

Een mensenleven geleden had ze met dezelfde gefascineerde verbazing naar het unieke, prachtige uitzicht zitten kijken; en nu was ze weer hier. Destijds was ze samen met haar vader geweest, nu was ze hier met Adam en Floriana.

Hoewel het minder dan vier uur rijden was geweest vanaf het Comomeer, was ze bang geweest dat het te vermoeiend voor haar zou zijn het uitstapje in een dag te doen. Daarom had ze voorgesteld dat als ze op zo korte termijn kamers konden krijgen, zij voor hen drieën het verblijf in het Danieli zou betalen. Het leek een gepaste manier om de cirkel rond te maken.

Ze waren gisteravond aangekomen en hadden Seb alleen in Villa Sofia achtergelaten. Esmé had ertegen opgezien dat Floriana hem misschien zou willen meenemen, maar tot haar grote opluchting was daar niet over gesproken. Zijn dilemma was nogal naar de achtergrond verdwenen nadat Adam haar had verteld dat Giovanni Zazzaroni onder zijn oudere familieleden had rondgevraagd en tot de ontdekking was gekomen dat een van zijn oudooms een *avvocato* in Como was geweest en het testament van Giulia Bassani had afgewikkeld na haar overlijden. Vanaf dat punt en een reeks adressen volgend die hij had gekregen, had Giovanni Marco's huidige verblijfplaats gevonden en hem zelfs gesproken. Ze had bewondering voor de volharding van de man bij het uitvoeren van de taak die hij zo gewillig op zich had genomen.

De eerste beslissing die genomen moest worden en die alleen Esmé zelf kon nemen was of ze Marco persoonlijk wilde ontmoeten of niet. Nadat Giovanni had uitgelegd waarom hij contact met hem opnam, had Marco kennelijk duidelijk laten blijken dat hij het fijn zou vinden als Esmé hem belde om een afspraak met hem te maken. Hoe absurd het ook klonk, ze had zich er niet toe kunnen brengen het nummer te bellen en na al die jaren rechtstreeks met hem te praten. Vrezend dat ze met haar mond vol tanden zou staan en niet uit haar woorden zou kunnen komen, had ze Adam gevraagd namens haar te bellen.

'Hoe klonk hij?' had ze gevraagd zodra hij het gesprek had beëindigd – een gesprek dat hij had gevoerd met Floriana dicht tegen hem aangedrukt zodat ze mee kon luisteren.

'Nieuwsgierig lijkt me een goede beschrijving,' had Adam geantwoord.

'Hij heeft je uitgenodigd met hem te gaan lunchen in Venetië!' had Floriana opgetogen gezegd. 'Je gaat toch wel, of niet?'

'Hemeltje, je bent wel van gedachte veranderd,' had Esmé opgemerkt. 'Ik verkeerde onder de indruk dat jij vond dat we niet verder moesten zoeken?'

'Dat was toen. Dit is nu. En wie weet, is dit misschien wel de enige kans die je ooit zult krijgen om Marco te spreken.'

'Dus je schrijft me al af?'

'Je weet wat ik bedoel. We zijn al zo ver gekomen, dus laten we doorgaan. Laten we naar Venetië gaan!'

Esmé was zo blij Floriana weer zo geanimeerd te zien dat ze niet anders kon dan zich laten meeslepen door haar enthousiasme.

Maar nu ze over een paar uur tegenover Marco zou zitten, werd Esmés enthousiasme getemperd door een groeiende twijfel over deze onderneming. Was die lunch wel zo'n goed idee? Wat nu, als ze elkaar niets meer te vertellen hadden? Misschien was een kort gesprek bij een drankje beter geweest; dat had in elk geval een gemakkelijke uitweg geboden voor het geval het gesprek haperde en helemaal stilviel. Maar waar ze het ook over zouden hebben, ze wist met absolute zekerheid dat ze hem nooit over de baby zou vertellen. Wat voor zin zou dat hebben? Wat gebeurd was, was gebeurd.

Aan de andere kant van de lagune kwam een groot voetgangersveer in zicht. Zo veel mensen onderweg, dacht ze, en elk van die mensen aan boord van het schip had een verhaal te vertellen. Sommige volstrekt alledaags, andere volstrekt onalledaags. En geen verhaal zou precies hetzelfde zijn.

Wat zou Marco's verhaal zijn? Was hij een goede priester geweest? Had het priesterambt hem zo veel voldoening gegeven als hij had verwacht? Had hij momenten van spijt gekend dat hij zijn leven uitsluitend en alleen aan de Kerk had gewijd?

Wat arrogant van haar om dat te denken, beschimpte ze zichzelf. Eventuele spijt die ze voelde gold alleen haarzelf, die kon ze niet op anderen overbrengen.

Toen ze haar koffie en ontbijt ophad, besloot ze een wandelingetje te gaan maken en Adam en Floriana samen te laten ontbijten. De hemel wist dat ze tijd met elkaar nodig hadden om te praten.

Adam klopte op Floriana's deur om te informeren of ze klaar was om te gaan ontbijten. Toen hij geen reactie kreeg, probeerde hij de deur van Esmé, maar ook daar kreeg hij geen reactie. Misschien waren ze al boven op het dakterras. Hij trof Floriana daar alleen, verwikkeld in een telefoongesprek. Seb weer, dacht hij geïrriteerd.

Floriana wenkte hem zodra ze hem zag en sprak tegelijk een geluidloze verontschuldiging uit. Hij ging zitten en probeerde haar gesprek te negeren en zich op het uitzicht te concentreren. Hij was nooit eerder in Venetië geweest en had geen idee waarom niet. Jammer dat ze hier maar zo kort waren. Jammer ook dat Floriana en hij nog geen kans hadden gehad fatsoenlijk te praten. Hij bleef wachten op de juiste gelegenheid, maar ofwel Esmé was in de buurt of Seb eiste Floriana op.

Het was onmogelijk niet te horen wat Floriana zei en hij realiseerde zich al snel dat ze niet met Seb zat te praten. Wie het ook was, er was thuis kennelijk een probleem. Uiteindelijk zei ze de beller gedag. 'Houd me op de hoogte, Robert, en als ik iets hoor, laat ik het jou ook weten.'

'Niet te geloven,' zei ze terwijl ze de telefoon op tafel legde. 'Dat was de broer van mijn zwager. Hij zegt dat mijn zus bij haar man weg is.'

'Waarom?'

'Ann ontdekte dat hij een verhouding had.' Ze schudde haar hoofd. 'Het lijkt gewoon niet mogelijk. Als je het mij zou vragen, en ik weet dat dit onaardig klinkt, zou ik zeggen dat Paul te saai is om een verhouding te hebben.'

'Waar is je zus nu?'

'Dat weet niemand. Ze heeft gisteravond een bericht voor Paul ingesproken, dat hij zo veel vrouwen kon ontmoeten als hij wilde en dat hij dan ook maar meteen voor de kinderen moest zorgen.'

Floriana stond plotseling zonder waarschuwing op, stootte daarbij tegen de tafel waardoor een leeg waterglas bijna omviel. 'Het spijt me,' zei ze, 'vind je het erg om alleen te ontbijten? Ik moet echt mijn ouders bellen om te zien of zij weten wat er aan de hand is.'

Adam keek haar na. Weer een gemiste gelegenheid, dacht hij.

Uit haar slaapkamerraam leunend om een zo goed mogelijk signaal voor haar mobieltje te hebben, luisterde Floriana stomverbaasd naar haar moeder.

Het was waar. Paul had echt een verhouding gehad en Ann was er echt vandoor gegaan. Hoe was dat nou gebeurd? Ja, ze kibbelden en werkten elkaar op de zenuwen, maar zo waren ze nou eenmaal, dat maakte deel uit van hun relatie.

'Waar is ze dan, mam?' vroeg Floriana.

'Dat wil ze niet zeggen. Ze zegt dat ze blijft waar ze is tot ze heeft besloten wat ze gaat doen.'

'Meent Paul het serieus met die andere vrouw?'

'Hij zegt dat het een vreselijke vergissing was, gewoon een van die toestanden op kantoor die uit de hand lopen.'

Floriana snoof. 'O ja, dat hebben we allemaal weleens, nietwaar?'

'Sarcasme helpt niet, lieverd.'

'Nou, je kunt het Ann nauwelijks kwalijk nemen dat ze zo heeft gereageerd.'

'Dat ben ik met je eens, maar hoe moet het nou met de kinderen? Die zitten tussen twee vuren. Je vader en ik hebben aangeboden voor hen te zorgen, maar dat wil Ann per se niet hebben. Je vader zegt dat het haar manier is om Paul te straffen, om hem te doen inzien hoeveel zij doet. En ik weet dat jullie tweeën het niet altijd met elkaar eens zijn, maar Anns probleem is dat ze niet is zoals jij, ze neemt het leven veel te serieus en werkt te hard.'

'Zeg je nou dat ik een nietsnut ben die zonder zorgen door het leven dartelt?'

'Je weet heel goed wat ik bedoel. Jij bent veel relaxter, je durft te genieten van het leven.'

Bedenkend dat ze de afgelopen dagen allesbehalve relaxt was geweest, zei Floriana: 'Wanneer is dit dan gebeurd?'

'Drie dagen geleden.'

'Mam! Waarom heb je me niets verteld?'

'Om dezelfde reden als jij ons afgelopen december niet over je ongeluk vertelde; we wilden je vakantie niet verpesten. Ik ben heel boos op Robert dat hij je heeft gebeld; dat had hij nooit mogen doen. Hoe gaat het trouwens?'

'We zijn nu in Venetië.'

'Venetië! Geluksvogel. En de bruiloft? Hoe ging die?'

Floriana ademde in. 'Die ging niet! Seb heeft Imogen letterlijk voor het altaar laten staan. Hoewel er strikt genomen geen altaar was.'

'Goeie god! Maar waarom?'

Omdat ze geen zin had het uit te leggen zei ze: 'Luister, mam, dit kost me een fortuin; ik kan beter ophangen. Maar bel me als ik iets kan doen. Ik kom morgen naar huis. Doe pap de groeten en zeg tegen Ann dat ze me kan bellen als ze wil.'

Nadat ze het gesprek hadden beëindigd, bleef Floriana met haar ellebogen op de vensterbank leunend uit het raam kijken. Beneden aan de waterkant dromden toeristen van een *vaporetto* de kade op en voegden zich bij de al verzamelde menigten. Ze vroeg zich af wat Seb nu deed. Hij zou het hier leuk vinden. Zo veel mensen tussen wie hij anoniem kon zijn, zo veel kronkelende straten waarin hij kon verdwalen.

Geïrriteerd dat ze op een moment als dit aan Seb dacht, richtte ze haar gedachten weer op Ann. Het kwam niet vaak voor dat ze medelijden had met haar zus, maar nu was dat wel zo. Wat moest Ann wel niet doormaken? En waar was ze?

Ann had altijd gepocht dat ze nooit langer dan een nacht bij haar kinderen vandaan was geweest, en Floriana vermoedde dat het aangaf hoe gekwetst en boos ze moest zijn dat ze Clare en Thomas gebruikte om Paul te straffen, die welbeschouwd niet bepaald het toonbeeld van een actieve vader was.

Maar had Ann hem daar ook wel de kans toe gegeven? Of had ze Paul met haar supervrouw-efficiëntie buitengesloten? Maar zelfs als dat zo was, gaf dat Paul nog geen carte blanche om een of andere collega te versieren bij het kopieerapparaat! Hij had Ann toch ook kunnen vertellen hoe hij zich voelde? Hij had toch het probleem kunnen aanpakken en eerlijk kunnen zijn?

Maar wie was Floriana om dat te zeggen als ze nog steeds niet het juiste moment had gevonden om met Adam over Seb te praten?

Tijdens de rit hierheen gisteren, toen ze achter in de auto zat en geregeld Adams blik in de achteruitkijkspiegel ving, had ze ernaar verlangd iets tegen hem te zeggen, maar voor het gesprek dat zij moesten voeren, hadden ze privacy nodig. En dat leek momenteel nogal een schaars goed te zijn.

Nadat ze gisteravond waren aangekomen en hadden gegeten, had ze geduldig gewacht tot Esmé naar bed zou gaan zodat ze alleen kon zijn met Adam. Toen had Seb het echter verpest door te bellen en te klagen dat hij zich verveelde. Zodra Adam zich had gerealiseerd wie het was, had hij haar goedenacht gewenst en was hij verdwenen. Toen ze het gesprek met Seb had beëindigd, had ze op zijn deur geklopt, maar hij was ofwel een late wandeling gaan maken of naar bed gegaan. Teleurgesteld en te opgefokt om te slapen had ze besloten zelf ook te gaan wandelen, hoewel het al na middernacht was.

Terwijl ze over het akelig rustige plein liep, de basiliek prachtig verlicht onder de donkere nachtelijke hemel, de klokkentoren onmogelijk hoog oprijzend in het donker, had ze gehoopt Adam tegen te komen. Maar natuurlijk was dat niet gebeurd.

Ze raakte hem kwijt, ze wist het zeker. Net als diverse andere vriendjes die ze had gehad, kon hij niet met de situatie-Seb omgaan.

Ze begon te denken dat zij dat ook niet kon.

52

Op voorstel van Floriana hielden ze heimelijk een oogje op Esmé. Zoals dat met bewaking vaker het geval was, was dat niet eenvoudig omdat het piazza San Marco tjokvol toeristen en duiven was.

'Ik voel me als iemand uit de serie *Spooks*,' zei Floriana vanaf de andere kant van de pilaar in de zuilengang waarachter ze zich hadden verscholen. 'Ik voel een overweldigende aandrang om in mijn mouw te gaan praten en steelse blikken over mijn schouder te werpen.'

'Esmé zou woest zijn als ze wist dat we doen wat ze ons expliciet heeft verboden,' zei Adam.

'Als ze erachter komt, zeg ik dat het voor een goede zaak was, dat ik zeker wilde weten dat alles in orde was.'

'En dan zal zij je vragen wat je denkt dat een man van in de tachtig haar zou kunnen aandoen.'

'Daar zit wat in. Maar jij moet er toch ook zo over denken, waarom zou je anders bij me zijn?'

Waar zou ik anders moeten zijn? dacht Adam somber. Wanneer zou hij anders de kans krijgen alleen te zijn met Floriana en echt met haar te praten?

Hij tuurde weer over de piazza naar de plek waar Esmé voor de klokkentoren stond, met haar gezicht ernaartoe. Ze zag er klein en kwetsbaar uit in die zee van mensen. 'Heb je vandaag nog iets van Seb gehoord?' vroeg hij terloops.

Het bleef even stil aan de andere kant van de pilaar. 'Nee. Hij doet er het zwijgen toe.'

'Is dat een goed of een slecht teken?'

'Dat weet ik niet. Dat is het punt met Seb, je weet nooit wat hij denkt.'

'Maak je je erg veel zorgen over hem?'

'Ik heb me altijd al zorgen over Seb gemaakt; het hoort erbij. Maar eerlijk gezegd maak ik me op het moment meer zorgen over jou.'

'Over mij?' zei Adam behoedzaam, de aandrang weerstaand naar voren te buigen om haar aan te kunnen kijken. 'Waarom dat?'

'Je bent afstandelijk geworden. Het komt door Seb, is het niet?'

Hij slikte. Hij had moeten weten dat zodra hij over het taboe begon, al was het onder het mom van een onschuldige vraag, Floriana erbovenop zou duiken en met enerverende directheid zou antwoorden. 'Ik dacht hetzelfde over jou,' zei hij. 'Dat je afstandelijk bent geworden.'

'En waarom denk je dat?'

'Omdat, om er maar geen doekjes om te winden, jij de reden bent dat je vriend zijn bruiloft heeft afgeblazen.'

'Bedoel je dat het mijn schuld is?'

'Nee, maar het is een gevolg. Ik... ik zag jullie die nacht in de tuin en...' Hij slikte de rest van zijn woorden in omdat anders duidelijk zou worden hoe deerniswekkend jaloers hij was. Hij had geprobeerd er niet aan toe te geven, echt waar, maar het had hem te pakken gekregen en liet hem niet meer los. Vooral niet nadat hij hen beiden op dezelfde plek had zien zitten waar hij met Floriana had gezeten. De hevigheid van zijn jaloezie had hem doen beseffen hoe diep zijn gevoelens voor Floriana zaten, dat hij verliefd op haar was geworden. Maar wat had dat voor zin als hij wist dat hij niet met Seb kon wedijveren?

'Wat zag je dan precies, Adam?' vroeg Floriana, met een beschuldigende klank in haar stem.

'Het spijt me,' zei hij. 'Vergeet maar dat ik iets heb gezegd.'

Hij wachtte tot ze iets zou zeggen en toen ze dat niet deed, keek hij om de pilaar heen naar haar kant. Ze was er niet.

'Ik wist dat dit zou gebeuren.'

Hij draaide zich om en zag dat ze achter hem stond. 'Wat wist je dat er zou gebeuren?' vroeg hij.

'Dat Seb het tussen ons zou verpesten.'

'En heeft hij dat gedaan?'

Ze schonk hem een lange, enerverende blik. 'Alleen als jij dat toestaat, Adam.'

'Vind je niet dat ik een stapje terug moet doen, om je de ruimte te geven te beslissen wat je wilt doen?'

'Denk je dat ik niet weet wat ik wil?'

'Ik vind dat je het heel zeker moet weten,' zei hij behoedzaam. 'Ik wil niet dat er verwarring bestaat. En ik wil je ook niet in de weg staan als je een beredeneerde beslissing neemt.'

Ze keek hem streng aan. 'Soms heeft het niets met de rede te maken en weet je het gewoon als iets goed zit.'

'Of soms zitten emoties in de weg en...' Hij zweeg abrupt; zijn mobiele telefoon ging. Verdorie! Uitgerekend nu.

'Toe maar,' zei ze zuchtend. 'Ik kan wel wachten.'

Esmé zag hem meteen. Eén blik op de netjes geklede man die, tussen de menigte door slingerend, doelbewust in het verblindende zonlicht het plein over kwam lopen en ze wist meteen dat het Marco was.

Niet omdat ze hem meteen herkende, maar omdat hij zo weloverwogen recht op haar af kwam. Hoewel hij in feite natuurlijk op de klokkentoren af liep.

Ze had half en half verwacht dat hij als priester gekleed zou zijn, niet in vol gewaad, maar in een zwart pak met priesterkraag. Hij droeg echter een grijsbruine broek, kastanjebruine schoenen, een crèmekleurig poloshirt en een marineblauwe trui over zijn schouders, de mouwen losjes voor zijn borst geknoopt. Onder zijn arm droeg hij een klein formaat aktetas. Zijn haar was peper-en-zoutkleurig, maar nog steeds dik en overvloedig. Hij zag er zeer beminnelijk, zeer Italiaans uit. Net als in zijn jeugd was hij nog steeds een boeiende verschijning, waar het verstrijken van de jaren en de toevoeging van lijntjes en rimpels niets aan hadden afgedaan. Hij leek heel erg op zijn gemak.

Esmé daarentegen voelde zich erg zenuwachtig, precies zoals ze als jong meisje was geweest. Ze wilde dat ze haar make-up kon bijwerken met wat poeder uit haar poederdoosje; ze stond vreselijk te zweten in de brandende hitte. 'Hoe zie ik eruit?' had ze Floriana eerder gevraagd toen ze voor de honderdste keer haar haren in model duwde.

'Net zo elegant als altijd,' had die lieve meid geantwoord, en ze had haar omhelsd. 'Je zult hem verstomd doen staan!'

'Dat is niet precies de bedoeling, maar bedankt voor je blijk van vertrouwen.'

Hij was nog een paar meter bij haar vandaan toen zijn pas even haperde, maar zich vrijwel meteen herstelde. Ervan overtuigd dat hij dacht dat ze een lelijk oud wijf was geworden, ademde ze diep in en slikte ze haar zenuwen weg.

'Hallo, Marco,' begroette ze hem toen hij vlak voor haar stond. 'Dat is lang geleden.'

'Mijn god,' mompelde hij alsof hij zijn ogen niet kon geloven. 'Je bent het echt, Esmé. Je bent het, onmiskenbaar.' Hij bukte zich om haar op de wang te kussen, eerst rechts, toen links, deed toen een stap terug en schudde zijn hoofd. 'Het lijkt haast onmogelijk. Na al die jaren zien we elkaar hier weer. Het is niet te geloven!'

'Het was slim van je om Adam voor te stellen dat we elkaar zouden ontmoeten op de plek waar we elkaar voor het eerst zagen.'

'Vergeef een oude man een moment van theatrale sentimentaliteit, maar ik kon het niet laten.'

'Het verbaast me dat je het nog wist.'

Zijn ogen twinkelden. '*Cara*, hoe had ik dat kunnen vergeten? Ik zie je nog voor me, ronddraaiend met je rode rok. Wat was het een mooi gezicht!' Hij bood haar zijn arm aan. 'Kom, laten we gaan lunchen; ik heb een tafeltje gereserveerd.'

En toen werd ze zomaar teruggevoerd in de tijd, naar de periode dat Marco en zij jong waren en hun leven nog voor zich hadden.

Hoe kon het zo simpel zijn, dacht Esmé toen ze de korte afstand van het plein naar de welkome koele schaduw van de Calle Vallaresso hadden gewandeld en aan een tafeltje in Harry's Bar zaten.

Na al die jaren tartte het elke overtuiging dat ze hier konden gaan zitten lunchen alsof het de normaalste zaak van de wereld was, alsof de jaren waren weggesmolten en ze dit hun hele leven al deden. Een vreemde die hen zag, zou zelfs kunnen denken dat ze een ouder echtpaar waren, zoals ze daar naast elkaar op een bankje aan een hoektafeltje zaten... een tafeltje dat zo was geplaatst dat ze uitzicht hadden op de andere gasten. Ze zouden in elk geval iets hebben om naar te kijken als ze door hun gespreksstof heen raakten, dacht ze. Hoewel ze betwijfelde of dat zou gebeuren nu ze met Marco samen was.

Terwijl hij met een kelner praatte – het was duidelijk dat ze elkaar kenden – dacht Esmé terug aan de keren dat ze hier met haar vader had gegeten tijdens hun korte verblijf in Venetië. Bij één gelegenheid waren de aanwezigen bijzonder opgetogen geraakt toen ze hoorden dat Sophia Loren haar opwachting zou maken. Tot haar vaders teleurstelling was de geweldige actrice echter niet gekomen. Esmé keek om zich heen en bedacht hoe bijzonder het was dat het er hier nog hetzelfde uitzag, alsof er niets was veranderd. De tafels en stoelen waren hetzelfde, net als de aankleding. Of beeldde ze zich dat in?

Marco beëindigde zijn gesprek met de kelner en wendde zich tot Esmé. 'Wat wil je drinken? Een Bellini?'

Ze schudde haar hoofd. 'Een wodka-martini, graag. Met een beetje citroen.'

Met een van zijn wenkbrauwen, die veel donkerder waren dan zijn haren en zijn uitdrukking extra kracht bijzetten, iets opgetrokken zei hij: 'Een uitstekend idee, ik neem hetzelfde. *Due*,' zei hij tegen de kelner.

'*Allora*,' zei hij toen ze alleen waren. 'Waar beginnen we met bijpraten?'

'Misschien,' zei ze behoedzaam, met duizend vragen op haar tong die popelden om eraf te rollen, 'moet ik zeggen dat ik op de hoogte ben van je neef Angelo en hoe hij is gestorven.'

Hij keek verbaasd. 'Hoe weet je dat?'

'Het is een lang verhaal, maar mijn vrienden en ik hebben Maria een paar dagen geleden gesproken. Herinner je je haar nog? Ze was de jonge serveerster in het hotel van je tante. Ze woont in Bellagio.'

Marco knikte, zijn uitdrukking plotseling ernstig. 'Ja, natuurlijk herinner ik me haar. Heeft ze je over haar broer verteld?'

'Ja.'

'Arme Maria, ze was vreselijk boos op mijn neef om wat hij had gedaan.'

Omdat ze verder geen tijd wilde verspillen aan gepraat over Angelo veranderde Esmé van onderwerp. 'Maar hoe zit het met jou, vertel me over je leven als priester. Ben je nog steeds priester? Zo zie je er niet uit. Dat bedoel ik niet als kritiek.'

Er verscheen een glimlach op zijn gezicht. 'Ik ben meer dan vijfentwintig jaar parochiepriester geweest, maar toen veranderde er iets in me en hoe ik ook mijn best deed de twijfels te weerstaan, het lukte me niet. Zo heb ik bijna twee jaar geleefd.'

'Was je je geloof kwijtgeraakt?'

'Nee, ik verloor alleen de overtuiging dat ik deed wat God werkelijk van me wilde. Ik had het gevoel dat ik geroepen werd op een andere manier te dienen. Uiteindelijk heb ik...'

Hij zweeg, onderbroken door de kelner die terugkwam en met zulke ongehaaste, pietepeuterige precisie hun glazen op tafel zette dat Esmé de neiging kreeg hem op zijn vingers te tikken en weg te jagen.

Toen hij hen eindelijk weer alleen had gelaten, drong ze er bij Marco op aan dat hij doorging. 'Wat heb je uiteindelijk gedaan?' vroeg ze.

'Na veel gewetensonderzoek heb ik de Kerk verlaten en ben ik een opleiding tot onderwijzer gaan volgen. Ik heb bijna tien jaar lang Engelse les en geschiedenis gegeven aan middelbare scholieren in Turijn, tot ik de kans kreeg hier in Venetië Engels te gaan doceren aan de universiteit.'

'Ironisch dat je hier terecht bent gekomen, op een plek die volgens Elena's vaste overtuiging zo slecht was voor iemand met zwakke longen.'

'Ach, ja, die beste Elena, ze maakte zich zo veel zorgen. Maar zoals je ziet, heb ik het uitstekend overleefd.'

Hij nam zijn glas op. 'Een toost,' zei hij, zijn door de ouderdom verbleekte blauwe ogen strak op haar gericht, 'op overleving, en op jou, Esmé, omdat je me vandaag de mogelijkheid biedt iets te doen wat ik al heel lang geleden had moeten doen, maar waar ik tot mijn schaamte nooit de moed voor heb gehad.'

53

'Maar eerst wil ik alles over jou horen.'

'Hemeltje,' zei ze luchtig nadat ze een slok van haar borrel had genomen en de warme gloed ervan zich verspreidde, 'er valt maar weinig te vertellen. Ik heb eigenlijk een heel saai leven geleid.'

'Ik weet zeker dat dat niet waar is, ik kan me niet voorstellen dat het jonge meisje dat ik heb gekend een leven heeft geleid dat niet vol liefde en geluk was.'

'Tuttut, schaam je dat je een oude dame probeert te vleien.'

'Helemaal niet,' zei hij met een glimlach die nog heel sterk deed denken aan de glimlach die ooit haar hart had doen smelten. 'Je bent toch wel getrouwd, zeker?'

Ze schudde haar hoofd.

'*No?*' Zijn stem was net zo ongelovig als de blik in zijn ogen. 'Wil dat zeggen dat er in Engeland een hele reeks mannen met een gebroken hart rondloopt?'

'Het wil zeggen dat we nu onze lunch moeten bestellen,' zei ze bondig. Ze pakte de menukaart. 'Wat kun je aanbevelen?'

Hij volgde haar voorbeeld. 'De carpaccio is altijd uitstekend, net als de scampi all'Armoricaine en de Cipriani risotto. En alsjeblieft, wees zo goed niet naar de prijzen te kijken, die staan er alleen voor mij bij.'

Toen Esmé zag dat alles vreselijk duur was merkte ze op: 'Ik neem aan dat een gepensioneerd docent Engels hier in Venetië heel wat meer te besteden heeft dan zijn tegenhanger in Groot-Brittannië.'

'Dat betwijfel ik, maar als de laatste van de familie Bassani erfde ik Hotel Margherita toen mijn tante Giulia overleed. Ik kon het hotel onmogelijk draaiende houden en omdat ik zo'n groot huis niet nodig had voor mezelf, verkocht ik het. Ik heb een deel van de opbrengst gehouden en de rest verdeeld over twee kindertehuizen in Milaan waar ik destijds priester was. Ik leef over het algemeen bescheiden, maar een gelegenheid die zo belangrijk is als deze rechtvaardigt enige extravagantie, vind je niet? Hoewel het al voldoende beloning voor me is om hier weer met jou samen te zijn, iets wat ik nooit had durven dromen.'

Opnieuw zei ze: 'Tuttut. Daar ga je weer met je vleierij, daar moet je echt mee ophouden.'

Hij glimlachte alleen maar en knikte naar de naderende kelner.

Toen hun bestelling was opgenomen boog Marco wat dichter naar Esmé toe. 'Je hebt me heel pienter afgeleid, *cara*, maar nu wil ik meer over je weten.' Hij legde een warme hand op de hare. 'Ik wil weten wat voor soort leven jij hebt geleid.'

Het was een schijnbaar eenvoudige vraag, die echter met een immense complexiteit beladen was als zij volkomen oprecht tegen hem moest zijn. Ze twijfelde er niet aan dat hij een buitengewoon intelligente man was en ze zou hem beledigen door niet eerlijk tegen hem te zijn. 'Eerlijk gezegd is het mijn eigen keuze geweest om een leven van compromissen te leiden,' zei ze ten slotte.

Met zijn lippen op elkaar knikte hij ernstig, wachtend tot ze zou uitweiden. Toen ze hem een aangepaste, verkorte versie had gegeven van het verhaal van haar leven in Oxford zei hij: 'Ik had ooit de kans met een groep studenten naar Oxford te gaan, maar jammer genoeg was ik ziek en kon ik hen niet vergezellen. Denk je eens in dat onze wegen elkaar hadden kunnen kruisen!'

'Maar zouden we elkaar herkend hebben als we elkaar op straat tegenkwamen? Ik betwijfel het.'

Zijn geamuseerde blik vond de hare. 'Ik zou je overal herkend hebben.'

Ze werd onverwachts vervuld van een brandend gevoel diep vanbinnen en tot haar ontsteltenis begon ze te blozen. Belachelijk, zo hield ze zich voor. Volkomen belachelijk dat ze nog steeds zo kon reageren! 'Je wilt toch niet zeggen dat je mij op het plein onmiddellijk herkende, wel dan?' vroeg ze, haar toon met moeite gelijkmatig houdend.

'Zeker wel. Herkende jij mij dan niet?'

'Ik geef toe dat je iets bekends had, maar laten we onszelf niet voor de gek houden, we verwachtten allebei iemand van onze eigen leeftijd te zien die vaag leek op het beeld dat we in gedachte hadden.'

Hij lachte. 'Ik geef het op; mijn dwaze ijdelheid kan niet tegen jouw pragmatisme op! Ik hoopte dwaas genoeg op een *piccolissima* bevestiging van je dat ik nog steeds dezelfde Marco was die van je hield.'

Ze voelde opnieuw een absurde golf warmte door zich heen trekken toen ze hem dat hoorde zeggen en probeerde die met een slok van haar wodka-martini te onderdrukken. 'Je weet net zo goed als ik,' zei ze, 'dat we niet meer dezelfde mensen zijn als toen. Godzijdank ben ik veel minder naïef dan het dwaze jonge meisje dat dacht dat ze alles wist.'

Zijn bleke blauwe ogen vernauwden zich toen hij haar gezicht bestudeerde. 'We waren allebei naïef, *cara*, maar we wisten één heel belangrijk ding en dat was wat we voor elkaar voelden.'

De kelner die met een voorgerecht arriveerde bespaarde haar een antwoord. Twee identieke borden carpaccio werden met overdreven zwierigheid voor hen neergezet, maar deze keer – nu Esmé zich had ontspannen – voelde ze niet in de neiging de man tot haast te manen maar accepteerde ze dat hun etentje vergezeld zou gaan van een royale hoeveelheid theatraal vertoon.

'*Buon appetito*,' zei Marco toen ze weer alleen waren.

Ze aten enkele minuten in kameraadschappelijk stilzwijgen, maar toen legde Marco zijn mes en vork neer. 'Ik hoop dat je nooit aan mijn liefde voor jou heb getwijfeld, Esmé,' zei hij onverwachts. 'Ik hield echt van je. Misschien denk je dat het veel te lang geleden is en vraag je je af hoe ik me nog kan herinneren wat ik voelde, maar ik ben de zomer die we hebben gedeeld nooit vergeten. Die is me al die jaren bijgebleven.'

Toen ze niets zei vervolgde hij: 'Ik heb me altijd tegenover je willen verontschuldigen voor wat ik tussen ons heb laten gebeuren terwijl ik wist dat het geen vervolg kon krijgen. Maar nu heb ik eindelijk de kans om sorry te zeggen. Kun je me na al die tijd vergeven?'

'Is dat zo belangrijk voor je? Heb je je zonden niet aan God opgebiecht en zijn vergeving ontvangen?'

Hij kromp ineen bij haar opmerking. 'Vraag je dat met cynisme?'

'Helemaal niet. Ik zou niet minder cynisch kunnen zijn. Ik ga ervan uit dat het in de ogen van een warmbloedige Italiaan maar een kleine zonde was, dus neem ik alleen maar aan dat je al snel vergiffenis zou hebben gekregen.'

'Denk je dat ik een gewoonte maakte van dergelijk gedrag?'

'Als dat zo is, gaat mij dat helemaal niets aan.'

Opnieuw kromp hij ineen en hij fronste zijn wenkbrauwen. Hij zag er verre van blij uit. 'Laat me je dan verzekeren dat ik sinds ik het priesterschap aannam, mijn gelofte van kuisheid heel serieus heb genomen.'

Ze schrok van de ernst van zijn woorden en ze mompelde een gelouterde verontschuldiging voor het feit dat ze zo grof was geweest. 'Het spijt me, het was niet mijn bedoeling je ergens van te beschuldigen.'

Ze vroeg zich af of dat waar was. Had ze zich in de donkerste momenten van haar verdriet niet vaak een dergelijke scène tussen hen voorgesteld, waarbij ze hem verantwoordelijk kon houden voor de pijn die ze had doorstaan? Waren er niet talloze keren geweest dat ze had gedacht dat ze nooit over het verdriet van het verlies van haar kind heen zou komen en had dat niet een intense behoefte in haar gewekt om uit te halen naar de man die de oorzaak was van dat verdriet? De man die gewoon was doorgegaan met zijn leven, zalig onwetend van de ravage die hij mede had aangericht.

'Nee,' zei hij met zachtere stem, die haar rondtollende gedachten een halt toeriep, 'ik ben degene die zich moet verontschuldigen. Je hebt beslist het recht mijn oprechtheid in twijfel te trekken; ik heb je immers alle reden gegeven om slecht over mij te denken.' Ze kon geen gepaste reactie bedenken en als in stilzwijgende overeenstemming concentreerden ze zich allebei weer op hun eten.

Toen ze klaar waren zei Esmé: 'Je vroeg me of ik ooit getrouwd was, maar hoe zit het met jou? Ben jij getrouwd nadat je uit het priesterambt was getreden?' Ze zag plotseling een vrouw voor zich die thuis op hem wachtte.

Hij schudde glimlachend zijn hoofd. 'Ik werd dat vreselijke cliché van een geleerde vrijgezel die al zijn tijd aan zijn boeken en zijn studenten besteedde. Er was geen vrouw die me wilde.'

'Dat kan ik maar moeilijk geloven.'

'Nu ben jij degene die haar toevlucht neemt tot vleierij. Maar het is waar. Geen enkele relatie duurde ooit erg lang. Ik ben te vastgeroest in mijn gewoonten. Maar vertel eens, *cara*, wat heeft je naar Italië gebracht? En wie is de jongeman die ik aan de telefoon heb gesproken?'

Terwijl de kelner terugkwam, hun lege borden meenam en alles zeer precies rechtzette, vertelde Esmé hem over de bruiloft waarvoor Floriana was uitgenodigd en hoe dat ertoe had geleid dat Esmé was gaan nadenken over de zomer die ze met haar vader aan het meer had doorgebracht.

'Dus die Floriana en Adam, die zijn als kinderen voor je? Heb je hen onder je liefdevolle vleugels genomen?'

Ze lachte. 'Het is eerder zo dat zij mij onder hun vleugels hebben genomen. Ze stellen zich uitermate beschermend op. Vooral Floriana. Ze was bezorgd en wilde niet dat ik van streek zou raken door de ontmoeting met jou.'

'Van streek?' zei hij, haar verbaasd aankijkend. 'Bestaat er dan gevaar dat je van streek raakt door met mij te lunchen?'

Ze had het gesprek ongewild in een richting gestuurd die ze helemaal niet wilde volgen en zei daarom luchtig: 'Ach, je weet hoe het is, reisjes terug naar het verleden zijn niet altijd de positieve ervaring die je hoopt dat ze zullen zijn.'

'Dat ben ik met je eens. Maar in ons geval kan het toch zeker alleen maar positief zijn dat we elkaar na zestig jaar weer ontmoeten? Voor mij is het dat in elk geval wel.'

Zijn ontspannen toon stak haar. Tegelijk wist ze echter dat dat niet zijn schuld was. Hij was van een heel belangrijk feit niet op de hoogte.

De aanblik van hun attente kelner die met hun hoofdgerecht naar hen toe kwam vervulde haar van opluchting; verdere uitleg kon nu worden vermeden. Toen het optreden van de kelner ten einde was en hun glazen waren bijgevuld nam zij de leiding over het gesprek.

'Misschien wil je straks, voordat mijn vrienden en ik weggaan, kennis met hen maken? Ik weet dat ze erg nieuwsgierig naar je zijn.'

Hij knikte. 'Ja, dat wil ik graag. Want als zij er niet waren geweest, zouden wij hier nu niet samen zitten. Daar wil ik hen graag voor bedanken.' Toen zei hij, serieuzer: 'Hoeveel weten ze over me?'

Meer dan je zou willen, dacht ze. 'Dat je mijn eerste liefde was,' zei ze hem heel direct aankijkend.

Hij aarzelde en vroeg toen: 'Wanneer vertrekken jullie?'

'Vanavond rijdt Adam ons terug naar het meer. Morgen vliegen we terug naar Engeland.'

Hij keek teleurgesteld. 'Wat vreselijk jammer. Ik wou dat je langer kon blijven.'

'Weet je zeker dat jullie het wel redden?'

'Natuurlijk wel. Maak je over ons maar geen zorgen; ik regel alles hier wel. Esmé en ik nemen de trein terug naar het meer, zoals ik je al heb verteld.'

'Maar de huurauto dan?'

Floriana schudde haar hoofd. 'Adam, hou op. Ik regel het wel met het verhuurbedrijf. Het belangrijkste is dat jij nu zo snel mogelijk naar huis gaat.' Ze omhelsde hem. 'Laat me weten hoe het gaat. En probeer alsjeblieft positief te blijven; de kans is groot dat je vader prima zal herstellen.'

Adam omhelsde Floriana stevig. Hij had voor altijd zo kunnen blijven staan, en haar zekerheid over zich heen laten spoelen. Wetend dat hij niet anders kon maakte hij zich echter onwillig van haar los en stapte hij in de particuliere watertaxi. De portier van het hotel had gezegd dat dat de snelste manier was om bij het vliegveld te komen; de *vaporetto* was goedkoper, maar zou er dubbel zo lang over doen. En daar had hij geen tijd voor. Als hij niet binnen vijftig minuten op het vliegveld was, zou hij de vlucht missen die Floriana voor hem had geboekt.

Hij keek nog een keer achterom naar Floriana die hem gedag zwaaide en belde toen zijn broer om te zeggen dat hij onderweg was. Hij deed zijn best niet aan de dag twaalf jaar geleden te denken toen zijn vader hem had gebeld om te zeggen dat hij maar beter snel naar het ziekenhuis kon komen omdat zijn moeder de nacht niet door zou komen. Hij was toen tien minuten te laat gekomen.

Floriana bleef de watertaxi staan nakijken tot die uit het zicht verdween. Zelfs toen nog bleef ze staan.

Haar hart ging uit naar Adam. Ze hoopte bij God dat ze nooit een telefoontje zou krijgen zoals hij daarstraks van zijn broer had gehad met het nieuws dat haar vader na een zwaar hartinfarct op de intensive care lag.

Ze had nooit anders gezien dan dat Adam een situatie kalm meester was. Hij was de meest capabele en besluitvaardige persoon die ze kende; het soort persoon tot wie mensen zich bij een crisis als vanzelf wendden. Het nieuws over zijn vader had hem echter vreselijk van slag gemaakt en ze had gemerkt dat zij het heft in handen moest nemen en beslissingen voor hem moest nemen; namelijk ervoor zorgen dat hij op de eerst mogelijke vlucht naar huis kwam. Ze wist dat hij het ergste vreesde, dat hij niet op tijd zou komen.

Uiteindelijk sleepte ze zich van het ponton weg om terug te gaan naar het hotel. Haar eerste taak was de portier te vragen de noodzakelijke treinkaartjes naar Como te helpen regelen en dan moest ze het autoverhuurbedrijf bellen. Daarna moest ze wachten tot Esmé terugkwam van haar lunch met Marco.

En Joost mocht weten wat er met haar zus aan de hand was! Hoeveel verrassingen stonden hun nog meer te wachten?

54

Het was een lange en vermoeiende dag geweest en Esmé was er meer dan aan toe naar bed te gaan toen ze eindelijk terug waren in Villa Sofia. Ze was te oud om zo door Italië rond te rennen.

De treinreis vanuit Venetië – die haar had doen denken aan de reis die ze meer dan zestig jaar geleden met haar vader had gemaakt – had een vermoeiend uur in Milaan met zich meegebracht waar ze moesten wachten op de trein naar Como, die in bijna ieder dorpje en stadje langs de route was gestopt. In Como hadden ze een taxi genomen voor de laatste drie kwartier van de reis.

Hun taxichauffeur was zo vriendelijk geweest hun bagage mee de villa in te dragen, die in duisternis was gehuld. Binnen was het benauwd en verstikkend heet. De ramen waren allemaal dicht, maar de luiken open. Floriana riep Seb.

'Het is al laat,' zei Esmé, die Floriana's bezorgde blik opmerkte toen er geen reactie kwam, 'hij ligt waarschijnlijk te slapen.' Tijdens de reis terug naar het meer had Floriana diverse keren opgemerkt hoe vreemd het was dat ze sinds gisteren niets van Seb had gehoord, en nog vreemder dat hij niet had gereageerd op de sms'jes die ze hem vandaag had gestuurd.

In tegenstelling tot Seb had Adam wel contact opgenomen. Hij had gebeld om te zeggen dat hij in het ziekenhuis was, waar zijn vader nog steeds op de intensive care lag.

Floriana deed de lampen aan en riep nog eens Sebs naam. Toen ze nog geen reactie kreeg, rende ze lichtvoetig de trap op. Enkele seconden later was ze, met een nog veel bezorgdere blik in haar ogen, terug in de keuken. 'Hij is er niet,' zei ze. 'Zijn spullen zijn ook allemaal weg. Ik wist dat er iets mis was. Ik wist het gewoon!'

Toen zagen ze een brief op de keukentafel liggen; geadresseerd aan Floriana.

'Ik zal een kopje thee zetten,' zei Esmé om zichzelf iets nuttigs te doen te geven terwijl Floriana de brief las, die enkele pagina's telde, dat kon ze zien.

Het water kookte nog niet toen Floriana naar adem hapte. 'Het is niet te geloven, waarom moet hij altijd...'

Tot Esmés ontzetting begon Floriana te huilen. Bevreesd voor wat Seb nu weer gedaan kon hebben, stopte Esmé met wat ze aan het doen was en sloeg ze haar armen om Floriana heen. 'Ach, lieve kind, wat ter wereld heeft hij gezegd dat je zo van streek bent?'

'Lees het zelf maar,' zei Floriana toen ze gekalmeerd was. 'Ik zet wel thee.'

Esmé pakte haar leesbril en ging aan tafel zitten.

Beste Florrie,

Ik heb heel veel nagedacht en ik kan maar één ding doen om het allemaal goed te maken.

Ik ben een heleboel mensen excuses schuldig, maar het meest en bovenal moet ik me bij jou verontschuldigen. Je bent de beste vriendin geweest die iemand zich maar kan wensen en ik kan mezelf op geen enkele manier wijsmaken dat ik je vriendschap verdiende. Ik heb me afschuwelijk tegen je gedragen toen ik Imogen had ontmoet... misschien omdat ik diep in mijn hart wist dat je gelijk had, dat ze niet de juiste vrouw voor me was. Maar je weet toch hoe koppig ik ben; hoe kon ik nou toegeven dat ik een vergissing beging?

Ik zal er altijd spijt van blijven houden dat we twee jaar van onze vriendschap verloren hebben, maar het betekende alles voor me dat je er uiteindelijk mee instemde aanwezig te zijn bij de schijnvertoning van mijn trouwdag. Het zegt veel over de sterkte van je karakter dat je er was. Ook al was het alleen maar om er getuige van te zijn hoe ik de zelfvernietigingsknop indrukte.

Dus wat kan ik zeggen? Behalve het voor de hand liggende. Ik ben een sufferd, Florrie, ik heb het gruwelijk verkloot en nu kan ik nog maar één ding doen dat goed aanvoelt... weggaan voordat ik nog meer verkloot, vooral voor jou.

Maar voor ik vertrek, ga ik je advies geven: vergeet dat ik ooit heb gezegd dat ik met jou had moeten trouwen. Wis dat uit je geheugen, want ik had het mis; ik zou je alleen maar ellende hebben gebracht. Je bent veel beter af met iemand als Adam, een fatsoenlijke, stabiele vent die jou op de eerste plaats zal stellen. Je weet net zo goed als ik dat ik een egoïst ben, ik stel altijd mezelf op de eerste plaats.

Wat ik probeer te zeggen is, laat Adam niet schieten. Hij zal je veel gelukkiger maken dan ik ooit zou kunnen. En wordt het niks... wat dan nog? Dan heb je het geprobeerd en dat is wat telt. Maar één ding zul je moeten accepteren, dat hele jij-en-Adam-gedoe wordt zeker niks met mij in de buurt. Dat zou niet eerlijk zijn tegenover hem.

Wat mij betreft, #cantfacethemusic zou een gepaste hashtag bij deze brief zijn, dus ga ik iedereen een gigantische gunst bewijzen door ervandoor te gaan. Laf, ik weet het, maar het is onder de omstandigheden het beste wat ik kan doen.

Weet je nog dat we er altijd van droomden samen te gaan reizen? Dat is wat ik van plan ben, en wie weet word ik vervolgens een langharige oude kluizenaar die ergens in een grot woont. Hoe klinkt dat?

Maar voor nu wil ik dat je weet dat je, hoewel het vaak zwaar was, altijd het beste in me naar boven hebt gebracht. Voor zover dat mogelijk was. Omdat je zo'n slimmerik bent, weet je vast wel wie dit heeft gezegd: 'We denken dat gekooide vogels zingen, maar in werkelijkheid huilen ze,' of zoiets. Dat zegt zo'n beetje alles over mij. En jij, Florrie, jij hebt dat altijd van me geweten.

Het beste,
Seb

PS Ik vertrouw erop dat Adam de fatsoenlijke vent is die hij lijkt, maar als hij je pijn doet, laat je het me maar weten; dan zoek ik hem op. Hij is gewaarschuwd!

PPS Steek je hand eens uit. Ja, kijk die lijn daar... het is precies zoals ik dacht, die betekent dat je moet ophouden te talmen wat Adam betreft en hem uit zijn lijden moet verlossen. Hij heeft het duidelijk zwaar te pakken.

Esmé zette haar bril af en schraapte haar keel. 'Een buitengewoon inzichtelijke en welbespraakt geschreven brief,' zei ze terwijl ze naar Floriana opkeek. 'Hij heeft natuurlijk gelijk. Dat weet je toch, hè?'

Floriana gaf haar met nog steeds glimmende ogen van de tranen een mok thee aan, knikte en ging tegenover Esmé zitten. Ze ademde diep in. 'Ik dacht dat het een zelfmoordbriefje was. Ik dacht dat hij voor altijd weg zou gaan. Dat... dat zou ik niet kunnen verdragen.' Er rolden verse tranen over haar wangen. 'Ik ben hem al een keer eerder bijna kwijt geweest, dat wil ik nooit meer meemaken.'

'Dat hoef je ook niet,' zei Esmé kalmerend. 'Hij weet wat hij voor je betekent, daarom doet hij dit, hij wil niet weer iets doen om je te kwetsen of van streek te maken. Dat bewonder ik enorm in hem, dat hij inziet welk offer hij omwille van jouw geluk moet brengen. Dat zie je alleen bij een bijzonder soort liefde.'

'Maar dat had hij me toch ook in mijn gezicht kunnen zeggen. Of me in elk geval een aanwijzing kunnen geven van waar hij heen gaat? Ik vind het vreselijk niet te weten waar hij is.'

'Ik vermoed dat hij terug zal zijn naar Londen om zijn financiën te regelen en zijn baan op te zeggen als hij inderdaad wil gaan reizen.'

'Dat is zo typerend voor hem, zo overdreven dramatisch!' zei Floriana geïrriteerd. Ze drukte haar handpalmen tegen haar ogen en slaakte een diepe zucht. Daarna keek ze op en zei ze: 'Je mocht hem niet, hè?'

Het was een voor haar jonge vriendin karakteristieke directe vraag. 'Eerlijk gezegd kende ik de jongeman niet,' antwoordde Esmé. 'Nu zou ik willen dat ik wat meer tijd met hem had kunnen doorbrengen. Maar de antipathie waarvan ik blijk heb gegeven was slechts te wijten aan het feit dat ik me zorgen maakte. Ik was bang dat hij voor jou en Adam een streep door de rekening zou halen. En dat heeft hij gedaan, nietwaar? Hij maakte Adam erg aan het twijfelen.'

'Je hebt gelijk, dat deed hij.'

'Maar belangrijker is: maakte hij jou aan het twijfelen?'

Floriana blies in haar thee en nam een slokje. 'Hoeveel weet je precies over Adam en mij? Heeft hij met je over ons gepraat?'

'Je weet net zo goed als ik hoe weinig Adam uit vrije wil prijsgeeft, maar nadat, en daar ga ik me niet voor verontschuldigen, nadat ik een zekere mate van druk op hem had uitgeoefend, nam hij me met tegenzin in vertrouwen. Maar om je vraag te beantwoorden... ik zou zeggen dat ik voldoende weet om te beseffen dat jullie, hoe discreet jullie ook waren, je in elk geval voor korte tijd realiseerden wat jullie voor elkaar voelden, dat er een zekere aantrekkingskracht was; meer dan gewoon vriendschap. Is dat veranderd als gevolg van Sebs daden?'

'In zekere zin, ja,' zei Floriana, 'ik zou liegen als ik iets anders zei, maar dat duurde niet langer dan een oogwenk. Maar hoe plotseling en kort de verandering ook was, die was voldoende om me te doen inzien wat Adam voor me betekent en wat voor gevoel hij me geeft.'

'En wat voor gevoel geeft hij je?'

'Daar heb ik maar één woord voor nodig: gelukkig. Ik voel me gelukkig als ik bij hem ben. Ik realiseer me pas nu wat voor verdriet ik op mijn schouders draag als ik bij Seb ben.'

'Heb je Adam dat verteld? Heb je hem gerustgesteld?'

'Dat was ik van plan, maar ik kreeg de kans niet; we waren nooit lang genoeg alleen om echt te praten. En toen we dat wel waren, toen jij je afspraak met Marco had, wilde ik het vertellen, maar toen belde zijn broer. Het enige wat er toen nog toe deed was Adam zo snel mogelijk terug in Engeland zien te krijgen.'

Esmé dacht aan Adam, die vol bezorgdheid over zijn vader en onzekerheid over hoe het tussen hem en Floriana zat, naar huis reisde. Wat een afschuwelijke reis moest dat voor hem geweest zijn. 'Jullie hielden me in de gaten op het piazza San Marco, nietwaar?' zei ze.

'Heb je ons gezien?'

Van de gelegenheid gebruikmakend om Floriana een beetje op te vrolijken, zei ze: 'Natuurlijk zag ik jullie. Ik wist dat je de verleiding niet zou kunnen weerstaan een glimp van Marco op te vangen.'

'Ik wou dat ik een foto van jullie beiden had gemaakt; dat zou een mooi aandenken voor je zijn geweest.'

'Een leuk idee, maar op mijn leeftijd zijn aandenkens een beetje overbodig. Bovendien zit het allemaal hierin.' Ze tikte tegen de zijkant van haar hoofd. Tegelijk dacht ze echter aan het aandenken dat Marco al die jaren had bewaard, haar dierbare exemplaar van *A Room With a View*, dat ze aan hem had voorgelezen toen hij ziek op bed lag en hem vervolgens als afscheidscadeau had gegeven toen hij vertrok. Vandaag had hij haar aan het einde van hun lunch verrast door het boek uit zijn leren aktetas te halen en haar een verbleekte zwart-witfoto te laten zien die tussen de vergeelde bladzijden zat. Het was een foto die haar vader in Venetië van hen had gemaakt toen ze elkaar voor het eerst ontmoetten.

'Hoe dan ook, ik ben blij dat de lunch voor jullie allebei goed ging,' onderbrak Floriana Esmés gedachtegang, 'en dat ik kennis heb kunnen maken met Marco. Hij was charmant. En nog steeds best aantrekkelijk.'

Esmé glimlachte. 'Ja, dat vond ik ook.'

Na de lunch was Marco met Esmé meegelopen naar het Danieli, waar ze Floriana in de foyer hadden aangetroffen. Ze had haar opgewacht met het nieuws dat Adam was vertrokken en dat ze met de trein terug zouden gaan naar het meer. Marco had erop gestaan een particuliere watertaxi te regelen die hen naar het station bracht en had hen zelf vergezeld.

Het afscheid van Marco op het drukke perron had sterk doen denken aan de vorige keer dat hij Esmé en haar vader *arrivederci* had gezwaaid en gezegd dat hij heel erg hoopte hen ooit nog eens terug te zien. 'Ik weet nog dat ik dat zei,' had hij eerder die avond op het perron gezegd toen Esmé hem aan hun eerste afscheid herinnerde. 'En ik ga het nu weer zeggen want, *cara mia*, dit mag niet het einde zijn. Nog niet. Beloof me dat.'

'Ik beloof het,' had ze gezegd, hoewel ze geen idee had hoe ze die belofte zou moeten nakomen.

Hij had haar tegen zich aan gedrukt toen een groep luidruchtige tieners om hen heen liep en haar zacht op haar mond gekust. 'Schrijf me. Je hebt mijn adres, hè?'

'Het zit in mijn handtas,' zei ze.

'En misschien zullen je vrienden nog een moderne vrouw van je maken en je leren hoe je een computer moet gebruiken zodat je me kunt mailen?'

'Dat zullen ze zeker!' had Floriana gezegd. 'Daar zal ik persoonlijk op toezien. Kom, Esmé,' had ze eraan toegevoegd, 'de trein vertrekt zo, we moeten instappen, tenzij je van plan bent te blijven.'

'*Arrivederci, cara*,' had Marco gezegd toen Esmé haar koffer aan Floriana gaf en in de trein stapte.

Terwijl de trein langzaam het station uit reed, had ze naar Marco gezwaaid tot hij in de verte was verdwenen en ze hem niet meer kon zien. Zelfs toen was ze blijven zwaaien; haar blik vertroebeld door tranen. '*Arrivederci, caro*,' had ze gemompeld. '*Arrivederci...*'

'Het was John Webster,' zei Floriana.

'Wie is John Webster?' vroeg Esmé, die met tegenzin de herinnering losliet van het moment dat ze Marco gedag had gezwaaid.

'Dat citaat van Seb over gekooide vogels die niet zingen, maar huilen. Het stamt uit een zeventiende-eeuws toneelstuk, *The White Devil*, van de Engelse toneelschrijver John Webster. Het is een wraaktragedie. Heb je Marco over de baby verteld?'

'Nee,' zei Esmé, die bedacht dat ze veel te moe was om Floriana's gedachtesprongen bij te benen. 'Waarom zou ik hem met zoiets zwaars belasten?'

'Jij hebt het je hele leven al met je meegedragen, moet hij niet de kans krijgen de verantwoordelijkheid met je te delen? Heeft hij niet het recht het te weten? En zou het jullie niet dichter bij elkaar brengen als hij het wist?'

Drie vragen waarop Esmé geen antwoord had.

55

Terug in Oxford, met Esmé veilig in Trinity House geïnstalleerd en herenigd met haar dierbare Euridice, trok Floriana in de warme avondzon haar rolkoffer door Latimer Street. Na de intense hitte in Italië was de zachte zomerwarmte in Oxford, met daarbij het vertrouwde en zeer Engelse geluid van een tjilpende merel, een aangenaam welkom thuis. Ze was nog geen week weg geweest, maar het leek veel langer.

Ze had nauwelijks haar voordeur van het slot gedaan en opengeduwd of een zesde zintuig vertelde haar dat er iets niet klopte: er was een indringer in haar huis.

De adrenaline gierde door haar heen, maar ze bleef heel stil op de dorpel staan, al haar zintuigen alert. Ze hoorde iemand praten. Nee, schrap dat, ze hoorde diverse mensen praten. Er klonk ook gelach. Wat was er aan de hand? Toen ze applaus hoorde, besefte ze dat het de televisie was. Ze wist zeker dat ze die niet aan had gelaten. Het volgende dat ze hoorde was het onmiskenbare geluid van het toilet dat boven werd doorgespoeld. Wie deed hier verdorie alsof hij thuis was? Een inbreker die haar huis wel leuk vond? Krakers?

Haar angst werd nu overschaduwd door woedende verontwaardiging en ze stapte – klaar om degene te confronteren die het lef had gehad bij haar in te breken – over de drempel. Toen zag ze tot haar stomme verbazing echter haar zus op haar dooie gemak, alsof ze hier thuis was, de trap af komen.

'Natuurlijk vind ik het niet erg dat je hierheen bent gekomen,' zei Floriana, die probeerde te klinken alsof ze het meende.

Maar ze vond het wel erg. Ze vond het zelfs heel erg dat Ann de sleutel van haar huis, die ze voor noodgevallen had, zonder Floriana's toestemming had gebruikt. Het was een obsessie van mam dat ze allemaal een sleutel-voor-noodgevallen van elkaars huis hadden, maar was het een noodgeval dat Ann bij Paul wegging? Misschien ook wel.

'Je kunt hier niet oneindig lang blijven,' zei ze zo vriendelijk als ze kon, 'op een gegeven moment zul je naar huis moeten.'

In een redelijke imitatie van de zevenjarige Thomas wanneer die een stuurse bui had zei Ann: 'Wie zegt dat ik ooit nog terug naar huis ga?'

'Maar de kinderen dan, die moeten je vreselijk missen. En het is toch niet eerlijk om ze zo in het ongewisse te laten, wel dan?'

'Ze verkeren niet in het ongewisse; ik spreek Thomas en Clare elke dag. Het is niet zo dat ik ze in hun pyjama op straat heb achtergelaten. Ze zijn bij hun vader, in 's hemelsnaam! En ongetwijfeld springt Pauls moeder bij en loopt ze, volkomen in haar element, te koken, poetsen, wassen en mij af te katten, en beweert ze dat ik haar lieve zoon in de armen van een andere vrouw heb gejaagd.'

'Vergeet Gillian,' zei Floriana resoluut, 'ze spreekt kwaad over iedereen. Wat denken de kinderen dat je aan het doen bent?'

'Ik heb ze verteld dat ik op vakantie bent, dat ik rust nodig had. En weet je wat, dat had ik ook! Ik ben zó moe. Moe van alles! Voor jou maakt het niet uit; jij hebt een leven zonder verplichtingen en kunt alle kanten op. Je doet precies wat je wilt, wanneer en hoe je het wilt. Kijk maar eens hoe je net voor een volledig betaalde vakantie naar Italië bent geweest. Wat zou ik er niet voor overhebben om dat te kunnen! Maar elke seconde van mijn dag ligt vast. Ik heb geen vrije tijd. Geen minuut. Ik doe niets wat niet voor Paul of de kinderen is. Of voor mijn luie ondankbare collega's. Wat doe ik nou ooit alleen voor mezelf? Ik zal het je vertellen: niets, helemaal niets!'

'Maar ik dacht dat je het fijn vond om de hele tijd druk bezig te zijn,' zei Floriana, hoewel ze in feite had willen zeggen: ik dacht dat je het fijn vond alles te regelen en iedereen te commanderen.

'Dat is ook zo, meestal, maar het zou fijn zijn als iemand eens, al was het maar één keer, liet merken dat al het werk dat ik doe gewaardeerd wordt!'

Tot nu toe had Ann heen en weer gelopen als een buitengewoon geïrriteerde tijger die op zoek was naar iets te eten. Nu bleef ze stilstaan in de boogdoorgang tussen de keuken en huiskamer. Met haar armen voor haar borst over elkaar geslagen keek ze toe terwijl Floriana de waterkoker vulde om thee te zetten om de schok te verlichten dat ze haar zus hier had aangetroffen. Dat wilde zeggen, ze zou theezetten als ze de theezakjes kon vinden.

'Waar zijn de theezakjes gebleven?' vroeg ze terwijl ze het keukenkastje boven de waterkoker doorzocht.

'Die staan hier,' zei Ann, 'boven de koelkast, een veel handiger plek om ze te bewaren. Ik heb trouwens je kastjes opgeruimd; het was een vreselijk zootje, geen enkele orde. Ik heb ook je koelkast schoongemaakt. Of misschien kan ik beter zeggen uitgemest. Er stonden dingen in die hopeloos over de uiterste verkoopdatum heen waren. Het is een wonder dat je nog niet aan voedselvergiftiging bent doodgegaan. Vergeet niet voor mij cafeïnevrije thee te zetten.'

Als dit nog lang duurde, zou doodgaan aan botulisme een zegen zijn, dacht Floriana. 'Laten we in de tuin gaan zitten,' zei ze opgewekt toen de thee klaar was, 'dan kunnen we het erover hebben hoe we het weer in orde maken tussen jou en Paul.'

Ze negeerde het spottende gesnuif van haar zus, klemde haar tanden op elkaar en besloot dat het de hoogste prioriteit had haar zus en zwager weer bij elkaar te krijgen, en wel zo snel mogelijk. Er was geen schijn van kans dat Floriana langer dan vierentwintig uur in vrede en harmonie met Ann zou kunnen samenwonen. Als ze dat al haalde! Zodra Ann even niet oplette, zou ze pap en mam bellen om hen in te lichten.

'En waag het niet pap en mam te vertellen dat ik hier ben,' zei Ann alsof ze haar gedachten had gelezen. 'Ik praat nooit meer met je als je dat doet.'

'Wat ben je nu van plan?' vroeg Floriana toen ze in de achtertuin van het formaat postzegel zaten. Wat was die anders dan de tuin van Villa Sofia met zijn panoramische uitzicht op het meer. 'Als je niet met mam en pap wilt praten, en ook niet met Paul, met wie ga je dan wel praten? Wat dacht je van een objectief iemand die tussen jullie beiden kan bemiddelen? Heb je aan relatietherapie gedacht?'

'Nee!' zei Ann fel. 'Wat ik nodig heb is dat iedereen me met rust laat. En hoe kun je zelfs maar relatietherapie voorstellen als er niets van mijn relatie over is... Daar heeft Paul wel voor gezorgd!'

'Hij heeft een vergissing gemaakt,' zei Floriana, zich ervan bewust dat ze de woede van haar zus riskeerde. 'Een grote vergissing, dat geef ik toe, maar je zou hem op z'n minst de kans moeten geven uit te leggen waarom hij heeft gedaan wat hij –'

Ann stak haar hand op. 'Waag het niet te zeggen dat het van twee kanten komt als een huwelijk fout loopt.'

'Is dat dan niet zo?'

'O, dus nu ben jij opeens de expert!' viel Ann met een minachtende blik in haar ogen uit. 'Geen man of gezin in het zicht, en je denkt dat je mij kunt adviseren? Jij durft!'

Heel langzaam telde Floriana in gedachten tot tien. Dit wordt niets, dacht ze met toenemende consternatie. Haar zus zou gewoon naar niemand luisteren, alleen naar haar eigen pijn en boosheid. Maar hoe zou zij zelf zich voelen als de man van wie ze hield haar had bedrogen? Wat voor rechtvaardiging van zijn kant zou haar in staat stellen hem te vergeven?

'Ann,' zei ze met engelengeduld, 'ik ben absoluut geen expert als het om relaties gaat, dat blijkt duidelijk genoeg uit mijn conduitestaat, maar vertel me dan eens wat jij wilt dat er gebeurt. Wil je een manier zoeken om Paul te kunnen vergeven? Denk je dat dat überhaupt mogelijk is? Hou je nog van hem?'

Tot Floriana's schrik hadden haar woorden een ondenkbaar effect: de onverzoenlijke en zwaar gepikeerde uitdrukking verdween van het gezicht van haar zus. Weg was de assertieve minachting die Floriana van oudsher kende en in plaats daarvan – precies zoals wanneer haar nichtje op het punt stond te gaan huilen – was Anns lip beginnen te trillen terwijl ze vocht om zelfbeheersing. Haar lichaam verslapte toen ze de strijd verloor en hevig begon te snikken.

Floriana kon zich niet herinneren wanneer ze haar zus voor het laatst had zien huilen, dat gebeurde gewoon nooit. Ann gaf nooit blijk van zwakte. Ze liet nooit merken dat ze iets anders dan genadeloos capabel was. Arme Ann, zo resoluut in haar overtuiging dat zij, en zij alleen verantwoordelijk was voor het reilen en zeilen van het heelal, en hier zat ze nu: intens verdrietig en kwetsbaar nadat ze was blootgesteld aan de ergste vorm van verraad.

Floriana hield haar zus stevig vast en deed haar best haar te troosten. Ze wreef Ann over haar rug en herinnerde zich toen iets wat Esmé vorig jaar had gezegd, dat Ann misschien wel jaloers op haar was om haar schijnbaar zorgeloze levensstijl. Maar wie leidde er nou echt een zorgeloos bestaan? Zij in elk geval niet. De waarheid was dat, hoewel we allemaal weleens denken dat het gras ergens anders groener is, iedereen zijn eigen verplichtingen en zorgen had. Het gras elders was slechts een ander soort gras, maar wel met zijn eigen inherente problemen.

Toen haar tranen eindelijk waren opgedroogd, schudde Ann zich los uit Floriana's omhelzing. 'Sorry,' mompelde ze beschaamd en ongemakkelijk terwijl ze in de zakken van haar rok naar een tissue zocht en alleen maar een opgevouwen boodschappenlijstje vond. Haar gezicht vlekkerig en haar ogen rood en gezwollen zei ze: 'Het is de vermoeidheid, dat is alles, ik slaap niet bepaald goed.'

'Dat is ook niet zo raar,' zei Floriana zachtaardig, 'maar je hoeft je echt niet te verontschuldigen.' Ze stond op om de doos tissues in de keuken te gaan halen. Ze vond die uiteindelijk uit het zicht verborgen in een kastje en niet op de plank boven de broodrooster waar zij hem gewoonlijk bewaarde. Daar lag ook een stapel post. O, Ann, dacht ze triest, wat heeft het voor zin alles te verbergen?

Na gigantisch aandringen slaagde Floriana erin Ann over te halen zich in bad een poosje te ontspannen met een glas wijn, en toen haar zus uit het zicht was – of belangrijker, buiten gehoorsafstand – belde ze haar vader en moeder. Ze peinsde er niet over Ann hier te laten blijven zonder hun te vertellen waar ze was. Wat waarschijnlijk betekende dat zij het aan Paul zouden vertellen. Maar omdat ze Ann niet echt had beloofd niet met hen te praten, voelde ze zich niet al te schuldig over wat ze deed.

Dat hield ze zichzelf in elk geval voor terwijl ze de telefoon hoorde overgaan en wachtte tot pap of man aan de andere kant zou opnemen. Hoe langer het echter duurde, hoe minder zeker ze werd dat ze met hen moest praten. Hoe zou zij zich voelen als het andersom was geweest en zij Ann had gevraagd iets stil te houden?

Ze hing op en belde meteen een ander nummer.

Maar ook Adam reageerde niet. Ze had sinds gisteren niets van hem gehoord. Floriana hoopte dat zijn vader oké was en wou maar dat ze in deze moeilijke tijd bij hem kon zijn, maar naar alle waarschijnlijkheid was zij wel het laatste waar hij nu aan dacht.

Misschien zou hij wel nooit meer echt aan haar denken. Hij had zichzelf er bijna zeker van overtuigd dat ze te zeer met Seb verbonden was om een relatie met haar te willen riskeren. En wie kon het hem kwalijk nemen dat hij tot die conclusie was gekomen?

56

Carissima Esmé,

Ik kan je niet zeggen hoezeer ik heb genoten van je brief en hoe graag ik bij je zou willen zijn zodat ik Euridice kon ontmoeten, je vriendin Floriana beter kon leren kennen en kennis kon maken met Adam. Je bent echt een geluksvogel met zulke fantastische jonge mensen in je leven.

Ik heb jou in vergelijking zo weinig te vertellen. Maar dit wil ik wel met je delen, in de overtuiging dat je erom zult glimlachen. Crina, de Moldavische vrouw die voorkomt dat het een chaos wordt in mijn appartement, zegt dat ik een geheime minnares heb! Ze zegt dat het zo duidelijk is als de zon die door de wolken schijnt, omdat ze me nog nooit zo gelukkig heeft gezien. Ik heb tegen haar gezegd dat ik veel te oud ben voor een minnares, maar dan steekt ze een vermanende vinger op en zegt ze dat haar grootvader thuis in Chisinau vorig jaar voor de derde keer getrouwd is en dat hij 91 is en dat het voor mij nog niet te laat is om aan trouwen te denken. Ik vrees dat haar hoofd vol romantische gedachten zit omdat ze zelf heel verliefd is op een jongeman uit Mestre, op het vasteland.

Eén ding waar Crina wel gelijk in heeft , is dat je de zon terug hebt gebracht in mijn leven. Terwijl ik hier aan mijn bureau uit zit te kijken op het kleine plein waar het buurmeisje achter de duiven aan jaagt, wil ik je bedanken voor de vele gelukkige herinneringen die je weer bij me boven hebt gebracht. Ik zie je nog zo goed voor me tijdens onze eerste ontmoeting en later bij het meer toen je me zo liefdevol verzorgde.

Onze tijd samen was kort, maar ik ben je nooit vergeten. Zo nu en dan kwam er een herinnering bij me boven en dan vroeg ik me af waar je was en hoe het je was vergaan. Als ik nu terugkijk, heb ik het gevoel dat we door een onzichtbare draad met elkaar verbonden waren en voorbestemd elkaar weer te zien, en dat ons verhaal nog niet ten einde is.

Maar voor nu moet ik stoppen om naar de bank te gaan voordat die dichtgaat voor de lunch en om deze brief te posten. Schrijf me snel weer! Ik wil weten hoe het verder gaat tussen je jonge vrienden, Adam en Floriana.

Un abbraccio,
Marco

PS Aangezien de tijd zo kort is, zou e-mail voor ons veel gemakkelijker en sneller zijn...

Esmé zette haar bril af. 'Wat zeg je daarvan?' vroeg ze Euridice, die zich op de vloer bij haar voeten geconcentreerd zat te wassen en vooral aandacht besteedde aan haar oren.

'Wat?' vroeg Esmé toen de kat haar negeerde. 'Interesseert Marco's brief je niet? Of zit je nog steeds te mokken omdat ik je aan de zorgen van Joe en Buddy had overgelaten? Is dat het? Nou, dan neem ik aan dat het waar is dat katten dingen lang onthouden.'

Net als Marco en ik, dacht ze met een weemoedig glimlachje. Ze had er niet echt op gerekend dat hij zich alles net zo goed zou herinneren als zij. Op dat gebied had ze hem behoorlijk onderschat. Daardoor overwoog ze nu de mogelijkheid dat het misschien verkeerd was geweest datgene voor hem stil te houden dat heel goed de onzichtbare draad zou kunnen zijn die hen verbond: het kind dat ze hadden verwekt en verloren.

Ons verhaal is nog niet ten einde... Dat klopt, Marco. Maar voor nu had het verhaal van Adam en Floriana voorrang.

Het was wellicht egocentrisch, maar Esmé vond het jammer dat ze haar jonge vrienden zo weinig had gezien in de twee weken sinds hun terugkeer uit Italië. Maar wat kon ze anders verwachten: Adam verdeelde zijn tijd tussen zijn werk en het John Radcliffe waar, zover Esmé wist, zijn vader na een operatie gestaag vooruitging. Verder wemelde het in Oxford niet alleen van de bezoekers die Floriana van 's morgens tot 's avonds bezighielden, maar had zij ook nog met haar eigen familieproblemen te maken, namelijk haar zus die ze pas kort geleden had weten over te halen terug te keren naar haar man en kinderen. Nu er zo veel gaande was in hun leven, was het alleen maar normaal dat ze geen tijd hadden gehad haar zo vaak op te zoeken als eerst. Wat ze echter erger vond was dat ze ook geen tijd hadden gehad voor elkaar, wat waarschijnlijk inhield dat de zaak tussen hen nog niet was opgelost.

Toen ze later die dag de boodschappen aan het opruimen was die ze bij Buddy Joe's had gehaald, werd ze verrast door een zeer welkome bezoeker: Adam.

'Als je tijd hebt, kunnen we dan misschien even praten voordat ik naar mijn vader ga?' vroeg hij.

'Het gaat over Floriana,' legde hij uit toen ze hem mee had geloodst naar de tuin en hij met Euridice op zijn schoot op een stoel zat. 'Heb jij haar onlangs nog gesproken?'

'Niet meer dan een paar woorden. Net als jij heeft ze haar handen nogal vol. Wil je iets specifieks van me weten?' vroeg Esmé, alsof ze dat niet kon raden.

'Floriana en Seb,' zei hij onbehouwen, 'hoe staat het ervoor tussen hen?'

Esmé wuifde een wesp weg die haar lastigviel. 'Zou je dat niet aan Floriana moeten vragen?'

'Ik... we hebben elkaar niet meer gesproken sinds... nou ja, sinds Venetië.'

'Ook niet aan de telefoon?'

'Alleen een paar sms'jes toen jullie terug waren.'

Het was precies zoals Esmé had gevreesd. 'Ik weet dat je veel aan je hoofd hebt met je vader, Adam, maar weet je zeker dat je Floriana niet ontloopt?'

Hij verschoof in zijn stoel, waarop Euridice overeind kwam en even rondjes draaide op zijn schoot om weer een comfortabel plekje te vinden. 'Eerlijk gezegd heb ik de indruk dat ze mij ontloopt. Heeft ze het met je over Seb gehad?'

De wesp was terug. Deze keer negeerde Esmé hem. 'Wat wil je nou echt van me weten? Is dat... of ik denk dat ze nog steeds van hem houdt?'

'Daar komt het wel op neer, ja. Voordat Seb zijn huwelijk afblies, vertelde ze me dat ze niet verliefd op hem was, maar misschien is dat veranderd sinds, nou ja, sinds de omstandigheden veranderd zijn. Het zou te begrijpen zijn.'

'En zou jij plotseling besluiten dat je weer van Jesse hield als ze terugkwam en beweerde dat ze zich had vergist?' vroeg Esmé.

Hij trok een frons in zijn wenkbrauwen. 'Nee, niet meer. Daar is het te laat voor.'

'Vertrouw er dan op dat voor Floriana precies hetzelfde geldt; dat Seb te laat was met zijn liefdesverklaring aan haar. Maar één ding moet je accepteren; ze geeft heel veel om hem en dat zal waarschijnlijk altijd zo blijven. Weet je van de brief die hij voor haar had achtergelaten toen we terugkwamen aan het meer?'

Adam schudde zijn hoofd. 'Welke brief?'

Geërgerd dat twee zulke intelligente mensen de zaak zo konden laten versloffen, besloot Esmé Adam in te lichten.

'Maar waarom heeft ze me dat niet verteld?' zei Adam toen ze was uitgesproken.

'Misschien wekte je gedrag de indruk bij haar dat je geen belangstelling meer had. Of erger nog, vermoedde ze dat jaloezie de overhand had gekregen bij je. Ik weet zeker dat ik je niet hoef te vertellen dat jaloezie een van de meest destructieve emoties is en de beste relaties kapot kan maken, wat inhoudt dat je zult moeten leren omgaan met het feit dat Floriana Seb nooit helemaal uit haar leven zal willen bannen.'

'Dat verwacht ik ook niet van haar.'

'Dat is gemakkelijk gezegd, maar alleen jij weet of je het echt meent. Maar als ik je iets mag adviseren, Adam, Floriana heeft evenveel behoefte aan bevestiging van jouw gevoelens voor haar als andersom.'

Adam wist dat Esmé gelijk had; jaloezie en trots hadden hem ervan weerhouden met Floriana te praten en hoe langer de stilte tussen hen voortduurde, hoe meer hij zichzelf ervan overtuigde dat hij haar aan Seb was kwijtgeraakt, en hoe gelatener hij daaronder werd.

Maar nadat hij gisteren de avond samen met Joyce had doorgebracht aan het bed van zijn vader en getuige was geweest van de grote genegenheid en intimiteit tussen hen, had hij bedacht hoe fijn het voor hen beiden was dat ze voor de tweede keer het geluk hadden gevonden. Dat had hem erg aan Floriana doen denken en aan hoezeer hij haar miste. Hij miste de opgewektheid die ze in zijn leven had gebracht, het feit dat ze altijd iets kon zeggen of doen om hem te verrassen of uit te dagen. Het had hem overgehaald zijn vader en Joyce over haar te vertellen.

'Hou op met klooien en doe er iets aan,' had zijn vader gezegd zonder er doekjes om te winden, 'dat is mijn beste advies. Als je om dat meisje geeft en denkt dat je er iets van zou kunnen maken met haar, probeer het dan, grijp je kans. Wat kan ik anders zeggen nu ik hier lig nadat ik net op het nippertje aan de dood ben ontsnapt? Cliché of niet, Adam, we leven maar één keer, dus maak er het beste van.'

Zijn vaders woorden hadden hem de hele dag beziggehouden en er uiteindelijk toe geleid dat hij Esmé om advies was gaan vragen alvorens recht op Floriana af te stappen.

Nu was hij, na zijn bezoek aan zijn vader, op weg naar huis en vast van plan met Floriana te praten. Hij zou vanavond naar haar toe gaan; het was tijd om dit af te handelen. Hij zou zijn kaarten op tafel leggen, vertellen hoeveel hij van haar hield. Als ze hem dan afwees, dan zij dat zo. Dan wist hij het in elk geval. Dan had hij het tenminste geprobeerd. De uitdaging zou zijn haar – en misschien ook zichzelf – ervan te overtuigen dat Seb er voor hem niet meer toe deed. Zoals Esmé terecht had opgemerkt was een relatie tussen hen gedoemd als Floriana zich voortdurend zorgen maakte dat hij jaloers was op haar oudste vriend.

Hij parkeerde voor zijn huis in Latimer Street en liep de korte afstand naar Church Close. Er brandde geen licht bij Floriana, maar het was ook nog niet helemaal donker.

Nadat hij drie keer had aangebeld en discreet door het raam had gekeken, moest hij accepteren dat hij tevergeefs was gekomen. Het zou verstandiger zijn geweest Floriana te bellen of te sms'en om te vragen of ze thuis was, maar hij had zich laten leiden door een verlangen tot impulsief handelen... iets wat haar ongetwijfeld tot een glimlach zou hebben verleid. 'Nee maar, spontaniteit, meneer Strong,' stelde hij zich voor dat ze zei, 'wat krijgen we hierna?'

Hij herinnerde zich plotseling het sneeuwballengevecht dat ze afgelopen december op deze plek met hem was begonnen. Daarna zag hij een recenter beeld voor zich: van haar in de tuin van Villa Sofia terwijl ze rozenblaadjes verzamelde en die vervolgens in de lucht gooide. Hij moest om beide herinneringen glimlachen.

Hij was halverwege de weg terug naar huis toen hij Floriana op haar fiets in zijn richting zag komen. Ze droeg een lange witte katoenen rok die bij elke draai van de trappers over haar blote benen omhoog en omlaag schoof, had één hand achteloos aan het stuur en hield met de andere een aardbeienijslolly vast.

Ze stopte naast hem en stapte af toen ze hem zag.

'Hoi,' zei hij en hij weerstond de aandrang te zeggen dat ze een fietshelm zou moeten dragen, zoals Esmé en hij al herhaaldelijk hadden gezegd, 'ik ben net bij jou thuis geweest.'

'Dat is grappig,' zei ze meteen, 'want ik ben net naar jou geweest. Ik heb een briefje voor je achtergelaten.'

Haar lippen waren licht gekleurd door de ijslolly en dat riep het onverwachte verlangen bij hem op haar te kussen, met zijn tong over haar lippen te gaan en de... Hij onderbrak zichzelf en slikte. 'Wat staat erin?' vroeg hij.

'O, gewoon. Hoe is het met je vader?'

'Hij begint te mopperen dat hij zich verveelt en naar huis wil, wat we als een goed teken beschouwen. Dus, dat briefje... moet ik me naar huis haasten om het te lezen?'

Ze likte langs de zijkant van haar hand, waar het druipende ijsje een aardbeienrood spoor had achtergelaten. 'Dat heeft geen haast.'

Er kwam een wit busje voorbijrijden met open ramen waaruit luide, onherkenbare muziek blèrde. Toen het busje voorbij was, zei hij: 'Esmé vertelde me dat je zus terug is naar haar man.'

'Ja, ze is twee dagen geleden vertrokken. Ik geloof dat ik net een beetje begin te herstellen van het trauma.'

'Was het echt zo erg?'

Ze huiverde overdreven. 'Onmetelijk erg.'

Oké, dacht hij, het begin was gemaakt, nu was het tijd om zijn kans te wagen. 'Het lijkt eeuwen geleden dat we elkaar gesproken hebben,' zei hij. 'Ik heb je gemist.'

Haar blik vond de zijne. 'Ik heb jou ook gemist, maar ik wilde je niet lastigvallen, vanwege je vader en zo.'

Ga haar alsjeblieft niet, zo hield hij zich voor, vragen of dat de enige reden is dat ze geen contact heeft opgenomen. 'Was dat de enige reden dat je geen contact hebt opgenomen?' vroeg hij. *O, geweldig, mijn mond trekt zich blijkbaar niets van mijn hersenen aan!*

Haar blik werd intenser. 'Ik wist niet zeker of je me wel zou willen spreken.'

'Waarom zou je dat denken?'

'Je weet best waarom.'

Ze had gelijk. Natuurlijk had ze gelijk. Alleen een idioot zou zo'n stomme vraag stellen. 'Kunnen we nu praten?' vroeg hij. 'Ik bedoel, echt praten? En ergens anders,' voegde hij eraan toe toen een auto langzaam voorbijreed en de bestuurder hen aankeek alsof ze het recht niet hadden hier te staan. 'Ergens waar we meer privacy hebben. Bij mij thuis bijvoorbeeld. Hoewel het nog steeds een beetje een rommeltje is. We kunnen ook naar jou gaan, als je dat liever doet.'

Ze zoog op de laatste resten van het snel smeltende ijsje, keek toen over haar schouder in de richting van haar huis en daarna weer vooruit in de richting van het zijne alvorens naar het trottoir te kijken. 'Dit is onze hoogstpersoonlijke evenaar, is het niet?' zei ze, en ze trok met haar voet een lijn over de stoep. 'We staan precies tussen jouw huis en het mijne. Kies jij maar wat we zullen doen.'

Wetend wat ze hem werkelijk vroeg en ook wetend dat hij nog nooit in zijn leven ergens zo zeker van was geweest, zei hij: 'Ga met mij mee naar huis.'

'Weet je het zeker?'

'Ja. Honderd procent zeker.'

Ze glimlachte. Het was als een explosie van zonneschijn. Hij bracht een hand naar haar wang, kuste haar en bleef haar kussen, alle twijfels en onzekerheden van de afgelopen twee weken in één keer weggevaagd. En ja, haar lippen smaakten naar aardbeien, zoet en verleidelijk.

Toen ze uiteenweken, gooide ze het ijslollystokje nonchalant in de mand aan haar stuur. 'Spring maar achterop,' zei ze, 'dan geef ik je een lift.'

'Ik weet iets beters,' zei hij, 'spring jij maar achterop, dan zal ik trappen.'

'Alleen als je belooft "Raindrops Keep Fallin' on my Head" te zingen,' pareerde ze.

Hij lachte. 'Een eerbetoon aan *Butch Cassisy and the Sundance Kid*, ik had niet anders gewild!'

57

Het was een prachtige zondagmorgen halverwege september. Floriana fietste bij het geluid van kerkklokken dat over de daken heen klonk naar haar werk. Het was een van die prachtige zonovergoten dagen waarop Oxford haar er, alsof dat nog nodig was, met een vertoon van ontspannen gouden glorie aan herinnerde dat ze nooit ergens anders zou kunnen wonen. Dit was haar thuis en zou dat altijd blijven.

Het eerste trimester aan de universiteiten moest nog beginnen en de stad verkeerde in die sluimertoestand waarin ze zich nog even oplaadde voordat het academisch jaar van start ging. Er had een lichte vroegeochtendmist boven de universiteitsparken gehangen toen Floriana en Adam voor het ontbijt gingen hardlopen. Het was jaren geleden dat ze een paar gympen had aangetrokken om te gaan hardlopen, maar geïnspireerd door Adams pogingen fit te blijven, was ze mee gaan doen en het had haar verbaasd hoezeer ze ervan genoot.

Maar hoe goedkoop het ook klonk, ze genoot van bijna alles wat ze met Adam samen deed. Ze moest nog steeds glimlachen bij het idee dat ze nu officieel een stel waren en dat het zo goed ging tussen hen. Beter dan goed, het ging fantastisch! Hij bleef geregeld bij haar in Church Close en hoewel er nog niets over was gezegd, had ze stiekem het gevoel dat hij ernaartoe werkte om haar te vragen bij hem in te trekken zodra het grootste deel van het werk aan zijn huis klaar was. Esmé geloofde in elk geval dat hij dat van plan was. En had het wijze orakel dat Esmé Silcox heette het tot dusver ooit mis gehad? Nee, dat had ze niet!

Zo nu en dan stelde Floriana zich voor dat ze bij Adam in zijn huis in Latimer Street woonde; vreemd genoeg was het altijd een tafereel in kerstsfeer dat ze dan voor zich zag, een soort soft focus, Disney-achtige versie met gestaag vallende sneeuw, met in de erker in de voorkamer een kerstboom tot aan het plafond, smaakvol versierd met precies de juiste hoeveelheid glimmende ballen en twinkelende lampjes, en zij, op kerstavond stiekem in haar pyjama de trap af lopend om Adams cadeautjes onder de kerstboom te leggen. Rooskleuriger kon het niet. Maar zo voelde het leven nu gewoon voor haar.

Precies zoals ze had verwacht, hadden Floriana's ouders Adam meteen aardig gevonden en zelfs haar zus had haar goedkeuring gegeven.

'Hij lijkt me echt een volwassen man,' had Ann opgemerkt, 'heel anders dan wat je anders lukraak kiest.' Nee maar, een compliment!

Tot haar verbazing had Ann Floriana's advies ter harte genomen en gingen Paul en zij nu naar een relatietherapeut. Het was nog vroeg, maar er waren tekenen dat het de goede kant op ging met hen; Ann leerde haar ijzeren vuist een beetje te ontspannen en Paul leerde zich wat meer met de kinderen en het huishouden bezig te houden. Floriana vermoedde dat het nog lang zou duren voordat Paul over de schaamte heen was dat de rest van de familie wist dat hij een verhouding had gehad, hoe kort dan ook, maar ze deden allemaal hun best om door te gaan en zo normaal mogelijk tegen hem te doen. Wat konden ze anders?

Dezelfde week dat Paul en Ann voor het eerst naar relatietherapie gingen, werd Adams vader ontslagen uit het ziekenhuis. Een paar dagen later nam Adam Floriana mee om kennis te maken met zijn vader en stiefmoeder en zijn broer Giles. Tijdens de rit terug naar Oxford had Floriana Adam bekend dat ze van tevoren vreselijk nerveus was geweest. Het was de eerste keer geweest dat ze kennismaakte met de familie van een vriendje. Het was een relatiemijlpaal die ze tot dusver had weten te vermijden om de simpele reden dat geen enkele relatie lang genoeg had geduurd of serieus genoeg was geweest om een dergelijke stap te rechtvaardigen.

Intussen eiste Sara in Buenos Aires op de hoogte te worden gehouden met regelmatige nieuwsbulletins en foto's. Ze had Floriana en Adam ook uitgenodigd bij haar te komen logeren wanneer ze een appartement had gevonden. Floriana zag dat nog niet zo snel gebeuren, maar Adam zag het al helemaal zitten.

Haar groep van die ochtend had de City Highlights-rondleiding geboekt. Er maakte een Zweeds echtpaar deel uit van de groep, van wie de echtgenoot zo nu en dan voor zijn vrouw vertaalde als die hem met haar elleboog porde.

Floriana liet de schilderachtige, met keitjes geplaveide Merton Street en de prachtige waterspuwers van het Merton College achter zich en leidde de groep via Magpie Lane terug naar de High. Ze vertelde niet hoe de straat oorspronkelijk had geheten, voor het geval de mensen daar aanstoot aan zouden nemen. Een iets beschaafder variant op die naam was Grope Lane. De straat werd zo genoemd omdat het in de negentiende eeuw een gebied was waar prostituees hun werk uitoefenden.

Toen ze weer voor het kantoor van Dreaming Spires Tours stonden, nam Floriana afscheid van de groep en ging, nadat ze zich bij Tony had gemeld, naar huis. Ze fietste het kruispunt van Catte Street en Parks Road over toen haar mobieltje ging. In de veronderstelling dat het Adam was die wilde vragen of ze nog even iets kon halen wat hij was vergeten voor de lunch met Esmé, stak ze haar hand in haar tas in de fietsmand aan het stuur. 'Ja, chef, wat heb je nog nodig?' vroeg ze.

'Dat is een vreemde manier om je telefoon op te nemen,' zei de laatste stem die ze verwacht had te zullen horen.

'Seb!'

'De enige echte. Hoe gaat het?'

Wat fijn om eindelijk iets van hem te horen! 'Het gaat prima,' zei ze, en ze ging dichter bij de stoep fietsen omdat er een auto langsreed. 'Het kon niet beter. En hoe is het met jou? Waar ben je?'

'Ik ben hier noch daar; het enige wat ertoe doet is dat het goed met je gaat. Is alles oké? Gedraagt Adam zich? Maakt hij je gelukkig?'

'Ja op alle drie de vragen. En jij? Ben jij gelukkig?'

'Ja, het gaat goed met me.'

'Echt waar?'

'Zou ik tegen je liegen?'

'Het zou niet de eerste keer zijn.'

Voor haar was het Keble College en terugdenkend aan de keer dat Seb haar daar had verrast met een telefoontje zei ze: 'Vooruit, geef me eens een hint waar je zit.'

'Nee hoor. Het is beter als je dat niet weet.'

'Waarom?'

'Zomaar, dat heb ik gewoon liever.'

'Je zit toch niet in de gevangenis, of wel?'

Hij lachte. 'Je verwacht echt alleen het slechtste van me, hè? Hoe is het met je oude vriendin?'

'Het gaat prima met haar. Weet je nog dat ik je over haar eerste liefde vertelde, de man die priester werd? Nou, hij is een paar weken geleden komen logeren voor Esmés verjaardag. Ik plaag haar telkens dat ze eindelijk haar man heeft gevonden en met hem zal gaan trouwen. Het zou de volmaakte romantische afsluiting van hun...'

Ze kon niet afmaken wat ze had willen zeggen, want links van haar kwam een vrachtwagen Keble Road uit gereden. Hij was bij haar voordat ze de kans kreeg te beseffen dat de chauffeur haar niet had gezien en ze kon hem onmogelijk nog ontwijken. Ze werd van opzij geraakt en de lucht in geslingerd en terwijl ze elk besef verloor van wat onder en boven was, hoorde ze een vreselijk geluid. Het was haar eigen gekrijs.

Ze had het vreemde gevoel in tijd en ruimte te zweven en bedacht hoe oneerlijk het was dat ze Adam nooit meer zou zien.

Ze kreeg te horen dat haar, dankzij de fietshelm die Adam een paar weken geleden voor haar had gekocht en waarvan hij had geëist dat ze die tijdens het fietsen altijd droeg, ernstig hoofdletsel of nog erger bespaard was gebleven. Totdat hij haar de helm had gegeven en ondanks alle statistische bewijzen dat ze een idioot was dat ze er geen droeg, had ze nooit de moeite genomen. Het was weer een van de vele dingen waarvan ze zichzelf voorhield dat ze die ooit nog weleens zou doen.

Hoewel haar hoofd de botsing dus wonderlijk goed had doorstaan, gold dat niet voor de rest van haar lijf. Ze had twee gebroken ribben, een lelijk geschaafde knie, een gekneusde heup en een schouder die uit de kom was geraakt en op zeer pijnlijke wijze terug was gezet.

'Sorry dat ik de lunch heb verpest,' zei ze toen Adam aan haar door gordijnen afgeschermde bed werd toegelaten. 'Sorry dat ik je dit aandoe; ik weet dat je een hekel hebt aan ziekenhuizen.' Een bang kindje in het bed links naast het hare begon te huilen. Floriana zelf kon plotseling ook wel huilen.

'Dat doet er niet toe,' zei hij. 'Dat doet er allemaal niet toe.' Hij boog voorover en kuste haar licht op de mond. 'Hoe voel je je?'

'Vreemd genoeg alsof ik door een vrachtwagen ben geraakt. En een beetje paranoïde dat ik misschien een schietschijf op mijn rug heb. Twee keer aangereden binnen een jaar, denk je dat dat een record is?'

'Record of niet, laten we hopen dat je hiermee je levenslange quotum voor ongelukken hebt gehaald, want ik wil nooit meer zo in angst zitten.'

Omdat hij zo ernstig keek, zei ze: 'Het was echt niet mijn schuld. Weet je, de chauffeur kwam gewoon recht op me...' Ze kromp ineen toen ze weer aan het moment dacht dat de vrachtwagen haar raakte en ze van haar fiets werd geslingerd.

'Denk daar maar niet aan,' zei hij en hij nam haar hand in de zijne en ging voorzichtig op de rand van het bed zitten. 'Je wilt dit misschien niet horen, maar de vrachtwagenchauffeur is hier. Ik heb hem gesproken.'

'Is hij ook gewond?'

'Nee, maar hij is erg van streek door wat er is gebeurd en wil graag weten hoe het met je gaat. Hij weet dat het zijn schuld is en dat hij waarschijnlijk een boete zal krijgen voor gevaarlijk rijden, maar hij wil je graag zijn excuses aanbieden. Je hoeft niet met hem te praten als je dat niet wilt. Er is ook een politieagent hier.'

'Dus ze staan voor me in de rij, hè? Misschien moeten we entreegeld vragen.'

Twee uur later nam Adam Floriana mee naar haar huis in Church Close. Nadat hij haar in haar pyjama had geholpen installeerde hij haar met een deken op de bank, maakte een kop thee voor haar en belde haar ouders. Daarna belde hij Esmé om haar gerust te stellen. Esmé was bij hem geweest toen de politie belde; ze was net bij Floriana aangekomen waar hij de lunch voor hen aan het klaarmaken was.

Het was aan Seb te danken dat Adam was gebeld. Hij had Floriana gebeld vanuit New York waar hij momenteel aan het werk was en had het ongeluk horen gebeuren. Hij had meteen de hulpdiensten in Oxford verwittigd en hun verteld dat ze contact moesten opnemen met Adam Strong, die in Latimer Street woonde.

'Wil je iets eten?' vroeg Adam toen hij Esmé gedag had gezegd en haar groeten en beterschapswensen aan Floriana had overgebracht.

'Nee, dank je. Kom bij me zitten. Ik geloof dat ik nooit meer verder dan een meter bij je vandaan wil zijn.'

Hij knielde op de vloer naast de bank en beseffend hoe vreselijk kwetsbaar, bleek en afgetobd ze eruitzag, werd hij overweldigd door de intensiteit van zijn liefde voor haar. Het idee dat ze die ochtend naar haar werk had kunnen vertrekken om nooit meer terug te komen, vervulde hem van een angst die hij niet onder woorden kon brengen. Misschien was het uitgestelde shock, maar hij was niet tot spreken in staat. Hij kon alleen maar zachtjes in haar hand knijpen.

'Wil je weten wat er door me heen ging toen die vrachtwagen me raakte?' vroeg ze.

Hij knikte.

'Dat het vreselijk oneerlijk was dat ik je nooit meer zou zien. Daardoor realiseerde ik me iets heel belangrijks.'

'Wat dan?'

Ze glimlachte. 'Dat ik van je hou, Adam.'

Hij schraapte zijn keel en vond op de een of andere manier zijn stem terug. 'Ik hou ook van jou.'

'Echt waar? Zeg je dat niet alleen omdat ik het zei?'

Hij schudde zijn hoofd en glimlachte. 'Ik weet al sinds we in Italië waren dat ik van je hou.'

'En dat hield je voor je?'

'Je weet hoe ik ben.'

'Dat weet ik inderdaad. Je verheft ondoorgrondelijkheid en terughoudendheid tot een heel nieuw niveau.'

'Schuldig aan de tenlastelegging.'

'Maar geef toe dat ik aan de winnende hand ben en geleidelijk je oesterschelp aan het openbreken ben.'

Hij aaide haar wang. 'Dat doe je al sinds de dag dat we kennismaakten.'

'Fijn om te weten dat mijn inspanningen niet tevergeefs zijn geweest.' Ze legde een hand over haar mond en gaapte.

'Als je eens een poosje ging slapen?' zei hij.

Ze greep zijn hand beet. 'Je laat me toch niet alleen, hè?'

'Ik blijf bij je.'

'Beloofd?'

'Beloofd.'

Haar ogen vielen dicht. 'Dat is fijn,' mompelde ze slaperig.

Hij keek naar het gestaag rijzen en dalen van haar borstkas en dacht erover van houding te veranderen en zijn benen te strekken, toen haar lippen weer bewogen. 'Adam?'

'Ja.'

'Wat wil je voor Kerstmis?'

De vraag verraste hem. 'Maar het is pas september,' zei hij.

'Dat weet ik, maar ik plan vooruit.'

'In dat geval wil ik jou, graag.'

'Maar je hebt me al.'

'Ik wil je voor altijd.'

Ze deed haar ogen open.

'Niet meer praten,' zei hij, een vinger zachtjes op haar lippen gedrukt. 'Ga slapen. Je moet rusten.'

58

Bijna veertien dagen na het ongeluk van Floriana ontving Esmé een brief van Marco. Het was een brief die ze had gevreesd.

Carissima Esmé,

Ik heb je brief telkens en telkens weer gelezen en mijn hart werd met elke leesbeurt zwaarder. Ik merk dat er geen geschikte woorden zijn om tot uiting te brengen wat ik voel. Waarom heb je me dit niet verteld toen ik bij je in Oxford was?

Nooit zal ik kunnen goedmaken wat ik je heb aangedaan. Tot de dag van mijn dood zal ik leven met een schuldgevoel over mijn daden. Ja, cara, ik weet dat je hebt gezegd dat ik me nergens schuldig over hoef te voelen, maar ik vrees dat dat niet waar is. Als het in mijn macht lag de tijd terug te draaien, zou ik het beslist anders doen. Als ik had geweten dat je ons kind verwachtte – onze dochter, Grace – dan was ik met je getrouwd. Ik wilde maar dat je het niet voor me had verzwegen, maar ik begrijp dat je onzelfzuchtig handelde, dat je geloofde dat je deed wat voor mij het beste was.

Je schrijft in je brief dat je de toekomst die ik voor me had niet wilde veranderen, maar misschien heb je dat toch gedaan, misschien waren wij wel voorbestemd voor een toekomst samen, als man en vrouw, vader en moeder. Je schrijft ook dat je wilt dat ik je vergeef omdat je de waarheid voor me hebt verzwegen, maar ik moet jou juist om vergiffenis vragen.

Na veel overpeinzing, en gebed, weet ik nog niet waarom onze levens de weg hebben gevolgd die ze hebben gevolgd; het zou te gemakkelijk zijn om te zeggen dat het Gods wil was. Niet voor het eerst in mijn leven probeer ik het ondoorgrondelijke te begrijpen.

Wat ik wel geloof is dat we eindelijk weer zijn samengebracht met een reden en dat we er het beste van moeten maken. Ik heb erg genoten van mijn verblijf bij jou in Oxford en zou je graag willen uitnodigen wat tijd hier bij mij in Venetië door te brengen. Laat me alsjeblieft weten of dat mogelijk is.

Deze brief zou een aanfluiting zijn voor de diepte van mijn gevoelens voor jou en de omvang van mijn gêne als ik je niet smeekte me te vergeven voor mijn gedrag van al die jaren geleden, toen ik meer zelfbeheersing had moeten tonen. Ik zou kunnen zeggen dat ik jong en naïef was, maar het resultaat blijft hetzelfde: mijn daden hebben geresulteerd in onvoorstelbaar verdriet voor jou. Ik heb het recht niet je dit te vragen, maar ik hoop dat je het over je hart kunt verkrijgen me te vergeven.

Met liefde en grote achting voor jou,
Marco

Esmé zette haar bril af en leunde achterover in haar stoel. Er was geen spoor van boosheid in Marco's brief. Daar was ze wel bang voor geweest: dat hij woedend zou zijn omdat hij al die jaren in onwetendheid was gehouden. Wat een opluchting dat ze het eindelijk met hem had gedeeld en zijn reactie wist. Tijdens zijn verblijf hier had ze diverse keren op het punt gestaan het hem te vertellen – vooral toen hij zijn portret in haar slaapkamer had gezien en erom had gehuild – maar haar moed had haar in de steek gelaten. Hoe laf het ook mocht zijn, de brief had de gemakkelijkste weg geleken.

Wat Marco's uitnodiging betrof om hem in Venetië op te zoeken, dat zou ze zeker doen. Waarom niet?

Lange tijd was haar wereld steeds kleiner geworden tot er nauwelijks meer over was dan een piepkleine luchtbel, maar daar was verandering in gekomen op de dag dat Adam en Floriana in haar leven kwamen. Door hun vriendschap was haar levensduur verlengd; ze hadden haar de ogen geopend voor de mogelijkheden die ze nog had.

Tot haar ontzetting zag ze nu in dat ze voordat ze met hen bevriend raakte, feitelijk had zitten wachten op het einde en had gedacht dat het beste al achter haar lag. Maar dat was helemaal niet zo. Zolang ze nog in goede gezondheid verkeerde was er nog van alles om van te genieten. Voorbij waren de dagen dat ze er tevreden mee was geweest naar de radio te luisteren en de kruiswoordpuzzel in de krant te maken; ze was nu een vrouw die nog van alles te doen had en vol plannen zat!

Haar eerste karwei was de laptop te gaan gebruiken die Adam haar had gegeven. Het was een afgeschreven exemplaar van kantoor, had hij gisteravond uitgelegd toen hij haar de laptop gaf, samen met een kastje met knipperende lichtjes dat haar op wonderbaarlijke wijze zou verbinden met het internet. Hij had haar laten zien wat ze moest doen, en heel duidelijke stap-voor-stapinstructies geschreven die haar, zo had hij verzekerd, zouden helpen te communiceren via e-mail.

'Onthoud maar gewoon dat je een mobiele telefoon hebt leren gebruiken,' had hij gezegd, 'er is geen reden waarom je dit niet ook zou kunnen.' Onder zijn vakkundige en buitengewoon geduldige begeleiding had ze Floriana een e-mail gestuurd, waarop ze binnen enkele minuten antwoord had ontvangen.

Aan de tafel bij het raam in de salon gezeten, besloot ze dat dit een uitstekend moment was om te proberen haar eerste e-mail te versturen zonder hulp. Ze volgde zorgvuldig Adams instructies op, voerde het e-mailadres in dat ze had gekregen en begon langzaam op het toetsenbord te tikken. Het was eigenlijk helemaal niet zo veel anders dan het gebruik van een ouderwetse typemachine; daar was ze in de duistere middeleeuwen van de technologie behoorlijk goed in geweest. In feite was dit zelfs veel gemakkelijker. Ze lachte toen ze aan de uitdrukking over oude honden en nieuwe kunstjes dacht. Ha! Ik ben dus toch nog niet zo'n dinosaurus, dacht ze opgewekt.

Toen ze haar korte bericht klaar had, las ze na wat ze had geschreven en controleerde het op fouten. Nadat ze een paar tikfouten had verwijderd, knikte ze tevreden en las het bericht nog een laatste keer door.

Beste Marco,

Dank voor je uitnodiging om je in Venetië te bezoeken. Ik kom graag. Wanneer stel je voor?
Wat jou vergeven betreft, dat heb ik al lang gedaan, dus kunnen we nu alsjeblieft accepteren dat er niemand schuld draagt aan wat er is gebeurd?

Liefs,
Esmé

PS Ik hoop echt dat je onder de indruk bent van mijn pas aangeleerde computervaardigheden. Daar mag je Adam voor bedanken.

En toen plaatste ze, plotseling wat beverig, de cursor op het verzendicoon en klikte erop.

'Zo,' zei ze tegen Euridice, die vanaf haar uitkijkpost voor het raam haar oren spitste bij het suizende geluid waarmee het bericht de ether in gelanceerd werd, 'wat zeg je daarvan?'

Duidelijk niet onder de indruk zwaaide de kat met haar staart en draaide zich weer om naar het raam. Ze werd meteen beloond doordat ze Adam en Floriana voorbij zag lopen naar Adams huis. Ze zwaaiden naar Esmé en Floriana wees naar haar horloge en stak toen haar hand met gestrekte vingers op, bedoelend dat ze er over vijf minuten zouden zijn.

'Tijd om het water op te zetten,' zei Esmé tegen de kat. 'En weet je, als het niet zo vroeg op de ochtend was, zou ik iets sterkers voorstellen, want ik ben plotseling in de stemming om iets te vieren. Er is immers heel veel om dankbaar voor te zijn, nietwaar?'

Euridice sprong van de vensterbank en volgde Esmé naar de keuken. Toen ze een paar minuten later terugkwam in de salon, hoorde Esmé de laptop een pinggeluid maken. Ze keek naar het scherm en zag met een verrukte glimlach dat ze een e-mail helemaal uit Venetië had ontvangen.

Wat een vreemde en heerlijke wereld bewoonde ze nu, dacht ze blij terwijl ze ging zitten om Marco's antwoord te lezen.

Dankwoord

Ik had dit boek niet kunnen schrijven zonder de hulp van enkele fantastische mensen die heel gul zijn geweest met hun tijd en kennis.

In Oxford had ik hulp van de ontzettend efficiënte Digna Martinez van het Oxford Visitor Information Centre.

Ik had ook het geluk in de Queen's College Library te worden rondgeleid door Lynette Dobson.

Dichter bij huis ben ik Grace Hulley dank verschuldigd omdat ze me een bepaald pad op leidde.

In Italië kwam de hulp uit enkele geweldige bronnen, met name van Rita Annunziata, die me samen met haar *nonna* veel onschatbare informatie verstrekte en geduldig antwoord gaf op al mijn vragen.

Hulp kreeg ik ook van Danilo, die me uitnodigde te komen eten en me aan zijn charmante moeder voorstelde.

En niet te vergeten Mikael Mammen, die me ongewild een 'Lampje-moment' bezorgde – ik vind het alleen jammer dat ik de salami-onderzeeër niet heb kunnen gebruiken!

Tot slot bijzondere dank aan Sara Cilia omdat ze weet hoe nieuwsgierig ik ben en me heeft meegenomen naar de villa die in dit boek Hotel Margherita werd.

Hoewel de meeste plaatsen in deze roman echt bestaan, heb ik mezelf hier en daar een paar vrijheden veroorloofd. Hotel Margherita bestaat bijvoorbeeld niet echt, maar ga een keer naar het Comomeer en u zult er talloze van dat soort villa's aantreffen.